反轉四進制

Slutet På Kedjan

費德瑞・烏勒森 Fredrik T. Olsson 著
朱浩一 譯

【導讀】

末日進逼的閱讀之旅

——一場刺激的科技驚悚冒險

推理評論人 冬陽

一九〇八年十二月，亞瑟·柯南·道爾在《海濱》雜誌上發表福爾摩斯探案故事〈布魯斯—帕丁頓計畫〉。彼時距離第一次世界大戰爆發約還有六年，但全歐洲早已瀰漫濃濃火藥味，道爾在這國際局勢緊繃的局面下借題發揮，讓筆下膾炙人口的名偵探參與了一樁先進潛艇設計圖失竊案——最終當然順利解開謎團，阻止了一場損及國家利益的間諜行動。

在偵探推理小說發展的早期，作家們一方面開發前所未見的奇想巧計，藉以突顯神探的聰明才智；一方面從眞實世界中援引題材、複製事件，激起讀者好奇一閱。除了〈布魯斯—帕丁頓計畫〉，道爾在〈波西米亞祕聞〉、〈五枚橘核〉、《恐怖谷》等故事中皆做了類似嘗試，美國黑幫、三K黨、歐洲王室緋聞都可以是名偵探的調查對象，只不過破案關鍵多在犯行的破綻上，畢竟古典時期的偵探故事仍以邏輯解謎爲主要訴求，神探的獨特言行與眞知灼見才是魅力根源。

隨著時代演進，偵探推理書寫的版圖亦日漸擴大：先是把原本自成一家的間諜小說（spy）囊括進來，情報人員追查敵方臥底、潛入敵營反制破壞的故事，多半也契合推理小說的構成要素；接著將「猜凶手」（whodunit / howdunit）的布局趣味轉移到「查動機」（whydunit）上頭，一個人決定痛下殺手的罪行背後必然有比設置一間無法進出的密室更值得深究的複雜故事，與現實世界互動緊密的犯罪小說（crime）便迅速增長起來。貴族般的高傲神探已難服眾，家庭失和、酗酒潦倒的私家偵探倒能獲得更多共鳴；曲折離奇的情節依然不退流行，小說家們的構想更顯五花八門。

探究這連串的轉變，可以發現以「寫實」爲主導的書寫精神慢慢抹消了虛構與現實間的明顯界線，藉由導入專業新穎的技術與理論不斷強化人物及情節的眞實性，譬如法醫鑑識、心理剖繪、網路犯罪調查云云。這群學有專精者看似頂替了過去如福爾摩斯之流的名偵探躍升破案要角，但顯然他們是「專才」而非「通才」，在自己的專業領域時才可發揮到極致，或需採取團隊辦案模式方能解決事件。

然而，這類作品大抵仍屬「傳統」的推理故事，只是藉由發展中的新興科學做爲偵查手段，試圖從不同角度解析犯罪、透視眞相。那麼，如果尖端科技新知不是用於解決事件，反而是造成事件的主因時，將會怎麼發展下去？

麥可・克萊頓在《天外病菌》設想因人造衛星墜毀地表而爲全世界帶來致命病菌、《侏儸紀公園》利用DNA修補讓恐龍再現、《奈米獵殺》讓微型機器人具備生物能力，以各種生物、物理、化學、機械、大氣等研究新發展作爲災難之始，從接連的危機中尋求解決之道。湯姆・克蘭西在《獵殺紅色十月》安排一艘滿載洲際飛彈的蘇聯核子潛艇出航，是投誠或是攻擊，將帶給美國截然不同的命運。法蘭克・薛慶在《群》描述了海洋生物異於常態的行徑，所有攻擊行爲似乎都直衝人類而來，是「什麼」在主導一切？馬克・艾斯伯格在《大斷電》爲歐洲諸國設計一連串原因不明的大停電，喪失照明、無法在寒冬取暖，還有輻射外洩危害，整個社會秩序面臨嚴重崩解……

這些融合了科技、驚悚與冒險元素的「科技驚悚」（techno-thriller）小說，是廣義推理小說中業已發展成熟的子類型，以詳盡的論述、鋪天蓋地般的全面侵襲與末日近逼的恐慌感，吸引讀者一頁頁往下翻讀——看似顛覆傳統推理書寫的性格深處，仍保有解謎求眞的本質，以及伴隨而來的種種趣味。

瑞典作家費德瑞．烏勒森的《反轉四進制》正是一部精采的科技驚悚小說，全書採多線敘事，從解開楔形文字組成的密碼起始，透過不同角色的遭遇與互動次第揭露危及全人類性命的駭人祕密，細膩的人物心境描述在在強化了身陷危難的緊張感，極有成爲好萊塢強檔大片的潛力——

別管電影了，請先來享受這部影像感強烈、驚險懸疑的故事吧！

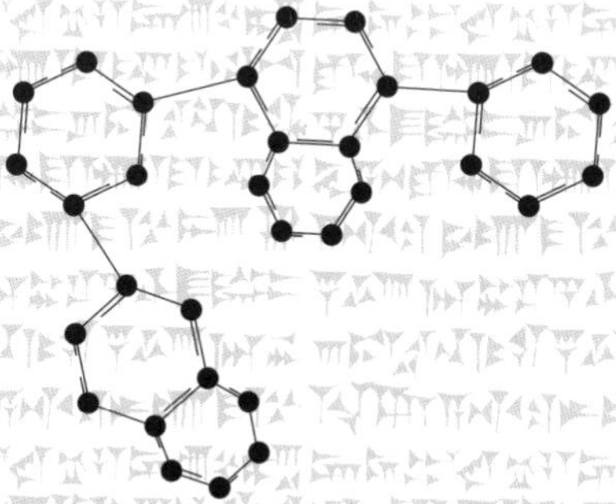

第一部

四進制

從沒有任何事情值得我費心記下。

瑣事不斷。時光匆匆。生老病死。縱使過往記述讓人得以回首檢視，然而曾經毫無意義的事物，仍不會因而變成美談。遲早有一天，這一切都會告終。而我知道，當泥土砸在我的棺蓋上時，不會有人想要知道我在三月的某個星期一做了些什麼。

沒有任何事情值得我費心將它記下。

只除了一件事以外。

我清楚知道，很快地，將不再有人能活著閱讀我的記事。

十一月二十五號星期二。

雪花在空中飄飛，人們的眼中充滿恐懼。

1

那名在巷弄中被他們槍殺的男子死得太遲了。

他三十出頭，身上穿著牛仔褲、襯衫跟風衣。對那寒冷的時節來說太過單薄，但他的衣著算是乾淨，也不像餓過肚子。這是他們承諾要給他的，也是他實際上得到的。

但卻沒有人告訴他接下來會怎麼樣。如今，他卻面臨著這樣的局面。

他的腳步停駐在舊郵局後方的石牆間，屏息以待，細長的灰色吐息在他眼前的黑暗中明滅。小路的盡頭處有一道鐵柵門，封死的柵門局限了這場恐慌：他在神志清醒的情況下參與了這場賭注，而現在他人卻站在這兒，無處可逃，聽任那三名身穿反光背心的男子的聲息從他背後逐漸逼近。

事實上，當這則新聞在十五分鐘前抵達歐洲各家報社時，他人還活著。這則信息則被簡化成三行，在其他通訊社所提供的許多報導下被草草帶過。週四清晨四點剛過不久，有人在柏林的市中心發現一具男子的遺體。報導上並沒有明確指出他是遊民或他有嗑藥，但讀者卻會在字裡行間留下這樣的印象，而這正是撰文者的意圖。如果要說謊，最好的辦法就是如實陳述。

這則新聞充其量只會出現在早報的邊欄中，跟那些不是新聞的細碎雜事擺在一塊兒。雖然這麼做有點過了頭，算不上相當必要；但這是安全措施的一環，一番解釋，免得有人目睹了當時的情況：他們在暗夜中抬起那具死氣沉沉的身軀，將它抬入那輛守候在旁的救護車中。車門的扣鎖發出一聲滑順的喀啷聲關緊。在不可或缺的旋轉藍光陪伴下，駛入凍人身心的雨水中。

不是開往醫院。

再者，醫院也幫不上忙。

救護車上坐著三名一語不發的男子，他們希望自己有趕上。

但他們遲了。

2

只耗費了幾秒鐘的時間，警方就用蠻力推開了那扇通往樓梯井的典雅雙開門、砸碎了鑲在鉛框裡的玻璃，並從內側將鎖打開。

接下來要面對的那扇金屬大門才是難關。它堅固、沉重，八成造價昂貴，而它現在緊緊地閉著，還上了鎖。只需要打開這最後一扇門，警方就能夠進入這戶公寓，挽救那名報案電話中所提及的中年男子的性命。

前提是如果他還活著的話。

這通電話是在今晨稍早時打進諾爾瑪分局，接線員花了不少時間去判斷電話那頭的女子說話是否可靠、她的神志是否清醒，以確認對方不是打來惡作劇。她認識這名男性嗎？對，她認識。他人有可能待在其他地方嗎？不，絕對不可能。她最後一次看到他是什麼時候？不久以前。他們昨晚才通過電話，他當時的聲音柔和、心情平穩，他們閒聊了幾句。後來有件事嚇到她了：他當時正在抱怨她心知肚明自己忘不了她。他過於強顏歡笑，試圖讓自己的語氣聽起來很正面，而她不明白他爲何要這麼做。今早又撥了一次電話，威廉沒有接，她腦中的畫面頓時幻化成一把利刃刺進她的體內。這一次，他是眞的鐵了心動手了。

這名女性的談吐清晰、指證歷歷。因此到最後，接線員相信了她的說詞，同時也通報了警方與救護車，然後才接聽下一通電話。

首輛巡邏車一抵現場，他們立刻就發現該名女性的說詞字字屬實。

大門深鎖。透過門上髒污的玻璃窗，他們可以看見屋內那扇緊閉的防盜門的模糊輪廓。而一台收音機則在更深處的地方播放著古典音樂，樂音與從澡盆中滿溢而出的水流聲混雜在一起。

這是一個非常不祥的徵兆。

克莉絲汀娜．薩柏格就站在那座雅致的樓梯下不遠處。穿過電梯井那晃個不停的黑色鐵網，她的雙眼定定地凝望著那間公寓門邊的一舉一動。那裡曾經是她的家。

鎖匠手上的砂輪機逐步磨開防盜門，亮黃色的金屬火花如雨般噴墜。她曾經抗拒了很長的一段時間，說什麼也拒絕裝上這扇門；直到那夜過後，她才被迫接受它的存在。那夜過後，一切都變了。

以前，他們是爲了保護自身的安危才裝上防盜門。如今，同一扇門卻可能會害他喪命。要不是她現在擔憂得心急如焚，她肯定會因此而大發雷霆。

站在鎖匠背後的四名員警因無事可做，而不停用腳踩濺漫出來的水。站在員警背後的兩名救護人員則是急躁不已。一開始，他們嘗試呼喚他的名字：「威廉，」他們大叫，「威廉．薩柏格！」但無人回應，最後他們只得放棄，默默無語地看著砂輪機幹活。

而克莉絲汀娜也只能夠繼續張望而已。

她是最後一個趕抵現場的人。她急急忙忙地套上牛仔褲跟麂皮外套，並將她那頭金黃色的樸素鬈髮紮成馬尾。然後，雖然她發現了一個絕佳的停車位，雖然她曾答應自己在週末以前不再開車，但她還是跳上了自己的那輛車。

在此之前，她已撥過很多次電話：她剛起床時撥了第一通，準備去沖澡時又撥了一通，甚至在頭髮還沒吹乾的情況下又撥了一通。在那之後她撥打了急救專線，對方花了大半天才搞懂她早已了然於心的事況。事實上，打從她起床的那一刻起，她內心的深處就已知曉這一切。但如同他們聊天時總浮上心頭的罪惡感一樣，她試圖抗拒這樣的負面情緒。

她恨自己還繼續跟他保持聯絡。相較之下，他的心緒更爲凝重，倒不是因爲她沒那麼哀傷，而是因爲他容許自己沉浸在那樣的情緒中。縱使這兩年多來他們不停地討論、釐清事況，也一次又一次地聊到「爲什麼」、「或許」以及「如果」，但事情終究沒有任何的進展。她很榮幸地承擔起兩人份的哀傷，甚至還拎起了一些罪惡感，因爲她認爲這樣的比例分配才算得上公平。

但大家都知道，生命生而不公。

如果大家的命運都相同，她如今就不會站在這兒了。

總算攻破防盜門，警察與救護人員趕在她的前頭蜂擁地擠入寓所。

然後，時間靜止了。

他們的身影消失在漫長的走道，背後只徒留不肯消散的空蕩。煎熬的幾秒或幾分或幾年過去了，樂聲從她的耳際消失，景物隨之陷入完全的靜寂，無止無盡。

直到他們終於走了回來。

他們避開她的視線，低著身子走過狹窄的拐角，穿過走廊，走過電梯旁的小道。轉了個大彎後，他們踏上螺旋階梯，接著不停、不停地往下走，步伐迅速但謹慎，免得撞壞了牆上昂貴的壁畫；腳步雖因而緩穩，但分秒必爭。

克莉絲汀娜．薩柏格把身子靠在鐵網上，讓擔架得以錯身往下走，走向停在屋外人行道上的救護車。

這名臉上戴著塑膠氧氣面罩的男子，曾是她的丈夫。

威廉．薩柏格並非一心求死。

更正確的說法是：死亡不是他的首選。

他寧願好好地活著，身體健康，日子平淡，學會遺忘。並說服自己把衣服洗乾淨，然後每天早上起床後套上這些乾淨的衣物出門，做點他人眼中的正經事。

他甚至不需要這一切。簡單幾樣東西就夠他過日子。他只希望找到一個理由，讓他得以不再去回想起那些讓他心痛的過往。而在遍尋不著的情況下，他人生要事的下一個選項就是畫下句點。

顯然地，他連這件事情都做不好。

「覺得還好嗎？」站在他眼前的年輕護士問他。

他半坐在洗了太多次而變得脆硬的鋪蓋上。這鋪蓋的構成方式很常見：在一條醫院用的黃色毛毯的邊緣疊上一層被單，就好像整個醫療體系仍拒絕接受羽絨被的存在一樣。

他注視著她。仍殘留在體內的毒素依然使他隱隱作痛，但他故作平靜。

「比妳期盼得要糟一些，」他說。「但比我預期得要好一些。」

這句話讓她綻出笑容，他因而嚇了一跳。她的年紀大約不超過二十五歲，滿頭金髮，長得很漂亮。但或許是她背後的那扇窗所照進的柔光造就了眼前的美貌也說不定。

「看來你的時候還沒到。」她說。她的語調平穩，幾乎像在聊天，這也讓他嚇了一跳。

「以後機會還多得是呢。」他這麼回答。

「很好，」她說。「隨時保有樂觀的心態。」

她的笑容處在一個完美的平衡點上：大得足以突顯出這句話的諷刺意味，但也拿捏得恰到好處，不致侵蝕了它的幽默成分。他忽然間發現自己想不到該怎麼回話。一種不甚愉快的感受擊中了他：這場對話已經結束，她是最後的贏家。

有幾分鐘的時間他一聲沒吭，躺著看她在房內四處打點。每一個步驟都極具效率，如同一張規畫好的流程表一樣：更換點滴、調整劑量、注意細節，然後檢查病人的病歷表。安靜而充滿效率。而他終於開始疑心自己是否誤判了她的表情，她說不定只是在跟他開玩笑罷了。

此時，她的例行工作已經告一段落。她將他的床單稍事調整，但卻看不出調整前後的差異。在離開病房前，她的腳步停了下來。

「你可別趁我不在的時候做什麼蠢事，」她說。「只要你人還待在這兒，就表示不單只有你，我們都得加一大把勁去面對現況。」

她以眨眼的友好方式跟他道別，隨後身影消失在走廊中。門在她背後闔上。

人在床上的威廉不禁覺得不適，並非因爲任何特定原因，他就是覺得哪裡不對勁。爲什麼呢？是因爲她沒有使用他早已決定好要聽而不聞的慈母口吻跟他說話嗎？抑或是因爲她那簡潔有力的評語讓他猝不及防，使他選擇去感受到那幾乎可稱得上是愉快的戰意？

都不是。

花了一秒鐘去思考後，他知道了答案。

他閉上雙眼。

是語調。她們的語調一個樣。

換作是她，也會說出一模一樣的話來。

忽然間，他不再被體內的悶痛所擾——此刻，無論他在這具疲憊不堪的五十五歲身軀中感受到的是低血鈉、脫水的症狀，或是藥丸中的某些異樣成分殘留在他的體內，一切都是徒勞，這具身軀已注定分崩離析——就連手腕上那正在繃帶底下癒合的傷口也不再讓他感到灼燙。現在有別的東西正在折騰他。又是同樣的感受，多年來糾纏不休；倘若他試圖遺忘，就會用加倍的氣力朝他反撲。也正因此，他才會在前一天的晚上走進浴室，並在最後一刻決定下手。

只因爲他沒有注意到那些徵兆。

然而很諷刺地，除此之外，卻沒有其他的表達方式。

沒有辦法解讀那些徵兆的人，就是他。

去他的。

他應該趁她人還在這兒的時候，跟她要點能讓他平靜下來的東西。止痛藥。或是煩可寧。或是若她辦得到的話，朝他的頭部開上這麼一槍，但她八成辦不到。

跟前一天晚上一樣，他回到了同一個境地：在黝暗的通道中無止境地墜下，自毀性地盼求墜擊深底，冀望那轟然一摔能置他於死地，藉此擺脫掉那些總是能夠找到辦法去控制他的思緒。那思緒刻意讓他看見一絲希望，接著就會傾全力襲來，讓他搞清楚誰才是老大。

他伸長了手，去抓懸掛在牆上的白色電線。拉近後，他壓下長管狀的按鈕，尋求協助。希望不要喚回同一個護士，眼睜睜看他從言詞犀利的仁兄轉而軟弱地索要安眠藥，這樣的挫敗將使他氣惱。不過呢，倘若她能夠幫他好好睡上一覺，他願意付出這樣的代價。

因此他又壓了一次按鈕。

按鈕出乎意料地竟沒發出任何聲響。

他又壓了一次，這次壓得比較久。

依然鴉雀無聲。

也沒那麼奇怪啦，他告訴自己。畢竟他召喚的人可不是他自己。只要鈴聲會在某處作響，讓那些無論人坐在哪兒、在幹些什麼分內事的醫生注意到，能喚個護士過來幫他一把，這樣就好。

緊接著他看見了那盞燈。在呼叫器線路上方的牆面設有一個紅色的塑膠硬殼裝置。它不是應該要發亮嗎？就算聽不見鈴聲，呼叫器的警示燈不是也應該要在他壓下按鈕後發出光亮嗎？

他一次，又一次地壓下按鈕。但毫無任何跡象。

他滿腦子想著那個壞掉的呼叫器，因此當病房的門因開啓而發出聲響時，他馬上就嚇得跳了起來。他朝聲音的方向望去，心底則在琢磨應該要防守還是攻擊：應該要抱怨壞掉的警示燈呢，還是要爲了自己歇斯底里狂壓按鈕的行徑道歉？

在他的雙眼還未適應背後的窗戶照進的光線之前，他仍舊游移不決。而在他終於適應眼前的明暗後，所有的選項就看似無關緊要了。

站在他床尾的男子既非醫生，也不是護士。

他身穿西裝外套、一件襯衫，但沒有繫上領帶；腳上則套了一雙整體來看非常突兀的皮靴。他大約三十歲左右，但也難說，畢竟他理了個大光頭，且從體態來看明顯已健身多年。也許他的年齡比視覺上要來得老。但也可能是相反的情況。

「那是要送給我的嗎？」除此之外，威廉不知道該說些什麼。

男子看著手上的花束，彷彿他壓根兒不知道自己手中拿著它們。他沒有答腔，隨手就把花束扔進一旁的垃圾桶。花束不過只是工具，讓他能夠在不引人側目的情況下混進醫院，並持續在醫院走廊間四處探勘。

「你是威廉．薩柏格嗎？」男子問他。

「雖然殘破不堪，」威廉這麼回答他。「但我是。」

男子就這麼站在那兒，兩人之間一語不發地互看著彼此。雖然他們用眼較量，但若對方眞要動手，從他所躺的位置來看，威廉幾乎毫無招架的餘地。整個場面的氣氛很古怪，威廉感覺自己蓄勢待發。

「我們一直都在找你。」那個男人總算開口了。

眞的嗎？威廉嘗試去思考對方所說的話。近來，他並沒有感覺到有人想跟他取得聯繫，但老實說，即使眞的有，他大概也不會留意到吧。

「我最近都在處理一些自己的問題。」

「我們得到的消息也是這麼顯示。」

我們？現在是什麼鬼狀況？

威廉稍微坐挺，努力朝對方擠出一個自然的微笑。

「我很樂意提供你一點什麼，但院方太小氣，嗎啡的劑量給得很低。」

「我們需要你的協助。」

天外飛來這句話，快得他幾乎措手不及，而那聲音中的某種特質使得威廉暫時卸下了他的心防。那名年輕的男子看著他，視線雖堅定，但後頭藏了些什麼。急迫性。甚至也可能是恐懼。

「那麼，我想你找錯人了。」威廉邊回答邊伸出他的雙臂。或更準確地說，他嘗試這麼做。雖然他的動作被點滴管及心電圖導線所局限，但此情此景順利強調出他想要表達的訊息：如今的威廉．薩柏格自身難保，遑論助人。

但那名壯碩的年輕男子搖了搖頭。「我們知道你的能耐。」

「『我們』是誰？」

「這不重要。重要的是你。你的能力。」

刺穿威廉身軀的這種感受既熟悉又陌生。這樣的對話在二十年前，了不起十年前吧，他都還能平心靜氣去應對。但怎麼會在他到了這年紀才找上門？

「你隸屬哪個單位？」

男子佯裝失望地望著他。彷彿威廉早該料到對方不會回答他，彷彿威廉問話的行徑很不得體。

「國安局？國防部？其他國家的情報組織？」

「對不起。我不能說。」

「沒關係，」威廉回答他。「幫我問候他們，謝謝他們還特地送我花。」

他用一種「到此為止」的語調講出這句話，同時，為了重申他的決定，他又一次拉起警示燈的延長線路。用大拇指壓下按鈕時，他定定地看著年輕男子，好似要藉此強調他欲結束此次對談的決心。

「若那設備眞沒問題的話，燈早就該亮了。」男子這麼說。

這番話出乎威廉的意料。他看著對方。

彼此又互相打量了一會兒後，威廉放開線路，讓它落在自己的胃部上方，橫在黃色的醫院毛毯上。

「我五十五歲了，」他說。「我幾十年沒工作過了。我就像中國的萬里長城，遠久以前我曾肩負重任，但如今已土崩瓦解。」

「我的上司對你有不同的看法。」

「誰是你的上司？」

他的話語中透出一種疲態。他對這樣的對談感到疲累，他只想吞下藥丸後任意識漂離，而不是在這兒跟株運動過度的嫩草玩冷戰遊戲，這株草晚來了十年。

但先結束對話的竟是那名年輕男子。

「對不起。」他又說了一次。他帶著歉意地嘆了一口氣，隨即轉身背對威廉。

要走了，威廉這麼想。一場莫名其妙對話的莫名其妙結尾。

然而，通往走道的房門一打開，卻見外面守著另兩名男子，他們在等的就是開門的這一刻。

時鐘顯示時間為午後的一點十分，此時卡羅林斯卡大學附設醫院的醫療小組正在穿過加護病房區那一條條的走道，確認他們照護的患者康復的情況。

巡房之旅已達半途，沒遇上什麼太出乎意料的狀況。下一個要探視的患者，是一名意圖自殺的五十多歲男子：用藥過量以及手臂有割裂傷。這種病例通常不會讓患者在加護病房裡住太久。院方已為他進行過輸血，此舉除了能回補他從傷口流失的血液之外，還能稀釋他體內殘留的過量處方藥物，但抵達醫院時，他的情況其實並沒有生命危險；他要不是計算錯誤、吞下了不足致死的劑量，要不就跟其他病例一樣，只是想引起旁人的注意，而答案極有可能是後者。

無論眞相如何，毫無疑問的是，照顧他很快就不會再是他們的責任。艾力克·妥內勒醫師駐足在該名患者的門外。合上手中的病歷表後，他對同事們點頭示意：花不了太多時間。

進門後，他們首先注意到的就是那張空空的病床。

一束花倒置在垃圾桶中，放在病床旁邊桌上的花瓶被翻倒砸碎，床單皺成一團掉在地板上，連著點滴瓶的管線在空中晃蕩。

浴室裡沒有人。原先患者抵院時存放在櫥櫃裡的什物都被清空了。而小櫃的抽屜全被拉了出來，倒放在地上。

威廉·薩柏格消失了。

經過一個小時的搜尋後他們得到一個結論：他人不在醫院這一帶，沒有人知道爲什麼。

3

在一片百草蔓生的廣闊土地上，僞裝的救護車就停駐在其中心地帶。不畏多不勝數的無心除草行動，頑強的野生植物仍一而再、再而三地從巨坑、暗處及爆炸留下的洞中復甦。草木的生氣蓬勃雖稍具諷刺意味，但任何知道此地存在的人都對此無絲毫興致。

身穿反光背心、做救護員打扮的數名男人早已離開此地，並依照早先即規畫好的安全措施逐步清刷、沖洗、整裝。

唯一還留在救護車上的，只剩下那名遊民。

毫無疑問，他們已奪走他的性命。但他們不也賜給他新生、賜給他美好的一段日子嗎？誰知道他的性命是不是因此而延長了一些時日——倘若他們沒有介入，說不定他早已橫屍街頭。他們給了他飲食、衣物，給他一處棲身之地。他的人生有了目的。他會運動。他們甚至增廣了他的知識。

但沒有人跟他提過恐懼。

還有那些症狀。

誰知道事情竟會如此演變？

「事情都已經發生了，」留著平頭的年輕駕駛員說。彷彿康納斯的所有思緒都已列印在一份電報上，讓他得以照著唸出來。他坐在前座，耳聞機上的螺旋槳不停發出嗡嗡響聲，而他們戴的耳機正費勁地穿透這層雜音，讓他們得以聽見彼此的聲音。

康納斯朝他點了點頭。

「要動手了嗎？」駕駛員問他。他的手指反覆地敲擊操縱桿。

這次康納斯沒立刻點頭，但他們心裡有數，早晚他都得下這道指示。晨光乍現時分，少了望遠鏡的輔助，救護車在他眼裡不過是遠方的一個小亮點罷了，然而他的眼睛卻直直地盯著它。

彷彿他可以迴避這無處可躲的宿命。

彷彿他坐在這兒，一手握有答案，另一手握有試題，而他一次又一次企圖想出不同的解答，縱使他早知道那答案會是什麼。

大家都高估了擁有責任感的好處。

但事情已經走到這一步了。

他示意的動作如此輕柔，宛如僅是亂流引發的、不由自主的震顫，但平頭青年注意到了，也盡了他的職責。小方盒已在手中，他只需要壓下按鈕就好。

救護車應聲爆炸、化成一團火雲，任務完成。

而新一代的雜草與野花也因而獲得了一個巨坑，等待它們去攻克。

4

當威廉・薩柏格在他預計永眠的那天第二次甦醒時，他發現自己人在幾千英尺的高空上。

現實情況立刻逼得他精神爲之一振。

他坐在一把眞皮扶手椅上。這張皮椅柔軟、溫暖、寬敞，適合搭配家庭劇院，擺在任何一棟郊區的住屋之中。壓克力材質的窗戶外，斜陽的光芒穿透了蓬鬆的雲層朝他直射而來。

他人在一架飛機上。而他剛剛作了個夢。

如同以往，夢境仍殘留腦海，它雖無形無象，卻讓他心裡不舒坦。有那麼一下的時間，他打算按照先前領悟到的方式去應對：任由大腦跟隨那負面情緒踏上回憶之旅，尋思它最初的成因。總是那件事。而追憶並喚回往日情景的舉動對他來說總會帶來更多的折磨。然而就他所知，這卻是擺脫那些思緒的唯一辦法。

但他選擇先將那思緒暫放一旁。他心神專注地觀察周遭的環境。他動也不動地躺在椅上，彷彿就連最輕微的動作也會透露出他已甦醒的事實，從而提醒某人進門來將他滅口。

這些人到底是誰？

他全無頭緒。

只有幾件事是確定的：他還記得有三名西裝男走進他的病房、他現在口乾舌燥、他現在被某個財力雄厚的人囚在這裡。

這不是他第一次搭私人飛機，但機內的奢華擺設卻是他前所未見。眼前的空間五臟俱全，稱其爲「房間」一點也不爲過。他正對面擺了另一把扶手椅，而一張鑲在牆上、大小合宜的桌子就豎在兩把椅子之間，適合辦公。一面堅實的牆板將此房與機內的其他空間區隔開來。而在一扇仿木頭材質的門背後，八成有一條位在機體左側的小型走道。門大概上了鎖吧。若有心的話，要用蠻力將它打開應該不是難事。但門肯定有上鎖。

但他爲何如此篤定呢？他又一次自問。

沒有任何跡象顯示他是名階下囚。某人細心繫在他腰部的安全帶再普通不過，扣環一拉即刻鬆解，毫無異狀。出於他的自由意志，他選擇繼續坐在椅子上不起身，除此之外，他並沒有遭遇任何阻礙。

天花板的風扇吹來一陣清爽的風。照進機內的陽光溫暖宜人。前一天，他吞下了滿肚子的藥丸，如今他竟坐在這裡，身上穿著病人服跟普通長褲，陷進一把極爲昂貴、普通人得工作一整年才有可能買得起的扶手椅中。如果這就是死後的世界，那麼死神的幽默感的確異於常人。

現在的處境讓他頗爲訝異，而他又覺得這樣的訝異之情過於矛盾。人生路途中，有一大段時期，他總全心全意在爲遇上類似的處境、甚或更糟的情況，做好準備。

回首八〇年代末期，威廉二十多歲，代表顏色各爲紅與藍的兩大強權崛起，世界於焉二分。當時，他曾多次在斯德哥爾摩被車輛跟監。遇到這種情況，他會遵照平常的演練：先停好車，再以令人眼花撩亂的方式，穿行在各大購物商場與百貨公司之間，沒有一個人追蹤得了他。接著，他會搭計程車回家，幾天後再委請同事幫他把車開回來，一切都按規章行事。他在郊區的住屋內，裝設了外人極難察覺的監視器跟警報系統，設備都是那時代最爲精良的。縱使如此，他仍無法抹消使用室內話機時會聽見的古怪雜音，也無法阻止那些挨家挨戶拜訪的推銷員。他們不停造訪他的左鄰右舍，談話結束後就窩在他們的車內，企圖窺探威廉家的情況。說來也不複雜，探子會對他有這麼大的興致，自然與他當時所從事的工作脫不了干係。

但那都已是塵封往事。彼時他還年輕、仍在一線，未來更有無限展望（他以前老愛說，一切都已「隨風而逝」）。而且，彼時他的技藝超群，世界也需要他這樣的人才。如今他已卸任，更成了出勤時的累贅。現在，只需要一台從繁華市街買來的筆電，再輸入幾行指令，就足以取代他往昔的作業了吧！

他對自己的想法搖了搖頭。他們不大可能是因爲科技的進展而將他調職。說穿了，他怪不得任何人，是他先將自己搞得灰頭土臉，也因此，他們才會讓他在還不到五十歲的狀況下就提前退休。他心裡明白這個洞是自己挖的，他毫不猶豫跳下，持續深掘。過程中，他非但抑止不了快活的心情，更享受似的看著他親手打造的一切在身旁分崩離析。這樣的愉悅從何而來，他自己也說不上。

現在，他人在這裡。肌肉僵硬、口乾舌燥，兩邊手腕上各有一道深痕。身處一架設備先進的商務專機上，同時還遭挾持，下手的不會是別人，定是他國的軍事情治單位。

但是這怎麼也說不通。

威廉・薩柏格被綁架了。

但這事的發生少說遲了十年。

那天早上，跟編輯台的其他成員一樣，那名年輕的實習生對一則則的新聞都顯得心不在焉。睏意席捲而來，坐在大螢幕前的他，壓根兒無法盡責地寫出新聞的大綱。他轉而將目光聚焦在其他通訊社所提供的一長串新聞摘要上，佯裝自己極具責任感，隨時都在掌握時代的脈動，但他其實滿腦子只想偷懶，但又不敢太明目張膽。

他儘可能地將視線集中，看著世界各地的通訊社所發布的新聞報導川流不息而來。這些報導的英文摘要無足輕重，沒必要列入他們自家的新聞快報中。

沒完沒了的無聊。但比起費心去整理爭論不休的斯德哥爾摩中部重建議題，手頭的事情還是有趣一些。而且，即使眼前的每一則新聞要不是芝麻綠豆點大，就是發生在天邊海角，跟自家報紙少了一層地緣關係。即使他只要一按下「刪除」鍵，這些小新聞就會煙消雲散，他還是可以說自己有在乖乖上班。如果他人問起，他可以說自己在核查新聞摘要。這聽起來比說自己宿醉未退而沒法寫稿好得太多啦。

此刻，又有另一則無趣的新聞出現在他面前的螢幕上，他右手的無名指在刪除鍵的上方盤旋不去。一名遊民陳屍柏林巷道中，記者雖在文中未明說，但讀者不難看出，遊民是在嗑藥或酗酒後陷入昏迷，繼而凍死。這不過是一則地方新聞而已。類似的故事成千上百，他只匆匆一瞥，不會採取任何行動。

他極力對抗想打呵欠的衝動，但失敗了。

「昨晚熬夜啊？」

女性的聲音。講話的人離自己很近，而他依然張大了嘴。

媽的。

先前進門時，他刻意不摘掉頭上的棒球帽，雖然此舉有效地遮起他的臉，讓別人瞧不見他的神情，但卻也讓他看不見螢幕之外的景象，除非他把整顆頭都抬高。

但他沒那麼做。如今，她人就站在這兒，已經站了多久呢？看來有些時間了，足以見他朝著整座編輯室呵氣。

「沒有啦。是，怎麼說呢，不是啦。」他邊回話邊脫帽，試圖表明他老早就打算要脫了。

那女人沒再搭話，他早知她不會答腔。這讓他更不安，他早知自己會這樣。克莉絲汀娜．薩柏格至少大他二十歲，但她仍動人得難以言喻，不但美麗大方，更親切到教人氣惱。他氣，不是因爲她的親切中帶有一絲虛僞，也不是因爲她過分親切到會讓人覺得有距離，他氣的是自己，他多希望她能有些令人難以忍受的缺陷，如此方能阻卻他的雙眼，不再無時無刻望向她的所在；也讓他能夠在嘗試跟她說話時得以好好表達，而非斷斷續續、不知所云。

「妳有封，我寄了，到妳的——」他說。心裡直盼望他那不清不楚的點頭動作能夠傳情達意，彌補他口頭上的挫敗。

若她有事外出時，他會代爲記下留話，這是兩人間不言自明的默契。道過謝後，她繼續往自己的辦公室走，並沿途跟其他工作夥伴說早安。

較之平常，他注意到她今天的神色有點憂愁。但他要自己別去想。他們根本不熟，且他心知肚明單戀一名成熟、表現傑出的新聞編輯，下場通常都會很慘。

他將目光轉回螢幕上。一名流浪漢橫屍柏林的報導。他輕觸按鍵，三行文字就此消失，被扔進資源回收筒內。隨後，這名疲憊的年輕人就將他的視線望向下一則無味的新聞上。

關上辦公室的門以後，克莉絲汀娜把麂皮外套掛在正面玻璃牆旁的掛鉤上，隨即稍稍閉目養神。外頭的人也許會注意到吧，但想看就讓他們看個夠吧。不出幾分鐘的時間，她又會思慮迅捷、活力充沛、重回頂尖。一天過去，不會有人記起她這幾秒之間的疲累。

今天早上很難熬。但前一天晚上也不遑多讓。她眼見前夫上了擔架、抬進一輛救護車中。如果她心地善良一點的話，應該要開車隨行才對。如果她心地善良一點的話，應該要把白天的時間都花在醫院長廊的某張塑膠椅上，耐心等候他轉醒；接著她就能起身，坐上另外一把鄰近病床的塑膠椅，問他爲什麼要那麼做，然後聽他重複那些老生常談。

但克莉絲汀娜已經當了太久的濫好人，久到她再也無力承受；後來，她又稍稍地濫好人了一會兒。到此爲止了。威廉如同一輛她老早就該報廢的車——這句話可是他自己說的——你投注大量的財力跟心神，但這輛車早已破爛不堪，每當你修好兩個毛病，它就多壞三個地方。他不可能好轉，因爲他根本就不想好轉。他已經喪失了信念，或說熱情，或管他是個什麼東西。少了這東西，生命索然無味。而他差點就把克莉絲汀娜也拖下水，直到兩年前的那一天，她覺得自己眞的受夠了，才毅然決然地搬出了他們的公寓。

自此之後，她再也沒有踏進那個地方一步，直到今天才破了戒。的確，他斷續都有再打電話給她；的確，每次接起他的電話，都會使她筋疲力盡，但她成功地跟他保持距離，同時緩慢地、一點一滴地，她找回了自己。雖然悲傷仍未消逝，但她選擇讓那情緒，連同她的一切，都留在原處。不逃避，但也無須面對。

她想要繼續保持這樣的關係。她不想再眼睜睜地任他將自己拖入深淵。因此，她沒有把上午的時間虛耗在醫院，而是打了通電話到報社，說自己要在午飯時間過後，才會進辦公室。

她在市區裡逛了約四個小時。她試圖以老方法來紓壓：將行動電話關機後，她走進薩姆勒教士街上的那間大型書店，選購了一大疊進口的報章雜誌，但這些書報其實泰半都能在辦公室裡免費借閱。接著，她會走進斯德哥爾摩大飯店的酒吧餐廳裡入座，在飽腹的狀況下點一份要價不菲的早餐，然後就坐在那兒，直到世界各地的要聞充斥腦海，使得她所面臨的問題相較之下變得微不足道。結束後，她在十一月的寒風中漫步走過整座城市，最後才回到她位於國王島的辦公室。

她知道現在自己要付出代價了。部屬有幾千個問題要問，她有一堆電話要打，還有好些早該完稿的文章待寫。但現在，她已經進入備戰狀態了。

她將手機開機。在等待手機叮咚作響、逐漸甦醒時，她檢查了一下電腦上的電子郵件。

頃刻間，那則消息從四面八方朝她湧來。

同時，她的手機嗶了幾聲，提醒她有三十通未接來電。她看見實習生寄給她四封電子郵件，告訴她醫院希望她能回電。

就算克莉絲汀娜・薩柏格的同事們已經忘記她一早就閉目養神的光景，他們也絕對會記得，她那天在進辦公室四分鐘後，就又趕著離開。她腳步匆忙、神色慌張，手裡拿著行動電話，衝出了報社。

威廉在自己的機位上坐了至少十分鐘以後，才第一次起身走動。他注意聆聽是否有動靜、對話聲，或是其他細微的跡象或線索，來幫助他釐清自己身在何方、綁架他的人又是誰。

但是，他什麼都沒發現。

機上能夠聽見的，除了引擎的緩慢嘎吱聲之外，就只有遭遇亂流時，機翼接合處所發出的嗚咽。沒有談話聲，沒有腳步聲，除了他自己以外，沒有任何跡象顯示機上還有其他人。但顯然一定有。

他這才意識到自己飢腸轆轆。距離上一次進食已經多久了呢？他嘗試去回想，但卻怎麼也想不起來。首先，他並不知道自己究竟昏迷了多久。再者，他在醫院時打了點滴，而這很有可能延緩了他的飢餓感。

這件事很讓人氣惱，更增添了估算正確時間的難度。而若能知道現在幾點鐘，應該就有辦法猜到自己人在哪兒、將前往何處。

他看了座位上方迷你的控制面板一眼。面板上有個按鈕，按鈕上的圖案是名典型的空服員。猶豫片刻後，他放棄了去按壓的念頭，認爲這是個餿主意。他站起身，機艙內的高度其實足夠他挺直身軀還有餘，但他仍微微弓著背。兩個箭步，他已來到門邊。

躊躇不前。腦海裡浮現種種可能性。

相較於一般的商用客機，此機飛行時的噪音明顯降低不少，甚至帶來一種聽覺上的舒適感，但仍大得足以掩蓋他的一舉一動。就算有人站在門外，他們也不會聽見他起身走到門旁。按道理來說，他具絕對優勢，因爲他得以出其不意。

然而實際上，恐怕突襲都還沒展開，計畫就已告失敗。過去二十四小時內所攝取的藥物都還殘留在體內，使得他昏昏沉沉；此外，他更是寶刀已老。過去辦得到的事，如今就連動個念都是奢望。

但他不能呆站在這兒。

他決定把門打開。不去管門外有什麼妖魔鬼怪。

觸碰到門把時，他感受到了金屬的冷冽。

轉動。小心翼翼。毫無阻礙。門沒上鎖，他將門把轉動九十度，喀啦一聲，門打開了。

沒想到外頭竟空無一人。沒有對準他的槍，沒有警衛，沒有人對他說「我們有叫你出來嗎？回去！」他跨過門檻，停步，查看周圍。如他所料，機身的左側有一條狹長的走道。走道上成排的橢圓形窗戶，跟他那間小房間內的如出一轍。地上鋪設的絨毯大小適宜、所費不貲，牆上則設置了防火的人造皮革。沿著走廊走幾公尺後，盡頭處是一間開闊的制式客艙，裡面至少擺了二十多張椅子，跟他房內的那張一樣豪華，但都成對陳列在兩旁。

若威廉曾設想他的擅闖會引起不小的騷動，那他只能無奈地接受眼前的事與願違。

在主艙前方、緊閉的駕駛艙門旁，坐著兩名男子。其中一人背對著威廉，也無意回頭；坐在他對面的男子則抬眼望向威廉，兩人四目交接，但也僅此而已。

威廉立刻就認出了他。西裝筆挺，俐落平頭；軍人氣勢，男孩臉龐。回想醫院那幕，他正是等在病房門外的二人組之一，就是他拿了枝外型昂貴的鋼筆插進威廉的脖子裡，接著只聽見一聲清脆的器械鳴響，威廉這才知道那不是一枝筆。那是他甦醒前的最後一個念頭。

注射男抬起頭，以此無聲的暗號告訴威廉他有注意到對方的到來，旋即又將他那整齊清爽的頭轉向威廉的右方。主艙入口的轉角處，也就是在那堵區隔了主艙與客艙間的牆板前方，坐著那名在醫院跟他說過話的男子。他放下手中的報紙——上頭寫著德文，威廉是在他將報紙塞進前方椅背的置物袋時發現的——然後起身。算不上是威脅，但也不怎麼友善。他臉上掛著一抹機械式的微笑，不帶太多情感在裡頭。

「醒啦？」他問。

威廉不置可否地瞟了他一眼，彷彿在說「事實不就擺在眼前嗎」。即使體能贏不過他們，至少他還保有挖苦人這項本事。

那名男子離開座位，走至通道上，站在威廉面前，他健壯的身體為配合天花板的高度而微微彎曲——

威廉這才注意到他約有兩百公分高，而他蠻牛般堅韌的頸子奮力地想從沒扣緊的襯衫中掙脫而出——而威廉不動如山，以不變應萬變。他腦海中浮現了兩種選項。男子要不是命令他去跟其他人坐在一起，就是夥同其他人要求他回到自己的客艙，同時要他閉嘴別惹事。

兩者皆非。

「在你艙房中的櫃子裡有些盥洗用品，」牛頭說。「如果你想要梳洗一下的話，那些都可以用。」

「爲什麼要梳洗？」威廉問。

男子對他的問題充耳不聞，藉此迴避。「浴室就在後面。」

好吧。威廉點頭致謝。現場沒有什麼火藥味，但也不是太親切。

「我猜，如果我問你飛機往哪兒開，你也不會告訴我，對吧？」他說。

「非常抱歉。」

「你怎麼又跳針啦。我建議你去看個醫生。」

他是帶著微笑說的，但他眼前的男子一臉平靜，沒有生氣。而雖然他剛剛有道歉，但臉上卻看不出任何歉意。他的眼神聚焦，專注而呆滯。

「在我背後嗎？」威廉隨口問問。牛頭點頭回應。

雖然時值午後車潮，克莉絲汀娜卻只花了不到半小時，就從國王島回到統帥街。路途上，她至少兩度催促緊張的計程車司機闖紅燈，但爲抄小路而開上人行道則是司機自己的主意。如今，是她當天第二次站在舊家公寓外頭。

她手上握的行動電話依舊溫熱，因爲在回家的路途上，她全程都將電話放在耳邊，時而大喊，時而訓斥，彷彿電話那頭的人是個孩子，彷彿電話這頭的她是個缺乏耐性的家長。

「你是怎麼搞的，連一個成年人也可以照顧到不見？」有一刻，她這麼說。照後鏡中的司機兩眼茫然困惑。「人會搞丟東西！會搞丟資料！有時會搞丟孩子！但你他媽的居然把一個才剛自殺過的病人搞丟了！」

但他們就是搞丟了。

他們搜尋了整座醫院，問過所有員工，也試過詢問目擊者。但沒有人知道他是怎麼辦到的，又爲什麼要離開，甚至連威廉・薩柏格是什麼時候從卡羅林斯卡大學附設醫院消失的都無從知曉。上層只允許院內設置少數幾台監視器，而他們仍在查看相關的影像紀錄，但截至目前爲止，保全團隊的電腦硬碟中依舊沒有他的存在，彷彿從地球的表面平空消失。

通話結束時，克莉絲汀娜的臉氣得漲紅，而不是像平日被電池的熱度蒸紅。她氣憤不已。世上到處都是白痴。載她的計程車司機也是，但支付車資時，她還是告訴司機「不用找」（她心想，總不能讓他白白賭上駕照吧）。跑上樓梯時，她告訴自己，他一定是又自殺了。而且這次，她心想，應該成功了吧。

走進那曾是家的公寓時，她留意到的第一件事，是那名招呼她進門的中年警察臉上的表情。他臉上的毛髮恣意生長，教人難以猜測他究竟是想蓄成落腮鬍呢，或只是疏於刮剃？濃密的鬍叢間，他的嘴不停開合，是在賣力呼吸，或是欲言又止，抑或兩者皆是呢？但在他的嘴還在尋找正確字眼的當口，他的雙眼已然明言。「很抱歉，」他這麼說。「很抱歉，是壞消息。」

「他死了嗎？」她問。

這句話來得太快，連她自己都嚇了一跳。正常來說，不是應該問「他還好嗎？」或至少問「他還活著嗎？」但在她的內心深處，除了死亡，她想不到第二種可能。

「我們還不確定。」他回答。

「不確定？」她又問。

沒有答覆。
「他人在裡面嗎？」
警員又不答腔，卻見他神色焦慮地凝望起自己的腳來。往他的背後望去，克莉絲汀娜看見他的同僚在公寓裡不停走動，偶爾還會有閃光燈的亮光從視線外的房間內傳出。
警員猶豫再三。他不想說出下一個問題，但他非說不可。
「你們之間的關係有任何的問題嗎？」
「我們兩年前就分居了。我想這應該算有點問題吧。」
聽聞這一席諷刺意味十足的話，藏身鬍鬚中的嘴不知該禮貌微笑或表達遺憾，因此它採用了一貫的伎倆，又開始呼吸個沒完。
「他人在哪裡？」她再度質問。
他人往旁邊一退。朝著走廊的深處點點頭。「我們認為他逃走了。」
她花了一點時間才消化掉他所說的話。逃走？
三步併兩步，她急急走往警員所指的方向。她穿過狹長的食物儲藏室，穿過客廳及書庫，她所穿行的路徑跟往昔並無不同。回首過往的無數個清晨，她常穿件浴衣或圍條毛巾，有時甚至一絲不掛地走過這些地方。彼時的她快樂、無知，渾然不知有一天，她將要跟待在威廉書房裡的警察詳加解釋，這個活得不耐煩的男人「逃走」的機率微乎其微。
但實際踏入房內時，她一句話也沒說。
她跟站在威廉書桌旁的兩名警官（或是鑑識人員，她不確定）四目交接。她環視四周。自離婚後，她就沒再踏進過這裡，但就像警方一樣，她也立刻就發現到有東西不見了。更確切地說，所有的東西都不見了。

門的右側有一面大牆，牆前擺了一張書桌，鑲嵌在牆上的窗有著極大的窗台，更能遠眺東區家家戶戶的屋頂、煙囪。很多人家都裝設了外凸窗、設置了屋頂露台及戶外家具。但這些設備根本不值得屋主砸大錢，就算只花三分之一的經費都還嫌貴。桌子的右手邊擺了一個櫃子，櫃內的架上有很多硬碟跟各種儀器，這些東西都藉由傳輸線路跟位在中間的路由器連接在一起。

至少在她的印象中，裡面的陳設本該如此。

然而櫃子卻是敞開的，架上空無一物，就連書桌上也空空蕩蕩。幾處泛黃的痕跡，透露出兩個大型平板螢幕不久前仍擺放的位置。桌旁兩側的窗台上都擺了書架，這裡等同於是威廉的額外書庫，原本架上擺滿了各種關於密碼、統計數據、混沌的書，以及所有那些她幾百年前就不再過問內容的其他書冊。如今，這些書架卻用空洞的眼神回望她。什麼都沒了。

她搖搖頭。一個帶有否定意味的搖頭。一句不可能。

警員都看著她，等著聽她解釋自己的行爲。

「這裡遭小偷，」她說。

兩名鑑識人員一句話也沒說。但他們彼此互望，彷彿知悉某件她不知道的事情。

「他沒有逃走，」她這麼說。她的聲音中帶了一絲絕望，她自己聽得出來，她讓話語暫歇，藉此強調查案小組辦事不力，竟然沒有得到跟她一樣的結論。「除了這裡以外，他一無所有；離開這兒，他根本走投無路。我很確定，因爲我昨天晚上才跟他說過話！老天啊！他這種人根本沒有逃走的理由啊！」

他們依舊沒答腔，僅僅以同情的眼光望著她，直到他們把視線轉移到她背後的某樣東西。是那名臉上有樹叢的警員。她沒有聽見他的腳步聲，但他現在就站在那兒，嘴巴像條擱淺的魚蠕動著，大家都在等他開口。

「理由是什麼，我們也不知道。」他說這話的口吻，就如同「逃跑」這個行爲本身自有其意義，無須爭辯。接著他扭了扭自己的頭，以此表示「跟我來」。

克莉絲汀娜任這名經歷比她淺的「嚮導」引著自己在公寓中穿梭，一路走進她跟前夫曾經共有的臥房中。一切都沒變，那來自牆壁、地板及衣物纖維的氣味仍如此熟悉。在還沒來得及阻止之前，她就已經被連自己都不記得的回憶點滴所淹沒。他們先是賣掉了郊區的房子。後來搬進了城市，因爲他們想要在這兒生活。終於，他們準備再次邁向兩人的新生活。

要是他們能預測未來就好了。

床鋪已經整理好，房裡的東西都擺得整整齊齊，還沒蓄成落腮鬍的男警繼續往房內走，同時還不忘往後瞄一眼，確定她有跟上來。腳步停在他們曾經的衣櫥前。打開拉門後，警員看著她，並用眼神示意自己無須贅言。

他一個字也沒說。

衣櫥是空的。

威廉所有的外套、西裝，他那些熨得平貼的襯衫，全部都不見了。就連架上的內褲跟鞋子也盡數消失。她得承認。從表面看來，事情的確如他們所料。但她知道並非如此。

「不到二十四小時前，我前夫還想著要自殺，」她說。「而你們眞的認爲，他會突然決定捲鋪蓋跑路？」

「根據對門的鄰居描述，有兩名搬家公司的男員工當時在場，他們在十二點過後不久搬走了幾箱東西。」

「是搬家公司的男員工，還是穿著搬家公司制服的男人？」

「我不太懂妳的意思。」

她沒有回答這個問題。若她不解釋，他就得自己動腦去想。與其直接給他們魚，還不如給他們一根釣竿讓他們自己學著釣。特別是在她手邊沒有魚的時候。

他仍無言地站著。她則轉身，走出臥房。

她任由自己在公寓中自在穿梭。廚房，飯廳，客房——那間該死的客房，她直接走過，不允許自己去回想過去——接著走出來，進入客廳。這裡裝潢得很華美，幾乎可說是吹毛求疵，仍舊保有兩人在一起時，共同培養出來的昂貴品味所餘下的印記。多數家飾保養得很好，看起來跟她還沒搬出去之前一模一樣，要不是她太了解威廉，她肯定對威廉這種「在自甘墮落的情況下，仍能穩當持家」的能力感到不可置信。

但她知道他天性如此。混亂中求秩序。規律與邏輯。那是他唯一的生存方式，當周遭的事物都開始墜入深淵時，那正是他的救命繩索。你不會在事物分崩離析之際停止吹毛求疵。相反的做法才是正確的。最後，她回到了威廉的書房。原先的兩名警察已經離開，跟著未成落腮鬍男去了公寓的其他地方。如今，她隻身一人站在這兒，望著眼前那些不存在的東西。

那些電腦。

那些專業書籍。

那本昂貴的筆記本。那本子讓他又愛又恨，捨不得使用。第一，因爲它象徵一段美好的回憶。再者，也是因爲同一段回憶，但理由有所不同。

彷彿是那些書籍的錯，讓這裡充滿回憶。彷彿他能透過維持同樣的布置，而讓過往的美好永存。彷彿後來發生的事都不會取代這一切，只要他不去攪動那些回憶的話。

她要自己去想點別的事情。

它們就藏在轉角處，她知道，那些想法那些情緒，若任它們恣意妄爲，無力感就將隨之而來。他就是這麼做的，而她則學到了教訓，拒絕俯首稱臣。

相反地，她把精力集中在思考眼前的情況。

不合理。

就算他眞的逃了，也不會是用這種手法，這不合理，他爲什麼要這麼做？

她了解威廉。她知道他無處可去，更沒有理由離開這個唯一讓他能安心的地方。而他爲什麼要帶走那些電腦呢？在一切都變調後，他有開機使用過嗎？

有些異狀。從踏進房裡的那刻，她就感覺到了。有東西不見了。

但她還找不出是什麼。她站了一會兒，試圖釐清最初是什麼給了她這樣的感覺，只是單純因爲她有一年以上的時間沒進來過這裡嗎，或是她眞的下意識發現了某些她還沒有留意到的細節呢？

她閉起雙眼。嘗試回想這房間過去的樣子。那些存量已達飽和、編排得無微不至的書架，那些資料及文件，那些他鍾愛的筆——威廉是她認識的人裡面唯一一個會將大把時間消耗在一家家文具行的筆類販售區而樂此不疲的——每樣東西都分門別類排列得整整齊齊、分寸不差。如今一切都消失了。一切。還有其他的東西嗎？是否還有其他東西也不見了，但卻被她遺忘了？

她走到桌旁，望向窗外。轉身，從相反的角度觀察這個房間。

她愣住了。

不是有東西不見了。

而是有東西，應該要不見的東西，被留下來了。

置放在小櫃內的盥洗用品出乎意料地讓威廉嚇了一跳。

不是因爲那些用品的外型很眼熟，而是因爲那些用品根本就是他的。

眼前的黑色尼龍盥洗包是他旅行的好夥伴，更準確來說，曾經是，至少在他以前還會出門遠行時是如此，而包包內的每一樣東西都取自他家裡的浴室，從刮鬍刀到牙刷到刮鬍水無一不是。

一件他的外套掛在細衣架上，裡層則掛了件他的襯衫跟一條他的牛仔褲。他那雙褐色鞋子就擺在地板上——若讓他挑，他不會選這雙，但的確是他的鞋——一旁放了雙他捲好的襪子，以及一疊摺得整整齊齊的內褲。

他們到過他的公寓。明明可以隨便扔一套盥洗用品組及百貨公司的成衣給他，他們卻選擇闖進他家，帶走他的東西。

這個舉動說明了很多事情。

這表示，不管他們要帶他去哪兒，他得在那裡待上好一陣子。

但這也同時表示，他們要讓他覺得自在。他對他們來說至關重要。無論他們是用什麼手段將他迷昏帶走，他們想要讓他有在家的感覺，甚或希望他視自己爲他們的座上賓。

威廉覺得自己可以接受這樣的待遇。畢竟他也沒有選擇的餘地。

他看著眼前衣架上那個淡薄、沒有五官的自身投影。接著，他脫下醫院病人服，改穿上日常服裝，赤著腳穿過走廊，來到飛機的後方。

機上的浴室嶄新、乾淨，而且出乎意料的舒適，但仍十分窄小。明明是慣常的晨間漱洗，卻讓他額外費了好一番工夫。

威廉·薩柏格不慌不忙。剃鬍，刷洗上身，把頭髮浸入仿造技巧拙劣的僞大理石洗臉盆中，並洗了兩次頭，感受那清水涼爽滑順地流過他的頭部。

很舒服。他很訝異自己竟會有這樣的感受。他放任自己享受片刻的美好，心裡明白等他梳洗完，不管接下來要面臨什麼樣的挑戰，他都希望能夠精神抖擻、條理分明地去面對。

此時，他感到自己豎起了雙耳。

飛機在下降嗎？

他用大拇指跟食指夾住鼻子，藉此平衡頭部所感受到的壓力。引擎的蜂鳴聲也起了變化，聲音慢慢變得低沉，這只可能代表一件事；一段時間過去，他發現自己什麼都聽不見了，就再次壓了壓他的鼻子。

他稍等了一下子。飛機可能只是改變航道，目前身處另一個高度，若是如此，那麼飛機很快就會趨於平穩，一切又將回歸單調的沉靜。

但高度仍在持續下降。飛機轉了個彎，調整了航向。飛機反覆小幅升空後又再度下降，威廉微微感覺到胃部似也隨之移位；而機上的重力也跟著飛機的起伏而舞動，讓威廉踩在地板上的身軀也輕盈了些許。毫無疑問，飛機準備要降落了。

問題是，降落在哪裡？

醒過來時，窗外的太陽讓他知道他們正在往東航行。有可能稍微偏東南方，這得要看當下的時間來判定。但這個訊息幫不上他什麼忙；他不會知道飛機起飛後是否都維持在同一航道。

而要猜測他們共飛行了多少里程也不是易事。在醫院甦醒時，外頭的太陽懸掛高空，可能是上午十一或十二點。後來他們給威廉下了藥，把他帶到機場——會是布洛馬機場嗎？抑或是奧爾蘭達機場呢？附近沒有其他現役機場了，但是要把一個昏迷不醒的男子弄上飛機，又不能引起地勤人員的注意，他們是怎麼辦到的？——而倘若飛機已先行打點完畢、在機場守候，文件也都已備齊，那表示他們約莫在一小時後就能起飛。

這種胡亂猜測的方式無異於亂槍打鳥，但至少讓他有點事可以做。太陽依然高掛，這表示他們待在空中的時間不會超過二至三小時。但若他們的航向是往西或往東，則他必須因應時區來增減預估的時間，但這個計算公式的誤差值大得驚人，大得都可以鋪柏油蓋馬路了，他決定不去多想，那都是小事。

他把省下來的腦力都集中在地點的可能性上。依據他的判斷有兩個可能。第一，他們在南歐附近。或者，他們正在俄國上空。另一個可能則是介於兩者之間。

他的思緒停留在某一個選項上。

俄國？

若是早年，則此答案再明顯不過。但事到如今，還有可能嗎？

這事背後的邏輯是什麼？話說回來，從目前的情況來看，一切根本毫無邏輯可言。爲何偏偏挑上他？爲何是現在？他們看重他什麼，誰看重他？

他任思緒來去。拉上盥洗包的拉鍊。他很快就會知道眞相。

朝鏡子看最後一眼。

在發生了這麼多事情後，他的氣色以一個曾投入死神懷抱的人來說，還不錯。

緊接著，他打開了浴室的門。

門一打開，那幾名西裝男都已在外頭等他。

他們站在浴室門旁的走廊裡。窗外，煙雲霧般流淌過機身，在壓克力窗上留下了顫動的滴滴水珠。

「我猜，我得找個地方把自己綁起來？」威廉說。他禮貌地笑了笑，心裡頭絲毫不認爲眼前的迎賓小組會因此而善罷甘休。果不其然，牛頸往旁邊一站，讓路給兩名同袍。

「對接下來將要發生的事，我想先跟你道歉，」他說。「我也不希望把事情變得這麼複雜，但我們有命令在身。」

威廉立刻就明白了他的意思。

又一次，他親眼看著平頭男朝他走了一步，手上拿著他的招牌鋼筆。不久後，威廉．薩柏格感覺到一股五味雜陳的痲刺感在他的體內流竄。隨著豪華專機的聲音隱入一處黑暗的洞穴中，他慢慢地失去意識、不省人事。

克莉絲汀娜・薩柏格所說的話簡短有力。她舉起手機，讓那幾名警員看她方才拍攝的、威廉房裡的照片。一邊篤定地跟警員解釋她所知道的情況，克莉絲汀娜一邊逼他們收下她的名片。在警方還來不及跟她爭論之前，克莉絲汀娜就已經衝出了公寓。稍晚，警方就得把她所說的話謄寫成報告，歸到威廉的檔案卷宗底下。

威廉・薩柏格被人擄走了。而照他過往的經歷來看，威廉有生命危險。

高跟鞋的腳步聲在巨大的樓梯井內回響，然後消逝。腳步聲下了大廳，穿過厚重的大門，走上街道。那鞋跟擊地的喀喀響聲成了印記，記下她與這幢位在統帥街上的公寓之間的最後一次會面。

5

珍妮・卡蘿塔・黑茵茲緊靠著石牆。由於害怕被人發現，因此她的心臟狂跳不已，但她又怕心跳聲會洩漏她的行蹤。

閉上雙眼。專注。想辦法壓低呼吸聲，想辦法讓腳步輕盈無聲，想辦法讓塞在腰際間的厚信封袋安靜，無聲。

雖然聽不見那兩個男人的動靜，但她知道他們近在咫尺。

說不定他們有三個人，她不確定：一聽見他們在樓梯井說話的回聲，她就動也不敢動，找尋其他出路，逃進一條不知通往何方的小道。小道暗黑無光，她緊緊靠在牆上，聽見男人走到了她那層樓，人就站在小道外面，僅一道石砌的拱門阻隔在她與他們之間。

他們跟她一樣都默不作聲，靜靜站著，她只能祈求自己不要被聽見。她沒辦法解釋自己為什麼會出現在這裡。尤其現在還是大半夜。

在這之前，她一直在逃。

如今她得付出代價。

在這之前，為了把跑步聲降到最低，她赤足地跑在一座座由厚硬的石塊砌起的穿廊之間。雖內心充滿恐懼，但心底卻知道這可能是她唯一的機會。現在她站在那兒，身體渴求氧氣，她卻掙扎著不敢呼吸。

不能讓他們聽見她的絲毫動靜。

她靜止不動。

傾聽自己的心跳聲。

忽然間，他們的其中一員說話了。

他的聲音貼得很近，彷彿就在她的耳邊說話，使她大氣也不敢喘一聲。朝牆靠得更緊後，她靜心凝神聆聽他們的話語，試圖集中精神傾聽他們的字句。

一個單字浮現耳際。保安系統？

她不確定。她的法文很糟。她在高中時上過兩個學期的課，當時還對自己的差勁表現頗為沾沾自喜，而珍妮的老師則告誡她，說她遲早有一天會後悔。如今，她站在一座石廊內，很心痛地發現她的老師說得一點也沒錯。

沒錯，的確是那個字：Sécturité。他們是在指她嗎？

她再次合眼，嘗試衡量眼前的狀況。最慘的情況不外是有人發現那張現在放在她口袋裡的小塑膠卡不見了。那張塑膠卡是她唯一的出路，她唯一的逃生口，她緊抓著那張塑膠卡不放，宛如抓得愈緊，她就愈安全。

她不能讓他們發現自己。

沒有人知道她在哪裡。如果他們真要殺她，不但沒人阻止得了，而且更不會有人知道。外頭的人大概都已經放棄繼續找她了吧。

她拋開那樣的想法。

他不會放棄的。

應該不會吧？

她得要相信他。委婉地來說，過去六個月的狀況根本就一團亂；她不知道自己究竟是在幫哪一邊的人工作，也不知道個中原因，更不知道她所做的那些事情到底在道德上站不站得住腳，抑或那壓根兒就錯得離譜，或是介於這兩者之間。

她只知道，她得把這件事說出去。

而他是她唯一的希望。

而現在，無論如何，她都不能夠讓他們聽見自己的行蹤。

在那整整四分鐘之間，那些男人講個沒完，直到其中一人要其他人噤聲。

那陣靜默刀口般切在她的身上，她感到自身的恐懼在口中顫動，嚐起來有金屬的味道。他們聽見她了嗎？是不是她太放鬆，導致自己不小心呼吸了呢？他們知道她人就站在那裡嗎？

屏息。開始。

一。二。三。

她感覺肺部在燃燒，但她不能屈服。

四。五。

接著出現了一陣聲響。

某處，一架直升機正從遠方靠近。

她聽見那微弱的隆隆聲響，這讓她得以藉機喘口氣，而在她這麼做了之後，其中一個男人又開始說話。低沉的聲音直接穿進了他前方的空氣。短促而確定的語句。有人用對講機呼喚他，負責說話的是對講機那頭的人。

Okay. D'accord. Bien[1]。

緊接著，地獄總算告一段落。那群男人開始移動，他們的步伐穩定，在樓梯井形成聲聲回響，隨之漸漸沒入沉寂。

他們都走了。他們沒有經過她置身的穿廊。

好，她告訴自己。就是現在。

她把腳撐在背後的牆上，像名轉身的泳者般使力一蹬，赤著腳賣力往前飛奔。每當她的腳碰到地面，那石砌的地板就毫不留情地將陣陣痛楚火燒般傳送至她的腳跟，但無論如何，她又開始跑了，而倘若她想活下去，她的速度就要夠快。她咬住嘴唇，意圖忘卻痛楚，繼續往她聽見他們聲響之前的方向跑去。

離開樓梯井。沿著穿廊來到右邊。另一個樓梯井。另一座穿廊，更多的階梯。一扇又一扇沉重的木門擋住她的去路，但她每次都會從口袋裡拿出那張小塑膠卡，把卡靠在牆上的感應器上，聽見些微嗡嗡聲後門即解鎖，她就可以繼續往前進。每一次她都會仔細地聆聽，等到四下無其他聲響，確定她孤身一人後，才會繼續向前奔去。

1 原文為法文，意思為「好的。當然。沒問題。」

往下走，不停往下走，下了兩個樓層。這裡的空氣很潮濕，可能位在地下。沒有窗戶或窺看孔，沒有東西能夠證明外頭尚且還存在另一個更大的世界。下來這裡，她覺得自己被關進監獄的感覺更甚以往。

這是她第三次來到這麼深的地方。但她曾要求自己用心記下路徑，因此她在每一個角落、每一扇門、每一座階梯出現之前，就已預期它們的存在。她不費吹灰之力就穿過那數不清的一座座穿廊。柔軟的肌膚因踏在堅硬的石地板上而發出輕輕的哀鳴，但她沒有因此減速分毫，直到她終抵目的地。

上鎖的門後有一個房間，看起來似乎是管理員的辦公室。或更準確地說，看起來「曾」是。牆面是一層層的木製信件架，在玻璃隔間的後面有張大桌，一面牆旁則放置了堆積如山的箱子。

裡面的物品跟她記憶中最後一次看見時有稍許的不同。好幾疊紙不見了，但又補了好幾疊新的。有咖啡渣的馬克杯都已經被人清理乾淨，換成了一杯杯新鮮咖啡。這間房間還有在使用。雖然她不敢這麼想，但事實似乎就擺在眼前。

她走進去。從腰際間抽出厚信封袋。桌子中間的那疊信封跟她身上的一樣，她把自己身上的那封從中塞了進去。然後，就如同來時，她悄悄地轉身，從原先的路線快速撤離此地。

她所做的每一件事都是賭注。那封信署名寄給一個不存在的人。倘若有人把信封打開，會發現裡面的內容看起來是封情書。

只有一個人能看出信上的祕密。

她現在唯一能做的，就是祈禱他能夠拿到這封信。

她花了逾六個月的時間才找到方法把信息遞送出去，在她無聲地跑經那一座座穿廊時，她緊緊握住了拳，希望自己的計畫能夠順利。

也希望一切都還來得及。

6

拉開厚重窗簾的那一刻，威廉・薩柏格看見了眼前的景物，這才知道自己原先的所有揣測都錯得離譜。

他在一間風格典雅的房間內醒來。室內擺了各種年代久遠的沉重家具。地板由柔軟的大片石頭組砌而成，表面因數百年來的踩踏而留下了磨損的痕跡。有些石板因溫度的變化及地層的下陷而分開；牆上所懸掛的手繪吊飾也因時間及濕氣而變得泛黃，但它們豐富的細節依舊令人嘆爲觀止。一片片直立的木板區隔開這些吊飾。而位在頭頂上的巨大梁柱則跟室內的其他木材一樣，都漆成了深灰色。

過去二十四小時的經歷讓威廉渾身不適，若非如此，他就能說服自己，去相信他是被帶到一間遠離塵囂的高檔城堡度過週末假期。

該有的都有了：他睡的那張沉重木床，其床頭的牆飾，以及從花紋繁複的床頂篷上垂下的上好布料。然而，那張放置早餐餐盤的摺疊桌，卻因它的桌腳鍍了鉻而顯得格格不入，不過餐點倒是意料之外的豐盛：有起司、果醬、麵包。餐點更被一圈威廉叫不出名字（但顯然的確存在這個世界上）的異國水果所圍繞。在職業生涯中，他受過各種訓練，使他即使淪爲他國的階下囚也得以存活下來。但眼前的情況卻是：「如果有人在城堡裡招待你吃奢華的早餐時，你該怎麼辦？」他還眞沒受過這種訓練。

縱使因久未進食而飢腸轆轆，威廉仍無視餐盤中的爭奇鬥豔，選擇走下床鋪，一路走到窗簾旁。一抹豔陽從窗簾的邊緣溜進室內。

打開窗簾後，他呆立了好一會兒，除了瞪大眼外什麼也做不了，有一部分的原因出於純然的驚詫：他曾打心底認定自己被帶到了俄國，因此花了些時間才能坦然接受眼前的景象。同時，他也很難不被這幅位在高處的格子窗外的景色所打動。

幾層樓低的地方，一大片又一大片的草地朝著不毛的峭壁直落而下，沿途又被蜿蜒的石牆三番兩次阻撓，最後再急驟地往下攀延，攀延到一處亮藍色的高山湖泊旁。湖泊的周圍，乃至於對岸，有更多的草地及峭壁彼此互相交疊，形塑出一個碩大無朋的沉洞，寧靜而安詳，讓人有種彷彿在看著誰人咖啡桌上擺著的一幅千片拼圖的錯覺。

比起東邊，他們當時的航向更偏往南。那是阿爾卑斯山，他們把他擄到了一個西邊是法國、東邊是奧地利或斯洛維尼亞的地方。任憑他想破了頭也弄不懂爲什麼要把他帶來這裡。

「薩柏格先生。」一個談吐流利、口齒清晰的聲音。

話語在石壁圍繞的室內忽地蹦了出來，讓他驚得轉過了身。離房門口不過幾步的地方站了名男子，剛剛呼喚威廉的人就是他。他的語氣並非詢問，卻含試探之意。威廉完全沒聽見他進門。

「讓你睡覺時還穿著襯衫，眞是不好意思，」他說。「沒辦法，如果幫你換上睡衣，過海關時就得應付很多問題。」

他跟威廉差不多歲數，一頭平整灰髮，相較於身上那漿得筆挺的亮藍色襯衫，他長得算是慈眉善目。他的英文發音很道地，不過，雖然威廉也不是很確定，但他似乎從眼前男子說話時獨特的母音發聲方式中，聽出了一些勞動階級的腔調。

威廉識趣地點了點頭。非常好。

「你說的是哪裡的海關？」

男子笑了笑。眞摯、友善，但並不打算回答。反而話鋒一轉，說：

「我們把你剩下的衣物都擺在那裡。」

「有必要嗎？要是我穿上了，你們又決定把我弄暈，我豈不是白忙一場？」

「你已經來到旅程的終點了。」他這麼說。

「既然如此，那我還需要重複一遍剛剛說過的話嗎？」威廉揚起一邊的眉毛說，以此動作表示對方還沒回答他剛剛丟出的問題。

男子再次微笑。他一開始就有聽到威廉說的話，但並沒有打算透露更多細節。

「吃點東西吧。畢竟你睡了足足十八個小時，而且我知道在這之前，你也沒有吃什麼東西。」

「我會吃些吐司。」威廉動也沒動地回答他，並透過肢體語言把這句話講完：等你走我才會動口。

「沒問題，」男子說。「我會在半個小時以後回來。屆時你就會知道更多詳情了。」

他轉過身，朝門口走了幾步路後打開門。威廉因而留意到，就像當時人在飛機上一樣，這裡的門同樣沒上鎖，也沒裝設肉眼看得到的警備裝置。某人費心地要讓威廉自覺身為座上賓，而他怎麼也弄不懂個中原由。也想不到對方是誰。還有，他們到底看中了他的哪項能耐？

「抱歉。」威廉說。

男子轉過身來面對他。這人又有什麼問題？

「我叫威廉・薩柏格。怎麼稱呼您？」

他伸出右手，手懸在兩人之間，有如一封請柬，敬邀對方前來握好，同時自我介紹。男子回望他，接起威廉的手，不像握好，因為握得很緊。他直視威廉的雙眼，毫無隱瞞姓名的打算。

「抱歉，」他說。「失禮了。」

然後說：

「康納斯。康納斯將軍。」

不單有姓氏，康納斯將軍也有名字，但就跟他生命中的許多事物一樣，提及他的名字會讓他覺得不舒服。

他在英國西北部的一座小鎮長大。那裡住的人都是些勞工，失業問題跟偷雞摸狗的事不足為奇，多數人也不怎麼在乎。對跟錯沒那麼絕對，對或錯有時根本也釐不清。能夠求得溫飽、付得起房租已是萬幸；誰管你東西是打哪兒弄來的。

對康納斯來說，那眞是一段糟糕透頂的童年時光。他很早就學到兩件事：一，人生中最大的財富之一，就是辯才無礙的口才；以及二，他徹底缺乏這方面的才能。

康納斯總是慢別人半拍。因此，他總埋怨事情來得太快：上一週誰才當上了新任的街頭小霸王，隔週這人竟然就被推翻了；以及朋友、同伴忽然就向另一群人靠攏，成了他的對頭，而他還弄不清楚這些不同的派系是什麼時候出現的。遠在還沒上學之前，他就已經養成了獨處的習慣，並想方設法去避免友誼、幫派，以及同儕壓力。長久以來，他都飽受霸凌，而且大家都叫他基佬。他的同學們都認爲，比起閒暇時幹些偷雞摸狗的勾當，當個基佬可眞算是滔天大罪了。

而比這還糟的，則是康納斯熱愛的學校科目。他對數學很在行，就連數學變得愈來愈抽象、難解，都考不倒他。很快地，康納斯的數學能力就超越了每一位老師，但他並不認爲這件事情有什麼大不了。他熱愛規律跟公式，以及事物之間的因果關係。一次又一次，他在運動場上被人沒來由地痛打。但他不僅沒有因此放棄，反倒更加喜愛這些與邏輯相關的知識。

在十六歲那年，有人介紹康納斯去從軍，崇尚秩序的他很快就發現軍隊正是他夢寐以求的歸屬。每個軍人的階級高低、隸屬於哪個部隊，不但規畫得清清楚楚，而且還大張旗鼓地標示在軍服上，令他覺得不可置信。未來職階的所有調動都很容易想見，而且幾乎只升不降——完全不用擔心有天醒來時，上校因爲他的兄弟幹了件蠢事而被牽連，慘遭革職，因而少校取代了他的地位。這種荒謬事將徹底從他的人生中消失。

康納斯找到了他的家。

活到這麼大，他第一次在晨起時充滿幹勁。

軍中，是康納斯鑽研所長的最佳場所。他是將規律與準繩轉化、應用的佼佼者，而且他很快就能學以致用，並據此建構出一套新的辦法。到三十歲，康納斯已不再是那個出身工人階級的無名小卒，而是英國軍隊中首屈一指的參謀官。他總能輕而易舉地就構思出失序而混亂的情境，然後設想相關規章，以重整秩序，讓條理變得分明。他督導訓練制度，撰寫相關守則。每當任何事情辦得有點起色，大家總希望能夠得到他的一席建言。執政單位、軍方、商界，天曉得還有些什麼人，大家都希望康納斯能為他們效力。

若提到重建秩序，康納斯的確是個中翹楚。每當事情亂了調，求救名單上的第一號人物就是康納斯。

而現在，他正面臨了一個前所未見的情境。

這麼多年以來，他第一次跟孩提時一樣不知所措。

在心底深處，他其實嚇得半死。

康納斯把門禁卡靠近牆上的感應器，然後等門唰地開啓。

他沿著用鋼鐵跟水泥築起的寬闊穿廊往前走，走向那間裡面擺著硬邦邦又沒有人味的暗藍色椅子、天花板還有隔音功能的低矮大廳。然後轉身，走進廳內一側的雙開門。再次刷卡，門鎖也發出了嗡嗡的解鎖聲。

門的另一側是個圓形的房間。正中央擺了張跟房內的輪廓相仿的大型會議桌，到處都是閒置的椅子，一罐罐的飲用水排列整齊，隨時為開會做準備。但近期已少有會議；即使有，人數也總塡不滿那些椅子。

房內的一面牆上，掛滿了大型的ＬＥＤ顯示器，對任何剛從建築舊棟進入這裡的人來說，它們可說是炫目的視覺焦點。康納斯往顯示器的方向走，眼睛不忘盯著看，看見上頭的一串串數字就跟平常一樣，跑個不停。

一名身穿深色制服的男子站在那排顯示器的前面。康納斯進門時，他並沒有抬頭看；康納斯大步走過針刺氈毯時，他也沒有轉過身查看。他只是站在那兒，看著數字不停從眼前掠過。直到康納斯走到他的身旁。

「我們知道他怎麼去到柏林的了。」他說。

弗朗坎總算抬眼，與康納斯四目相對。弗朗坎的眼睛透露出，他已經有好幾天沒有好好睡上一覺。

「他從加油站偷了一輛車。我們在離因斯布魯克不遠的地方找到那輛車，油已經用光了。我們先將車子扣押，隨即就將它銷毀。目擊證人表示，他後來轉搭便車，車型是豐田的RAV4休旅車。」

「那查到休旅車的下落了嗎？」

沉默回答了一切。他們沒有追查到。

「開始了，」康納斯說。「對吧？」

弗朗坎沒有回話。

等他終於開口時，他的不安已消散，他的焦慮已被覆蓋在厚厚的堅定底下。如今只剩下一條路能走了：繼續往前邁進。

「他人到這裡了嗎？」他問。

「有，正在他的房間裡。」

「狀況怎麼樣？」

「死不了。」

弗朗坎咕噥了一聲。好極了。說到機會，目前能夠救他們的只有薩柏格了。而又一次，他們已經遲了好些時間了。

「我們怎麼跟他說？」康納斯問。

弗朗坎停頓了一下。然後說：

「就直接套用跟她說過的那套。」

他再次轉身，背對著康納斯。

於是，討論到此爲止。

7

在康納斯將軍回來之前，威廉有足足四十分鐘的獨處時光。這讓他有時間能好好吃飯、像他平常晨起那樣梳洗打理，然後套上一件粗呢夾克和一條褲子。不繫領帶，刻意的：因爲不知道接下來會遇到什麼事，而他想讓自己的外表看起來夠穩重，表現出跟對方平起平坐、對情況了然於心的氣勢，但又不想被人覺得太嚴肅。對方顯然占有優勢，而他可沒打算穿得像個國中的小毛頭，這只會讓彼此的距離更遙遠。再者，說不定一見面，他們又立刻往威廉脖子插上那麼一管，誰知道呢。

一走出門，兩人就開始有了對話。

「我知道你有些疑問，」康納斯說。「儘管問吧，我會儘可能地回答。」

威廉早料到他有可能會這麼說。畢竟還得走上一段路，沒道理讓他有充分的時間去記下周遭環境的細節，讓他記下哪些穿廊通往哪幾座樓梯，而讓人分心的良方就是講話。康納斯只會回答那些他想回答的問題，而且他會短話長說，威廉早看透了他的把戲。而康納斯也知道威廉清楚他的把戲。

「先從這裡是哪兒開始吧。」威廉說。

「不妨叫它列支敦斯登[2]吧。」康納斯說。

2 介於瑞士與奧地利之間的高度工業化富裕小國，以阿爾卑斯山的風景聞名。

「不妨？」

「我沒辦法告訴你詳細的位置。但我想，反正這段期間內，你也不會打電話去訂披薩，所以影響不大。」

他略顯尷尬地笑了笑。那笑容中帶著歉意，激勵對方換問其他問題。威廉照著劇本演。表面上，威廉表現得很有禮貌。但在禮貌的背後，他盡全力地觀察屋內的一磚一木。康納斯繼續在前頭引路，威廉則努力想記下那些曲折複雜的路線。

「你能說說是誰把我帶來這裡的嗎？」

「等時機成熟，你就知道了。」

「那為什麼要帶我過來？」

「這你也遲早會知道。」

「好吧。那，你能不能跟我說有哪些問題是我現在問了，你可以立刻回答我的？」

康納斯又掛上了笑容。那笑容很誠懇，就好像不單只是對威廉，就連對他來說，目前的情況也的確相當荒謬；彷彿他也不願含糊其辭，跟威廉繼續進行這些毫無意義的對話。

威廉注意到了他的表情，因此點頭表示理解。那好吧，就算了。在那之後，問答時間就告一段落，他們繼續一言不發地往前走。

他們穿過一座座穿廊，走下狹窄的階梯，然而很快地，眼前又出現了更多低矮的穿廊。整個過程中，威廉總覺得他們經過的地方盡是些偏門小道跟儲存雜物的房間，就好像眞正的城堡藏在他方，他們繞著城堡的外頭走，帶頭的康納斯故意帶他繞圈圈。

整座城堡的地板都由石板堆砌而成。千百年來，無數的人踩過這些石板，逐漸磨損了其表層。牆面是深色的，間歇掛些壁飾跟掛氈，陽光將之曬白、濕氣將之浸黑，黑白不停交錯、重疊，直至色調僅餘灰。

那色調美得震撼人心，同時卻也教人不安、恐懼。

「事實上，」威廉說。「我還有一個疑問。」

康納斯轉過身來。他們在另一座樓梯上走到半途，康納斯在前，威廉在後，他們都弓著身，以免撞到天花板。

「我應該要害怕嗎？」

康納斯很訝異他會問這個問題。他望著威廉的雙眼，不確定他是眞心想知道、抑或只是在作弄自己。有那麼一會兒，康納斯就這麼站在黑暗中，動也不動，張大了嘴，準備要說些什麼。但他又改變了主意。轉過身。他們踩著最後幾級階梯下樓到另一層，而他們的對話就這麼停留在空氣中，久久不散。

階梯的下方連接一座大廳。這裡的空間不大，但非常高，牆上高處有一排小窗，光線從那裡進入，威廉因而瞇起了眼。大廳的另一頭有另一座較大的階梯，比起他們剛剛走過的那座明顯要龐大得多。而在階梯的內牆上，則鑲嵌了一道巨大的深色木質雙開門。

康納斯往前走，腳步停在扶手旁。他凝視著威廉，彷彿無法決定該怎麼回答他的問題。

「你不需要怕我，」他總算開口。「也用不著怕我們。」

「所以，我應該要害怕什麼？」

有那麼一瞬間，康納斯的臉上似乎有了憐憫之情。就彷彿他爲目前的狀況感到哀傷，彷彿他並不想做他正在做的事，彷彿有股巨大的力量迫使他把人從醫院擄走，並在他昏迷不醒的狀況下，用飛機將他運至歐洲的另一個角落。

但那神情幾乎立刻就消散了。康納斯任威廉的問題隨風而逝。

「我們今天要跟你說的事情非常敏感，而且是最高機密，」他說。他的聲音變得很嚴肅，就事論事且切中要害。「其中有些事項，我們一個字都沒辦法透露；其他的，我們也只能告訴你一部分。」

「我人在一個『不妨叫它列支敦斯登』的地方。你們拿走了我的行動電話。我還能跟誰說？」

「有些我們在這裡得知的事情，是不能夠讓外界知道的。無論如何。永遠都不能讓外界知道。」

「言外之意是，你們不會再讓我回家了嗎？」

康納斯猶豫了片刻。接著，他又再次語帶誠摯：

「我衷心盼望，有一天，我們每一個人都能夠回家。」

站在克莉絲汀娜．薩柏格眼前的年輕實習生笨拙、害羞、表達能力有障礙，但現階段來說，克莉絲汀娜也只能湊合著用。她只希望他能完成這項任務。

這小她二十歲的孩子。前一秒還不敢直視她，彷彿他們是對祕密情人；下一秒則開始胡亂講些顛三倒四的話，想幫忙出點意見。克莉絲汀娜不知道她該擔心哪一邊。

她告訴自己要忍耐，隨即不厭其煩地把該做些什麼事情再整理一次，以確保他都有聽懂。他要聯絡醫院、威廉住處的左鄰右舍，最後要打給搬家公司，來證明克莉絲汀娜的想法是對的：沒有人從威廉的住家打電話過去要求搬家公司提供服務，而雖然他看起來是主動搬家的，但其實幕後卻藏了個黑手，策畫了這一切。

里歐．比亞克順從地又聽了一次，也再次寫下筆記，並小心翼翼地不點出那件他們彼此之間心裡都有數的事——她指派給他的這項任務跟報社事務無關，單純只是她個人的請求，希望他能協尋她失蹤的愛人。但或許也不盡然，說不定威廉．薩柏格的失蹤事件僅是冰山一角，牽涉到一宗政治醜聞；或甚至是一場新的、看不見的冷戰陰影已逐步席捲而來；又或許他們會在追查過程中，發現其他的內幕消息，足以證明他們所採取的行動確有其必要。一名自軍方退役的密碼專家連同他的家當、設備都離奇消失——聽起來的確如同系列報導的開端，說不定關乎一場尚無人知曉的全球浩劫呢。

但對里歐來說，去揣想這些理由一點也不重要。

他對這個任務沒有絲毫的質疑。單單任務本身，就足以讓他覺得自己往上提升了一個檔次。他現在一心只想著要動起來，證明自己是名有效率的優質記者。這個任務讓他能夠站上一線，實際展開調查；這個任務不但給了他一個思考職涯的大好機會，還讓他得以循線採訪相關人士、尋找蛛絲馬跡、掌握各種情報來源。甚至，這個任務還讓他得以跟克莉絲汀娜．薩柏格並肩作戰。其實他心裡因此而緊張得要死，但他當然不會承認。

克莉絲汀娜總算結束了第二次的任務講解，里歐．比亞克合上筆記本，起身。

她從辦公室的隔間玻璃往外凝望他的背影。她沒有時間去質疑他的能力。她拿起手機，快速瀏覽通訊錄，努力尋找一個名字，一個她大約已經有一年沒有想起的名字。

推開那扇沉重的門後出現一座宏偉的大廳，威廉立刻被眼前的影像所震懾，只能呆立當場，動也不動。

這座大廳少說也有十二公尺高。厚重的一根根石柱直衝上高牆，在拱形屋頂的最高處交會。一處高牆上鑲有好幾面凹凸不平的彩繪玻璃窗，穿透而過的陽光被濾成了七彩的光點，使得室內既陰暗又明亮。幾許陽光射抵房間另一側，微微照出了一座火光熊熊的壁爐。比起一般的壁爐，這裡的壁爐出奇地大，足足有威廉公寓家中的一間小客房那麼大。一盞巨大的鐵製吊燈就懸掛在壁爐中心處的上方。吊燈底下放了一張深色硬木做成的長桌，桌面滿布深淺不一的刮痕，那是一代代貴族在此興辦豪奢宴會所留下的歷史痕跡。

若桌上再來隻放在大錫盤上端出來的串燒烤全豬，搭配一些盛在高腳杯裡面的紅酒，那這個畫面就完整無缺了。然而，桌上只擺了個孤零零的延長插座，上頭插了條灰色的電源線，電源線連接到主位桌上的一台筆記型電腦，那裡距離威廉站的地方足足有九公尺遠。電腦旁邊坐了一名身穿深色制服的男子。

「弗朗坎？」康納斯說。

遠方桌旁的男子起身，他的年紀稍長康納斯幾歲。他一臉風霜，看起來彷彿曾遭受各種氣候的無情侵襲。他吃力而緩慢地移動著，最後站在離威廉好幾公尺的地方，沒有走過來跟威廉握手。他介紹自己是莫里斯．弗朗坎將軍，並歡迎威廉的來訪。威廉不知道自己是該謝謝他呢，還是講些尖酸刻薄的話挖苦他。最後，他認爲兩種辦法都不好。

「我知道他們是用什麼方法把你帶過來的，而我也可以花很多時間來跟你道歉。但我並不打算要這麼做。」

威廉沒有搭話，只是默默站著，直到弗朗坎示意要他坐下。

「關於這次的事情，我不知道康納斯已經跟你講了多少。」

「我想，不妨這麼說吧，他把多數的時間都花在什麼也沒講。」

弗朗坎點點頭。有那麼一會兒，微笑彷彿在他臉上的皺紋處擴散開來。若非如此，就是那些皺紋長錯了角度表錯了情。

「我們會簡短地跟你說明一下。」他說。

「現階段來說，有總比沒有好。」

「我們是因爲需要你的專業知識，才把你帶過來這兒的。」

「這我了解。」

「我們知道，在你那一行，你是沙場老將。而現在，我們正面臨一個我們自己沒有辦法處理的問題。」

「你所謂的『我們』是指誰？」

「我們不妨說，這是一個跨國的合作關係。」

「包含哪些國家？」

「成員國會不停變動。但通常由二十個國家聯合組成，有時會多一些，其中包含了歐洲、美國、南美洲、日本，但老實說，這一點也不重要。我們是爲了所有國家的利益而存在，但並非每個國家都會參與我們的行動。我們組織是透過限定用途的基金所贊助；那些基金的眞正用途在這個世界上僅有少數幾個人知道。」

威廉看著他。他所說的話可信度非常高。這麼一來，這些設施，這個組織，以及竟能在不受檢的情況下，藉由飛機運送，將他從瑞典從空中載過來，這一切的問題都有了解答。

然而同時，這樣的解答也太模糊，好像什麼都說到了，但又什麼都沒有說。

「這個組織有名稱嗎？」

「我們實際上並不存在，所以不需要名字。」

「是隸屬於聯合國旗下嗎？」

「在聯合國中，的確有少數知情人士知道我們的存在。人數不多，大約兩到三位。但因爲我們並不存在，因此我們不隸屬於任何人的管轄。」他停頓了一下，長得足以暗示他剛剛所言不假，但又有點太長，這麼一來又暗示這一切都是威廉個人的解讀，僅此而已。「我習慣認定我們是一個獨立運作的組織，我們存在的目的是爲了守護世界上每一個國家的安定及安全。」

威廉交替看著他們兩人，試圖藉此判斷他們所說的話有幾分的可信度。他仍覺得自己身陷五里霧中。從某個角度來說，他們所說的話的確有可能爲眞。但從另一個角度來說，整個情況聽起來又很不眞實，讓他有點難以掌握。不論是這座城堡、他被送到這兒的方式，乃至於所有發生的一切，都教他覺得不可思議。

什麼事情如此危險、緊要，卻又神祕，還得讓一整個組織勞師動眾、出面解決，而且這事竟還不能讓任何人知道？

「是關於哪部分的安全問題？」威廉問。

弗朗坎朝著康納斯的方向挑了挑眉：輪到你了。

康納斯在廳內走了幾步。

「我們……」兩個字才出口，他又立刻停了下來。他稍事停頓，謹慎選擇恰當的用字，細節不能透露得太多，但也不能少到無法說明目前的情況。

這句話是這麼說的：「我們攔截到一串數字序列。」

「用什麼方式攔截的？」

「方法不重要。重要的是，在那組序列中，包含了一些訊息。藏得很好，利用一種前所未見的複雜金鑰進行加密──或者，更準確地說：多種金鑰去加密。以他們的手法來看，這種金鑰又與他們之前所用過的其他金鑰相互對應，使得這些金鑰幾乎不可能有辦法破解。」

威廉有在聽。他無法壓抑住自己的好奇心隨之高漲。這是他的專業領域，他以前的工作就是與此相關，而這正是他求之若渴的困難挑戰。無論密碼一開始看起來是多麼地混亂、深奧，都要想辦法找出總是暗藏在某處的複雜規律。測試，更改變數，再次測試，看看答案是否隨之出現。他熱愛這種融合了數學與直覺的組合。在他的人生中，鮮少有事情能讓他如此興致勃勃：從一小張紙片上所寫的亂碼中找出其規律，看它逐漸顯現出真貌。就像在玩字謎遊戲一樣，一旦填入一個正確的字母，整組題目就此迎刃而解。

一部分的威廉．薩柏格，覺得自己如同一個在聖誕節早上醒來的小孩。

但剩下的他，卻覺得自己更像一個從醫院被綁架到這兒來的五十五歲糟老頭。

「你們從哪裡擷取的？」他問。威廉知道，他只是換一種講法問跟剛剛同一個問題，但是問題的答案與他要如何著手有極大的關係。不同的密碼會採取不同的形式呈現，而倘若他們希望他能幫得上忙，那遲早他都得知道這個答案。

「我們沒辦法跟你講。」康納斯說。

「是手寫的文件、無線電信號，還是電子檔案裡的數據資料？」

「這部分我們也沒辦法講。」

「那你們能講什麼？到底有什麼是我可以知道的？」在意識到自己提高了音量後，威廉隨即一臉乾笑，以表歉意，畢竟他在這裡的分量無足輕重。「對不起。但有時候你想幫忙出點力，可是對方又不肯把話說清楚，會教人無從使力。」

話語中仍帶些刺。只要能扳回一城，穩住自己的氣勢，他不介意在文字裡加點辣。他曾一度敗下陣來，但如今又是好漢一枚。他用否定的眼神看著兩人，彷彿在說：我們都老了，別再玩這種遊戲啦。好吧。

弗朗坎走回桌子盡頭的座位。把筆電挪到一旁後，他用食指按下其中一個按鍵。「這個。」他說。

下一個瞬間，整座大廳被光線所淹沒。

從吊燈的中心處射出四道光線，橫過他們的頭頂，瞬間穿透了整個空間。光束朝四周圍的牆面射去。在光束的包覆下，灰塵的粒子被刷上了一層魔幻的光彩，如同無重力馬戲團的表演者一樣，在空氣中漫舞。

威廉進門時，沒有注意到天花板上竟裝設了數位投影機，就安置在吊燈沉重的鐵架與蠟燭的上方。弗朗坎的手指一按，機器就發出呼呼的聲音啓動，把光束投在屋頂下方、壁紙的最後幾公尺處。由於陽光照不到那兒，因此該處的壁紙顯得蒼白如洗，周遭的一切更是被黑暗所籠罩。

被投射出的資訊洪流環繞了整座大廳，所有的牆面融合成一大片的放映幕，訊息從房間的一面往另外一面滾動而去。

滿滿的數字。

一排接著一排，數之不盡的數字。

它們一排排地往前競跑著。數字從上方消失，從下方出現。每當有一排數字觸碰到天花板時，它就會旁移一格，進入鄰近的另一台投影機的投影區域中，然後繼續往上，也繼續往旁邊移動，周而復始，直到終於消失爲止。與此同時，有其他的事情也一併在發生。許多數字變換了顏色、與其他數字聚在一起、被做上記號，最後移往數字洪流一側的其他區域。

威廉知道眼前的景象是如何產生的。這棟建築的某處藏有許多電腦，造價比弗朗坎那台鋁合金筆電要高昂，體型也大上許多。而眼前的畫面，即是這些大型主機正在篩選弗朗坎剛剛提到的那組密碼，發掘其中的邏輯規則，意圖從這座數字叢林中，找出能夠破解的金鑰。

如此大量的資訊流，稱之爲叢林的確不爲過。

「密碼的數量有多少？」威廉問。

「你看到的只是一部分。」

「這組密碼是從哪裡來的？」

「你剛剛已經問過了。」

「但我還是很想知道。」

「我還是只能跟你說抱歉。」

威廉嘆了一口氣。他們的對話又繞回了同一個死胡同。

「假如我能幫你們找出這個密碼背後的含意呢？我可以查看自己寫下的筆記嗎？或是你們希望我只要

一有新發現，就找把槍把自己斃掉？」
從弗朗坎的神情來看，他不是很欣賞這句玩笑話。
威廉改變策略。
「這麼說，」他說。「是誰的性命受到了威脅啊？」
「我們沒辦法跟你講。」
「那你們能跟我說，是誰在威脅你們的被害人嗎？」
「這部分你沒必要知道。」
「那我他媽的到底能知道什麼？」他的聲音中帶著憤怒。「你們私自把我帶來這裡。你們要我照你們的規矩走，但又不跟我說你們到底想幹麼。用個理由說服我幫你們。一個就好。麻煩你們。」
「因為由不得你說不。」
他不想提高音量。他差點就辦到了。現在，他緩慢地用鼻孔呼吸，輕咬自己的嘴唇，讓自己冷靜下來。他再度開口時語帶漠然，字句中藏著一股抑制過的輕蔑：
「心甘情願與否，」他說。「那可是千差萬別。」
沒有答腔。
「你們可以強迫別人替你們工作。你們當然有這能力。你們可以用皮鞭強迫路人甲做牛做馬、粉碎大石，甚或把這棟該死的城堡往左邊移個幾公尺——只要你鞭得夠狠，你愛叫誰幹啥他不敢不從。但有一件事情除外。思考。你們想逼我生一個答案出來，但若我不想幹，就算天王老子要勸我都難。」最後，他的結論是：「所以，我他媽的當然有得選。任何人都有選擇的權利。」
「既然如此，那不如你跟我們聊聊你爲何自殺。」弗朗坎說。
威廉急驟地轉過身來。這個問題完全出乎他的意料，可說是無禮至極。

「你們想學嗎？」他說。「如果你們想聽『如何第一次自殺就上手』，那我勸你們去問別人。我的成果不算太好看。」

「你爲什麼要自殺？」弗朗坎只回了這麼一句。

「如果我想找心理諮商，我會自己付錢去找個醫生，謝謝你們的關心。」

「若你想要的話，我可以開張發票給你。」

好吧。看來這次的談話就僵在這兒了，威廉擺了擺手，表示他再也無話可說。這不過是場鬧劇，他心知肚明自己終究沒有談判的資格，但至少他表達了自己的想法。威廉轉身面對康納斯，挑釁地看著他。多說無益，到此爲止。

「你想死，是因爲你挽救不了某人的性命，你承受不了那段記憶帶來的苦痛。」弗朗坎在他的背後說。

那句話像把利刃插進他的心臟。

「你懂個——」

「完全相反，」弗朗坎說。「這麼說吧，我們比你還了解你自己。」

他站起身。手腳因焦躁而比畫個不停，他不想再繼續討論薩柏格的過往經歷，他們需要他立刻上工，在這裡浪費的每一分鐘都是白費力氣。

「你天賦異稟，任何機械都難不倒你。你是校園裡的神童、數學天才兼怪咖。同學都還沒學會拼字，你已經開始自製各種電器。你會幫朋友修收音機。你在國中畢業以前就已經擁有三項專利。許多公司競相幫你出大學獎學金，你大可以利用自己的聰明才智成爲一個富豪。你心知肚明。」

威廉聳聳肩。所以呢？

「但你選擇留在部隊裡。」

「因爲待遇還不錯。」

弗朗坎搖頭表示不認同。「如果離開部隊，你可以賺更多的錢，你比誰都還清楚。但當時是冷戰時期。你爲了自己的信念而奉獻一己之力。你救了很多人的命。這就是你那時候的工作，這也是你選擇留下的原因。不管你如何努力說服自己，說你只是喜愛數字、新科技跟邏輯規則，對你來說，能夠挽救他人的性命才是最重要的事情。」

威廉的視線望向一旁。旁人道出眞相，而當事人又想否定時，就會出現這種反射動作。

薩柏格的確熱中於解決問題、分析結構及數字推算，而軍旅生涯讓他得以天天面對這些東西。這也是爲什麼他選擇留在部隊裡。但弗朗坎說對了。他留下來不是因爲錢，而是因爲自己做的事很有意義。威廉破解了許許多多的密碼，解開隱藏於其中的威脅訊息，被鎖定的對象從瑞典的工商團體到個人都有；一次又一次，威廉的腳步不自覺地加快，急奔而過鋪了油氈的走廊，爲的就是傳遞各種緊急訊息：各式的攻擊計畫及暗殺行動。三十年過去了，過往的回憶如夢似幻，但在當時可是家常便飯。每當有人因爲威廉的盡忠職守而更改遠行計畫或取消演講行程時，他就能發自內心體會到自己爲何熱愛這份工作，並樂此不疲。

然而，就算弗朗坎所言不虛，對目前的情況也不會有太大的影響。威廉不打算幫助這種講話不清不楚的組織。

「我眞的、眞的很抱歉，」他用一種全無歉意的語調說。「但我不知道我的女兒、家庭背景或是過往的工作經驗跟這件事情有什麼關係。」

弗朗坎讓他把話說完。「薩柏格，我們沒有辦法強迫你幫我們做事。倘若你拒絕，我們幾乎可說是無能爲力。但是……」他聳聳肩。「你不會拒絕我們。因爲這可是性命攸關的大事，難道你不在乎……」他一時語塞，找不到正確的字眼來表達。

無語的時光一秒、一秒流逝。

威廉不由自主地抬眼望向他。從初次跟這個組織打交道到現在，事情似乎第一次有了進展。弗朗坎那荒漠般的臉龐深處藏著恐懼。這當然也可能是劇本的一部分，是某種要用來說服威廉的欺騙手段。但威廉緊緊地盯著他，心裡總覺得弗朗坎是發自內心地在害怕。

「在乎誰？」威廉問。

沒有回答。

「這件事到底攸關誰的性命？」

弗朗坎與康納斯四目交接，用眼神交談了幾句話，然後才轉身面對威廉。接著，他清了清喉嚨。「無以計數的人命。」

他再次坐下。

威廉不知道該怎麼辦。他們下的每一步棋都準確無比，所提供給他的訊息已足以勾起他的好奇心，讓他躍躍欲試，但他心理上卻又有些不情願。

「這些人會發生什麼事？」他問。

鴉雀無聲。

「你們要我做什麼？」

良久，弗朗坎動也不動，久到威廉以為他不想回答，但最後，他總算再次把手伸向電腦，然後朝牆面點了點頭，眼神也隨之望了過去。

威廉的雙眼追著他的視線，與此同時，投影機所投射出來的影像也開始有了改變。

幾秒之間，大部分的數字都消退，融入了背景之中。少部分的數字被放大，保留了下來，但隨即也被編列成組，逐一排到了投影幕的邊緣。同時間，整個畫面開始縮小、後退，整幅圖的格局因而變大了。愈來愈多的數字出現，這些數字則變得愈來愈小。在這整個過程中，數字仍持續地消退，彷彿有一隻看不見的手把它們捨棄了一般，餘下的數字則被揀選出來，搭配成對，排列到數量不停增長的角落去，直到這些數字擴散開來，覆蓋了一整面牆，並逐漸轉換成了二進位的形式，變成許許多多的1和0。

威廉意識到自己停住了呼吸。

他從這些0和1之間已經看出了規律，但在所有的數字都被黑白的方格組合所取代之前、在這些實與虛的像素排列出特定的規律之前，整個畫面對他來說依然不夠清晰。

威廉眼前的畫面比較適合出現在家鄉的博物館，或者是大學或研究機構，出現在任何地方都比出現在這兒合適。這畫面不適合被投影在一座「不妨叫它列支敦斯登」的城堡古牆上，遑論現場竟還有兩名穿著軍服的嚴肅男子說「我們最近從這裡面破譯出重要的訊息」，未免太不可思議了。

威廉・薩柏格正盯著看的投影畫面，是由數以百計，一行行的符號、標記跟輪廓所組合而成的。這些難以閱讀的字跡排列得工工整整，並以直行的方式呈現出來。

「你知道這是什麼嗎？」弗朗坎問他。

威廉點點頭。

楔形文字。他只在書本上見過。這是世界上最古老的文字之一。對一般人來說，只會在電視播放的考古紀錄片中看見，通常都是刻在泥板上。

但是現在，他周遭的牆面上滿是這種文字，只不過改以黑白的像素圖形式呈現。各種符號在牆面上奔著跑著，彷彿它們正在拼湊出一則無人能懂的緊急訊息。

威廉凝神不動，目光審視著那些複雜難解的文字。另外兩個男人耐心等候。

「怎麼可能呢？」他說。「你們是在最近攔截到這些的嗎？」

「這裡面包含了各類的訊息，」康納斯說。「我們已經到手好一陣子了。」

「你們知道上面寫了些什麼嗎？」

「我們組織的確知道，但是你沒必要知道。」

他看了弗朗坎一眼，但沒餘力去藉此表達些什麼。威廉有一個更爲根本上的疑惑。

「我想你們搞錯了，我想你們得到的情報有誤。我的工作跟數字有關，我不是埃及學家。」

「蘇美學家，」康納斯糾正他。「那些符號是蘇美文字。」然後接著說：「我們很清楚知道你擅長的領域。負責幫我們翻譯這些文本的另有其人。」

「那爲什麼要帶我來這裡？如果你們已經能夠從那些數字中推算出這則訊息，如果你們已經破解了密碼，那你們到底需要我幫你們做什麼？」

弗朗坎終於清了喉嚨，準備回答。他把視線從牆上移開，望向威廉，眼神堅定剛毅。當他說話時，聲音中藏著深沉的不安。

「薩柏格，我們時間不多了。」

然後說：

「我們需要你幫我們將一段文字加密，以回覆對方。」

8

一走進那間位在羅爾斯傳斯街上的溫暖咖啡店，克莉絲汀娜就開始用雙眼尋找彭格蘭的身影。她看見他站著，並已張開雙手歡迎她。

早在克莉絲汀娜匆匆走過馬路時，他就已看見窗外的她。玻璃窗被一層輕薄、款式老舊的窗簾所遮擋。曾幾何時他家裡也採用類似的窗簾，但十幾年前就丟光了。沒想到事過境遷，時尚如旋轉木馬般繞了一圈，曾經的老古董窗簾如今又成了時尚潮物。他知道，她進門時，臉上的表情會跟他們最後幾次見面的時候一樣，硬邦邦的。但他同時也知道，她心中的各種情緒仍都糾結在一塊兒，難以梳理。

雖然兩人間連聲招呼都還沒說，她仍任由他擁抱自己。她從他的手臂中抽身得有點快，但她知道若不那麼做，自己會在他的懷中哭泣，而她眞心不希望如此。她避開他的雙眼，含糊地打了個簡短的招呼。

「有找到什麼線索嗎？」他問，主要是想讓她有機會聊些別的，讓她能在切入正題前先將情緒沉澱。

她搖搖頭。把麂皮大衣掛在老舊扶手椅的椅背後，她就坐了下來，跟他面對著面，等他先開口。

「果然，事情如妳所說。但妳早就料到了，對吧？」

她點點頭。拉什艾瑞克‧彭格蘭是他們家的老朋友。在他們分居後，他對兩人的態度依舊沒有任何改變，中立而公平，是兩人的朋友中唯一一個沒有選邊站的人。這可能源於他從工作中學來的態度，畢竟他在國防總部服役多年，中庸的交際手腕乃是職業需要。但當然，也可能是因爲他的個性本就如此。不過這顯然不打緊，因爲無論如何，在她跟威廉走上不同的人生道路後，彭格蘭依然是他們客觀又自持的好友，長久以來都沒變。兩人已久未聯絡，她知道是自己的問題，因此心中仍有一絲罪惡感。但爲了要走下去，她只得選擇把舊有的一切拋諸腦後，而她覺得他懂。從各方面來看，在她所認識的人當中，他是最爲理性的一位。

「你之前就知道他會那麼做嗎？」歷經長久的沉默後，她問了這一句話。

他搖搖頭。「那也不是妳想知道就能知道的，」他刻意用嚴肅的語氣強調這句話，彷彿克莉絲汀娜話中有話，指責自己早該料到威廉會走上絕路。「妳從以前開始就不停擔心會發生這種事，但在這之前，它一次也沒有發生過，對吧？不管妳多害怕，該來的就是會來，誰也料不到，那不是妳的責任。」

她聳了聳肩。無論彭格蘭怎麼說，她的心情都不會因而好轉，他倆都心知肚明。理性與否，她就是對無法及時阻止前夫自殺懷有深深的罪惡感，誰來勸說都沒用。

「就算妳想破了頭，」彭格蘭似乎想藉由這句話引導她不要再去想。「不管妳說些什麼，妳跟他都不可能有辦法預料到——這件事。」

他伸出雙手，藉此表示他的「這件事」指的是什麼：她已經在電話那頭跟他解釋過了，威廉消失了，他的電腦設備、檔案資料夾、筆記、參考書籍也跟著一起不見了。而他立刻就意識到她的想法是對的。威廉．薩柏格不會在衝動的情況下選擇離開。威廉．薩柏格不是那種會衝動的人，句點。

「那你有什麼看法？」她問。

「我思考過，」彭格蘭說。「但這事不合常理。」

「然後呢？」她說。

「首先，我們先假設可能有些事情我不知道，畢竟我退休了。若過去幾年軍方有過大幅度的變革，那我的確不會知道。」

「你認為媒體圈的人不會發現嗎？」

他笑了。「我說這話沒惡意。你們總不可能知道每一件事。」

有道理。她也露出微笑，示意他再說下去。

「但沒有，我不認為國安狀況的變動有這麼大。我想不到任何一個人有理由，甚或人力資源，去綁架一名退休的密碼專家。無論需求有多大都不可能。難道是某個國家下的手嗎？」他以搖頭的方式回答了他自己的問題。「如今的國際局勢不像以往，國與國之間會合作。如果他國需要瑞典密碼學家的協助，他們只要打通電話來問就行了。」

「所以應該是某個組織幹的囉？」她問。

「恐怖份子嗎？」他反問她。

「我是假設。」

他稍微思考了一下。「該怎麼說呢？有可能。」

「但怎麼會挑上威廉？怎麼不找現役、還待在這個領域的人呢？」

怎麼會挑上這個固執己見、認爲只要躺在浴缸裡等死，所有的難題就會迎刃而解的男子呢？

他悲傷地看了她一眼。她不是這個意思，他知道。

「因爲威廉是頂尖好手。」

「這你知道，我也知道，」她說。「但其他人怎麼可能會知道？除非他們有辦法獲得瑞典軍隊的內部消息。除了其他國家的軍事組織以外，還有誰會知道這件事呢？」

一陣沉默。染了頭髮的女服務生正在清理隔壁的桌面，同時以意味深長的眼神盯著克莉絲汀娜眼前空無一物的桌面，試圖告訴他們：「這裡是咖啡店，可不是什麼公共候客室，妳至少也該點杯什麼吧？」他們避開了她的目光。

女服務生離開後，克莉絲汀娜傾身向前。

「軍隊裡你現在還有認識的人嗎？」

「妳有什麼想法？」他問。

「威廉以前那差事——在他退休以前——現在是換誰在做？」

「我不知道。」

「但總會有人去接手，對吧？」

「應該是吧。」

克莉絲汀娜把手放在眼前的桌上，直直地看著他的眼睛。

「外面的世界很大，倘若有某個團體、某個組織、某個……我也不知道，某個國家、某個政黨、某個陰謀論者，不管這人是誰，倘若外頭有人對威廉的專業技能很感興趣的話……」

她讓那些沒有說出口的字句懸在半空中。彭格蘭回眸望她，腦中已經知道她在指的是什麼。

「如果眞有這麼一個人存在的話，」點點頭，他繼續說。「沒錯。取代威廉的那個人應該知道這人是誰。」

她沒再多說，只是等著，等他把剩下唯一還能說的話說完。

「好。我會試著去聯繫看看。」

沒來由地，一股感激之意蕩過她的心頭，逼得她將眼睛別開，費力吞下一口唾沫。她暗忖，若她剛剛有點一杯咖啡就好了。她就能把心思集中在那杯東西上，同時用雙手捧住。只要讓她能在這一刻避開彭格蘭的眼神，怎麼樣都好。

他把雙手伸過咖啡桌，握住她的手掌，傾身向前，彷彿試圖進入她的視線範圍，但她其實想將他區隔在外。

「放心，一切都會沒事的，」他說。「我保證。」

陣陣溫暖從他的手掌傳來，攻破了她的保護罩。她感到淚水逐漸在眼角形成表面張力，淚滴隨之崩落。她意識到，這是自威廉消失以後，她第一次放任自己哭泣。

哭了一會兒後，她抬起雙眼，對他微笑，臉上掛著一抹充滿感激的微笑。

縱使他們彼此都知道，他的承諾其實不具任何意義，但他們並沒有說出口。

同一天的第二次，威廉被領著走過城堡那看似無窮盡的石砌迴廊。這次，康納斯一句話也沒說。他讓威廉專注在自己的思維、給威廉時間去消化掉那些他剛才看到的一切。他們兩人都很清楚，威廉腦中要處理的資訊實在太多，他根本沒有多餘的心力去管周遭的地理環境。

他們不停地走著，一語不發，直到兩人經過那間他早上在裡面醒過來的房間。但他們沒有停。往狹窄的穿廊深處繼續走，出現了另外一扇門，康納斯將之開啓（威廉留意到這裡也沒有上鎖），然後引他走入這間位在另一邊的房間。

「這是你的辦公室。如果你需要什麼東西的話，再讓我知道。」

威廉環顧四周。跟一般辦公室相比，這間環境還算不錯。這裡的外牆跟他臥室的是同一堵，窗景也同樣令人屏息讚嘆。四面大窗向著湖泊敞開，側牆旁擺了一張長桌，桌上有電腦螢幕、主機，甚至還有文具，一旁則放了張看起來頗為舒適的辦公椅。

這種心情，就如同第一天到新辦公室報到。

而且，老實說，這裡真的不錯。

「有家的感覺嗎？」康納斯問他。

咦？好奇怪的問題。威廉看著他，只見康納斯臉上有著笑意。由於笑意久久不散，威廉就緩緩轉身，再一次凝神細看房間。

花了一些時間，他才意識到這裡眞的有家的感覺。

又花了幾秒，他才知道原因。

那些電腦配備本來就是他的。

那些設備安置、擺放的方式，就跟他的公寓中一模一樣。

那些螢幕、運算器，以及他親手設計、悄悄訂製的改裝器械暨處理器。螢幕上方的架上放了他的書、檔案資料夾，以及他斯德哥爾摩書房中的每一樣東西。而且相當便利的是，他完成這項任務所需要的東西全部都在這兒了。

直到視線第三次飄往書桌後方，他才注意到房內多了一樣東西。他往前走了一步，靠近桌子，走向一個灰綠色的厚鐵盒。它的外型近似一個方塊，擺在書桌較遠的邊緣處，跟其他的設備放在一起。

這不可能是他想到的那個東西。怎麼可能。

他把手放在鐵盒上。感受外殼的觸感，手撫過它冰冷的表面。並將它轉過來，讓那些用螺絲固定後，焊在背部金屬板上的，有如迷宮般的端子、斷路器統統顯露出來。這玩意兒看起來就如同一個自製的八〇年代老古董。

「你們從哪裡找到這個的？」他問。

「我們之前找到的。」

「找到的？」

威廉看著康納斯。這可不是你隨隨便便走進一家商店就能買得到的東西。就算你想闖進什麼地方去偷也偷不到。這是你根本就找不到的東西；就算你找到了，也會有層層的安全措施、警報機關跟水泥牆將它團團圍住。除非你能找到數不清的高官在數不清的文件上幫你簽名，否則你根本不可能「找」到這東西。這是唯一的辦法。

威廉當然知道：因爲這個東西是他親手做出來的。

他是從一九九二年的春天開始製作的，並在接下來的近兩年間逐步將之修改完成。這是一項最高級別的機密研究中的核心物件，使用七年後，它被當成最高機密封存起來，儲存在一座城堡中。然而，即使每一個構成此物的零件多多少少都算是「阿公級」的，但會設計這個器械只有一個目的，直至今日，它可能仍舊是世界上最強大的解密工具之一。

它叫做莎拉。名稱是用來紀念他知道的另一個莎拉。

「我們有認識一些人。」康納斯以此回答他的問題。

「我相信，」威廉回答。「我相信，當然。」

他試圖驅趕自己的情緒，但太遲了。這些不過是機械罷了，他試圖說服自己，但他也知道，從另外一個角度來看，這些都是他人生的一部分。這些都是他盡力去遺忘、去封閉，至少以輕蔑的眼光去回顧的過往。如今，它們在無預警的狀況下突然冒出來，帶著無比的力量，提醒他曾經的那一切。

他抬眼望向康納斯，點了一下頭。

謝謝你，那個動作表達了這個意思。

他盡最大的努力，不去顯露出心中的深深謝意。

康納斯在房裡多留了幾分鐘，看著威廉埋身電腦設備後方，檢查插孔與線路的連接，確保一切都就位。最後，康納斯覺得自己留在這兒也幫不上什麼忙，遂轉身向門決定離開。

「康納斯？」

威廉起了身，站在一台電腦主機旁，眼神中帶著幾分嚴肅，康納斯之前從沒看見他有過這樣的神情。這也是第一次，康納斯徹底地意識到，站在房間另一頭的男子前一天才打算結束自己的性命。

威廉的臉上再也不見那直截了當的輕蔑。相反地，康納斯看到了別的東西，一個情感的無底深淵。雖然他知道威廉的體內本就該存有那樣黑暗的存在，但他從沒料到自己能夠切實地體會到。有那麼一刻，康納斯努力抑制一股衝動：他很想走向威廉，把手放在他的肩膀上，告訴他一切都會過去。

但若說天底下有件事會讓康納斯無法下定決心該不該做，那肯定就是此事。因此，他只簡單示了意，要威廉有什麼問題儘管開口問。

「從某個角度來看，我可以明白聯合國爲什麼要建立起一個獨立運作的準軍事化祕密組織。」

這樣很好。康納斯等他繼續說。

「我的意思是指，倘若眞存在這麼一個有形的、不特定針對哪一個國家，而是瞄準全人類而來的威脅的話。如果某件即將發生的事情將影響全球，人類都將陷入無以逃避的恐慌；如果這種事情眞的發生的話，我們要擔心這件事情的演變會讓大眾因而擔心受怕——那麼，是的，這種組織的存在的確是有可能的。」

若康納斯的臉上曾有一絲暖意，那麼當他轉身聆聽威廉的話語時，這絲暖意消失了。他站得很挺，眼神異常嚴肅，渾身動也不動地直直凝視著威廉的雙眼。

他什麼也沒說，他的答案顯而易見。

康納斯轉身，走出了房間。

直到時鐘的指針已過了午夜，克莉絲汀娜才回到編輯部門。她手中提著一個沙沙作響的7-11袋子，袋裡裝著一個無色的紙盒，紙盒裡則裝著同樣無色的外帶義大利麵。她買不是因爲她餓了，而是因爲知道自己該吃點東西。她會用辦公室裡的微波爐將之重新加熱，腦中則嘗試別去想這同一盒義大利麵到底已經加熱過幾次，然後她會吃個幾口，把剩下的放在桌上，等到凌晨的清潔工來幫她清理垃圾桶時，就會順手把它丟掉。她希望屆時已經能回家躺在床上。

在夜晚時分進入辦公室，總會觸動某種特別的感知。步調慢了，仍在工作的人默默無聲。由從不停歇的嘈雜電話鈴響交織而成的混亂演奏會業已告終，改由風扇、電腦及日光燈管合奏出嗡嗡颼颼。對那些不想回家面對鏡中的自己的人而言，辦公室是隱蔽的絕佳場所。雖然還有其他人在，但疲憊地跟經過的同事點頭致意，是唯一必要的社交互動。而對現在的克莉絲汀娜來說，這就是她要的。

或者說，至少以前總是如此。

但在她辦公室玻璃牆外的那張桌上，一盞燈的溫暖光芒，照射在一台開了機的電腦上，而一頂棒球帽則放在一本筆記本的旁邊。

里歐也還在這裡。而她都還沒開始找他呢，就從廚房那頭傳出打翻咖啡杯的聲音，干擾了辦公室內引人入睡的嗡鳴聲，也引起了她的注意，讓她朝他的方向走去。

他就站在茶水區的中島吧檯旁，專心一意地四處散置一大疊紙巾，以免那攤半是牛奶半是咖啡的淺褐色水窪流到長椅邊緣後淌下地板。她邊往廚房的方向走邊靜靜地望著他，不確定該選擇掛上微笑，還是該擔心這人竟是她目前的幫手。

「你還沒走啊？」她問。

里歐看了一眼。他沒有聽見她的腳步聲。他伸出雙手，藉以無聲地表達：對，我還沒走。

放下雙手的同時，他又一次打翻了咖啡杯，他暗自咒罵了一聲，然後才又走回去抽一疊新的紙巾，準備再次上演「流水焉能下斷崖」的戲碼。

「那好，」停了一會兒後她說。「剛好我們人都在這裡。」

她把那盒義大利麵從桌上拿過來，放進微波爐後按下開關，微波爐因而嗡嗡作響。然後她把身子靠在成排的櫥櫃上，開始簡單扼要地說起她與彭格蘭會面的經過、他們同時因爲什麼原因而想起了誰，以及他答應要幫忙詢問軍方對目前的狀況是否有任何的頭緒。

要說的話其實有限，早在微波爐發出「叮」一聲前，她已經把話都說完了。她看著里歐，表示該輪他報告進展。然而，他卻只點了點頭。吸了一口氣，彷彿他準備開口，但卻找不到合適的字句，只好轉身面向咖啡機，把空蕩蕩的杯子再次塡滿。

她意識到自己得把話從他身上榨出來。

「你那邊有什麼進展嗎？」

「還好，」他說。「我跟搬家公司談過，沒有，他們根本連那地方都沒靠近。那地方，就，妳知道的，威廉那裡。但所有鄰居都百分之百肯定，那些男人身上穿的衣服，的確都繡了那家搬家公司的名稱。」

「他們人是什麼時候到那兒的？」

「沒有一戶願意承認他們對鄰居的作息有多八卦。一開始，他們都宣稱不知道；後來，他們試著遮遮掩掩的。但差不多是吃中飯的時間。」

「那他是什麼時候從醫院那邊消失的？」

「他們最後一次看到他是在十一點的時候。過那時間以後，他們就不確定了。」他稍事停頓。「警方手頭有監視攝影機錄下的檔案。但沒有人認爲能透過這些檔案找到任何蛛絲馬跡。妳知道的。醫院嘛。要注重病人隱私那類的。院內的攝影機本來就不多，如果妳知道確切安裝在哪裡，妳壓根兒就能來去自如，而且不會被拍到。拍到那個，妳知道的。影帶上。」

他接下來所說的話完全出乎她的意料。

「我去試過。走過幾次後，我完全知道該往哪個方向走，很簡單，一點都不難。」

「你有去醫院？」

「妳希望我去跟他們聊聊嗎？」

她當然希望。去到那兒很合理，如果是她，八成也會這麼做。電話雖然很方便，但沒有什麼比得上跟人面對面、眼對眼直接談話。但老實說，她原以爲他會便宜行事，打通電話過去問。她很高興自己猜錯了。

「我沒想到你會直接過去。」她說。

「喔。就想說反正我人都已經出去了，」他說。「我走河岸大道，搬家公司的辦公室位在瓦薩區，然後，我不知道，醫院幾乎在我回家的路上。」

她忍不住綻開微笑。「那就回到最早的問題了，爲什麼你這時間還在這裡？」

里歐抬眼望向她。克莉絲汀娜說話的口吻帶有幾許善意，在這之前他從沒聽她用這種口吻說過話，但由於意識到這件事情，使得他必須趕忙往腦裡塞點其他的東西，免得他又要犯臉紅。

「我，想說，那個。」他只斷續地答了這幾個字，卻試圖裝出一副「我剛剛講了一個完整的句子」的表情。

雖然清清楚楚地知道這種說話方式會讓他聽起來像個傻子，但他依然故我，連表情都像個傻子。

又一陣沉默。

「你最後一次看錶是什麼時候？」她問他。

里歐聳了聳肩。他知道時間很晚了。但他選擇回到辦公室來是有理由的。他眺望了自己的桌子一會兒，內心卻陷入激烈的自我辯答。

他可以把話跟她說。但他什麼都不想說。時機還沒成熟。他說不定猜錯了。於是，他又聳了聳肩，但他其實明確知道現在幾點鐘。

「回家吧。」她說。

「我真的還想再待一下子。」他回答。

這很有可能是她第一次從他口中聽到的完整句子，字字清晰，語意清楚不含糊，也不用再講一遍；不只如此，他這句話甚至條理分明又泰然自若，這是她以前沒有注意到的。她本來就在微笑。如今這微笑變成了笑容。

「怎麼了？」他問。

「沒事。我累了。你也是。」

她說得沒錯，但他不容許自己去注意到這件事。

「叫輛車吧，」她說。「你明天再把收據拿給我。」

她傾身，把咖啡從他的手中拿過來。他是一個憨憨的年輕人，但他的能力顯然超乎她的預期。因此她不希望把他累壞了。

「明天早上八點半上工，」她說。「不准在座位上打呵欠。」

說完這句話，她就把微波爐裡的麵拿出來。

然後轉身走向她的玻璃天地。

里歐穿上夾克戴上帽子，並在離開前最後一次輕手輕腳靠近克莉絲汀娜的辦公隔間。腳步停在門外。他傾身靠向玻璃，平順的羽絨外套就如同一個靠在擋風玻璃上、充飽了氣的安全氣囊。

她抬起雙眼，耐心等他接通腦裡的線路，這才有辦法吐出一句完整的句子。

「妳怎麼敢斷定？」他說。「我的意思是，他說不定是自己，妳知道，決定離開的。」

這個問題合情合理。而縱使她不確定讓他進到一段她寧願遺忘的過去是不是個好主意，但她也想不出一個把他區隔在外的藉口。

「所有的東西都打包帶走了，」在短暫的停頓後，她這麼說。「他帶走了電腦、衣物，就連牙刷都帶走了。全部的東西都不見了。」

他看著她。所以呢？

然後她拿起手機，手指滑過那一張張照片，直到找到正確的那張。那是一張威廉書房的相片，是她那天早上拍的照片的其中一張，她做了一個捏東西的動作，藉此將書房牆面的照片放大。

從低矮的櫥櫃開始往上，直到壁紙碰到灰泥天花板的地方，一整面側牆掛滿了一幅又一幅的相框。相框裡都放了照片，照片裡的臉都是同一張。那是一個年輕的女子，照片的情境各有不同：對著鏡頭微笑、擺動作，還有動作做到一半被拍下的。有些照片裡的她比較年輕，差不多十五歲左右，其他照片裡則是大個幾歲。

但不論看哪一張照片，她的年齡都不超過二十歲。

「這個女孩是誰？」他問。

「莎拉，」她回答了他的問題。「她曾經是我們的女兒。」

他聽出了她的語調。曾經。於是什麼也沒說。

「如果是他自己打包的，這些照片不會還掛在牆上。」

她關掉手機。把手機放在桌上。她的眼神望向他處時，臉上漾起哀傷的微笑。

「里歐？我是認真的。回家睡覺吧。」

他站了一會兒。然後就把夾克的重量從玻璃牆上移開，一路走向開放式辦公區遠處的電梯。

克莉絲汀娜仍坐在她的位子上。眼睛盯著盛放無色義大利麵的灼燙白色紙盒。然後，連開都沒開，就把那盒子丟進垃圾桶裡。接著打開電腦，嘗試集中精神，去做公司付錢要她來做的工作。

9

午夜已是遙遠的往事，但威廉・薩柏格仍待在他的辦公室裡，直到後來，站在門外的警衛前來敲門，彬彬有禮但語氣堅定地建議他該休息了。

他詢問是否可將幾枝筆跟幾張印出來的資料帶回房間，對方同意了。回房後，他浴室內的鏡子成了臨時的白板，威廉就這麼站在鏡前工作，直到時鐘的指針已過凌晨兩點，而且早餐盤裡所有的水果都已經被他吃光了，他才決定上床睡覺。

他在五小時後醒來，此時已是他被囚禁的第二天，他感到體內有股消失已久的精力湧現。

沒有人來敲門。房裡沒有鬧鐘，沒有人告訴他幾點得起床，但他仍在七點整時徹底醒來，身子筆挺地坐在床沿，腦子已經準備好繼續處理昨晚的工作。

他任思緒漫遊了一會兒，然後走進浴室花時間沖個暖呼呼的熱水澡，其間他的思緒仍在遊走太虛。

洗完澡後，他出乎自己意料地躺在浴室的地板上。

他的手擺在頭部後方。雙膝彎曲，膝蓋交疊。接著他抬起上身，做了一下仰臥起坐，他已經記不得上次做是什麼時候了。

比他記憶中要難上許多。

他感覺到身體正面的皮膚正在擠壓、堆疊，其所形成的皺紋比過往加深許多，而每次嘗試彎身上抬時，他就會感覺到胃部分分秒秒都在燃燒。但在他做了二十下還算過得去的仰臥起坐後，他躺回地板上，成就感難免油然而生。他累壞了，就算拿命要脅，他也沒辦法再做哪怕一下，但這也表示他的肌肉依然健在，而且還願聽命行事。這樣很好。只要再一次就好。

就像很多事情一樣。放手去做就對了。

威廉還沒出浴室，就已經有人進來他的房間，把一份新的早餐留在床邊。跟昨天的早餐一樣具異國風情且份量足，但他只喝了杯咖啡、吃了顆水果，就把注意力轉移到跟早餐一起送來的報紙上。日期是昨天。他依舊難掩驚愕之感。

兩份竟都是瑞士的報紙。

他快速掃過兩份報紙的頭條，沒什麼特別的消息。他拿起其中一份，直接翻到斯德哥爾摩的新聞欄位。讀遍每一則新聞的標題。仔細讀。爲免有疏漏，再讀第二次。把報紙放下，換拿起另外一份，照樣這麼做。這份也沒有。好吧。

他把報紙摺好。把它們都放回錫盤上，頭版版面朝上。沒必要讓他們知道他已經搜尋瀏覽過。

兩份報紙都沒有提到他失蹤的事情，雖然他希望能在報上讀到自己的消息，但沒出現其實也沒什麼好訝異。唯一會想到他的人只有克莉絲汀娜。但他確信綁架自己的人已做好預防措施，會把場景安排得讓人不會心生疑竇。不管克莉絲汀娜如何揣想他的遭遇，這事仍不會成爲一則新聞。

這讓他更加深信自己的想法是對的。他的確應當實踐自己的計畫。

康納斯在八點十分來敲威廉的門，問他是不是已經準備好要開始工作。此時的威廉已經整裝待發了好一陣子。

他很期待今天的發展。

他有個計畫。

而且他不打算讓康納斯知道。

自康納斯留他一人待在新的辦公室工作已過了近十八個小時。這時候的威廉對前景相當不樂觀。

他已經一個人站在房中動也不動很久了，眼睛只瞧著周圍牆上那些無止無盡、深奧難解的雜亂信息。其中一面牆上懸掛著一張張列印出來的數字序列，數量多到足以覆蓋住從地板到天花板的所有空間。相鄰的牆上則是一張張的符碼，這些符碼很明顯是蘇美人使用的楔形文字，但卻沒有透露出任何的訊息。這些符碼貼在牆上，彷彿就如同誰幫房間刷上了一層黑白圖樣的壁紙一般。

這些資料被區分成許多組，每組都有好幾百張紙，這些紙一張張地貼在一起。一組與另一組之間在牆上留下一條縫隙加以區隔，表示該段落到那裡爲止。那些縫隙彷彿表示了一些被刪除掉的、不重要的信息，以及有些數字跟群組都被拿掉了。

資料量大得驚人。

他不知道該從哪裡開始作業。

而更教他憂心的，則是那些表面上看不出來的事情。

例如，他很顯然不是第一個進到這間辦公室的人。在他之前，有人也在這兒看過那些資料，著手處理眼前掛在牆上的那些無窮盡的數字序列，破解了密碼，弄清楚這些數字如何被轉換成另一些數字，然後再由這些數字轉換成一長串的像素蘇美文本。

而這表示什麼呢？

有人在這裡做過同樣的事，但在完成破解密碼之前就被迫中止了嗎？爲什麼？那個人現在到哪兒去了？

很顯然地，有人曾經破解過這些團團圍住他的數字序列，但是他們還沒找到能讓這些數字及文字進行互相轉換的萬能金鑰。他們還不知道如何將新的資料重新加密，而要這麼做，他們得找出通用公式，或是，誰知道呢，說不定是一大堆公式，才能讓他們隨時都可以用同樣的密碼，創建出一則新的訊息。

這過程可能十分複雜。目前他手邊已有部分將數字解密後得到的加密文本，說不定公式就藏在這些文本的序列中，但甚至也有可能藏在其他還沒解密出來的文本序列中，或者，誰說答案一定在眼前呢，誰說不能藏在其他的、那些他想不到也看不到的序列之中呢？

他大聲地咒罵自己。連完整的原始訊息都看不到，他怎麼有辦法用密碼編撰出一則回覆呢？他們可是連這段文字是從哪兒弄來的都不肯跟他說咧！

他得從頭再來一次。把所有的資訊都集中起來，先看看整體的面貌，看自己有沒有辦法從眼前的素材中看出什麼端倪。

打起精神，他站在那些列印出來的資料前面。然後他從結尾的地方開始看起。

一整面牆都是楔形文字。

他沒瞧出什麼線索，但他本來就沒有預期會這麼容易。若這面牆上都是孩子的塗鴉呢？亂糟糟一坨坨的線條，對任何人來說都沒有任何意義。但當然，這面牆上的字是有意義的。有人認爲這些文字不但意義深遠，而且至關重要，因此世界上好幾個國家聯手，指派一整個組織的人馬出面負責處理。他有什麼資格出來說三道四？

站在幾步之遙的地方去看，這些楔形文字綿延不絕，一塊接著一塊，一頁接著一頁。但若站近一些觀察，他就會看到列印出來的每一頁資料都有一個細細的邊框，彷彿它是獨立存在的，彷彿它是一片拼圖，掛滿了牆面的Ａ４紙張就構成了一幅巨大的鑲嵌畫。

每一頁Ａ４的紙張都由小小的方格所構成；每一頁上面的訊息都是像素式的，寬二十三個像素，高七十三個像素。總計共一千六百七十九個像素，構成一排蘇美人使用的標點與符號，而他一個也看不懂。

好吧。下一面牆。整面都是數字序列的牆。

每一頁上面都有兩組數字。上半部是黑色的，下半部是紅色的。這些數字一個個排列在一塊兒，沒有空格。英文字母的Ｃ跟Ｐ能讓他分辨兩者的不同。

Ｃ是密碼文（Cipher），Ｐ是譯文（Plaintext）。

黑色數字是Ｃ，是密碼原文，維持他們當時擷取到時的原貌。紅色的是Ｐ，是經過解讀以後的資料。這些數字所代表的，就是那些數之不盡、一組又一組的像素，然後這些像素就構成了隔壁這面牆上的楔形文字圖案。

目前爲止很順利。沒有什麼太出乎意料的部分。但有件事情他覺得很奇怪，明明是這麼大量的數字序列，爲什麼使用到的數字卻只有四個。

最早在大會議室的牆上看到時，那些投影出來的數字動個不停，因此他沒有留意到。但就在他進一步回想之後，他確信當時的畫面的確是如此。

四。

不是二，如同二進位的電子序列是用0跟1。不是十，如同你不再嗷嗷待哺、能夠挺直脊梁坐著後，每一個人都得學著使用，直到熟悉得不能再熟悉的算術系統。他眼前的序列僅用0到3，共計四個數字構成。

四進制。

這不是什麼劃時代的創舉。他以前就見過，他當然見過。但就他所知，他從沒看過有人將它拿來做實際的運用，頂多就是一些奇想實驗，以此例證實數字系統可以奠基於你所選擇的任何數字之上。程式工程師使用十六進制。巴比倫人使用六十進制。但天底下到底是誰決定僅用這四個數字？而這人又爲什麼要這麼做呢？

眼前的景象讓他覺得不可思議。如果要把一樣東西轉成非黑即白的像素，爲什麼非得採用0到3這幾個數字來予以建構呢？

爲什麼要用四進制的密碼來呈現二進制的東西呢？

他搖了搖頭。原因是什麼並不重要。

他的職責並非要把那些解密出來的紅色數字轉譯成鄰牆上的蘇美符號。已經有人在處理那個部分了，另外還有人負責把那些古老的字符轉譯成現代人可以讀懂的文字，但那對他來說也不重要，因爲沒有人打算跟他說這篇東西到底在說些什麼。

他唯一的工作就是找出它們之間的關聯性，黑色數字是怎麼被轉譯成紅色數字的，再來就是怎麼把該死的新的紅色數字轉譯成該死的新的黑色數字。他愈來愈沮喪，這整件事搞得他筋疲力盡，他其實滿腦子只想著要放棄，然後一走了之。

他望向桌面。那些資料夾。那些電腦設備。

他大可以放棄，但他不應該放棄。

他在那些資料夾裡面找到上一任解密員所留下的算式跟筆記。若直接照著用，他很快就能弄懂這些東西，他很想這麼做，但這個點子很爛。

如果他前面的那位仁兄所找到的金鑰只能進行單向的轉譯，那就表示那個金鑰不完整，甚至說不定根本就是錯的，而威廉不打算走進同一個陷阱。他不想困在其他人的邏輯思維中，直接套用現成的結論，只因爲這寫在紙上的結論看起來很像樣。

他必須從頭再來過。不借用前人智慧。不接受任何援助。

也不使用電腦。

因爲如果連他都看不懂，電腦也不可能看得懂。

他都搞不定的東西，電腦肯定也搞不定，他說不定還會因此而下意識地離眞正的解答愈來愈遠。現在這局面，要處理這堆東西只有一個辦法：紙跟筆。用手寫，用手算。感受密碼成爲身體的一部分，他以前都是這麼做的，早年。

但那早年眞的是很久很久以前了。

他站在那兒，視線在數字之間不停地來回移動。拚命想拉近跟它們之間的距離，但又不知從何做起。他感覺幽閉恐懼症的症狀逐漸在他體內成形，他備感壓力、難以呼吸，這感覺愈來愈清晰，不，他很確定。這樣的認知使得他的襯衫變得又暖又濕，像條濕毯子一樣黏在他的背上。

他失敗了。

他不適任這個工作。

經歷數小時的痛苦後，威廉丟開了紙筆，絕望地將資料夾都推到地上，打開門，朝迴廊走去。他需要新鮮空氣。他需要看點別的。他需要跳出框架。

第一個映入眼簾的東西是名穿著淺灰色制服的警衛。威廉不認得這張臉，這人之前沒在飛機上，他定定杵在離門幾步遠的地方，眼神空洞，就如同你在淡季的平日去博物館時會看到的接待員一樣。

「需要什麼東西嗎？」雖然嘴上這麼說，但他的口氣聽起來一點也不友善，遑論在意威廉的需求。他的唯一職責就是別讓威廉去到任何他不該去的地方。

威廉表示他得動一動他的腿。

「你可以在這邊來回走一走。」警衛說。

「我還可以罷工，」威廉說。「走路能幫助我思考，而我在這兒的任務就是想事情。你自己看著辦吧。」

他們彼此凝視了幾秒。警衛顯然有命令在身，八成就是把威廉留在他的房裡，以及在一定限度上滿足他的需要，威廉感覺得到他心裡正在權衡輕重。

警衛最後甩了甩頭，以此作爲答覆。他的眼神依舊冷酷，但其實雙方都心知肚明，威廉贏了這一局。

「別做什麼傻事。」他說。

威廉對他促狹一笑。他閃過一個念頭，想問問他，若你被人給抓了起來，關在一個四周都是厚石牆的地方，你還能做什麼傻事，但他又決定作罷。於是，他也甩了甩頭，留給警衛去猜想這甩頭是感謝、是要他少囉嗦，還是介於兩者之間？接著他開始往前方的穿廊漫步而去。

這根本算不上是散步。

外頭的空氣跟房間內的一樣潮濕，周圍的石牆也同樣是由數不清的石頭建造而成。

但除此之外，至少他能暫時遠離那些數字跟紙張。他的眼睛掃過牆壁跟地板，邊數著石頭的數量，邊看這石頭的排列是否有何規律，藉此整理他的思緒。

但他無法停止思考。

一千六百七十九。

二十三乘以七十三。

而最讓他感到困擾的，就是他認得這種組合，也覺得自己應該知道它從何而來，但就算想破了頭也想不起來，最後他實在受不了了，就要自己別再去想了。

穿廊盡頭是往右，那是之前康納斯領著他去見弗朗坎時走過的路。繼續往前走則有一些小徑，通往各個方向。他挑了一條沒走過的繼續走，邊走邊默默數著石頭。心情雖平靜，但感知周圍環境的能力卻慢慢增強。

他注意到的第一件事，是眼前沒有任何監視器。這可厲害了。這要嘛是眞沒有，但聽起來很沒道理；要嘛就是藏在厚厚的石牆裡，你眼睛睜再大都瞧不見。那就更厲害啦。若要警告人別繼續往前走，最好的辦法就是讓那人看得見監視器。

他決定假設監視器無所不在。

他想到的第二件事，是他運氣很好。警衛讓他出來亂逛，他就可以藉機偵察地理環境。但警衛爲什麼這麼做呢？應該是因爲沒料到威廉會這麼做吧，但爲什麼警衛沒料到？八成是因爲威廉一開始也沒想到。他只是想出來活動一下筋骨。但既然他人都已經到了這兒，那當然不能浪費這大好機會。

因此他繼續往前走，腳步依然悠哉，但散步的心情早已消失。他集中精神記下這些路線，注意哪條路長什麼樣、這些路又通往何處，並暗自決定今後要更常「散步」，直到他已能在心底描繪出城堡的地圖爲止。範圍當然愈大愈好，他會盡力而爲。

他的旅程總算止了步。一扇巨大的木門擋在眼前，讓他沒辦法繼續往前走。一旁的牆上裝了個感應讀卡機。讀卡機上方的LED指示燈現在正閃著昏暗的紅光，告訴他門上了鎖，除非他手邊有對應的門禁卡，否則門不可能會打開。

威廉盯著看了一會兒，便決定就這樣，他也散步得夠久了。該回頭了，免得有人開始擔心他的去向。

在回去最初那條穿廊的路上，他給自己設立了兩個目標。

一，他的腳步永遠都要比別人快。

不止快一步或兩步，愈多步愈好。

他要盡全力解開密碼金鑰的結構跟背後的邏輯，並持續跟康納斯及弗朗坎彙報他的進展，但要講多少則由他自己決定。他會做到令他們滿意他的表現，但與此同時，他也會讓自己知道的比講出來的還要多。倒不是他要利用獲得的知識去做些什麼，只是要讓手上的籌碼比對方更多。而非相反的情況。

但第二個目標更重要。

無論發生什麼事，他答應自己，一定會想辦法逃出去。

因此，在康納斯隔天早上一樣把他留在辦公室後，威廉體內的幹勁更爲充沛。

縱使夜裡利用浴室的鏡子繼續計算手邊的資料，他仍然沒有什麼新發現，但至少這樣的行爲能強迫他持續思考。經過多年的荒廢後，他再一次進入自己的大腦，找回過往的自己，逼自己去尋找那些關聯性及規律，即使他沒有因此馬上解開謎團，但他知道這樣的動作能幫他在最後一刻破解密碼。

工作第二天，威廉開始在牆與牆之間、數字與符號之間、行與列之間來回走動，尋找其間的關聯，尋找重複出現或獨立存在的資訊。先看一次，換個位置，再看一次。他在紙上塗塗寫寫，並把各種不同的關聯性、想法、點子記在不同顏色的便利貼貼在牆上。慢慢地，他覺得有東西慢慢地回來了。過往的感覺回來了。對一個三天前才經過鬼門關的人來說，「欣喜若狂」這樣的詞是重了些。但若有人要他形容自己現在的心情，那他百分之百會說出這個詞。

他足足工作了兩小時才把筆放下。是時候了，該進入計畫的下一步了。

他自己的部分。

這一次，警衛對他的詢問已早有準備，態度也十分配合。威廉表示他需要散步一下，對方義務性地告誡了他兩三句，接著他就離開了。

方法跟昨天一樣。慢慢走，腳步放鬆。沒有明確的方向。他沿路記下身旁的事物，就連細節都不放過，然後把這些資訊添加到他腦海中的地圖上。他選擇走那些沒走過的路，精確而有條理地一一探查，並在腦中註記哪幾條路還沒走過。一段時間過去，他覺得今天走的量差不多了，該回辦公室了。

再一條穿廊就好，他心想。

於是就走上一條岔道。

再一條穿廊就好，然後我就要回去了。

然而，他卻發現自己面臨了一個抉擇。

他一轉彎就看到了。

走道盡頭的那扇門，大概距離這裡十公尺吧，跟他昨天散步時遇到的那扇長得很像。一扇又大又重的木門。鐵做的鉸鍊。一旁設置了個金屬外殼的讀卡機。

但有個地方明顯不同。

讀卡機上的LED指示燈亮的是綠燈。

有人剛走過這裡，門雖然已經闔上，但門鎖還沒歸位。此外，細微的嗡嗡聲則顯示出門閂仍是內縮的狀態，門應該還沒鎖上。

威廉動也不動。要進去嗎？還是留在原地呢？

這是老天賜給他的好機會。但他並不想要這個機會，時機不對，他還沒準備好，太快了。

他還想知道更多的事情。他想知道更多關於密碼的細節，想找出更多的通道，或被人領著，去他還沒到過的堡內其他區域開會，這些都能增加他脫逃成功的機率。也讓他能夠在成功脫逃後，有更多的故事可以跟外界的人說。

但沒有時間思考了。未來他說不定不會再有這樣的機會。眼前的門鎖亮著綠燈，但會亮多久，沒人知道。

他躊躇不前。

然後，他忽然下定了決心。

與其說是明確的抉擇，還不如說是本能：他往前衝，衝過穿廊，往木門直奔而去。每踩出一步，他就彷彿看到燈變回了紅色，但卻沒有。幾秒過後，他已衝到門前，打開，滑步過門，順利穿越後，他立刻放開門的把手，生怕若門鎖忽然上鎖，而門又尚未歸位，警報就會立刻大響大鳴。

門又跟門框合爲一體。幾乎可以說是馬上，門閂嗡嗡作響，開始轉動，讀卡機上的LED指示燈由綠轉紅。

直到這一切都結束後，他的大腦才又有辦法正常思考。

然後他才意識到，自己眞是個難以置信的蠢蛋。

他站得直挺，盡力克制自己的呼吸聲。一定有人在不久前跟他穿過同一扇門，不然門怎麼可能會自行解鎖。若他給自己多些時間去思考始末，他就會意識到這人一定還在附近。

威廉眼前出現另外一條路。這路長得跟他之前才剛走過的那條沒兩樣：一樣的石地板，一樣的石牆。遠望，他看見路的盡頭有個小小的凹壁，凹壁上有扇小窗，那裡說不定還有樓梯，能讓他去到其他的地方，可惜從他站的地方沒有辦法看得很確切。

周圍悄然無聲，這讓他心神不寧。

他寧願聽見誰的腳步聲從遠方回響而至，逐漸消失，這樣他就能知道開門的人目前走到哪兒了。因爲若是相反的情況，則表示這人仍在附近。眞碰上了，他就得解釋老半天。

他維持不動，久得也不知自己站了多少時辰，最後總算下了決心，死活一條命。他既已踏進了不該踏進的迴廊，唯一能做的就是繼續前進，在他們逮到他以前探索多少是多少，也希望自己能找到些什麼他未來用得上的東西。他們很有可能已經在尋找他的下落。

他開始繼續往前走。沒看見任何監視器，但仍假裝它們無所不在，只是藏得很好。就像之前一樣，他假裝自己正在悠哉悠哉地散步，同時目光掃過一切，記下看到的所有事物。

他穿過一道拱門。又一道。眼前的路變窄了，天花板也變低了，而且沒有光。每一條路都通向一扇厚重的木門，而他知道不管費多大的勁，他都打不開那扇門。他把這些都記到腦海中的地圖上，腳步也逐漸往凹壁前進。若運氣好的話，那裡說不定是個樓梯平台，他就能從樓梯或其他通道繼續往前探險，說不定就能找到一座入口或是一個開口，並能夠從那兒逃出去了。

隨興而走，腳步輕盈，不快不慢。如同用慢動作在逃跑一樣，但他沒有其他辦法。

他忽然停了下來。

腳步聲。

他察看四周。回聲來自前方某處，他的想法獲得了證實。那裡果然有樓梯。壞消息是，腳步聲愈來愈大了。

絕命關頭，他四下尋找逃脫路徑。

他唯一的逃生之路被一扇木門給擋住了，一道紅光守護著那扇門。也許他可以逃進那些岔路？祈禱他們經過時不要看到他？然而，若他們逮著他，他就沒辦法再假裝自己是「不小心」走了太遠，而他可不想這麼早就破功。還有一個辦法，就是站著不走，說服來人說他只是單純迷了路，僅此而已。

但這辦法也沒好到哪裡去。

腳步聲愈來愈近了。

威廉沒有選擇的餘地。

當威廉感受到臉上的那塊布時，布已經塞進了他嘴巴的深處。他想大叫，但聲音卻怎麼也出不來。

那名在她之後進門的男子竟然動也沒動。時間不停流逝，她開始懷疑他到底還在不在那裡。珍妮把身子撐在黝暗岔道的石牆上。她壓抑住自己呼吸的聲音，同時心底不住地責罵自己。她沒有留意到有人在跟蹤自己。她太不小心了。一直以來事情都很順利。太順利了，太容易了，她恣意相信自己的腦力高人一等。而這就是她的現世報。肯定有人跟在她的後面，如今這人就站在岔道的外頭，耐心靜候她的出現。

但是，他眞的在跟蹤她嗎？如果是這樣的話，爲什麼她都沒有聽見他的腳步聲呢？說不定是她搞錯了。說不定根本就是她自己想像出一個追兵。而她犯傻似的自顧自躲在岔道裡，說不定她只是緊張過度又被害妄想，該回房裡好好休息一下了。說不定眞相就這麼簡單。她正準備行動呢，腳步聲就又出現了。

緩慢。小心。是在找尋什麼東西嗎？

這人走路的節奏很奇怪，很像在散步。

這根本沒道理啊。這裡只有兩種人，警衛跟軍人是一種，她則是第二種。而這腳步聲聽來如同訪客或某個出來散步的人，但在這裡，這種人徹頭徹尾不存在。

直到那名男子從路口走過，她才意識到這人不是警衛。他悠哉而緩慢地從她眼前走過，有那麼一下子，她無法理解眼前這人到底是個什麼東西。而當她終於回神時，卻已經太遲了。

是她先聽見他們的。

他的耳朵在下一個瞬間也聽見了他們。他的腳步停在離她幾步之遙的地方，跟她一起聽著同樣的聲響。腳步聲。還很遠。警衛正在上樓。

她猶豫了；她可以任由他們帶走他，這對她來說不啻是最佳選擇。他們帶走他以後，她說不定就能繼續探索，不被任何人察覺。

說不定。

但她輸不起。

她等這刻等了好久。

她一舉脫下T恤。

不能讓他叫。動作要迅疾無聲，但又不能傷害到他，不然他就沒有太大功用了。

即使今天他嘴裡沒塞著T恤，威廉．薩柏格也會因爲過度驚嚇而說不出話來。站在他旁邊的年輕女子年紀頂多三十。她的深色頭髮往後紮成了馬尾。她赤腳，下身穿著黑色緊身褲。她的上身幾秒前還穿著T恤，現在只剩下黑色胸罩。她的體態非常健美，好到讓人覺得像假的。

她作勢要他別出聲，同時不停地盯著他的眼睛。他如同三明治的內餡一樣，被夾在石牆跟她之間。警衛繼續往前走，走到了那扇威廉跟她都走過的門邊。他們聽見警衛拿出門禁卡。然後，他們終於聽見門闔上，警衛也消失在門的另一側。

他們屏息，等待電子鎖的嗡嗡響聲停止。

總算無聲息後，她再次與他四目交接。

「你跟我，我們要聊一下。」

10

珍妮．卡蘿塔．黑茵茲與牛頭第一次碰面時，阿姆斯特丹街道上的櫻花盛開，花瓣在微風中迴旋、飛舞。

那是春季。不冷，有點暖意，很適合散步。無風，但空氣中仍帶著冬季的清新。那夜，將會是個完美的一夜。

至少她原本是這麼想的。實際上，計畫已經搞砸了，而當時也不過才八點十五分。在有限的預算內，她費心把自己打扮得很漂亮。雖然位子訂的是九點，她人卻已經在那間小餐館裡等著。她滿心期望他們會有時間在吧檯喝杯酒，看著人們在身旁來來去去。同時，他們會玩起那套幼稚的遊戲：假裝彼此在鬥嘴，唇槍舌劍一番。這種咬文嚼字的智力遊戲無傷大雅，是他們培養出來互訴情意的慣用手段。他們吵架吵得實在太上手，同事隔了好幾個月才發現原來他們已是情侶。眾人本來還以為只要逮著了機會，他們會很樂意在對方背上捅上貨眞價實的一刀呢。

老樣子，他們用同樣的假名去訂位。老樣子，她跟領班說話時，得努力讓自己別笑出來。

「請問尊姓大名？」他問。

「艾曼紐．斯芬克斯，」她回答。「最後一個斯發重音。」

領班看著她。他聽出了她聲音中的抖顫，那是她憋笑的副作用，但他想不通她在笑些什麼。可能是在嘲笑他吧。但他聳了聳肩，揚起他那千篇一律的微笑，決定不再多想。

「有人留話給您，」他說，同時翻閱著訂位名單，要找出那張他理應知道放在哪兒的字條。他翻得很快，眼睛瞧都沒瞧她：

「斯芬克斯先生會晚十五分鐘到。」

他把字條交給她。動作很正式，彷彿那張字條是什麼意義重大的東西，她事後會把它收進相本或掛在牆上之類的。然而失望已奪走她雙眼的神采。他原先預期會聽見的笑聲如今已消失。她喃喃說了些什麼「在酒吧等」的話，然後即動身，走進陰暗的餐廳中。

如今，她坐在這兒。手上拿著手機，百無聊賴地把玩著，不想讓別人覺得她看起來很寂寞。她眼前則放了杯喝了一半的酒，又或許杯裡裝的是濃湯，反正她也嚐不出味道來。

一年前，艾曼紐．斯芬克斯誕生了。他們笑得跟孩子似的。現在，這名字聽起來一點也不好笑。當時，珍妮跟阿爾伯特坐在後排，度過了那無聊透頂的研討會。午餐時他們偷灌了幾杯酒，情況就有了顯著的變化。下午有趣多了。

不過，縱使研討會給他們留下的記憶盡是些互傳筆記本、像小學生一樣笑個不停、用講師剛說過的話來編造些假名或可笑的縮寫等事，那天仍算是成果豐碩。她跟著回到了他住的地方。印象中，在那之後，他們只有四天晚上沒待在一起。

那是整整一年前的事情了。今天是艾曼紐．斯芬克斯的一歲生日。珍妮跟阿爾伯特的週年紀念。而他竟然遲到了。該死的歐洲人。

遲十五分鐘表示至少要遲一個小時。手機玩膩了，她開始把眼前的餐巾紙摺疊成一個四不像。摺完後，她再也沒什麼好做的了。她不喜歡獨自一人坐在這些設計給很多人坐的地方。倒不是她怕孤單，正好相反，但她偏好私下獨處。

當那個穿著西裝的男子坐到她身旁時，情況並沒因而變得更好。

他跟她差不多歲數，看得出花呢夾克底下肌肉滿滿。他的脖頸粗壯，白色襯衫上方的釦子因而隨興地鬆開了幾顆。他看似想攀談，但她並不想。

「我在忙。」她說。

「看得出來，」他雖然嘴上這麼說，但顯然只是隨口應答。「妳摺的那是什麼？天鵝嗎？」

他指的是她面前堆成一坨的餐巾紙，那可能是任何東西，但絕對不是天鵝。

「我把話說清楚點好了，」她說。「就算我是單身，我也不想跟任何人交往。」

「別看我，我可沒打算讓妳破戒。」

她聽出了他的口氣。看著他。他是沒禮貌還是在開玩笑？

他的臉色一本正經、堪稱嚴肅，彷彿他心口如一。但他目光中卻有些微閃爍，雖不明顯，但對她這種老練的人來說相當明顯，而這只代表了一件事。他喜歡她的辛辣言詞。對他來說，這不啻是一場遊戲，而他已經配合她投出了一記變化球。該輪她進攻了。

「所以，你坐到我旁邊來，」她說。「就是特地來告訴我，你對我沒興趣囉。」

「天啊，我哪那麼沒禮貌。我通常都要到第二次約會才會這樣講。」

這記攻擊來得很快，使她來不及招架，呆愣當場。她抬眼望向他，想確定對方是當眞還是遊戲。而當她這麼做時，他人好端端地坐在那兒，早已準備好要接下她這一瞥。靠！他們眼神對上的那瞬間，她就知道自己輸了。她不知道該怎麼迎擊，這讓她覺得很煩。而她竟然爲了這素未謀面的男人心煩意亂，這更讓她覺得煩上加煩。

「我是羅傑。」他說，朝她伸出自己的手。

「珍妮。」她回答，握住他的手。他的手又大又有力，說話有英國腔，但她認不出是英國哪裡的腔。她竟然連腔調都留意到了，看來她又平添了一件事情可以煩。

「不是，我不是因爲那種原因坐到這裡來的，」他說出結論。「我坐到這兒來的主要原因，是因爲整間餐廳裡，只有妳講的是人話，而不是單純在製造噪音。」

「可惜我沒辦法對你說同樣的話。」

這次換他漏接了。雖有點不甘不願，但他露出了一個大大的笑容。她把酒杯拿起，在心裡用粉筆幫自己加一分，而她知道，比賽才剛剛開始呢。

四十五分鐘過後，她在女廁的鏡中看到自己，心底有深深的罪惡感。她在笑。她的心情舒坦，笑容醺醺然。更糟的是，她居然雙頰飛紅。他們聊得挺來的。不，不只如此，他們聊得很開心。阿爾伯特半小時以內就要到了。而她，快樂得跟個傻子似的，還想再回去跟那個說話帶英國腔的迷人肌肉男多聊上幾句，她到底在幹麼啊？

她拿出手機。找出阿爾伯特的號碼。編寫新訊息。

我愛你，她寫道。希望能早點看到你。

寫這麼淺白太令人害臊了。整段文字聽起來如同已經做了什麼見不得人的事。她把訊息刪除掉，從頭來過。

我已經先乾了兩杯半。十五分鐘之內你再不現身，我就要跟一個英國猛男走囉。

好多了。她按下發送鍵。再看鏡子最後一眼，她決定不整理頭髮——要整理也不是現在，她才不要為了英國佬整理，也許晚點吧——然後轉身，返回餐廳。

沒想到他居然在門外等她。

衣帽間就在洗手間的外頭，沒人照看，也沒人在裡面，幾個念頭瞬間閃過她的腦海。說不定他覺得無聊，想走人了，也許他想帶她一起走。或說不定他是想把她拉進那些夾克啦外套裡頭，巴望能來個小摟小抱。

那一瞬間，情況從幻想中的小冒險變成了衣帽間裡的現實，也從綺想變成了無味。她告訴自己，她成了對方的獵物；她也告訴自己，她對對方全無興致。因此她閃身過人，跑過一排排大衣跟夾克，但他快了一步，把手放在她的肩膀上。她原先的意亂情迷如今消失殆盡，她努力想從腦海裡找出一串尖銳的玩笑話，她的身體則已做好了最壞的打算。

然後她僵住了。

他把什麼東西插進了她的脖子裡。

她直盯著他。他臉上的笑容不見了。而正當她想到該說什麼時，她的嘴巴業已罷工。

三十五分鐘之後玻璃門打開，一名叫做阿爾伯特．凡．戴克的年輕男子走向領班，問他現場是否有一名女子在等艾曼紐．斯芬克斯。

彼時，珍妮跟牛頭人早已離開阿姆斯特丹。

那名曾自稱羅傑的健壯英國人不知道自己爲什麼要這麼做。但有什麼事情出了差錯，他走向那扇通往她房間的厚重木門，隨即舉手敲了敲。

他已經想好該如何致歉。倒不是說他需要找任何藉口去探查她的行蹤，畢竟他是安全部門的負責人，而她則是受保護的對象，這早已不是什麼祕密。但上面的命令很清楚：除非情況必要，否則千萬不要讓客人覺得他們是囚犯。

馬丁．羅德里格斯——這是他的本名——完全能理解爲什麼要這麼規定。組織需要仰賴這些賓客心甘情願去做他們該做的事。如果他們覺得自己待遇太差，他們就可能會拒絕聽命，甚或更糟，他們說不定會刻意提供錯誤的答案，相信組織裡頭的人全是壞蛋，而起身反抗的他們則是正義的一方。

這也是爲什麼他已經先把道歉的台詞想好。他預期會聽見她尖聲大叫，但無妨，他只是想確認沒有任何事情出了差錯。

他耐心等候。

他在七個月前把她帶來這裡。有時候，他會試圖說服自己，她當時在等待的那個男子壓根兒是個蠢貨兼混蛋，他這麼做其實反而幫了她一個大忙。但眞相並非如此，他比誰都清楚。他們對她做過很詳細的身家調查，他們掌握了她的一切資訊。她交往的對象棒到令人眼紅，眞正的壞蛋是他自己：他在什麼都沒有明說的情況下綁走了她，並以世界安危當籌碼逼她接受這一切，對珍妮．卡蘿塔．黑茵茲來說一點也不公平。

但人生本來就不公平，他不忘提醒自己。

而雖然他只不過是一名小卒，但他清楚知道，自己的所作所爲是絕對的正義。

當馬丁．羅德里格斯打開她的房門時，他的想法徹底改變了。

房內空空如也，然而他並沒有看見她離房。

十秒後，他用無線電警告其他人，世界於焉大亂，他就知道會變這樣。

幾百公尺遠之外的地方，清涼的夜風吹拂在威廉的臉上，一如他在溽暑夏夜將枕頭換面後所感受到的舒適。他沒想到已經那麼晚了。天色昏暗。也不知道等在前頭的將會是怎麼樣的光景。

他跟著那名年輕的女子走下曲曲折折的階梯，沿途經過許多穿廊跟走道。有些走道他認得，康納斯帶他走過；但多數他都沒走過，因此只能仰賴眼前的陌生人領著他。她，以及那張藍色的塑膠卡片，讓他們得以穿過一道又一道上了鎖的沉重大門。

最後，他們開始再次往上爬。她領著他爬上一座相當陡峭的階梯，他心想這一定是座高塔。後來她打開一扇矮門並彎腰鑽了進去，門後是一個巨大的石砌露台。

他本來就知道城堡很大，但直到這一刻，他才知道城堡大得很驚人。外牆向兩邊延展，內凹與外凸的地方分別構成了凹壁跟窗台。這個露台則與城堡的寬度相等，建築到哪兒，露台就到哪兒。他們跟底下的風景之間，僅靠一排石造扶手區隔。若從此地墜下，將直落至底；底下的阿爾卑斯山湖水顏色黝黑，宏大若無窮。

他心想，若這女子想殺他，這裡再適合不過。從外觀來判斷，威廉毫無抵抗的能力，她身體強健、動作迅速；而威廉，老實說，既弱不禁風，又遲鈍緩慢。

但他拋開這樣的想法。從他的觀察來看，她從警衛的手中救了他一命。她除了跟他一樣是個囚犯之外，沒有其他的可能。

「我是珍妮，」她停止跑步，並說。「珍妮．黑茵茲。」

她仍上氣不接下氣，但她的聲音很專注，明晰的雙眸沉著而警戒。

「我不確定我們還有多少時間，我不知道他們有沒有辦法聽到或看到我們；我唯一能夠確定的，就是我不應該跟你說話。而若他們知道我們在這裡，他們就會……」她停了一下。「我不知道他們會做出什麼事。」她說。

「他們是什麼人？」威廉問。

「我猜他們給你的說法跟給我的應該一樣。一個隸屬於聯合國的組織。這說法可能是眞的，也可能是假的。最重要的是，他們欺騙了我，而他們也會想辦法騙你。再者，我們也要想辦法逃出這裡。」

「他們欺騙妳什麼？」

「你也看過那些文本，對吧？」

「那些之前的金鑰嗎？」他說。「那些是妳想出來的嗎？」

她花了點時間才明白他的意思。但她搖搖頭。

「我不懂密碼。那不是我想到的。」

「既然如此，那妳是誰？妳在這裡的工作是什麼？」

「直到四月十七日之前，我都還是阿大的研究生。阿姆斯特丹大學。考古學博士。」

原來如此。「楔形文字。」他說。

「他們盡全力不讓我釐清全貌，」她說。「他們故意把文字的順序打亂。也把不相干的文本一起丟給我。更沒人告訴我這些文字到底跟什麼事情有關。整件事情弄得我筋疲力竭、無法思考，我不知道自己人在哪裡，爲什麼被抓來這裡，還有——」

來。

她不自覺提高了聲音。留意到後，她就停止說話，聆聽周圍的聲響。只聽見風聲及水聲。她冷靜了下來。

「妳在這裡多久了？」他問。

她沒說話。時間不多了，但她決定讓他知道大略的情況。她在西雅圖唸大學時發表了論文。她因研究古老的書寫文字而獲得獎學金。她搬到歐洲，成爲一個研究員。她在阿姆斯特丹過得很快活，她那鑄鐵陽台、她窗外的運河風光，還有她養的那隻貓。然後畫面忽然一黑，她在城堡醒來。而那已經是七個月前發生的事情了。

「那你呢？」她問。

「差不多一樣。」他說。但他的生活一點也不快活，而且他對貓過敏。但這些內容似乎與他們的對話沒有太多關聯。

「你抵達這裡的時候我有聽到，」她說。「我有聽見直升機的聲音。我知道他們又帶了新的人過來。」

「爲什麼要帶新的人過來？」

她嘗試找出正確的字句。但情況太難解釋；她不知該從何說起，也不知道他們還有多少時間。因此她搖了搖頭，試圖重整自己的思緒。他們的對話聊錯了方向，而倘若她要跟他說明自己已經知道的事情，她得從正確的地方切入才行。

但威廉打斷了她。換了個說法後，他又問了一次。

「爲什麼要把我帶來這裡？」

她看著他的眼睛。這個問題不難回答。

「因爲在你之前的那個女人不見了。」

那個杵在威廉辦公室外、老是半夢半醒的警衛，第一次這麼清醒。

他跑過一座座穿廊，每次跑進死胡同卻沒發現威廉時，他的腳步就會加快幾分。

他不懂怎麼會發生這種事。他剛才接獲通知，那個女孩，那個漂亮的美國大學生不見了，他立刻浮上心頭的想法是：羅德里格斯，這次你可闖大禍了吧！怎麼搞的你，竟然會讓這種事情發生。

然而，不過區區幾分鐘時間，換他在這裡跑個不停，而且眼下的狀況更令他困惑不解。不知道爲什麼，那個老頭也不見了。彷彿他不知怎的，竟能在沒有門禁卡，也沒有觸發警報器的情況下，穿過了那些上了鎖的門；這根本就不可能，但居然還是發生了。這名警衛邊跑邊罵，邊罵邊走過空無一人的穿廊，再次回到那些他才剛剛檢查過的岔道，明知不可能，但他還是巴望著能找到威廉，這樣他就不須回報，說他要保護的對象也跟著不見了。

而當弗朗坎一用無線電跟他通話，問他薩柏格人在哪裡時，他就知道自己的希望幻滅了。

幾層樓的高度之下，在一間充滿霉味的地下室中，伊芙琳．基斯已經開始依據規定篩選手邊的資料。而這規定，則是她自己在心不甘情不願的情況下制定的。

她眼前的牆上掛著許多螢幕，螢幕上顯示出各台監視攝影機所錄下的模糊畫面。她逐一查看這些資料，不停把時間軸上的時間往前或往後，意圖從這些分別設置於各地方的監視器畫面裡，找出任何不該出現的細微蹤跡。

她知道自己什麼也找不到。一方面城堡內的攝影機數量太少，再者攝影機都被設置在錯誤的區域，因此根本幫不上任何忙。她很生氣，她也有權利生氣。既然安全系統壓根兒有問題，讓她來掌管這裡又有什麼用？

她之前就指出了系統的漏洞，但上頭什麼事也沒做。她老早警告他們遲早會出事，早在第一起事件發生前就說了，但他們成事不足，敗事有餘。如今，他們又面臨了同樣的局面，每個人都在打瞌睡，沒盡好自己的本分。

不修補漏洞的下場本來就應該是如此，因此他們早該料到會發生這種事。

幾十年過去，建物內的設施老早落伍，因此他們早該料到會發生這種事；這裡的安全系統不是設計來拘留人犯，而是用來讓閒雜人等無法入侵，因此他們早該料到會發生這種事。

明明就沒有存錢的必要，但根本沒有人願意把錢投資在安全系統的升級上，因此他們早該料到會發生這種事。

「有沒有找到什麼？」弗朗坎從她的背後說。

他這句話講得又急又快、迷迷糊糊、不清不楚。他的手緊緊壓住她的椅背，他焦急的雙眼掃視過一個個螢幕，心底盼望基斯能看到什麼他沒有注意到的細節。

但她沒有答腔。只冷冷地看著他，然後看看螢幕。他也知道安全系統有問題。樓上，一群警衛跑過一座座穿廊，想方設法在自己管轄的區域中，找出神祕消失了的黑茵茲跟薩柏格。即使全員出動，他們的身影仍只偶見於基斯眼前的螢幕中。城堡內部何其大，幾千公尺都不止，監視器卻屈指可數，他們能從螢幕上看出什麼線索的機率，大概只比不可能高一些些。

「無論如何，他們絕對逃不出這裡，」他說。注意到她臉上的表情，因此他再補充：「在那之後，我們有做了一些改進。」

她刻意不回話，他看得出來。她無須回答。他知道她是對的。他們應該升級安全系統，但問題又來了，什麼時候？他們已經在跟時間賽跑。既然知道這對計畫的進展無任何助益，他們又怎麼能夠把心力優先投注其上呢？

他們只希望，這兩名客人不要在警衛逮著他們以前，就先引發了災難。他們人在堡內的某處，這是可以確定的，因爲他剛剛所言不假。他們不可能逃得出去。

然而情況愈演愈烈。他頭上戴的耳機傳來警衛通報的吱嘎聲，他們一一回報所管理的區域均無人。門都是關的，但儘管如此，他們負責的賓客卻都平空消失了。

弗朗坎暫閉雙眼。他不想如此悲觀。他知道現在發生的每一件事都把他們拉往地獄，但他拒絕接受。他們不可能平空消失，一定有辦法挽回劣勢。拚搏絕非無謂，即便事實看似如此。

因爲如果他是錯的，那麼不管怎麼做都沒有意義，而他沒有辦法承受這樣的想法。

「弗朗坎？」

他睜開眼。坐在她眼前的基斯兩眼炯炯有神地看著他，他因而嚇了一跳。

「海蓮娜．沃金斯。」她說。

有那麼一下子，他不知道她在說些什麼。然後她朝自己的電腦點點頭。螢幕上有一個長長的工作表，工作表裡是一連串沒有盡頭的欄位，欄位裡顯示了數字、時間，然後又是數字。他馬上看懂了那些是什麼。

電磁紀錄。哪一張門禁卡打開了哪一道門，以及在什麼時間點。

「妳剛剛說的海蓮娜．沃金斯又是什麼意思？」他問，害怕自己已經猜到了答案。

「她痊癒了。」

整座城堡內，身處各樓層的警衛，都從耳機裡聽見了伊芙琳．基斯所說的話。他們的腳步逐漸停下、站在原處，豎起耳朵。等著要聽看看弗朗坎會怎麼說。

好幾秒過去了，耳機裡一片靜默。又好幾秒過去了。

「妳說痊癒了，是什麼意思？」弗朗坎的聲音在耳機那頭問道。冷靜。衡量情勢。瀕臨崩潰邊緣。

「不用人攙扶，她今天光靠自己的力量就通過了七道門。」

是基斯的聲音。站在穿廊裡的羅德里格斯立刻就知道發生了什麼事。他一言不發，等著弗朗坎再度發聲，他一定會說些什麼。

「我的老天啊。」無止境的等待過去，無線電那頭傳來這句話。

對羅德里格斯來說這樣就夠了，他已經舉起了槍；身爲警衛長，該輪到他發號施令了。他按下無線電上的按鈕：

「她最後穿過了哪道門？」

在進城堡幾星期後，珍妮·卡蘿塔·黑茵茲跟海蓮娜·沃金斯有了接觸。

那幾週很難熬，珍妮徹底崩潰。她食不下嚥、無力工作，最後組織就決定引薦沃金斯來當她的朋友，給予心靈上的支持。

辦法奏效。雖然並非馬上，但海蓮娜·沃金斯善於聆聽，而且人生歷練足足大了她二十多年，她讓珍妮講了又講，把心中累積的東西一股腦兒都講了出來。縱使她無法回答珍妮的問題，例如「爲什麼我們被關在這裡」，或「我們爲什麼要做這些事情」，但她慢慢讓珍妮有了新的動力。

「我很快就知道她跟他們是一夥的。」她說。

威廉站在她的面前。他們的四周是巨大的露台。

「海蓮娜跟我不同，她不是囚犯。她知道一些她不想說、或也許不能說的事。我不知道原因是什麼，但我需要她。她讓我走上軌道。隨著時間過去，只要她開口，我就會開始做該做的事，不再問東問西。我們變成朋友。雖然立場特殊，但是貨眞價實的朋友。」

「後來呢？」

「她變得很害怕。」珍妮停頓了一下。尋思該如何表達。「有一天晚上，大半夜了，她來到我的房間。更準確地說，她站在門外。要我千萬別讓她進門。就這樣，中間隔著一扇門，她警告了我一些事情，然後……」她搖了搖頭。不用什麼都跟他說。尤其考量到連她自己都不太懂。「然後她就消失了。那已經是一個多禮拜以前的事情。」

「所以我是到這裡來接替她的工作嗎？」

「她是數學家。她的專長是密碼。」

威廉覺得氣力盡失。她說得沒錯。顯然他是來這裡接替海蓮娜．沃金斯的職位。他猜想，若他拒絕工作，不再把組織需要的運算結果提供給他們，他們是否也會立刻找人取代他呢？

「他們到底想要做什麼？」他說。

「我不知道。一開始，我所知道的一切都跟楔形文字有關。於是我猜想，或許是史學上又有新斬獲，說不定是什麼驚天動地的考古學大發現，會徹底顛覆我們的已知，重寫人類歷史什麼的。而因爲這個發現太具革命性，所以才決定私下研究不公開，」她聳聳肩。「但他們沒辦法隱瞞一切，特別是海蓮娜還跟我這麼親近。使得到最後，我得以將一些零散的線索拼湊起來。如果我的理解沒錯的話，也許這也是她想要讓我知道的。」

「什麼？妳的結論是什麼？」

她沒說話。隨即把手伸進右側口袋，拿出一張摺疊過的小紙片。上面寫滿了楔形文字。「對不起，」他說。「但我一個字也看不懂。」

她深吸一口氣，正準備要解釋。

卻來不及說話。

或許是因爲置身黑暗之中讓他們覺得很放心。又或許是因爲跟他人說話，會讓人感覺放鬆。與另一個有著同樣疑問、同樣擔憂的人面對面站著，凝視著對方的瞳眸；更能將深藏已久、在腦海中轉個不停的思緒傾瀉而出，跟對方討論、交流。

但是，也可能只是因爲警衛無聲無息地爬上石梯，他們的腳步聲都被那扇沉重的木門給區隔，而露台上的木門偏偏又離威廉他們很遠。

威廉跟珍妮站在一條狹窄的走道中，完全看不見木門處的動靜。電子鎖忽然解鎖的聲音劃破了沉靜的空氣，毫無疑問有人靠近了。

「你有懼高症嗎？」她問，卻沒等他回答。

威廉都還沒機會去想，她就又拉起他的手臂，這次是把他拉離門邊，拉往露台的邊緣。他雖然跟著她，心裡卻擔心他們會走到露台盡頭，如此一來就解釋了她剛剛的問題。她踏在地板上的赤足響著幾近無聲的節奏，威廉嘗試跟上她的步伐，鞋跟雖硬，但他儘可能維持安靜。但不管他們跑了多遠，扶手下方的深淵仍舊駭人。

然後，在無預警的情況下，她的腳步忽然停了下來。珍妮看著他，神色嚴肅。「兩層樓下的地方有一扇窗戶。先看我怎麼做，你等一下就照著做。」

說時遲那時快，她縱身一翻，人已懸在絕壁之外。

威廉當下的想法是，她要摔死了。

不，她沒有。

他一張開雙眼，就意識到她不是第一次這麼做。她手腳俐落，找都不用找，就把手伸向那些凹洞或凸出的石頭，如攀岩高手般地往下降了一層樓的高度，踏穩在石牆上一處狹長的平台上。她就在那兒等，距離窗戶還有一半的路程。

回頭望向他。換你了。

他想起自己還沒回答剛剛的問題，但心想她大概也不是眞心想知道問題的答案。但若她想聽眞話，他的確怕高。雖然活得不耐煩，但他還是不想從山上掉下去摔成肉泥。

他聽見背後的警衛正在穿越露台。

而在他乍見手電筒的光線在石地板上舞動後，他做了一個決定：懼高症也許不是他人生此刻的頭號敵人。

11

在威廉往下攀爬，爬進低兩層樓高度的那扇鉛框窗戶時，體內流竄的腎上腺素使得他異常亢奮。此刻，即使一時失手墜樓，他大概也不會留意到吧。

面對死亡，他態度從容。

珍妮往下爬時，她的手腳攀住了哪些地方，他都嘗試一一記下。她動作靈巧，做來毫不費力；但威廉已經好幾年沒有接受障礙訓練了，因此要跟上她的動作並不容易。更何況他知道腳下是斷崖絕壁，一失足，千古恨；而偏偏頭上又有警衛在露台上逐步靠近的聲音。好幾次他差點失手，搏上性命用濕滑的手掌硬生生懸著，手腕紗布下的傷口仍隱隱作痛。但在最後一刻，他設法穩住了自己，不畏艱難地繼續前進。最後，他總算降下身子，跟珍妮一起站在那狹長的平台上。

跟接下來要面對的挑戰相比，剛剛的動作可說是小巫見大巫。珍妮繼續往下，爬到了平台的下方。好消息是，如此一來平台就會擋住警衛的視線；但也有壞消息：如果他們眞的失足墜落，筆直的牆面絲毫救不了他們，等在前方的只有無底深淵。

但沒有時間去管這些事情了。

順利攀過去後，珍妮就作勢要他跟上。順著她的示範及指點，縱使手指因恐懼而不停顫抖，威廉的十指仍一一觸碰到了石牆上的那些裂口跟縫隙。石牆清冷，他的襯衫卻已汗濕；每當他從一處鬆手，身體弓成圓弧，心中充滿恐懼地盪往下一個施力點，但手腳仍懸在半空中、下一刻不知是生是死之前，他都會聽見自己跟各種神靈許願，祈求他能活著抵達那扇窗。

終於看見珍妮的手了，威廉伸手一抓，她就把他拉進自己蹲踞著的窗戶開口。威廉傍在她的身旁，動也不敢動，同時背部緊緊地靠在背後那扇小窗上，他知道只要稍有差池，自己就會跌進眼前的萬丈深淵。

她止不住地微笑。「以前還住在美國內華達州的時候，我偶爾會去參加攀岩比賽。這我應該有跟你說過吧？」

「怎樣都好，快帶我離開這裡。」

她把手搭在威廉的肩膀上，要他安心。「我剛剛給你的那張紙，你應該還帶在身上吧？」

不敢輕舉妄動，他小心翼翼地把手伸進口袋，拿出那張摺疊的、上面寫了楔形文字的紙片。她接住後，仔細地將紙片塞進窗框與窗戶之間，藉此推開內側的鎖。

他爬進深深的窗戶，來到了盡頭處。他先懸在邊緣，然後才放手讓自己落了下來，腳踩在一條長廊的鐵地板上。珍妮關上了他們背後的那扇窗後，也跟著跳了下來，手指向日光燈照亮的走道。此時，威廉的腦海中跑馬燈似的，閃過那一個又一個、他在往下攀爬時所祈求的心願，並暗自希望這些心願能夠稍加更改、延長時效。

在他們疾走過穿廊時，威廉注意到此處與城堡的其他區域有著明顯的不同。

現在，他徹徹底底地迷了路，不知道自己的辦公室跟臥室究竟是在這裡的上面還是下面。但無論如何，這個區域的用途顯然與其他區域不同。日光燈照亮了天花板，鐵皮地板乏善可陳，穿廊裡有著成排褪了色的大鐵門，顏色盡是橄欖綠；若只看一眼，這個如同誰在二十世紀中期隨意翻修的、隨處可見的建物，不管放在地球上的任何一個角落，都不會顯得突兀。

但雖然威廉不知自己身在何方，珍妮則顯然來過這裡。

她走得很快，步伐中洋溢出確信，她對此地的熟悉之情不免讓他覺得訝異。她不知從哪兒弄來這張門禁卡——他提醒自己得找個機會問她——然後腦中就萌生出跟他同樣的計畫：要儘可能地描繪出城堡的內部結構，找出其缺失、捷徑及安全漏洞，最後想辦法逃出去。

然而，這個計畫碰了釘子。他們不知怎的觸發了警報器。警衛正四下在尋找他們的蹤跡。威廉心想，倘若他們被抓到了，先撇開對方會怎麼料理他們，至少，他們以後絕不會再有嘗試的機會了。

與古老的石造地面交錯的穿廊盡頭，連接了一道同樣褪了色的綠色大鐵門，門旁也裝了同樣的電子鎖。

但是，LED指示燈這次拒絕轉綠。依照之前一路走上露台的方法，珍妮把門禁卡拿高，但機器只發出了低沉、頑固的喀噠聲，告訴她事情出了差錯。

她再度嘗試。同樣的反應。然後又一次。

她已知道了原因。然而，她依舊再次嘗試。一樣的結果。

最後，她的雙肩因絕望而一沉。接著，她轉身面向威廉。

「我們被逮到了。」

在這座城堡的深處，三道紅色橫條出現在基斯面前的螢幕上，並且慢慢地往下滾動。然而，雖近在咫尺，她卻沒有注意到這些橫條。

幾分鐘以前，她改動了系統的設定，只要沃金斯的卡一接觸到任何感應讀卡機，系統就會立刻提醒她。當珍妮嘗試打開那扇門時，電腦就如常掌握了當下的時間跟地點，同時以閃爍的紅色在螢幕上突顯出這則訊息。

可是，基斯卻正忙著跟弗朗坎爭論。

她沒有壓低音量。她跟他說起這件大家都知道的事：組織的安全系統坑坑洞洞、縫縫補補、難以使用，而堡內的攝影機數量太少、架設的地點也糟。弗朗坎最後聽不下去了，對她大聲咆哮「現在不是吵這個的時候！」於是兩人都發飆了。

與此同時，象徵珍妮的橫條持續閃爍著，慢慢往螢幕的底端前進。

一道又一道新的橫條不停出現在螢幕上，那些是其他卡片刷在其他的讀卡機上所留下的紀錄。畫面上，這些新的橫條持續將珍妮的橫條往下推擠而去。

直到它們即將從螢幕上消失的前一刻，基斯才轉過身來，注意到這些在螢幕底端的紅色橫條。同一瞬間，這場爭論也畫下了休止符。

她先立刻通報所有警衛。

然後，她才注意到他們企圖闖入的那扇門。

第二次拿起對講機時，她的聲音中帶著恐懼。

跑動的腳步聲迴盪在鐵門的另一側，很難去估算他們距離這扇門還有多遠。能夠確定的，就是腳步聲絕對不止一人。而這表示，威廉跟珍妮很快就要跟這群他們賭上性命才逃離的警衛面對面。

他們被困在一座封閉的穿廊中。其中一個方向能通往城堡的一隅，但那裡都是些無窗的小房間，不清楚它們原先的功用是儲藏室、牢房、僕役房或具其他功能。但最重要的，是那裡沒有任何出路。珍妮來過這裡，她對這裡熟到不能再熟，他們無處可逃。

他們的背後是那扇哪兒也到不了的窗，而眼前是那扇拒絕讓他們進入的門。他們成了貨眞價實的籠中鳥。

威廉看看四周。三個選擇都很糟，他們也只能夠「三害相權取其輕」。

「那些房間裡面是什麼？」他問。

「什麼都沒有。」

「那可以從裡面上鎖嗎？」

她不確定。

他也知道這是孤注一擲，但總比待在原地好。他抓住她的手，把她牽離那扇上了鎖的門，退回穿廊，跑向穿廊裡那成排的門。一路上，他發現她毫無任何抵抗。

她嚇傻了。跑動的腳步聲愈來愈近，她棄械投降，任他帶往任何地方，眼睛卻仍定定地盯著門上的鎖。LED指示燈很快就會變色了，警衛會看見他們，而她過去幾個月所做的一切都白費了。

威廉打開第一道門並將她引入時，她幾乎可說是無精打采。

而門一在他們背後關上的同時，LED指示燈的顏色立刻由紅轉綠。

若你在事後問威廉，他當時對門後的景象有什麼期待時，他應該也說不出個答案來。也許是因爲他心中本就沒抱任何期待，但或許也有可能是因爲，無論他當時心中曾期待會出現怎麼樣的景象，都比不上他們眼前所實際看到的畫面。

阻隔在他們與那個女人之間的，只有那塊厚厚的壓克力玻璃。女人想碰他們，但她辦不到。

如同一道隱形的屏障，玻璃擋住了她的手，讓她只能搥擊發出聲響，引威廉跟珍妮轉過身來，透過那道有足足一公分厚的透明玻璃牆，注視著那個女人的眼睛。

她約莫五十歲上下，也可能更年輕一點；由於她被隔在裡頭，因此很難妄下結論。她的膚色灰裡透白，滿身是汗。她的雙眼僅半開，彷彿非常疲倦，但仍極力跟睡魔纏鬥，以保清醒。她的髮絲一綹綹黏在濕潤的頭皮上。

她躺在一具玻璃棺內。這個成人用的保溫箱就放在房間的中心處。房內無窗，日光燈管照射出紫色的光線，彷彿有人把她放進了爬蟲箱中，讓她歇息。

她把手繼續貼在壓克力玻璃上，同時費力地呼吸著。終於地心引力占了上風，她憔悴的手指被拉回床墊上。留存玻璃上的紅色污痕，是她意圖與外界聯繫的唯一證物。那像一張垂直的地圖，她的手宛如開路般由上往下移動，最後才回到了床墊上。手毫無生氣地歇息在那條汗濕、血染的床單上。

「海蓮娜？」

是珍妮的聲音。其實更像一聲呢喃。那聲音，就跟那個女人搥擊壓克力玻璃時所發出的聲響一樣尖銳，劃破了寧靜，使得威廉轉過頭來面對著她。她的雙眼死死地盯著眼前的保溫箱。她不再多言，只是一逕搖著頭，彷彿她拒絕承認明擺在眼前的畫面。

沉默，無止無盡。直到那個女人逼自己轉過頭來，把她疲累的雙眼聚焦在珍妮的臉龐上。

「快跑。」她是這麼說的。

那不像話語。那不過是嘴唇的輕微顫動，不過是一絲空氣從嘴中無力呼出。不，連那都不算。

「他們對妳做了什麼？」

那個女人閉上雙眼。她來日不長了。

「快跑，」費了極大的勁，她又說了一次。「跑啊。」說這話時，她的眼仍是閉的。身體絲毫未動。

她的一切都靜止了。

「海蓮娜？」珍妮低語。沒有答話。「海蓮娜！」

但卻沒有任何的回應。

就連珍妮猛力搥打著壓克力玻璃，一搥強過一搥，試圖跟她交流，也沒有回應。就連珍妮咬緊雙唇，想停住眼淚，甚或因無力承受此情此景，因而別過頭去，她也沒有回應。

一秒鐘過後，通往穿廊的門忽地被轟開，巨大的門框如錫箔紙般扭曲變形，門閂飛離了原先固鎖的位置。六名大漢闖入，他們戴著塑膠手套的手緊握住自動步槍，臉上戴著面具。維持著一定的安全距離，警衛將威廉與珍妮團團包圍，口中喊著「別動！」就連已經發生了這種事，女人也沒有移動分毫。

貓捉老鼠的遊戲結束了。

不管警衛說了些什麼，威廉跟珍妮都乖乖照辦。他們動也不動地站在地板中央，警衛的問題排山倒海而來：他們到過哪些地方、他們走過哪些穿廊、他們看見了什麼、他們碰了些什麼。他們的聲音中帶著緊張，甚或說是恐慌；每當珍妮或威廉稍有動作，槍口就會對準他們的方向，提醒他們別輕舉妄動，否則格殺勿論。

警衛總算都退出了房間，但他們的視線仍盯著兩名囚人不放。維持適當的距離，警衛作勢要威廉跟珍妮跟著他們走，穿過那扇原先擋住了他們去路的門。

他們一聲不吭地服從警衛的指示，離開房間，緩慢地走進門外的穿廊。

那扇外框已破碎不堪的門，在他們背後砰的一聲關起。

躺臥在玻璃棺中，那名叫做海蓮娜·沃金斯的女子，已經停止了呼吸。

12

倘若弗朗坎將視線聚焦他處，他就會看見自己映射在眼前玻璃板上的容貌。他就會看見自己眼中的擔憂，以及在唇邊，那每當他焦慮時，就會變得更形深邃的皺紋：緊閉的雙唇形塑出一條條紋路，紋路往外擴散成大小坑洞，使他凹凸不平的顏面上增添了不少裂痕。

但比起容貌，弗朗坎還有更重要的事情得操心。他的視線聚焦在安全玻璃的另一側、在這個光線刺目的大房間的遠處。

那面玻璃窗足約三公分厚。中間夾了一層絕對真空[3]，然後又是一層厚達一公分的玻璃板，跟第一層同屬強化過的高度安全強化玻璃。這種玻璃是被設計來抵禦任何東西，材質跟太空梭採用的石英玻璃相同，而這個房間的所有出入口更都裝設了氣閘裝置[4]，這是組織特別跟美國太空總署的外包商訂製的。

然而，他想，他們依舊防堵失敗。

他的眼神掃過那一排排的醫療病床。許多人都處在不同的出汗階段，弗朗坎心知病情的不可逆，也知道隨之而來的死亡將帶給他們極大的痛苦。他刻意不去數罹病的人數。刻意不把目光停留在任何一人身上。刻意不去揣度誰還活著，誰還在跟死神拔河。

畢竟他救了他們一命。或至少，他嘗試用這樣的理由來說服自己。

組織賦予他們之中的大多數人享有更好的生活品質；他們再也無須挨餓受凍。若不是被送到這兒來，大部分人早就已經一命嗚呼。他們現在所承受的後果，是來自他們自身的抉擇。的確，他們可能沒有料到自己的下場，至少猜不到全部，但不管怎麼說，這都是他們的選擇。而當他的眼睛掃過那一條條染血的床單時，弗朗坎以其慣有的意志力，甩掉了那些令他不快的感覺。或至少他費了同樣的心力去喚回自己的意志力，把它從良心那滔滔不絕的話語中拉回來。

人生在世，有時你得以大局爲重。

爲了拯救全世界，你必須犧牲小部分的人。

---

3 **absolute vacuum**，指一個封閉空間中沒有任何物質，連氣體都不存在，也稱為完美真空。

4 **airlock**，一種緩衝設施，除了在太空時，能提供太空人在出入太空船時增加與減輕氣壓的功用外，也可以用來防止氣體混入另一邊的空間中。

那是他的定心咒。如同往常，他反覆在腦中唸誦，直到自己再度相信這句話。

最後，他的視線來到了房間盡頭的那面牆。一個女人緩慢地在裡面走動，在病床之間不停來回。她感受到了他的目光，因此抬起頭來，用藏在模糊的護目鏡背後的眼神望向他。她身上穿了件彈性塑料製成的白色氣密式厚重防護衣。防護衣內的氣壓高於外界，以確保當衣物受到損傷時，衣內的空氣會向外擠出，而非往裡吸入，讓她得以在為時已晚之前，有脫逃求生的機會。她雙眼空洞，缺乏情感，但弗朗坎知道他自己的雙眼亦然。眼前的景象逼得他們只能透過這樣的方式去適應。

她的腳步停在其中一張床的床尾處。床被都很乾淨，那名蓋著被子、被他們下了藥、仰身躺著的男子臉上有著極不明顯的鬍碴。從遠處看來，這名男子非常健康。

弗朗坎也希望他健康，這樣的期許不是為了男人著想，也不是為了他自己。

而是為了其他所有的人。

那個女人站在他的床邊，如同對待其他病人的方式一樣，她正在做些例行性的工作。查看床旁那台機器上的讀數：心跳頻率、體溫、血氧濃度。掀開床單，檢查身體的狀況。觸碰他的皮膚，查看有無傷口，並用戴了橡膠手套的手在他身上移動，檢查看看是否出現了任何不該出現的東西。弗朗坎耐心等候，讓她仔細完成手頭的作業。

最後，她終於又抬起頭來看他。

他們的視線甫一接觸，他就感覺希望已離他遠去。

在穿廊盡頭處接手的警衛臉上戴著防毒面具，遮蓋了他們的口鼻；身上則穿著接合精細、沙沙作響的防護衣。縱使戴了橡膠手套，他們仍避免直接碰觸威廉與珍妮，僅透過口頭命令跟手勢要他們往前走。

在穿過了一道氣閘裝置後，他們走進一間凍寒的房間。裝在天花板的日光燈照亮室內，鐵製的牆壁與地板一片明亮。這裡說不定是屠宰場，或也可能是停屍間。地板上的溝槽在其中一個角落集結，通往一個排水孔。屋內唯一看得見的設施是灑水系統，管線四處延伸、交錯，遠處的牆上則有許多止水閥跟水龍頭。

威廉聽見珍妮在背後呼吸，因此回頭望向她。她的眼睛凝望著眼前的那堵牆。眼神空洞，各種情緒如潮水般湧來，但她逼自己不能示弱。

直到那一刻，他才知道她有多麼害怕。

不像他，她從沒接受過相關訓練。她沒上過模擬拘留、模擬審訊的課程，也沒上過那些冗長、耗神費力的防災演習。因此她不知道他們會遭到怎麼樣的對待，更不知道原因。

他想說點什麼，但不管他說什麼都幫不上忙。他們唯一能夠做的，就是遵照警衛的指示，避免觸怒他們，並等著看接下來會發生什麼事。因此威廉模仿珍妮，要自己堅強。

警衛要他們站在房間的正中央，他們照辦了。

等待。聽見站在他們背後的男人往後退了幾步。接著，一個聲音命令他們褪下衣物。

聞言，站在他一旁的珍妮宛如凍僵，猶豫不決。而威廉則開始動作。

他解開鈕釦，把衣物一股腦兒拋在地上。到最後，珍妮終於也照著做，直到兩人變得一絲不掛。他們的眼睛緊盯著眼前的壁面，免得讓已經尷尬的局面雪上加霜。

警衛命令他們站到牆邊，雙手十指張開放在鐵壁的表面上，背向警衛。在他們背後，響起水管被拖著拉過地板的聲音。

「把眼睛跟嘴巴閉上，盡量不要呼吸，」有人這麼說。緊接著，他們的背部感受到炸裂般的痛楚。

沖在他們身上的水燙得誇張。水柱力道很強，逼得威廉得費勁才能站挺。沖擊而來的液體利刃般刮過他們的每一吋肌膚，接著隨之流入地上的溝槽。

液體。因爲那不是水。聞起來有酒精跟氯的味道，可能還加了碘跟其他的東西。但不管裡面究竟有些什麼成分，那絕對是濃縮提煉過的，因此效力很強。直到那些液體統統流到他的腳部後，威廉才敢再次呼吸；同時稍稍睜開眼，看著那些消毒藥液流下他的小腿。沸騰的液體在他的腳邊旋轉，接著流往珍妮的腳部，然後沿著地板繼續流，直到液體消失，形成一坨刺鼻的泡沫。白色的泡沫結實成塊，邊緣處泛著碘造成的褐色。它在排水口處舞動，就如同一個巨大的、烤焦的蛋白脆餅。

在那之後，警衛要他們轉過身來。水柱再次襲來，痛楚猛撲向威廉的胸膛，他緊緊地閉上雙眼，不曉得自己是否還有睜開它們的一天。

整個過程持續了好幾分鐘，等到終於告一段落後，警衛命令他們走進下一個房間。

他們成列前進，珍妮在前，威廉在後。他的視線落到了她那因消毒液而泛紅的背上。她的肌肉起伏明顯，宛如一幅醫學解剖圖。然後，他將注意力轉到眼前，盯著面前的房間。可是他仍對珍妮的體態感到詫異。七個月的時間，她一定經常鍛鍊自己。而他又免不了去想，她是在房裡自己偷偷練的嗎，抑或是這個無名的組織要求她這麼做的呢？

較之剛離開的那個房間，他們在這間房裡的待遇也差不多。這裡的牆面砌上了一層磁磚，其中一面牆的上方懸掛著水管管線，每個水管的盡頭處都銜接著一個大型的蓮蓬頭。眼前還有一些長形的帳篷，帳篷的材質是薄薄的一層透明塑膠布，內部空間足可容納一人。帳篷前方以拉鍊開關，上方跟下方則以同樣的透明材質連接、包覆，而蓮蓬頭就位在帳篷的後方。

警衛將他們各自引入一座帳篷。並要他們用帳篷內部的給皂器所提供的潔身凝露將自己刷洗乾淨。每一根頭髮、每一條皮膚上的皺摺，甚或身體上先前從未碰過肥皂的部位都被大力刷洗，沖水，再刷洗一次。綿柔的泡沫輕撫過他們的身軀，然而他們的皮膚剛剛受到的燒燙傷尚未康復，得花上好幾天的時間才能復元；因此，從蓮蓬頭中噴出的每一滴水，都如同一根剛削好的鉛筆，狠狠地刺在他們的肌膚上。

威廉已經將身上最後的一些肥皂沖掉，但仍在淋浴，讓那些水流過全身，彷彿他仍無法置信危機已然遠離。

那名躺在玻璃盒中的女子一刻也沒有離開過他的腦海。

他們剛剛是暴露在什麼樣的危險之中呢？炭疽桿菌嗎？還是伊波拉病毒呢？

而在警衛出現之前，珍妮本來要跟他說什麼呢？是要告訴他該名女子的身分，以及她知道些什麼，還有她腦中的資訊又具有什麼含意嗎？

他任由目光飄往她的方向。

只爲與她眼神交流。

她居然也在看他。他的第一個反應就是看往他處，把眼神移到眼前的牆上，一臉無辜地假裝磁磚比隔鄰沖澡的裸女更好看。

但她的眼神中還藏了些什麼。她想告訴他什麼。她赤裸的身軀轉過去面牆，但她的視線仍聚焦在他臉上。她不動聲色地用眼角餘光瞟向他，帶著一種熱望，帶著一絲不耐。他很好奇，她究竟已經看著自己多久了？還有，她是刻意這麼做，想讓自己察覺到她的目光，從而讓他轉過頭去看她嗎？

又一次，他把視線轉移到她的身上。但這次比較隱密，頭沒轉，好像他仍在專心刷洗身體。她的視線還在。她把頭側轉，讓警衛看不見她的臉，但她的雙眸正在努力地跟他「說話」。

那面牆。這應該就是她想說的。她前方的那面牆。

威廉看著那些磁磚，不知道她指的是什麼。他只看到接二連三的磁磚。磁磚跟管線，除此之外什麼都沒有。

他簡短地抬了一下眉毛。什麼意思？她的眸子朝牆的方向又動了一次。看那裡，跟著我的視線，看那裡。

他不懂她想表達什麼，但仍再次嘗試找出端倪。她看見了什麼？而爲什麼他看不見？

一名站在他們背後的警衛移了腳步，這聲音讓他倆都嚇得跳了起來。

把視線轉往正前方後，他們繼續用溫水沖洗身體，並等著看自己的作爲是否已被警衛看穿。他們持續著這樣的動作，直到其中一名警衛走上前來，碰了碰珍妮浴間的塑膠布，指示她把水關掉。他拉開拉鍊，遞給她一條毛巾，命她先把身體擦乾後再出來。

面對警衛的要求，珍妮一一照辦。

她想拋給威廉最後一眼，但卻只看得見他的脖子，看不見他的臉。

剛剛，她嘗試要告訴他那件事情，但他不能明白。而現在，她不知道自己接下來將要面臨些什麼。說不定已經太遲了。說不定她已錯失了良機。

大難即將臨頭，她卻一籌莫展，無計可施。

背過那則訊息，她離開了淋浴間。

直到警衛讓珍妮離開，威廉才注意到她剛剛一直想告訴他的是什麼。藉著滿室的水氣，珍妮用手指寫下了四個字母。新的霧氣蒸騰而上，逐漸覆蓋掉她的肌膚在塑膠牆面留下的簡短信息。

AGCT。信息僅此而已。

他朝她的方向望去，但只看得到她的背部。在不碰觸到她的情況下，警衛用厚厚的毛巾裹住她的身子，並輕輕地引她穿過大門，走出房間，走進穿廊。

剎那間，他們的眼終於對上。然而時間短促，根本來不及交流。當警衛帶著她離開時，威廉只能注意到她眼中的擔憂。沉重的大門隨即關上。此刻，珍妮擔憂的不是眼前的命運，而是他沒有看到那則信息。

但他其實看到了。他只是不知道她想要表達些什麼。

AGCT。

A是腺嘌呤、G是鳥嘌呤、C是胞嘧啶、T則是胸腺嘧啶。

但就算看得懂這些，那又怎麼樣呢？

閉上雙眼，威廉任由溫水不停沖洗著自己的身體，藉此集中精神。

那是基因密碼中的核酸。是構成DNA的四塊基石。這些字應該不可能有其他含意，但爲什麼她要寫下這四個英文字？她又爲什麼希望他看見？

聚精會神，摒除雜念，不去想他們可能受到了什麼病菌的感染。專心一意，把一切景象所帶來的焦慮都推出腦海。

被隔離的瀕死女子。

DNA。

是一種病毒嗎？這就是她想要說的？是基因突變嗎？但就算如此，問題又來了：那又怎樣呢？他知道了這件事情又能如何？

警衛回來時，他仍困在同樣的思慮中。他們的腳步停在地板上沒有泡泡的地方，並從那兒要威廉關水、把自己擦乾，跟他們對珍妮所說的一模一樣。

他們認眞的表情嚇到他了。他們發自內心地感到害怕。頭戴防毒面具、手戴橡膠手套的警衛領著他離開時，漫長又黑暗的穿廊吹來陣陣冷風。他顫抖著，但不全然只是因爲風。

即使弗朗坎背後的門打開，康納斯走了進來，房間內依舊維持靜寂。弗朗坎仍站在原處，頭也沒抬。一方面是因爲他從腳步聲就能判定來者是誰，二方面是因爲他不敢保證自己仍能維持中立的態度，也怕自己無法表現出自若的神情。彷彿他們心中有情感這事是個祕密，不能洩漏出去。彷彿要做出使人不快——不，正確的講法該是殘忍——的抉擇只要聳聳肩，就能義無反顧地做下去，更無須後悔。

康納斯走到他身旁停了步。眼睛望進面前的安全玻璃。就這樣，兩個穿著制服的男子一句不吭，動也沒動，只聽著空調發出的斷斷聲。彷彿只要不說白，很多事情就可以當作沒發生過一樣。

玻璃的另一頭躺著一排排瀕死的人。明明身染重病，他們蓋在毯子下的身軀卻詭異地毫無動靜。他們各自形單影隻、缺乏意識，等著死亡降臨。護士早已巡房結束，弗朗坎渾然不知自己已呆立此處多久時間。

「後來呢？」隔了一段時間後，他問道。

「我還以為你知道。結束了。」

「沃金斯嗎？」

答案他早已心知肚明。他繼續盯著眼前的房間，同時第一百次數著玻璃的另一側躺了多少人。彷彿只要他不停提醒自己沃金斯的死並非個案，而是龐大災難的一部分，那麼她的死亡就似乎產生了一種指標性，並非毫無意義。沒有人阻止得了這一連串的死亡事件，沒有人可以躲得過死亡的觸手。事實上，現況也的確八九不離十。

「已經聯絡家屬了，」康納斯說。「研究室發生了一場意外，她不幸喪生。」

弗朗坎點點頭。那也不算是句謊話。不全然眞實，但絕對算不上說謊。「我們那幾個朋友的狀況如何？」

「已經查清楚他們經過哪些地方。沒有任何跡象顯示他們有受到感染。」

「但應該還是有幫他們做些檢查吧？」

「對。明天就會知道結果了。」

他們多站了幾分鐘，眼睛仍然盯著那一排排躺在床上的無名氏。最後，康納斯覺得差不多了，於是轉身往門的方向走去。

快要踏入穿廊之前，康納斯再次轉過身子，有件事仍在他的腦海中徘徊。兩人剛剛沒有聊起這事，他心想也是，畢竟答案不言自明。他往弗朗坎的後邊望去。穿過玻璃，視線落在那個臉上有鬍碴的男人身上。

男人睡得正香，看不出有任何病徵。至少外表看來是如此。但在他的體內，雙方兵馬仍戰得如火如荼，沒人阻止得了。這場仗，他注定敗北。

「唉，如果她的研究成功的話，那就太好了。」弗朗坎說。

「我們的職責就是不放棄任何希望。」康納斯如此回答。

他們該討論的事，就這樣了。

康納斯又稍等了一會兒，然後才離開。

沃金斯的推測有誤。那個身上蓋了被的男人就是明證。

如今，威廉·薩柏格是他們最後的希望。

康納斯眞希望老天能別這麼小氣。

尼可萊·瑞希德坐在他那輛紅色的豐田RAV4上，車正向上開往A9高速公路其中的一個出口。此刻，他的心情因爲兩件截然不同的事情而深感焦躁。首先，車道大堵塞，逼得他只得不停切換車道，在車陣中鑽來鑽去，加速、煞車雙管齊下，贏來兩旁車主豎起一根根中指致敬。他這麼做，無非是爲了爭分奪秒。他快遲到了，因此需要一個小小的奇蹟讓自己能夠準時赴約。

這是第一件事。

第二件事，則是他的背部很癢。

不是那種輕微的。不是那種忍一忍就算了、或至多蹭個椅背就能舒緩、等到下車以後再來好好應付的小癢。

不，這癢來得又猛又久。事實上，背部的刺激感已經到了痛癢難分的地步。因此，他一手放在方向盤上，以超越速限的速度在車陣中蛇行穿梭；另一手則深深地探進了衣領，在能容許的最大限度內往下搔抓，希望能趕在發瘋以前止住這令人難耐的奇癢。

那癢卻抵死不退。

不抓還好，愈抓愈癢。一次又一次，他的力道愈來愈大，愈來愈大，直到他感覺皮膚似已放棄抵抗，一股暖意隨之蔓延開來，逐漸浸透了一切。然而癢卻不停，他也只能抓個不停。

他仍不停切換車道，將兩旁的汽車一輛輛拋在腦後，這些不會開車只會擋路的混蛋。

他的心情不太好。

這種心情已經持續好幾天了，而這全是伊芳的錯。他早知道自己不喜歡這類型的女孩子，早在認識她之前就知道了。上星期二，他們約在一間位於因斯布魯克的餐廳碰面，坐下聊沒兩句，他就知道她不是他的菜，但還是約了她一起出去，而他至今仍爲那天的決定感到後悔。倘若不是因爲她在那邊碎唸，指責他自私又缺乏愛心，他才不會讓那個在加油站遇到的流浪漢搭便車，還一路把他載到柏林；若不是他「假好心」，他就不必聽那混球坐在他隔壁咳啊咳咳個沒停，每分每秒隨時隨地都在咳。

現在，看看他成了什麼樣。

他根本就不該來這裡。

不單搭便車，那個流浪漢甚至要瑞希德幫其他的忙，而他很討厭自己居然就這麼屈服了。明明現在這個時候他早該抵達海牙，就只因爲那句「好啊，我幫你」，他就繞道去了趟阿姆斯特丹，幫流浪漢帶話給某個他根本不知該從何找起的人，一切就只爲了實現自己的承諾——不過當然，伊芳也絕對要負連帶責任。

尼可萊·瑞希德的心腸跟流浪漢將遇到的下一個人一樣好。他的所作所爲就是明證。他很樂意把這件事情告訴她，但她偏偏就是不接電話。

他打了幾通電話給她，但總是沒人接。如今他不但人在阿姆斯特丹，而且還覺得自己好像有點感冒，一定是那個流浪漢傳染給他的。這一切都是那個流浪漢的錯，也是伊芳的錯。如果他撥電話過去的時候她有接，他一定會一字不漏地把同樣的話再說一遍。

他驅車進入過橋的那個大彎道，車子馳騁在七線大道上。就在此時，他留意到自己的襯衫有異狀。他瞥到夾克下方，在褲頭跟安全帶扣緊之間露出來的那一小截布料。他那件純白的名牌襯衫染成了一片深紅色。

那是血。很多很多的血。

他把手從背後抽回，扯開夾克，大口呼吸。夾克內側因沾染了大量的鮮血而變成了黑色。他那血紅色的襯衫濕濕黏黏，黏著在手臂到腰部一帶的皮膚上。現在到底是什麼鬼情況？

他分神了不過區區幾秒的時間，一切的一切就變了樣。

他先是聽到了聲音。

金屬互相撞擊、摩擦；窗玻璃、輪胎刮擦作響；煞車聲嘰嘰嘎嘎。

砰鏘！他撞上了前面那輛車，導致自車的時速從五十掉到跟對方一樣的三十。

接下來的畫面將令他終生難忘。這幅景象，將在他的腦海中糾纏不已，至死方休。多長時間？二十秒。

眼前那輛受到撞擊的BMW在路面打滑，漸滑漸遠，終至視線不可見之處。此時的他，專注地看著自己那剛用來抓背的手，看著紅色從指上滴落。不單只有鮮血，還有皮膚，還有肉塊，還有如同海綿的多孔組織，那是構成他背部的一切，全讓他給抓了下來，黏在手心，就像生日蛋糕上的一層奶油。但不痛，一點也不痛，只是癢個不停，癢得又猛又烈，就連他眼見那輛被撞的BMW打轉個不停、橫在前頭的路上像扇又大又黑的穀倉大門時，他仍一心想著要抓癢，再抓一會兒就好，抓到不會癢就好。

同時間，尼可萊．瑞希德的左手下意識地把方向盤向右轉到底，使得車身突然傾斜，側身往橫擋於前的BMW滑去，引擎不停運轉，輪胎則在柏油路面滑行。現場一片混亂，兩旁的車都急踩煞車、將車頭側向一邊，以避開路中央這來勢洶洶的鋼鐵龍捲風。隨著車身每轉一圈，就會有人的車遭殃、機件掉落，這陣龍捲風此時又如同一顆雪球，把這些散落的機件吸住不放，持續擴大自己的攻擊範圍。

尼可萊從指間看見了這一切。

一輛卡車從後面追撞而來，他身旁的玻璃窗應聲碎裂。車輪竭力欲抓緊地面，車身震顫不已。那些沒有被他牽連到的汽車紛紛緊急煞車、車體嚴重傾斜，導致前輪爆胎變形，車軸磨地，冒出陣陣黑煙。

而那癢。那癢仍洪水猛獸般襲來，淹沒了一切。

他一定要擺脫這陣奇癢。

百般磨損後，車輪總算抓牢了地面，車身也緩了下來，此時，尼可萊的車跟路面呈現直角的狀態。突然間，車子沒來由地開始加速，往前一衝，它拋開了那些本來附著在車體上、嘎吱個不停的、來自其他車體的零碎殘塊，也拋開了撞成一團的事故現場，朝著公路的護欄直衝而去。

用鋼梁跟水泥築成的高速公路護欄，不堪一擊。

尼可萊．瑞希德的豐田車在沒有減速的狀況下爬上側邊的矮牆，從橋的邊緣翻落，接著如同一片巨大的樹葉般直掉往底下的路面，最後車頂著地，落在A9公路西向的車陣之中。

他再也不會感覺到癢了。

同天早上，尼可萊．瑞希德被捲入第二場車禍事故。在柏油路面上，川流不息的汽車不停衝撞而來，車子因而不停移位，導致他被甩了出來，數不清的車輪從他身上輾過。然而事實上，早在汽車摔落地面時，他已經當場斃命。

當天稍晚，針對這起發生在巴德霍維朵普的災難性事件，各家新聞媒體無不競相提供最爲詳盡的相關報導。

但卻沒有任何記者報導最駭人的細節。

救護車上方的警示燈閃爍、鈴聲大作，以最快的速度將尼可萊．瑞希德支離破碎的身軀送往五英里外的施洛德伐特醫院進行搶救。醫療團隊後來宣布他傷重不治，並隨後前往救助其他傷患。

13

威廉躺在床上，眼睛盯著天花板，腦裡想著也許自己眞要赴死了。

人生還眞是百轉千迴。

若是早個幾天，那的確是他心之所向。但在經歷一連串的檢查、無助地裹著毛巾、被穿著防護衣的人團團包圍後，他慢慢意識到自己其實並沒有那麼想死。

時間還很早。厚重的窗簾篩進一絲微弱的天光。威廉．薩柏格整晚都沒合眼。

他腦袋裡裝滿了疑問。

接下來會發生什麼事？

他可能會染上怎麼樣的疾病呢？

而那個瀕死的女子又跟他企圖解開的密碼有什麼關係？他的工作跟這種傳染病的防治之間又有何關聯？他究竟該如何把他的所見所聞兜在一起，拼湊出一幅全貌呢？

珍妮所說過的話，是他目前唯一的線索。

組織那邊蓄意提供給她不連續的資料，意圖混淆視聽，讓她無法得知自己到底在處理些什麼東西。他絕對解不開這個謎團。至少現階段沒辦法，因爲他手頭的資訊還不夠完整。要解開謎團，他得先知道哪些資訊是眞，而哪些又是假。

目前所發生的事情都在他的掌控之外，而他知道的資訊仍太瑣碎，讓他找不到一個突破點。他需要先把焦點集中，然後才有辦法把心思投入，解開謎團，這正是他的拿手本事。只要他能先找到一個思考的起點就好。他就能藉此去釐清。去找出其中的邏輯跟秩序，從而找出問題的答案。

AGCT。她爲什麼要寫下這四個字？

藉由思考，他回到了自己的辦公室，回到了那間他早些時候待了好幾個小時的房間，並盡力嘗試憶起當下的景象。四壁上滿是楔形文字。那些數字序列，那一排又一排的0、1、2、3被轉譯後重新排列，成爲數不清的像素，再構成那些符號。

那些數字是從哪裡來的呢？

爲什麼是二十三乘以七十三？

每次只要試圖去掌握這些數字，他的思緒就會偏離渙散。彷彿在說，除非知道了事情的全貌，否則他絕無可能找到任何合理的解釋。除非他先知道這些資訊從何而來，這些序列出現在什麼地方，是透過怎麼樣的媒介。

透過怎麼樣的媒介……

一陣暖暖的快意忽地貫穿了全身，他立刻就想起這種特殊的感覺——靈光乍現，就是如此。

在床上直起上身的片刻，有個想法忽然冒了出來。威廉的眼睛看著前方，眼神不停游移，但視線卻沒有聚焦在任何事物上。他並非在尋找某個肉眼可視的東西，而是在自己的思緒中探尋。他感覺到腎上腺素跟腦內啡在血管中躍動。曾聽聞過的一切在腦海中不停、不停地打轉，他嘗試抓住那個想法，嘗試將它握在手心，用以驗證是否能夠說得通。

沒錯。這是唯一合理的解釋。

四進制。

彭格蘭已在桌旁久候多時。

雖然已經等超過十五分鐘，但他絲毫沒碰面前的咖啡，只默默地看著克莉絲汀娜脫下麂皮大衣、拿下掛在肩上的提包並掛在椅子上，然後坐下。

他的眼神中充滿焦慮。

「我跟他們聯絡過了。」待她坐定他才開口。

克莉絲汀娜點頭回應。那不僅表達了謝意，也表示她有在聽，雖然她很明顯也在忙別的事情：她點了一杯拿鐵，正在小心翼翼地打開塑膠蓋，免得裡頭的咖啡濺出來。

「威廉的職位不存在了，」他說。「沒有人銜接他的職務，就算是有人好了，職掌也跟以前他在的時候不同。但是……」他攤開一張紙片，藉此回想要說的話，但心知其實不會有什麼差別。「我聯絡到一位叫做莉維亞・伊克的女性。我想她現在大概也三十多歲了吧，可能三十五左右。我是當年執勤的時候認識她的，她當時還只是個助理，但現在不同了，以前威廉做的那些事，現在大部分都由她接掌了。」

「了解。」

「不過，雖然我剛是用『大部分』，但其實只有一些而已。不是全部。畢竟妳要知道，我們以前做的那些，我們以前面對的那些恐怖威脅，如今都已經不存在這個世界上了。」

克莉絲汀娜不知道該怎麼回應，於是喝了一口咖啡。

「我們那通電話講得很彆扭，」他繼續說下去。「我想問她的那些事，至今仍算是機密，因此她沒辦法跟我詳談，也沒辦法給我很明確的答覆。但沒想到威廉竟然會遇到這種事，她也覺得很難過。她也認識威廉，因此希望我代爲致意。」

克莉絲汀娜聳了聳肩。對她來說，一名三十五歲，目前人待在某座碉堡中的譯電員，因爲威廉失蹤的事而感到難過，對現況一點幫助也沒有。

「但原則上，她的話證明了我上次跟妳說的沒有錯。她說，要在這世界上找到一個符合這種需求、規模、功用的組織幾乎是不可能的。此外，根據她手邊現有的資料來看，無論檢視網路消息或其他信息來源，都看不出世界的局勢有發生什麼太大的變化。」

「但你確定她跟你說的是實話嗎？有沒有可能她知道有，但故意不說？」

彭格蘭知道她的意思。的確，他無法百分百斷定。但他仍堅定地點了點頭，並繼續說：

「我們聊了好一下子。她明白妳現在的處境。最後，她答應會再去問問別人，然後再給我答覆，免得剛好有誰想到什麼其他的可能性。」

「後來呢？」克莉絲汀娜說。

彭格蘭沒說話。他停頓的時間太久了，久到氣氛爲之緊繃起來。他不安的雙眼仍直直地凝望著她。

「威廉有跟妳提過一台他親手打造的電腦嗎？」

「我們不會聊工作。特別是他的工作。」

「難怪他這麼信任妳。」他這麼回答。口氣中似有一些嘲諷，但不是惡意，卻帶著溫暖跟親善。

「這麼說吧，」克莉絲汀娜說。「當時，有人會躡手躡腳躲在我們家的庭院裡。我們的電話被裝上竊聽器。是嗎?是吧，但任誰也找不出證據。有時街道上會停輛廂型車，一停就是好幾天，得等到警察過來，把車停在他們旁邊了，這些廂型車才會心不甘情不願地開走。我們不聊工作，因爲我根本就不想聊到他的工作。」

沒問題。她表明了自己的立場。

「當年，威廉負責率領一支最高級別的祕密研究小組，」他說。「只有極少數的人知道這個小組的存在。他設計出了一種機器，專門用來破解高難度的複雜密碼；當時，就軍方所知，那台機器的解密功能在世界上可說是數一數二，就連到了現在，如果妳問我的話，它仍是這個領域中首屈一指的先進器械。威廉把它命名爲高科技重組運算輔助機（Scientific Assistant for Reconstructional Arithmetics）。」

一秒鐘之後她就留意到了。這個驚喜來得很快，她漾出了笑容。無法抑制的情緒使得她喉頭一緊，那笑容就緩和了下來。

「那個混蛋，」她的語氣中帶有一股溫柔。「居然用了莎拉[5]的名字。」

坐在椅子上的彭格蘭把身子往前傾。「如我剛剛所說，除了研發團隊，還有想當然耳那些上層做決定的高官，以及出資的單位之外，沒有人知道這台運算機器的存在。軍方運作的那一套妳應該都很熟吧。」

她的確知之甚詳。「然後呢？」

「後來，莉維亞就沒再回我電話了。但在我跟某人講完電話的三個小時之後——別問我對方是誰，也別問我爲什麼打電話給這個人——總之，三個小時後，我接到一通沒有顯示號碼的電話。對方是個男的。他不願表明身分，但告訴我他在同一個部門裡頭工作。電話一開頭他就講明了：他不會回答任何問題，而且該說的話說完就會立刻結束電話。我當然馬上想要找台錄音機來錄下這段通話，但這都什麼時代了，誰

5 **Scientific Assistant for Reconstructional Arithmetics** 的縮寫即為人名 **Sara**，也就是莎拉。

會沒事把台錄音機帶在身邊呢？我手邊就只有一枝筆跟幾張紙。他講了兩分鐘的話。等到他掛斷電話的時候，我這才發現到自己居然連一個字都沒有寫。」

「他說了些什麼？」克莉絲汀娜聽見自己這麼問。彷彿彭格蘭不打算跟她說一樣。

「莎拉不見了。」

「什麼意思？」

「我說的是那台機器。」

「是被偷了嗎？」

「電話那頭的男子不是這麼說的。」他挪動了一下身子。「兩星期前，國防部主動跟他聯絡，說是要盤點物資。他們的人問到部門裡有哪些設備跟器材，彷彿他們沒別的好做，只好打來做個例行的調查那樣。對方有問到莎拉的狀況。」

克莉絲汀娜專心地聽著。完全忘記桌上還擺了杯咖啡。咖啡機的聲音持續不斷，她集中精神，聽著彭格蘭用那輕柔的聲音所說出的一字一句。

打電話來詢問莎拉狀況的人很可疑。你在任一份官方文件上都查不到莎拉。因此任何人都不應該打電話來問機器的狀況，因爲莎拉根本就不存在。所以，倘若有人知道它的存在，那這人一定知道它的功用。由此可見，若有人在打探莎拉的狀況，那就可以斷定外頭一定發生了什麼不尋常的事情。

又過了三天，那男人決定要私下稍微盤點一下物資。

彼時，莎拉已經從倉庫裡頭消失了。

有人穿過了大門，穿過了重重鐵門，搭上通往地下層的沉重電梯帶走了莎拉，而且這人居然還能夠神不知鬼不覺地離開。機構的訪客紀錄表上沒有留下任何紀錄。然而，就如同這台機器不存在於任何官方紀錄上一樣，莎拉就此消失無蹤。

彭格蘭說完以後，兩人靜默了一段時間。

「誰？」她問。「是誰把莎拉帶走的？」

「我不知道。他查不出來。」

「會是國防部的人嗎？」

「若有人不依照正常的管道去辦事，我告訴妳，那百分之百是因爲這事沒辦法透過合法的手段去辦。」

「那就表示他們的說法有瑕疵，」她說。「對不對？你們的說法都有問題：有些事情不對勁，雖然你跟威廉的接班人都不知道詳情，但國防部應該有誰知道。對吧？哪裡一定出了些什麼亂子，而軍方想要掩蓋這個情況。」

「我不知道。」

「但一定有誰知道。」

他一聲不吭。因此她又仔細地說明了一次。

「你的言下之意是，瑞典國防軍透過某種方式默許了誰或買或借或暫用了威廉設計的那台電腦，若照此來推斷，這個拿走莎拉的人肯定知道是誰綁架了威廉。」

彭格蘭沒說話，默認了她的說法。

「這種機密層級的軍用電腦，哪些人有辦法申請借出？」

一陣沉默後，他才回答：

「一個也沒有。」

彭格蘭離去多時，克莉絲汀娜仍坐在桌旁，回想方才聽到的一切，嘗試去理解字裡行間的眞正意涵。

最讓她擔憂的，莫過於他所散發出的恐懼。

兩天前，彭格蘭跟她一樣，急於想知道真相。兩天過去，情況大有不同。

今天，克莉絲汀娜請他二度聯繫威廉的接班人，但被婉拒了。彭格蘭說自己愛莫能助，並婉轉地告誡她莫再提起此事。

表面看來，不過是台解密用的電腦被人擺到了其他地方，暫時找不到而已，但真相遠比這要來得複雜，而這事竟能讓彭格蘭懼怕到不敢再幫她這個老朋友的忙。這表示威廉的失蹤案件跟某起規模龐大的機密行動脫不了干係，影響範圍說不定遍及全球。

看來，這不再僅是她個人的問題了。

這事綜合了軍方機密及綁票案件，說不定幕後指使者是瑞典的高官。從新聞記者的角度來看，她嗅出了獨家頭條的味道，而這表示會讓自家的刊物大賣。克莉絲汀娜知道，要說服老闆讓她繼續追查此事可說是輕而易舉。

她拿出手機。她一個鐘頭前踏進咖啡館時就把手機調成了靜音，此時螢幕上顯示有四通未接來電。都是里歐打的。

她立刻回電。電話那頭嘟嘟作響，他一定手忙腳亂地在口袋裡四處翻找手機吧。要是他的口袋跟思緒一樣亂成一團，她最後八成會被轉到語音信箱，只能稍晚再重撥了。

但他居然在鈴響第三聲時，就接起了電話。

從背景的噪音來判斷，他人在外面。他氣喘吁吁，說話急促。

「我們得碰個面，」他說。「我們得碰個面，馬上。」

威廉人站在洗手台前，手中拿著白板筆。過度興奮使得他呼吸紊亂、思緒奔騰，焦躁得如同一頭獵犬：已經把獵物逼到了角落，卻不知接下來該怎麼做。

就如同他無法說服自己的大腦去相信他的新發現。

人在浴室中，他看著面前的鏡子。上頭是些他兩天前寫下的數字序列。左側是未解密之前的版本，右側則是解密之後的數字。在兩者之間，威廉密密麻麻地寫了些凌亂的算式跟箭頭，意圖找出左側與右側之間的關聯性。

在那些字跡旁，他看見了自己的鏡中倒影，鏡中人也回望著他。他的皮膚因經歷了那一連串的消毒程序而顯得泛紅。他未乾的頭髮有些凌亂。但教他訝異的卻是那雙眸子。專注、精力充沛，燃著一股熱情，他已經有好些年不曾如此了。

但其實，他一點也不喜歡這荒唐的局面。因他極有可能已身染致命病毒。但看看鏡中的自己吧，那充滿幹勁的眼神，他究竟已經有多少年沒感受過這股活力了呢？

他搖頭甩掉那些雜念。他不想分心。把心思再回到鏡上的文本，集中精神。

他得再瞧瞧那些字。它們的存在貨眞價實，就在眼前。

他打開筆蓋，來來回回看著那些數字。他擦掉所有的0。以A取而代之。擦掉所有的1，以G取而代之。擦掉所有的2、3，分別以C、T取而代之。至此，數字全部消失。

答案就在他的眼前。

答案就是這麼明顯、這麼簡單，但一定得透過這樣的呈現方式，讓自己能用眼睛去盯著它看，去感受那不容質疑的眞實，他才能確信自己的確神志清明、有目不盲，沒有落入邏輯上的陷阱而不自知。

眼前的鏡上撩亂地寫著一長條的A、G、C和T。

一組DNA序列。

肯定是這樣。這就是她想說的。組織給了他、要他想辦法破解的密碼，最初必定藏在某種形式的

DNA當中。

會是病毒嗎？看來是如此。一種具傳染性的致命病毒。

但這說法聽來有點牽強。誰會沒事用楔形文字先寫出一段文字，再將文字轉換成像素，於加密後再儲存在病毒的體內？爲什麼要這麼做呢？怎麼會有人想做這種事呢？

的確是太牽強了。

他拿了條毛巾，仔細地把玻璃擦拭乾淨、不留任何痕跡，這樣一來就不會有人看見他發現了什麼。他把毛巾丟進浴缸，用前額頂住牆上的磁磚，希冀亮滑冰涼的磁磚能夠清除掉腦中的紛紛擾擾。

他得再跟珍妮說話。人在露台時，他不知該問些什麼；如今，他腦中卻有千百個問題盤旋不去。此刻，她人在哪兒呢？也許跟他一樣，坐在自己的房間裡吧——當然前提是她也被安排住在一間獨立的套房——也許跟他一樣，她也在靜候通知，焦急地想知道自己是否有被感染。

然而，他也必須承認，組織的人說不定把她帶去了其他的地方。說不定他們正在刑求她，或做出些更可怕的事情。說不定他們正在用盡一切手段逼她招供，說出她究竟跟他說了些什麼，而她腦中又藏有多少不該知道的祕密。爲了得到答案，說不定他們會採取違反國際法的手段來逼供，但隔了厚厚的一層石牆，外人又怎會知道裡面有人在受苦受難？也許他遲早也要面臨相同的命運。也許他知道得太多了，而她知道得甚至更多；也許他的上一任就是因爲這樣才人間蒸發。也許珍妮會步上同樣的後塵，而他也逃不了。

誰會知道呢？誰會想起這個已經失蹤的人？

他讓自己沉穩下來。同時將額頭左右來回滾動，讓兩側的太陽穴輪流感受到磁磚的冰涼，藉此冷靜自己的大腦。

她提到了那些文本。

組織不停要她翻譯楔形文字，而且這些文本跟上下文不符，組織刻意調動了文本的順序，想藉此讓她弄不清文本的真義。但她還有些別的想法。那是什麼呢？

他得從頭開始思量。

自己知道什麼？

關於內容的部分。採用了一種已經消失了數千年的文字。

對。

有人將之數位化，轉換成黑白矩陣圖。

很好。

那矩陣圖是用四進制的方式組構而成的。

然後又——

等等。

思緒立刻就停了下來。同樣的感覺出現了，當天早上的第二次。靈光浪潮般拍打在他的身上；他忽然有一種很強烈的感覺，感覺到自己似乎發現了什麼，如此清晰，如此明澈，就好像你絞盡腦汁，卻怎麼也想不起嫁給那個電影明星的女演員叫什麼名字。但當你準備放棄，不再去想時，那名字卻轟地出現在你的腦海。就是那種感覺。

那些矩陣圖。

他文風不動，臉靠磁磚上，雙眼緊閉，不讓些微思緒逃漏。

謎底忽然揭曉。他以前曾在其他地方見過類似的像素圖案結構。答案竟如此荒謬，卻又如此明顯。

同一瞬間，威廉也意識到，組織期望他破解的密碼，竟比他想像中要來得困難許多。

「恭喜你。」

那聲音讓他嚇了一跳，轉過身來。他不確定自己已經用頭抵著磁磚抵了多久，也不知道背後的人已經盯著他看了多久時間。

來人是康納斯。他相當自在地將身子倚靠在敞開的門的內側、手指放在握把上，頭則微微挺直，靠在門框上。這姿勢幾乎可算是友善，一派優閒又不拘禮節。然而，雖然他不期然的現身讓威廉吃了一驚，但這卻不是他站直身子的理由。威廉還注意到了另外一件事。

康納斯身穿制服。就只是他那件一般的制服，不是防護衣，他也沒戴面具、沒戴手套。一套制服，就這樣。

「你沒有被感染。」他說。

「很高興聽你這麼說，」威廉回答。「但說眞的，那到底是什麼？」

康納斯面帶微笑，逃避問題。

「那個女孩的狀況還好嗎？」

「她的感覺應該跟你差不多。她正在休息，但身體無恙。我們本來沒打算讓你們倆見面說話。」

「的確，我們有注意到。」稍事停頓。「我想問，組織不允許我們聊的事情究竟是什麼？」

康納斯一言不發地站著。幾秒後他皺起了眉毛，並維持了一下子這樣的表情，彷彿他正在給自己最後一個機會，來考慮是不是要推翻自己剛剛的決定。最後他開口了：

「你有處理機密情報的經驗嗎？」

「這問題的答案我想你很清楚。」

康納斯點點頭。他當然清楚。關於威廉的過往，他們瞭如指掌。倒也不是他們眞的信不過他。就算小有疑慮好了，比之他們目前要面對的情況，那都只算是小事一樁。因爲，不管軍方對威廉有多信任、讓他處理過多敏感的問題，跟他接下來要聽到的最高機密相比，那都只能算是小巫見大巫。

「跟我說吧。」威廉說。

但康納斯卻搖了搖頭。「是時候讓你見見其他人了。」

講完這句話，康納斯就不再倚靠著門，並示意要威廉跟著他走。

14

初次聽見「阿雷西博信息」這個辭彙時，威廉．薩柏格只有十五歲。但他對這件事仍有其見解：在人類以科學爲名所施行的無數計畫中，「阿雷西博信息」無疑是裡頭最蠢的一個。

蠢歸蠢，這群人可也不是省油的燈。他們在波多黎各的阿雷西博地方，興建了世界上規模最大的電波望遠鏡，想藉此細看夜空的景象，發現更多關於宇宙的起源啦、物理的定律啦，跟些天曉得什麼鬼東西。一九七四年十一月十六日，爲了讓外星文明知道人類的存在，該望遠鏡發送出了一則信息，此即「阿雷西博信息」。

光是這理由就說服不了他。

雖然還只是名青少年，威廉已經知道鄰居是種多麼惹人厭的族群。即使你們恰巧共用一堵牆或一道籬笆，這也不表示你們就一定得是朋友。鄰居啊鄰居，他們是群擋路鬼，老想跟你聊些無意義的五四三，嘴上也老愛抱怨東抱怨西，偏偏這些事情跟他們一點關係都沒有。由於這樣的經驗，威廉根本沒辦法去理解科學家爲什麼想跟我們的外星鄰居打交道，尤其是在這種一不了解他們、二不知他們會作何反應的情況下。聰明人不都應該選擇保持距離、互不打擾嗎？

威廉是這麼想的。但這還不是少年威廉．薩柏格覺得最扯的。最扯的，是這則信息的編碼方式。

少年威廉收集了一系列的科學雜誌。不只依照年分跟日期排列，他還另外用筆記本記下每本雜誌的內容，方便他隨時搜尋特定文章。威廉在其中一本雜誌上初次讀到了相關的報導，他當時認爲，這群科學家肯定是吸進了什麼壞東西，才會構思出這個蠢計畫。

人類發送往外太空的信息是一幅圖畫。或更準確地說，那不過是些解析度超級低、以黑白象徵明暗的一坨像素，用以告訴接收者人類的長相、身體的原子結構，以及我們住在哪裡。

雖然是用「告訴」兩字，但也得外星人知道怎麼去讀這則信息才行。

這就衍生了一連串的問題。

首先，擔任接收方的外星人得先想到將一連串的無線電信息視爲間歇的「點」，才能進一步將這些點轉化爲我們希望他們看見的像素圖案。接著，他們得揣測這幅信息曖昧不清的圖案所代表的意涵。別說現在，就連身在一九七四年，威廉都看過圖案比這則信息還細緻的電腦遊戲。

但其中最令他覺得荒謬的，是這些科學家竟期望我們的外星朋友，有辦法將這些像素轉化爲圖案。

只有一個方法可以達到這個目的。

就是把這些像素分成七十三條橫排。

不是七十二或七十四喔。也不是十一或一百萬或其他數字，只能是七十三。唯有如此，才能讓每一橫排由左到右算起來剛好是二十三個像素，然後這些像素才有辦法構成人類想要外星人看見的圖案。若不是採用這種方式去排列，一排排的點跟空格怎麼看都是四不像。

嘿，但對任何住在這個宇宙、跟我們一樣是碳基生命體的外星人來說，有天忽然收到一則發自不明星球的不明信息，不就應該把這信息拆成七十三排來閱讀嗎？

顯然那些科學家是這麼想的。他們歡快地將一則「哈囉」送往外太空，然後就把屁股坐回椅子上等外星人回覆。而就威廉所知，至今他們仍未收到任何答覆。

古堡的地下深處有間巨大的機房，裡頭有如迷宮般擺滿了各種先進設備。途經那裡時，威廉腦裡想的正是「阿雷西博信息」。

威廉被帶往城堡更下面的樓層。雖然同樣有許多房間與穿廊，但不同於結構複雜的上層多以石板構築，下層的建物較新，牆面包覆著金屬材質，地板則以水泥打造。他再一次意識到城堡超乎尋常的大小。為了確保伺服器運作順暢，這裡裝設了空調，使得機房的空氣又冷又乾。邊呼吸著這樣的空氣，威廉邊加緊步伐跟著前方的康納斯以及走在自己兩側的警衛。同時，威廉也努力吸收大腦正在告訴他的兩三件事。

他知道自己認得那種排列方式：寬度是二十三個像素，高度則是七十三個像素。組織提供給他的、隱藏在密碼後面的楔形文字的排列方式；跟四十年前，人類發送往太空的信息的排列方式，如出一轍。

走到機房的一側，一扇玻璃自動門滑開，裡頭是中央控制室，再過去有扇金屬門，門外又是一條穿廊。他們繼續往前走，走經數不清的門、轉角跟階梯。眼前的一切不是鐵製、鋁製就是玻璃製成，且整層樓都有山石在這裡凸一塊、那裡凸一角，簡直就如同有人把岩漿四處潑灑在牆上，等到岩漿都凝固了就會形成這模樣。

他們不知走了多久，路似乎沒個盡頭。雖然威廉說不上為什麼，但他覺得眼前的一切應該都是幾十年前就建好的。這裡的建築風格是很典型的東歐復古未來主義，氣氛有如早年的德國國家安全部「史塔西」，只不過是為了迎接漫畫上的那些飛行車啦、銀色服裝一類的近未來所做的準備。他不知道此情此景該說是駭人呢，還是不可思議的單純。

不論是哪種形容方式，這樣的建築風格的確奏效了。這明確地讓威廉感受到組織的威信與龐大。建物傳達出這樣的訊息，清晰而響亮。

但問題來了。

數不清的門、中控室、結了霜的窗、會議室、辦公室，這裡什麼都有，但少了一樣東西：人。自走出最後一扇木門，離開城堡的舊區塊到現在，一路走來，算算差不多就遇到十個人，頂多二十個。但這裡的設備是設計來容納少說目前人數的二十倍，甚或更多。人呢？這些人跑到哪兒去了？

威廉沒有開口問。他們走到了一間無窗的地下休息室。這裡的空間很大，是設計來讓人等待的，裡頭有類似機場看得到的沙發，還有一排排平行放置的高腳桌，讓人得以在較大型的會議還沒開始前先小聊一番。為什麼這麼說？因為威廉知道他們要把他帶進一間大講堂。遠方，在休息室的尾端，有一扇敞開的鋼製雙開門。他們繼續往前走，穿過了門。

跟弗朗坎初次見面時，威廉覺得那間會議室「非常大」，但若跟眼前的這間講堂相比較，那間會議室就只跟芝麻、綠豆沒兩樣。講堂的中心處擺了張大圓桌，周圍放了至少有三十張椅子。桌子再過去的暗處，則懸掛了許多連接在一起的ＬＥＤ螢幕。此外，講堂的兩側豎立了一排排的座椅，彷彿這房間是供領導人舉行全體會議之用，低階將領及決策人員可以坐在那兒一同參與討論及報告。

與其說這裡是會議室，還不如用議事廳來形容會更貼切。威廉知道他們是故意帶他來這兒的。他對這樣的規模大感訝異，甚至有些不知所措。握有絕對優勢的人很顯然是他們，而不是他。

他被帶到桌旁，並被安排坐進一張鋪了軟墊、介於辦公椅跟躺椅之間的一種藍色座椅。

他身旁坐了至少十二名身穿制服的男子。講堂裡其他的座位都是空的。除了康納斯之外，他只認得出弗朗坎。

「晚上不好好睡覺還跑去夜遊，做這種事，你不覺得自己年紀有點太大了嗎？」

「我的年紀顯然是不夠大，你們才會沒辦法相信我，不告訴我眞相。」

弗朗坎不反駁這句話，但回答：「你也做過領導者，你應該會了解我的難處吧？」

「若你要問的話，我可從來沒有過把誰從醫院或其他地方綁走，還強迫他們幫我做事的經驗。」

「你經手過機密要務，」弗朗坎沒理會他的嘲諷，繼續說下去。「你跟不知道事件全貌的同仁共事過；你曾視情況需要，決定下屬能知道多少情報。做這種事有它的必要性，你不必覺得自己可恥。」

「兩點不同，」威廉反擊道。「我從來沒有誤導任何同仁，要讓他們相信自己知道所有的情資。」

「我們清清楚楚地跟你說過，我們能讓你知道的信息有限。你可以不接受我們的做法，但這並不表示我們是刻意誤導你。」

的確，他說的話有道理，威廉的頭曖昧地動了下，以此作爲答覆。

「第二點是什麼？」弗朗坎問。

「我向來會讓同仁知道所有必要的情資，好讓他們把自己的工作做好。」

弗朗坎又一次搖頭。不會讓人覺得不友善，但飽含容忍之意，彷彿他知道威廉在裝傻，明明已經知道了太多，卻又不肯承認。

「薩柏格啊薩柏格，你知道你自己手邊最強大的武器是什麼嗎？眞的，你不知道嗎？」沒有答腔。

「你的眼力很驚人啊，什麼都給你看見了。」

威廉哼了聲。「我倒寧可你們信任我。」

「而我們寧可不冒任何風險。如果今天換作是你，你也會這麼做。該知道的，我們就會讓你知道。不該知道的，你也沒必要知道。」

「既然如此，那我們坐在這裡的用意是？」

停了一下，弗朗坎才繼續說話。「我們的黑茵茲小姐跟你說了些什麼？」

喔，是這樣啊，原來這才是這次對談的目的。損害評估。這些人聚在這兒，就是想知道她跟他講過什麼，並確認他是不是因爲聽了這些話，又想通了些別的事。

「講沒幾句你們就來了，我們就跑了。我們被逮的時候，一旁有個女士躺在保溫箱裡，她的身體狀況看來不是太好。」

也不知道是哪來的自信，但有那麼一下子的時間，威廉覺得自己占了上風。組織不清楚他知道些什麼。他沉浸在這樣的想法中，並想據此判斷再來該怎麼出牌。最後，他決定先下手爲強。

「我們先把這些文字遊戲放一邊如何。你費了很大的心力把我帶到這兒。你看來已經決定無論如何都要我爲你效力。到現在我只知道這些。」爲了加強效果，他稍事停頓後，才繼續說。「除此之外，還有一件事，那就是：截至目前爲止，你所告訴我的一切都很瑣碎，少了一個核心關鍵。」

「是這樣啊，」弗朗坎說。「你怎麼得到這個結論的？」

威廉立刻就意識到他這一手牌可能不夠漂亮，而他不想輸掉自己的優勢。但同時，他也知道若想打贏這一仗，他也只能賭上一把。

「阿雷西博。」他說。

講堂內沒了聲響。威廉一一看著大家的臉，但沒辦法確定他們的靜默是否與他剛剛說出的那四個字有關。

「那是一座位在波多黎各的城市。」弗朗坎說。藉此要他接著說下去。

「沒錯。它是一座位在波多黎各的城市。一座擁有電波望遠鏡的城市，科學家更在四十年前藉此發送出一則信息。那一則信息內包含了一千六百七十九個像素。也就是二十三乘以七十三。跟你們給我的楔形文字信息一模一樣。」

沒有回答。但他成功引起了他們的注意。這是個好徵兆。

「那你的結論是什麼？」

「怎麼說呢？重蹈覆轍？」

「你可以把話說清楚點嗎？」

威廉看著他。「儘管說我目光短淺吧。但四十年前，不就是我們人類自以爲聰明地認爲，不管宇宙中的誰聽到了我們的呼喚、接收到了我們的信息，鐵定會知道用什麼方式去閱讀它。你不覺得這樣的想法太武斷了嗎？」

弗朗坎的視線射向康納斯，威廉好似瞥見了一抹微笑。康納斯臉上也浮現類似的表情，彷彿他們在玩弄他，彷彿他們手上握有另一片拼圖，但威廉卻不知道。

「爲什麼你會覺得我們是發送信息的人？」康納斯說。

威廉聽不出他這句話的含意。

他忽然懂了。但卻更不解了。

「言下之意是？」他問。

「我們是在回覆對方。」康納斯說。

威廉一意識到康納斯不是在開玩笑，就打了個冷顫。「狗屁！」他說。但他不敢貿然斷定。說不定是眞的。雖然聽起來很荒謬，但的確比相反的情況要來得合理許多。

爲什麼天文學家要用那種方式去建構出一則信息呢？威廉找不到合理的解釋，因爲根本就不合常理，但除非，有人曾用過同樣的方式想跟我們聯繫。

這解釋太令人難以置信，因此威廉搖了搖頭。難道，講堂內的十二個人要口徑一致、面無表情地說，他正在想辦法解密的信息眞的來自外太空？而他預計要轉譯成密碼的信息，則是人類要給外星人的答覆？牛頭不對馬嘴。還有一個關鍵細節沒談到。

「如果事情眞是如此，」他大聲說出自己的疑惑。「病毒又是從哪裡來的？」

圍坐在圓桌旁的男人們一齊看著他。聽他這麼說，他們並不驚訝，但想知道更多詳情，十二雙眼睛逼視而來，要他解釋清楚。

「你們把她隔離了。那個被關在玻璃箱裡的女人。是一種病毒，對吧？文本就是從病毒身上來的。」

「你這想法是怎麼來的？」問話的人是弗朗坎。

「四進制。只有這個可能，不然還有誰會用四進制去儲存任何資訊？」

壓抑不住自己的情緒，使得他說話有些急，而威廉本來是想克制住的，他因而對自己有些失望。但這樣的一來一往已經開始教他不耐。眼前這群穿著制服的無趣男子知道所有的眞相，但他們似已決定什麼也不跟他說，而他自己偏偏又找不出個答案。

「這是唯一合理的解釋，」他說。「除此之外，不會有人把任何資訊存成四進制的形式。除非這對該媒介來說是必要的。而我只想到了一種可能性。」

「DNA，」弗朗坎說。「這就是你的結論？」

「這些密碼是從哪裡來的，這問題我問過你，但你拒絕透露。這是唯一合理的解釋：這些文本是從基因物質中提取出來的。有人跟我們聯絡，並送來一種內藏機密訊息的病毒，而現在輪到我們要回覆。沒有其他的可能性了。我只有一個疑問：誰幹的？」

他樂在其中的領先權沒了。威廉又慢人家一步，這些應該用來引導對方攤牌的話最後害到了他自己，使得他必須匆匆整理自己的思緒，並進一步在說話的同時做出結論。

而他並不喜歡這個結論。

威廉的心靈深處湧現了另一股想法，且拒不消失。但他仍苦苦掙扎，決定繼續忽視。不可能的，他告訴自己。那是條死胡同。

而康納斯看著他。彷彿他完全知道威廉的腦袋裡在想些什麼。

「你已經猜到答案了，」他說。「對吧？」

威廉搖頭。

「你認爲那些文本是從哪兒來的？」

遲疑片刻。他再度搖頭。「我不知道。」他說。

「猜猜看。」

「不行。我腦子裡一團亂。現在……」那個想法仍在心靈深處。它拚命要威廉注意到它。「……現在，我只有想到一種解釋的辦法。問題是，那是不可能的。」

「只要你願意去想，任何事情都是有可能的。」

威廉閉上雙眼。最後一次嘗試在腦海中把知道的一切都放在一起，並期望會突然發現一個合理的連貫性。但不管他再怎麼努力，到頭來仍得到同樣的結論，一個不可能的結論。

「說吧。」

「把我所聽到的資訊，」邊說，他邊在腦海中把片片拼圖合而爲一。「再加上我看到的景象，以及我們現在進行的這番對話抽絲剝繭之後，我只想得到一種解釋……」太荒謬了，他幾乎不敢大聲說出口。

「……那就是，你們發現了一種病毒。」

他停了下來，等待眾人反駁。但沒有人開口。

「怎麼發現的，在哪裡發現的，我不知道。但在某個地方，透過某種方式，你們發現了這種病毒。基於某種原因，你們認爲……」他幾乎說不出口，但他得說。「你們認爲這種病毒不是地球的原生種，而是來自外太空。」

他試圖揣摩出他們的心緒。但眾人鴉雀無聲。聽到這種古怪的理論，竟沒有人阻止他，也沒有人嘲笑他。因此他決定繼續說下去。

「後來，在深入研究這種病毒之後，你們發現它的DNA裡頭埋藏了一則信息。如今，我們——或更準確地來說，你們——嘗試想找到加密金鑰，如此方能編寫一則回覆給他們。他們——不管所謂的他們究竟是些什麼人。」

話說完了，但講堂內仍安靜無聲。他侷促不安地坐在椅子上，認爲有必要爲自己做些辯駁。

「聽起來很荒唐，我知道，但這是唯一一個能將已知的一切要素納入其中的解釋。早年的阿雷西博信息也是想要回覆他們，但失敗了，因爲雖然格式是對的，但當時的科學家不知道該如何將信息加密。如今，我們發現了一種具傳染力的病毒，以及一則必須答覆的信息，但我們仍束手無策地坐在這兒，因爲不知道該怎麼去做。」

再次靜默。唯有空調的聲音沒停過，讓講堂內的空氣得以不停地流通。

「說了這麼多，倘若你們覺得這不過是些瘋人瘋話，」威廉假定他們原先對他的期望很高，但因爲他的答覆相當不理想，因而才會沉默不語。「我很樂意聽聽正確的答案。」

康納斯清了清喉嚨。「恐怕你的推論還不夠荒唐。」

威廉看著他。什麼意思？

「你的結論一點也不荒謬。但你猜錯了。」康納斯停頓了一下。「的確有病毒。那部分完全正確。但是……這病毒是我們研發出來的。」

「我們？」

「沒錯。」

「你所謂的我們是指誰？」

「這裡的我們不是指現在在講堂內的人，而是我們的老同事。一些已經見了上帝的科學家。」

威廉吸了一口氣。死因不難猜測。尤其是在見過那名住在魚缸裡的女人以後。

「哪個環節出錯了嗎？」他問。

「對。有環節出了差錯。病毒的功用不如我們的預期。三十年前，有將近八百人在這裡頭工作，如今只剩下五十人，而且都不是當年的倖存者。我們得重新開始。」

他先等威廉消化掉目前爲止的資訊。

「所以，在這種病毒裡，」威廉慢慢地說，一字一句都經過衡量才出口。「你們創造了這種病毒，然後你們還在這種病毒裡植入了一段加密過的文本？」

即使有些不情願，康納斯仍點了點頭。「對，沒錯……」

威廉感覺到後面還有個「但是」：「而這則文本也是你們的人編寫的？」

「對，」康納斯回答。語氣中仍殘留些什麼。但是……

「那我就不懂了，」威廉說。「若這個密碼是你們自己人發明的，爲什麼還要找我來幫忙破解？」

康納斯把頭偏向一邊。一個友好的動作，暗示威廉仍沒問對問題。

「因爲啊，薩柏格，我們現在在討論的事情有兩件，不是一件。我們找你來，不是要請你幫忙破解病毒裡的密碼。」

「你們把我弄糊塗了。」威廉說。

講堂內再次沉默。康納斯的不安全寫在眼神裡。他環視周遭，確認是否該繼續講下去。看來沒人反對，因此他把臉轉回去面對威廉。

「關於請你幫忙的那個密碼序列，就是我們要你找出加密金鑰的那一個。」

「那個密碼序列怎麼了？」

「那不是在病毒的體內找到的。」

15

跟里歐通電話只說了不到一分鐘。他情緒焦躁，告訴她事關重大，兩人得盡快碰面，幾乎可說是命令她立刻搭計程車返回辦公室。

就憑他。竟敢指使她該怎麼做。她理當氣惱，但卻不自覺地認爲有趣，因此就加快腳步離開了咖啡店，招來一輛計程車。直到坐上後座，車已開往辦公室，克莉絲汀娜才開始擔心他的發現可能不如他自己所想的那麼重要，而如果眞是如此，他們碰面時就會變得既尷尬又困窘。

里歐在自己的辦公桌旁等她。他身上穿著同一件羽絨外套，這表示他也剛到。一看到里歐，她就意識到對方今天本來應該是休假。不管他要讓她看的是什麼，至少他遵守了承諾，盡力幫忙。

他彎身坐在電腦後面，手指敲擊著鍵盤，雙眼看著螢幕要選出正確的字。里歐說，在來辦公室以前，他窩在家裡，登入新聞伺服器，逐一閱讀各新聞社六個月以來所發布的所有新聞稿。他認爲自己先前在閱讀時一定漏掉了什麼訊息，而那訊息對現在的他們來說可能非常重要。

「我不確定，」他上氣不接下氣地說。不是因爲疲累，而是因爲亢奮。他只瞄了她幾眼，彷彿生怕會漏看螢幕上的什麼訊息。「我不確定自己是不是在胡思亂想，或者，妳明白我的意思嗎？妳知道的，思維就是那樣，妳把看似不相關的事情想在一起，就可能會有新發現。」

大衣沒脫，克莉絲汀娜站在他的背後，專注地看著里歐的螢幕。

他的手指在鍵盤上飛舞，往回瀏覽著他要搜尋的那個日期。他知道那篇新聞稿就在那兒等他。

「我就知道在這裡。」他看著克莉絲汀娜。並稍微轉了一下螢幕的角度，好似這麼做她就能看得比較清楚，但其實克莉絲汀娜不過就站在他的旁邊。「在那裡。」他指著螢幕。

他點開了一篇路透社發布的新聞稿，內容是英文，一篇瑣碎事件的重點摘要。

事件發生在阿姆斯特丹，日期是四月二十四日。標題是：毫無失蹤學生的任何跡象。

克莉絲汀娜快速地掃過全篇文章。經過多年的訓練，她的雙眼在關鍵字句間來回跳躍，短時間內就能掌握全貌，並能立刻判斷是否有任何重要訊息。

找不到——男友很擔心——故意躲起來鬧失蹤——警方宣布全案偵結。

「有看到嗎？」里歐說。

她不知道該怎麼回答。事實上，她並沒有看到他所謂的線索。

她再次掃讀內文。

沒錯，的確跟失蹤有關。但每年有多少失蹤人口？再加上涉案的人太年輕、事發不過半年多前，而且發生地還遠在荷蘭。不管里歐在這篇新聞與威廉的失蹤案間看到了什麼關聯，她完全都沒有留意到。除了那名女性的男友堅稱她不可能刻意鬧失蹤之外，克莉絲汀娜完全看不出兩起事件之間有任何的共通點。

彷彿讀懂了她的心思，里歐說：

「在妳開口之前，我先跟妳說，我有上網google過了。」

哦？克莉絲汀娜看著他。

「那名失蹤的學生名叫珍妮．卡蘿塔．黑茵茲。她是四年前靠獎學金搬到阿姆斯特丹的，而且是相當有名的獎學金喔。在這之前，她在西雅圖唸書，而且就我目前所查到的資料顯示，她身旁的每一個人都認爲她能力超強。」他把螢幕轉過來面對自己。「然後，」他說。「這是她的碩士論文。妳看。」

他關閉了一長串的新聞稿，把畫面轉到了他的電子信箱。收件匣最上面的那封信，寄件人是他自己。一個附件。

「網路的力量。」他用這句話來填補兩人之間的靜默。接著，他點開了檔案。

克莉絲汀娜拉來一張椅子，在電腦前面坐下。

他感覺到里歐正看著她，也感受到了他的自豪，同時不免覺得他一定對自己的表現很滿意。她所有的疑慮都消失了；雖然缺乏社交能力，但這完全不影響他身爲一名記者的資質，而她對自己竟無法將這兩件事分開來看有些懊惱。

她眼前的螢幕上是一篇文件的掃描檔。根據一旁的縮圖來看，該篇論文將近有一百頁。里歐滾動文件，直到封面頁出現在畫面的中間。標題是英文，就在螢幕的正中間。對意義的永恆追尋：史前手稿中的密碼與隱藏信息之研究。

「妳的丈夫以前是做什麼的？」里歐說。「我的意思是，或者應該說是妳的前夫？」

她把頭轉向他。他的眼神很堅定，彷彿他與工作已合而爲一，彷彿他忽然忘記該如何質疑自己的能力。他不再是個不安的年輕人，只因他現在滿腦子都忙著在想其他的事情。

他問問題，不是爲了要得到答案。他問，是要加倍證明自己是對的。她點了點頭：他們的個性太像了，這不是巧合。

「你覺得我們找得到這個男友嗎？」

里歐看著她。眼神中流露出自信、驕傲，然後點頭稱是。並隨即遞給她一張便利貼，上面寫著一個人名跟電話。

「我已經留話給他了。」

桌上放了許多張紙，其中一張黃色方格紙有些泛白，上面潦草地寫著一家瑞典報社的電話號碼。阿爾伯特・凡・戴克把一疊厚厚的資料往桌上一扔，那些紙就都被遮蓋住、消失了。

他覺得很累。

不，不只是累，他心力交瘁。

他癱在那張硬邦邦的辦公椅上，身體順著椅緣慢慢往前滑、慢慢下陷，直到感覺腋窩已經靠到了扶手上才坐正。他的雙手因爲長時間使用白板筆而變得髒兮兮，但他仍然用手揉了揉眼睛跟額頭。

教課讓他筋疲力竭。但他知道自己得這麼做。他知道一旦站上講台，爲了活絡教室的氣氛，爲了思考該怎麼爲學生解惑，爲了課堂的講演需要，腎上腺素就會在體內流竄，讓他覺得精力旺盛。也唯有如此，他才有辦法繼續走下去。這是吸乾他活力的毒藥，卻也是驅策他繼續前行的解藥。有時候，他甚至能夠樂在其中，或至少，那算是最接近快樂的感覺了。

隨著時間前進，他覺得痛苦不增反減。已經超過六個月了，跟她有關的記憶開始逐漸消逝。失去她很痛苦，現在在那痛苦之上，還疊上了一層哀傷。

她一定還活著。他知道。珍妮就在某個地方等著他，而他也不願忘記她，不願接受事實。只要還有一絲希望，他就不會放棄，誓言與她重逢。

說得就好像他還有其他辦法可想。

他嘗試讓自己的思緒回到當下。窗外，日子仍在前進，今天跟其他日子並沒什麼不同。學生或聊天、或講電話、或快步穿越廣場，要去他們十分鐘前就應該要抵達的地方，得得的腳步聲回響不已。以前，他喜歡坐在這兒聽著窗外的聲響，並任由視線在書架之間遊走，並偶爾將目光停留在某本前輩所遺留下來的書籍上。

如今這些興致都沒了。生活已失去了樂趣，萬事萬物都失去了色彩。即使他看著周遭的世界仍如往昔般向前邁進，此刻再也不是此刻，變了質，因爲他仍活在過去。不管他去到哪兒都一樣。

也許就因爲這樣，當然也包含了其他因素，所以他沒有留意到那名站在門邊、身材圓乎乎的年輕人。在還沒意會過來之前，阿爾伯特已經在座椅上坐正了身子。他坐得筆挺，彷彿是他該尊敬自己的祕書而非顛倒過來。結果導致兩人都很尷尬，一語不發。

「只是想讓你知道一下，你不在的時候有幾通電話打進來。」沉默已久，年輕人忍不住開了口。他指著阿爾伯特的書桌，厚厚的檔案壓住了那些便利貼。雖然已經二十出頭，這助理看起來仍像個青少年。若不是因爲在這兒上班，他八成從來沒親眼看過大學校園。

「我看到了，」阿爾伯特說。「我晚點會處理。」

「只是想確認你有注意到就好。」

「辛苦了。還有其他事情嗎?」

的確有。但這位助理遲疑了,他仍覺得有些尷尬,因此決定晚點再說。搖搖頭後,他離開了房間。

阿爾伯特閉上雙眼。

「事實上,是有件事。」

聲音跟剛剛一樣近。阿爾伯特抬起頭,看見那個惹人厭的小子走回了十秒鐘前的同一個地方。

「現在是都不用敲門了嗎?」

「門沒有關啊。」助理回答。

「那是因爲你該關沒關。」

「我不是指現在。是剛剛。若你有事要忙,不想被吵,通常你會關門。」

阿爾伯特想回嘴,但卻不知從何回起,就擺了擺手。看這祕書有什麼話要說,就說吧。

「你認識之前在這間辦公室裡工作的人嗎?」他問道。

這是什麼怪問題?

拿出一份氣泡式信封後,祕書又開始有點不好意思,覺得自己怎麼會用這種小事來煩院長呢?不過已經太遲了。但他還在見習,有問題總是得問,對吧?而且啊,是上頭把他分配給這個喜怒無常、憂鬱、拒不相信女友把他甩了的老闆,這可不是他的錯。

「這封信一定是寄錯地方了,」他說。「指定的收件人根本不在這裡上班。我不知道該怎麼處理。」

「沒關係,」阿爾伯特說。「拿到郵務室去吧。他們會送交到正確的收件者手上,找不到的話就會退回原址。校方付我們薪水,可不是要我們來這兒幫忙送信的。」

男孩喃喃道謝。再度轉身離開。

阿爾伯特坐在位子上,看著他離開辦公室。他把那封信放在自己的桌上。就放在那兒。走來走去,忙東忙西，教人分心。阿爾伯特看了看錶。離吃中餐還有一段時間，但不打緊，他需要獨處。去哪裡都好，沒人吵他就好。那封信是個好藉口。

他起身，走進接待區。

「這樣吧，那封信的事情就交給我，我幫你送過去。」

祕書一臉訝異，但他沒再多說，隨手就把信拿了。他只想找個安靜的角落，咖啡館、博物館，就算待在外頭都好，只要天氣別太冷就好。他走出房間，往階梯走去。

這時，他才注意到收件人的姓名。

幾秒鐘以後，狂奔的阿爾伯特從郵務室前跑過。手上仍拿著那封信，他一心只想衝出那扇大木門，衝進寒冷的冬風中，在明亮、清爽的大太陽底下瞧個仔細。

他停在階梯底部。用手指打開信封的黏貼處。因爲緊張，他顫抖連連，就連那僵硬的黃色紙張劃破皮膚、鮮血滲出，他都沒注意到。

信封上的字體是機器印製。沒有標籤，沒有姓名，沒有寄件地址。但邊緣處印了一個字：伯恩[6]。日期是昨天。

寄到阿姆斯特丹大學。

收件人：艾曼紐．斯芬克斯。

阿爾伯特忍著不落淚，撥打電話給警方時，嘗試不讓自己的聲音抖得太厲害。他在等電話撥通。

6 瑞士首都，為該國境內第四大城市。根據國際級的人力顧問公司「美世」（Mercer）所做的「美世生活品質調查」評比，該處的生活品質為全世界第十名。

「請幫我接失蹤人口部門。」

16

議事廳內的對談又延續了半小時，但話題仍在原地打轉。威廉處處碰壁，眾人要不迴避威廉的問題，要不又問起他跟黑茵茲小姐看到了或聊到了些什麼。除了偶爾回幾個字以外，那群面無表情的十二人眾幾乎可說是沉默不語。

威廉終於失去了耐性，決定說點什麼。反正已經陷入僵局，再慘也不過如此了。另外，他也餓了。

「你們知道嗎？」威廉大聲地說，聲音有點凶。有人還在說話呢，這話突然就插了進來，於是裡頭鴉雀無聲，大家都在注意聽他要說些什麼。

「全部就這樣，」他說。「我已經把知道的都跟你們說了。我必須說，我知道的眞的不多。你們大可不信，還想問什麼就問，看是要問到我睡了、死了，或天曉得你們要怎麼樣才肯罷休。但終究我們還是會僵持在這裡。因爲我就只知道這麼多。而現在，讓你們決定我們要把時間浪費在什麼地方。」

「你有什麼想法？」說話的人是弗朗坎。「你認爲我們應該把時間浪費在哪兒？」

「我想跟你們做個交易。可以嗎？」

沒人回答。一如威廉預期。

「我願意幫你們工作，而且我承諾自己會盡全力。雖然在我們這行，最後能做出什麼很難講，因此我沒辦法承諾你一定會有好結果。但我答應拚命去做，想辦法幫你們找出加密金鑰。但我有個要求。」跟早些時候一樣，室內只剩下空調的嗡嗡聲。「我要知道關於這份工作的一切資訊。」

依然無人作聲。但有些動靜。桌旁的眾人眼神交流，彷彿藉此討論。

「薩柏格？」

聲音從背後傳來，他轉過身看是誰。

康納斯站起來了，臉色聲音同時一沉，語調既認眞又嚇人。他深吸一口氣不吐，藉此表示自己要說的話至關重要。

他並非第一次提這件事。在威廉之前，至少有二十個人已經聽過，而這些人中的多數目前就坐在這間房裡，全都盯著威廉看。他們知道不消幾分鐘的時間，威廉將顚覆他過往的想法，這一刻，「之前」將徹底畫上休止符；他的人生，將邁入「之後」的世界。

聽說之前，聽完之後，世界二分。

「你會寫程式，對吧。」康納斯開始說。

威廉聳聳肩。「算是吧。」

康納斯同情地看了威廉一眼。他並非眞的要問，只是當作個引子而已。廳內的每個人都清楚知道威廉在瑞典軍隊裡的職位，大家都認定他寫程式的底子相當深厚。

「那你應該知道註解行的用途吧。」

威廉再度聳肩。他當然知道。任何曾試寫過電腦程式的人都知道。「註解」是電腦會忽略不執行的程式碼。註解行的存在對程式執行好壞一點幫助也沒有，因爲那不是寫給電腦看的，是寫給人看的。有時候，註解如同小記事，說明程式的特定部分有什麼功用，有時則是寫給其他程式設計師看，說明該段程式是如何寫成的。另一種情況也很常見，那就是裡頭寫了些趣事，要留著娛樂其他設計師的。簡單來講，這些東西寫了再多，程式也不會因爲這樣就變得比較好，就是設計該程式的人留下的一些額外訊息罷了。

「所以呢？」他說。

康納斯看著他。「你對人體的基因熟嗎？」

「可以說是門外漢。」

康納斯歪了一下頭，表示不意外。

「你可以嘗試去找篇科學文獻，隨便一篇，新的舊的都行，任何一篇當代的醫學文獻都一樣，你會發現同樣的訊息反覆不停出現。截至目前爲止，只有約少於百分之二的基因體，我們知道其功用。」他豎起大拇指跟食指，把兩指靠得很近，幾乎快碰在一起，藉此表示這比例有多小。「只有這百分之二我們能夠明確定義，說就是它，我們知道它的功用。但剩下的百分之九十八呢？即使到今天，我們仍然不知道它們的用途。」

談話到此再次停頓，主要是讓威廉有個機會做或說些什麼，表示他懂。但威廉也不是省油的燈。

「垃圾DNA。」他說。

康納斯抬起一邊的眉毛。多數人可不知道這個詞。但換個角度來想，也算不上太出人意料，薩柏格的知識相當豐富，而且也聽過不少當今科學界的奇談祕聞。或至少他以前的習慣是如此，在他還沒有退休以前。

「有些人的確會這麼稱呼，」康納斯表示認同。「就連我也是聽人家講，才改用非編碼DNA。」

威廉看著他，想知道他葫蘆裡賣什麼藥。

「事實上，」康納斯說。「我們長期以來的想法都是錯的。垃圾DNA並不眞的是垃圾。」

威廉花了一些時間才明白康納斯的意思。想明白後，他發現自己在椅子上坐得筆挺。這番對話走到了另一個方向，大出他意料之外，而他再也沒辦法假裝自己不感興趣。

「我們並沒有刻意去宣傳這件事，」康納斯繼續說下去。「你在報紙，在雜誌，在科學研究報告都讀不到相關的消息。但就在五十年前，一群科學家找到了方法，成功解讀了剩下的百分之九十八。」

話語暫歇。康納斯看著威廉，給了他一些時間。直到確定威廉的確明白，也已經準備好接受最後，也是最重要的那些訊息。

但威廉已經知道接下來的故事了。康納斯已經給了他所有必要的拼圖，要將全部的事情串在一起，只有一種可能，而威廉爲什麼還無法確定呢，只有一個原因，因爲他說服不了自己。這怎麼可能呢——不，絕對不可能。有那麼一會兒工夫，他盯著康納斯看，希望是他自己的理解有誤。

不，他是對的。

難以置信，因此威廉搖了搖頭，藉此告訴康納斯自己的結論一定有問題，他需要康納斯的幫忙，才有辦法修正自己的想法。

康納斯回應了他的要求，並審愼地把每個字詞都講得一清二楚：

「科學家發現，人類的DNA裡滿是註解行。」

有一次，約莫是十年前，威廉·薩柏格發現自己搭上了一架差點失事墜毀的飛機。

對威廉來說，那三分鐘可說是度秒如年。整架軍用機失去控制，在空中轉個不停，而後失速下墜，引擎聲大作，原子筆、報紙、咖啡杯先飛至空中，停留一會兒後又不可抑制地猛撞向地板。面對這一切，威廉毫無招架之力。

恐懼，伴隨著因失重而帶來的暈眩感襲來，他覺得身上的每個器官都錯了位。過程中，驚慌失措的大腦裡一直有個聲音：馬上，馬上就要結束了，再一秒就會停，只要再一秒飛機就會穩定了，我們就可以踏在實實在在的地板上。

但每當這樣的想法浮現，他就得面對現實：事情還沒結束。他的思緒就隨之形成一個深不見底的漩渦，充滿了恐懼與驚駭，也夾雜了希望，希望一切事情能落幕，但災難卻不曾離去。恐懼倍增，他意識到大局已定：就是這一刻，飛機要墜毀了，我們要死了。

就三分鐘。

機身開始穩定，威廉被拉回了自己的座位。高度逐漸回升，飛機掙扎著、吼叫著，駕駛員總算讓它再回雲端。紅色的高山在窗外呼嘯而過，顯示方才的高度有多低，生死就在那一瞬之間。

在那之後他才知道，倘若再晚個幾秒，他們已經一命嗚呼了。

好幾星期過去，他才有辦法再次入睡。

但那種印象不會抹滅。恐懼，在無邊無際的螺旋中渴望救贖，救贖卻從未降臨。

威廉從椅上起身，跑出議事廳。此刻，他所感受到的情緒，跟他當年在飛機瀕臨失事時所感受到的完全相同。

思緒與反應在相同的恐懼螺旋中接踵而至，如夢卻真的情境讓人只能麻木以對，情緒在無法置信與純然的恐慌之間來來回回。

飛跳過未來風的鋼板穿廊，急奔上有百年歷史的石梯，走入露台那讓人卸下煩憂的絕美景致。群山環繞，碧波蕩漾。他得呼吸些新鮮空氣，至少他是這麼想的；他得看看藍天，但依舊沒太大幫助。他站在那兒，有段時間動也沒動，讓呼吸平穩下來，並嘗試去理解剛剛所聽到的一切。不久後，他沿著扶手快步而走，彷彿只要換了位置，情況就會有所改變。

彷彿這麼做，就不必面對他們所說的話。

是誰？

同樣的問題不停冒出。如同一條跑步時的環狀路線。你汗流浹背地跑著，但卻不停不停跑回原點。如同置身噩夢之中，人快醒了，不是現在，但很快了，但時間分秒流逝，噩夢仍在。期望與失望的惡性循環讓他站也站不穩。他換到另一個地點，又換了一個地點，凝望遠方，滿心希望能望見一個答案。

是誰？

用同樣的姿勢站著一段時間後，他才發現現場還有其他人也在。

康納斯站在他的背後，靠在厚重的木門上等他回神。看著他，卻一個字也沒說。又來了。這男的是有什麼毛病，老愛這樣不講話盯著人看？

他不知道康納斯已經在那兒站了多久。事實上，威廉就連自己在那兒站了多久都不知道。霧氣，又或者是汗水，沾濕了他的身軀。周圍的景象一片模糊，彷彿他的世界被誰猛踹了一腳，於焉倒塌，成爲廢墟。

「我懂，」康納斯說。你的感受幾個字雖然沒說出口，但話的意思很明確。「我只能說，你遲早得接受事實。」

威廉一言不發地站著。太陽落到了山的背後，陽光從群巒之間直射而來。一陣緩慢的風吹亂了威廉的頭髮，鑽進了衣物上的開口，揮之不去的寒冷使得他毛髮直豎。

但周遭的一切絲毫都進不了威廉的意識之中。

「有關我們正在處理的那些密碼……」他起了頭。

他不知道接下來該怎麼說，但跟剛剛一樣，康納斯已經知道他要問什麼。尋思片刻後，他謹慎地回答威廉的疑惑，那口吻幾乎像老師在跟學生講解。

「你跟珍妮拿到的所有資料都是從人體的DNA上擷取出來的。」他在等威廉反應。他已經知道下一個問題是什麼。

「誰把那些東西植進去的？」

康納斯搖搖頭。跟威廉四目交接。

「這個問題，我們已經問自己問了五十年了。」

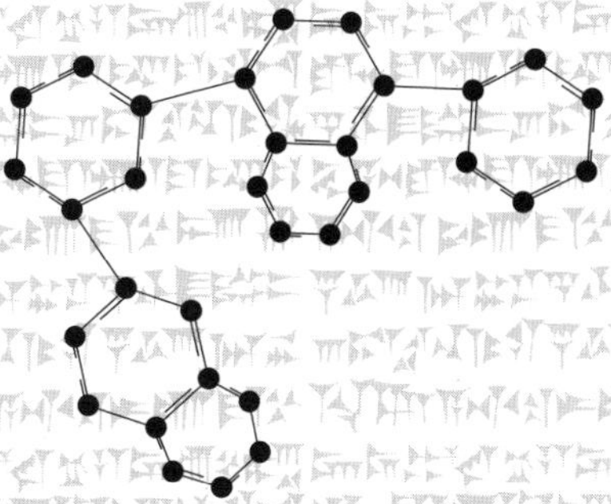

第二部

疫病

以前，人們常對我說，我應該活在當下。

我總嘲笑這些人。

當下，不過是未來的前一刻罷了。

就這樣，沒別的。

當下，不過是個短暫的過程，無須放在心上，因為遲早都會過去。人們愛怎麼說隨他們去，但若你選擇活在當下，那麼你跟活在過去也沒什麼分別。傻子才這麼做。

我活在未來裡。

吃早餐時，我已經在想午餐，我喜歡思考事情的下一步；人在夕陽中，手裡拿著啤酒，我知道黑暗降臨之時，我們就得回屋裡去。就算不那麼做，等酒喝光了，我們終究還是得回去，否則有人就會開始覺得冷。事情的發展總是如此。

或遲或早，你總得回屋裡去。

所以你說，活在當下的意義在哪裡？

「未來」早晚要來。準備面對吧。

後來有一天，我決定自己不要再活了。

當下，我只希望「未來」快快來臨。

十一月二十六日，星期三。早晨。

今天，我不那麼確定了。

今天，我不確定自己會有未來。

今天，生命中第一次，我希望自己能活在此刻。

17

在康納斯的人生中，過往跟以後是由一場厚重的灰色豪雨所區隔開的。

那天下午慢得教人難受。那數不清的竊聽檔案不過是些閒話家常，哪有什麼祕密。這些對話會先被錄在磁帶上，再交由祕書的快手在綠色的電腦螢幕上敲成一篇篇文件。列印出來後對摺，再送到康納斯手上審看。他一整天就在跟這些無意義的內容苦戰。室內通風良好，室外陽光來了又走，卻無人留意。

時間是十月，氣候很冷，世界充滿危險。華盛頓的總統是個戲子，莫斯科的統帥則是名特務頭子[7]。康納斯辦公室內的大桌上擺了幾張大地圖，包含了倫敦、英格蘭及整個大英帝國。地圖隨時準備好蓋上一層透明的硬塑膠板，好標示出那些無所不在的恐怖份子又襲擊了哪些地方。

但那天之所以過得特別慢，跟政局或天氣都無關。

那個下午會慢，是因爲康納斯在等時鐘的指針指向六點。

那天早上，在他的收信格裡出現了一張不尋常的便箋。倒也不是多了不得，但就是不尋常。那張便箋是用電動打字機打的，放在一個外頭寫有他的姓名的一般褐色信封中。紙張因曾在打字機的圓筒滾過一輪，因而顯得有些皺摺。

不過最重要的，是上面沒有貼郵票。這只代表了一件事。這封信是透過內部遞送的方式寄達的，說不定寄件者就在同一棟大樓裡工作。但光想到這裡的人數，就覺得不大可能。因爲如果是這樣，考量到這封信內文的機密性，那人大可直接走進辦公室，壓低聲音面對面直接跟他說話，這樣就簡單多了，犯不著這麼麻煩。總之，他很確定這封信的寄件人跟他隸屬不同的單位。

7 前者指美國總統雷根（任期為一九八一～一九八九），後者指蘇聯領導人安德羅波夫（任期為一九八二～一九八四）。

老實說，推論的結果令他很興奮。說到他工作的這棟大樓，就連軍情六處[8]的多數成員都不曉得其存在，而一張上頭只有一個句子的便箋，已夠讓人覺得急迫與刺激。六個月前他們延攬他加入時，他還以爲這類信件常見，沒想到原來少得可以當寶。終於有點事了，雖然這份工作多數時間很乏味，但能有這麼一點小確幸，他已經很滿足了。

再四分鐘就要六點了，他穿上了大衣。

他走下那道嘎吱作響又凹凸不平的樓梯，走出那扇不起眼的門進到大街。接著依據便箋上的指示，先走到柏克利廣場另一邊，再走進那座位在已歇業的酒吧外面的電話亭中。

他就在那裡站著。冰冷的電話亭內，水氣凝結成珠，滑過窗戶的內側，在霧濛濛的格窗上留下透明的水痕，同時不忘跟外側的雨滴賽跑。眼前有一具冰冷的黑膠電話，濕氣從大衣底下緩緩往上爬升，秒針慢慢地朝指定的時間前進，然後過去了。六點過十秒。二十秒。電話一聲沒響。

他開始覺得不安。會不會是他誤判了那張便箋？會不會這是陷阱？會不會他因此暴露了自己的行蹤？說不定有人親眼看著他走出辦公大樓。說不定他們躲在暗處觀察他，怎麼會不可能？他覺得很煩悶。事實上，他怎麼知道現在沒有人就站在廣場的另一側觀察他，同時用望遠鏡頭拍下他的照片，說不定打算趁他離開時跟蹤他？或說不定，他們有更可怕的計畫。

腦筋才轉到一半，他就注意到外頭有動靜。

轉過身。他的視線正好對著玻璃另一側的面孔。

站在電話亭外的男子與康納斯四目交接。風雨聲與都市的嘈雜聲從門底下的縫隙流入，使得男子的話音模糊難辨。但從嘴形來看，那名男子的確在呼喚他的姓名。

8 英國情報單位。動作間諜電影〇〇七系列的主角詹姆斯．龐德即設定隸屬此單位。

康納斯點頭回應。滿臉風霜的男子於是打開了門，作勢要康納斯走進那冰冷的秋夜之中。

這跟康納斯原先的料想截然不同。不安在心中蔓延，但他仍聽從指示，走進凍寒的夜中。一輛外使車在不遠處等候，雨水在車頭燈的照射下落成縷縷白線。此刻，康納斯的人生宛如一張炭筆畫，景象漆黑一片，邊緣霧霧濛濛。雨勢浩大，他快步向前，陌生男子跟隨在後。他們走過大街，走上人行道，走進汽車後座那潮濕的溫暖中。

坐在他身旁的男子關上了門，自我介紹他叫做弗朗坎。

他指示司機發動引擎，車子一拐，駛進了夜晚的車流中。從那一刻起，他的世界於焉改變。

在那次會面後，康納斯的心情就不停地下沉，持續了好幾天。

怎麼可能會是眞的。

但事實如此。

怎麼會選上他呢，他不停自問？爲什麼要讓他知道這種事？

他的日常生活是一連串純理論的對話。他們不停討論各種假設的情境，那對他來說並非觸摸得到的現實，卻是經過打字機跟電報機篩濾過的。今天，就算他知道外頭存在一個眞實世界，即使在標註「送出」的文件托盤與木板牆構成的辦公室外，他的純理論構成了足跡遍布全球的外交官、國防官與情報人員的眞實世界，就算他知道，但他仍不需要親臨現場。他得以站在遠方綜觀局勢，保持自身的敏銳及理智，讓他能夠在不被壓力、腎上腺素或「我們到底他媽的該怎麼辦」的恐慌情緒干擾下，想出解決之道。

他喜歡這種工作型態。康納斯是個理論家。

雖然如此，康納斯仍接受對方的招待，在麗思飯店的私人包廂內吃一份昂貴的晚餐。室內有水晶吊燈、厚重的簾幕，地上則鋪了條高聳而濃密的羊毛地毯。若他把鞋子脫了，說不定他就再也找不著它們了。他坐著，膝上放了條硬挺的白色餐巾，眼前的盤裡有隻死透的雉雞，桌子對面則坐了一名陌生男子。低聲告訴康納斯一些他無法置身事外的事情。

信息。而且就藏在人類的DNA裡。

弗朗坎告訴他，最初，他們先是找到了一種固定模式，在一連串理應隨機的資料流中反覆出現，就如同你在川流不息的噪音中發現加密訊息一樣。他們因而進入警戒狀態，也就是說，除了最值得信任的部分人以外，不會再有其他人知道這件事。

這次的警戒狀態堪比冷戰時期。主要發現人為一名科學家，他在一名過世的英國大使身上發現這些訊息。上層第一時間的結論是，這名科學家所發現的，是敵方間諜用來將祕密信息帶進英國的新手段。由於情況特殊，因此會出現這樣的推論實屬合理。把信息植入敵對人馬的DNA後，再由這個人親身傳遞該信息，還有什麼方法比這更好的呢？在對方不知情的狀況下，讓敵方成為你的傳信鴿，還有什麼方法比這更安全的呢？

但後來證實，事實並非如此。他們在其他人的體內發現相同的序列。這些人既非大使也非特務，跟國際政局或軍事戰爭也無關聯。在每一次的血液檢測中，在每一名他們祕密檢查的人體內，在每一份新的人體DNA報告中，都出現了相同的密碼。

而在專家不眠不休破解密碼、譯出內容的同時，他們也逐步發現到這個密碼無所不在，不分人種。英國人、歐洲人、全世界活著的人——不，就連那些已經逝去的，不管是停屍間裡剛過世的遺體，甚或是大學檔案庫中，那些已染上一層灰的玻璃罐裡存放的醫學樣本都有。全世界都一樣。

不管是誰把這些信息植入人類的DNA中，那都一定是很久以前的事了。已經久到這則信息被大量複製、擴散出去，一代傳一代。

於是，科學家開始往回追溯，並認為若年代往前推，該信息的普及率一定會隨之降低。他們認為信息是一代代擴散開來的，若往前追溯，一定能縮小範圍，找出它被植入人類基因的確切時間與地點。然而，普及率卻從未降低。

不管他們追溯的年代有多久遠，不管他們的研究對象埋在多偏遠的地帶，不管他們假借考古的名義闖進多少古墳、挖開多少金字塔，結果仍然相同。

那密碼一直都是人類DNA的一部分。

人類存在的時間有多久，那密碼存在的時間就有多久。

而它是怎麼進入人體的呢？他們找不到答案。

身在地底安全區的康納斯把門打開，吸進城堡樓梯井內陳腐的空氣。三十年了，每天早上他都做同樣的事情。但此刻，他的心情有些哀傷。他感嘆時光匆匆，但他們所得到的成果卻如此有限。

僅前人有重大突破。他們破解了密碼。他們將之轉譯成了楔形文字。後來，他們再將楔形文字著手翻譯，了解其意涵，並意識到眞相比預期還糟。

他們不顧一切地尋找答案。

他們向宇宙喊話，但無人應答。可能是因爲他們缺乏將信息加密的金鑰，因爲他們只能送出未加密的明文，一是一、零是零。但在那樣的年代，他們所知有限，能做的自然也有限。

不過也許，是因爲植入信息者並非住在外太空。

但若眞是如此，那他們又應該要找誰呢？

深呼吸，他嘗試甩掉那些疑問，但知道疑問會立刻再度湧現，一次又一次，卻永遠沒有答案。這讓他陷入一種前所未有的哀傷之中。

因停滯不前而哀傷，因人生如此而哀傷，因人生竟走到了此等境地而哀傷。

搖搖頭，因他不想再想下去。他還沒六十歲。他至少還有二十年可活，說不定三十，運氣更好的話說不定是四十年。

但這些未來從何而來？

他應該要把希望寄託在哪裡？

他，這個知道眞相的人，該何去何從？

他聽見自己的腳步聲在樓梯井回響。腳步沉重。向來如此。

他自問，多年前的十月分，那個下雨的日子，當弗朗坎邀他入夥時，他是否做出了正確的抉擇。

他們眞的有辦法找出答案嗎？

讓薩柏格知道這一切是好是壞？但不管怎麼說，他已經知道了。

18

對世界有了新的體悟的威廉．薩柏格醒來的第一個早晨，他看著窗外，凝望風景良久，接著才有辦法去做其他事。

他可以假裝一切都沒有變。

這些動作他以前都做過，都是標準流程，沒什麼特別的。他照表操課，用眼去看，用嘴去嚐，卻有種疏離感，如同看著另一個人。彷彿昨天還千眞萬確的一切，忽然轟的一聲變成了其他的東西。

他睡睡醒醒。昨天的對話不停在腦子裡打轉。他嘗試將說過的話一字字拆解分析：廳內的人說這字時的語氣、頭部的動作等，意圖挖掘出更多聽聞的當下沒注意到的細節。而在沉睡與甦醒之間，他則嘗試想了些新的問題、嘗試將對話引導至其他的方向，但卻只能認清事實：潛意識的思維無法揭露出更多他根本就不知道的事情。

他們說的話太荒唐。無論威廉如何緊抓事實、如何試圖理解，他仍覺得難以置信。因爲，他認爲，不管怎麼樣，就是不可能。

窗戶很薄，他站在內側，看著景象在凹凸不平的玻璃上折射、變形，彷彿周遭的世界也要來加入說服的行列，告訴他他曾視爲理所當然的一切再也不若以往。最後，他閉上雙眼，讓思緒自由飄翔。

他想起那次的對談，他想起那個說話有美國腔的女孩珍妮，她有東西要給他看，寫在一張紙上，但卻苦無機會。

但他主要還是想著莎拉。

雖然是領養來的，但自看到的第一眼起，他們就將她視如己出。對威廉跟克莉絲汀娜這個兩人小家庭來說，添加她這個新成員可說是再自然不過，想都不必去想。日子就這樣順順遂遂地往前進，平凡無奇。直到那天，他們忽然想起是時候跟莎拉說說自己的身世。對她來說，世界因此天翻地覆。

前一刻，她表現成熟，準備要聽聽父母接下來要說的話。她當時已經十五歲了，聰明理性，年紀也大到差不多該知道眞相了。十五歲，愛穿牛仔褲，住在大都會，會喝咖啡，也會偷抽菸。下一刻，她又成了個孩子。成了那個住在舊房子時，會在晚上爬到他們身上的女孩；成了那個十年前，會驕傲地穿著睡衣站在他面前的女孩。他那三十七歲的生日，那該死的、蠢斃了的早晨，就這麼成爲他記憶中的一根刺。每當憶起，他就會想起往日的美好時光。

沒變，她還是同一個女孩。年紀大了些，偏偏又不夠大。成熟了些，偏偏還不夠成熟。

他們是在那張餐桌旁跟她說的。話才剛講完，他們就立刻從父母變成兩個陌生人，一對坐在她眼前的騙子，臉上掛著笑安撫她，說他們很愛她。未知的眞相在他們的背後裂出一團虛無。那虛無一直都在，只不過他們從不讓她看見，直到這一刻。

莎拉眼瞳的顏色在他們面前改變。過去，那雙眼碧綠而溫暖。但那天早上，它們暗成了永恆的漆黑。從桌邊起身時，她一聲不吭。從那刻起，一條粗線劃開了他們彼此之間的現實，再無人可跨越。

也許事情就是從那天開始有了變化。也許那一刻成了後來一切的起點，雪球滾啊滾，愈來愈大，直到威廉躺在浴缸裡，因吞食過量的藥物而昏昏欲睡。前門，早已上鎖。

也許。

他一直想不透，爲什麼她會有那種反應。他跟克莉絲汀娜是她的父母，對他們來說，沒有任何事因爲這樣而改變。他們的世界跟前一天，或上星期，或他們三人一起生活後的每一天都一樣。但對莎拉來說，世界卻因而傾圮崩壞。

而此時，就在威廉站在窗前的當下，他終於懂了。

這就好像有人跟他說，他的太太其實並不眞的是他的太太。就好像有人告訴他，他所熟知的一切其實是一場空。就好像事實上，他來自其他的地方。此刻，他不知道自己來自何方，也不知道自己如何來到這裡，而他生命中的一切是眞的如此，還是他想像出來的？

人類的DNA裡。滿是文本。

不管是他的DNA，克莉絲汀娜的，甚或是莎拉的，縱使她並非他們的親生女兒，還有牛頭男跟康納斯跟弗朗坎跟公園裡的孩子跟超級市場裡的老婦人跟人類歷史上的每一個人，DNA裡全都植有加密過的文本，爲什麼？

威廉閉上雙眼別過頭，嘗試釐清腦中思緒。他要保持敏銳、懷疑的態度，才能繼續質問下去。他怎麼能確定他們不是在說謊？說不定一切都是煙幕彈，只爲了不讓他知道眞相。

的確有可能。他又坐回床上。嘗試在腦海中再次憶起前一天的所有畫面。

對他來說最大的問題，是他們沒有把話說盡。還有太多的問題，他們尚未回答。

起身。他從床邊的托盤裡拿了些水果、倒了杯咖啡。他們的故事裡還有縫隙，他沒辦法自己補。他得知道原始信息裡寫了些什麼、是什麼意思、爲什麼所有人都這麼害怕，以及找威廉來將回覆加密後，他們希望能藉此解決什麼問題。

這些縫隙，只有一個人能幫他補上。

他敢說，他們一定會千方百計不讓她跟自己碰面。

洗完澡後，威廉穿上白色襯衫、新的牛仔褲跟深色夾克。指派給他的警衛剛好在此時打開門。時間抓得太剛好，不太可能是巧合。他們八成也有在臥室內裝設監視器。

「馬上好，」威廉語調輕快地說。要證明他完全能夠照表操課、無須擔心。威廉不知道他們打算要把他關在這兒關多久，頂多一輩子吧，他可不希望每天從房間到辦公室這段路還有專人接送。「我知道怎麼走。」

但警衛仍站得筆挺。「康納斯有話想跟你說。」

威廉盯著他看了一會兒，然後把咖啡一飲而盡，把馬克杯放回桌上，表示他已經準備好了。他非常樂意跟康納斯聊天。

因此，他們走入石砌穿廊，身影消失在城堡內的冰冷迷宮中。

眼睛睜開的同時，珍妮就遭受疲勞感重重一擊，心靈受創。

她太熟悉眼前的景象了。若能轉過身去繼續睡，回到她的夢中，留在裡邊，把這座城堡、把現實的一切都拋在腦後，那該有多好。但她極力對抗這種渴望。不行，她不能二度崩潰。這次不行。

她坐在床沿，不敢再躺。起身，從房間的一頭走到另一頭，走進浴室。一次一小步。思考下一步。

她走進浴室打開水，先沖冰水提神，再沖熱水，溫度盡量高、時間盡量久，然後再調回舒適的一般溫度，讓身體得以從衝擊中慢慢復原。

絕不能再有第二次。

上一次，海蓮娜．沃金斯把她從極度憂鬱的狀態中拉出來。若不是她，珍妮不可能辦得到。是海蓮娜主動讓她看那些密碼的，就算違反規章也在所不惜；是海蓮娜告訴她收發室在地下室裡的確切位置；是海蓮娜在那晚把門禁卡從底下的門縫塞進來，試圖要警告她，嘴裡喃喃不停地說著什麼B計畫一類的，名稱事實上不是這個，但她記不得了。在那當下，珍妮不曉得究竟發生了什麼事。如今她知道了。而且知道得太清楚了。

海蓮娜．沃金斯知道得太多了。只有這個可能。如今她已經死了，若珍妮崩潰，就再也沒人救得了她了。

因此她不敢。她得保持警戒，繼續奮戰。

他們不停審問她，直到凌晨兩點才罷休。雖然到最後，上頭要求終止，讓珍妮休息，但她認爲沒那麼簡單。但她也很清楚，他們並沒有採取任何傷害性的手段。她沉著以對、精神清醒、態度誠懇。若她不說，他們絕對不會知道她發現了些什麼。

而她一個字也沒說。

這讓她有了優勢。

她將善用這個優勢，而且阿爾伯特遲早會現身。在那之後，一切又將回歸平凡。

這是她人生的唯一選擇。一切必須回歸平凡。

一次一小步。

她要做的第一件事，就是想辦法跟威廉・薩柏格說到話。

沒想到他們走了很久。

警衛引著威廉走過石砌穿廊，跟他前一天自己探索的路線相同，接著從主要的大階梯往下走。這階梯正是他昨天遠望但沒有踏上的，因爲有人忽然拿了件T恤塞進他的嘴，要他別作聲。

走出階梯後，眼前出現了新的道路。路面很寬敞，拱形的天花板每隔一段距離就會懸掛鐵吊燈。最後，一扇巨大的木門出現在他們面前。城堡的碩大又一次出乎威廉的意料，他也藉這個機會，重新評估了此地的大小。

裡面是間禮拜堂，大小足以容納百人以上。頭頂上的拱形挑高天花板角度傾斜，牆上滿是手繪壁畫。巨大的彩繪玻璃設置在前方，使得從老舊長椅的最後一排，到前方聖壇的整體空間，都沉浸在柔和的光線之中。

警衛留在入口處，揮手要威廉繼續往前走。直到威廉已經走到半途，他才離開。沉重的大門在他的背後闔上，回音繚繞。

康納斯坐在第一排的座位上。眼睛盯著彩繪玻璃。威廉在他身旁坐下時，他只微微瞥了一眼。約在這裡見面有點怪。不過，威廉認爲自己知道爲什麼康納斯要選擇這個地方。

「我不信教。」威廉說。

「我也不信。」康納斯說。

他們稍坐片刻，沒說話。稍早離口的那些字，如斷了奏的絮語般，在天花板間迴盪。他們聽著那回音聲聲，直到它漸漸停歇，漸漸消逝。

「睡得還好嗎？」

「床很舒服，舒服到我都睡不著了。」

康納斯漾起微笑。好答案。接著轉眼回去看那染了色的光。「不，」他說。「我不信教。我喜歡思考。」

威廉繼續沉默。

「坐在這兒很舒服。我剛到這邊的時候，感受跟你一模一樣。就好像有人奪走了我所相信的一切，然後把它放進玻璃圓球裡拚命搖，就像個巨大的……那東西叫什麼來著？就是那種機場賣的紀念品，搖一搖，圓球內的雪就會降到大笨鐘、泰姬瑪哈陵，或是其他當地的風景名勝上。你的思緒就像雪花一樣飄散，你想伸手去抓卻抓不住，眼睛也跟不上雪花的動作，你只能等，等雪花落地，等塵埃落定，你才能開始弄懂剛剛看到的是些什麼。」

康納斯轉向威廉，等看他有什麼回應。威廉於是點了點頭。康納斯剛剛舉的例子清楚地說明了他現在的心境。

「以前我都坐在這兒，幫助很大。這裡的安寧。這裡的靜謐。這裡的光。也能感受到過往的人們都曾在這裡尋找各種答案。我們不是第一個無法理解生命的人。」

我們。威廉注意到他所使用的字，但什麼也沒說。我們，彷彿他們現在已經是夥伴，彷彿他們面對著同樣的問題，出發點相同，腦中所知也相同。這顯然是一派胡言，但他沒有說出口。他看著康納斯：

「不過講到從堪用的笨蛋身上看到利用價值的，我是第一人。」

康納斯轉過頭來，一臉訝異。

「沒錯，你講得很對，」威廉繼續說。「我的確站在跟你同樣的立場過。我找人幫我做事，但不讓他們知道事件的全貌。我確保他們知道自己該做些什麼，不同的人分派不同的任務，最後再由我將這些碎片拼湊、組合起來。」

康納斯聽出話裡頭藏了個「但是」，因此他耐心等待。

「我在想，若你讓我知道自己爲什麼被送到這兒來、理由是什麼，說不定我這笨蛋的利用價值會變得更高呢。」

康納斯再次把頭轉向前方。時間分秒過去，他要不是在想該怎麼回答，就是要確定威廉清楚知道誰才是這場對談的主導人。最後，他認爲也沉默得夠久了。就把手伸進胸前的口袋，抽出一個信封交給威廉。

那是一個白色的小信封，標準大小，但不是很正式的那種，裡頭不管放聖誕卡或結婚請帖都很合宜。威廉接下，心裡很清楚一定不是上述那兩樣東西。

信封的重量使他嚇了一跳。裡頭不是紙，是某種扁平的東西，比信封本身小很多。把信封轉到另一面，那東西從一邊滑到了另一邊，他將手指放在封口底下，把信拆開。

裡面的東西掉到他的手上。

一張藍色的塑膠片。

天啊，怎麼可能。竟然會是一張門禁卡。

他抬頭望向康納斯。這在他的意料之外。他試圖說些什麼來表達當下的情緒；威廉不懂自己爲什麼會拿到這張卡、自己的身分是否因而被調整、他們的目的是什麼。威廉又一次想起那顆雪花球，說不定他想說的就是這個。

「這是我們想送給你的，」康納斯說。「我們希望讓你覺得，若你打算幫我們的話，我們會提供你一切必要的資源。若你有什麼疑問，我們希望你儘管問。在一定的限度內，我們也會儘可能回答你的問題。」

「怎麼樣的限度？」

「我們有自己的考量。我們不希望讓你承受不必要的壓力。不過，如果我們說自己很擔心某種情況會成員，相信我，我們絕不是在誇大其辭。我們需要密碼金鑰。我們的時間不多了。」

「期限是什麼時候？」

「就像我剛剛說的。我們的回答有一定的限度。」

威廉看著他。他腦中有千百個疑問。然而，他卻不知道該問些什麼。也許是累了吧，也許是他的心智跟不上現實的步伐，不管理由是什麼，他就是找不到辦法來表達自己此刻的思緒。印象中，他第一次對自己這麼沒有把握。

「有什麼事情是你現在就想要知道答案的嗎？」康納斯問。

「我想知道，我什麼時候能夠跟珍妮・黑茵茲碰面。」

威廉尖銳的聲音在禮拜堂內迴盪。聲音往上飄，在屋梁懸掛的聖像之間慢慢消逝，融入絲絲寒風中。康納斯剛剛提到的靜謐又回來了，時間彷彿凝結在此刻。

如康納斯所言。這裡很安寧。

「很快。」這是他的答覆。

又坐了一會兒後，康納斯覺得沒有什麼要說的了，就起了身，經過仍坐在長椅上的威廉身旁，從中間的過道走往出口。

「還有一件事。」威廉在他背後說。

康納斯轉身。「請說？」

「我是不是可以假定，即便我手中有了這張卡，我還是沒辦法去到城堡內任何我想要去的地方？」

康納斯面露微笑。那是個愉快的微笑，摒除其他因素，看起來既真摯又友善。「你不是笨蛋，」他說。「我們也不是。」

說完，他繼續往木門的方向走，最後留下威廉獨自面對他的新世界。待在這間房裡的他，別無選擇。

足足二十分鐘之後，威廉仍然坐在長椅上。他的黑色身影出現在其中一個螢幕中，打在他身上的應該是七彩的光，呈現出的效果卻如同過度曝光的照片一樣，變成一大塊白色。此時，康納斯走進了監控室。他關上背後的鐵門，坐到了弗朗坎身旁的座位上。

他們都猶豫不語。彷彿螢幕上的威廉能聽見他們說話，彷彿每句未經思索的話或拉高的音量，會讓威廉注意到平靜海面之下的暗流洶湧，一觸即發。

弗朗坎總算開口了，輕聲細語，平平穩穩。「我只希望你知道自己在做什麼。」他說。

「我在做什麼，你跟我一樣清楚。」康納斯說。

弗朗坎讓他繼續說。

「我在把死馬當活馬醫。這就是我在做的事。」

「既然你這麼說，那就希望你挑到了一匹還有救的馬。」

弗朗坎覺得心力交瘁。不只因為眼看情況愈來愈糟，更因為康納斯不停自作主張，在違反所有規章的情況下一意孤行，強迫大家接受他的決定，而這些規章卻是他們當年一手建立，共同施行的。這種做法很糟糕，而且他竟然選在這個水深火熱的時候這麼做，讓弗朗坎很不能諒解。

「查出她知道多少了嗎？」

「還不確定。」康納斯說。

「那如果他們能夠見面、交換情報，情況會不會超出我們的掌控之外？」

康納斯聳了肩：「我們不是都已經允許她跟沃金斯碰過面了嗎？」

「沒錯。看看情況最後變成了什麼樣。」

康納斯疲憊地看了他一眼。他很不想再跟弗朗坎吵。

「你為什麼那麼害怕讓他們知道？」他說。

弗朗坎臉上的表情變了。康納斯應該要比誰都知道事情的嚴重性，怎麼會反過來問他這個問題。他把聲音壓得更低了，盡力控制自己的不滿。

「我們先假定薩柏格辦得到好了。先假定單從職業背景來看，他的確有這個能力。先省略掉我們對他的認識，也不去看他的自殺事件。我們也假定他不會洩密。」他定定地看著康納斯：「就算他真的辦得到，我們還是有黑茵茲要擔心。」

「你說得很對。但我剛剛問的不是這個，對吧？」

康納斯搖搖頭，把聲音壓得跟弗朗坎一樣低，然後又說了一次：「你到底在怕什麼？」

弗朗坎站著，什麼也沒說。這只是一個形式上的問題，一定是這樣。情況有多危險？康納斯比誰都清楚。

「怕她會說出去，對嗎？怕我們放她走以後，她會讓全世界都知道這一切，對嗎？」

弗朗坎沒有回答。他當然就是怕這件事會成眞。因爲緊接著就會產生一長串連帶的問題要解決。

「我會這麼問是因爲，」康納斯說。「我覺得你怕錯方向了。如果有一天我們放她走，那就表示這件事情已經結束了。我不認爲這有什麼好害怕的。正好相反。」

「爲什麼？」弗朗坎嘆口氣。「我們最大的敵人是恐慌。我只想避免——」

「你不覺得已經有點太遲了嗎？」

「康納斯，我不相信宿命。你呢？」

這次換康納斯不回答。

「很好，」弗朗坎說。「因爲若我們兩人之中有一個人是，那就表示組織一開始就找錯人了。」

他們站在那兒看著螢幕裡的薩柏格。一個字都沒說。

他們的對話已經陷進了一個死胡同。以前就這樣過，解套的唯一辦法就是保持沉默。他們持續盯著看眼前的景象，直到僵局逐漸冰釋，彼此之間的距離不再像剛剛那麼遙遠。

「我把門禁卡給他了。」康納斯說。

弗朗坎知道那意味著什麼。他知道木已成舟，再也無法回頭。

「既然你這麼說，那就表示我們只剩下希望了，對吧？希望他們不要發現眞相。」

「或許吧。」康納斯說。

他回望弗朗坎。

他知道自己不應該，但卻無法自制。

因此他說出來了。

「但是，或許他們發現了眞相，我們才有希望。」

19

那名男子獨自一人坐在窄小的會客室裡，兩眼無神地看著玻璃門外的景象。從最後一次來訪到現在，他的身形消瘦了不少。

以前的他健康多了。身強體健、肌肉緊實，徹底顚覆了常人對考古學教授的外型的印象。他天生容易感到壓力、容易操心，這從眼睛就看得出來。但同時你也能從他炯炯有神的雙眼中看出他的機警跟充沛精力。

如今，阿爾伯特．凡．戴克看起來比實際年齡還大上十歲。然而距離他們上次見面，也才只過了幾個月而已。當時的他很幽默，不停用古靈精怪的機智去對抗自己的哀傷。現在，他的哀傷中卻帶有濃濃的疲憊感。而他那坐在椅緣、隨時準備一蹦而起的源源精力仍在體內，只是不再像抱有希望，卻像滿心焦慮、絕望。

中央區警察大隊的探長雷森從遠遠的地方看著他。此時咖啡機吐出兩杯四不像，那既不是美式咖啡也不是濃縮咖啡，而是介於兩者之間的一坨黑泥。局內的人向來只是將就喝著。

他吃力地呼吸著。這不是新鮮事——自從磅秤上的數字飆破三百二十六磅以後，他就再也不量體重了。從膝蓋及腳跟抗議個不停的情形來看，他的體重看來沒有絲毫減輕，畢竟他從來也沒打算調整自己的飲食習慣。

但他今天因爲跑過來這裡而變得氣喘吁吁。他本來在鄉間的家裡休息得好好的，後來祕書打電話來，說有個年輕人待在他的辦公室裡，那人除了雷森之外拒絕跟任何其他人談。

看來凡．戴克已經等了將近十五個小時了。他一樣坐在那張椅子上，跟他之前午後過來時同一張，應該整天沒睡吧，從他的外表看起來應該錯不了。

雷森不由自主地覺得自己有千百個理由來可憐這個人。他的工作通常不涉及私人情感，他從沒可憐過任何人，但這名年輕教授面對困境的方式讓人很難冷眼旁觀。那些透過尖叫、歇斯底里的動作來發洩內心恐懼、咒罵警政當局或各教神明沒有盡心盡力的被害人很好對付。那些哭泣、自責的人，或那些逃避、身體硬邦邦地坐在那兒不停前後晃，彷彿失去求生意志的人也都好處理。多年的經驗告訴他，要跟那些被哀傷跟壓力擊垮的被害人保持距離；很明顯，他們都爲了某件事而懊悔不已，但這就是人生。

然而，阿爾伯特．凡．戴克沒有被擊垮。愼重、明理、自持。若說誰最適合扮演被害人這個角色，阿爾伯特．凡．戴克絕對是最佳典範。

不過當然，這對現況沒有什麼幫助。

他的伴侶不見了。已經消失七個月了。一次也沒有回來過。

雷森說的第一句話是：「有休息一下嗎？」同時邊擠進座椅跟辦公桌之間那個窄小的空間。呼吸沉重的他，把兩杯還在冒著煙的咖啡的其中一杯放在年輕男子面前。他猶豫了一下，覺得說不定男子一杯不夠喝。

「你是指從昨天嗎？還是從我們上次見面到現在？」諷刺時不忘面帶微笑。

「我已經盡快趕過來了。」雷森簡單帶過。

「感激不盡，」阿爾伯特說。然後重複了他自昨晚開始再三重述的那幾個字：「我想跟你談談。」

雷森的祕書把情況說明得很清楚。當時至少有五個當班員警能馬上協助凡．戴克，但不管故事是什麼，他堅持只跟雷森談。

「請說吧，」雷森說。「我洗耳恭聽。」

阿爾伯特清了清喉嚨，解釋說他知道警方很久以前就宣布結案了。雷森本來想表示反對的意見，但阿爾伯特打斷了他的話，眼神誠摯地說，自己完全可以諒解。既然所有的證據都顯示她是出於個人的意願選擇人間蒸發，那爲什麼還要繼續找她呢？不過是名哀傷的男友拒絕相信自己被愛人拋棄而吵鬧不休罷了，這怎能構成正當的理由呢？

他知道警方在各方面都已盡了力。因此他選擇讓警方做自己的工作，他絕不加以干涉，並決定除非能夠得到對搜查有助益的線索，才會再次跟他們聯繫。

「你有線索了？」雷森問。

阿爾伯特點了點頭。「我一直都堅持她是被人綁走的。」

「我們也根據你提供的消息去查，但都查不出個所以然。不管你怎麼看待這件事，沒有證據我們也幫不上忙。」

「我知道，」阿爾伯特說。「但我現在能夠證明了。」

證明？他竟然有辦法證明？雷森因而在椅子上坐直了身子。

「你要怎麼證明？」探長說。

「因為我知道她人在哪裡。」

雷森看著他，並在辦公桌上俯身傾聽。而面前那杯既非美式也非濃縮的咖啡他碰也沒碰，任其冰冷。

珍妮．卡蘿塔．黑茵茲看著手中的藍色塑膠片。

然後改看面前的男人。

她沒想到自己會再想起那件事。但既然已經想起來了，她腦裡只能有一個結論。那次的談話一定是種測試。怎麼樣的測試她不清楚，但不管怎麼說，她認定那一次是場測試。

「我們真的不應該再用這種方式碰面了。」她說，臉上不帶任何笑意。

牛頭男曾說自己叫做羅傑，現在又說自己叫馬丁．羅德里格斯，這個她根本不在乎叫什麼名字的人回望著她。眼神沉著，彷彿能看穿內心。但在那雙眸子後頭藏了些其他情緒，她不確定那是什麼。悲憫？

不大可能，她告訴自己。

「我知道昨天晚上很漫長。」他說。

「比平常長一些。」她回答。彷彿她只有十三歲，彷彿她唯一的武器就是堵住他的話，彷彿她想讓他知道，她會善用這個武器。

「這邊還有一些問題，但妳的體力承受得住嗎？」

「不一定，」她說。「要看是你問還是我問。」

「儘管問。」他回答。

「你對海蓮娜做了什麼？」

「妳是說沃金斯嗎?」

「除非這裡還有人也叫海蓮娜,對,我想是她。」

他看了她一眼。他的表情就跟他們的對話一樣平淡,對她來說最難受的,就是他們說話的語調跟當時初見面時幾乎沒有什麼變。遊戲方式一樣:用問題回答問題,而非洩漏出任何訊息。不同的是,當時的玩興如今已消逝無蹤。

「她太大意了。」牛頭說。

「你在威脅我嗎?」

「不是。只是就我個人的觀察而已。」

「差別是在?」

「完全不同。」

停頓。輪珍妮出招了,但她沒那興致。她搖搖頭,手揮了下,要他繼續說,說自己今天來這裡的目的是什麼。

「是這樣,」他說。「我到這裡來有兩個目的。首先,希望妳告訴我妳所知道的一切。」

「你是認眞的嗎?」她說。「我在這裡待了七個月。在這過程中,我的職責就是不停告訴你們各種事情。如果你,哪怕一丁點也好,知道這裡的運作方式的話——不過當然我可能太高估你了,說不定你的工作只限定在綁架人,然後把他們關起來——但若你的工作不只如此,那你應該會知道,從我踏進這裡的那一刻起,我每天在做的事情就是閱讀古文,思考它的含意,把字句翻譯出來,最後跟你們的人說。我知道多少,你們就知道多少。就這樣。」

她把身體往後靠,沒再多說什麼。她說話很大聲,她任自己的怒氣宣洩而出。現在她坐著不說話,彷彿在自責控制不了自己的脾氣。

但她其實是演出來的。這是一種戰術，藉此轉移對方的注意力。她沒有把所有的事情都跟他們說，她已經開始把一些碎片拼湊起來，而她不想讓他們知道。

馬丁・羅德里格斯搖了搖頭。她誤會了他要問的：

「妳有跟威廉・薩柏格講到話。」

「講沒多久。」

「多久？」

「我想答案你應該比我還清楚。因爲我猜你們應該知道我們走過哪些門，時間點又是什麼時候。」

他沒有否認。這點他們當然知道。

「那麼，我們講了多久？」

「你們在外面的露台上待了將近十二分鐘。」

「瞧，答案這不就出來了嗎？那你覺得常人在那麼短的時間內能說多少話？」

「我就是想要知道這個問題的答案。」

她嘆了長長的一口氣。讓他知道她覺得講這些話很無聊。「那再來呢？」她說，試著要把話題扯開。

「什麼意思？」

「你說自己有兩個目的。你現在還在第一個目的裡面。」

她茫然地看著他，等他自己去想：對一個連區區兩個目的都記不清楚的人，她會有怎麼樣的想法。

「第二，」他說。「第二，如果妳在工作上需要任何東西，請再跟我說，那是我的工作。」

珍妮猶豫了一下。現在是什麼情況？先是門禁卡，然後是這個。「例如什麼？」

「這問題應該由我來問。妳需要什麼？」

「你所謂的什麼是指原子筆？白紙？書本？網路？」

「網路沒有辦法。其他東西隨妳開口。」

「既然你這麼說，」她回答。「那就明白告訴我，你們給我的文本到底是跟什麼有關。」

「妳知道我不能說。」

「那，在你說到『任何東西』的時候，你所謂的任何是包含了哪些東西？」

換他嘆氣了。「我老實跟妳說。我也不想用那種方式把妳帶來這裡。我們裡頭的人沒一個喜歡這麼做，這我敢跟妳打包票。但目前的狀況……」他稍作停頓，尋思正確字眼。「……非常敏感，涉及許多人的安危。正因爲如此，所以有些訊息才會沒辦法讓妳知道。」

「你的意思是說，我得在不知道完整問題的情況下，給出一個答案？」

「妳需要知道的，我們已經都跟妳說了。」

「除了文章的完整脈絡以外。」

「那與答案無關。」

她盯著他，看了好幾秒。然後她說：

「有兩輛從倫敦出發，開往布萊頓的火車。其中一輛下午兩點發車，另一輛的出發時間晚二十分鐘。第一輛火車的時速是一百二十公里，另一輛的時速是一百五十公里。三點鐘的時候，兩輛車之間會間隔多少距離？」

他仔細地看著她，等她繼續說，但話已經說完了。她信心十足地慢慢等，知道早晚他一定會講出那個避無可避的問題。「妳這個問題的重點是什麼？」

「背景資料，」她說。「少了相關資料，你能得出什麼結論？」

他想說些什麼，但她還沒說完。

「如果我只給你抽象的數字，而你不知道該從何拼湊起，那你就解決不了問題，因爲你不知道自己爲什麼要這麼做。這就是爲什麼這個星球上的所有教科書都會編個小故事：每一件事情都很重要。解答必須得自對該問題的通盤理解。」

「我認同妳的看法。但是，我們就是沒有辦法告訴妳整件事情的——」

「這種情況下！」她用剃刀般尖銳的聲音打斷他。「如果你們不讓我知道背景資料，這種情況下，我怎麼有辦法解開你們的問題？」

他停住沒說話。接著，他毫不遲疑而態度自然地說：「一百二十乘以六十，減掉一百五十乘以四十再除以六十。」

她看著他。他的腦袋動得比她預想得還快。

那正是能解答這個問題的公式。純數字，無須相關資訊。

「我不知道妳問這個的目的是什麼，」他說。「但答案不難計算。其他背景資料無足輕重。不管今天是從倫敦到布萊頓、地球到月球，甚至妳要算兩隻蝸牛爬過草坪也可以。了解事情的全貌跟妳的工作無關。我們提供給妳相關資訊，妳幫我們解出答案，這就是妳的工作。請恕我講得比較白，但我只是就事論事。」

他看了她一眼，表情幾乎隱含道歉之意。「二十，」他總結了這場小小的演講。「問題的答案是二十。」

她揚起一邊的眉毛。不高不低，剛好讓他能注意到，這讓他有些挫折。他很不想對她說教，但媽的，是她逼他的。

「是不是火車，這對妳的工作來說一點也不重要。妳也不用知道單位是公里還是英里，妳甚至連是不是要算距離都不需要知道。妳的工作，就是把我們拿給妳的文本逐一翻譯過後，把譯文告訴我們。其他的資訊都不重要。」

他伸出手來，表示：夠了吧？同意嗎？我們可以不要再談這個了嗎？

當然，她用聳肩來回答。

「那麼，我想妳現在不缺什麼東西吧？」

「有，有一件事。」她說。「我想跟威廉・薩柏格說話。」

他看著她。她已經做好會被拒絕的打算。

「門禁卡想要怎麼使用，那都是妳個人的自由。」

她嚇了一跳。她試圖從他的臉上瞧出一些端倪，但卻不知該如何解讀。他是在開玩笑嗎？但想說的話已經說完了，因此他站起來，開始往門的方向走。

她等一秒過去。再一秒。然後才說：

「事實上——」她說。

他轉過身。

「事實上，答案是零。」

她想表達什麼？

「從倫敦到布萊頓的距離是九十公里。三點的時候，兩輛火車都已經抵達目的地了，清潔員正在四處清潔垃圾桶，乘客也已經入住要下榻的旅館。兩輛車之間的距離是零。」

她看著他。享受他臉上的困惑。

「你看，就是這樣。如果你忽略了全貌。如果你只專注在細節，而不去管相關的背景資訊。到頭來你就等於拿石頭砸自己的腳。不管你多聰明都一樣。」

羅德里格斯不知道該怎麼回答。

「只是就事論事。」她又補了一句。

她看著他的眼睛。雖然身爲階下囚，但她可沒打算讓他們覺得自己比她還聰明。會被抓來這裡，是因爲她擁有他們所欠缺的能力，就算自己其他的都不會，但至少要提醒他們這個事實。這是她手中唯一的牌，而她會盡情使用。

一秒。兩秒過去了。然後羅德里格斯終於不再瞪她了，也露出了當天的第一個笑容。

「他人正在禮拜堂，」他說。「應該不需要我來告訴妳怎麼走吧。」

雷森探長的呼吸聲大到足以掩蓋面前那台印表機的響聲。玻璃底下的光線來回移動，發出嗡嗡聲響。蓋子底下夾著的那封信一吋吋被照亮。

他的手在顫抖。不，跟咖啡無關。他那杯咖啡碰都沒碰，還擺在桌上。凡．戴克八成也還坐在咖啡的旁邊——雷森有很多事情得做，而他最不想遇到的，就是一個憂心忡忡、緊跟在屁股後面的被害人。

她寄了封信給他。

疲憊的雙眼中透著焦躁的興奮，那名年輕的教授把這件事情告訴了他，而雷森則滿懷同情。他知道自己該說些什麼。他已經預備好最哀傷的表情：他會把頭側向一邊，然後說出那些相同的字句，他已經跟處於同樣情況的人講過無數次了。

「瘋子無所不在，」他會說。「我們都知道，這也不是什麼新聞，但是數量到底有多少，」他會這麼說，而且會特別強調最後那兩個字。「數量遠超乎一般人的想像。以前我沒辦法想像，直到做了這份工作，我才知道。」

他會用這些話開頭，然後會繼續說下去，細數在自己的職業生涯中，有多少次被迫要粉碎家屬的希望。原因很簡單：有些瘋子在報紙上看到了案子，就提供了線索，或謊稱自己有看到案發經過，還錄了證詞，甚至自稱自己就是那個他們正在找的人。

他會把這些話都說出口，接著會解釋說這案子也是同樣的情況。

然而，阿爾伯特．凡．戴克卻把那個黃色的信封交給了他。於是他演練的那些台詞忽然全都失去了功用。

首先，他注意到信封上的戳記是機械印製的。粗字旁則寫了郵資及日期，以及城市名稱。伯恩。印刷字體細瘦而單調。

雷森接過那封信，然後打開，取出三張寫滿字的紙。

女性的字體。字對得很齊。阿爾伯特對他點點頭。讀看看。

他照著做。然後讀第二次。又一次。

阿爾伯特安靜地等著雷森讀完。

雷森第三次讀那封信。這次看得更仔細。

「我不懂。」他看完以後說。

正符合阿爾伯特的預期。一開始他也看不懂。人站在校園內他的辦公室所在的那棟大樓的門口，他讀了一遍又一遍，愈讀愈失望。

信無疑是她寫的。她是世界上唯一會將信署名給艾曼紐．斯芬克斯的人。手寫字體工整，正是她的字跡，他曾在料想不到的地方發現上面有著她信手塗寫的便條紙，常是些諷刺挖苦的話，每每令他措手不及。有時甚至會塞藏進他上課的講義中，使他就這麼呆站著，在擠滿人的教室前頭痴傻傻地笑。整封信寫滿了他們共同的經歷、一起造訪過的祕密天地、一起看過的景物，也寫到了那次兩人在轉角的小吃攤吃了些風乾火腿。當時，那火腿聞起來明明就是汽油味，顧攤的老人卻說，本來的風味就是這樣，害他們下肚後食物中毒。

然而，信裡面也等同於什麼都沒寫。沒寫她人在哪裡、要怎麼找到她，還有她在做些什麼。信裡只提到她多麼想他。然後就是那一長串清單，訴說兩人一起經歷的點滴。三張信紙，字體優雅，消失七個月後的第一封信，居然除了回憶舊時光以外什麼都沒有？

最後，他終於看懂了。「其實很簡單，簡直像兒戲。」他對雷森說。

他當時站在校園內的廣場，把信讀了一遍又一遍，不停自問，直到最後他終於問對了問題。爲什麼要閒聊這些事情？地點跟物品跟食物跟東西。於是他忽然看懂了，信裡的內容馬上變得清清楚楚。當下，他只想緊緊地摟著她，說她是最聰明的可人兒。可是，他顯然無法如願。

研討會。就是那天。他們的紀念日。

他們坐在一起，發明各種稀奇古怪的名字跟縮寫，孩子般咯咯笑。艾曼紐・斯芬克斯的名字就是在那天闖進記憶，成爲他們共同過去的一部分。

但是——那些縮寫。那些接二連三的荒謬縮寫，講者說什麼，他們就照著瞎掰。她就是要他憶起這件事，也是爲什麼她要把字一行行對齊的緣故。他坐在石梯上，把信再讀一次，便讀出了截然不同的信息，於是他更加愛她了。

簡單到他可以猜得出來。但也夠狡猾，確保信若在送達他的手上前流落到了別人的手裡，對方也看不出任何異狀。

「我投降。」雷森說。

「把所有名詞挑出來——姓名、場所、物件。挑出每一個單字的第一個字母。」

「你在開玩笑吧？」

阿爾伯特聳了聳肩。雷森又重讀了一次信。有一瞬間，他感覺寒意穿透自己三百二十六磅的身軀，彷彿如同誰把他像冰箱一樣打開，拿走所有的器官，讓身體裡徒留冷空氣一般。

順著密碼文讀，要解讀這封信可說是誇張地簡單。但他跟其他人一樣沒看出來。但阿爾伯特卻找到了，那就表示信件的確順利完成了自己的任務。

雷森拼湊著第一頁上的字，看了好幾次，想找出哪邊要把字句分段。這些字句都不長，但卻簡潔而清晰。

「我——看——到。」他唸出來。

阿爾伯特點頭表示沒錯。

「城堡。阿爾卑斯山的湖。高山。沒有雪。」

從第一頁他只能看出這些字。雷森看著阿爾伯特。雖然訊息很明確，但幾乎沒有幫助。「太籠統了，哪裡都有可能。」他說。

阿爾伯特不同意他的看法。「選項的確不少。但並非哪裡都有可能。」

雷森沒說話。凡．戴克的看法對也錯。阿爾卑斯山上的湖泊旁可能有好幾百座的城堡，就算把氣候也納入考量，去尋找那些鄰近城堡但又還沒下雪的高山，數量還是太龐大，遑論要搜索救人。

阿爾伯特也知道，但他作勢要雷森繼續看。「還有兩頁。」

好吧。雷森翻到下一頁，掃過那些手寫字體，一樣看到名詞就停，並用手指把那些字一一指出。他大可以用筆去圈，但不想損害信件正本。而他又對內容相當著迷，所以沒打算走去外面的大廳另一頭複印。

「我——聽到——一些名字。」他唸出來。

阿爾伯特再次點頭。

「康納斯。弗朗坎。海蓮娜．沃金斯。」

「一定有辦法透過這些人名去找，」阿爾伯特說。「康納斯、弗朗坎跟海蓮娜．沃金斯。說不定他們有案底，或可以調閱到他們的繳稅紀錄，我不知道。那是你的工作。但一定會有辦法，對吧？」

「肯定值得一試。」他說。

阿爾伯特於是說了句無聲的謝謝，並等著雷森把信翻到最後一頁，然後就不說話了。

第三頁開始，事情就變得有些奇怪了。

「我——知道了——一些事。」他總算說。

阿爾伯特以點頭代替回答。

雷森讀了。又讀了一次。再讀了一次。

阿爾伯特沒說話。等待。認爲雷森一定是在思考。而他也同意：整件事看起來很不眞實。那些字句簡直不可置信，你不可能會預期收到這樣的一封信，而且還是從某個你知道的人手裡——更正，某個你深愛、不應該從身邊消失的人。某個這時間應該在家裡，八成還在賴床，而且就算你打電話過去，告訴她現在的時間，也拒不起床的人。對，她應該要在家裡才對，事情本就該是如此，但一切卻變了調，你再怎麼拒絕相信，它終究是無法否定的事實。

雷森清了清喉嚨。壓低聲音。極其緩慢地讀出那些字句。

「蘇美文字中的密碼，」他說。接著是：「DNA。」以及：「致命病毒。」

然後他暫停。再次思考最後那幾個字母該如何拼湊。

阿爾伯特早已知道寫了些什麼。原本看著信的雷森抬頭望向他時，阿爾伯特的眼中有淚。

然後唸出了最後的句子。

「來找我。」

雷森的上身往阿爾伯特的方向靠過去，雙手在下巴處交握。霎時之間，他的手指有如糾結的香腸一般懸在應該算是脖子的地方，如果那還稱得上是脖子的話。他知道自己做這個動作沒多好看，但當下他根本不在乎。

直到這一刻以前，他說的都是眞話。

但他還有一件事要說，而它會是一句謊言。

「我會盡自己的一切力量去找到她。」他說。他看著阿爾伯特，他那雙充滿同情的眼睛長在一個已經放棄照管、開始腐敗的身軀上，也許是因爲那具身軀憎惡他竟變成了這樣的人，才選擇用這種方式懲罰他。

他握著阿爾伯特的手，藉此表示眞摯。接著他起身，手裡拿著信紙及信封。

「給我幾分鐘的時間，」他說。「我得複印一份。」

站在印表機前的他，現在就在做這件事。呼吸沉重。

該死的身體，該死的體能狀況，還有雖然沒說錯，但一樣該死的醫生，但最該死的還是珍妮・卡蘿塔・黑茵茲跟那個蠢斃了的組織的雇員，那些神祕客顯然連阻止她寄出這封信都辦不到。看看他現在成了什麼樣，明明是他們的問題，現在卻擱在他的大腿上。

他接下來還有很多事情得做。他只能期望阿爾伯特・凡・戴克別看破了他的手腳。不然的話，要執行這計畫可就是難上加難了。

20

剛過清晨五點，克莉絲汀娜・薩柏格就打了電話進來。她的聲音清醒而機警，要不是已經起床一下子了，不然就是徹夜未眠。里歐感覺眼皮有千斤重，但電話裡的她只說五點五十整會來接他，提醒他整理行囊後就把電話掛斷了。而里歐直到站到了蓮蓬頭底下，他才覺得自己眞的醒了。

他其實只要穿跟昨天一樣的衣服就好。但他卻拎了條簇新的牛仔褲跟件素面的長袖T恤。接著他問了自己一個問題，使得情況頓時變得混亂了起來。

記者應該怎麼穿啊？尤其是要出國的記者？

於是他決定要多穿一件休閒外套。

里歐遲疑了一下：自己真的稱得上是記者嗎？除非他得先打從心底相信自己。五點五十，他站在自家前面，身上穿著他那件皺巴巴的休閒外套，只覺得自己像個白痴。

打從走出門的那一剎那，他就覺得自己做了錯誤的決定。

克莉絲汀娜會認爲他是因爲她才特地打扮的。或者，就算她不這麼想好了，他還是會覺得她有這麼想，那就已經夠慘了。

不過沒時間再去想這些了。

計程車停在路邊，喀噠一聲，車門應聲開啓，克莉絲汀娜在後座上斜了身子，要他上車。他坐到她身邊後，計程車轉向，開往弗爾昆街的方向，然後再向北開，駛進空無一物的黎明中。

身旁唯一的動靜，就是偶爾駛過的其他計程車，以及數以千計、肉眼幾乎看不見的初雪。初雪飄進街燈照射出的黃色光芒中，轉了幾圈後又消失在黑暗中。

聲音，來自輪胎駛在冰冷的街道上。來自雨刷。來自引擎。

「聯絡到他了嗎？」里歐問。

克莉絲汀娜搖搖頭。「我在他的祕書那邊留了語音訊息。我會在飛機起飛以前再聯絡看看。」

「那就表示妳不確定囉。不確定他人在不在那裡。我的意思是說，如果他不在的話。」

克莉絲汀娜閉上眼。她頭在痛，從辦公室回家到現在還在痛，在沙發上睡一小時並沒有太大幫助，現在這小助理又在問東問西，質疑她的判斷力，而且她還得揣測他那些講一半的話，才能知道他到底要表達什麼。

「我只知道，我們時間不多，」她說。「你那個荷蘭學生已經失蹤七個月了。」

他望向她。你的學生？這是什麼意思？是要把找到她的功勞歸給他，還是她不想承擔這個責任？

「我不希望讓威廉等太久。」

她看著窗外，聽著引擎音調一變，車子轉開往中央大橋。她看著斯德哥爾摩的燈火映照在橋下的水面上，還不到結冰的時候，還早。

「我可以問妳一件事嗎？」里歐問。

她看著他。好像我擋得了你一樣。她心想，但沒有說出口。

「妳會選擇這麼做，不是爲了報社，對吧？妳會這麼做，是因爲妳相信你們還有復合的機會。」

這問題很直接，而且也跟他平常含糊的語句截然不同。她怒目而視，頭痛被憤怒所取代。氣，是因爲他質疑她的決定，她告訴自己，絕對不是因爲自己的心思被人給看透了，太透了。

「我們是記者，」她說。「記者的工作就是挖。不這麼做，我們就是有虧職守。」

里歐的笑容太過成熟了。

「但我不認爲記者的職守，」他說。「會要求妳把那東西給戴上，戴在那裡。尤其妳還已經六個月沒有戴了。」

她馬上就知道他指的是什麼。但仍順著他的目光看去。看向自己的膝蓋，看向自己的左手，停在那兒。是她的結婚戒指。

對，她把戒指戴上了。是啦，那小鬼說不定沒說錯。但就不能讓她自己好好做決定，別探看她的隱私嗎？

「新聞系，」她說。「一年級。老師給了我一些建議，我終生沒忘，隨時提醒自己：

「如果你有什麼重要的事要講，寫出來。」這裡停一下，然後是：「別老在那兒吱吱喳喳。」

她別過頭去，把左手藏進手提包裡。往阿蘭達機場的沿途上，克莉絲汀娜沒再說過一個字。

里歐也把頭望向自己那邊的窗外，看著馬路上的直線颼颼向後而去。面帶笑容，但盡力不讓她看見。她舌頭很利。而他發現整個情況忽然變得十足趣味。

坐在後座另一側的克莉絲汀娜・薩柏格也在做同樣的事。她也在笑。

將來，里歐一定會成爲一流的記者。

去阿姆斯特丹的路上有他同行，她非常開心。

威廉・薩柏格坐在禮拜堂內的前排，幾乎就像在等她。

太陽移了位，萬花筒般讓座椅沾染上了各種色彩。坐在中間的威廉就如同講師，眼前是份無法對焦的PowerPoint簡報。

會停住腳步，也許是房間的氛圍使然。又或許是因爲意識到幾天前的深夜，她還小心翼翼、靜悄悄地在城堡裡跑著呢。不管是什麼原因，珍妮無聲地佇立在禮拜堂的後方，而她明明就想說話，急著要跟他分享手頭的信息，並與他提供的信息交叉比對。

藉以知道他們爲什麼會被抓到這裡。甚至是：要怎麼逃出去。

最後，她總算走上過道，朝他的方向走去。坐在相鄰的另一條長椅邊緣的位置，面對著他。

「他們告訴我，說妳身體沒有大礙。」威廉說。

「既然他們都這樣講了，」她說。「我有什麼資格反駁？」

他淺笑看向她，以爲回覆。他看起來很累，但她應該也是。

「我們得比對一下各自的情報。」她說。

她想要加快腳步，同時避免驚動組織的人。威廉的房間就在他們的頭上，在同一棟石砌建物中，只不過相隔了好幾層而已。在那裡，如果事情如她所料，或許她會找到一些答案，藉此釐清她腦中那些雜亂的思緒。

「妳知道什麼？」他問。

「我連自己知道什麼都不確定。」

他傾身靠在椅邊，回頭望向那扇巨大的木門。彷彿他覺得這裡不夠安全。彷彿他相信門隨時會被撞開，持有武器、隨時準備開火的警衛會蜂擁而入，把他們帶出禮拜堂個別審問，要他們各自說出對方說了些什麼話。

但並沒有發生。

什麼都沒發生。只有寧靜的氛圍及燦麗的顏色，他們都不知道要從何講起。

「AGCT。」威廉總算開了口。

他很訝異看到她在笑。

「我還以為你沒看到。」她說。

「這件事，妳知道多久了？」

她猶豫了一下。從第一天開始，他們就持續只提供她最低限度的信息。她剛剛是認眞的。她連自己知道什麼都不確定。

「妳是蘇美學家，對吧？」他說。他當然知道她就是，但他總得爲話題起個頭，那何不從這裡開始講呢？

她很快在腦子裡拿捏了一番。她想儘可能告訴他這些事，讓他能跟上自己的進度，但要避免讓他在細枝末節裡打轉。

接著，她從頭開始講起。把那些在城堡露台上來不及說的細節統統說清楚。迎接第一天的早晨時，她如何在昂貴的床上醒過來，就像威廉一樣。他們怎麼把她帶到了大廳，簡單告訴她組織的概況、密碼、用楔形文字寫成的文件。告訴她事態緊急，辛苦妳了，再見。

然後他們就帶她到一間辦公室，她所有的私人物品都在裡頭等她：書本、出版品、電腦、相關資料，幾乎跟她自己在家裡的排列方式一模一樣，只不過這些東西是突然出現在這裡的，而且從來沒有人跟她解釋為什麼會找她來。

他們先是給她簡短的片段。那些楔形文字中的某一行，要她解讀、翻譯之後再把答案跟他們講。

單從學術人員的角度來看，她感到相當興奮。這些文字的年代比她以前看過的都還要久遠。有些標記跟符號甚至是前所未見，如同過往從未被人發現的一脈方言或語言分支，直到現在才終於得見天光。對世界上任何一個科學家來說，這偉大的發現就等同於成就、香檳，以及一系列的論文，好讓其他同僚知道自己學術上的重大突破。

但在這裡，誰都不想讓世人知道這些文字的存在。

這根本不合常理。甚至讓她飽受折磨。她愈投入，愈發現這些文字簡直令人讚嘆、極富開創性。而這也讓她愈痛苦，因為阻隔在這一道道讓人窒息的厚厚牆壁內，世人永遠也不會知道這些文字的存在。

因為這不是一脈未知的方言，也不是蘇美語在經過演化後的晚期形式。

正好相反。

這是早期的蘇美語。他們給她的文本比學界的任何發現都要古老，而那些未知的符號更是原型，是早期的型態。這些符號會慢慢演變，愈來愈簡化，有些會合而為一，有些會一分為多，經過數百年的過程後，它們會被科學家發現，成為世人所知最古老的蘇美語形式。

就情況來看，有人發現了一個未知的古老文明。比人類歷史上所知的任何社會都還要久遠。

珍妮很興奮，不，應該說欣喜若狂。她問身旁的那些男人，這些文字是從哪裡找到的，怎麼找到的，為什麼能找到，但他們統統拒絕回答。

威廉聆聽著這一切。她話一說完，他立刻接著講。

「妳的職責就是告訴他們上面寫了些什麼嗎？」

珍妮點點頭，但卻有所保留。是對，但也是錯。

「我最早也是這樣想。」

威廉等她繼續說。

「他們百般阻撓，讓我沒辦法明確知道自己的工作目的。他們提供給我的文本都很零碎，後頭一定有另一個更大的文本存在。我拿到的文本沒有照順序，每次都只有幾段，新的文本又來自不同的段落，我永遠也不會知道它們要怎麼組合起來。有些段落甚至不是眞的。」

威廉聽不懂這個形容詞。「妳所謂不是眞的是指？」

「就是假的。」她聳了一下肩。「我跟這種語言接觸已經有一段時間了，已經久到如果有人用這種他們無法完全駕馭的語言來撰寫內容的話，我看得出來。原理跟聽異國口音很像。你是瑞典人。弗朗坎是比利時人，康納斯是英國人。他們給我的段落中，有些是現代的人寫出來的。」

「現代版的希金斯教授[9]。」威廉帶著微笑說。

她皺起眉頭。不知道他是在指什麼作品。他於是搖了搖頭，別理我，請繼續。

「我當面把這個問題問清楚。」

「結果呢？」

「在那之後，他們變更了我的工作內容。他們開始給我一些英文詞句。一句話或是成語，其中有些根

9 指蕭伯納的劇本《賣花女》（**Pygmalion**）中的角色，為一名語音學家。此劇本也曾改編成電影《窈窕淑女》。電影《麻雀變鳳凰》也有本劇的影子。

本就是胡謅。他們要我顛倒過來作業。從英文翻譯成蘇美人的楔形文字。彷彿那才是他們的眞正目的。因此才要我學會那種方言，去模仿它……」

不對，她告訴自己。那只是她個人的臆測。因此把話題拉了回來。

「總之，我拿到的文本泰半都是些沒頭沒尾的東西。但其中有……有一些文本跟我之前認定是假冒的那些文字所要表達的東西一模一樣。」

威廉立刻抓到她的要點。

「就好像之前就有人嘗試過要這樣翻譯，」他說。「但最後的成品卻令人不甚滿意。」

珍妮嚇了一跳。雖然她也曾這麼想過，但沒想到威廉這麼快就會得到同樣的結論。

他注意到了她的反應，於是解釋：「我的狀況跟妳一樣。我的任務是找到加密金鑰。因爲在我之前的那個人做不到。」

這次換她跟不上進度了。「做不到什麼東西？」她問。

「寫出一個答覆。」

她凝望著他。「答覆？寫給誰的？」

他暫時沒說話。因爲事實上，他也不知道是誰。而這讓他困擾不已，因爲縱使眞相好像慢慢拼湊出來了，但這些訊息的碎片彼此之間又好像連不起來。他們要怎麼答覆在自己的DNA裡面發現的訊息呢？既然不知道是誰寫的，是要怎麼回應呢？

眞相絕對不只有他們跟他說過的那些。他每問自己一個新的問題，就愈確信自己聽到的答案絕對不夠完整。

「關於AGCT，」他又說了一次。「告訴我妳知道些什麼。」

「除了海蓮娜．沃金斯跟我提過的部分之外我就不知道了。更正：是我對她所說過的話的解讀。蘇美人的文字被植入某種基因密碼裡，然後還存在一種病毒，這種——」

話還沒說完就停了。她不知道到哪裡爲止是自己聽來的，哪些又是她自己的揣測。再次開口時，她講得很慢，每一個字都精挑細選，彷彿她得先評估一番，才能把話說出口。

「——這種病毒的傳染力很強，是要被用來……做什麼呢？我猜不出來。」

說話時，她的眼神中充滿了不安。威廉見狀相當訝異。

「我也不知道是在幫怎麼樣的人工作。我們是在幫他們做好事嗎？還是正好相反呢？」

威廉沒想到她知道的居然就只有這麼多。

但事實上，在昨天晚上以前，威廉知道的並不比她多。因爲這樣，他知道自己的下一個動作，就是要告訴她康納斯說過的那些話。這次要輪到他來將珍妮所熟知的世界觀撕扯得支離破碎，留給她一連串數不清的大哉問，而他自己也還沒找到答案。這些問題也同樣在他腦中縈繞不去，使得他幾乎徹夜難眠。

這是他的工作。他現在就得著手。

他看著她的眼睛，壓低了音量。

話還沒說出口之前，他已經先致上了自己的歉意。

相較於威廉，珍妮在聽到那些話之後的反應鎮定許多。她坐在自己的位子上，凝望著威廉的雙眼，幾乎要讓他能夠直視她的思緒，彷彿那些思緒是一個個的箱子，而珍妮的腦袋是一座倉庫，而他能夠親眼看著那些箱子被四處搬動、重新排列。他看著珍妮等思緒逐一歸位，看著她奮力抗拒隨之而來的震驚、恐慌，以及各種其他的情緒，一如威廉前一天晚上的感受。

她不時提問。有些問題他答得出來，有些答不出來。

「我知道的就這些了，」他說。「妳知道最棒的是什麼嗎？我根本不知道這些話是不是眞的。我只知道，這些就是他們的說詞。這說詞一方面看起來好像有道理，但從另一方面來看的話……」

他用聳肩來幫這句話收尾。

他們陷入沉默，時間一分一秒流逝。

最後，珍妮總算開了口，聲音很平靜。接近拘謹。

「海蓮娜．沃金斯辦公室內的牆，」她說。「你知道在哪裡嗎？」

「我猜現在應該是我辦公室的牆吧。」

她看著他的眼睛。

「我得去看看。」

21

停在阿爾伯特．凡．戴克的公寓外頭的那輛車有些古怪，使得他的腳步因而停留在對面的街道上。

阿爾伯特累得幾乎睜不開眼。他的身體渴求食物跟睡眠，而他只想回家，盡快滿足這些想望。

但是，他卻注意到了那輛車。

或許是因爲車子居然停放在離門只有區區幾公尺的地方吧。那裡禁止停車，他知道，因爲他付出過代價：剛搬過來的第一天，他租來的休旅車就因爲停在同樣的地方而被開了單。他就是在那時候下定了決心，只要還住在這裡，還在這座城市裡工作，他就絕對不買車。

也許就因爲這樣，他才會注意到那輛車。

是輛黑色的奧迪。行人號誌轉綠，他身旁的人開始過馬路，一顆顆頭顱不時擋住視線，讓那輛停在門外的奧迪忽隱忽現。他決定不過馬路，留在原位，等燈號轉紅。

他拿出手機，假裝在看簡訊。同時四下張望、尋找路牌，就好像他不知道自己身在何處。車流二度停下，更多行人開始過馬路。他仍持續剛剛的動作，彷彿為了這麼做，他只好停步不前，一切都再自然不過。

喔，他看到了背後的大樓，表情看來彷彿在思考：馬尼克斯一街。原來如此。這裡是二號。

他上演了一齣小小的啞劇，同時眼睛掃視該區域是否有任何其他不尋常的地方。他注意到，那車本身並無特別之處：車體很大，可能是輛外使車，但掛的並不是政府機關的車牌，窗戶也沒有經過變色處理。

不過有一點他覺得很奇怪，車子有一輪開上了人行道，就壓在路緣上，讓人有種很粗心、技術很拙劣的感覺，就好像車主停車停得很倉卒一樣。到底是誰會那麼焦急，急到沒時間把車多開一條街，找個合法的停車位呢？才早上十一點耶？

斑馬線上又一次湧現人潮，阿爾伯特暗自盼望別遇上鄰居。最慘的狀況下，他們會以為他終於瘋了，他們會用很慢的速度跟他說話，就像常人跟瘋子說話的方式一樣。「先生，你就住在那個地方，有看到嗎？那邊那間大房子啊，有白色窗戶的那間。現在，我會陪你一起過馬路。不要怕，沒事。」

但沒有人在他身旁停步，沒有人要幫助他過馬路。他正在說服自己別反應過度，趕緊過馬路的同時，他注意到了那四個男人。

其中一人守在他家門口那扇玻璃門的內側。另一人在連接他家跟鄰居家的排水管那一帶晃來晃去，背部不時靠在深色的磚牆上，手裡拿著行動電話。最後，在街角，一個標示了某區已來到盡頭，下一個街巷與水路管線迷宮就在眼前的街角，最後兩人就守在那裡。就好像要阻止誰逃跑一樣，他心想。誰？難道是我嗎？

四個男人都身穿西裝、大衣，配上領帶，根本不夠暖和，當然前提是他們如果打算在外面待上一整天的話。他們都是中年歲數，不管從什麼角度來看年紀都比他大，但他也只看得出這個特質。距離太遠，看不清他們的臉，他也不敢盯著看，免得他們忽然注意到他的視線，從而發現他就站在那兒。

但那四人的行動的確有些古怪，這點無庸置疑。跟他一樣，那四個男人也在假裝若無其事，而他們漠不關心的表情後面藏了一抹警戒跟留心，他自己也是。

他認爲自己一定是在發神經；人家沒事幹麼跟蹤他？他覺得自己的行徑很丟臉，但即便如此，他卻擺脫不了這樣的想法。

轉過身，他看著街牌，然後比對了並不存在的簡訊內容，裝出一副很容易就會被解讀成「搞什麼鬼啊」的模樣。接著開始往回走，彷彿在表現出我眞笨，自己一定是走錯了方向，而且還走了太遠。他只不過單純迷了路，不知道怎麼找到某個地址罷了。就這麼簡單。就算街道對面那四個男人曾注意到他，也肯定已經認定這不是他們要找的人，因此仍在等待，等待他們的目標出現。

至少他是這麼想的。

走沒幾步，他聽見後頭有腳步聲。

「阿爾伯特・凡・戴克？」有個聲音響起。西裝。領帶。第五人。

還用講，他們當然也在監看馬路的這一側。

「請問你是？」話才剛說完，阿爾伯特已經在想像中踹了自己一腳。因爲如果他不叫做阿爾伯特・凡・戴克，他八成會回說我不是。

「我們有幾個問題想請教。」男人說。

「請說。」阿爾伯特說。

男人搖了搖頭。「我們的車就停在那邊。」

珍妮搶先威廉一步進辦公室，心裡感覺有如初揭藝術作品的神祕面紗。

倒不是說她眞有過這種經驗，但她心想，感覺應該是一樣的吧。就像眼前有一塊布，那布蓋在某個雕塑、紀念碑或什麼東西上，讓你雖然看不到實物，但看得出它的輪廓；讓你覺得裡頭有東西，但不敢說實際長什麼樣。

布就在這一刻被掀開了。

她第一次看到全貌。

其中一面牆上寫著密碼。七個月前，珍妮在那個大房間的牆上第一次看到這些密碼，當時密碼環繞著周圍的牆面，在牆上舞啊跳的，那是組織第一次讓珍妮看自己未來要做些什麼。當時的珍妮完全無法理解牆上到底寫了些什麼，現在也是。後來，海蓮娜．沃金斯偷偷地把同樣的內容展示給珍妮看，因爲她相信珍妮不會洩密，但珍妮依舊看不懂。不過海蓮娜爲什麼要這麼做呢？也許是要鼓勵珍妮，又或者是想幫組織找出正確解答，也可能兩者皆是。

一旁的牆上則掛著那些文本。

珍妮的文本。她跟這些文本熟得不能再熟了。七個月的盡心盡力，這些字句眞的成了她的文本。眼光一掃過這些寫滿蘇美文字的紙張，她就知道自己正在看的是哪一行詩文。

詩文。這是她給這些文本的稱呼，因爲找不到更確切的字眼。一開始，這些短促、簡練的信息看似什麼也沒講。但她逐漸意識到，這些信息來自一個更大的架構，其中的內容令她害怕。而她終於，她終於有辦法親眼確認了。

而如果這些文字眞的植在人類的ＤＮＡ裡面的話？

那就更可怕了。

威廉看著她沿著牆面走。

「有看出什麼端倪嗎？」他說。聲音很輕，彷彿害怕會使她分心。

話一出口他就後悔了。白痴，他在腦海中罵了自己一聲；他知道她正在經歷怎麼樣的過程，而他只有一件事該做，那就是閉嘴。

他曾經歷過太多次相同的體驗，足以讓他知道，此刻的珍妮除了自己的思緒之外，他事都無暇顧及。比被干擾更慘的，就是有人意圖闖進你的意識層面，慢慢得到了你的注意，直到你發現自己不再專注，而你卻已經好久好久沒這麼專注過了。

他不再說一個字。

她也是。她經常會忽然停下，近看細看某一頁。接著又開始走動，不停翻閱某一疊紙張，從一段跳到另一段，然後再換下一組。時間分秒流逝。威廉耐心等候。

「我就是在等這一刻。」她終於開口了。

「等什麼？」

「知道它們的順序。」

她後退一步。站在一定的距離之外研究這一行行的蘇美符號，看著整面的牆。彷彿它們終於對她開口說話。過去這幾天以來，威廉也試圖要跟牆對話，因此他能夠理解。

他忽然覺得很孤單。那面牆彷彿化成了一首龐大的樂曲，珍妮是鋼琴老師，他則是第一天上課的學生，除了難以理解的點跟線之外什麼也看不出來。無助感浪般襲來，彷彿他永遠也沒辦法讀懂這面牆，永遠也無法像她那樣。

但他推開了負面想法。

「那是什麼？」他問。

她的視線在牆上流動。保險起見，再確認一次。

「正如我所害怕的，」她說。「這是一份時間表。」

22

早在看到以前，阿爾伯特．凡．戴克就聽見了背後那輛車的聲響。引擎蓄勢待發，他下意識注意到這輛車不單車速快，而且還正在加速，說不定打算闖紅燈。

他的第一個想法是加快腳步過街，免得被車撞上。生物求生的本能，也是車主對他的期望。

但他接著就意識到，這說不定是逃走的唯一機會。

西裝男緊抓著他的手臂，動作隱密，讓人注意不到；力氣卻夠大，讓阿爾伯特沒辦法甩開逃跑。男人的另一手放在大衣口袋裡，八成握著那把他讓阿爾伯特看了一眼的槍，以防阿爾伯特做出什麼蠢事來。

阿爾伯特開始加快腳程，他們正希望他這麼做。

一旁的西裝男也加速了。車子駛近。還在駛近。

他動手了。

那算不上是推。他只是賭上自己的運氣，同時藉機順勢利用了男人的腳勁。他忽然停步，讓西裝男繞著他轉了半圈。他沒有失去平衡；下一秒，他就會把阿爾伯特的手臂抓得更緊，領著他過馬路，並警告他別再做傻事。

但那男人沒有下一秒了。

那輛藍色的Golf休旅車直到衝過斑馬線才開始減速，但已經太遲了。

到那個時候，擋風玻璃已經被不知從哪兒冒出來的、身穿西裝的人給撞得粉碎。休旅車急煞，車輪迫切想抓牢地面，但只在車後留下無望的煞車痕。遭撞後，西裝人不由自主地在馬路上搖晃了一下，隨即彈過引擎蓋，在薄薄的金屬車頂上咚咚滾了幾圈，最後跌躺在柏油路面上的黑色煞車痕中。

男人根本來不及反應。當天才燙得整整齊齊的優雅西裝因爲在路面摩擦而變得又髒又破，他的四肢歪歪扭扭地伸向古怪的角度。若非意外，正常人絕不會出現這個姿勢。人們湧向他的身旁想幫忙，他們卻只看到一張毫無生氣的臉龐，視線呆呆地凝望著一攤血池，全是他的血。

「是他推的！」大叫的女人二十多歲，手臂底下夾著大學課本，眼裡因剛剛目睹的慘狀而充滿恐懼。她看著周遭一雙雙不認得的眼睛，尋求這些人的認同。「是他把這個人推到車子前面的！」

「誰？」有人說。「妳看到誰？」

「我想，是我的考古學教授幹的。」

「妳所謂的時間表是什麼意思？」威廉的雙眼不耐煩地看著牆；他轉過身面向珍妮，焦急地想跟上她的腳步，因慢人一步而覺得沮喪。

「這是我第一次看到照順序排列的文本。」珍妮指著那好幾疊印在紙上的蘇美詩文。「但你知道大腦是怎麼運作的。我們會開始尋找之間的邏輯順序。自然而然地開始把缺空的內容補完。因為你知道這些碎片一定會拼湊成一張圖，它們之間是有關聯的，只是你不知道該怎麼去拼湊，因為你沒有看過拼圖遊戲盒封面的那張圖。」

他點頭，暗示她說下去。

「一開始我也在實驗。如果把這段詩文放在那段的後面會怎麼樣？或是把這段調到前面來？會呈現出某種意涵嗎？」她壓低了聲音。「一段時間後，我開始注意到很多東西看起來很……似曾相識。就好像我在其他地方看過一樣。我把愈多碎片拼在一起，圖案就愈明顯，但我一直把它看作是巧合，因為……你知道，這怎麼可能呢。」

她暫停，試著把話說清楚。

「首先你要知道，」她說。「早期的蘇美語是表意的語言。沒有句子，沒有文法。是藉由不同符號的堆疊去表達出不同的概念，因此單一符號可能有多重含意。所以就有可能模稜兩可。但就算你把模稜兩可的特性放進詩文裡來看……」

她用眼神結束那句對話。不管試過多少次，不管她想用怎麼樣的角度來詮釋那些詩文，最後的結果總是相同。

「上面寫了些什麼？」威廉問。

她看著那一排排的符號，不知道該怎麼表達最好。「每一個段落都像一首詩。」她先在腦中擬好草稿。「一句概要。不對——一句描述。」

她轉過來面對威廉，希望他能知道這些文本的重要性，但威廉除了回望她之外什麼也弄不懂。目前爲止，他依然一竅不通。

「什麼？」他問。「什麼東西的概要？」

「人類歷史上的重大事件。」

她往牆的方向走。開始用手指去指。停在選定的詩文旁，幾行在序列中特別突出的文字，告訴他哪些符號代表什麼含意，而她的結論又是什麼。

他看愈多，就愈難否定她的說法。

蓋在河上的城市。建築工人。尖頂的房子，是君王的墓穴。

金字塔。

老鼠。疾病。傳染，死亡，疫病大爆發。

黑死病。

月亮。三個男人，大船，長途旅行。

「應該不需要我跟你解釋是什麼了吧，還是需要？」

威廉拒絕相信。她說的話太匪夷所思了。

他試著說服她她是錯的，不管她自認做過多少分析、這個想法有多嚴謹，終歸不過就是想到某個理論然後放不掉，因此下意識就把一些重大歷史事件加諸在這些文本上。她把自己的知識投射其上，告訴自己這答案有經過科學驗證，事實上根本禁不起檢驗。

她的回答相當尖銳。「你真心誠意認爲我這七個月以來沒有一丁點質疑過自己的發現嗎？」

霎時間，他在珍妮身上看到了某樣東西，那東西來得太快，他來不及招架，因而忽然覺得重心不穩。那突如其來的憤怒讓他憶起了另一個人。

他甩了甩頭，甩開那個想法，同時告訴自己，他犯了跟珍妮剛剛犯的同樣的錯：把過往的經驗套用在當下的情形上。珍妮跟她一點都不像，而是他渴望在兩人身上找到相似的地方。

他看到珍妮眼中的怒火，因此他用字特別小心。他不是故意要批評她；只是在過去，他有好幾次都犯下同樣的錯，偶然發現某個理論，就試著要把資訊塞進這個理論內，而非採取相反的做法。

「妳跟我一樣沮喪，」他說。「他們只叫我們解決問題，卻不告訴我們怎麼做以及背後的原因。因此我們開始從裡面尋找規律性。這不是妳的錯，世事總是如此。」

「我沒有在尋找規律性，」她回答。「而是文本的確自有規律。」

他把頭歪向一邊。兩句話雖然字面很像，但語意上完全不同。她再次拉高嗓門：

「你以爲我沒有這樣質問過自己嗎？你以爲我沒有跟你一樣覺得這事情很不可思議嗎？我沒有嘗試過忽視它，認爲這不過是我的妄想，是我自己先入爲主的想法嗎？」她大大地轉了一圈，彷彿要收集能量來解釋這對她來說明明白白，而威廉卻拒絕相信的事實。「但我進到了這裡。親眼看著這些文本就照著正確的順序掛在牆上。」

她等他回話。但他只是繼續盯著她看，一臉懷疑的神情。因此她把話講得更白：

「如果是我先假定這些詩文形容的是歷史事件，然後再用這樣的方式去解讀，那爲什麼掛在那裡，掛在你牆上的詩文，排列的順序竟然跟我的想像中一模一樣？在這之前，我看到的都是一張張內容不相連的文本，還記得嗎？如果我的推論帶有偏見，那爲什麼本來支離破碎的文本卻在這面牆上重新排列後合而爲一，而且還是依照我原先所推算的結構？」

他依舊沉默，仍不肯相信。

她走到房間的另一頭，開始沿著牆邊走。每經過一處，就用手掌穩穩地拍擊那些紙張：

「美索不達米亞。金字塔。羅德島大地震[10]。耶穌誕生。穆罕默德。黑死病。坦博拉火山爆發[11]……」

在這些大事件之外，珍妮跳過了一些段落，彷彿她正在講述歷史，只停在最重要的時刻，此舉加深了論點，讓人無法不信服她的推論。

「第一次世界大戰。第二次。廣島。瓦爾迪維亞大地震[12]。」

這能證明她是對的，從頭到尾沒錯過。她看到了他的表情，看到他不肯卸下懷疑的面具，看到他在聽完珍妮的說明後依然不願相信，但又不能不信。

再沒有更明確的證據了。如果她對詩文的解讀沒錯，那順序的確應如此排列。

而牆上的順序正確無誤。

---

10 發生於西元前二二六年，世界七大奇蹟之一、高度超過三十公尺的太陽神雕像因此而毀滅。

11 發生於西元一八一五年，為史上最嚴重的火山爆發事件。死亡人數至少七萬一千人。並使得北美及歐洲氣候異常。北半球的農作物歉收、牲畜死亡，導致發生十九世紀最嚴重的饑荒。

12 發生於一九六〇年，地震強度達芮氏規模九點五級，為史上記錄到最大規模的地震。

她朝牆的尾端走過去。腳步慢了下來。「唐山[13]。阿爾梅羅慘事[14]。南亞大海嘯[15]。」

她凝望著威廉。該你講了，她的肢體語言彷彿這麼說。說啊，告訴我我錯了。別逼我再重講一次，因爲我眞的會這麼做，因爲我倆都知道我講得一點沒錯。

他們站著沒動。時間一分一秒過去。珍妮的手還放在其中一疊紙張上，威廉站在房間的另一頭跟她四目相對。

沉默得太久了，珍妮只好再次主動出擊。「如果這一切都不過是我個人單方面的推測——」

威廉閉上雙眼，知道她接下來要說什麼。

「——那爲什麼這些事件要照時間順序來排列？」

「妳明白這代表了什麼含意嗎？」威廉問。

她點頭。她當然知道。這個問題是避不掉的。

「代表了，」她說。「或許他們說的是眞話？或許這些詩文眞的來自我們人類的DNA？」

他已經知道答案了。但還是有人得把話說出來。

因此她說了。

「如果是眞的，這些事件早在發生以前，就寫在我們人類的基因裡了。」房間裡的沉默維持了很長的一段時間。

13 即發生於一九七六年的唐山大地震，死亡人數超過二十四萬人。

14 發生於一九八五年，為一火山引發的災難事故。當時位於哥倫比亞境內的內瓦多·德·魯伊斯火山爆發，所引發的火山泥流造成鄰近的小鎮阿爾梅羅的居民約兩萬人死亡。

15 發生於二〇〇四年，死亡人數至少達二十三萬人。

他們站著，彼此互視，僅用眼神交流。

「不過，」她最後終於開口了。「不過這還不是最讓我擔心的。」

珍妮感覺到威廉正在看著她。於是拿出了一張紙片，交到了他的手中。

就是原本珍妮想要在露台上讓他看的同一張紙片。紙上寫了很多他看不懂的楔形符號，而她當時也沒有時間說明。

「從看到的那一刻開始，我就開始擔心了。」

他不知道該說些什麼，只好示意要她繼續說下去。

「我參觀過你的房間了。也看過這個時間表，看過那些詩文，看過這些文本排列的順序了。如今我更加擔心了。」她吞了口口水，肌肉緊繃。

「跟我說，」他說。「跟我說上面寫了些什麼。」

那個男人死了。

是阿爾伯特害的。

阿爾伯特盡全力跑過阿姆斯特丹的西側公園。他的大衣在斜照的午後陽光下迎風擺盪，他的思緒也隨之狂奔，無法自制。

雷森探長那個混蛋。他曾如此信任雷森。而且從珍妮消失的那晚開始，雷森就一路陪伴他至今。無數個清晨時光，坐在他身旁的人總是雷森，幫忙追查各種可能性、搜尋資料庫，每當出現任何線索、情報、消息都會讓他知道。錯不了。告密的人就是雷森探長。

這是唯一的可能。

他在大池邊停下，雙腳站在一片開闊的碎石地上。這裡擠滿了嬰兒車、散步的老人、趕著要去開會的上班族，他因而得以融入人群而不引人注目。除了這裡以外，他無處可去。

他拿出手機，叫出辦公室的電話——動作就停在這裡。那種妄想般的感覺又回來了，但這是他強迫自己去思考的唯一辦法。

會是他反應過度嗎？珍妮失蹤眞的跟警察有關嗎？他們知道是誰綁走了珍妮嗎？警察有跟對方提到關於那封信的事情嗎？眞的是同一群警察嗎？他曾允許他們搜查他跟珍妮合住的家；他曾邀請他們進入珍妮那間破公寓，那是他跟珍妮還沒相識之前她住的地方。那些警察曾摟著他的肩安慰他，並表示他們會盡全力幫忙。那些警察曾說，所有的線索都顯示她是自願離開，而非被人強行帶走。出賣他的眞的是同一群警察嗎？

不停衍生的想像幾乎沒有盡頭。

如果警察已經知道了，那話還會傳到誰的耳裡去？誰是綁架她的幕後主使者？有多少人想要阻止他發現眞相？而這些人又擁有多龐大的資源？

祕書的電話仍在手機的螢幕上閃著光。他背下最後幾個數字，一次，兩次，直到他確定自己已經能完全複誦出來。說他瘋了也沒關係，他不能再用自己這支手機了。信用卡也是：只要一用來買東西，對方就能掌握到他的行蹤。他決定找一台提款機，在對方凍結他的帳戶以前，儘可能地把錢統統都領出來。

在那之後該怎麼辦，他也不知道。

唯一能確定的，就是他沒有任何盟友，只能孤軍奮戰。

以及，如果還想要再見到珍妮的話，他只能靠自己去找到她了。

阿爾伯特．凡．戴克多等了三或四分鐘吧，才開始走往公園的出口。

沒有人留意到這名穿著大衣，在池邊踢著石子的男子。

也沒有人猜到他踢最多下的那東西其實不是石頭，而是台行動電話。

對威廉．薩柏格來說，手中的那張紙依舊一無用處，他根本看不懂。但珍妮所說的話的確極有可能。照她簡要的說明來推論，最後的結論的確符合邏輯。無庸置疑。

如果真要質疑，你就得從她最根本的假設下手，才能逐步拆解整套理論。而即便威廉的內心深處有此衝動，他也不知該從哪裡開始著手。

他只有聆聽的份而已。

「不論我多用心研讀這些詩文，」她說。「總是會有些部分我怎麼也弄不懂。」

威廉沒有動。

「這些段落倒不是假的。這我敢打包票。它們來自同一個來源，它們用字遣詞的方式一樣年代久遠，但解讀出來的結果卻不符合任何一個歷史事件。一開始，我想找個理由來解釋，想辦法略過這些段落。我告訴自己，我不是歷史學家，因此一定有很多發生在大型事件之間的、較小型的事件我沒聽過，一定是學校的歷史課沒有教到。應該是這樣，對吧？」

但她搖了搖頭。不對。這不是她爲什麼不認得這些事件的原因。另有其他答案，慢慢地，慢慢地，有些想法開始在她的腦海中浮現。

她停下動作，看著威廉。給他時間讓他產生相同的聯想。

「妳的意思該不會是，」他說，「有些詩文寫的是還沒有發生的事情吧？」

她緩慢地點了點頭。

「也就是說，人類的DNA裡隱含了有關未來的信息。關於那些還沒發生，但遲早會發生的事？」

她又點了一次頭。

「如果眞的是這樣，」威廉說。「接下來會發生什麼事？」

只有一個答案。

「不是什麼好事，」她說。「完完全全不是什麼好事。」

23

本來阿爾伯特・凡・戴克的辦公室從前一天下午就空蕩蕩的，這時忽然湧入了一大堆人。其中有些人是警察，其他人雖然說他們也是，但看起來比較像銀行家。所有的人都忙著搜查這名教授的書櫃跟查看他電腦裡面的資料，並且問些跟他的去向有關的問題。以及他有沒有說過什麼，就連任何瑣碎的細節都不放過。還有他是不是有些常去的地方等。

體態圓滾滾的年輕助理的回答總是聳肩跟搖頭。他眞的不知道。

他們只跟他說，阿爾伯特・凡・戴克不見了。從警方大舉動員的行爲來看，可以合理推斷阿爾伯特應該是遭到通緝了。同時他們也不停提醒他，若教授有跟他聯絡，他一定要立刻通報他們，而他也眞心誠意地答應了他們。

如今，他坐在自己的辦公桌旁。正在跟自己的良心展開一場拉鋸戰。

他的口袋裡裝著一張紙條，紙條上寫了一個瑞典的電話號碼。有一部分的他想要起身，把紙條交給警察，然後說，瞧，這件事情你們應該不知道吧，拿去吧，祝你們搜查順利。但另一部分的他覺得自己不應該這麼做。這些警察的行爲有些可疑；總覺得他們很不眞摯，說話避重就輕。而且忠於老闆應該比什麼都重要吧？老闆不就是爲了這個目的才聘請員工的嗎？員工本來就該幫老闆的忙，不是嗎？

當然，除非凡・戴克先生犯下重罪，而且情節已經嚴重到就連警方都開不了口。

他坐在那裡。看著他們。忽然間，他全身緊繃。

他感覺到褲子的口袋裡有股震動。

他遲疑不接。是時候該選邊站了。是要相信老闆，還是相信現在在辦公室裡的那些人。

或者也可以直接承認他老早就選了邊。若不是這樣，他爲什麼會把手機調成靜音呢？爲什麼手機會在口袋裡震動，搔著他的大腿呢？還不是因爲他想要偷偷接教授的電話，但又不想被警方發現，不是嗎？

看來他已經有了答案。

他選擇了忠誠。

他起身，走進走廊，跟穿著深色制服的男性說了個異常複雜的藉口，但其實該男子根本就不想聽。他說自己很渴，說中午的飲料不夠喝，說他會去一趟自助餐廳，若想找他可以打手機過去。說話過程中，他隨時都能感受到手機抵著自己的腿。而他也只能夠盯著警察的眼睛看，同時告訴自己對方一定聽不到手機震動的聲響，因爲他牛仔褲的布料很厚。

那名警察沒有反應。沒提到手機的事，也沒質疑他那關於口渴、中餐，還有身體缺水的故事。他轉身離開，任那個年輕祕書往前走進電梯，縱使這裡也不過才在三樓而已。

震動停了。電話切進了語音信箱。

他拉上木門，電梯邊發出嘎吱聲響邊開始往下降。電梯搖搖晃晃的，像個走在結了霜的人行道上的老人。他心想，這電梯遲早會害死人，但拜託，選個別的日子吧，千萬不要是今天。

他拿出手機。未接來電。號碼沒有顯示。完了。

但他很清楚老闆的個性，如果來電的人確是他老闆，那肯定會再打。才剛想呢，手機就在他手裡震了起來。

「喂？」他說。

「嘿。是我，凡．戴克教授。」

「非常好。我現在在電梯裡。兩秒鐘以後就會到樓下了，我不想讓他們看到我在講電話。我會去咖啡廳，整五分鐘以後再打過來。」

教授還沒回話，他電話已經掛了。電梯窗外已經是一樓了。他把電話塞回口袋，打開門，走進大廳。走下階梯，走進陽光中。轉身朝自助餐廳的方向走去。

兩名守在正門外的警察讓他通過。他們想都沒想到這個消失在路盡頭的男孩居然會是敵人的盟友。

距離他所任教的大學有數哩之遙，阿爾伯特・凡・戴克站在一家大賣場的陰暗角落，試圖佯裝自己因爲一些微不足道的理由所以必須待在那裡。

時間緩慢地往前進。四分鐘。四分三十秒。

他緊緊地握住手機，就像害怕手機會自行掙脫然後逃走一樣。那是他在幾個街區之外的一家小電器行連同預付卡一起買來的；那台行動電話是二手貨，表面有刮痕，按鍵有點卡，而且他得瞇眼才有辦法看清楚螢幕上的字。但看起來還能用，這就夠了。

漫長的五分鐘過去後，他輸入了助理的電話號碼。

電話響了一聲。然後手機的另一頭就傳來大學咖啡館令人熟悉的嘈雜聲：

「老天啊，你到底是幹了什麼事啊？」

「他們怎麼說的？」阿爾伯特說。

「有很多人來這裡要找你。」

「穿西裝打領帶的嗎？」

「有一些是這樣沒錯。還有警察。新聞上講的消息都是眞的嗎？」

阿爾伯特閉上眼。新聞。當然。當時街上滿是人潮，打電話給新聞媒體的人八成比叫救護車的人還多。新聞出來了，倘若有人認出了他的長相，他的照片遲早就會出現在網路上的各大新聞站台上。情況看起來很不樂觀。

「是跟珍妮有關，」他說。「就算你不相信我也沒關係，我懂。但她是被人綁架的，我不知道原因，不過現在他們把矛頭也指到我身上來了。」

對方的答案出乎意料。

「我懂你說的。」

阿爾伯特的祕書人在咖啡廳裡，他四下查看，確定沒有人在監視他。他刻意壓低聲音，但其實周圍的噪音已經夠大聲了，他還得用手掌把電話壓在耳朵上，才聽得清楚他老闆在說些什麼。

「你從來都不會去看桌上的那些字條，對吧？」

字條？阿爾伯特試著先在腦中描繪出他的辦公室，然後搜尋自己的記憶，看他是否漏讀了哪張字條。但那些字條啦留言什麼的太多了，數也數不完。都是些待辦事項，他根本不知道祕書指的是哪張字條。

「什麼字條？」他說。

男孩跳過這個話題，字條不是重點。「從昨天下午開始，就有個記者不停打電話過來。」

阿爾伯特愣住了。連呼吸都暫時停了下來。記者？爲什麼？

「從瑞典打來的。那個女人說她得跟你碰個面。說她的丈夫……」

然後呢？阿爾伯特等他把話說完。

「……也遇到跟你女友一樣的事情。」

他們的班機晚了四小時才降落在阿姆斯特丹，他們又累又餓，但卻沒時間吃飯休息。他們通過了海關。克莉絲汀娜拉著一只有輪的輕皮箱，里歐則背了一個破舊、八成已經旅行過半顆地球的帆布包。

剛走進出境大廳後不久，兩人就發現有人在跟他們說話。

這人走在他們背後幾步遠的地方，手上拿著一份報紙假裝在看，說話時也故意不看他們。

「看前面，不要看我。」他面對著報紙說。

很明顯是在跟他們說話。但下意識有時候是控制不住的。在腦袋還沒把事情連起來以前，里歐就把頭轉向聲音的來源，雙眼直直地盯著那個男人的臉看。

「看前面，」嘴沒開，他從齒縫又重複說了一次。「我會跟在你們後面。你們講你們的話，別理我。」

克莉絲汀娜跟里歐點了點頭，表示她明白。

很好。至少其中一個聽懂了。

「怎麼回事？」她問。

「這問題該由我來問，」他回答。接著又說：「你們打算怎麼離開機場？」

「我們租了車，車就在外頭。」她對著里歐說。里歐本來想回說自己老早知道了，但忽然懂了，於是僵硬地點了點頭。幸好里歐趕在克莉絲汀娜唸他以前自己就先留意到了。但因爲情況有點顚三倒四，他其實也不大確定自己這樣做對不對。甚至可以說，他腦子裡根本就一團亂。

「好，」男人說。「我會先跟著你們出去，等車子從停車場倒車出來後，你們就停車，讓我上後座。」

他們繼續走，沒說一句話，跟著「租車處」的號誌往前，走往出口的方向。

忽然，克莉絲汀娜又一次把頭轉向里歐。「在那之前，在你上我們的車之前，你方不方便先告訴我們你是什麼身分？」

他們又往前走了幾步。

彷彿他不想大聲回答。

有人從他們身旁走過，鞋跟在光滑的地面踩出聲響。男人耐心等候，繼續跟在他們後頭，直到鄰近的人都已聽不到他們的聲音。

「我叫阿爾伯特・凡・戴克。聽說你們一直在找我。」

24

時光倒流，克莉絲汀娜跟里歐離開史基浦機場的D61登機門，經過海關處，走往出境大廳。若他們在過程中轉過身看，就會看到機長阿頓・瑞別克匆匆穿過安全檢查門，往相反的方向走去。

他拖著有橡膠底輪的旅行包，一群穿著同樣制服的人緊緊地跟在他的後面。

一架波音747-400正停在航空碼頭E的地方等他。

他準備駕著這架飛機前往洛杉磯。機上的座位幾近全滿。但他心情很差，焦躁易怒。一天才剛開始呢，他就已經有了個爛透的開頭。

他眞是受夠了租來的車。

回國沒什麼好的，優點頂多就是可以睡在自己的家。只要他在，家裡似乎總吵鬧個不停。他寶貴的休假時間都用來陪一大群不知怎的就出生在這世界上的孩子。身爲父親，這也算是他的職責所在。不過阿頓・瑞別克跟他太太倒也從來沒覺得這樣子有什麼不好。在家還有另一個優點，那就是他有機會可以開自己的車。他深愛他那台深藍色的賓士車，他深愛陷進眞皮座椅時的感受。雖然他覺得這台車的馬力實在大得離譜，他根本用不上，但他很愛聽倒車出庫時汽車壓縮機發出的聲音。那當下，他會把音響跟空調都關掉，聆聽彌漫在前座的寧靜。此時，馬達在引擎蓋底下隆隆作響，但那聲響卻被隔絕在內，得仔細聽才能夠聽得清楚。

事實上，回家的唯一好處就是可以開這台車。

如今，阿頓．瑞別克的賓士卻進了修車廠。

不是他的問題。他的駕駛技術好得很，隨時隨地都會注意周圍的路況。但多虧了那個壓根兒不該讓他開車的瘋子，害他休假還得坐在一張不停散發出不知打哪兒來的菸味的座椅，偏偏租車公司又堅持從來沒人在這輛車裡頭抽過菸。不管怎麼說，他現在得回去工作了，想想這樣也好。

登機時，所有的空服員都不敢說話，機長的壞脾氣就像塊濕布一樣罩在大家的頭上。但所有人都知道，機長要駛離阿姆斯特丹時都會這樣。飛機一旦降落在其他國家，阿頓．瑞別克的性情就會隨之改變，立刻變得討喜又隨和，判若兩人。

直到在座艙入座，並於胸前繫上安全帶後，副駕駛才敢問他：「怎麼今天不是開自己的車？」

瑞別克生氣地瞪著他。「你偶爾也該看看新聞吧。」

副駕駛花了些時間才明白他指的是哪則新聞。

「不會吧，」他說。「不會是那起公路大追撞吧？」

「開豐田的白痴從橋上忽然撞出來，掉在底下的馬路上，還剛好掉在我的面前。對方說我能活下來真是奇蹟。」

「誰說的？」

「醫生。幫我檢查的人。你到底是有沒有在看報紙啊？」

副駕駛聳了聳肩。對話也在這裡結束。

幾分鐘後，一名空服員把頭從門外探進來，然後將兩杯咖啡放在飲料座上，此時兩名飛行員正在做起飛前的例行檢查。

「還有什麼需要我幫忙的地方嗎？」她問。

「有，」瑞別克說。空服員看著他，期待知道自己能幫上什麼忙。「我眞的需要有人幫我抓一下背。」

她乾笑了一下，差點都想比中指。但路途遙遠，他們還得相處好些時間，因此就打消了那個念頭。

「我想，那應該是副駕駛的職責，」她說。「工會有規定，我也只好照辦。」說完她就轉身離開了座艙，讓兩名駕駛繼續他們的檢查。

機長阿頓．瑞別克看著她離去的背影，心裡同時覺得有趣跟失望。他不是在開玩笑。他的背很癢。事實上，已經癢到受不了了，整個早上都是這樣。

但他沒有再多說些什麼。只作勢要副駕駛繼續檢查，同時嘴裡一一喊出各按鍵的名稱以及「檢查正常」。此時，瑞別克用手邊的筆探進領口地方的縫隙，想藉這樣抓到那個癢得要死的地方。

他的心思都放在例行檢查上，所以沒想到背後傳來的那陣暖意，說不定是滲開的鮮血所造成的。

25

由於開車的年輕人駕駛技術實在是太差了，使得阿爾伯特．凡．戴克不免自問，如果當時沒有反抗，任公寓外的人把他帶走，活下去的機會說不定會比現在還高。

「你要往右開啊！」他死命地大叫，里歐聽出了他的焦躁，便往上看，剛好在照後鏡裡對上阿爾伯特的眼睛。

「是要轉彎嗎？」他說。「現在嗎？」

「不是。是往馬路的右邊開。」

喔。里歐掃視了一下眼前的路況，發現自己的確筆直地開向迎面而來的車流中，於是很快地將車頭一轉，把車開回了道路右側。雖然依舊默默地開著車，但他的雙手緊握方向盤，腎上腺素充斥體內。即便暖氣有些故障，身體依然因流汗而變得濕黏。

他的駕駛技術很好。真的。他只是沒有料到前方的道路居然會在無預警的狀況下，忽然從原本的單行道變成雙向道。里歐很確定一般情況下應該都會有號誌來說明這樣的情況，但正在將車駛離城市的他注意到，這裡的交通號誌非常少，路上電車卻太多。除此之外，他也不知道車子到底是要開往何處。

阿爾伯特慢慢將眼睛從里歐的身上移開。

聯絡他祕書的人就是坐在副駕駛座位上的女性。他試著冷靜下來，把思緒換過來集中在她的身上。名片上寫著她的姓名是克莉絲汀娜・薩柏格，職業是記者。他們一直想攀談，但每每還沒開口，就會因爲阿爾伯特又開始對駕駛大吼大叫而中斷。在他眼中，這駕駛分明想要害死他們。

克莉絲汀娜決定破冰。「爲什麼你會被警方通緝？」

「他們忽然出現在我家外面。我可能不小心害死了他們其中的一員。」

「他們？」她問。「你是指誰？」

「我原本還指望妳能告訴我咧。」

克莉絲汀娜搖搖頭。車內又陷入沉默，僅接二連三的急轉彎聲跟某名駕駛的咒罵聲穿透這樣的寧靜。他們已經離開了市中心。窗外，下午逐漸轉爲黃昏，街燈與車燈按著一定的節拍掃過他們的身上。

「你們爲什麼要過來這裡？」

克莉絲汀娜看著阿爾伯特。「我們的事，你知道多少？」她說。

「就只知道妳跟我的祕書說的那些。」

好。克莉絲汀娜從頭開始講起。先是威廉失蹤，後來里歐發現了那則報導上的情節，兩案有不少相似之處。雖然領域跟切入點不同，但兩人的工作都跟密碼有關。

阿爾伯特聽著。在適當的時候點點頭，但沒有插話。他的情緒很複雜。一方面來看，他很想相信兩宗綁架案件有關聯。如此一來事情就會簡單很多；他們就能比對彼此的資訊、目前為止處理的經過，說不定還能獲得某種結論，讓案情有進一步的進展。但另方面來看，兩案的相似度又極其有限。沒錯，他們都失蹤了，也碰巧擁有類似的專長。但畢竟兩起失蹤案件的間隔時間超過六個月，而且就連發生事件的國家也不同。

克莉絲汀娜感受到了他的疑慮。

「我昨天晚上沒睡，」她說。「我去瀏覽每一個我有權限進入的資料庫，想盡辦法挖出更多資料。關於整起事件的調查。關於珍妮的一切。」

里歐盯著她看。他也是第一次聽到這件事。

「其中一份報告提到一件事。約略提到而已。事實上，警方會認定這起事件是珍妮自導自演的失蹤事件，原因是因為……」她試著找到正確的字眼，想儘可能地貼近報導的原意。「……因為，根據目前為止的調查顯示，離開時，她把所有的個人物品都帶走了。那篇報導大概是這樣講的。」

阿爾伯特有猜到她接下來可能會說什麼。因此，雖然這個細節很小，但若她要證實自己的推論，這個細節至關重要。「妳的意思是？」

「我前夫不見的時候，」她在椅子上轉過身，一腳疊在另一腳上，在不解開安全帶的情況下儘可能面對著阿爾伯特。「他把所有的東西都帶走了。我所指的所有東西不單只有指衣服、牙膏那些。你知道的，就那些東西。他真的帶走了每一樣東西。電腦、研究資料、早年實驗留下來的一些數據、一些筆記，還有一些他在任何情況下都不會隨身帶著的東西。」

里歐用眼角的餘光看著她。等著聽她講下一段，就是他們女兒的照片卻被留在牆上的段落，但卻沒等到。她沒有再多說一句話，就只是坐著看阿爾伯特消化掉這些訊息。

沉默了一段時間後，後座的人終於開口了。

「他們不停跟我說，她離開我了，」他緩慢地說。「他們說她一定早有預謀，說人在什麼也沒先說的情況下，就拋棄另一半，其實並不罕見。而這對我來說一定難以接受，他們能夠體諒。我當下只想回他們去你媽的！但我不常使用髒字。」他稍微停頓了一下。「我就是知道。」

「她帶走太多東西了。」克莉絲汀娜說。

他搖搖頭，肯定她的說法。他不停搖頭，要藉此否定他曾質問過自己的所有問題，他第一次把自己的想法大聲說出來，因爲對方的思考邏輯跟他很像：

「她幹麼那麼做呢？一些她根本就沒在穿的衣服。一些舊的課堂筆記，那些課她根本就沒興趣。一些我藏起來不讓我母親知道的東西，我藏在她的衣櫥裡。所有的東西都不見了。」

「那你的結論是什麼？」

「這些東西是有人幫她打包的。」

克莉絲汀娜點頭表示同意。

「如果兩起事件的幕後主使者是同一群人的話，」他說。如果兩字的語氣特別加重，彷彿他不願這麼相信。「這又代表了什麼含意？」

他看著她，彷彿在跟自己辯論，彷彿他還想繼續說下去，但又不知道自己該不該說。接著，他傾身向前：

「妳的前夫跟瑞士有任何瓜葛嗎？」

「沒有，」她說。「怎麼會這麼問？」

「因爲我收到了這個。」

他盯著她的眼睛看，然後從口袋裡拿出那個黃色信封。就是署名寄給艾曼紐・斯芬克斯的那封，就是封面用機器印上了伯恩的那封，就是他拿給警察看的那封，就是害他回不了家、回不了辦公室、也去不了任何想去的地方的那封信。

她接過。翻面。打開。裡面有三張紙。內容是手寫的。有千百個問題。她準備開口問。

嘴巴才剛打開，他們的車就駛離了路面。

里歐的反應很離譜，但他們的小命卻也可能因爲這樣才得以保住。當時，他以爲車被撞了，可能他又做錯了什麼事，於是往右邊開，以爲自己一定又不知怎麼搞的開錯了車道卻不自知。

但其實，里歐已經把車盡量開在最靠右邊的地方了。

因此，當這輛租來的車往右側的邊緣開時，再過去已經沒有路了。除了草皮、黃土跟一大堆的高低起伏外空無一物。車子上下晃個不停，里歐用吃奶的力氣把煞車踩到底，就連腳底都碰到了橡膠墊。

直到車子停了下來，他們才意識到剛剛發生了什麼事。

發自他們汽車的碰撞聲被一種不停增強的低鳴聲所取代。嗡嗡的低鳴愈來愈猛烈，愈來愈大聲，不肯休止。從路旁陡坡的頂端往上看，霧濛濛的黃昏午後亮閃著黃光，不同於以往的灰暗。

他們下了車，空氣中有泥土跟汽油的味道。黑煙把一切都染暗了。爬上陡坡後，他們都愣住了。

他們很幸運。

那班客機剛剛從他們的頭上飛過，但幸好飛行高度還夠，讓他們得以逃過一劫。飛行了幾百公里後，飛機才終於著地。滑行過程中掃過了路上的一切障礙物，且毫無停下的打算。

促使里歐駛離路面的樹就倒在他們眼前的柏油路面上，就在陡坡的邊緣。那棵樹被其他的樹團團圍住，這些樹裂的裂、碎的碎，散滿整個路面，跟其他被下墜的飛機掃倒的電視天線、電線杆等東西混在一起。這些東西也許是被飛機的引擎擊碎的吧，也或許是機身的其他部位帶來的破壞。當時，飛機一定像片飛盤，先是在空中平穩地飛行，然後慢慢靠近地面，最後掃過一幢幢房屋，掃過都市往外擴張的所有建築區域。

身旁的噪音慢慢退去，或許是因爲整座城市的人都已陷入了震驚的情緒之中，導致所有人類製造的聲響都消失無蹤。遠在人們撥打電話求援之前，遠處就已出現了閃爍的藍色燈光。

不出幾分鐘的時間，眼前的景象就變得截然不同。原本的陰暗與靜寂變成了明亮又閃爍著燈火。一大群人動來動去。

寧靜、冷冽的夜從此消失，再不歸來。

26

珍妮帶他來到牆邊，走道盡頭的楔形符號旁，把手平放在其中一張紙上。

「我不是有給你一張紙嗎，」她說。「你看一下那張紙。」

他照著做。紙上的最後幾個符號跟牆上的符號一模一樣。這些字一定代表了時間表上的某種事件。不管那上面寫的是什麼，她的確因而嚇壞了，但他還是不明就裡。

「我不知道事情接下來會怎麼發展，」她說。「但我很害怕。」稍事停頓以後才又說：「這就是我們被帶到這裡的原因。」

他等她繼續說。

「發生的所有事情。海蓮娜．沃金斯。怕你跟我被感染。病毒。一定是這樣子。」

威廉用眼睛表示他還沒弄懂現在的情況。

「他們早就知道會發生。他們知道，而時候到了。」

「什麼事情的時候到了？」

她頓了一下，不知道該怎麼表達。她不想要讓自己講的話聽起來太天真、太笨，或太老套，也不想像會出現在圖像小說裡的人物對話泡泡框。但除了綜合以上幾種表現方法外，她想不出其他的方式來表達。

「我猜我們快要死了。更正：我知道。」

威廉用兩手的大拇指跟食指按摩兩邊的太陽穴。他按壓的力氣太大，大到臉頰都疼了起來，彷彿他可以藉此把紛亂的思緒統整爲一，但卻沒有任何效果。

「妳爲什麼會知道？」他壓低了聲音說。「不對，我不在乎爲什麼，但妳是怎麼知道的？妳爲什麼可以就站在那兒、盯著那些詩文，前一秒還在跟我說那是一種表意的語言，有很多種解讀的方法，下一秒妳就忽然說妳知道了。爲什麼？」

「這是一種語言。我沒辦法用圖表說明給你看。但我就是知道。」

「但妳怎麼能斷言自己就不會誤判？難道妳的推論就不會出錯嗎？就算妳剛剛說的那些，關於什麼詩文的排列順序啦，關於歷史事件啦，關於其他的這些，就算妳都說對了，妳怎麼知道妳現在說的就一定也是對的？」

珍妮多麼希望他說得沒錯。

問題是，她知道他錯了。她知道這些文本既然能夠正確地描述過去，便足以證實其所描寫的未來事件也必爲眞。她知道牆上的詩文足以證明她的想法沒錯。而不管他再怎麼努力想要推翻，她也有辦法堅守自己的想法，而且明明白白地告訴他，讓他知道自己是怎麼得到目前的這個結論。

身爲一名學者，她應該要覺得滿足。然而，她卻擺盪在恐懼跟另一種難以名狀的情緒之中。是哀傷嗎？

她長長地嘆了一口氣，轉身面牆，往回走過那一疊疊列印出來的詩文，尋找正確的位置。在那裡。停在旁邊，她的手穩穩地指在其中一疊紙張上。

「這裡。十四世紀。這裡的解讀你同意嗎？」

他偏了一下頭。她知道他想表達什麼：也許吧，也許妳的假設都是對的，關於那些時間表啦順序啦事件啦什麼的……她因爲沮喪而甩了手。老天啊！她知道他明明就懂，他只是不想去懂，但他們已經沒時間再繼續吵這個了。

「蒙古帝國的崛起，」她說，邊指著左手邊紙上一行又一行的字。「撒馬爾罕跟布哈拉的陷落。如果你想要的話可以去查看看有沒有符合史實。」

她的手仍放在十四世紀上。往右指：「往這邊看：康士坦丁堡興起。山西大地震[16]。諾夫哥羅興起。有任何異議嗎？」

他有，但決定不講。

於是她又繼續講解眼前那張紙。「十四世紀的主要事件在這裡。黑死病的再度爆發。」——她指著某些獨立的符號——「老鼠。疾病。感染。死亡。疫病大爆發。」

講最後幾個字時，她直直地看著他的眼睛，彷彿她剛剛說了什麼恐怖的大事，彷彿他早該理解。

「那爲什麼，」他說。「這跟我們要死了有什麼關係？」

「因爲這個。」她說。

她伸手去拿眼前的紙，動作輕柔地把原本用大頭釘固定在牆上的紙取下。紙上留下兩個小小的裂痕。

她動手摺紙，把紙摺得跟手風琴一樣，一行行的詩文消失在一行行的皺摺裡，直到僅剩最下面那行的符號

16 一般稱為嘉靖大地震，也叫華縣大地震，發生於明朝嘉靖年間（西元1556年初）。死亡人數超過八十萬人。

還看得見。

走向威廉。走經一面牆的距離，經過十九世紀的二次大戰與海嘯，一路走到威廉站著的地方。他身旁的紙上有著跟他手上的那張紙相同的符號。他幾乎站在牆的最右側。

她立刻把那張摺得整整齊齊的紙放在威廉身旁那張紙的下方。

兩行詩文完全相同。內容一模一樣。

一模一樣的文字。疫病大爆發。

她看著他。意識到他懂了。

「就因爲這個。」

安妮·瓦格納在走廊上急奔，沿途不停閃躲那些搖晃作響的擔架跟載滿用品的推車，它們都擋在平常不該出現的地方。

情況混亂，而且會變得愈來愈糟。

她一整天都在約瑟夫·果瑟醫師的身邊幫忙，看著他神情專注地從一間手術室趕到下一間，救助一個又一個的病人。就如同神祇在瀕死的軀體邊來回穿梭，吹氣喚回他們的性命一樣。

他是最早趕抵現場的人；他在馬路上檢查傷者，幫他們做緊急處置，並決定好傷勢的輕重緩急，確保傷者能夠依照最有效率的順序，轉送至施洛德伐特醫院療傷。後來，他便不停地幫患者動手術，一間接著一間，直到兩眼再也無法對焦，直到他因筋疲力竭而變得行動緩慢又粗心。最後就有人命令他去休息一下補個眠。

現在又發生了這種事。

警報聲響起時，所有人當下的反應都是不可置信。

這根本就難以想像，怎麼可能呢，已經忙了一整天了，一定是騙局，一定是誰在開玩笑，一個非常、非常殘忍的玩笑。有那麼多電話要打，有那麼多的狀況待評估，每一件事情都要花上許多的時間。每一個人都在大叫、奔跑，救護車已經出發，而果瑟醫師才不過休息了最多一、兩個小時而已。

她很尊敬他。不，比這個還嚴重。她對他有好感。若有人覺得這很老套，就隨他們去說吧。若她澎湃的感情只會被批評是又傻又天真，那就這樣吧，她就是又傻又天真。也許就是這份感情促使她跑過一條條走廊，明明已疲憊不堪，卻仍勇往直前。她的腳步迅速又有節奏感地跑過鋪了油氈的地板，朝他休息的地方跑去。

她爲他的所作所爲感到驕傲。很快地，她就會把手放在他的肩膀上叫醒他，告訴他有可怕的事情發生了，好幾百名傷者正在往這邊送過來。而他不大可能會記得她的名字，但若他記得，她就會擁有再工作數小時而不須休息的動力。

日光燈管在閃了幾下後亮起，她隨即尖叫，整層樓的醫務人員都停下手邊的動作。他們跑過一條條走廊，來到安妮·瓦格納佇立的門邊。只見她喘著氣，眼神空洞。她在面前的地板上吐了些東西，眾人當下的反應是要她坐下，把頭放在膝蓋之間，緩慢地大口呼吸。她工作了很長的時間。他們認爲她一定是累了，再加上想起一些令人觸目驚心的過程才會這樣；她得睡個覺，喝點水，也許還得補充些糖分，然後很快就會好了。

雖然沒說出口，但這是大家共同的想法。

直到他們知道她爲何尖叫。

是其中一名男護士先注意到的。一開始，他以爲約瑟夫·果瑟被人刺傷。不然怎麼可能會流這麼多的血？染濕了被單後，血在地板上小溪般流淌，最後聚積在角落洗手台下方的排水口旁。

那名護士跑進去，將他翻背後測他的脈搏。

但約瑟夫．果瑟卻少了脖子能讓他測。

護士將他翻身後，他的皮膚仍然黏在床上、黏在被單裡、黏在罩著床鋪的塑膠紙上，像一塊沒烤熟的馬芬蛋糕黏在油塗得不夠平均的烤模上。才不過幾個小時前，約瑟夫．果瑟醫師是名穿著白袍的英雄，穿梭在一間又一間的病房間拯救人命；如今，他卻成了一具醜陋的、被扒了皮的屍體，彷彿其軀體是在野外曝曬了好幾星期，而非只是睡了幾個小時，而且還是睡在歐洲最先進的醫院裡一間陰暗、涼爽的房間中。

當年輕的護士轉身看著門邊的同僚時，他不知道該說什麼來表達自己的心情。

幾分鐘以後，消息傳到了政府單位。

彼時，醫院已經因爲隔離措施而緊急關閉。

27

阿姆斯特丹被各種閃爍的顏色給淹沒了。

負責急難救助的車輛投出的燈是藍色的。消防車、警車、救護車，它們的深藍光線穿過空氣，照亮了周圍環境，在各種能夠反光的物品上斷續閃現，直到消失在午後的黑暗之中。探照燈投出的光是白色的，有的裝在車頂或救難車輛上，其他的則是懸掛在吊車上，藉此照亮現場，讓救難人員能夠看得清楚。

但出現最多的顏色卻是黃色跟橘色。大大小小的火焰，從猛烈燃燒的巨焰到星火點點的餘燼，標示出了各種物品的殘骸：房子、樹木、汽車，或其他當飛機橫掃而過後被燒成灰燼的物事。

阿姆斯特丹被火焰吞噬了。

飛往洛杉磯的604號班機的殘骸就位在他們前方的幾百公尺外，在黑暗中隱約閃現。飛機變得焦黑、餘火未熄、裂成碎片。在白色的泡沫地毯下，厚厚的濃煙柱往上竄出，直達天際。

出現在各地方的警察都不停告誡民眾別靠近，要他們離開事發地點。即便相較於驅趕這些愛看熱鬧的人跟好事之徒之外，他們其實還有許多的事情得做。

其中一名警員沿著封鎖線朝里歐走來，最後停在他的面前。

「你沒事吧？」他問。

「我的運氣很好。」里歐回答。

「你該找個人幫你檢查一下那裡。」

里歐的眉毛處撞到了側邊的窗戶；傷口會抽痛，而且他感覺到額頭也有流血，但還有其他傷勢比他更重的人。因此他敷衍地咕噥了幾句後就退到一邊，讓警察通過。阿爾伯特就站在里歐的背後，距離他只有幾步遠，他一樣退開，同時暗自祈禱警察最好把心思都放在處理眼前的狀況，而忘記了今早那則消息：有嫌犯把一名男子推到了一輛車的前面，警方目前正展開通緝追捕行動。拜託，千萬別想起關於嫌犯的長相敘述啊。

「你不會冷嗎？」阿爾伯特聽見里歐問他。

他得想一下。天氣的確很冷，但他不冷。事實上，他已經對任何事情都麻木了，縱使他身上只穿了休閒外套跟一件薄薄的襯衫。

「去穿上吧，」里歐說。「你的大衣。去穿上吧。相信我，凍死人啦。」

在阿爾伯特轉身往他們的車的方向走去時，里歐檢視著面前的慘況。他飽覽一切——燃料的刺鼻味，焦黑的木頭、金屬碎塊跟人肉——但卻也麻木，無法釐清自己究竟聞到了什麼、看到了什麼。就如同他也聽得見引擎的隆隆聲、警笛聲、尖叫聲跟啜泣聲，但其實卻什麼也沒聽進去。

克莉絲汀娜·薩柏格跋涉過結了一層霜的草皮而來，沿著藍白交錯而成的警用封鎖線快速移動。里歐這時才留意到，他並不知道她究竟已經離開多久了。

她把手機貼在耳上，並試圖吸引里歐的注意。她豎起一隻手指，彷彿要他別走開。別走開，手指說。我等一下會需要你的幫忙。

這個指示毫無意義。

縱使此刻的里歐有做決定的能力，但他卻完全不知道自己該何去何從，也不知道自己接下來該怎麼做。他們被困在黑暗中，身在異國某座城市的邊陲地帶，眼前的每個市民都跟他一樣驚嚇、呆滯、茫然。

她走過來。掛斷手機後，把自己的手機交給他。

「我跟新聞台的人談過了，」她說。「我看起來怎麼樣？」

里歐的腦海裡有好幾個答案，但此刻說出口都不大恰當。從某個角度來說，她基本的造型搭配好看得嚇人。但從另一個角度來講，她看起來非常像經歷過車禍、眼看飛機毀掉一座城市、然後卻努力地把情緒埋藏在記者證的背後，四處探問誰負責此次的救援行動，並希望把這場毀滅性的大災難轉換成一流的新聞素材。

里歐決定不提這些。

「妳看起來，怎麼說呢。妳打算怎麼做？」

「五分鐘以後，我們就會直接透過網路直播。」她的口氣很自然，彷彿天經地義。她面帶微笑卻不是真的在笑，多年的訓練讓她得以不透露出內心的真實情感。同時忙著用手指想把髮捲弄得更鼓一些，讓自己看起來更上相，但實際上卻沒有太大幫助。然後她拿回了手機，啟動前方的攝影鏡頭。仔細檢查畫面，與螢幕上的自己四目相對。不是很完美，但就是這樣了。妝太濃會讓人覺得她不像親臨現場，太凌亂的話別人又不會把她當一回事看待。她又一次在螢幕前彈了彈手指，找到了自己要的感覺後，把手機交還給里歐。

「把你的手機給我。」

他照她說的辦，試著從驚嚇引發的泥淖及疏離感中走出來。他在口袋裡忙亂地翻了一陣後，把手機掏出來交給她。里歐很緊張，因爲他要跟克莉絲汀娜．薩柏格一起報導新聞了，不只是要幫她喔，而是要跟她一起報導。同時讓他覺得緊張的還有網路直播，一旦他們開播，只要有網路的地方就可以看到鏡頭前的一切。而且，他知道自己的反應太誇張了，他當然知道，畢竟整個世界忽然天翻地覆，半座阿姆斯特丹都鬧火災了，誰會管他手機怎麼拿、鏡頭有沒有對好。但不管怎麼說，他就是會緊張。

他們家是瑞典最大的新聞網站。而在發生這麼大起的事件後，他們的網路瀏覽人次一定會爆量。很有可能，他們會是第一家有記者在現場的新聞頻道。媽啊，眞的是大新聞。

她在他的手機上按了一組號碼，然後把糾纏在一起的耳機塞進耳裡。在等待接通的同時她看著里歐，讀他的思緒。

「沒時間緊張了。你站在那裡，我站在這裡，把飛機當作背景。沒問題吧？」

沒等他回答，她就豎起一根手指，這次是要他安靜。

「又是我。準備好了嗎？」

她讓自己聽起來很專業。接著她開始對懸掛著的麥克風倒數，對著電話另一頭的人測試音量，層層的專業形象遮蓋了事實：她其實跟所有在現場的人一樣驚愕、害怕。

里歐已經把鏡頭對準她了。

克莉絲汀娜耳中的聲音也對她豎起了大拇指。他們有影像、有聲音，看起來都很不錯，每一個人都準備好了，就等她一聲令下。

她穩住呼吸，穩住情緒。

她對這種事情很拿手。在周遭的一切陷入混亂時，她能夠保持冷靜，維持專業形象。就是因爲會遇到這樣的情況，她才最熱愛自己的工作。這工作就如同一副能讓自己置身事外的保護鏡，如同一面盾牌。彷彿她忽然扮演起了世界之母的角色，只要把情況說明清楚，混亂就能回復平和。

她知道如何面對這樣的情況。

自己的危機就比較難對付；你的情緒赤裸裸，少了一面叫做客觀的盾牌來保護自己。但當下此刻，她是職業人士，地點對了人也對了，她知道自己的報導能讓觀眾早先一步見證歐洲有史以來最嚴重的空難事件。而且藉這個機會，她也對自己沒事爲何跑來阿姆斯特丹這件事有了合理的解釋。想到這裡，她不禁鬆了一口氣。

克莉絲汀娜．薩柏格閉上雙眼，在腦中演練最後一次。

沒問題。她準備好了。

她站得筆挺、神情恰如其分地莊重。她拉動耳機的線，讓麥克風更靠近嘴，讓距離夠近卻又不會礙事。然後她對里歐點了點頭，同時眼睛望向眼前的小小鏡頭。

「我準備好了。」

直到一分鐘過後，看著克莉絲汀娜透過他手機的鏡頭在報導現場，里歐才了解到剛剛發生的事件有多嚴重。

角落的綠色符號轉換成了紅色，上面顯示「已連線」。她的報導講得愈深入，他就愈需要穩住心緒，才能把手機拿穩。

報導中說，失事的飛機在地上所掘出來的深溝超過一百公尺寬。飛機先是在阿姆斯特爾公園的北側著地，撞出一個滿是泥沙與焦炭的大坑。緊接著，以大坑爲起點往外延伸，失控墜落的機體往前滑動，衝撞歐洲E19公路後，繼續穿越斯卡德比爾的住宅區。飛機所經之處大石被剷平、機件四處散落、房屋盡成了斷垣殘壁。

飛機失事後，沿途的公寓、辦公大樓跟一所學校都被夷爲平地。救難人員目前正努力嘗試進入起火的建物跟瓦礫堆中尋找生還者。飛機機翼從機體脫落後，如同一把巨大的剃刀般平飛出去。機翼先是彈高，再於墜地後在平地上往前滑動，這巨大的鋼鐵機件直到在離撞擊點約一英里外的地方，才總算停了下來。

救難人員估計死傷者可能會「高達數千人」，她告訴觀眾，然後就開始描繪出慘劇發生以前這些人可能在做些什麼。孩子待在教室裡，上班族待在辦公室，母親在做家務事，幼兒在玩玩具。每一個人都有自己的夢想跟未來的規畫，卻不知道他們的世界將會在瞬間之內毀滅殆盡。

人在鏡頭後面的里歐先是咬緊牙關，接著再換用門牙咬緊嘴唇，讓自己免於落淚。不可以在這裡，不可以在克莉絲汀娜．薩柏格的面前，現在不行。

他根本就不該來這裡。

他應該要待在自己位於南島的住家的床上，他應該就放任電話去響，畢竟哪個正常人會在早上五點打電話來擾人清夢呢？但他現在人就在這兒，在阿姆斯特丹市郊一塊田野的邊緣。不論眼睛看到何處，該處那駭人的現實都回眼望他。此刻的焦黑處處及濃烈的氣味將永遠伴他左右。生命中第一次，他沒有辦法簡單地拿起遙控器轉台，看點比較正面的消息。

里歐．比亞克現年二十四歲。

這是他生命中最糟糕的一天。

然而，這跟城市另一側已然展開的事件相比，卻又不過是小巫見大巫。

28

威廉想辦法穩住自己的情緒。

疫病。

他盯著牆，看著那些符號，努力要找出對的問題，想藉此破除她的假設。但他的大腦只想得出些零零落落、無法整合的半吊子想法。記載在人類DNA中的歷史事件。組織製造出來的致命病毒。一個能幫助他們將答覆加密的金鑰，但要答覆誰呢？那些預言嗎？

你怎麼去回答一個根本就不是問題的東西呢？

忽然間，不知怎的，他忽然找到了答案。

起初像某種直覺，但立刻快速成長爲一套完整的分析。鏗鏘有力、無懈可擊。但隨著答案逐漸變得明顯，那當下的體悟卻也強得令人發疼。

「我知道病毒是用來做什麼的了，」他告訴她。「我知道我們爲什麼被帶到這裡了。」

珍妮的腦中有幾千個問題。但還沒說出口之前，他們就聽到走廊處傳來了腳步聲。

他們立刻中斷對話。等著看接下來要發生什麼事。

門打開，是康納斯。

他清了一下喉嚨，然後要他們跟著他走。

康納斯大跨步走進石砌穿廊中，他的眉頭因擔憂而深鎖，一路延伸到了前額。

他聽見珍妮跟威廉的腳步在背後響起一陣陣平穩的回聲。極其輕微地，他不免爲了兩人總算來到了跟組織的人同樣的立足點而感到滿足。

他是對的，弗朗坎是錯的。蒙著他們的眼睛根本毫無意義——如果組織不允許他們知道現況，他們根本就不會提供任何有用的消息。

如今，他們終於可以開口發言了。

唯一的問題是，這一切還有意義嗎？

因爲大體而言，康納斯害怕他們已經無力回天了。

克莉絲汀娜・薩柏格的行動電話放在他們面前的桌上，桌上還有瓶裝水跟幾盤沒人碰過的食物。玻璃跟塑膠構成的方形物體跟周遭的飲水、食物相搭配，就成了一幅東西擺得很亂的靜物畫。

外頭已經入了夜，但卻沒有人已入眠。

電視跟電腦所射出的光線，在一扇扇窗戶內閃爍著。住在任何地方的人都想知道發生了什麼事，也打電話確認親友是否已平安到家，或是仍舊聯繫不上。而每當有人在城市的某處呼出安心的一口大氣時，城市的他方就會有另一個人雙腿一軟，癱倒在地。

克莉絲汀娜不知道自己已經多久沒有合眼了，但她知道自己很疲累。每次轉動雙眼，眼窩的地方都會卡卡的，彷彿眼睛被泡在很濃的液體中保存一樣。里歐跟阿爾伯特就坐在她的面前，他們臉上的表情跟她一樣茫然、不敢置信——不，所有待在這間座位半滿的地下酒吧的人臉上都露出相同的表情。

灰暗的酒吧藏身在一段階梯的下方，該區域內的建築會讓人聯想起袖珍屋或是童話中的城堡。吧檯在酒吧的後方，裡頭擺了一台平面電視，上頭正在播放災區的紀錄片段。同樣的影片再三重播，螢幕下方的跑馬燈則不停報導最新的消息。跑馬燈上的字不停移動，它們映照在架上一排排玻璃瓶上的形體也不停扭曲、變形。

他們就坐在這間酒吧裡。很餓，但卻沒有食欲。

那只黃色的信封就擺在桌子的邊緣處。

他們才剛點完餐，阿爾伯特就把信拿了出來，告訴兩人關於信件內容的全部資料：人名啦、提到的字句啦，還有信中潛藏的恐懼。他也讓兩人看了有城市名稱的郵戳。里歐用克莉絲汀娜的手機拍了照後寄到位在斯德哥爾摩的編輯部，希冀能夠藉由自動郵務機上的識別碼追查機器的所在位置。

而克莉絲汀娜也打了電話給彭格蘭，但他沒有接。

「接下來該怎麼辦？」阿爾伯特問。

「除了等待以外，」克莉絲汀娜說。「我們也沒有其他的辦法了。」

那天晚上就這樣過去了。

後來，他們背後的平面電視上的墜機頭條被其他的新聞取代，而且字體比先前的還大。可是到了那個時候，人們已經把目光從電視上移開了。

康納斯領著他們走過石砌穿廊、穿過鐵門，來到複合建築區內後期才興建的區塊。他們走過一長串無色的霓虹燈照亮的走道，兩旁的冰冷牆面只可用缺乏特色來形容。終於，他們停在了走道的盡頭處。鐵杆搭成的小階梯通往一扇門，這裡就是走廊的盡頭了。除了往前進以外，若要回頭，就只能走剛剛他們走過的那條路。

這裡跟他們之前走過的地下道路有著相同的長相。但唯有一點，有著極大的不同。

這扇門上寫著警告標語。

大大的黑色字體寫在黃色的背板上，明確標示出門後潛藏的危險。上頭還有死亡、危險，以及象徵生物性危害的符號。

未獲同意，禁止進入。有感染風險。

病毒。

威廉跟珍妮依然沒說話，等著聽康納斯解釋為什麼要帶他們來這裡，等著聽他說自己一直都有在監聽他們說的話，他知道他們如今知道了些什麼，而組織無法容許這樣的事情發生。說不定他會打開門，把他們兩個推進去後把門關上，就讓他們留在裡面。直到不管用再怎麼強力的水柱沖洗，也沖洗不掉他們身上的病毒時，才會把他們放出來。

但他並沒有這麼做，反而口吻輕柔地說：「很抱歉要把你們帶來這裡。但我猜想你們應該已經都知道了吧。」

珍妮看著威廉。看著他對康納斯點頭。

「我想應該沒錯，」威廉說。「解決之道就是我們要處理的課題。對吧？」

「這麼看來，你的確已經知道了。」康納斯說。

珍妮輪流看著他們兩人。不管威廉已經知道了什麼，她都還不知道。

「什麼解決之道？」她問。「什麼課題？」

威廉轉身面對著她。說了四個字：「病毒載體。」

他在等康納斯確認他的推論是否正確。但康納斯什麼也沒有說。

「解釋給我聽。」珍妮說。

威廉遲疑了片刻。但決定既然他都已經起了頭，不妨就繼續說下去。

「我的想法是這樣，」說話的同時，威廉的眼睛凝望著康納斯，要確認自己的想法是不是正確。「這個病毒其實是我們的解藥。」

「是要對抗……」珍妮問。

「對抗我們自己。」

珍妮皺起眉頭。我們自己？

「對抗那些預言。對抗那場疫病。對抗我們自己的ＤＮＡ。」

珍妮不確定他是在打啞謎還是說瘋話。不管答案是哪一個，那都已經開始讓她感到焦慮。

「你在說什麼啊？我們企圖殺害自己？」她的語氣中充滿了濃濃的諷刺，她很清楚這樣的表達方式不算太好，但她累了，再也無法壓抑自己的情緒。「所以是我們自身的DNA把海蓮娜·沃金斯給關進那個玻璃箱裡？樓上的人用那些該死的塑膠管來清洗我們，是為了洗掉我們自己身上的DNA？你的意思是這樣嗎？」

她知道自己講話沒必要這麼尖酸刻薄，但她已經受夠了這些零零散散的訊息。她想要知道，想要人家用一種她能理解的方式告訴她，讓她知道到底發生了什麼事。

「不是。」威廉說。「妳說的是病毒。」

「如果是這樣的話，那麼我不認為那病毒是什麼一流的解藥。你覺得呢？」

「對，它的確不是。而這就是為什麼我們被帶到這裡的原因。」他看著康納斯，尋求他的認可。

「薩柏格說得沒有錯。」他說，語氣中帶有一絲的歉意，彷彿他對威廉比珍妮早一步理解覺得抱歉。

「想像看看，」康納斯繼續說。「想像看看，有一天，你們發現了一份文件。而那份文件上寫了你人生中即將發生的一切。你們會怎麼做？」

「如果你是一年前問我這個問題，我不但不會去理會文件的內容，還會把它丟掉。」

「但若後來證明文件上面寫的都是真的呢？如果後來發現這份文件是遠在你出生之前就已經寫好的，而且上面所寫的、關於你過去的每一件事都無比準確，直到這一刻為止呢？再者，若這份文件提到你很快就會遭遇事故。你會怎麼做？」

她沒有回答。只繼續等他說下去。

「你會試著去塗改內容，」康納斯說。「對吧？你會打開文件，刪掉你發生事故的段落，然後寫上比較好的劇情去取代那起事故。」

珍妮現在知道對話要往哪邊走了。但她不想跟了。

「在六〇年代中期，」康納斯說，「我們發現人類的DNA裡面寫滿了預言。在那之後呢？在我們慢慢發現道路的盡頭等待我們的結果是什麼以後呢？」

他看著她，彷彿這樣就能解釋一切。但她繼續等他接話，逼他講下去。

「我們得想個辦法解決。我們對宇宙喊話，希望有人會回應，但什麼也沒有。我們試著在古老的文明留下的文獻中尋找答案，我們尋求地球上所有的團體、宗教的協助，我們盡一切努力去聯絡造物主，想知道爲什麼這些密碼最後會跑進我們的身體裡面，它們存在的意義是什麼，還有我們該怎麼做才能把這些預言拿掉。但不管我們怎麼找，都找不到答案。到最後，我們只有一個辦法了。改寫文件的內容。」他停頓了一下。然後把話說得更清楚：「我們得將新的預言寫進我們自己的DNA裡。」

「怎麼做？」她只說了這句話。

「透過一種病毒。」威廉說。他聲音低沉、目視遠方，彷彿是在跟自己對話。

康納斯點點頭。「但我們要怎麼改變人類DNA裡的訊息呢？」他說。「或進一步說：若這是我們共通的未來，就植寫在所有人的基因裡——也就是整顆地球裡的每一個人身上——我們要怎麼滲透進去，從而改變自己的未來呢？要怎麼做才能接觸到已經擴散到全世界的文件呢？要怎麼樣才能確定不好的預言已經從我們體內移除，並已用新的預言加以取代呢？」

他稍事停頓，然後才說出答案：

「病毒有入侵人體細胞的能力。病毒可以把自己的DNA複製進我們的細胞中，迫使我們的身體去製造出具有新的基因密碼的細胞，從而取代舊的細胞。接著，想像看看，如果有一種病毒身上帶有你精心設計的基因密碼呢？這種病毒可以把你設計過的基因密碼帶進細胞裡，強迫它們製造出我們想要的細胞，讓這些細胞裡的基因汰舊換新。」

他望向珍妮，再望向威廉。「薩柏格說得沒有錯：病毒載體。當代的基因療法——答案就在這裡。而基因裡的歷史課本永遠也不會料到有這招。」

他把注意力轉回珍妮的身上。

「如果這種方法能奏效，我們再來要做的就只剩下一件事。讓這種病毒擁有超強的感染能力。只要如此，我們就只需要從實驗室中把病毒釋放出去，然後坐著等，等病毒擴散到全世界，取代掉人類DNA中不好的預言——我該怎麼形容呢？換成一個比較好的結果？」

「這就是那些新詩文的功用，」珍妮伸出雙手，試著調整自己的思緒，讓自己能接受剛剛所聽到的一切。「你們希望我把那些新詩文翻譯成蘇美文。」

康納斯沒有回話。答案看來很明顯了。

「我們在這裡的工作就是這個。我們試著用自己謊造的未來去改變人類藏於DNA中的宿命！」

「我不會用謊造兩個字。」

「那你會怎麼說？」

停了一下。

「研發。」

房內悄然無聲。

「所以現在的問題是病毒沒有作用？」珍妮說。

「有些地方出了差錯，」康納斯承認。「可能是語言方面的問題，也就是我們把新的詩文譯成蘇美文的過程有誤。或也可能是我們加密的方式有問題，我們使用的加密金鑰創造出的序列使得病毒變得具有破壞性，而非幫助人類。也可能兩邊都有問題。」

又一次停頓。他正在為了將對話引入下一個階段而調適自己的心情。

「我們只知道，自己還沒有找出有效的病毒。目前為止我們的所有嘗試都失敗了……」

他第一次抬頭望向他們背後的那扇鐵門。黃色的警告標語。閃爍不停的電子鎖。

他拿出自己的門禁卡，把卡片放到感應器上。

「裡頭會有點冷。但除此之外，什麼都不用擔心。」他回頭說，同時等門開啓。

他引領他們走進觀察室，他跟弗朗坎日復一日就是在這裡度過。每天都滿心期望，但結局總是讓他們痛徹心腑。康納斯聽得見他們在他的背後呼吸，但卻沒有轉身。他不想要面對他們的臉。他已經預見他們的反應，而他不想親眼看見。

他們的眼前是一片厚厚的玻璃，是用打造太空梭外殼的材質製造而成的。裡頭有數不清的病床。

他們就站在那兒。沉默不語。看著一排排蓋著床單的病患，其中有些人沒有任何動靜，其他人胸腔緩慢起伏，呼吸困難。到處都看得見乾掉的血跡，從深黑色到鮮紅色都有。

當康納斯終於轉身面對他們時，眼中有一股不同的神情。哀傷。或許是更重的情緒，或許是懊悔。

「目前爲止，我們所製造出的所有病毒都只會讓細胞崩解。」

「是癌症嗎？」

「這些人得的是一種沒有名字的病。」

「他們是誰？」珍妮問。

康納斯搖搖頭。這個問題與現況無關。或者至少表示，他不想談這件事情。

「他們是怎麼來到這裡的？」她又問。「他們知道自己未來的命運嗎？如果威廉跟我沒有進展，我們就會被送到這裡來嗎？」

現場一片靜默。

他們只聽得見不存在現場的聲音。幫助這些患者呼吸，同時監測脈搏的機器所發出的斷斷與嗶嗶聲，以及在被單底下痙攣的身軀所發出的咳嗽與喘氣聲。這些聲音他們應該都要聽得見，然而卻被隔擋在玻璃的另一側，使得他們只聽得見純然的靜默。這種靜默的力量過於沉重，使得珍妮最後只好開口說話，以確認自己聽見的是絕對的靜音，而非嘶吼的靜默。

「別把我算在裡面，」她說。身體沒有動，眼睛也沒有從眼前的房間移開。「別把我算在裡面，我沒辦法眼睜睜地看著這些人死去。我的天啊，裡面現在有多少人？裡面之前有多少人？有多少人死在這裡面過？一切竟然只爲了……唉，爲了什麼？爲了讓自己的未來更美好？」

「我想妳誤會了。」康納斯告訴她。

「哪裡誤會了？」

「這不是爲了要讓我們的未來更美好。而是爲了——」

他自己住了口。這是第二次，他差點就要脫口而出自己不該說的話。或至少是他自己不想說。

「爲了什麼？」她說。

「是爲了在一切太遲之前做些什麼。」

「什麼東西太遲？到底是什麼？」

康納斯沒有回答。只默默地看著他的錶。

他再度抬頭，很明顯地，他已經做了決定。

「會議已經開始了。我只是先帶你們過來這裡看看。」

29

拉什艾瑞克．彭格蘭開過一座狹長的橋。放眼望去，右側是涅格里格海灣裡的薄冰，左側的波爾納斯海灣則在黑暗中輕輕擺盪。

縱使不想承認，但這的確象徵了他自己的感受。

他試著去想些其他的事情。他換了檔，讓車加速，很清楚路面就像光滑的玻璃。他在賭命，幾乎就如同他在告訴自己：賭命是免不了的，明哲保身是懦夫才會做的事。

克莉絲汀娜開口要他幫忙。而他拒絕了。

自那之後，他的內心就不停在煎熬。離開咖啡館時，他就知道自己不該那麼做，但他又有什麼選擇的餘地呢？那通電話使他緊張，那聲音告訴他關於莎拉的事情後隨即掛斷；他於是知道，不管正在發生的是什麼事，但一定不是什麼好事，而且牽涉到的層面深不可測，影響範圍也很廣。而他不過是個微不足道的小人物。

他看了一眼自己的手機。它就放在副駕駛座上，沿路不停前後搖晃，無休無止，就如同他的思緒，就如同他的愧疚：自己居然會敗給了恐懼，而棄守了正道。

忠誠。勇氣。友誼。

如今，她人去了阿姆斯特丹。

他在電腦螢幕上見到了她。雖然已經不是即時，但那是一則有著粗黑標題的影片，滑鼠一點就會播放。是她關於飛機失事的報導，但等等，她怎麼會跑到阿姆斯特丹去呢？除了尋找威廉這個動機以外，哪會有其他的可能呢？

從某個角度來說，他並不欠她什麼。真的沒有。

他退休了，又是名鰥夫，軍旅生涯早已過去，他現在不過就這裡那裡做點諮商的工作度日子罷了。就算他想幫忙，又該從何幫起？他能做什麼呢？

但換個角度來說，他怎麼能不幫忙？

若不伸出援手，他還是自己嗎？他會變成什麼呀？他的心底，已經有了答案。

放在身旁座位上的手機悄然無聲，但他知道在黑色螢幕底下藏了至少四通來電紀錄。四通未接來電都是克莉絲汀娜・薩柏格打的。

不出幾百公尺他就要到家了。然後他會回電。

屆時，不管她需要什麼樣的協助，他都會去做。一切都只爲了她。

里歐把那封信的照片傳回位在斯德哥爾摩的新聞台已經超過一個小時了。終於，克莉絲汀娜放在他們面前桌上的手機在震動了。

「這段通話可能會稍微久一點，」接通時她說：「有找出什麼嗎？」

兩名坐在她對面的男性就看著她講手機。看著她的表情不停變換。一開始是質疑，後來變得非常嚴肅。然後安靜了下來。安靜太久了。

「我們人在……」她又開始說話，回答手機另一頭的人的問題，但這才意識到自己並不知道答案。她抬起頭看著阿爾伯特：「我們人在哪裡？」

「哈倫，」他說。「在阿姆斯特丹的西邊。」

「他們有找到——」

克莉絲汀娜抬起她的手，里歐便閉了嘴。她搖搖頭，並用手指示意他別說話。這個話題跟信封無關。

「哈倫。」她對電話說。此刻，她在椅子上坐正，同時別過身，以防止他們又問些其他的問題。

聆聽。點頭。聆聽。

「什麼時候？」她問。然後，沒等對方回答：「請問可以把它打開嗎？」

她最後一句是對著酒保說的。她站起來，提高音量，又說了一次：「可以把它打開嗎？電視——現在。」

她緊張的口氣讓站在吧檯後面的男人瞄了一眼背後的電視。眼睛看到的瞬間，他立刻嚇得整個人清醒了過來。

他在收銀機旁一串鑰匙跟發票底下找到了遙控器。他把遙控器指向電視，同時胡亂地尋找正確的按鍵。把音量調大後，他的眼睛就黏在了電視上面。

幾秒過後，屋內再沒有人說話。

威廉跟珍妮不發一語地被帶至會議廳。他們待在遠處，坐在那張大圓桌跟環繞著桌子的深藍色座椅的後方，面對著巨大的LED顯示器。

他們身旁的幾雙眼睛筆直地望向康納斯，眼中帶著疑問。而他只微微低了頭，用以表示：對，他們在這裡，是我帶他們進來的。

沒有人說話，但空氣中彌漫著不安。那些身穿制服的男人又將眼神停留在他身上些許時間。凝望了一會兒之後，他們又轉頭回去看牆上的顯示器。

這個行爲違反了所有的規章。一般人不應該進來這裡。時機還沒成熟。

但換個角度來看，如果這是每個人所認定的事件的開端，那事實上也沒有其他選擇了。

再不需要遮遮掩掩，再不需要保守祕密。不管是讓他們親眼見證，或是由旁人說給他們聽。從今以後，再也不用顧慮威廉．薩柏格跟珍妮．卡蘿塔．黑茵茲會在事後回想起這起大事件的過程了。

「他們有諒解到除了這麼做之外，我們別無其他的選擇嗎？」弗朗坎說。

他站在講堂一側，跟康納斯待在一起。他們說話的聲音很低。同時，在狀況允許的範圍之內，他們也試著讓自己的肢體動作盡量放鬆。除了團結一致之外，他們絕對不能讓別人注意到他們有任何其他的表現，也不能讓任何人懷疑他們意見相左，現在不行。

「沒有人能夠諒解。」康納斯回答。

而弗朗坎只能低頭表示同意。

在他們眼前的螢幕上，許多電視頻道及新聞網站的畫面同時出現。相鄰的畫面彼此爭相吸引眾人的目光。所有的畫面都在播報同一則消息：

大型醫院實施隔離措施。施洛德伐特醫院封閉。

疑似疫情爆發，醫院封閉。

他們早知道會走到這一步，即便那張紙上沒有明確提到醫院及城市的名稱，只用了縮寫的MEC：位於歐洲的中型城市（Mediumsized European City），但這個情境畢竟早已是白紙黑字。他們經歷了討論、爭辯。而縱使當時一切都仍處於假設階段，但他們要預先下最後決定時，仍經過一番天人交戰。

「你早知道我們必須要這麼做，」弗朗坎說。「抗拒有什麼意義呢？」

康納斯不敢說他知道。他們怎敢斷定自己的分析一定正確，完全無庸置疑呢？他們找來黑茵茲跟薩柏格兩人，不就是爲了請他們幫忙，再一次解讀詩文，嘗試找出其他的解決辦法嗎？

弗朗坎知道他在想些什麼。「我們一直都知道會發生。」他說。

康納斯什麼也沒有說。

「詳細的時間、地點、成因我們都不知道。但我們現在只能應對。」

「沒錯，我們得去應對。因爲我跟你，這是我們兩人的決定。」康納斯說。

但弗朗坎說得沒錯。沒有辦法回頭了。已經決定好要怎麼做了。

「會死多少人？」康納斯問。

「希望盡量少一點，」弗朗坎說。「我們還能期望什麼？」

康納斯沒有回答。

弗朗坎又說了一次。

「少一點。」

威廉跟珍妮站在後方，看著康納斯跟弗朗坎在前頭低聲說話。一排排的椅子就在他們身旁。身穿制服的男人們坐在附近，動也沒動地等待著。

預言很明顯已經開始成真。

房間內全部的人都在等候指示。每一個人都知道自己該怎麼做。

威廉轉過來面對珍妮，她的眼淚已然失守。

拉什艾瑞克．彭格蘭的住家位在郊區。轉動前門的鑰匙時，他已經知道屋裡還有別人，但卻來不及做任何的反制動作。

也許是這場細雪降低了來人的聲響。

也許是他自己不夠小心。

若是十年前，訓練時獲得的習慣一定仍深深扎在腦海；他會一一細數回家時經過身旁的車輛；他會故意停車、繞遠路，然後從照後鏡觀察有哪些車不停跟在他的背後，或有哪些車會沒來由地每隔一段距離就忽然出現。

但那畢竟都是過去了。他早已忘掉這些老習慣。他開了車就直接回家，沿途的景象看了也沒特別留意，讓下意識負責開車，他則依舊想著人在阿姆斯特丹的克莉絲汀娜。最後，他把車開上了自家車道、停好車，彷彿一切都再正常不過。

如果他願意花點時間讓自己去思考，就會意識到實情並非如此。現在，他人站在自家的門鎖前面，手裡還拿著鑰匙。一名不認識的男子伸出戴著黑色手套的手，穩穩地放在他的手腕上。

「拉什艾瑞克．彭格蘭。」身旁的聲音這麼說。

與其說這人在問，還不如說他已經有了結論。而彭格蘭沒有回答。

「你是？」他反問。

「我們去裡面談吧。」

沒再多說什麼，彭格蘭把門打開，關閉防盜系統，心裡已經做了最壞的打算。

30

彭格蘭打開了裝設在天花板的整合型照明聚光燈，先是照亮了前庭，讓人能夠看見往樓上的階梯，然後再照亮通往地下室的樓梯。他隨時都在等這個陌生人喊停。或遲或早，他會要彭格蘭停下手邊的動作。若沒有意外，陌生人會要他關燈，選一個屋外的人比較看不到的空間，然後會要他站好、閉嘴、仔細聽。但事情卻不是朝這方向發展。走下最後幾級階梯後，他們走進有隔音的地下室，用他們被雪沾濕的鞋子走過地毯，腳步最後停在一座矮沙發的兩旁。一大片的全景窗將他們與窗外的海灣區隔開來，薩爾斯舍巴登的微弱燈火在遠方發光。

情況有些古怪。但有那麼一會兒的時間，彭格蘭覺得自己非常的安全。

若他非得跟個陌生人四目相對，那這裡可說是絕佳場所。

男人的年紀不超過四十，鬍子剃得很乾淨，但面貌顯得飽經風霜。他穿了一身黑，一條薄薄的運動長褲跟一件同樣薄的防風衣。防風衣的拉鍊往上拉到底，直到下巴處。黑色手套，黑色慢跑鞋。黑色毛線帽往下拉，蓋住了睫毛。穿這樣的好處是不容易被人看到，就算被看到了，也會以爲他不過是利用晚上的時間出來慢跑罷了。

沒有說話，兩人隔著大房間彼此相望。冬季初始的聖誕裝飾映照在窗戶上，同時也映照在鏡中。窗外的海水黝黑、廣闊。

若有人從外面經過，他們的身影將一覽無遺，而他們也知道會這樣。

倒不是說當下眞的有人在外面的水上。畢竟已入夜，而且冬天來了，外頭一片凍寒。但重點是，有人可能會看見他們，而若這名陌生人是企圖來傷害彭格蘭的，他應該會知道選在這裡的話，經過的人可能會目睹到這一切。

「我不會傷害你。」男人說。

「那很好，」彭格蘭說。「我會記住你說過這句話。」

「然後，我很抱歉，你家裡的市話今天沒辦法用了。」他抬眼望向天花板。

彭格蘭完全明白他的意思。這名男子對他裝設的監視系統很熟悉。他知道系統是透過電話線連接到伺服器。因此保險起見，他已經先在外邊的街上將電信箱裡的線切斷了。考量到最早來幫他架設這套系統的人，對方能夠知道這件事，只有一種可能。

「你是瑞典國防軍的人？」彭格蘭問，答案呼之欲出。

「我不是以那樣的身分來拜訪你的。」

「但那裡應該是你的工作單位。」

「我有很多個雇主，」他說。「軍方只知道一部分。」

彭格蘭打量著他。很奇怪的答案。「那你今天來這裡的目的是？」

男人沒接話，彷彿在思考該從何講起。光是要來到這裡，他就已經違反不知幾項規定了，因此話愈少愈好。他說不定根本不該來這趟；一部分的他到現在還不確定冒這個風險值不值得，但在新聞報導上看到薩柏格的太太出現的時候，他忽然有些不安，在很多方面。

老實說，他已經什麼都不知道了。不知道什麼是對，也不知道什麼是錯。

「我要你聯絡她，」他說。「叫她離開那裡。」

「叫誰？」

「不應該讓她去阿姆斯特丹的。」

房間內的氣氛宛如靜止。是在說克莉絲汀娜嗎？

雖然彭格蘭凍僵般動也沒動，但腦袋卻不停運轉，想將所有的細節拼湊起來。站在對面的男人讓他花時間慢慢想。

彭格蘭又開始呼吸後，聲音中便有了一股確信。「打電話給我的人就是你。」

男人什麼也沒有說。

「就是你打電話過來，跟我說他們拿走了莎拉。」

依然沒有回應，彭格蘭只好自己下結論。

「你不是發現到它不見了，對不對？從來也沒有盤點過什麼物資。是你把莎拉拿走的。」

一樣，男人既不承認也不否認。

「有時候，」他反而說。「有時候，連你自己也沒有辦法確定。」

「確定什麼？」

「自己到底做了什麼。」

彭格蘭盯著他看。「威廉・薩柏格人在哪裡？」

「我不知道。」

「那你知道什麼？」

男人沒說話。要拼湊起整起事件的全貌，他所知道的資訊遠遠不足；他只是大機器裡的小齒輪，也不奢求什麼別的。但這是他第一次覺得雇用他的人非常可怕。

他曾經聽他們提過阿姆斯特丹。聽他們提過災難跟一封流落出去的信件。聽他們提過擔心沃金斯已經找到了答案。

無視於彭格蘭的問題，並提醒自己爲什麼要冒險來到這裡的主因。

「打給她，」男人說。「打給她，現在就打。」

里歐．比亞克抖得實在太厲害，因此當克莉絲汀娜的電話開始在他的手裡震動時，他的第一個想法是自己可能是在經歷某種震顫，是徹底崩潰前的先兆。

里歐不單只是害怕。他嚇死了。

時間是大半夜，外頭很暗，風陣陣如鞭。在打開樓梯出口的門以前，他不知道自己原來有懼高症，但侵襲而來的本能恐懼由不得他不承認。他現在站的這個屋頂至少有十層樓高，每次被風拉扯衣服時，他的膝蓋就會瞬間一軟，以作爲對他的抗議。電話震動時，他以爲這就是開端了，在他還來不及阻止事情發生以前，自己就會因重心不穩而從大樓邊緣跌出去，往地面墜。最後，他會墜落在封鎖線的後面，墜落在所有的警察跟記者跟人群的面前。

閉上雙眼。他要自己穩住。就算人站在這裡，他也可以做到像站在樓下的阿爾伯特的身旁一樣堅挺，就算要站在克莉絲汀娜的身旁也絕對沒有問題，不管她現在人究竟死到哪裡去了。

他試著穩住自己的呼吸，然後望向手中的電話。電話還在響。

「這是克莉絲汀娜．薩柏格的號碼。」他回答。

電話另一頭的人沒有自我介紹。「我找克莉絲汀娜。」對方說。

「沒辦法耶，我正站在一個——她不在。」里歐回答。他因爲沮喪而顯得有些退縮，部分原因是他沒有辦法把一句話講好，另一部分原因則是當下的狀況還有壓力。他到底是怎麼會走到這一步的啊？因爲我是記者，他告訴自己。他是記者，一名貨眞價實的記者，他人正在一則大新聞的現場。諷刺的是，不管他身上穿的究竟是件休閒外套還是什麼別的，全世界根本就沒有任何人在乎。

「我叫做拉什艾瑞克·彭格蘭，」聲音的主人說，彷彿這個訊息至關重大。「你人在哪裡？」

里歐看了看周圍。答案只有一個，但這答案很荒謬，他知道電話那頭的男人也會同意這個說法。

「我人在一個屋頂上。」他說。

「哪裡？屋頂，哪裡的屋頂？」

「阿姆斯特丹。我不知道確切位置。我眼前有一棟醫院。」

電話另一頭的聲音變得很安靜。嚇人的安靜。

「離開那個地方。」那個叫彭格蘭的人說。

「醫院，」里歐說。「封閉了。」

他很清楚這個訊息對彭格蘭來說肯定沒有太大意義，但他的思緒很亂，搞不太清楚狀況，因此需要聽眾。

大街上，警車停在路邊，警示燈不停閃爍，封住了鄰近的路。想闖越封鎖線的車輛都被警方攔了下來；站在高處的他發現，其中有些車輛的車頂上架設了碟型天線，車體的兩旁則印有標誌。是採訪小組。

醫院的對面有棟學生大樓，經驗老到、資源豐富的克莉絲汀娜成功說服對方，讓他們得以爬上屋頂。然後她把自己的手機交給里歐，要他找一個好的取景地點。

「我知道醫院封閉的消息，」彭格蘭說。「你們得離開那裡。」

「怎麼了？」里歐說。「我什麼都沒有聽說。」

他聽見彭格蘭在電話的另一頭遲疑不決。

當他再度開口，情況卻變得比他沉默時還要糟糕。

「非常手段。這就是現在的情況。會引起恐慌的非常手段。」

31

許珊妮．艾克曼開著第一輛要前往施洛德伐特醫院的救護車，她深信這裡面一定有什麼誤會。明明機率微乎其微，但後車廂的男人的確是活了下來。他上班的大樓如今成爲廢墟，像顆煎蛋一樣被一片機翼從中切開；他遭受瓦礫重擊，還嚴重灼傷，但總算保住了命，而她要載他去最近的醫院就診。他會是第一個從該地點送達醫院的人，但後面還有多少人難以計數，而且很快就會陸續抵達，這一夜將會不停有傷者被送往醫院搶救。

卻會發現前往醫院的路竟然被一名身穿軍服的男人給封鎖了。

她搖下車窗。「別擔心，」她說。「我是從失事地點那邊過來的。」

她期望他會立刻行動，打開封鎖線，並爲自己的怠慢致歉。當然囉，軍方會出現在這裡只有一個目的，那就是讓救援的過程更順暢無礙。管制進出，是爲了讓醫院的員工免於被那些好管閒事跟囉哩囉嗦的人騷擾，因爲這些人總是抱怨個沒完。這樣才可以確保醫療資源會使用在那些需要幫助的人身上。

但士兵只搖了搖頭，指著其他方向。把車掉頭，去找其他間醫院。

在他背後的路上停了一排排軍隊的卡車，好似醫院是個小型的香蕉共和國[17]，而她開的救護車則是準

17 指政治局勢與經濟狀況都不穩定的中南美小國，主要出口貨物常是香蕉，故有此稱。

備進行攻擊的游擊小隊。

許珊妮．艾克曼試著再次解釋。但得到的答覆依然相同。

醫院已封鎖。目前處於隔離狀態。把車掉頭。

沒有其他選擇，她只好把車掉頭，開往其他的方向。此時，一個想法突如其來擊中了她。救護車警示燈再次閃爍，車速更勝以往，是了，這樣解釋說得通，對方態度也很明確。情況看來非常緊急，她很害怕。

恐怖份子。

先是一架飛機墜落在城裡，再來又是一間醫院被軍方封鎖。

阿姆斯特丹正在遭受某種恐怖攻擊。

她拋開了心中的恐懼，決定專注職守。經歷了一夜的災難，明天情況也不會改善，但她誓言在能力範圍內盡量幫忙、救助傷者，讓他們活下來，這是她的職責。她會拚命去做，直到雙腳發軟、四肢無力，她才願罷休。

後面車廂裡的救護人員正在跟死神搏鬥、試圖挽救傷者的性命；她踩油門的力道也隨之加重，闖過一個又一個的紅燈，穿梭過城市的大街小巷。然而她並不知道，在他們抵達目的地之前，車廂裡的男人將會先失去性命。

如果許珊妮．艾克曼有辦法從她坐著的地方得知外界的新聞消息的話，她就會知道自己並非是唯一一個得出類似結論的人。

某座山脈的深處藏了一間深藍色的會議廳，會議廳前方懸掛著許多的螢幕，所有螢幕的畫面都轉到了新聞頻道，螢幕上正在報導的全是關於阿姆斯特丹那所被封閉了的醫院的新聞。每個頻道播放的影片都一樣顆粒粗大、攝影距離遙遠。即便拍攝的角度不同，但旁白口中的推論卻是一致。

推論假裝成一則則新聞滑過一個個螢幕，一行行小標往一旁滾動。小標出現在畫面的上方、下方，或任何地方，只要別擋住記者的臉跟建築中照射出來的昏暗燈光就好：醫院仍在隔離中，上面是這樣寫的，或是疑似恐怖攻擊導致醫院封閉。客觀與恐慌相偕踏入了世界各地的新聞編輯單位。沒有人知道到底發生了什麼事，但大家都搶著當先知。

醫院遭受威脅，警方閉口不談。

沒有任何團體提出要求。

弗朗坎站在房間的中央，看著牆上被靜了音的新聞播報員，看著他們的嘴唇在動。他知道他們在說什麼。阿姆斯特丹遭受了恐怖攻擊。

「這樣很好。」他說。

房內的每一個人都懂他的意思。

這樣很好是表示，在各種可能性當中，媒體選擇相信荷蘭，或整個西方，甚或整個文明世界，正在遭受某個不知名恐怖組織的恐怖攻擊。

相較於眞相被揭穿的風險，再沒有比這個結果更方便的了。

在打開樓頂的門、走出屋頂的一瞬間，克莉絲汀娜・薩柏格覺得她彷彿開啓了一扇上頭寫了「活著」的大門。

在同一天當中，現實第二次介入，提醒她自己眞正的歸屬在何處。直升機發出的嗡嗡聲、採訪車隊的照明燈、急難車輛閃爍不停的警示燈，就連那陣颳走噪音、讓所有的聲音聽起來都變得很遙遠的、撲向她的強風，都讓她有活著的感覺。腎上腺素與充沛精力如巨浪般在體內流竄。她陶醉在這樣的狂喜中，並讓這樣的狂喜帶著她繼續前行。

比起地上那些站在攝影機跟麥克風的前面，不停在現場隨口說些「有事情正在發生，但我們還沒辦法確定到底是什麼樣的事情」的記者來說，她知道的其實並沒有比較多。但她知道的卻也夠多了，足以進行現場報導，他們要叫她講多久都沒問題。稍早時，她忙著對底下這棟大樓裡的學生問問題。過去幾個小時以來，那些學生親眼目睹醫院的周圍被封鎖線封住。其中一名學生甚至認識一名那間醫院裡的患者；據說，那男的打了電話給他的家人，說他很害怕，院方不准他離開房間。後來，他按按鈕呼叫護士，卻沒有任何人出現。那已經是三個小時以前的事情了，那男的現在已經沒有接電話了。

她已經有了一些很好的素材。她跨過水泥屋頂，走到正在眺望醫院的里歐身旁。此刻，媒體的探照燈打亮了醫院建築的正面，她知道自己擁有了一流的畫面背景，就等著開拍了。

里歐很能幹。他們是一對好搭檔。她得記得告訴他這件事。

她走到屋頂邊緣，然後轉身面對里歐，跟他眨眨眼。「準備好了嗎？」

她把耳機塞回耳中，就像她稍早前做的一樣，沒有理會他似乎想告訴她些什麼，心裡頭已經準備好要開始做現場報導。

她很開心。她發自內心、眞眞正正的開心。

但她卻不知道，開心也將會害死她。

大家都叫那名三十歲的駕駛小高，這綽號跟他的本名無關，而是因爲他少了一顆睪丸的緣故。現在，他人在自己那架裝載了飛彈的F16戰機內，正在飛越海洋。此時，無線電來了命令。

一切都靜默了下來。靜默到長官再次呼喚他的姓名，確定小高有聽懂自己說的話、通訊設備的運作完全正常，以及駕駛員有聽清楚剛剛的命令。

小高說他不確定，塔台於是又重複了一次剛剛的訊息，同樣的靜默又出現了。指揮官不用問也知道原因。

當指揮官的聲音再度於無線電中回響時，他的語調很沉重；暫時放下規定，他告訴小高自己要下這道命令時也遲疑了。有時候，他說，道德這種事情很複雜。如果為了拯救多數的性命而犧牲少數，這樣的決策真的合乎公理嗎？

戰鬥機內的駕駛員看到阿姆斯特丹開始靠近。黑暗中，城市的輪廓由數千個白色與黃色的小點構築而成，他真的不知道該怎麼回答指揮官的問題。

身體的每一條神經都要他別去做。

但同時，他知道自己必須要動手。

景象從小點變成了城市內的房屋跟建築。他在這裡長大，他鍾愛這座城市，正反意見在他的腦海裡彼此爭鬧不休。

不可以轟炸一座裡面有本國老百姓的醫院。

就是不能這麼做。

威廉的視線掃過螢幕牆，全球各地不同的新聞頻道跟網路放送，一家家拼在一起就像一塊巨型的馬賽克磚。忽然間，他的視線停住了。

恐懼在體內潮湧，身體有如千斤重。

在廳內遠處的螢幕中，有一台出現了她的前妻，前妻正在凝望著他。

不只是他，她正凝望著瑞典數十萬的觀眾的眼睛，甚至還有更多的人。而同時間，她卻也沒有在特別凝望誰，只是看著一個在阿姆斯特丹某處的攝影鏡頭而已。她到底跑去那裡幹什麼啊？她獨自一人站在屋頂上，直升機的光線掃過她背後的夜空。而在她跟那片天空之間，有一座金屬方塊。光線照亮了冰藍色的窗戶，他毫無疑問地知道自己眼前的那幢建築是什麼。

「這是現場的嗎？」他直接開口問，縱使他其實知道。

沒有人回答。

「這個。這些聯播。所有這些，都是直播嗎？」

康納斯是第一個把所有事情連在一起的人。他先是在瑞典新聞摘要的字幕上看到那個女人的名字，心中想著會不會是巧合，然後就聽到了薩柏格緊張的聲音。他慢慢地點了頭。他的臉如將軍般堅毅。也如常人般哀傷。

「是直播沒錯。」他說。

而威廉什麼也沒說。

克莉絲汀娜．薩柏格人在阿姆斯特丹。她站在一間將被夷為平地的醫院前面。他什麼都知道，她卻什麼都不知道。

當戰鬥機從天空飛過時，阿爾伯特．凡．戴克立刻意識到接下來將會發生什麼事。

他人坐在克莉絲汀娜．薩柏格租來的汽車裡，身子蜷縮在駕駛座上，頭上戴著她助手的棒球帽，並把領子拉到了臉上。希望這個動作會讓他看起來像在禦寒，而不是擔心身旁幾百名警察中的其中一位會剛好在閒晃時經過這輛車，然後查看他的長相。事實上，兩者都是他的目的。

他壓根兒不想待在這裡。

克莉絲汀娜．薩柏格說服了警察，讓他們得以進入封鎖線內。她的說詞是，她要來接她那住在學生宿舍裡的女兒。遲早他們一定會開始疑心怎麼會花這麼長的時間卻還沒接到人，然後他們就會來敲車窗，屆時一切就完蛋了。

但他也沒別的地方可以去了。所以他只好待在這裡，希望克莉絲汀娜跟她的助手把事情忙完以後趕快回來，他們就可以一起離開這裡。

他在那邊待了二十分鐘後，軍用機便從頭上第一次飛過。

飛機以驚人的速度噴射而過，感覺嚇人得近，就像離車頂不遠。先是靜靜的嗡嗡聲，然後就聽見了引擎的咆哮聲。聲音一衝而過，如閃電般劃開夜空，最後聲音跟飛機才一起消失。

阿爾伯特望向擋風玻璃窗外，試著釐清自己剛剛到底看到了什麼。戰鬥機在這裡根本派不上用場。一架直升機可以幫忙監看這個區塊，可以協助地面上的警察追趕車輛或民眾，說不定還能幫忙讓其他直升機無法靠近。那些來自各家報紙或電視媒體的直升機，只想著要挖掘出頭條新聞。

但一架戰鬥機？它能起什麼功用？

然後他忽然想到了。有一個任務的確非常適合一架戰鬥機。就只有那麼一個任務。

他在椅子上坐起身，拿出那台裝了預付卡的手機，在口袋裡四處摸索那張上頭寫了克莉絲汀娜・薩柏格的手機號碼的名片。跳出車，他把視線投向上方的屋頂。他不在乎被警方認出來。如果他的推論沒錯，克莉絲汀娜跟里歐很有可能會死在那上面。他一定要警告他們，就算警察抓到他也無妨。

一架戰鬥機。

聽起來很瘋狂。但是轉念一想，過去二十四小時內發生的其他事情不也同樣瘋狂嗎！

他找不到那張名片，繼續翻找，換另一個口袋。驚慌失措。

如果他仔細聽，就會聽見那架戰鬥機準備第二次從他的頭上飛過。

在藍色的會議廳中，混亂在檯面底下成形。

那群身穿制服的男人互相交換眼神，並把手機壓靠近耳朵，讓聲音更清楚。有人離開，有人進來，每個人都在追查同一件事情。

戰鬥機飛過了目標卻沒有執行命令。

醫院仍好端端地矗立在那裡，但不應該是如此。會議廳內冒出了各種問題，但卻沒有答案。發生了什麼事？飛機故障了嗎？駕駛抗命嗎？他們下一步會怎麼做，要多久才會再試一次？

威廉眼看著這一切在眼前發生。

直到這一刻，他才意識到組織的勢力有多龐大，跟各種政府的關係有多密切，或至少是跟各國的國防單位。不過幾小時，他們已經確認了目標、制定了作戰策略，然後獲得要進一步行動的資源。

一個令人難以置信、心生敬畏的行動。

他感覺自己在冒汗。因爲握拳握得太用力，他幾乎感覺不到手指的存在；坐在電椅上，看人拉下開關，卻什麼都沒有發生，那感覺一定就像這樣吧。而現在，他們要再試一次。

他的妻子就在牆上的螢幕中，只是數不清的記者的其中一位。

只不過她的畫面比較清楚一些，比較近一些，比較好一些。

克莉絲汀娜．薩柏格想成爲第一。又一次，她辦到了。

而他很擔心這一次，她恐怕要以生命作爲代價。

「康納斯？」他說。

康納斯看著他。他沒有聽見薩柏格走到他的桌旁。站著的他把手機貼在耳邊，眼睛盯著筆電看。

但薩柏格的眼神很堅定，絲毫不放過他。

「我只求你這最後一次，」他說。「請幫我這個——」

「薩柏格，現在不方便——」

「我太太就在那裡，」他手指著螢幕說。「現在是唯一的機會。」

「沒辦法阻止了，太遲了。」康納斯說。

「她跟這件事情沒有關係。她站的那地方，差不多多遠，五十公尺？還是更近？在那麼近的距離會被衝擊波——媽的，看在老天的份上，康納斯，先讓她離開那裡，讓她找個地方掩護，她是無辜的——」

康納斯打斷他。他的聲音很尖銳，劃過整個空間。

「他們全部都是無辜的！」

房內的每一雙眼睛都看著他們，每一個人都在聽他們爭辯，彷彿那是一場令人心痛的中場休息，眞正的戲碼在那之後將再度開演。

康納斯降低了音量，眼中明顯流露出絕望與不確定。他們正在進行的不是A計畫，甚至也不是B計畫。他們亂了方寸，他已經不知道這到底是哪個計畫的最終手段，他只知道遊戲剛開始時，他手上有一大疊的籌碼，勝算不低。如今，錢都已經花光了，他們只能放手一搏，但卻心知獲勝機率是零。

他早已料到這些場面。預想出這些情境的人是他，但他從來也沒想到這些場面有一天居然會在現實生活中發生。

「他們都是無辜的，」他說。「無論是那棟建築裡的每一個人，搭上604號班機的每一個人，以及當飛機墜機時，地面上每一個被牽連到的人。數百萬人即將感染到這場疫病，並將如漣漪一樣將它散播出去，直到再也沒有人能夠感染爲止。他們都是無辜的。這就是爲什麼我們必須阻止它。不管這件事情有多站不住腳、多殘忍、多他媽的不光采，也都一定要去做。」

他回復了原先的平靜，但那平靜很哀傷。他的眼神祈求威廉的諒解。他不想當個獨裁的領導者，不想獨自面對這些。我所做的一切，請你諒解。他只想要這麼說。原諒我，試著體諒我的難處吧。

「我幫不上你的忙，薩柏格。」他說。

「你可以把手機還給我。」

他以為自己的語氣不過是就事論事，很平靜。但從周遭的靜默來看，他是吼出來的。

在那瞬間他感受到了對方的遲疑，他意識到自己還有機會：還有時間，幾秒吧，也許更少，但還有一扇敞開的窗，那窗隨著每秒過去慢慢在關上。

「你拿走了我的手機，」他說，一字一句都發自體內深處，語氣中有一股力量、一股壓抑在顫動著，那其中包含了恐懼、憤怒跟威脅：如果康納斯不屈服的話，他不敢說自己會做出什麼事來。

威廉凝視著他的雙眼。

「你把我的手機放在這裡的某個地方。你可以把手機拿給我了。而且你現在就可以這麼做。」

全然的恐懼，使得里歐．比亞克咬緊牙關，專注在此刻的工作上。

前一秒，他還看著克莉絲汀娜沉著的臉龐，雖然看著她的嘴在動，他卻只聽得見風聲、直升機聲，以及底下車道的車流聲，反而聽不見她的聲音，只把心神都放在把畫面對焦，讓她跟她背後的醫院都能夠出現在螢幕上。

下一秒，他卻在盯著威廉．薩柏格。

在斜陽的照射下，他一臉微笑、膚色黝黑的站著。背後的天空誇張得藍，他的影像就出現在螢幕上，不久前克莉絲汀娜也在那裡。這樣的畫面跟周遭的現實狀況產生了強烈的對比，使里歐受到了衝擊，不知道自己看到的究竟是什麼。

來電，上面寫著：威廉．薩柏格。

他第一次在這團混亂中聽見克莉絲汀娜的聲音。

「里歐！你怎麼了？」

他把視線從手機螢幕抬高，看見她把耳機更塞往耳朵深處。編輯部的人正在對她說話。

「他們說看不到我們的畫面！」

「是他！是威廉！」

那瞬間，她不明白他到底在說什麼。

她一度在思考該說些什麼，後來也聽見自己說話流暢，一切都很順利——但下一刻，整個編輯部的人都在對著她的耳邊大喊，說她從螢幕上消失了。

這讓她覺得非常挫敗。她本來好端端地在獨白那些關於恐懼、不確定性之類的話，講得好極了，但才說到一半訊號就斷了。然後現在是里歐，對著她大喊她前夫的姓名，完全不知道他到底在做什麼。

他把手機轉了過來。

於是她懂了。

到現在才肯打手機給我，那混蛋。居然挑現在。

一部分的她想去接。畢竟也是因爲他，她才會來到這裡。但她心中的那個記者知道她不能這麼做。編輯部的人朝著她其中一隻耳朵尖聲大叫、大新聞就在她身旁熱烈上演，還有強風拉扯她的頭髮，淹沒了她的思緒。不行，現在不行。

她得立刻做出選擇。

而她已經知道答案會是什麼。

「他可以晚一點再打。」她在一團忙亂中大叫。

「是威廉耶。」里歐反對。

「那就表示他還活著。這樣很好。他可以晚點再打給我！」

她邊叫喊邊往里歐的方向走了幾步，從他的手中拿走了手機，拒接那通來電。

不到一秒的時間，她已經調成了會議靜音模式，所有的來電都會直接進入語音信箱。把手機交還給里歐時，攝影功能已經在執行了。她回到自己的位置，拉起耳機上的麥克風放到嘴前：

「剛剛斷線，但現在回復了，只要你準備好，我們隨時都可以繼續直播。」

小高錯過了他的目標，但並非沒有人留意到這個情況。

無線電對著他的耳朵大喊。

指揮官拉高了音量，長篇大論、言詞激烈地說了些關於職責與良心的話，小高最後屈服了。

他緩慢而流暢地把戰機迴轉了一百八十度，如今他又一次往高速公路和郊區的方向前進。在那中間就是他的目標，而他已經知道這一次，自己不會手軟。

一生中，小高從來沒有祈禱過。但當他彈開攻擊按鍵上的透明蓋時，他祈求上蒼能夠原諒他。

克莉絲汀娜‧薩柏格的聲音穿越時空而來。說話的當下，所有的事情都還是老樣子，裡頭的背景噪音純粹來自辦公室裡的各種機器、電話鈴響，還有其他記者發出的聲音，他們都在自己的座位上忙碌著。

她報上自己的姓名，並宣布她現在沒有辦法接聽他的來電，威廉耐心等待時間一秒秒過去，直到手機那頭的音樂響起，表示他可以留話了。

「快從屋頂上下來，那裡很危險！」他說。「打給我。我沒事，現在就打給我！」

他掛斷，再打一次。拒絕輕言放棄。進入語音信箱前的音樂不止一種，那表示手機是開機的，她是親手設定拒接他的電話。

綠色按鍵。再次沉默。又是她的聲音。

同樣制式化的聲音，同樣被留存下來的瞬間，然後是同樣的音樂。威廉因沮喪而合上雙眼，掛斷手機。

這次，沒有訊號。

她關機了。

她在工作，不想被干擾。那個頑固的女人竟然關機了。他憤怒地抬頭，此時便又再看到她了。

珍妮伸出手去碰他的手臂提醒他，但他其實已經看到了。他們眼前的其中一個螢幕前一秒的畫面還是黑的，上頭什麼都沒有，現在連線已經恢復了。她又出現了：克莉絲汀娜，她的神情就像之前一樣認眞而專業，直視著威廉跟其他人的眼睛，彷彿剛剛並沒有斷線，彷彿她沒有拒接他的來電。她把當下的心思全部投入報導之中，一如以往。

他站在那兒，看著她。

她站在那兒，看不見他。

他什麼也做不了。

身穿制服的軍官從大廳走進來，但他並沒有因此回頭。軍官的腳步停在那些深藍色椅子的另一側，清了清喉嚨，眼睛直視弗朗坎。

「他進入作戰區了。」他說。

「命令沒變。」弗朗坎說。

軍官點了點頭，走回外面，其他人都沒有動。

他們的眼睛全部盯著新聞的播報畫面。

阿姆斯特丹就在眼前。

房內有二十個人，每一個人都屏息以待。

阿爾伯特總算找到了名片。他用顫抖的手指撥號，暗自祈禱自己猜錯了，逐漸逼近的戰機狂吼聲並不代表他害怕的事情會成眞。

她一接起，他就趕忙插話。但她的聲音仍然持續，那是一則錄音，用的語言他聽不懂。說完幾句話之後是段音樂，讓他有機會留話。但他什麼也沒說。

放下手機。喧鬧的夜晚，情況一片混亂，他對著那團混亂大聲喊出她的名字。心知肚明她聽不到，但除此之外，他還能怎麼辦？

他無力回天。

他望向天空，尋找戰鬥機發出的亮光，等待。

滴答，滴答。會議廳內的時間似乎無法決定自己究竟是快還是慢，或者兩種特質兼具。

任誰都做不了什麼。

時間飛逝。

然而，它卻也停頓得夠久。讓每一個新的瞬間都冰冷而精確，穿透了在場每一個人的感知。

康納斯的眼睛看著威廉。

威廉的眼睛看著克莉絲汀娜。

所有人的眼睛都看著那些螢幕。

時間一秒秒在前進。浮現，離開。每一秒都可能是無可避免之事發生前的最後一秒，不是此刻，但也許是此刻，也許是此刻，也許是此刻——

那架輕型的新聞直升機在醫院上空盤旋。攝影師緊靠在塑膠玻璃上，在尋找取景的最佳角度。他把鏡頭掃過醫院正面，試圖一窺窗戶內的景象，以找出封閉背後的成因。

但裡面毫無任何動靜，沒有人在往外看，沒有人在走廊說話，建築內每一層樓、每一個角落、每一扇窗裡連個人影都看不見。

說不定每個人都被鎖在院內的某個地方。若不是這樣，那傳言就是眞的。街上的人說，裡面的人全部都死光了，那就是爲什麼不管打給任何病人、醫院員工或訪客，電話都不會有人來接。

攝影師要駕駛盡量飛近一點。

如果他能把鏡頭對準病房後將鏡頭放大，他就能拍到一些畫面，足以證明目前爲止所有的推論究竟眞實與否。他所拍下的影像將在全世界的各大媒體平台反覆播送，因此他的鏡頭仍不停在搜尋任何値得一拍的畫面。而同時間，直升機則緩緩地、緩緩地懸飛在醫院的正面處，就像一隻尋找最後一朵鮮花的昆蟲一樣。

下一個瞬間，一切都變了樣。

玻璃忽然變成乳白色的那一刻，他知道有些事情不大對勁。

威廉吐出一口大氣。不是因爲緊張的狀況解除了，而是因爲他的身體需要氧氣。有那麼一刻，他要自己相信戰機駕駛又一次飛過，但仍決定違抗命令。可是他才想到一半，事情就發生了。

衝擊波震毀了一片片玻璃。

一開始，他先是注意到克莉絲汀娜背後的巨大建築在顫動。顫動的幅度極其細微，教人難以察覺。下一瞬間，純然的白光照亮了眼前的景象。但其實那白並不是光，而是數以百萬計的裂痕，於出現在醫院玻璃上的同時，也瞬間造成所有的玻璃碎裂。那過程來得太快，威廉還沒弄清那到底是什麼以前，白光已然消失，變成一片黑暗，因爲玻璃窗盡數沿著醫院正面的外牆落下，使得玻璃窗後的整棟建築如今看來像一個黑洞。

鏡頭前的克莉絲汀娜身體往下一降，同時下意識地回頭看看到底發生了什麼事。前方遠處，開放式的樓層從內部開始燃亮，一朵正在長大的火焰之花射出了猛烈的強光。火焰花是從建築深處，從那飛彈引爆之地開始向外成長的。它不停膨脹、擴散，如同一個同心圓化成的雲朵，往外、往上、往下穿越所有的樓層，直到觸碰到了洞開的窗戶，觸碰到了外面的空氣，便化成一堵煙金色的牆，吞噬了整棟建築。

當克莉絲汀娜轉身面對攝影鏡頭時，她的眼神落到了里歐身上。

但在歐洲大陸的另一邊，站著的威廉直直望入他太太的雙眼，他有好多好多話想說。

那陣衝擊波使得攝影師跌到了直升機內的地板上。他掙扎著想爬起來，手胡亂想握住什麼東西，握把也好座椅也好，什麼都好。而在他好不容易爬起來以後，他發現自己頭上跟腳下都是塑膠玻璃，而直升機則是傾斜一邊在飛，這可不是什麼好事。

整架直升機翻了過來。

頂上的螺旋槳還在轉，直直地劃開空氣，使得直升機以自己爲軸心往一邊旋轉。而從座椅背後看過去，駕駛員正在跟機上的控制器搏鬥。世界從他們的身旁轉過，以駭人的速度轉啊轉，然後他看見了那幢學生大樓朝他們直衝而來。他閉上了雙眼。

他腦中最後的念頭是，如果直升機再不停止旋轉，就會失控墜毀撞上屋頂上的那個女人。

若里歐沒有將全副精神都放在手機的螢幕上，他也許能夠及時注意到吧。

直升機撞上大樓，首當其衝的是螺旋槳。

它切開了磚石結構，把周圍的一切都捲了進去。

混亂，濃煙，飛砂走石，然後一切塵埃落定。里歐知道他應當送了命，但沒有。

只剩他獨自一人站在屋頂上。

他試著期望剛剛所見到的一切事實上並沒有發生，說不定是鏡頭失常了，是視覺上的錯覺，讓景象在螢幕上看到是一個樣，現實生活裡卻徹徹底底是另外一個樣。

里歐把視線從手機往上移。他看見灰塵、飛砂跟燃燒的顏料構成的一團雲，而克莉絲汀娜原先站著的建築邊緣已不再是個邊緣，卻成了一個大洞。

堅硬的水泥地面消失，他可以直接看到裡面的水管、天線跟排氣孔。往下面看，大樓的角落出現了一個巨大的缺口，簡直像被誰給咬了一口。而克莉絲汀娜原本就是站在那個缺口的上方對著全世界說話。

風颳過他身上的衣物，雷鳴般的噪音包圍住了他，但所有的景物看起來都很遙遠，所有的警笛聲引擎聲和大火都猶如在遠方。而他就在這團混亂的中心點，沒有人看到他，沒有人知道他還活著。然而，也沒有人知道他在這裡。

他站在那兒。沒有動。不知道站了多久。

然後，終於，他把手機關機了。

32

里歐的鏡頭所拍下的畫面從大講堂裡的螢幕中消失，也從數以千計位在瑞典、斯堪地那維亞，或甚至包含數不清的其他地方的新聞台裡的螢幕上消失。但講堂內剩下來的螢幕仍在播放其他新聞網所提供的即時片段。

直升機墜毀的那棟大樓的一角缺了一大塊。從屋頂到地面，牆壁跟窗戶盡數消失。被斷開的地板懸在空中，紙片、布料跟建築磚材緩緩飄落，飄進起火燃燒的殘骸中。而那殘骸曾是架直升機。

記者彼此之間用最大的音量討論個沒完。滾過螢幕的新聞小標以大寫字母強調事情的嚴重性，高喊著施洛德伐特醫院居然被自己國家的空軍轟炸摧毀了，或也有可能該戰鬥機遭到了挾持，一切都是恐怖份子幹的好事。每一個人都在揣測，場面一片混亂，大家的手都按在耳機上，記者驚慌失措地告訴世界一些他們根本不知道眞相的事情。

沒有人看到獨自站在屋頂上的那名年輕男子。沒有人提到那名曾經站在屋頂邊緣，最後卻被失控的直升機撞上的女子。

只有在這裡，在這個有著藍色椅子的空間中，只有這裡面的每一個人知道那代表了什麼意思。

此時，珍妮轉過身看看威廉是否仍安好。但威廉．薩柏格的人已經不在講堂裡了。

他們在他的辦公桌旁找到他。

他們翻遍了整座城堡，連禮拜堂跟外頭的露台都去看過了。他們也用無線電聯絡了伊芙琳．基斯，要她去調出他的門禁卡的使用紀錄，想找出他穿越過哪些門，最後去了哪裡。

這種事情對他來說可不是第一次了。

若從露台掉下去，至少也有一百公尺高，然後會直接撞到岩石。城堡內還有窗台和露台，塔樓裡也有窗戶，禮拜堂前面也有……如果有人活得不耐煩了，這裡到處都能提供找死的好機會。

在基斯回報了關於他的所在地點的消息後，大夥兒立刻想到的是窗戶。珍妮一路飛奔上樓梯，三步併作兩步，她的腳曾踏在這石地板上許多次，但這次不同，她擔憂的不是自己的性命，卻是他人的性命。

她只比康納斯晚一點到。

他們擠往那扇通往他的工作室的門，心想應該會從裡面反鎖吧，但一推就開了。他們匆忙跑進去，但結果早到晚到其實根本不會有任何的影響。

威廉站在房裡。眼神空洞，用一手的手掌跟手臂托著一本筆記本，兩眼左右來回看著牆面。另一隻手裡拿著筆，隨時準備記下自己的思緒，但那思緒卻如此難以捉摸，如此沮喪、充滿震驚。

他壓根兒沒聽見他們進門。

他彷彿透過一個漏斗在看這些密碼。彷彿每有一個新的想法湧現腦海，他就會失去原先的兩個想法。彷彿他愈想去了解，就會有愈多的事物從指縫中流失。

她死了。

他親眼看著她死去。

他知道她不過是數千名死者的其中一個。幾千幾百萬人即將死去，而她不過是其中的一個，如此而已。但眼前的漏斗使得他不管多努力想看清全貌，仍只能看得到她。

但他打從心底知道，這不過是剛開始。

他竭盡所能想把心中的恐慌推開，然後找出解決之道——眼前這些數字中一定藏了把金鑰。而他的任務就是趕在一切都太遲之前找到這把金鑰。如今，他清楚知道「太遲」會導致怎麼樣的結果。而他聽見了自己的心跳聲，那規律的脈動聲大得出奇，震耳欲聾，掩蓋掉了所有思緒，使得他只能夠閉上雙眼。

脈絡。珍妮說的就是這個。事物的全貌。

然而事實上，他看不到……

牆上的數字序列是由其他人挑出來的。他們選擇這些序列的原因也許是因爲它們具有核心價值，或者是整體的根基，又或者只是因爲這些序列無關痛癢，就算讓他看到也無妨。

但問題是，他們如何選定這個特定區間，而這些「缺口」內的訊息又是什麼。那部分的原始素材並沒有給他，那些數字並沒有掛在他的牆上，那些之前與之後的數字，那些被他們認定跟密碼本文無關的DNA片段。但他們怎麼知道金鑰不會是這些缺口中的一段數值呢？

他缺了哪些序列？有哪些預言是他們沒有說的？人體內的基因何其多，爲什麼他只拿到掛在牆上的這些呢？

他的思緒就停在這裡，他感到有人碰了他的手臂。

是珍妮。

「你還好嗎？」她說。

這問題很蠢，他們倆都知道。但那象徵了些別的事情，那表示她在乎他，也理解他的感受。而對此，他心存感激。

康納斯就站在幾步遠的地方。

「我在此致上最沉痛的哀悼之意。」他說。

「沉痛什麼？」威廉說。「因爲殺了我太太嗎？還是因爲把一整間醫院的人都炸死了？」

而事實上，康納斯是可以回話的。我們只殺了你太太，他其實可以這麼說。醫院裡的人反正本來就都已經死光了。

但他沒有這麼做。

「現在究竟是什麼情況？」威廉說。

「你很清楚知道目前爲止的狀況。」康納斯說。

「你說得沒錯，我重講一遍。你打算要到什麼時候才要把一切都告訴我們？」

「很抱歉，」康納斯回答。「但我所知道的跟你們一樣多。」

威廉把頭別開，不是因爲懦弱，而是在累積能量，他要準備換上一種更尖銳、更具威嚴的語調。

康納斯摸透了他的計畫，因此很快就打斷他：「我們全都害怕親眼看到這樣的事情發生。沒錯，也許我們可以早點告訴你們，也許我們的確應該那麼做，但我們選擇了——」

他遲疑了。那其實是弗朗坎下的決定，並不是他，但他也一樣有罪，無須掩飾。

「那是爲了你們好，是爲了你們自己——」

不對。他停住，換另一種說法：「有些事情我們不應該知道。愈少人需要背負這件事活下去愈——」

威廉桌上的東西被掃落地面，發出的撞擊聲讓他的話就停在一半，效果跟威廉的預期相同。

「媽的！」他大吼出聲。「媽的！」

紙張、資料、原子筆，所有的東西都在磨損的石地板上滾動。威廉發現自己恢復了理智，彷彿憤怒跟腎上腺素找到了出口，而非毫無意義地在他的血管內亂竄。

「是你讓這一切發生的！你本來就知道會變成這樣，而你就這麼讓它發生了！你想要扮演上帝的角色，你把那該死的病毒送了出去，就是你讓預言成眞的！就是你。」

房裡鴉雀無聲。

「然後現在，你居然跟我說我不需要知道？」他深吸了一口氣。兩眼直直盯著康納斯。「你把我帶到這裡，就是希望我能夠幫忙阻止這次疫情的擴散。沒錯吧？」

康納斯不知道他接下來想說什麼。「我們帶你來這裡，是因爲我們希望疫情根本就不會發生。」

「那你告訴我，」威廉說。他的臉跟康納斯靠很近，幾乎都可以感覺到他的氣息。「告訴我我爲什麼不需要知道。」

康納斯沉默無語。

「告訴我我要怎麼去破解你們的密碼。既然加密金鑰是根基於自身的內容所建立、指涉自身、跟諸多內容都有牽連，還有天曉得它還怎麼樣。既然如此，如果你不提供給我所有的資料，我要怎麼找到這組金鑰？你要我怎麼做事？怎麼弄？」

依舊沒有回答。

「如果我就只有手邊這些資料，我要怎麼看出它整體的結構性？」

他往牆的方向走去，把手放在其中一張紙上，就是珍妮翻譯出「疫病」的那張詩文，它掛在幾乎是最右邊，威廉最遠只能走到那裡。然後他指向牆角。牆壁最遠就到那裡。

「再來。會發生。什麼事？」強調每一個字句。

一秒過去。兩秒。

威廉還在等，等著接受任何答案。

除了一個答案以外。

康納斯終於開口，但那些字句彷彿拒絕往外傳出，彷彿威廉雖然可以聽得見，卻怎麼也聽不懂。房中一片沉默，他知道自己該說點什麼，但一切都空空茫茫，冷冰冰地靜止當場。而倘若康納斯說出口的話一如威廉所聽到的，那一切就都再也不重要了。

「抱歉，」威廉說。「抱歉，可以麻煩你再講一次嗎？」

康納斯說了。「沒有了，」他緩慢地說。「再來就什麼都沒有了。你手上的序列就是全部。」他凝望著威廉。等著他把話聽進去。

他聽進去了。

從他的動作，他的眼神，他下垂的肩膀就看得出來。接著他伸出手，彷彿想抓住空氣，但卻什麼也抓不到。然後他對康納斯說話，顫抖的語氣中彌漫著恐懼與不信任：

「你說謊。」

「我也這麼希望。」康納斯說。

珍妮站在他們的旁邊，眼神中帶有相同的恐懼。她往前走了一步，彷彿藉由減少彼此之間的距離，事物就會變得比較容易掌握。

就是這個。組織小心翼翼想隱藏的真相就是這個。如今她總算知道了，但她寧可自己不知道。

「我們來到了疫病的段落。」她說。

珍妮只說了這麼多。她沒有用手指向牆面，沒有指向牆最右邊的那張紙，那張紙的右邊只剩下一段預言。她不需要去指，因爲大家都知道她的意思。

威廉看著兩人。只剩下一個問題要問。而他知道他們已經有了答案，但他仍抗拒提問，抗拒，是因爲他太害怕聽到答案。

「接下來會發生什麼事？」他問。

珍妮看了康納斯一眼，懇求他能說出一個更好的答案，希望自己的解讀是錯的。

但康納斯只閉上雙眼。閉上雙眼，是因爲他的答案跟她的一模一樣。

珍妮的目光垂下。「在疫病之後，」她說。「只剩下一個預言了。」

「上面寫了什麼？」

她沒辦法跟他對視。她抬眼，但不看他，視線穿透了他，試圖把視線聚焦在別的東西上，讓她得以規避說話的責任，不須說出自己腦中的事實。

但她逃不了。而當她終於開口時，她的聲音小到幾乎聽不見。

「大火，」她說。「一場巨大而猛烈的火焰將結束一切。」

再也沒有人說出隻字片語。時間就在沉默中一秒秒流逝，然後康納斯轉身離開房間，什麼也沒有說。

他沒辦法幫助他們去面對剛剛得知的眞相——他無能爲力，畢竟連他自己都沒有辦法接受。

珍妮靠向威廉。什麼也沒有說，然而他卻朝她點了點頭。

他緊緊地摟住了她。摟了很久，很久。

用他想要摟住自己女兒的方式摟著她。

不到一星期前，他才希望自己的性命能夠邁向終點。

如今看來，所有人的性命都走到了終點。

愛米粒出版
Emily

廣 告 回 信
台 北 郵 局 登 記 證
台北廣字第04474號

平 信

To：愛米粒出版有限公司 收

地址：台北市10445中山區中山北路二段26巷2號2樓

當 讀 者 碰 上 愛 米 粒

姓名：＿＿＿＿＿＿＿＿ □男 / □女：＿＿ 歲

職業 / 學校名稱：＿＿＿＿＿＿＿＿

地址：＿＿＿＿＿＿＿＿

E-Mail：＿＿＿＿＿＿＿＿

連絡電話：＿＿＿＿＿＿＿＿

• 書名：

• 這本書是在哪裡買的?

a.實體書店 b.網路書店 c.量販店 d. __________

• 是如何知道或發現這本書的?

a.實體書店 b.網路書店 c.愛米粒臉書 d.朋友推薦 e.____________

• 為什麼會被這本書給吸引？

a.書名 b.作者 c.主題 d.封面設計 e.文案 f.書評 g.____________

• 對這本書有什麼感想？有什麼話要給作者或是給愛米粒？

※ 只要填寫回函卡並寄回，就有機會獲得神祕小禮物！

讀者只要留下正確的姓名、E-mail和聯絡地址，
並寄回愛米粒出版社，即可獲得晨星網路書店$30元的購書優惠券。
購書優惠券將mail至您的電子信箱（未填寫完整者恕無贈送！）

得獎名單將公布在愛米粒Emily粉絲頁面，敬請密切注意！
愛米粒Emily: https://www.facebook.com/emilypublishing

愛米粒出版有限公司
Emily Publishing Company, Ltd.

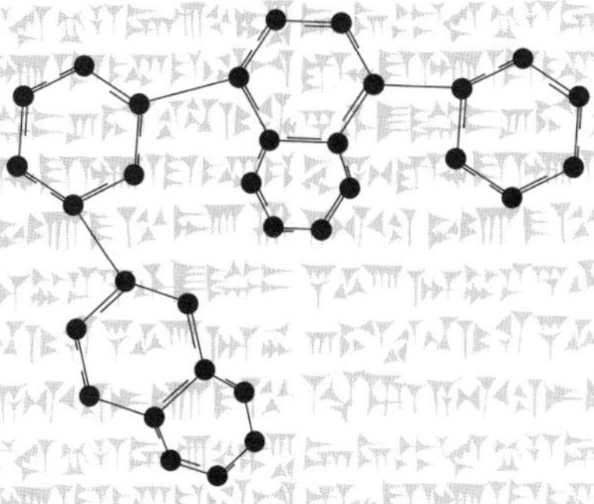

第三部

最終情境

你永遠不可能，也絕對沒有辦法說「我準備好了」。
怎麼可能辦得到呢？
因為你永遠不可能，也絕對沒有辦法未卜先知。

沒有人能夠通曉未來。就連時間也沒辦法。
在它自己都還沒有意識到之前，時間已經從瞬間成為了此刻，而某件事情就這麼發生了。除了站在那裡，試圖握住些什麼外，你什麼也做不了，你什麼也不懂。為什麼會發生在我身上？為什麼會發生在此刻？
你怎麼可能會懂呢？
那是沒有規則可循的。
你不會知道接下來要發生什麼事；如果有輛卡車忽然出現在左側，它就是出現了。下一刻，眼前一片黑暗，沒有人知道再來會怎麼樣。
準備永遠不夠。

如今，他們說我錯了。
說時間知道未來的走向。
說未來的路早已注定。
就算這句話是真的，它依然改變不了什麼。

十一月二十六號星期三，晚上。
他們說世界要滅亡了。
但我還沒有準備好。

33

舉辦儀式的地點不是選在禮拜堂，而且僅僅花了四分鐘就結束了。

所謂的棺材，不過是個附有夾鏈的大袋子。應該要擺鮮花的地方，卻是擺了不鏽鋼的鐵架。而應該是親友出席的場面，到場的人卻只有康納斯、威廉，跟幾名身穿制服的男人。這些男人應該有自己的姓名跟個性吧，但若你看著他們，你不會覺得他們有。

到場的人還有珍妮。

她人就站在玻璃窗旁。她站得很近，雖然眼前是厚厚的一層玻璃，她仍可以感受到焰火傳來的熱度。她凝望著那只白色的袋子，說不定裡頭裝的是別的東西，但不，幾乎不可能。

她是現場唯一落淚的人。

穿過玻璃望去，遠處火焰熊熊、炎熱非常，一座私人的小型煉獄就在下一堵牆上的洞中。焰光從那個小地方照射出來，穿過玻璃，落到那些陰鬱的臉龐上。他們統統站著，在等這事告一段落。過程中都能夠聽到弗朗坎在說話，說些他該說的話，但不是因爲他想說，而是因爲這是他的職責所在。

話語停歇後，電動升降架便開始上升，把金屬滑道傾斜到了某個角度，讓海蓮娜·沃金斯的遺體得以滑上輸送帶，像個在超級市場裡要結帳的商品一樣往前滾動，朝向另一頭那咆哮的鐵青色火焰前進。抵達終點後，袋子在瞬間就被火焰呑噬了。

飽含了各種顏色的火焰在那四方形的開口裡迴旋起舞。如同煙火，隨著袋子的化學物質一層層熔解，在高熱的燒灼下蒸發、點燃，展現出千百種漸層的色彩。

隨後，蓋口在她的身後關起。

在那裡面，活著時被喚作海蓮娜·沃金斯的遺體化爲灰燼。

有人在數小時後來清掃火葬室。彼時，遺體跟依附在她身上的病毒都已消失殆盡。

唯一的問題是，病毒接下來會選在什麼地方重新現身。

「如果我們夠幸運的話。」康納斯話講一半就停了。

他選擇用這個句子來作為會議的開頭。

他站在藍色會議廳的前方，安靜地觀察一排排坐在圓桌後面、身穿制服的人。每個人的前面都放了筆記本、原子筆跟礦泉水，彷彿這是場辦在世界上任何一間旅館內的普通會議。

然而卻不是。

不到一小時前，他們才去為沃金斯送終。不到一天以前，才有一架客機把一座大城市變成一處充滿泥巴的燃燒荒原。而那所被他們摧毀的醫院仍留在他們的記憶中，懸在那兒像張濾網，使得他們迫切需要思考的種種念頭都被篩過，染上一層迷迷濛濛的哀傷。

沒有人相信他。沒有人相信他們能夠交上好運。

話剛出口，他就知道底下的人會這麼想，但他還是說了，維持同樣的用詞再說一次。對情況保持樂觀是他的職責。

「如果我們夠幸運的話，」康納斯又重複了一次。「我們就在剛剛目睹了疫情的結尾。」

沒有人發表任何意見。沉默的懷疑劃破了空氣，久久不散，如同一名出現在考場的監考老師。

「六天前，從我們這裡逃走的男人已經在柏林被找到了。依照我們手邊的資料看來，過程中，他應該沒有遇到任何人，只除了那個讓他搭便車的車主以外。至少在他感染病毒以後的狀況是如此。」

在他背後的螢幕牆上出現了整個世界，懸在那兒如同一張極大的地圖。地圖分散出現在各個螢幕上，如同這些螢幕成了一片片電子馬賽克，合體形塑出一張完整的圖片。康納斯的桌上擺著他的電腦，他動了動手指，幾個輕輕的動作就讓畫面聚焦在放大了的歐洲上。他開始用畫面來講解。

「至於那位車主，他帶來了不少麻煩。」他邊說邊指著地圖。「尼可萊．瑞希德死於發生在巴德霍維朵普的連環車禍中，但此事卻沒有阻止他繼續將病毒散播出去。我們都知道，病毒在施洛德伐特醫院再度出現，是由宣告瑞希德死亡的醫師帶過去的。我們還知道604號班機的駕駛也出現在連環車禍的現場，乃由同一名醫師立刻幫他治療，然後就允許他離開去做自己的事情。」

他嘆了口氣。「再來的事，就只能靠運氣了。我們眞的需要一些好運道。」

沒有異議。現場一片安靜。

「如果我們夠幸運的話，」他重複說。「就表示所有的疫情到此爲止，都在我們掌握到的消息之中。但如果我們沒那麼好運的話呢？」

他望向眼前的聽眾。剎那間，他覺得自己很蠢。這些人知道的可是比他還要多，他們都是些生物學家、醫師、醫療研究員等，而他竟站在這兒大放厥詞，把這些人提供的訊息又傳遞回去給他們。不過的確，他搜集、組合後又重新整理了這些訊息，讓大家得以獲得超越自身領域以外的洞見。然而，他依然擺脫不了一個想法，那就是認爲現場眾人的集體智慧比他高出許多。因此忽然間，他覺得自己又回到了孩提時代，數十年來第一次發現自己又身在那個聞得到煤礦味的英國小鎮，每一個人都高他一階，他以爲自己算是哪根蔥？

那段侵襲而來的回憶說來就來，說走就走，但卻打得他搖搖晃晃，使他比原先預期的還多停了一些時間。他得逼自己回到當下，試著提醒自己他現在的身分，並告訴自己，在這個房間裡，只有他能夠質疑自己的權威。

他轉身面對背後的螢幕，數字與一行行的資訊在他開口的同時出現。

「我們都知道，關於這種病毒的研究並不多。主要是因爲它出現的時間並不長。如同前幾代的病毒一樣，它應該要留在實驗室的環境裡，並在我們確認它毫無功用後，就隨著宿主的死亡而消失。然而這一次，我們卻沒有做到這件事。」

我們。沒有。做到。

三個簡單的字詞。每個人知道這意味著什麼。他們失敗了，所有那些程序跟規章加起來仍舊不夠。如今，情況已然失控，他們束手無策，只能坐以待斃。

電腦吐出了兩份數據圖，康納斯用手指著這些欄位，開始解釋。他的語調平淡，就事論事，然而這卻讓情況看起來更形糟糕。

威廉跟珍妮分別坐在房間一隅的兩張椅子上。跟坐他們前面幾排的人一樣靜默。看著地圖，傾聽康納斯說話，聽著那些專家才認得的名詞，發現自己雖然聽不懂但依然覺得很可怕：再生指數，發病率，致病率等。而不管出現在什麼地方，數值都非常高，聽得那些理解這些數字背後意涵的專家直搖頭。

「我們把這病毒稱爲第七代，」他說。「它需要透過口沫傳播，這代表它只能在近距離感染他人。這是好消息。壞消息是，我們手邊的資料顯示，目前爲止感染的患者當中，沒有人不會出現相關的病徵，也沒有人能夠活得下來。」

螢幕上又出現了兩份新的數據圖。

「從感染後到出現病徵的時間從一到四日不等，也許是依照個人的體質不同而有變化，也許牽涉到其他的因素——同樣的，我們不知道。可是我們知道，一旦過程開始後，病情會惡化得很快。關於這點，我想我應該不需要跟在場的任何人多做說明。」

沒有人插嘴。大家都清楚。太清楚了。

康納斯又轉回去面對螢幕。他已經來到了這份報告的關鍵處，要提到他最擔心的部分。

他在自己的電腦上快速拖曳了幾下，數據表便都從螢幕上消失了，並又一次換成歐洲的地圖。位在地圖中心的是阿姆斯特丹跟柏林，它們被南邊的地中海跟北邊的北極圈圍繞。

「如果我們夠幸運的話，那疫情已經到此告一段落。可是……」

他的手指放在電腦上，在觸控板的地方動了一下。

一個點出現在阿姆斯特丹上面。

一個小小的、亮紫色的點，跟地圖的其他部分產生了對比。

「如果有一個我們不知道的感染者存在呢？也許出現在高速公路發生車禍的那天，或曾在醫院跟某人接觸後又離開了醫院，或曾在機場跟機長阿頓・瑞別克碰過面。如果有這麼樣的一個人存在的話呢？」

稍事停頓。然後，說出了他其實並不想說的話。

「倘若這個人在死前又傳染給了另外十個人呢？然後這些人又各自傳染給另外十個人的話呢？」

地圖。紫色的點。康納斯的手輕輕碰了電腦，一次，兩次，三次，使得那些點的數量以倍數的方式成長。點的顏色變淡了，而且不停閃爍，不停地從阿姆斯特丹往外擴散出去。這些點變大，成了一團團的實心圓，而且甚至出現在完全不同的新地區，因爲電腦模擬了民眾出門旅行或逃離各大城市。恐慌的民眾意圖尋找安全的場所，卻只因此而傳染給更多的人，使得情況愈變愈糟。

沒有任何情況是在場的人沒有想到過的，但實際看著它發生仍讓人覺得相當難受。

最令他們害怕的，是康納斯的手指僅輕輕碰了幾下。只要區區幾個步驟，地圖上很快就會充斥一團團的實心圓，整個世界就會在幾個星期之內成爲紫色。而這一切的開頭，不過是單一個位在歐洲的點，竟擴散到了整個地球。

而在那些實心圓開始萎縮後，有人不免露出了訝異的神情。

地圖開始回復原先的顏色，紫色開始消退。實心圓開始變成小小的點，世界上的所有國家慢慢回復正常。

在那一瞬間，房間內充滿了希望。

但慢慢地，慢慢地，現實浮出水面。

那些實心圓會縮小，並非因爲疫病停止擴散，也不是因爲病毒的強度不知怎的忽然像變魔術般減弱了。

正好相反。

是因爲已經沒有人有辦法將這種病毒傳染出去了。

最後，電腦發出嗶的聲音，告訴眾人模擬的狀況到此結束。沒有其他階段了，不管康納斯再碰幾次觸控板都一樣。

在他們眼前的螢幕中，整個世界的細部清清楚楚。國家、城市、地方，有人知道某人就住在那裡，那裡有漂亮的風景，或也許有間雅致的小咖啡館。

但在電腦模擬出來的世界裡，世界上已經不存在任何人。在那些雅致小咖啡館裡沒有，在那些美麗風景區裡也沒有。整顆地球上的每一個地方，生命都已盡數消失。

而你只要在電腦上輕觸十多下就辦得到。

會議到此告一段落，但卻沒有人起身離座。

沒有人去碰放在桌上的紙，沒有人去開礦泉水來喝。他們想要拯救世界，但不知該從何拯救起，而懸在半空中的絕望，如同一條黑色的沉重毛毯，從頭到腳罩住了他們。

「如果我們夠幸運的話。」有人這麼說。他把康納斯的話又講了一次。

這句話仍留在所有人的腦海中，但這句話卻是從一個男人口中說出來的，整個房間的人都把頭轉往他的方向。

「要怎麼樣才會知道我們夠不夠幸運？」

康納斯回望著他。搖了搖頭。

「三天以內，我們就會知道答案。在那之前，把我們手邊有的資料全部都拿給薩柏格跟黑茵茲吧。」

34

很快就要死在小巷裡的男人有名字，但他很久沒有聽過人家這樣叫他了。長久以來的孤獨使得這名字褪了色、遭遺忘，也失去了它的意義。因此，當那些圍繞一旁的軍人說出他的名字時，他並不覺得他們是在跟他說話。

從有記憶以來，施戴方・考斯就一直在大街上討生活。睡在電梯、坑道裡，也有找不到地方睡的時候。多數情況下，他便只能動個不停，來度過又一個冰冷的柏林冬夜。照出生日期來看，他年齡只有三十出頭，但任何看到他的人都會猜五十。而在自己的思緒中，他是漂泊於一種介於生死之間的、不知歲月爲何物的狀態。而在某些日子中，他也不確定自己是死的還是活的。

他們來找他的時候，他人正在警局的拘留室裡。

那天早晨很美好，他已經好幾年沒有睡在溫暖的房間裡了。他吃了些不是在垃圾桶裡找到的食物，而且這些食物還裝在密封的袋子裡，這表示他不用擔心被人下毒。縱使他心知肚明這一切不過是暫時讓自己喘口氣，是那過程緩慢但卻執拗地一點一滴逐步摧毀他的現實生活中的小小歇息，但他仍盡力不去想那些，只單純地享受此刻。

他心存感激。

因爲這讓他又能多活一個夜晚。

而這大概是他爲什麼會答應的其中一個原因。

他們說，他會參與一場研究計畫，而他們會供應他食宿作爲代價。他有機會過正常的日子，他可以運動，也會接受教育。入夜以後，他可以在個人的房間裡看書或看電視。夏天到了，他可以到露台看風景，那些美麗的景色會讓他永遠也看不膩。

他們是這麼告訴他的。

但卻沒有人告訴他他將看到些什麼。

他會看到那些沒來由就生了病的人。那些人會被帶進密閉的病房，由身穿隔離衣的人員照顧其起居。那些人就此與世隔絕，消失人間。他可不是傻子，他雖然是遊民但可不是傻蛋，他知道遲早會輪到自己。隨著一天天過去，他的死期也愈來愈近。

他很快就要死了，如果再給他一次機會，他寧願以自由之身凍死，聆聽地下鐵的聲音入眠，從此一睡不醒，也好過成爲那些流著血的身軀。他看過一眼，在他們帶他下樓運動的時候。不單只是運動，他們還要他練習透過機器來呼吸，要訓練他成爲他們接下來的研究對象。

但他已經喪失了選擇的權利。

他當時既然答應了，如今就只能等死。

所以，當那個名叫海蓮娜·沃金斯的女人來找他幫忙時，他覺得彷彿是老天給了自己第二次的機會。跟他一樣，她也是個囚犯，但是有特權的囚犯。她知道很多事情，而且還擁有門禁卡。不管她究竟發現了什麼，她的確爲此感到害怕，也因此需要他的協助。

她會幫助他逃出這裡。但他得幫忙送一封信，那封信很厚，內容物事關重大。但他根本不在乎裡面裝的是什麼鬼東西，只要能讓他離開這裡就好。她跟他說了些人名，告訴他應該怎麼做。兩天後，她跟他說時機成熟了，該行動了。

深夜時分，她到房間來帶他離開。領他穿過那些沒有盡頭的穿廊，打開一扇扇的門跟氣閘裝置，並將他帶到一處凹壁，讓他可以躲在裡頭，等待那些清晨時分將會抵達此地的送貨卡車的到來。

就在這時候，她把那封沉重的信件交給他。

接著她神色遲疑，權衡利弊，不確定那件事到底該不該跟他說。而考斯耐心等待。

「還有一件事。」她總算開口。

他記得她說過的話，記得她看來相當糾葛，不知該做何決定，彷彿那封信極其重要，但還有些事她放不開。某種關乎情感的、特別的、很私人的事。最後她終於下了決心。

她希望他能幫忙帶個口信。

不是爲了她自己，卻是爲了他人，簡單幾個字而已。她告訴了他，那口信是她即席想的，簡短明確，但他完全明白個中含意。內容很感人，他當然不可能會拒絕。海蓮娜·沃金斯跟他道謝，並祝他好運，然後她就掉頭離開，留他自己一人。

施戴方·考斯便蜷縮在黑暗中，因害怕被人發現而渾身顫抖。但天亮了，送貨的時間到了，卡車緩緩駛了進來，他動身脫逃，冰冷的氣息打在他的臉上。霎時間，他變得很快樂。

施戴方·考斯重獲自由。

他漫無目的走了好幾個小時。依然黝暗的清晨讓他的身形難辨，使他覺得安心又放心，但終究沒有人有辦法永遠無影無蹤。背後的路通往山裡的基地，路的盡頭處就是那扇他剛剛逃出的大鐵門。在他行走的過程中，唯一從他身旁經過的只有送貨的卡車，不管車子送的是食物、信件、醫療用品或任何其他東西，他都不在乎，因爲他已經離開那裡了。卡車在從城堡歸來的途中跟他錯身而過。晨曦漸亮，卡車離他只有幾公尺遠，但卡車上的人並沒有注意到人就在路旁的他。

慢慢地，群山已被他拋在腦後。

他沿著彎彎曲曲的窄路走，經過一座村莊，村莊裡的屋宅均充滿阿爾卑斯山風情。這些屋宅爬上山丘，就像那些啤酒節裡的海報上畫的圖一樣，只不過此情此景可是眞實存在眼前。走了幾小時後，路開始變寬了，路面分成了好幾線，車流來來往往，呼嘯而過。

在那兒的一間加油站，他偷了輛卡車。開往因斯布魯克後，他改搭便車，搭上了一輛紅色的豐田RAV4休旅車。車把他載到了遙遠的柏林。

然後一切就開始出錯了。

他要找的那個男人叫做沃金斯，跟她一樣。

他的公寓就在腓特烈斯海因區內一處三角公園的正對面。施戴方・考斯曾住過許多公園，該公園也曾是他的短期住所，但他後來離開了。也許是因爲這個原因，他立刻就發現到有些事情不大對勁。人行道旁停著兩輛深色的車。駕駛座上分別坐著一名男人。男人裝出一副若無其事的樣子在讀報。

有人在監視沃金斯。

也許是因爲他們知道考斯會來找他；彼時，他們鐵定已經發現他不見了，說不定他們逼她招供，說出他的行蹤。因此他們才會在這裡等著他現身。

然而他不敢貿然行動的原因不是因爲那兩輛車，而是因爲體內有種感覺不停在增強。

他曾試圖忽略那種感覺，那是他在搭上了那輛從因斯布魯克出發的車後開始的。他告訴自己那不過是感冒的徵兆，但心底深處，他知道事實並非如此。

因此他保持了一定的距離。監看著那些監看那棟建物的男人。

他手中拿著那封將拯救全世界的信件。

她是這麼稱呼它的。

而他雖然是個遊民，但不是傻瓜。他清楚明白地知道，倘若自己就是那個讓疫病流竄世界的人，他怎麼可能會有辦法拯救世界呢。

時間是白天，但日夜已經不再重要。

電視是開著的，單純只是因爲他們兩人都沒那心思去關。電視反覆播放一系列相同的片段，關於醫院，關於飛機墜毀，關於政府高官拒絕回應。他們就像牛一樣不停地反芻這些新聞，一次又一次，殘留下來的東西愈來愈少。

他們有睡，但時間很短暫。兩人一直都坐在扶手椅上，彷彿在床上躺下是不敬的行爲。彷彿只要保持清醒，事情就會有所不同。彷彿只要時機一旦成熟，所發生的一切就便都可以彌補。而他們不敢入睡，就是因爲怕錯過那個時機。

當里歐從屋頂上走下來時，阿爾伯特人正在車裡頭等他。

要救出克莉絲汀娜是不可能的。大樓於事後被封鎖，他們無法靠近，但卻看見搜救人員不停在挖掘，搜救犬也在幫忙探查她的所在位置。她從屋頂墜下，如今人被埋在數噸的石頭底下。要想奇蹟出現，那是不可能的。

警察開始盤問他們爲何人在現場，阿爾伯特很緊張，但他們總算是得以離開。

他們走A10高速公路離開，接著轉開往東，他們唯一的目標就是離開阿姆斯特丹。當他們的雙眼因疲累而開始眨個不停時，腎上腺素所提供的能量已經用盡，換由令人渾身癱軟的疲累感掌握大權。他們都不敢再靠近方向盤，便在一間汽車旅館住下。天亮了，他們依然坐在老位子上，一夜沒動。

幾小時過去，他們一個字也沒有說。

沉默的片刻不再，聲音開始浮現。隔壁房的人在沖澡。走廊上有腳步聲，是那些要去吃早餐的人。行李箱的輪子在地上滾，大家開始退房，要轉開往不同的高速公路，住進下一家汽車旅館。

先開口的人是里歐。「我有看到阿爾卑斯山。」

阿爾伯特看著他。知道他指的是什麼，但沒說半句話。

珍妮的信。他也在腦海裡重讀了一遍。提到了阿爾卑斯山，提到了許多人名，還有最後的來找我。但他們到底應該要怎麼做才能找到她呢？

「我們只知道一件事情，」里歐說。「那就是我們應該要往南走。」

「其實你大可不用這麼做。」阿爾伯特說。

說完後看著他。他仍是昨天那個年輕人，戴著同樣的帽子，穿著同樣的休閒外套，那外套很皺，有點老氣。若你心地善良，會說這是他的風格，但若老實講，那眞是難看死了。但里歐的神情變了。長大了。他們彼此認識還不到一天，但彷彿那些發生的事件逼得他稍微老了一些，稍微長大了一些，也稍微哀傷了一些。

如果不是這樣，那就是他太累了。這也是有可能。

「我還能做什麼？」

里歐說的。就連現在說話都還不成句。但它道出了一切他想說的。阿爾伯特看著他，看著他眼神中的疲累，他沒洗的頭髮，昨天還可以說鬈得有些造型，但現在看來像誰丟了頂假髮到他頭上後就跑了。不知怎的，在發生了這麼多事以後，這髮型讓人看來覺得有些感傷。

「你跟她熟嗎？」阿爾伯特問。

里歐沒有想過這個問題。他親眼看著她死去，他經歷了那當下的衝擊跟千百種情緒帶給他的洗禮。從那刻起，他想都沒想就接下了她所扮演的角色。不，或許他跟她不熟。但若他不試著去接棒，完成她的宿願，那誰要做呢？

不。這樣講不對。如果他不去做，那他還是自己嗎？

這是他的旅程。找到那則關於珍妮的報導的人是他，找到阿爾伯特的人也是他，而這也是爲什麼他們會來到阿姆斯特丹。因此某個角度來講，那也表示是他害死她的。

關係。

他對她有虧欠，因此他會繼續走下去。這樣才對得起自己，對得起她。而這與他跟她熟不熟沒有任何關係。

「不，」他回答。「不熟，連熟這個字都說不上，不。」

該輪到阿爾伯特說話了。

「我來跟你把情況說清楚吧。我完蛋了。我把一個人給害死了。警察在通緝我，他們搜查了我的辦公室，警察跟一些我不知道的人，但這些人，」——他稍微停頓了一下——「我認爲這些人跟珍妮的失蹤案件有關。而說穿了、講白了，我根本就不知道自己現在到底在幹麼。」

里歐點點頭。但不是要確認他所聽到的那些話是眞的，而是想把那潛藏在底下的訊息推開；他知道阿爾伯特接下來要講些什麼，但他不想面對。

「你才二十四歲而已，」阿爾伯特說。「你的試用期還沒有結束。而過去二十四小時內你所看見的東西，已足夠在報紙上連續報導好幾天。如果你能力夠好，而我對你有這個信心，那麼只要你開口，他們會立刻讓你在那邊上班。如果我講的哪裡有錯，你大可以糾正我。」

里歐沒有糾正他。

「當然，我很感激你爲我做的這些事。若不是有你，有你那輛車，我永遠也沒辦法離開阿姆斯特丹。但你已經盡了你的責任。我卻得繼續往前走，得找到珍妮。你沒有責任再多做些什麼。你可以回家了。」

也許里歐累了，但他毫不猶豫地知道自己該做些什麼。

他起身。拿出克莉絲汀娜的手機。在他的手機隨著她一起消失後，這已經變成了他的手機了。他轉過身，面對著阿爾伯特。

「我還有幾通電話要打。在那之後，我們要來計畫下一步該怎麼做。」

阿爾伯特看著里歐打開通往走廊的門，門沒掩上，他聽見那個年輕人赤腳走過地毯的輕柔腳步聲。一連串的話語，用的語言阿爾伯特完全聽不懂。

但不管他說了些什麼，他的意圖很明顯。

里歐．比亞克會陪著他繼續往前走。

對此，阿爾伯特．凡．戴克感到非常開心。

當克莉絲汀娜．薩柏格的姓名閃現在手機的螢幕上時，拉什艾瑞克．彭格蘭對此所抱有的期望毫無道理可言，他自己很清楚。

她怎麼樣也不可能會活下來。

雖然如此，聽見電話另一頭的聲音不是她時，他仍覺得失落，彷彿像被深沉的飢餓感狠狠擊中了肋骨下方。

「我的名字叫做里歐．比亞克，」聲音的主人說。「我們昨天有通過電話。」

「她還活著嗎？」彭格蘭說。他只說了這句話。他只想知道這件事。

「不，」里歐說。「不。」

應該有更好的說法吧。但里歐卻怎麼也想不到。分別站在手機兩端的他們都沒有說話，沉默化爲0與1，在斯德哥爾摩與阿姆斯特丹之間傳送，訊息抵達受話端後開展、注入空氣中，但內容卻空無一物。

「我可以再回電，如果，說不定。」里歐說。他聽見自己說的話，盼望語言的邏輯能夠塡滿那些空白。如果現在不方便的話。

「我現在可以講電話。」彭格蘭說。

「我曾試著要警告她，」里歐說。「希望這能讓你更了解當時的情況。」

彭格蘭懂。克莉絲汀娜性格頑固，不管這孩子費多大的勁想叫她停手，他想她也不會聽吧。她八成把注意力全部都放在眼前的事況上，因此他所說的每一個字她都聽不進去。

「謝謝。」他說。他的意思是謝謝你跟我說，還有謝謝你有試著去做。也許他也要謝謝里歐打這通電話來，讓他可以不用跟自己的情緒獨處，讓他能夠跟手機另一頭的陌生人分享自己的感受，這讓他覺得心裡舒坦了一些。

「只有一個問題，」里歐說。「你怎麼會知道接下來要發生什麼事？」

「有人跟我說的。」彭格蘭說。

「誰？」

「我不知道。他是軍方的人。位階很高，除此之外我就不知道了。」

「那他怎麼會知道的呢？」

「他在幫那些人做事。」

「幫誰？」

「他不知道，」彭格蘭說。然後他修正了自己的話。「至少他是這麼說的。不管你怎麼想，但是我相信他。」

他稍事停頓，在想自己該透露多少細節。他沒必要幫那個一身黑的男人保守祕密；如果他說了太多，在地下室的對談中洩漏了太多的機密資訊，那也是他自己的問題，跟彭格蘭無關。但同時，他也不希望再讓其他人涉入險境。他沒有辦法警告到克莉絲汀娜，導致最後以災難告終。他再也不希望任何人因此而失去性命。

但換個角度來想，如果電話那頭的孩子能夠成功找到威廉，那也許他就有辦法得知目前的情況，找出究竟是什麼事情能夠如此駭人、凶險，而且前所未見。他應該要擋住里歐的路嗎？

「我只知道有一個組織的存在，」他說。「他沒有告訴我在哪裡，因爲他也不知道。組織的所在地點、組織的首腦、組織隸屬於什麼單位，他都不知道。他唯一能夠確定的，就是他不是唯一的一個。」

「唯一的一個什麼？」

「唯一一個『幫他們幹活』的人。他是這麼說的。組織到處都有人馬，而且都是高層。警察，國防單位，說不定連政府機關裡都有。」

「那他們的工作是什麼？」

彭格蘭猶豫不決。「你叫里歐，對吧？聽我說。那個男人來找我，是爲了要警告你們。」

「但爲什麼？」里歐問。「爲什麼他要警告我們？如果他是，你知道的，他們的一份子的話？」

答案很簡單。

「因爲他很害怕。」彭格蘭說。

他等著要聽里歐怎麼講，但卻什麼也沒等到。彭格蘭接下來要說的話有點像懇求，因爲語氣的確差不多如此。

「你們得離開阿姆斯特丹，愈遠愈好。有事情要發生了。我只知道這麼多。不管再來要發生的是什麼事，昨天的事件不過只是開頭而已。」

「我們人已經不在阿姆斯特丹了。」里歐說。

「我不確定你們是不是應該再跑遠一點。」

「等著看就知道了。」

感覺對話就到這邊了，感覺任何事情都沒有因而改變。

老人想要警告對方，但又不知道自己到底要叫對方小心什麼。而年輕人雖然聽到了，卻聽不進去。如果今天角色對調，而彭格蘭也老實回答的話，他也會聽不進這一席話。

「可以幫我一個忙嗎？」於是他說。

里歐耐心等待。

「如果你找到了他，如果你找到了威廉。告訴他，克莉絲汀娜從來沒有放棄過要幫他的想法。」他停頓了一下，然後說：「不是因爲他想要聽，我才會故意這麼說。事實就是如此。」

里歐吞了一口口水。「我知道。」

他們分站手機的兩頭，聽著某個陌生人的呼吸。

而彭格蘭遲疑了。還有一件事。但他已經說了太多。

「來找我的那個男人，」他總算開口。「他聽到他們提到那場災難。」

「是指阿姆斯特丹嗎？」里歐說。

「我不知道。我只知道他們很害怕。很害怕解決的辦法已經……不見了。」不對。他再次停頓。想儘可能地複述出那個男人講的話。「他們擔心解決辦法已經落到了沃金斯的手上。」

里歐花了一點時間，才從大腦的深處找出那個名字。

這個詞曾出現在一封信上。珍妮寫的信。

「是海蓮娜．沃金斯嗎？」里歐說。

「不是，」彭格蘭說。「是紹爾。」

施戴方．考斯要離開大廳時被人撞見了。他們雖然立刻緊急通報，但已經太遲了。

他們發送出他的長相，並將追捕他列爲首要之務；沒有人知道他做了些什麼，但總之一定要想辦法逮到他。一些相關的細節也傳送給了那些必要的收件人，以及那些訓練有素、一個口令一個動作的男人的手上。

與此同時，施戴方·考斯則小心地避開所有的人。

他通曉整座城市的巷弄跟小道。他一輩子都在躲躲藏藏，避免跟人群打交道。但現在角色顛倒過來了，他現在躲躲藏藏是爲了保護他人，免得跟自己產生任何的接觸。而在自豪的同時，他其實也很害怕，但他沒有其他的選擇，而他不想失敗。

以前他曾經差點喪命，但這是他第一次恐懼死亡。她交付了兩項任務，而他滿心想要一併完成。

那則令人心碎的口信已不再是他的問題。他已經將口信託付給了豐田車的駕駛，而如今他只能期望那人會信守承諾。

但那只黃色的信封仍是他的責任。而一切卻都走了樣；考斯又回到了以前的處境，成爲一個既沒有選擇的餘地，也沒有未來的男人。不單另外有人在追捕他，而且他的生命之火燒得比過往都還要快。

而既然她的要求他辦不到，那這就是最好的變通之計。

他往前跑，兩手空空，在一排排停駐的車子間來回穿梭。

他把那封信留在他處。

那封信現在很安全，也許不是長久之計，但短時間之內不會有什麼問題。在離開停車場的路上，他拿出了那張薄薄的白色卡片，那是他從報攤偷來的。他將卡片摺起後投進郵筒。結束之後，他能夠做的就只剩下盼望。盼望收件人看得懂他那顫抖的字跡，盼望他沒記錯地址，盼望他到頭來沒有讓她失望，以及盼望他生命中的最後一舉是樁善行。盼望到頭來，他的生命仍有其意義存在。

咳嗽跟發燒，這都還有辦法解釋。

背部發癢，就只是一般的發癢吧。

但當鮮血滲出，皮膚開始流血，彷彿漸漸液化的時候，他再也無從否認起。

他曾在一排排的病床上看見過這種病。如今他也成爲了一名患者。他不想死，但他沒得選擇。

同一天晚上，施戴方·考斯將會因被人追趕而逃入柏林的小巷，然後被幾名喬裝成醫護人員的男人射殺，遺體被一輛不是救護車的救護車運走。

在阿爾卑斯山的山腳處有一座廢棄的軍用靶場，他的遺體將會在那裡化爲灰燼。

而那封應該要拯救世界的信件，將被鎖在柏林中央車站地下樓層的置物櫃裡。

而這件事，沒有任何人知道。

35

風扇轉動，那迴盪的聲音讓他想起了過去。

聲音就跟以前一樣。以前每天早上，他都會在位於孔森恩的那幢壯闊的建築裡打開電腦。而就在此時此刻，那桌上的嗡嗡聲又讓一切都重返過往時光。

坐在一張老舊的辦公椅上。讓它那抱怨連連的輪子滑過塑膠地板，小心輕啜一口上面滿是奶泡的熱咖啡，嗅聞那充滿早晨以及無限可能性的味道，但入口卻只留苦味。他覺得自己在做的是大事，而且他很拿手。縱使重責大任壓在他的肩上，他仍堅信自己能盡好一己之責。

而他知道只要自己一張眼，人就會回到遙遙遠遠的遠方。

威廉站在城堡裡自己的辦公室內。他上一次進來這兒也不過幾小時前的事，但卻感覺他像經過了長途的旅行之後才回來。離開房間時，他相信人類是有未來的，然而他卻見到了一些足以動搖生命的根基，讓他揣想「我是誰」的事物。如今他又回來了這裡，而他知道自己最需要的東西，卻是人類全體都沒有的東西。時間。

他沒有辦法依照自己喜歡的方式來工作。他得抄捷徑，得逼自己瀏覽那些素材，得跳過一些步驟，並祈禱自己用這種方式一樣能解開這道謎題。

他得放手讓那些機器去幫忙計算，但這種做法太快了。他想要化身成其中一組密碼，花時間跟它們相處，用手去寫，讓那些密碼成爲自己的一部分，由裡到外了解那些序列，只把那些機器當作工具，而不是將它們當作黑洞：你把資料全部丟給機器，它們則會吐出一串你沒有辦法驗證的結果。

但沒有時間了。

在他眼前，電腦因爲硬碟開始讀取而嗡嗡作響，作業系統裝載完畢，開始運行，已經準備好要接收大量的數字，並將這些數字轉化成具有邏輯性的東西。

最後，他啓動了桌腳那台灰綠色的沉重方盒。

莎拉。

映像管加熱時，熟悉的劈啪聲從螢幕的地方傳出，將那些電子射向彎曲的螢幕表面，一行行發光的綠字出現，那就表示機器已經做好了運行的準備。

這是台老古董，這已經是最好聽的講法了。然而，他卻最信任這台機器。她年紀很大，無庸置疑，但她的存在只有一個目的，而他就是背後的設計者。如果他自己沒有時間去計算這些數字，那第二好的選擇就是把這個任務交給她。

是它才對，他糾正自己。它是一台電腦。就這樣。

因爲如果連人工計算的時間都沒有，那就更沒有時間沉湎在過往之中。他聳了聳肩，擺脫掉那些思緒，然後靠站在牆邊，最後一次掃視那些紙張。

密碼。

以及詩文。

疫病。結尾。一場巨大而猛烈的火焰。

他試著不失去心中的希望，但這並不容易。

他看過那些實心圓，在康納斯的地圖上看過那些實心圓跟小點，他知道那一切都寫在寓言裡，而且看起來十分合理。過程已經開始了。而倘若一切事情都已注定，他又算是哪根蔥，能幫上什麼忙？世事就是如此。

沒有任何答案，他有的只有問題。而不管他問自己多少次，回來的答案永遠都一樣。他問愈多次，那些問題就顯得愈幼稚。而他愈想回答，答案就顯得愈無意義。

爲什麼？爲什麼人類的DNA裡有密碼？是誰植入的？

沒有人。

它就是這樣。

威廉看到了世界將如何滅亡。

沒有任何原因。

寒冷的觀察室已成了他們非正式聚會的例行場所。

康納斯跟弗朗坎，他們再一次發現自己站在那裡，看著玻璃另一側的病床。流血的軀體比昨天更少了，明天會更少。時間就在他們的眼前流逝，成爲地板上一滴滴的鮮紅，沒有時間了，而他們只能坐以待斃。

一個問題懸著，等待答覆。但康納斯刻意迴避那問題，他的眼睛凝望前方。

「我們不該把平民捲進來的，」康納斯說。「那是我們犯下的第一個錯。」

弗朗坎什麼話也沒說。

「我們應該讓更多專家參與，」他繼續說。「應該讓他們直接跟我們一起工作，提供他們資訊，讓他們知道自己在這兒的工作是什麼——」

弗朗坎舉起手來。張開手掌，示意康納斯別說了。

「你是今天才來的嗎？」他問。「你怎麼解釋海蓮娜．沃金斯的事情？」

「海蓮娜．沃金斯是我們的賭注。」康納斯說。

「差不多。那你怎麼看待後來的演變？」他沒有等康納斯回答。「她沒辦法搞定。她本身就是個大錯。如果不是因爲她……」

話說到一半就停了。忽然沒了把握。康納斯趁機反擊。

「你確定這話是應該這樣講嗎？」他說。「如果不是因爲她？」

弗朗坎別過頭去。但康納斯不讓他逃：

「如果不是因爲我們！如果不是因爲你跟我，那她永遠也不會來到這裡。也不會有一個遊民被放出去，他也不會被感染病毒，因爲這樣一來就不會有人製造出病毒，還把病毒放在他身上測試。爲的是什麼？爲的就是要阻止沃金斯起了頭的事情不會發生。」

他拉高了音量，他覺得很疲憊。一方面是因爲現實，另一方面則是因爲他竟然必須要把這不堪的現實運用在爭辯之中。

弗朗坎搖了搖頭。康納斯的言論跟現實毫無關係。

不管是不是注定，如果今天不是因爲她違反規章，事情根本不會演變成目前的局面。是她濫用了自己的自由，濫用了她對例行程序、每日預定的行程及警備系統的知識，才會導致她後來釋放出了病毒。就算她不是有意的，就算她不知道他已經染病，她依然違反了準則裡的每一條規定。這就是她幹的好事。

然後她把門禁卡給了黑茵茲，讓她能夠送信給自己的男友。誰知道如果不是他們及時阻止她，她還會做出什麼其他的事情來。

他把這些話一股腦兒都說給了康納斯聽。

「這些還不足以證明沃金斯本身就是個大錯嗎？」弗朗坎說。「這些還不足以證明賦予他人知識、自由跟責任很危險嗎？如果這都還不夠，那我眞的不知道你所需要的究竟是怎麼樣的證據了。」

康納斯深深地嘆了一口氣。

「這些都不重要了，」他說。「因爲就算她眞的發現了什麼，就算她找到了解答，那也都隨著她入土爲安了。」

「希望如此，」弗朗坎說。然後是：「我們等著看吧。」

至此，他們的對話也告了一段落。他們都知道她做了些什麼，爭辯實在沒太大意義。

而當弗朗坎再度開口時，他雖然是對著康納斯說，但也是在對他自己說：

「我們的處境跟以前不同了。我們很趕。如果是十年或二十年前，我們還可以繼續往前走。但現在不行。我們需要答案。而不是一個快樂的工作環境。」

然後，他轉頭面向康納斯。「那麼，可以視作你已經同意了嗎？」

「我有其他的選擇嗎？」康納斯說。

「沒有，」弗朗坎說。他的眼神中也有著哀傷。「沒有，你再也沒得選了。」

康納斯沒有動。不同意，但也不否定。

而這就夠了。

分開時，他們的身分並非朋友，但換個角度來看，他們從來也不是朋友。他們是同事。過去，他們的確有幾度是前進方向一致的同事，但他們看世界的角度向來不同。而在大難臨頭時，這樣的傾向會變得更加明顯。

這個信息會在第二天的晚上發送出去。

沒有異議就算是同意。此刻，康納斯仍留在房中，看著玻璃後面那一列列的床位。而他知道。

知道裡面這些人剩下的時間不多了。

除非威廉有了什麼新發現，除非他們能發明出新的病毒，並將希望都寄託在新的病毒身上，除非這一切都發生，否則他們將失去一切。

先前的嘗試都以失望告終。弗朗坎臨去之前說得一點也沒錯。

「不出三天，我們就能知道病毒是不是還存在這個世界上。」他是這麼說的。「而如果到時候薩柏格還沒找出加密金鑰的話呢？」

他的語調很嚴肅。強調出這件他們彼此都心知肚明的事。希望，非常渺茫。

「如果屆時還沒找到，那就要進入第二階段了。」

弗朗坎於是轉身走回穿廊。門在他背後關上。

康納斯知道弗朗坎說得沒錯。

他們不能再等下去了。

花了數小時的時間，威廉把那些資料都輸進電腦裡，然後就等著讓電腦去處理這些他幾天前就開始處理的序列。

但什麼也沒變。

不管有多聰明，電腦就是缺了直覺。它們花了幾小時去消化這些資料，但找出來的答案了無新意。

在那之後，他打開了海蓮娜・沃金斯留下來的檔案。

他第一次從頭到尾翻閱那些註記，讀起來簡直像在讀自己的思緒一樣。所有的結構，每一條試圖去演算的公式、等式，就連每一個箭頭也一樣，她寫下的每一個字都是他曾想到或即將想到的。她摸索的方式跟他如出一轍，而這只代表了一件事。

他根本就是在浪費時間。

只要他走的路跟前人一樣，那麼他永遠也想不出任何新的答案。而在這樣的情緒下，威廉完全無法忍受有人來問他「還順利嗎」。

「順不順利，你知道得清清楚楚。」他說。

不對，他不是用說的，是用吼的。他的瞳仁發黑，不單只是因爲憤怒，還有哀傷、難過、沮喪跟千百種情緒。

「妳剛剛不就坐在我旁邊嗎？妳看得跟我一樣清楚。全部都要變成大便了啦，就是這樣，噗噗，火車全速前進，下一站，大便，就是這樣。我他媽除了看以外什麼忙也幫不上。」

他誇張地擺了擺手，如同歌劇裡的角色一樣的戲劇化。動作一做他就意識到了，但他不在乎。若他表現憤怒的方式很喜劇，那就這樣吧。

水門一旦打開就關不上了。所有的情緒一股腦兒流了出來。他覺得自己很無能，因此而變得沮喪，沮喪轉爲控訴，彷彿密碼會長成現在這個樣是她的錯，爲時已晚是她的錯，他沒有辦法去阻止這一切也是她的錯，就連過去已然發生過的所有事情全部都是她的錯。他伸出手指頭，邊講邊一樁樁地算：客機、醫院、克莉絲汀娜。直到他講到嗓子都破了才靜了下來。

珍妮就站在那兒。看著他。

她總算知道了。

不曉得爲什麼，她讓自己去相信她跟他一樣難過。彼此都因看過同樣的畫面而受到了衝擊。如果她願意花點時間讓自己去思考一下的話。

如果她有去思考就會知道。

他的哀傷難以計量。他飽受壓力，不，不是她帶來的，卻是人生。但人無法對人生咆哮，而她又剛好人在附近。

「那些事情都不是你可以預想得到的，」她說。「你根本就愛莫能助。」

「那是我的職責！」他大叫。「我的職責就是什麼都要知道，我的職責就是要去做點什麼，他們找我來不就是爲了這樣嗎！如果這我都辦不到，我他媽是來這裡幹麼的？」

她沒說話，因爲無話可說。

他的聲音往下一沉。

「在我的人生中，每次只要有事發生，那都不是我的錯。每次人們都會叫我不要自責，說我幫不上任何的忙，說我怎麼可能有辦法料想得到。每次都這樣講，我已經聽得很累了，妳懂嗎？」

她沒有動。

「每次？」她輕聲地說，彷彿要讓威廉知道自己是他的朋友。「我不知道還發生過其他的事情。可以跟我說嗎？」

他的回答奔瀉而出，如同雷鳴。老男人的深沉哀傷，童稚兒的否定論調。「憑什麼？妳是想要證明自己很善解人意是不是？證明自己很善於聆聽是不是？然後聽完以後妳還要發表一點意見，希望我聽一聽以後就什麼都好了是不是？最後妳就可以走出房間，然後覺得自己很棒嗎？妳這種人我看很多了，根本幫不上什麼忙。」

「不是這樣，」她說。「不是像你講的那樣。而是我也遇過其他心上有重擔的人。我看了心裡會覺得很難過。」依然冷靜、自持，說話的聲音雖然輕柔卻也單刀直入。她的雙眼也緊緊地盯著他不放。「我眞的、眞的很難過，但有時候，當你遇到心上有重擔的人，當你看到他們快要不能呼吸的時候，你會忍不住想去問，想試看看能不能透過這樣來幫忙分擔一些些的重量。」

他搖了搖頭。

一開始，他說話的語氣很溫和，幾乎跟她一樣哀傷而柔和，但音量愈講愈大，他也不加克制。口氣愈來愈重，於是他吼了出來，於是他的瞳眸裡燃起烈火。他不知道那火從何而來，但他並不打算住口。因爲她算哪根蔥？她憑什麼自以爲知道別人的感受？憑什麼問到他的妻子，問到他的女兒？她懂什麼——事實上，她連個屁都不懂——就憑站在那裡假裝自己很懂，是能幫上什麼忙？

話語洪流般傾瀉而出，那是一股具殺傷力、咄咄逼人、會讓聞者也染上心病的洪流。說出來的感覺眞好，責怪別人的感覺眞好，朝珍妮大吼的感覺眞好。彷彿就像她是一切悲劇的始作俑者，彷彿是她過去的某個行爲造就了這一切。然而，他當然知道事實並非如此，知道他事後會後悔自己曾吼過她，但此刻他再也無法承受。縱使吼她也會讓自己心傷，但那感覺眞是好極了，因此他根本沒打算罷手。

「她死了，」他大聲咆哮，聲音中充滿憤怒與控訴，以及這樣妳滿意了嗎，怎麼，妳開心了嗎？「我女兒死了，我沒料到，我應該事前就要知道的，但我不知道。事發的時候，我不在現場。我什麼忙都幫不上，一切都太遲了。我忘不掉，所以就把自己的人生給搞砸了。我的跟克莉絲汀娜的人生都是。而如今她也走了。妳有辦法幫我扛這些嗎？妳不是很行嗎？妳以爲自己有辦法把這些重擔統統扛走、走個幾段路。然後怎樣，天下就太平了嗎？」

任憑再怎麼厲害的人，也沒辦法持續吼個不停。吼到一個程度後，你會開始聽見自己的聲音，會開始調整心緒。而威廉已經來到了那個程度。他咬緊牙關，沒什麼要說的了，彷彿情緒的宣洩是醉酒，而事後的懊悔是宿醉，然後他已經開始清醒。

他不想清醒。責怪他人的行徑很適合他。他又一次擺手，示意她離開。滾，在一切又要變成不是妳的錯之前給我滾。滾，不然這些錯又要回到我的身上來了。

但珍妮選擇留下。看著他。沒有絲毫的憤怒。難過，是的，但不是爲了自己。她是爲他感到難過。爲了這個站在眼前的男人難過，爲了這個剛剛才吼過她的人難過。他有千百件事想痛斥自己，但他辦不到。她跟這個男人才認識不到一個星期，卻覺得他比任何自己認識了好幾年的人都還要更親近。

這個男人剛剛才要她走，但其實她看得出來，他不是眞心的。

他們四目交接。他們都知道。知道他事後會跟她鄭重道歉，不是現在，但會是在一段時間以後。而他們彼此都知道她會諒解，遠在他開始解釋以前，她早已諒解，也原諒了他。

不用說一個字，他們彼此心領神會了這一切。

接著她轉身，離開了房間。記憶中第一次，威廉坐在椅上，哀戚落淚。

36

信息不止一封，而是有很多很多封。

是很久以前寫的，存放在保險箱裡的信封中，封口都是黏上的。不同的信封上有不同的標籤，裡頭描述的情境也不同，那全部都是康納斯多年以前預想、計畫的。

彷彿是不同的時空。

不，另一個世界，這種感覺才對，那個世界一定仍存在某處吧。所有這些災難都沒有發生，他們可以像在下棋一樣觀察這些災難，看得差不多了就去吃晚餐，說不定也喝點威士忌，然後就能一夜好眠。

然而，他們卻不知怎的踏進了這個世界。踏進這個令人難以置信，根本就不該存在的世界。如今這已成了他們的現實，因此弗朗坎便得要一封封翻找那些信件，要找出正確的那封來。

這封信又大又厚又重，至少有一、兩磅。

最終情境。

信封外頭是這樣寫的。當時，他們把這封信封好後，跟其他信存放在一起，心裡則希望永遠也不需要再打開任何一封。

特別是這一封。

他把那封信放在桌上，把其他信都放回保險箱然後上鎖。

他凝望著眼前的信封，彷彿那是以前的他留給自己的時空膠囊。他還記得他們封信的那一刻，他跟康納斯兩人，就是在這同一間辦公室內做的。他還記得他們當時心裡感受到的壓力，但也有希望。他們只不過是在討論遙遠的未來罷了，遠到看似不存在。然而現在，那個未來卻已在他的眼前展開。而他們當時所感受到的現在，那如此自然、真實、存在此刻的現在業已忽然遠去，如此遙遠，彷彿從未發生。

時間。就是如此。

它會過去。

你莫可奈何。

弗朗坎佇立了好幾分鐘。他看著那封厚重的信，心裡知道接下來會發生些什麼事。

他會打開封口。撕開保護膜。

信裡頭整齊放了一疊更小的信封，信封上載明了收件人跟地址，每一封信裡面都包含了一組數字。

而那些數字會再寄到指定的地址。

屆時，他們就只剩下一條路能走了。

康納斯走出那扇沉重的木門，走進露台的寒風中。雖然外頭的空氣凍寒，天空滿是介於冰雪與雨水之間的結晶體，但他身上卻只穿著自己那件薄薄的軍用夾克。

他走過去站在威廉旁邊，靠在威廉身旁的欄杆上，彷彿他只是出來呼吸些新鮮空氣，彷彿他只是沒來由地想走出城堡，走進這寒風如刺的午後陽光中凝望外頭的景色

事實當然不是如此。他人會去那裡，是因爲他們知道威廉吼了她一頓。此刻，他們好奇他現在的狀況。倒不是因爲他們擔心他，而是因爲他們擔心威廉是不是解決不了眼下的難題。

兩個男人互看了幾眼。一聲無言的招呼，標準而得體。然後康納斯問威廉需不需要些什麼東西，或有沒有什麼他們能幫得上忙的，或他有沒有想出些新的頭緒。

威廉的答案一如康納斯的預期，而且簡單明瞭：沒有，不用，謝謝，很可惜但是沒有。就這樣。他們陷入沉默，再來該輪到威廉說話。

他們站了一會兒，兩人都倚著石砌扶手，看著群山碧水。冷風鞭鞭，將那些無名的結晶體打在他們的臉上。

「你該不會是在擔心我吧？」他問。

「你講得好像這是壞事一樣。」

「要看情況，要看你是在擔心我，或只是擔心我沒辦法完成自己的工作。」

康納斯偏了偏頭，臉上浮現一個似笑非笑的表情。「不能是兩者皆有嗎？」他說。

「三十年。」威廉說，避開了康納斯的問題。他的眼神定定地看著眼前的湖水跟遠方的山巔。

康納斯凝望著他，不知道他指的是什麼。

「你在這裡就待了這麼久。對吧？三十年。」

喔。對。康納斯點了點頭。

「你是怎麼去面對的？」

康納斯花了一點時間才弄懂他的意思。又一次，他得提醒自己威廉才來不到一個禮拜。事情的進展驚人地快速，使得過去的那幾天會讓人覺得度日如月，但威廉卻沒有時間去調適自己的心情。而他又怎麼能夠要求威廉要辦到呢？

康納斯不確定該怎麼回答。

他回想起早年初來這裡的日子。當時，這些駭人的知識幾乎將他淹沒，讓他無法思考。恐慌與漠然交替出現，一切都失去了意義，而後續的研究又苦無新成果，讓他們只能原地踏步。最直白的講法是，他根本沒有辦法面對。但他知道自己得去面對，而逐漸地，他找到了方法。

而歲月就這麼匆匆流逝了。

歲月匆匆，最後來到了此刻。縱使他一直都知道末日即將來到，但他仍抱持著希望，認爲末日不會降臨。而他仍這麼盼望。即便要維持這樣的心態非常困難。

「人遲早都會適應。」他說。

「你覺得我會有時間可以適應嗎？」威廉說。臉上掛著嘲弄的微笑。

康納斯這才注意到，在這之前他從沒見過威廉笑，就算有，也不像現在這樣眞心，沒有憤怒，潛藏著眞摯、溫暖的諷刺意味。他感覺胸懷一陣苦楚。他跟身旁這個男人本來會成爲朋友。兩人可以一起喝罐啤酒、一起射個飛鏢，或一起做點現實世界的人現在會做的事情。要不是情況已經演變成了這樣的局面，要不是他們全被困在這裡的話。也許。

他想要給他一個好答案。但偏偏想不到。

「不打擾你工作了。」他只說了這句。還能說些什麼呢？

康納斯起身，往門的方向走。

「你說錯了。」威廉在他的背後說。

他轉過身，白雲、山陵、寒風如今都在威廉的背後。威廉凝望著康納斯，眼神眞摯、哀傷，帶著一種截然不同的痛苦。

「什麼錯了？」康納斯說。

「我們第一次開會。在那個裡面有大桌、吊燈上有投影機的大廳裡。你說，對我來說最重要的事情是什麼？賦予我動力的是什麼？你說是其他人。」

康納斯抬起了一邊的眉毛。「然後呢？」他說。

「你說錯了。」

他討厭其他人。他寧可在雨中走路，也不願搭上擁擠的巴士；寧可走到對街，也要避開一整群的學生。他最喜歡獨處。隨著時間一年年過去，他愈來愈確定他人的存在是必要之惡。如果生命是部電影，其他人不過是些擾人的閒雜人等。其他人是生命中的障礙，會干擾他行進的方向。會出現在面前，在大街上擋住他的路，要賣他一些壓根兒用不到的東西。

然而，看看現在的他吧。忽然間，他的腦中除了留住這些人以外什麼也不想。全部的人。那些他不認識的人，那些不停擾人的人。他們存在的目的只是因爲世界對他一個人來說太大。不過他漸漸發現自己願意試著去適應這些人的存在。

所有的人。

忽然間，他想盡力讓他們活著。他想搖晃他們的肩膀、對他們大喊，警告他們大難將要臨頭；他想要叫他們放心，他會搞定一切，雖然他還不知道該怎麼做，但他會想辦法阻止災難的發生。爲了他們，爲了他自己，爲了一次拯救所有人的性命。

說這些話時，他不停凝望著康納斯的眼睛。他的臉龐看似缺乏感情，但明顯正在極力藏起哀傷。

「想辦法弄懂我剛剛說的話吧。」威廉說。

康納斯對著他笑。溫暖的微笑，朋友之間的微笑。或至少可以說，康納斯的笑容代表著他看透了威廉，並知道威廉的心地其實並沒有他人所想的那麼壞。

「結論很簡單，」康納斯說。「我們沒有說錯。錯的人其實是你。」

康納斯站在門邊。威廉倚著欄杆。

兩人本來有機會能交個朋友。

剎那間，威廉彷彿又回到了過去，回到了他早年的生活中。雖然以前的地板是塑膠的，但用的電腦跟現在同一台，不過當年的咖啡跟這裡相比眞是差得遠了。他還記得跟同事聊天的感受，還記得自己的工作雖然至關重要，但他扛得起來。整體看來，當年的生活還眞不壞。

「就算我眞的有辦法找到完美的加密金鑰，」威廉開始說了。「就算你那些住在底下鋼鐵隧道裡的朋友有辦法利用這個金鑰來打造一種新的病毒，還可以將這種病毒擴散到全世界。就算這些都辦得到，我們要怎麼樣才能確定這種病毒能派得上用場？畢竟目前還是缺乏能夠對抗之前那種病毒，那種已經流落在外的病毒的疫苗啊。」

一陣沉默。

「怎麼會派不上用場呢？」康納斯說。「假使全人類身上已背負著預先設定好的時程。假使我們有辦法趕上，早一步改變人體內的時程。如此一來，這新的病毒不就等於是解藥了嗎？」

「但我們怎麼知道它散播的速度會夠快呢？我們怎麼知道外面那種壞病毒不會殺死這種新的、好的病毒呢？而假如我找出的金鑰其實沒有比較好，那外面可就忽然有了兩種病毒，它們把世界上的人類變成紫色圓形的速度豈不是更快，而人類滅亡的速度不是也會隨之加快嗎？如果發生了這種情況，怎麼辦？」

康納斯深吸了一口氣。「針對你所有的問題，」他說。「老實講。」

「嗯？」

「我沒有答案。」

他的聲音如此微弱，微弱到與現場的風、雪融爲一體。霎時間，根本沒有辦法分清那究竟是康納斯所說的話，抑或只是風聲。但不知怎的，這種情況卻又讓人覺得非常自然。

然後他嘆了一口氣，打破了寂靜，找回了他的自信跟明晰。

「但是我知道如果我們不去嘗試，會有怎麼樣的下場。」

威廉點點頭。沒錯，就是這樣。

沒有人有辦法保證這方法是否會奏效，但除了時間之外，他們已經一無所有。而威廉知道自己會持續不斷地工作，直到再也沒有任何東西可以嘗試爲止。

康納斯本來已經要離開露台，但他忽然朝著門的方向轉身，要回答威廉那個他已經忘了自己有問過的問題。

「我會寫日記。」他說。

威廉看著他，一臉困惑。

「我怎麼去面對。我怎麼活過這些年頭的。這是我手頭最好的答案。」

康納斯聳了聳肩。他從來也沒打算刻意養成這個習慣，單純就是發生了。有一天他開始寫，內容不過是些思緒裡的吉光片羽，有寫沒寫對他來說應該不會有什麼差別，然而的確產生了效果。

「爲什麼？」威廉問。

「我也不知道。」康納斯說。

再一次打開門，第二次轉身，半個他已經走了進去，身影因樓梯井的黑暗而顯得模糊。

「就覺得比什麼都不做強多了。」

威廉回到自己的辦公室後坐下。昏暗的日光沿著山巒流轉。光線灰暗，物影淡薄，教人難以察覺夕陽已緩緩西下，日已黃昏。對威廉來說，夜晚在他沒有意識到的情況下忽然降臨，他直到周圍已陷入一片黑暗才留意到。

又一天過去了。

又浪費了一天。

密碼仍懸在牆上，筆記本仍打開著，電腦發出嗡嗡的聲音。灰暗的螢幕上有著一排排的數字，但卻一點意義也沒有。既沒有更靠近金鑰一些，也沒有找到任何答案，就連可以幫助他們前進一些的任何資訊都沒有。

他浪費了一整天，而他還能使用的日子極其有限。

在他的桌上，放著所有那些他們從他的公寓裡拿過來的書本跟文件。他走過去，在裡頭翻翻找找。若他們把他所有的東西都拿了過來的話，那他要找的東西應該也在這裡才對。他翻找著那些雜記、紙片、文件，往事接二連三一幕幕浮現腦海。到最後，他總算是找到了。

那本筆記本是黑色的，內頁是白色的，沒有畫任何的線條或是格子。封面是皮革，一條細絲帶權充書籤的功能。他清楚知道，這本筆記本相當平凡，無甚特別。

或者應該說，它理應不特別。

要不是那些往事仍執拗地在他的腦海裡躁動的話。

她。

他假裝在睡覺，她站在床邊。她拿出那個小包給他，難以言喻地自豪，雙眼因期待而閃閃發亮。那雙眼因曾看過他在桌上辦公，用手拿筆寫下記述而發亮；那雙眼因自滿而發亮。是她自己想到那個主意的，花的也是她自己的錢。她希望就算他忙著在工作，她也能夠成爲他周遭景物的一部分。

她已經五歲了，威廉依然過得很快樂。他打開那個小包，同時不忘偷偷跟克莉絲汀娜交換眼神，眼角藏笑，但不能被她看見。克莉絲汀娜站在他們女兒的背後。當然，她早就跟他說莎拉買了什麼。當然，他的動作很誇張，超過必要的開心。而當然，對一個五歲的小女孩來說，眼前的一切讓她滿心歡喜。

而當然，一切就是這麼自然。

小包裡面裝了一本筆記本。沒有別的。包裝紙就放在雙人床的床單上。見威廉已經打開小包，穿著睡衣的莎拉賣力地爬上床，腳把包裝紙踩得沙沙作響。她去抱威廉，用她短短的手臂笨拙地抱威廉，嘴裡沒忘祝他生日快樂。她眉開眼笑、快樂非凡。唯有孩子能夠這麼快樂。

回憶就到這裡。

然而，隨著時間過去，他們之間的距離愈來愈遠。於是那歡快的時刻便成了他永遠也回不去的舊日時光。

那成了一幀影像，來自一段他想記下卻已不存在的過去。影像凝結在時空中，他想踏進去，說那些他從沒說過的話，那些他當時不知道，但後來會感受到的心情點滴。那影像不停在他眼前晃動，看起來總是很近，但實際卻非常遙遠，無法碰觸。

所有的那些回憶，就存放在這本小小的黑皮書裡。

這就是它所象徵的一切。

他站著，將筆記本拿在手中。感受它的構造。那黑色的皮革因歲月的侵蝕而變得乾燥。老了。變了。就跟人一樣。

最後，他把筆記本打開。先在手中掂了掂筆的重量後，才把筆抵在紙上。

從沒有任何事情值得我費心記下。

這是他寫下的第一行文字。

37

那輛從慕尼黑開往柏林的夜車在九點前不久即準時發車。

那對年輕的父母帶著一雙稚子進入他們的小包廂裡。雖然全家人都很疲累，但心中仍是快樂的，雖然一路上他們遇到了不少事情——雖然旅途並不順暢，但最後他們還是成功抵達目的地，也見到了預計要見的人。現在，他們正準備出發去柏林待個幾天，然後才要回家。

家。這個字眼帶給他們許多煩憂。

三天前，他們因爲A9高速公路的車禍而卡在路上，動彈不得，導致最後沒趕上火車。

對兩個大人來說，這消息可說是糟透了。但若你只有四歲跟七歲，而且對後續的旅程充滿期待，那麼你的表兄弟可是比世界上任何一場車禍事件要來得重要多了。最後，他們只好選擇飛去慕尼黑，雖然花了不少錢，但除此之外又能怎麼辦呢。

他們人待在慕尼黑時，世界忽然整個鬧得天翻地覆。親戚家裡很溫暖，他們人坐在舒適的扶手椅上盯著眼前的電視機，看到他們的故鄉成爲一處處的廢墟，而且光在那一天裡就遇到了兩次災變。阿姆斯特丹經歷了不可解的事件，雖然他們剛好不在家，因而幸運逃過一劫，但情況並沒有因爲這樣就變得比較好。他們知道回家以後會看到的景象，他們想到那些他們再也見不到的親友。這些思緒盤踞在他們的腦中，根本甩也甩不走。

但孩子就是孩子。生命就是此時此刻。何必不停去想那些回家以後才會看到的景象呢？

一切的一切都是場冒險，而在火車上睡覺更是最偉大的冒險。憑著一雙閃爍、討人喜愛的雙眼，他們在走道上跑前跑後，跟來幫他們剪票的售票員聊天，跟賣他們餅乾的餐車女士聊天，還跟許許多多的乘客聊天，只因爲他們理應知道這趟旅程有多麼的精采又刺激。

到了最後，那對年輕的父母總算把孩子帶回了自己的包廂，雖疲累但雀躍，臉上則掛著表達歉意的微笑。

包廂裡，毯子涼爽，床鋪柔軟。

就這樣，他們靜了下來，準備入眠。

十一個小時後，早上八點五十二分，火車在預定的時刻抵達柏林中央車站。一切看起來都很正常。人們陸續下車，望向早晨的陽光，然後步行離開。沒有人會停下腳步，揣想那個包廂爲什麼沒有把窗簾拉開，也沒有把門打開。

直到約一小時以後。

清潔員轉動門鎖鑰匙，走進包廂內，準備開始工作。

標註了最終情境的計畫成爲了一則經常被提起的笑話。

他們稱之爲員工福利。

當然，他們只不過是藉由這種方式，來適應駭人的前景。一旦末日降臨，該計畫便即刻生效。可怕的現實是，如果末日眞的發生了，他們將會是多數人類滅亡後，倖存下來的部分人員。

裡面的規章一字一句都藏了些趣味。因此，面對這些規章的唯一方式就是保持幽默感。

如今，昔日的笑話已成了今日的現實，裡頭的內容就變得一點也不好笑了。

他們是在臨時會議時下達命令的。所有的成員都到場了，從指揮官到警衛到醫療人員，全部共五十四個人集結在會議廳。嗡嗡作響的空氣中有一股緊張的氣息。

每個人都知道接下來會宣布什麼。

即便如此，這則消息仍帶來不少壓力跟困惑。大家紛紛舉手問問題，數以千計的問題。不管你在組織裡頭工作了多久，從三年到三十年或兩者之間，都一樣，目前正在發生的事情規模太龐大、太駭人、太讓人無所適從。最終情境已進入第一階段。而這就是最後的證據，證明情況已超出他們的掌控能力之外。

每一個人的命令都有所不同。

沒有時間浪費了。

存糧、藥品、工作設備等資產都在集中後一一打包。個人財物得經過整理、篩選。每個人分配到的空間都有限，但沒有人知道接下來會遇到什麼事，因此倘若要在不發瘋的狀況下存活下來，他們會需要一些能跟過往的生活產生連結的事物。沒有人知道他們要躲藏多久，而如果他們成功逃過了這場疫病，但卻在過程中精神也隨之崩潰，那也失去了躲藏的意義了。

這些守則都是康納斯寫的。理論上，他應該要爲此感到驕傲才對。但事實上，於藍色會議廳中站在大家眼前一一下達指令的他，卻希望自己可以不用做這些事。

他身旁的每一個人都仔細聆聽他所說的話。

每一個人，除了那些已經感染病毒的人以外。他們躺在自己的床上，在每一個人都離開之後，他們會被遺留下來。

除了那兩個平民以外。

這很可恥，但他在規章上就是這麼寫的。

雖然他也對此深惡痛絕，但也沒其他的辦法了。

因爲倘若現實生活中事物的發展永遠遵照邏輯、永遠容易預測，那人就不需要提前預想未來的情境了。

會議結束後，實際作業就開始了。過程中有許多的壓力跟緊張，但計畫還是得付諸行動。警衛。醫療人員。研究員跟指揮官。

他們都準備好了。

趕忙著四處打包，腳步急促。

手忙腳亂，急急忙忙，凡事遵照規章。

動作時，腦海裡不忘橫亙在他們眼前的，無以逃避的恐怖情境。

而再也不會有人覺得員工福利這個老笑話好笑了。

紹爾．沃金斯身形瘦削，但並非總是如此。

他的夾克懸掛在胸前。裡面穿了件鬆垮垮罩在肩膀上的襯衫，襯衫則塞進一件對他的腰部來說寬得離奇的長褲裡。所有衣物都被一條皮帶給束住了。寬大的衣物加上束緊的皮帶，使得長褲皺巴巴的，跟患了重病的親戚家裡掛著的窗簾一個樣。整體看起來，彷彿他就像件用了太燙或太冰的水去洗的衣服，人都給洗縮了，而只有他自己沒留意到這件事。

他瘦了，短時間之內瘦了很多。他看來就像個承受了太多事情的男子，以至於到最後付出了健康作爲代價。

而這也就是實際的情況。

紹爾．沃金斯在林蔭大道上轉了彎，徑直穿過了議會大樓前的空曠區域，然後再穿過黃色的草皮，朝天橋及河對岸那幢超現代的建物走去。

他所在的地方很空曠，任何人都可以看得見他。而他是故意的。

如果有人在跟蹤他，那絕對不會跟丟。

但相對地，他也會注意到這些人。

要在這幾個開放的空間跟蹤他幾乎是不可能的。不管是人站在兩幢建物之間，或是從那裡離開，朝下個地方走。若有人跟蹤他，他一定會發現。

他的腳步停在橋上。看到河面結了薄薄的一層冰。那冰雖意圖覆蓋河的表面，卻在其他地方就破裂了。他凝望著水面，臉上表情滿是哀傷與沉思。他是一名悲傷的鰥夫，只能透過散步來尋找生命中的新意義。

但在內心深處，他其實處於高度警戒的狀態。他四下尋找熟識的面孔，不管是那些獨自一人站著的、漫無目的走著的，或是看起來什麼也沒幹只是杵著的。就像那些出現在他家外頭的男人一樣，那些人老是在監視他家的正門，而那些人一定跟目前爲止發生的所有事情有關。他雖然不知道該怎麼去證明這個推論，但他其實也不敢知道。

有很長的一段時間，他都會收到她寄來的明信片。

明信片上的文字簡短直白，很明顯地有人一定先看過，確保她所寫下的東西是她可以講的，但畢竟這些明信片終究是她親手寫的，因此仍給了他不少慰藉。他非常地想念她，但她說自己過得很好，而除此之外，他又能奢求些什麼呢？

然而有一天，他再也沒有收到明信片了。

而他們也出現了。

那些男人。待在車子裡。他們守在他家的外頭，在他早上出門時不會尾隨，但在他晚上回家時，他們卻仍守在那裡。彷彿就像他們在找的是其他人，但他們要找的人到底是誰呢？

然後，有一天，他們人就不在那兒了。而不久以後他就接到了消息。

他的太太死於一場事故之中。

原本停在街上的車子都不見了，但很難想像他們就這麼停止監看他。他們一定仍藏在附近的某處，他拒絕相信另一種可能。而在那封薄薄的白色信件寄達辦公室後，他更深信自己是一場沒辦法理解的遊戲裡的一個小卒。但他不想置身在這場遊戲中，因此想要在自己能力許可的範圍之內，盡快逃脫出去。

他站在橋上，看著水面結成冰層又碎裂。最後，他決定認為沒有人在跟蹤自己。直起身子，他繼續過河，走往對岸那幢玻璃建築。

他的口袋裡有一張字條，那字條就是放在那只薄薄的信封裡寄來的。

他只想趕快擺脫掉這張字條。

有事情不對勁，而他不知道是什麼事，他只知道自己很害怕，所以不想跟這事扯上任何關聯。

有兩個從阿姆斯特丹開車過來的男人聯絡了他。而他希望他們兩人能夠幫助他擺脫掉這張字條。

38

如同往常，黑夜周遊著地球。但對那些等待著的人，對那些看到發生了些什麼事的人來說，這是他們生命中最爲難熬的夜晚之一。

不同的國家，不同的辦公室，不同的角落。男人，以及偶爾出現的女人，他們緊張地走動著。他們皆獨自一人，背後都有扇闔上的門，但眼前的電視都播放著同樣的國際新聞。他們都不知道事情的始末，但卻可以依據不同的事件推敲出現況。

組織已經聯絡過他們了。

他們也接到了那曖昧不明的指示。

時光荏苒，他們幾乎已忘了這個任務。

然後今天忽然就來了。

在各國議會、政府建物跟國防單位中不同辦公室的不同角落。男人，以及偶爾出現的女人，他們不知道詳情，但大概可以猜得出來。

他們都收到了各自的信封，信封裡有著數字。他們打開了自己很久以前收到的指示。於是他們開始明白了。

目前所發生的一切，不過是事件的開端罷了。是該準備了。

他們便都開始等，等著那通他們不想接到的電話。

39

「我猜他們把她給殺了。」他說。

他的視線在里歐、阿爾伯特跟來來往往的頭顱之間徘徊。他的眼神銳利，彷彿他是一隻正在找食物的鳥，而柏林中央車站則是一張擺了許多自助餐點的桌子，因此有人說不定會突然冒出來把他給噓走。

他們的頭上是鋼鐵跟玻璃構築而成的拱形結構，使得這裡就像一間有著幾千扇窗戶的大教堂。這裡也像一間巨大的溫室，在店鋪與店鋪之間來來往往的人群就有如採蜜的昆蟲，他們都在等火車，等火車來、走，將他們載往他方。

時鐘指著九點剛過。

一天的工作剛開始，到處都看得到人。

紹爾．沃金斯是其中一位。他在人群中猶如隱形，不過又是另一個雖然有幾件事得做，但決定先坐下來喝杯咖啡、休息一下的男子；一名正常的、隱形的男子，在人群中一點也不特出。

即便如此，他仍然很緊張。事實上，他很害怕。而他更滿心哀傷——眼前的盤子上放了一份大量生產的三明治，但一口也沒動，就像過去幾星期以來那些他沒碰的餐點一樣。這只是表演的道具，就這樣，是要完成這幅景象的必要細節，證明他不過是來吃份早餐，這能讓他更不引人注目。

他不想被牽扯進來。但從另一個角度來看，他已經被牽扯進來了。

「他們是指誰？」阿爾伯特問。

沃金斯搖了搖頭。他不知道。他只知道他們雇用了他的太太。他們曾派人監視他的家。他們打電話給他，語氣正式、內容簡短，告訴他他的太太出了意外，死了。

他的太太。她小他十五歲，但從未有人留意到，或至少從他們結婚以來，從沒有人對這件事說過些什麼。他們都是教授，他有一個博士頭銜，她則有兩個。他們都在波茨坦大學教書，但教的是不同的科目。他是人文學科跟文學方面的學者；他對數字一竅不通。但若你吃下一塊瑪德蓮蛋糕，他可是知道你當下所有的感受，而且還能在紙上描述出來，寫再多頁都不是問題。而她則是個理論家，徹頭徹尾地講求系統與邏輯。沒有人會料到個性如此截然不同的兩人竟會走在一起，更沒有人料到他們居然會喜歡對方陪在自己的身旁。結縭二十年，他們的婚姻向來幸福又快樂。

「後來，」他總結說。「後來事情發生了。他們出現了。」

話語短暫地停了一下。

「理論家？」阿爾伯特說。「什麼科目的理論家？」

「高等數學。密碼，密文那些。她依然在大學教書，但閒暇之餘，她發明出了一種商務用的加密系統，讓資訊得以安全地在網路上傳輸。」他的嘴角浮現出了一抹嘲諷的微笑，但遠在還沒到眼睛以前就消逝了。「這是她跟我說的。她說的那些句子裡面我只聽得懂介系詞的部分而已。」

阿爾伯特傾身向前。「你聽過威廉・薩柏格這個人嗎？」

紹爾搖了搖頭。

「你覺得你太太有可能會認識他嗎？就你所知，你太太有幫任何軍事組織處理過事情嗎？」

「什麼意思？」沃金斯問。「你知道他們的眞實身分嗎？」

這次換阿爾伯特搖頭。沃金斯看著他：

「那誰是威廉・薩柏格？」

阿爾伯特先暫停目前的話題，開始儘可能簡短地解釋目前的情況。威廉。珍妮。珍妮寄來了信，信上提到紹爾的太太。失蹤事件，以及阿姆斯特丹的那些穿著深色西裝的男人。

紹爾聽完後點了點頭。「就是他們。」

然後就沒再說話了。

「裡面有些差別我不是很懂。」阿爾伯特過了一會兒後說。

沃金斯跟里歐都看著他，等他繼續說。

「他們聘用了你太太。」他說。

「她是自願去的。但他們卻違反她個人的意願，硬把她留了下來。」

「你怎麼知道的？」

「這就是研究文學的好處。你能夠讀得比一般人還深。」又一個胎死腹中的微笑。他把剛剛的話解釋清楚：

「我們有聯絡。不是每天，但她會寄明信片給我。沒有感情的，內容很簡短的明信片，老在講天氣。表面上看起來是這樣。而倘若我跟她之間有那麼一件事從來也不聊，那就是天氣。這表示她還活著，這也表示有人會阻止她寫些她眞的想寫的東西。」

「郵戳是在伯恩嗎？」阿爾伯特問。

沃金斯抬眼望向他。「有時候是，」他說。「有時候是伯恩，有時候是因斯布魯克，有時候是米蘭。

從來不會連著兩次同一個地方。就算裡面眞的有什麼規律在，我也沒看出來。」

「而不管是哪個地方，都看得到阿爾卑斯山。」

說話的人是里歐。他手裡已經拿出了克莉絲汀娜的手機，螢幕上有張地圖，他在地圖上又捏又拖，想定位出這三個城市之間的中心點。

「至少這給了我們一些能夠追查的線索。一定就在某個地方。」

紹爾憤怒地嘆了一口氣：「那就等同於什麼都沒說。那裡，某個地方。但究竟是哪裡？」

一跟里歐的眼神對上，他的音量就又降了下來。

「抱歉。過去這一年來，我腦子裡也常常在想一樣的事情。」

各種聲音在他們的耳邊不斷浮現。火車進站、煞車、離開的嘎嘎聲響。廣播喇叭播放音樂、播報時間，但在人們還沒聽到以前，那廣播的回聲早已消逝無蹤。

阿爾伯特傾身向前。

「有沒有可能你其實還知道一些其他的事情？說不定是你自己沒有留意到的？」

「例如什麼？」

「我也不知道。但我覺得他們害怕的就是那件事。」

「他們？害怕？」

「對，害怕。他們擔心一場災變，而他們認爲你手裡說不定握有答案。」

在開口之前，沃金斯先環顧了四周。「就像我剛才說的，」他又一次說。「我什麼都不知道。」什麼兩個字講得特別重。他的眼神很眞摯。然而，有些地方不太對勁。

「既然如此，」阿爾伯特說。「你在怕什麼？」

「因爲我不希望他們以爲我知道一些什麼事情。」

他的聲音很沉穩，但他凝望著兩人的眼睛。他傾身向前，伸長的手橫過了一半的桌面。

他的手指細瘦，只有關節沒有萎縮，突兀得如同絲線上的圓珠。就在那裡，就在他細瘦的手指底下，壓著一張亮面的方形紙片。

沒錯，他的眼神說。拿去。

他移開了手，眼神定定地看著里歐跟阿爾伯特，他的表情嚴肅得誇張，彷彿他剛剛給出去的不是單純的一張小紙片，卻是什麼至關重要的東西。

坐在桌子另一側的阿爾伯特把手放在紙片上，朝他自己的方向拉過來。在放進夾克的內袋之前，他匆匆地看了一眼。

一行條碼。他只看得出這樣。小小的印刷字，有時間，說不定還有價格，說不定也寫了些其他的東西。

「我收到了一封信，」沃金斯說。他低語著，彷彿他將要告訴他們一個沒有其他人知道的祕密。「在他們打電話通知我她過世的兩天以前，也可能更久以前，我不確定，我那些日子都過得迷迷濛濛的，很容易搞混。我收到一封白色的薄信，外頭的字跡很亂。就好像……」

「就好像什麼？」阿爾伯特說。

「就好像寫這些字的人已經很久很久沒有寫字了一樣。」

他躊躇了一下。說不定這不是什麼重要的細節。但這是其中一件他怎麼也弄不懂的事；他唯一能確定的，就是有人試圖要跟他聯絡。而不管那人要跟他說些什麼，他都不想要聽。

「沒有任何字。沒有任何訊息。就只有那個。」他指著阿爾伯特的胸前：那張紙片。

「那是一張收據，」阿爾伯特說。「對不對？一張置物櫃的收據？」

沃金斯看著他。避開了那個問題。

而那正是個明顯的對。

「我快七十歲了，」他說。「我太太死了。而我很害怕。」

他再次指著阿爾伯特的口袋。

「不管那是什麼，」他說。「那現在跟我都沒有關係了。」

身穿黑色西裝的男人沒想到他會看見紹爾·沃金斯。然而他人就在那裡。

二十分鐘以前，他站在地下一樓自己那處於電扶梯底部的位置上，假裝忙著查看火車時刻表跟車站地圖，事實上卻是在仔細觀察那些下到跟他同一個樓層的人。

他記下每一張臉孔，每一個跟他錯身而過或改走往其他方向的人，然而一開始他卻沒有注意到老人。彷彿他的大腦拒絕接受他眼前的景象。

沃金斯。眞的是他。

沃金斯的頭顱就夾雜在其他的頭顱中，從他身旁走過要上樓，一路起起伏伏地從入口要上去大廳，並隨即消失在人群之中。黑色西裝男衝上樓梯，眼睛緊咬住那些來往的手提箱與旅行袋，意圖再次找到沃金斯的蹤影。

過程中，他腦海裡唯一的想法就是，這怎麼可能。

一定有其他的解釋。一定是巧合，因爲若不是巧合，他還眞不知道該怎麼去把這些事情串在一起。

不到一星期前，他們有看到那個遊民離開中央車站。他們追了他好幾英里，最後才把他趕進小巷，並在那裡解決掉他。

但理應在他身上找到的文件卻離奇消失了。

他本來應該要把那封文件交給紹爾·沃金斯，但不知什麼緣故，他卻沒那麼做。

只有一個合理的結論。

而那就是爲什麼施戴方．考斯要跑進車站的原因。

他要把文件留在置物櫃裡。

而就他推斷，情況只有兩種可能。一，他要把文件留下來當作救命仙丹，說不定打算晚點再來拿，或要用來當談判的籌碼，要他們饒他一命。而若那是他原先的計畫，那麼該計畫失敗了。

但這也表示，事情到頭來會自行解決，用不著他們插手。一星期過後，置物櫃會自動提醒失物管理中心期限已過。而在那種情況下，這裡的員工已經得到了明確的指示：如果在任何置物櫃裡找到了一疊文件，或許但不必然是裝在一個厚厚的黃色信封裡，或許但不必然是署名要給紹爾．沃金斯，那麼他們就要撥打某一個電話號碼，然後他或他的同事就會立刻來取走這些文件。

但第二個可能性會帶來一些問題。這也是爲什麼他人會站在這裡，爲什麼會跑上電扶梯，以及爲什麼他要弄清楚紹爾．沃金斯跑到中央車站到底是要來幹麼。

施戴方．考斯的身上沒有收據。這點讓他們很擔心。

因爲在他從置物櫃回到大街的路途中，他至少經過了三個郵筒。因此他有可能會把收據寄給別人，而這也是爲什麼他們在那之後就持續監看車站的緣故。

避免誰會突然出現。

避免誰會忽然走下樓去置物櫃那邊，拿走某個看起來像一疊文件的東西。

但實在難以想像那個誰會是沃金斯。

他們一直都在監看他的郵件，不管是他家裡的也好，他所任教的大學系辦公室的也好。因此若任何人有跟他聯繫，那絕對都逃不過他們的法眼。他不可能收到收據。絕對不可能。

當然這事很有可能只是巧合。他說不定是來買東西的，或甚至要買車票，但巧合很少只是巧合，這個男人以前常這麼說。但不管原因是什麼，紹爾．沃金斯人出現在柏林中央車站。光這點就已是足夠的理由。

給他的指示很明確，他只有一件事好做。

西裝男拿出他的手機。撥號給常用聯絡人清單裡的第一個號碼。

其他同伴幾分鐘以內就會趕到了，而他們會負責處理接下來的事情。

40

她原本預期會在辦公室裡找到他，但直到珍妮放棄，敲了敲威廉臥室的房門後，他才現身開門，讓她進去。

珍妮上氣不接下氣。她關起背後的門，掃過房內一堵堵牆，確認除了他們之外沒有其他人在場。

她花了一些時間才留意到威廉衣衫不整。只穿了牛仔褲跟T恤。他有沖澡，但卻沒刮鬍。而她這才留意到有些事情不對勁。他體內少了些什麼。他已經瀕臨放棄的邊緣，她曾在他眼中看過的精力已消逝，而她不能容許這種事情發生，就算要發生也不是現在。

「穿上夾克，」她說。「我們得聊聊。」

她往窗戶靠過去，拉開窗上的扣鉤。直到風吹來，窗迎風而開，他這才知道她說得沒錯。外頭凍死人了。

空氣中滿是小小的結晶體，若不是風勢太強，這些結晶體應該會積成白雪吧。結晶體迴旋飄進了房內。一陣無曲無調的隆隆聲化成一聲風鳴，將結晶體吹得飛舞入窗後又回復了原先的無曲無調。

「妳在做什麼啊？」他說。

「我怕他們會聽見我們在房裡說話。」她說，同時示意要他靠近一點。她把聲音壓得很低，讓風聲能蓋過說話聲，這樣一來，即便眞的有人在聽，他們也只聽得見風聲，心想這人怎麼這麼笨，凍死了還開窗。

「是發生了什麼事嗎？」他問，身上仍只穿著T恤。

她話語中突然出現的迫切嚇到了他。他意識到一定發生了些什麼事，而這事比他現在去套件衣服禦寒要重要得多。

「不是發生了，」她說。「而是正在發生。這一刻正在發生。」

門只開了幾秒，但時間已長得足以讓一個警衛來得及進門。也足以讓珍妮看一眼高度戒備的穿廊內部究竟在忙些什麼。

一只只箱子被搬上推車。身穿制服的男人正在盤點物資，一一打勾確認。雖然只看到這些門就闔上了，但她在城堡已待了有些時日，每天有哪些例行作業她都很清楚。

而她今早看到的景象卻是前所未見。

她跑上樓梯，來到威廉的房間，她的腦海裡有個想法。

這一定就是海蓮娜·沃金斯曾經想要警告她的事情。

人站在敞開的窗戶前面，珍妮把這一切都告訴了威廉，然後繼續說明海蓮娜站在她房門外的那晚跟她說了些什麼。那天晚上，海蓮娜把她自己的門禁卡從門縫塞進去給了珍妮。在那之後珍妮就沒再見過她了，直到他們在玻璃棺材裡看見奄奄一息的她。

「她說還有一個B計畫的存在。」

「講清楚。」他說。

「我沒辦法。我當時應該要問的。但她嚇得要死，講話前後不一，我眞的不知道該說些什麼。她不是說B計畫，有個名稱，但我不記得了。但她說時候快到了。我一個字也聽不懂，直到今天才懂。」

「妳到底在說什麼？」

「他們不打算要奮戰到最後一刻。」

她稍事停頓，看著威廉。

「當然囉，這很合理。他們有好幾十年可以準備這些事情，因此他們爲什麼不會有個B計畫？他們預期情況嚴重到一個地步以後，就沒有辦法去阻止了。我猜就是指現在。我猜他們已經準備好要去待在能夠確保自身安全的地方了。」

他的眼神中充滿不可置信。「他們這樣做有什麼意義？」

「有沒有意義重要嗎？」她說。「重點是，他們打算就這樣讓病毒擴散下去。他們再也不相信我們了。」

「那妳認爲我們該怎麼做？」

「我們要告訴他們。」

她下意識指向敞開的窗外，指向風中，要讓威廉知道她所謂的他們是誰。是世界上的每一個人。住在外面世界的人。他們已經瀕臨死亡境地，但卻沒有人跟他們說明原因。

「也許你我已經來不及救他們了，但我們得要給他們救自己的機會。」

「怎麼做？」他問。

「我們得逃出去。」

「怎麼可能。」

「總是得試試看。」然後接著說：「我們不可以放棄。」

威廉聳了聳肩。這動作讓他覺得自己像個頑固的孩子，但他知道自己是對的，她的提案根本就不會帶來任何改變。

「爲什麼？」他說。「既然我們什麼忙也幫不上，爲什麼不乾脆放棄就好？」

「因爲除了我們兩個以外，再沒有人願意去試著做點什麼了。」

她眼帶挑釁地看著他。

「他們打算眼睜睜地看著世界滅亡，我們絕對不能夠讓他們得逞。」

她走了以後，威廉仍在窗旁站了很長一段時間。他望向窗外的湖水，看著風在上頭颳出陣陣漣漪，看著冰晶在窗戶上融解成小河，順著窗戶蜿蜒流下，隨著強風而不停改變流向。他沒有動，就只是站在那兒看，希冀眼前的景象能夠爲他帶來心靈上的平靜。

但他感覺不到一絲平靜。

只有不確定、哀傷，跟恐懼。

珍妮很絕望，他能諒解。她提出了一個精心規畫的策略，的確能夠幫他們爭取到一些時間。但不管他用再怎麼樂觀的心態去看待這件事，他仍然覺得他們辦不到。

他只看到了一個下場。

他繼續在窗前站了十分鐘。不去想，不去看。

然後走進浴室去拿他的盥洗包。

41

每個人都認爲那名清潔婦講得實在太誇張了。

三名警衛不慌不忙地上了月台，往案發現場的方向移動。他們悠哉地慢跑著，貼在大腿上的鑰匙跟鏈子叮叮噹噹。倒不是他們不相信她，但畢竟她是個清潔婦，大概以前從沒看過鮮血四濺的現場吧。在大城市的車站裡當警衛當久了，看過的東西自然也就多了；會讓清潔婦叫破喉嚨的東西對他們來說頂多就是小菜一碟。不過就又是個犯案現場吧，封鎖起來後等警方到場處理就好。

然後他們上了火車。

這才發現那女人說得一點沒錯。

那四名乘客只餘下少數殘渣。到處都是血，若這眞的是一宗謀殺案的話，那它的血腥程度可是比他們以往看過的要高出許多。不顧自己警衛的身分，其中一人跑上月台吐出了他的早餐，他的另一名同事則緊張得全身僵直，不知如何是好。還是靠第三人打電話叫了警察，並告訴他們最好多派一些人過來處理。

後來警察到了，鑑識小組的人拉開了床單，有人決定要通報疾病管理處，雪球便開始愈滾愈大。

這是一顆名為恐懼的雪球。

一旦它開始變大，就再也沒有任何人或事阻止得了。

他們的談話早已結束，沃金斯卻遲遲未起身。有好幾次他拿了手套跟圍巾正準備要走，但每一次他都會在眼前的人海中看見什麼教他擔心的事：某個晃來晃去的人或是某個忽然轉身往反方向走的人。於是他一次次改變心意，又把他的手套放回桌上，然後繼續跟他們閒扯淡，直到他確定那個可疑人士離開為止。

阿爾伯特跟里歐配合他聊，極具耐心也貌似可以理解，但沃金斯從他們的臉上看出了疑慮。

「我沒有妄想症，」他說。「但你們覺得我有，這我可以理解。但我很清楚自己知道什麼。」

兩個年輕人並沒有回嘴。但一樣，他覺得自己有必要解釋清楚。

「如果有人檢查過你的郵件，你會看得出來。你會注意到有人把信件打開後再黏回去。這樣的事情發生至少一個禮拜了，在我家跟在辦公室都一樣。而且我還看見他們在跟蹤我咧。」

阿爾伯特看了他一眼。「如果是這樣的話，」他說。「他們怎麼會讓那張收據落入你的手裡呢？」

沃金斯這次真的笑了。從他們開始講話到現在，這是第一個真正在他臉上綻放出來的笑容。

「因爲嫁我的那女人比他們聰明太多啦。」他嘴角一牽，點了點頭。微笑的嘴唇藏起了他的情緒，但卻依然沒有辦法阻止這些情緒流瀉出來。

他的笑容讓人心碎。雖然他的臉部跟他身體的其他部位一樣憔悴，但他的嘴巴牙齒眼睛仍跟從前一樣大小。當他微笑，他就成了一幅描繪自己的誇張畫像，兩隻憂愁的大眼在笑，面部卻是又薄又皺。或者也許是因爲他望著他們的眼神中帶著驕傲、深情。雖然她已不在人世，但他仍想誇獎她這最後一次。

「他們忘記了死人還是可以收信的。」

說完這句話，沃金斯從椅子上站起了身，消失進人海之中。這正是他想要的方式。

在阿爾伯特．凡．戴克的夾克口袋裡，放著那張置物櫃的收據。這張收據是放在一份白色的信封中寄到波茨坦大學的。收件的單位是數學系，信上的字跡歪斜、笨拙。

收件人的姓名是海蓮娜．沃金斯。

沃金斯離開後，阿爾伯特跟里歐又依照他的指示，在咖啡店裡多待了五分鐘的時間。

眼前的桌上，他的咖啡連一口都沒喝，正如擺在一旁的三明治一樣。這份三明治是在切片後抹上奶油，再用塑膠紙包起來。然而，這些過程全因無人食用而失去了其意義。

他們沒有交談，但也沒那必要。因爲他們腦子裡想的是同一件事。

收據。置物櫃。裡面的東西是什麼。會是彭格蘭提到的解答嗎？

如果是的話，那個問題又是什麼？

也許內容跟那架客機及那棟醫院有關，也許那內容能領著他們找到威廉跟珍妮，也許那內容對整個世界來說有重大意義——但也說不定一點忙都幫不上。

他們很快就會知道了。

從他們停車的地點走幾步路就有置物櫃。從地理位置來看眞是好極了；他們會離開咖啡店，朝車子的方向走，路途中他們會小小繞路一下，檢查幾座樓梯旁的置物櫃，直到他們發現要找的那一個爲止。

而眼前沒有任何跡象顯示有人在監看他們。

無論沃金斯怎麼說都一樣。

在五分鐘的時限過後，他們又在椅子上多坐了兩分鐘把咖啡喝完。然後起身，融入人群之中。他們走到哪兒都沒看到沃金斯。

但往上幾層樓高的地方有一條走道，那身穿黑色西裝的男人監看著他們的一舉一動。

幾名男人從玻璃覆蓋的正面入口走進，卻發現眼前寸步難行。車站裡滿是往各個方向前進的人群，有的人一臉焦急地要去趕火車，有的人悠悠哉哉地在查看時刻表，有的人則是在瀏覽商店的櫥窗。他們全都提著包包、背著背包、滾動旅行箱，而且每個人都不斷地擋到他們的路。而每一個人也都有可能是他們要找的人。

同伴的聲音從耳機傳來時，他們剛好也看見了他的身影。他人站在鐵橋上，可以往下眺望整個一樓，他指示他們分散走：沃金斯走往了一個方向，兩名男性走的則是另一個方向，而就算收據眞的在他們那裡，也無法斷定究竟是在哪一邊的手中。

這幾名西裝男表示他們有聽到他說的話，並繼續大跨步地穿過一群又一群的人潮。他們的頭抬得稍微比其他人高，彷彿他們希望自己的視野能夠彎曲，如同一條完美的拋物線那樣，落在那兩名年輕男子會出現的地方。

但他們到處都找不到那兩名男性。這群西裝男持續在階梯與電扶梯之間不停巡視，在人群的縫隙間交換眼神，謹慎地確保他們已經包圍了所有的出口。

絕對不能讓他們逃走。

但當下的時間是早晨的十點剛過不久。車站裡滿是人潮，幾乎塞得他們沒辦法自由走動。

而情況馬上就要變得更加混亂。

那輛巨大的四輪傳動輕型多功能載具就停在中央車站的主要出入口的外面。負責指揮特遣隊的人名叫彼得·崔辛，他的軍階是中校。當他從車裡面出來時，他的心情一點也不開心。

他的任務根本沒辦法執行。事實上，任務在還沒有實行以前就已宣告失敗。

那輛火車進站至今已超過一個小時，不管他們現在能夠封鎖住多少出口，也沒有辦法保證從那輛被感染的列車上下來的旅客仍全部都留在火車總站內。事實上，若其中有人還留在站內，那已經算是奇蹟了。

他們已經都在回家、往下一個目的地，或搭公車前往他處的路上。而倘若還有人是在昨天跟那家人碰過面的，倘若還有其他人跟他們聊過天，倘若那家人曾在誰的旁邊咳嗽，倘若他們還透過其他的方式散播過這種病毒，倘若其中的一個、兩個，甚至三個人受到感染，並已將病毒帶到了外界，那就只有一個字有辦法形容現在的情況了。

災難。

他知道目前情況已居劣勢，正如同他知道要想避開這種災難性的結局，機率大概是零。

不過，當身旁那些跟他穿著同樣綠制服的男人爬下車時，他仍忙著交代任務。他命令他們封鎖車站，封鎖整個區域。接下來要發生的事情看起來將會像國家爆發了內戰，只會給民眾帶來恐慌。

而彼得・崔辛心知一切只不過是徒勞。

如同世界上其他的火車總站，柏林中央車站的設計非常完善。而就如其他總站一樣，有些事情是旅客永遠也料想不到的。

一切都亂了方寸，而這亂源是人，滿坑滿谷的人。

里歐跟阿爾伯特在多座樓梯之間穿梭前行，走過那些架設在平台與火車之間、看似飄浮在空中的走道，穿過一間間商店跟一座又一座後來出現的樓梯。他們不時會經過一些小拐角跟轉角，有人在那兒擺放了一排排的置物櫃，但這些置物櫃的門上所寫的數字總跟他們收據上的不相符。

他們的動作很快，快但不慌，眼神看得很仔細，彷彿他們清楚自己要去哪裡，但實際上卻正好相反。沃金斯的焦慮彷彿傳染給了他們，使得兩人每隔一段時間就會回頭看看是否被人跟蹤，心裡知道若真有人跟蹤他們，自己的目的可說是昭然若揭。

本來他們已經打算放棄搜尋，準備要回車上度過這一天。他們卻忽然發現自己人正站在一排排置物櫃的前面，而此區的數字排列方式顯現出收據上的置物櫃就在不遠處。

就在那裡。

是最小型的，且儘可能地塞在角落。而一個長者擋在那置物櫃的前面。

他正蹲在隔壁置物櫃的前面，小心翼翼地要把他的行李擺進去，有行李箱，有紙袋，等等，把紙袋放在行李箱的上面好了，嗯，不好，感覺原本的擺法比較好。

他們保持距離。焦急地等在一旁的樓梯邊，要等他離開。

他終於關上了門。在鎖那邊胡亂摸索了一陣。然後才搖搖晃晃地走開，把現場留給他們。

收據上的號碼。

他們把那串數字輸進那些置物櫃中間的按鍵處。

等待。

這氣氛不禁讓人覺得彷彿全世界都該屏息，等待接下來的大揭密，彷彿他們剛剛輸入的密碼會使周圍的一切魔術般地全部變成另一種模樣。

可是並沒有。

輕輕的喀噠一聲，其中一個置物櫃的門隨之彈開。彈開的幅度不大，一、兩公分而已。

他們彎身，打開，把手伸進去。

裡面有只黃色的信封。

霎時間，阿爾伯特有種似曾相識的強烈錯覺。這個信封，跟珍妮寄給他的類型完全相同。他起身，試著要望向里歐的眼睛。他們跟答案的距離愈來愈近了。從此刻起，一切將會水到渠成。

是里歐先看到他們的。

他們出現在另一側的月台上。

幾名黑色西裝男，有一個站在通道上的男人指著他們，並將耳機塞進耳朵裡，然後開始狂奔。

里歐抓住了阿爾伯特的手臂。

只剩下一件事能做了。

逃。

大家都說人類是獨立的個體，可是一旦恐懼襲來，集體效應一發生，我們眞的不過就是一群只會逃跑的烏合之眾，跟羊群一樣集體行動。

主要的出入口封閉了。

準備要走出去歐洲廣場的人發現旋轉門竟然不轉了，外頭則站了一群身穿軍服、手裡持槍的男人。大家都不知道究竟發生了什麼事，但恐慌卻如野火般快速蔓延開來。

如同見了鯊影而逃竄的魚群，一大群人轉身後往前急奔；每個人都很害怕，都想盡快逃出去。只要其中有一個人開始跑，其他人就會照著做。

而時間並沒有站在彼得．崔辛中校那一邊，時間跟地理環境都是。他絕對不可能在沒有任何人逃出去以前封鎖住所有出口。

但上頭是這麼交代的。

他站在原處，站在外邊的冰冷冬陽之中。他從車站的玻璃正面望進去，看到一大群人在裡邊移動。他看到自己的部屬沿著外牆不停散開，往其他門的方向前進。他在心底自問民眾什麼時候會開始恐慌，而一旦民眾陷入恐慌的情緒之後，又將會發生什麼樣的情況。

黑衣男遠遠站在群眾上方通道處，看著一切在眼前發生。

那是一場不是由牛隻演出的奔牛節，而是無頭蒼蠅般驚逃的洶湧人海。你只聽得見眾人在尖叫、大喊，恐懼著某種東西。而那東西雖然看不見，卻逼得他們不停往前推擠，拚死拚活想逃出生天。

他看見了外頭的軍用卡車。

看見底下的人群找到了其他的出口，看著前頭的那些人因這些剛找到的門依然無法開啓而被擠困在玻璃旁，看著群眾如海浪般洶湧而至、消退、噴往其他的方向。他宛如在看著一場平面的火山爆發：岩漿如小河般往整座大廳流散。

車站被封鎖了。可是怎麼會發生這種事情呢？

耳中傳來同伴的呼喊。他的同伴都被卡在移動的人群中，卻不敢改變前進的方向，生怕會因此而慘遭眾人踐踏。他們沒有看見沃金斯，也沒有看見那兩個年輕男性，也不了解大家究竟爲何會忽然陷入恐慌。緊接著，那三個先前在地下樓層看到了那兩個男性的同袍說話了。

那兩個男性拿到了黃色信封。

他們之間的距離本來很近，不但可以把兩人看得清清楚楚，更是跑沒幾步就能追到了。但忽然間人群開始衝下電扶梯，所有的人都在尖叫，空氣中瀰漫著群眾的驚慌失措，接著那兩人就不見了。

西裝男無助地站在走道上。他只能命令他們繼續嘗試，在人群中擠出一條路來，繼續追捕。絕對不能讓獵物逃走，否則後續要承擔的風險實在太大了。

然後他閉上雙眼，希望不管發生了什麼事。

不管車站因爲什麼原因而封閉。

不管原因爲何，他希望那兩個年輕人會因爲這樣而被擋住了去路，而那封信也能夠因此而被留在車站內。

汽車加速駛過地下停車場。阿爾伯特・凡・戴克在前座上縮著身子，用手護住自己的頭。

不是因爲他怕被別人看到。

而是因爲他不敢看。

他早就知道里歐・比亞克的駕駛技術很差，但他沒料到里歐不只欠缺良好的判斷能力，更缺乏求生的應變能力。急轉彎的力道之大，把阿爾伯特的身子猛地往車門上推，而唯一能夠蓋掉他的尖叫聲的就是引擎的聲音。嘎吱怪叫的引擎仍處於二檔的加速狀態中，奮力地要登上彎曲的斜坡，說不定他們將能藉此重見天日。

他們背後的景象可說是大失控。

一開始，有三個男人追著他們跑，頂多四個。但當他們好不容易跑到車旁時，一大群人忽然衝了出來跑在他們的後面。

在他們加速將車開上斜坡以前，阿爾伯特瞄了最後一眼，看到其中一名追兵把耳機壓往耳朵的方向。這不是什麼好徵兆。

他們的人數看來不只眼前這些。

此刻，他們幾乎已經到了斜坡的最高處。里歐開過轉彎處，開往大街的方向。阿爾伯特判斷外頭可能會有不少西裝男在車裡等，準備跟他們來場大追逐，才正準備跟里歐講呢，忽然里歐就對他大叫：

「穩住！」

阿爾伯特早就靠兩手在維持平衡，他張開嘴，才準備要大叫說「我沒有三頭六臂，這已經是極限啦」的同時，他這才意識到里歐是什麼意思。

外面一團混亂。

一輛軍用卡車側身停在馬路上。車體跟小型巴士差不多大小，但輪胎卻又大又結實。在這輛車的背後，另外兩輛一模一樣的卡車也正在就位，一些身穿迷彩服的人則正在四處設置釘刺帶，現在到底是什麼狀況啊？

「小心！」他朝里歐大叫。

但從引擎的聲音來判斷，小心謹慎並不在里歐的日常生活規畫之內。

他的眼光掃視停車場的入口，希望能找到逃脫路徑，接著便看到那台綠色卡車的側邊有個縫隙，那裡既沒有釘刺帶，也沒有停其他的車輛。換種方式來說，因爲那裡是人行道的路緣處。理論上，那裡的寬度足夠讓他們的車穿越，但實際上，這個選擇不是太誘人。

在意識到里歐的腦海裡想些什麼以後，阿爾伯特便儘可能地照里歐剛剛的話去做：想辦法保住自己的小命。他用自己的腳頂住地板，力氣大到他怕車內的地板都會被他給頂壞。他感受到輪胎在震、車子在呻吟，兩只輪胎已經上了人行道，兩顆還留在路上。他默默祈禱，希望輪胎能承受住這種壓力。

身穿制服的男人從四面八方湧來，但里歐緊踩油門不放，男人便盡數被他們拋在了腦後。阿爾伯特再次壓低身子，心底盼望對方千萬不要對他們開槍。

沒有子彈射來。霎時間他心想，老天啊，我們真的成功脫逃了耶。

然後他才意識到接下來的情況。

眼前是一個十字路口：四道快速移動的車流擋住了他們的路。

而里歐打算現在就硬擠進去，不打算等他們停才動手。

車子猛駛過一處告示，上頭所有的標語都警告他們別這麼做。引擎的轉速猛升，車速隨之大增，里歐把他們租來的那輛飽受折磨的車轉了一個九十度大彎，讓他們得以離開斜坡，直接駛入快速的車流中，轉進一個原本並不存在的縫隙中。

對阿爾伯特來說，周圍的一切忽然變成了喇叭聲與輪胎抓地聲合奏的音樂會。車子以區區幾公分的間距與他們錯身而過，他用荷蘭語吼了幾個字，而他知道里歐既聽不懂也不在意。然後他聽到了金屬與金屬之間彼此撞擊的聲音。他心想，如果哪天真要還車，他可不要陪里歐去。

忽然間，一切都結束了。

他聽見里歐換了檔，引擎聲穩了下來，車子只往一個方向開，那就是前方。而他意識到自己雙眼緊閉，但是時候張開了。

身旁的里歐坐在方向盤後面，神情因拚了老命而顯得相當專注。

「現在到底是什麼鬼狀況啊，阿爾伯特？怎麼會變成這樣？」他咬緊牙關，仍在加速。

而阿爾伯特試著去評估目前的情況：車站裡的那些男人、車站外的軍人，還有他們勉強掙扎逃出的那道封鎖線。

根本都不合理嘛。二十分鐘前，他們還在小餐館裡喝咖啡。然後就出現了黑色西裝男追著他們跑，接著又被貨眞價實的軍隊給包圍住——

「他們人在後面！」

是阿爾伯特自己的聲音。他是下意識喊出來的。這一聲來得突然，充滿驚慌，音量似乎也有點太大了。

里歐朝照後鏡看了一眼。雖然根本就不應該這樣，但阿爾伯特的確沒說錯。

一台黑色的奧迪忽然出現在他們的車後。那輛車是從停車場裡衝出來的，然後就直奔封鎖線，逼得那些軍人只能趕快趴往地上躲開。但跟里歐他們融進車流中的做法不同，奧迪直接在人行道上開，而且爲了抄捷徑不惜撞倒停在一旁的腳踏車，奧迪逐漸靠近，直到一個公車的候車處擋在前方，逼得奧迪只好離開人行道，駛入車道，就追在他們背後。

里歐望向前方。一定有辦法逃出去。

然後他又聽見了阿爾伯特的聲音。

「紅燈！」他大叫。

一排紅綠燈就懸掛在他們面前的空中，其他排則是鑲在燈柱的其他面。不管哪個方向的紅綠燈都亮著紅色，要阻止他們闖越十字路口。然而里歐卻在事前沒有留意到。太遲了。

而縱使注意力方面有所不足，他透過反射神經的那一塊補回來了。

里歐猛踩煞車。

然而，下場卻相當出乎他的意料。車速太快，導致車子繼續往前滑動，直接滑進了十字路口。有車從左邊開過來，也有車從右邊開過來，最後只有一個慘字能形容。到處都聽得見煞車聲。阿爾伯特蜷縮在排檔桿旁，祈禱車上有安全氣囊，這樣若真的發生車禍，他們還能保住性命。他看不見路況，只看得到里歐的手在換檔。往下換了一個檔。而他腦中的想法是，老天啊，他在幹麼？

里歐在加速。

因爲沒有其他選擇了。只有一個辦法能夠逃脫，那就是加速，試著闖過去。

自動煞車系統在腳下嗚嗚響。車子仍在滑動，引擎在咆哮，里歐讓輪胎左右動個不停。光從里歐臉上的表情來看，阿爾伯特無法判斷他是意圖想要挽救兩人的性命呢，抑或只是單純太害怕了。阿爾伯特仍把臉埋在車體中間的扶手處，因爲他一點也不想親眼目睹接下來會發生什麼事。

周遭響起更多尖銳的煞車聲。

然後就是那個聲響，任何人一聽就知道發生了什麼事：車子停不下來，車體撞擊，兩輛車都因撞擊而在馬路上旋轉。

那聲響應該要出現在他們的身旁。但卻不是。

是來自後方。

那聲響仍在後方，而且他們距離那聲響愈來愈遠。才跟上一次間隔不久，阿爾伯特再次強迫自己張開雙眼，坐直，看看周圍的景象。

里歐的視線定定地凝望著照後鏡。

他的手緊握住方向盤。眼前的道路很空曠。

他們成功穿越了十字路口。

之前有輛黑色奧迪跟在他們後面出了停車場，那輛車現在停在車後很遠的地方。那車本來打算跟里歐一樣加速闖越十字路口，但卻失敗收場。擋風玻璃前方的車體扭曲得宛如一張廢棄的錫箔紙。其中一顆輪胎爆了胎，使得整輛車往路面斜傾，而跟奧迪撞在一起的則是輛灰色的計程車。計程車的車頭撞上奧迪，而且撞得很深，使得兩輛車的車頭糾結在一起，難分難解。

「幹得好，」阿爾伯特說。然後接著是：「千萬、千萬不要再這樣做。」

里歐點點頭。

他們繼續前行。

直到開了很久以後，兩人才又開始說話。

眼前的儀表板上放著那只黃色的信封。

隨著路面的起伏，靠在擋風玻璃上不停晃動。

而阿爾伯特的眼睛盯著那封信不放。

42

康納斯走上狹窄、曲折的走道。他將頭側向一旁，免得撞到低矮的天花板，同時腳步則沿著螺旋的階梯不停加快。

在外頭開闊的庭院處有架直升機在等著，已經準備好隨時都可以出發。他步出夜晚的空氣中時，螺旋槳喀噠喀噠的響聲在石牆間不停來回，就像轟隆隆的回聲一樣朝他撲撞而來。

剃了平頭的飛行員就坐在駕駛儀器旁。如同以往，他的手指敲擊著操縱桿，彷彿他才是那個身負重任的人，不是康納斯。他不耐煩地等待上級坐好，然後他們便直升入黑夜中。城堡在他們的腳下逐漸縮小，而當直升機飛出山谷，往西邊前進時，城堡的蹤影已消逝在群山之中。

城堡。

他們談論的話題常跟城堡有關，次數已經多到他根本不想去算。

他們有很多留守的理由；畢竟這裡常人難以抵達，而僅有極少數的人知道它的存在。城堡看起來很安全，但看起來還不夠。城堡藏得很隱密，又有層層守備，這些固然都沒錯，但要抵達此地並非完全不可能。而他們只有一次機會，因此看起來還不夠安全。

他們需要一個疫病絕對到不了的地方。

沒有人有辦法去到那裡，而且若有人願意嘗試的話，那裡還可以移動。

如今那個地方已經準備好等待他們的蒞臨。他們的卸貨碼頭已經裝滿要運往基地的設備跟資材。接下來幾天，康納斯還要跑好幾趟，而這次的旅程不過是開頭而已。

他並不想這麼做，但該做的就是要做。

從空中望去，一切似乎都再正常不過。底下的風景像放大版的鐵道模型，寧靜、安詳、安全。然而，在某處，在其中一間房子裡，某人很快就會開始咳嗽。一開始只會覺得喉嚨有點癢癢的，像快感冒了，但接下來發生的情況很快就會證明比感冒還要嚴重很多，很多。

放棄是不對的。至少他應該去嘗試。

但他不行。

康納斯無權下任何決定。規章會指示下一步怎麼做，是誰寫的一點也不重要。很多人會因而死去，但也只能任由這些事情發生。他只是過程的一部分，而他能夠做的，就只有去做那些早就已經決定好的事情。

至少他是不停這麼說服自己的。

他看著建築物不停從腳底下掠過。

他全身上下的每一條神經都知道這樣做是不對的。

而他也很好奇命運將會如何懲罰他。

43

警報在晚上八點十分傳來。腳步匆忙跑過石砌穿廊，眾人大聲咒罵，每個人都在問他們怎麼會允許這種事情發生。

他們都知道他以前就這麼幹過了。

然而，他們還是把他所有的個人物品都給了他：衣服、鞋子、盥洗用具，什麼都給他了。雖然每一項東西都檢查過了，但顯然不夠徹底。

他們把威廉抬著跑下樓梯，要往城堡深層的醫療區域跑。弗朗坎扛一邊，羅德里格斯扛著另一邊，他們背後還有兩名警衛。

珍妮則跑在他們背後幾步遠的地方。

她裝出了一副擔憂的面孔。

心裡則是對那兩個不知名的警衛，那兩個到最後總算聽到她的呼救聲的警衛充滿感激。

珍妮是在浴室的地板上發現威廉的，他空洞的兩眼望著天花板，雖清醒但卻沒有任何反應。他身旁的地上有一個空紙盒，紙盒裡面本來應該裝了一排藥丸，但如今只剩下一排塑膠的突起，背面的錫箔紙已被戳開，而藥丸則盡數消失。

總共有二十顆。是治療焦慮跟失眠用的。

沒有辦法確定他是不是全吞下去了，但情況看起來不樂觀。

珍妮立刻跑去求援，但卻發現她的門禁卡忽然不能用了，任憑怎麼試也打不開電子鎖，浪費了大把寶貴的時間。而在警衛終於聽見她的喊叫，並跟著她走回他的寢室時，威廉早已失去意識。

兩名警衛連珠炮地把這些資訊報告出去，同時醫療小組則讓他躺在一張桌上，除了檢查之外也測量他的生命跡象，然後就拿出了導管、瓶罐跟不鏽鋼盆。珍妮知道接下來會發生什麼事，因而別開了頭。

她聞到威廉胃部的東西都被清了出來。她不由自主地想到他現在一定很痛苦，並希望這一切都值得。接著洗胃的過程就結束了，他們再次檢查他的血液。一名護士朝她走來，並將手溫柔地放在珍妮的手上。

「藥物在血裡面的濃度沒有再提高了。」她說。

「什麼意思？」珍妮問，但她其實聽得懂。

「意思是如果我們運氣好的話，已經幫他把多數殘留的藥物都沖洗出來了。在那些藥物還來不及溶進他的血液之前。」她看著珍妮。「別擔心，他會沒事的。」

珍妮感激地看著她。

一切都照劇本走。過去一小時內，她除了預先演練這個場景外，同時也還演練了不少其他的段落。

他們在大門鎖上以前逃了出來。

他們採取了能夠預想得到的最複雜的路徑離開柏林，倒不是爲了要甩開追兵，而是里歐選路就是這麼亂無章法。最後他們終於找到地方上了高速公路。而上去以後，他們就不敢隨便停下了。

他們把車速維持得跟兩旁的車一樣，謹慎地不引起他人的注意。他們往南開了好幾小時的車，同時不停緊張地望向照後鏡。每一次，只要有看起來很新的黑色車從旁邊駛過，他們總是會嚇一跳。

一定還是有人在追捕他們。不管原因是因爲他們闖過了軍事封鎖線並引發一起車禍事故，或是因爲儀表板上的黃色信封，或也有可能——不對，是非常有可能——是因爲這兩件事情加在一起。

有大事件正在發生。

這個大事件不是由他們引起的，但是剛好是他們人在柏林的時候發生了。但不管是件怎麼樣的事，他們的確很可能就因此才得以逃出生天。

廣播裡除了人聲以外什麼都沒有。沒有一家電台在播放音樂，每一台都是新聞跟緊張兮兮的目擊者打電話進去。要不就是記者連線報導，而背景則是車流的聲音。里歐跟阿爾伯特不常說德文，因此只聽得出幾個單字。柏林。中央車站。以及封閉。他們四目交接，然後看看照後鏡。只要消息還沒出現在網路新聞上，他們也只能用猜的，猜測看看到底外頭發生了些什麼事。

他們打電話給在斯德哥爾摩的報社，但沒人接聽。他們撥打威廉的號碼，但手機是關的，在屋頂那次過後就一直是如此。

只剩下一樣東西可以試了。

那封信。

那封信裡面可能裝著答案——但是什麼的答案呢？

信件仍平躺在阿爾伯特面前的儀表板上。最後，在他們離開城市一定的距離以後，阿爾伯特伸手去拿那封信，並用眼角餘光望向里歐，詢得他的同意。然後他便緩慢而小心地把信打開了，坐在身旁的里歐努力自制，要自己專心看路，而別去看信裡頭究竟裝了些什麼。

紙張。一大疊紙張。

阿爾伯特快速翻閱。一次，再一次。用指尖掃過一整疊，這邊停一下那裡頓一下，試圖弄清楚內容到底是些什麼。

「寫了些什麼？」里歐說。

「我不知道。」他說。因爲他眞的不知道。

他只看到數字。數不清的一排排數字，一頁接著一頁。旁邊則是符號，完全看不懂的蘇美符號，是以前珍妮工作時會去讀的那種。但這些符號是由像素組疊出來的。而倘若他去數數量的話，就會發現寬度是二十三個像素，高度則是七十三個像素。而在所有數字跟文字的中間，則擠了些不知道誰用手草草寫就的一些很長的東西。

所有這些他都看不懂。阿爾伯特不是數學專家；所有這一切，他只看得出有數不清的等式，等式裡有括號跟其他數學符號，但他只能勉強認得出這些而已，更遑論要看懂。

計算式裡不時有些畫了底線的地方，有的地方甚至還用驚嘆號去加以標記。有些算式旁畫了箭頭，指引向另一則算式，試圖傳達出書寫之人的思維及其背後的邏輯。但所有這些對阿爾伯特·凡·戴克來說都是有看沒有懂。

「全部都是密碼，」他說。「密碼跟符號還有公式。」

「上面寫的東西對我們有幫助嗎？」

「沒，一點也沒。」

沉默。阿爾伯特的視線望向側門窗外。

「那我們該怎麼辦？」里歐說。

「我也不知道，」阿爾伯特說。接著，在停頓了一會兒後：「嗯，有啦。我們可以做一件事。我們可以繼續盼望另外兩個人能夠從中看出些什麼東西，千萬別像我倆一樣。」

羅德里格斯把威廉留在他自己的房間內休息。他睡得很好，鬧劇總算告一段落。走回穿廊時，他在一段距離之外就看到了她，但直到走近，他才看出她臉上哀傷的神情。

聽到他的腳步聲後，珍妮便抬起了頭。她站在其中一扇門的旁邊，彷彿她忽然不能動了，於是只好站在那兒，等著別人出現。

「我忘了，」她說。「場面一團亂。我忘了自己沒辦法通過。」

一開始，他聽不懂她在說些什麼。

門禁卡。事情就是這樣開始的。她的卡片因不明原因而忽然不能使用，會發生這種事不意外。不單那卡片常給他們帶來麻煩，另外電腦就是電腦，早晚會出這種亂子。

「我就住在前面的穿廊而已，」她說。「這你應該知道。」

他點了點頭。她應該要有權力進入城堡的那個區塊才對，因此他拿出自己的卡片，然後往門的方向走，準備要讓她通過。但還沒打開門，他的腳步就停了。

他看見她疲累的雙眼，便不自覺地認爲這都是自己的錯。倒不是指剛剛發生的那件事，也就是薩柏格打算自殺，這件事他幫不上忙。但若不是因爲自己，她最早也不會被抓到這個地方來。這件事情他有責任，而他不喜歡這種感覺。如今，他人站在那兒，手裡拿著自己的門禁卡。時間一點一滴過去。

「他會沒事的。」他說。

「他們也是這樣跟我說的。」她回答。聽起來一點也不快樂。

看來剛剛的那句話反而讓情況變得更差了。他本來想安慰她，但卻失敗了。我不是因爲那樣才難過的，她彷彿這麼說，因此就只代表了一件事：我難過，是因爲我人被困在這裡。

「我幫妳開門。」他說。

然而他卻沒有動，躊躇著，沒有開門，咬著自己的下唇，彷彿在找其他的話好說。

「我老實跟妳說，」他說。語氣很誠摯。「隨便妳想怎麼解讀。而我知道這些話事實上也沒有辦法幫到妳什麼。」

來了。來不及回頭了。他把對話帶往一個尷尬的局面，但就讓它去吧，事實就是如此，反正他們八成都要死了，因此犯傻一次又何妨？

「我希望自己當時沒那麼做，」他說。他繼續說，同時避開了她的眼神：「今年春天，當我們坐在那裡，在阿姆斯特丹的時候。妳本來只是我負責的任務目標而已。可是當妳真的出現在那裡，真的坐在我的面前而且……脾氣那麼壞、個性那麼古靈精怪，而且講話又那麼好玩，讓我忍不住就跟妳鬥起了嘴來。」

他聳了聳肩。「在那當下，我真希望自己可以不用讓妳承受這一切。就任由情況自由發展就好。」然後稍微停頓了一下才又繼續：「我就不用離開，能坐在那裡，喝杯小酒，再讓妳多羞辱我一些些時光。」

就這樣。他說完了，於是就慢慢安靜了下來。他不知道自己是不是該多說些什麼，還是就直接打開門讓她過去。然後他又想，也許自己剛剛應該閉上嘴，什麼也不說才對。

「你那時候很幸運，」她說。「再給我十分鐘，我就會偷走你的錢包，然後你就再也找不到我。」

他沒料到她會這樣回答。

珍妮在笑。或者應該說，雖然她依然面無表情，但就像當時人在阿姆斯特丹的餐廳時一樣，她壓抑住了自己的笑容，而他則覺得她這樣的表情非常迷人。這表示她原諒了他，而且直接用行動來表達。於是他也看著她，同樣很誠摯地面無表情，同時撿起了那顆已經落地的球，並把它丟回去。

「我怕裡面的東西會讓妳失望，」他說。「公務員嘛，妳知道的。」

「喔，當然囉，」她回答。故意誇張地表現出自己很懂的樣子。「還沒過試用期，對吧？是公司的規定嗎？還是他們覺得你很可憐，才會決定找點簡單的小差事讓你去忙？」

「自從他們發現我比妳還聰明以後，他們就不覺得我可憐了。」

這誤會可大了，她心想，但沒有說出口。

她選擇看他一眼，友善及哀傷兼具的眼神。那是兩個在同一層樓相遇的人，也是兩個將走上相同命運的人。

她嘆了口氣。這口氣嘆得既溫暖又誠摯。「全部都搞砸了，對吧？」她說。「目前的局勢。」

他想不到更好的形容方式了。

「糟到底了，」他說。「我也覺得很難過。」

「那我就不打擾你難過了。」

他們站著，彼此互望，若身處不同時空，沉默之後就會是接吻。但那時空位在遠處，說不定他們彼此都不想再去想到這件事情，而縱使他們是兩個寂寞的人，他們依然沒有寂寞到會讓這種事情發生。

她任沉默延續，直到覺得有些不舒服，於是便開口說了話。

「如果是要等我自己打開這扇門，那我們可能還得等上不少時間。」

他面帶歉意地微笑，彷彿他忘了她最早爲什麼會站在那裡的原因。他拿出自己那張塑膠卡，朝著門走過去，而她則把自己的手從門邊移開，讓他得以通過。

碰撞是免不了的。

門禁卡從他們的指尖滑落，他們彼此都下意識往後退了一步，而卡片就這麼留在了地面上。

珍妮看了他一眼。然後彎身，撿起，遞還給他。

就這樣。簡單、直白，臉上依然掛著那似笑非笑的表情，那表情告訴他她將要說出一些模稜兩可的話。

「如果你其實是想暗示什麼事情的話，我就這樣把卡片還給你，好像自己是個傻子喔。」

他看著她——她是在勾引他還是在開玩笑？他看不出來。

他從她手中接過門禁卡。腦中尋思該怎麼回答。

「我保證下次的動作會更明確，」他說。「我知道妳有時候會比較遲鈍。」

她的臉上不由自主地綻出半朵笑靨。那笑彷彿在承認：剛剛是他贏了。

他道了歉。她接受了他的道歉。

但對話到此結束。她想走了。他再次將門禁卡擺到牆邊，就像一分鐘前他原先預備要做的那樣，門嗡嗡一聲便開了，本來就該是這樣。

卡片沒半點問題，ＬＥＤ指示燈轉綠，門開了，他毫無任何理由去懷疑剛剛不是用自己的卡去開門。在不久的將來，他就會氣自己眞是蠢斃了，居然沒去多想。但在這當下他不會。

「我會叫基斯去跟妳聊聊，」他說。「她一定是忘了啓用那張卡片了。」

他指著她手裡的那張卡。

她嘲諷地笑了笑。

「我早該知道你幫不上忙，我是指就靠你自己。」

「我想我能幹的事情可是多到超乎妳的想像。」他回答。

「你太小看我的想像力了。」

說完這句話他們就分別了。

在珍妮回到另一邊的穿廊後，羅德里格斯的人仍留在門的另一側。而當門在兩人之間關起時，他們都仍定定地看著對方的瞳眸。

幾秒鐘之後，她在通往自己房間的走道上狂奔。只剩沒幾小時就要把一切都打點好，她聽見自己的心臟在跳個不停。

七個月前他迷倒了她，使得她卸下心防，在那之後一切就變了樣。她恨透了他做的那些事，也恨自己竟讓他得手。

如今換她扳回了一城。

他的口袋裡放著的是弗朗坎的卡。

這她很確定，一如她剛剛拿到的是羅德里格斯的卡。

而這也意味著，希望他看不出兩張卡之間的差別。至少別在卡片顯示出自身的差異之前。

三十分鐘以前，他們小心翼翼地把威廉．薩柏格移到他自己的床上。彼時，他仍能感覺到醫療導管在喉嚨中殘留下來的酸味。

他的視線看起來很迷茫，但其實那是他刻意裝出來的。

在身體的內部，大腦則是忙著運轉，隨時注意身旁的一舉一動、評估情勢，並判定一切看來都在掌控之中。他已經完成了自己的部分。現在他回到了自己的房間，有三個男人圍在他的身旁——羅德里格斯跟另外兩個他不知道名字的人——珍妮則站在牆邊，看著他們量測他的脈搏，確認他的身體狀況。

她看著，但沒有說話。擔心，但不過度，中間的平衡拿捏得很好，幾乎可說是完美，畢竟得考量到他們彼此認識才不過一星期多幾天。而且若只是單純要演過頭，那可眞是易如反掌。

兩個男人幫他蓋上被單，羅德里格斯走進浴室仔細檢查，確定他們沒有遺漏掉其他的藥丸，但是一顆也找不到，於是他們心滿意足地離開，留他一人。

兩顆藥丸。他也不過就吞了這麼多。

其他的十八顆如今已經進了某根污水管，準備一路前往污水處理設備，而他呆滯的神情頂多不過是些微的疲憊罷了。事實上，那是種愉悅的呆滯，對性命什麼的一點也不會造成威脅。

但也多虧了那神情，這整幅畫面應該予人的錯覺感便完備了。

那兩顆藥丸有足夠的時間進入他的血液中，因此結果也呈現在他們所測得的檢查數字上。所以，在醫療室的人員把導管深入他的喉嚨幫他洗胃後，在藥物於血液中的濃度不再攀升後，他們便認爲自己總算是趕上了，救了他一命。

接著，他們便因爲放鬆而吁了一口氣，醫療人員、警衛跟弗朗坎都是，他們彼此之間交換了幾眼疲憊的目光。他們再次測量他的脈搏，並於監測的同時耐心等待藥物於血中濃度往下降。每個人都輕聲細語地不停說著話。到最後，他們全都背對著威廉，任何人遲早都是會這麼做的。

見機不可失，他便動手了。

弗朗坎把外套掛在一張椅子上，顯見老天有保佑。這樣威廉要下手就容易多了；只要把手從床上伸出去就行。一切就看此刻。只要碰巧有人轉過身來看到他把手探出被單，而非頭昏眼花或意識不清，卻是把手伸向弗朗坎的夾克，那他的大冒險就要在這裡畫下句點，他們也將失去了這最後一次逃生的機會。

但沒有人轉身。

沒人看見他把自己的塑膠卡丟進敞開的口袋，也沒人看見他拿走了另外一張。

因爲沒有人料到這個昏迷不醒的男人竟會動手偷門禁卡。

就連莫里斯．弗朗坎都沒料到。

回到威廉的房間後，他們幫他蓋上柔軟的羽絨被，珍妮人也在一旁，直待到輪到她出場才離開。她直到確定羅德里格斯也差不多要離開了才動身。如此一來，她就能在外頭的穿廊等他，換她粉墨登場。直到確定時機已成熟，她才找了藉口離開。

這個計畫很有風險，但結果卻意料之外地成功。

弗朗坎口袋裡放的是威廉的門禁卡。

而珍妮又拿走了弗朗坎的卡，動作優雅，沒讓人看見，她是在牽起威廉的手慰問他的同時拿的。

整個計畫都是她擬定的，而他得承認這計畫還眞的不錯。

如果她那邊也順利的話，一旦情況出了亂，他們將因此而額外爭取到不少寶貴的時間。

眼下的障礙只剩下羅德里格斯，而珍妮告訴他，她完全知道該怎麼搞定這問題。

在羽絨被底下歇息的威廉合上眼，心想他不確定自己會不會想聽細節。

時間又過了十分鐘，羅德里格斯認定薩柏格睡得很沉穩，身體感覺起來也沒什麼大礙了，應該再不會發生其他的狀況了吧。於是他就從座椅上起身，最後再測量了一次威廉的脈搏，然後離開房間。

他在穿廊遇見珍妮，而雖然他顯然並不清楚，但她正準備要把他的卡片跟弗朗坎的卡片掉包。

而人在房間的威廉躺在床上，他知道就是這樣了。

這是他們逃出去的唯一機會。

今晚一定就要行動。

44

離開房間時窗外已暗，天色將持續暗上好幾個小時。

入夜了。如果他們能夠順利往下去到入口處，如果他們能夠走過那些從未看過但希望它們就在那兒的區域，如果他們可以走到這一步，那們也許他們就有機會融入夜色之中，然後逃離這裡。

剩下的事情就是其次了。

他們安靜地跑過一座座穿廊。珍妮走在前面十多步的地方帶路，但他們之間的距離愈拉愈遠，因此每隔一段時間，威廉就得加緊腳步跟上，免得在珍妮拐過那些彎道時跟丟了她。

沒錯，她的確欠缺他的能力，也沒有受過正式訓練。但話說回來，威廉也沒有她那些能耐。

或者這麼說吧：她的體能維持得很好，他則沒有。

呼吸燒灼著他的喉嚨，彷彿誰把個燙紅的刨絲器扔進了他的體內，在那裡上上下下地動；但每一次的摩擦卻也帶進新的氧氣。而他也沒有其他選擇。他已經好幾年沒有跑步了，而如今他是為了活命而跑。

就是這樣。跑步是為了活命。不單只有他自己的命，說不定也包含了其他人的命。

因此，他才不在乎有多疼。他柔軟的腳跟踩在堅硬的石板上，唯有赤足才不會被人聽見。那股震動從腳底傳到膝蓋、臀部跟多餘的贅肉上。縱使肺部大喊著要他停下，彷彿只要停下一切就都沒事了，但他仍死命呼吸。他才不在乎有多疼，因為早晚會有人發現他們做了些什麼事，而若到那時候他們還沒逃出去，那一切就會太遲了。

因此他們繼續跑著，珍妮的跑速很穩，一頭長髮在風中飄逸，而威廉則盡己所能地跟上。

他們穿過了一扇又一扇的門。

把羅德里格斯的門禁卡放在一個又一個電子鎖上。

卡片仍舊維持其自身的機能。

而他們彼此都暗自祈禱這張卡片能夠繼續堅持下去，只要再撐一下下就行了。

重大的改變往往是從小事開始的。而這次則是起因於一份說明檔案。

那份檔案乃歸莫里斯．弗朗坎所有，當下就放在藍色會議廳內的一張桌上。而現在的時間是大半夜，正常人並不會在這個時間閱讀一份說明檔案。

但弗朗坎很清醒。

他已經有好幾個小時都睡不著了，但現況逼得他的大腦到這時間仍在運作，思緒狂奔亂竄，拒絕停止，縱使他再怎麼努力都是枉然。最後他放棄了，決定再讀一次那份厚厚的檔案，上頭記載了所有的管理規章跟日常作業流程，而他早已開始將之都付諸實行。接下來的幾天，他也會遵照上頭的文字去做事。

他就是在這個時候發現檔案不在自己的房裡。

沒幾秒鐘，他就想起檔案放在哪裡。但他又在溫暖的被窩裡花了幾分鐘的時間跟自己交涉。

有必要嗎？若不翻看的話自己睡得著嗎？還是乾脆下樓去拿算了？

他早已知道答案。

於是他下了床，套上一條長褲跟一件襯衫，感覺到冰冷的衣物纖維摩擦著自己的肌膚，入夜後的衣服總是如此。他拿了自己的門禁卡，然後開始往建物的複合建築區走去，這段路很長。

在城堡裡下了許多層樓後，他來到一扇厚重的鐵門前。此刻，這份被人遺忘的檔案改變了一切事物運轉的走向。

忽然間，弗朗坎的門禁卡失效了。

他把卡片放在門旁的感應讀卡機上。這裡他每天進出，日復一日、年復一年，他一直以來都是這麼做的。門鎖卻發出擾人的嗡嗡抗議聲，而且紅色的ＬＥＤ指示燈也對他閃個不停，現在是什麼鬼狀況？

他心情很差。他很累了，不想在這邊浪費時間。好吧，他的確是睡不著，但這不表示他不累，而眼下這件事更是他最不樂見的：現在是大半夜，這裡是坑坑洞洞、內部結構複雜的城堡的地下深處，他衣衫不整，而且眼前還有一扇他再怎麼樣也打不開的門。真是夠了。

他瀏覽自己的手機，要找出她的電話號碼。

知道自己會吵醒她，但這種想法是多餘的。

這是她的職責。

伊芙琳．基斯被自己的行動電話聲吵了起來，當她看見螢幕上閃的是弗朗坎的名字時，便立刻接起了電話。

「門鎖出了點問題。」他一點也不客套，單刀直入地說。

「問題？」她說。不是因爲她沒有聽清楚，而是因爲她還沒睡醒，得搪塞些話來拖延時間。

弗朗坎把剛剛的話重說了一遍，告訴她自己忽然被鎖在複合建築區的中央區域，同時把門邊金屬板上鐫刻的號碼唸給了她，一個字一個字地唸，好讓基斯知道他現在人在哪裡。

基斯有聽見。她的眼睛瞇成了一條線，腦子裡只想閉眼後再回去睡她的大頭覺。但她仍做了自己該做的事：她把床邊那個手持式的終端機打開，藉此連接到安全系統，讓她得以遠端監控目前的系統狀況。她知道，如果系統眞的不小心把哪個地方給鎖上了，那在這裡的她肯定解決不了問題，得往下走到保全中心才行。拜託不要逼我啊，她心想，拜託希望只是個小問題，拜託讓我回去睡覺。

房中一片黑暗，她坐在床沿，她的面容因觸控螢幕照射出的冷光而變成了冰藍色。

接著她忽然僵住了，身子挺起一半。彷彿她意識到這是暴風雨前的寧靜，彷彿她想要刻意讓這個時刻延長得愈久愈好。

「你是說你現在人到底在哪裡？」

雖然她早已知道答案。

弗朗坎再一次讀出金屬板上的數字，而這數字當然跟她剛剛輸入的數字吻合，她早知道會是如此。

看來她今晚是沒得睡了。

「你的門禁卡沒有任何問題，」她說，同時已經站起身，把制服夾克套在她那件輕薄的睡衣上。「問題是出在你不是你自己。」

「妳說這話是什麼意思？」弗朗坎說。

「現在站在門邊的人不是你。是威廉·薩柏格。」

羅德里格斯在基斯結束跟弗朗坎的通話後沒幾秒就接到了她的傳喚。他當下的想法是，他的上級長官全部都是白痴。

賦予他們完全的自由本來就是一件錯事，本來就不應該給他們門禁卡。而只有天眞到不可思議的人才會相信你不用去強迫他們，他們就會心甘情願地幫組織做事。

說不定，他在穿廊奔跑時心想，說不定組織如果一開始就是用這種方式去跟他們交涉，如果他們一開始就是自願加入的，而且也完完全全知道自己在做的是些什麼樣的事情，那也許這種方法的確可行。但一旦你淪爲囚人，你永遠都是個囚人。事情就是這樣。而倘若你用自由取代了監禁，那麼這些人自然早晚會想辦法逃跑。

他跑往通向威廉．薩柏格的房間的走道，但他已經預期威廉人肯定不會在那裡。

如果他有辦法跟弗朗坎交換門禁卡——他顯然辦到了，而羅德里格斯也因此替他的上級覺得羞恥，覺得他們眞是笨到讓人覺得心疼——那麼他不大可能會坐在什麼地方等著誰去發現事情出了亂。正好相反，薩柏格應該已經在往出口的方向逃，而黑茵茲八成也跟他在一塊兒。如今，除了期望那兩人的逃脫行動失敗以外，他們也沒有其他的辦法了。

威廉．薩柏格的房間是空的，一如羅德里格斯的預期。

爲了確定，他拉開了浴室的門，也檢查了衣櫥，但裡面什麼都沒有。他繼續往穿廊後面跑，來到威廉的辦公室。

猛一推開門，他就立刻一動也不動。

他盯著眼前的牆面看。

慌慌張張地把耳機戴上，雙手因害怕而發抖。

「薩柏格不見了。」他說。

大家本來就預期他會這麼說。

但卻沒預料到他接下來要說的話。

從羅德里格斯所在的位置往下幾層樓，弗朗坎跟基斯正跑過迷宮般的穿廊。羅德里格斯透過無線電跟他們通話，而弗朗坎雖然聽得清清楚楚卻什麼也做不了，只能要他再重述一遍剛剛說過的話。

不管說幾次都一樣。那些字句都沒有變。

偏偏現在又發生在這最危急的時間點。有一半的保全設備都已經載走了，直升機又在法國中部某處的空中，正準備要載著康納斯回來。他們剩下唯一能做的，就是善用手邊有的資源。

基斯一直看著弗朗坎，她從自己的耳機裡聽到了羅德里格斯所說的話，而她現在正在等弗朗坎的指示，雖然她早已明確知道他會怎麼說。

弗朗坎把麥克風緊靠在嘴邊，喘著氣，奔跑著，情緒激動，但他仍把話說得清清楚楚。

不准讓威廉·薩柏格跟珍妮·卡蘿塔·黑茵茲離開複合建築區。不管發生什麼狀況都一樣。無論如何都要做到。

羅德里格斯表明自己理解，然後就結束了通話。

基斯跟弗朗坎繼續前進，他們跑過地下區塊的鋼鐵穿廊，朝著保全中心前去。而在他們的腦海裡，羅德里格斯的話語不斷響起，一次又一次。

「他們把所有的東西都帶走了。」他就是這麼說的。

「所有的東西。」

從無線電收到弗朗坎的命令後，羅德里格斯就把無線電給關了。

他得叫醒旗下的保全小組。雖然人數少了很多，但仍算是小組。

叫醒後，他們就會有兩名逃亡者要逮，而且這次只許成功，不許失敗。

然而，他停頓了一秒，允許自己有那一秒的靜默，然後他就要開始執行他的任務了。

他站在那兒，站在威廉・薩柏格的辦公室裡，站在石砌地板的中間。

其中一面牆的旁邊擺了桌子，桌上有好幾台電腦。

另一面牆上則空無一物。

那一行行的密碼，那些楔形文本，所有本來懸掛在那面牆上的東西，那些印成了紅色跟黑色，讓威廉可以來來回回查看，想辦法找出背後潛藏的邏輯的一切。全部都不見了。

威廉跟珍妮正在往外逃。

而他們竟然把那些對外界隱瞞了超過五十年的機密資料帶著一起逃。

每前進一公尺，威廉跟珍妮背後的複合建築區便看起來變得愈來愈龐大。

他們跑過許多以前沒看過的通道。他們往前跑了很遠，跑過了會議廳，跑過了機房，也跑過了醫療觀察區，就是那些感染病毒的人被留在醫療床上等死的地方。他們打開許多第一次看見的門，往下走了許多第一次走的樓梯。他們不停地往城堡的深處走，希望離自己的自由愈來愈近。

每往前走一步，組織的過往就會在眼前開展，一個章節接著一個章節地向著他們揭露。告訴他們曾有哪些人在這裡工作。這些人不停地研究，努力想完成自己的工作。可是八〇年代，當第一代病毒在這個複合建築區中散播開時，無數的人就此失去他們的性命。

他們經過許多的辦公室、大廳跟會議室，這些空間都是設計來容納數以百計的人；而在日光燈管冷冷的照射下，那一張張空空的辦公桌，一張張磨損的辦公椅，那又是另一個年代殘留下來的遺物。

他們經過倉儲空間，腳步雖然沒停，但威廉仍有留意到，即便知道自己不該有此反應，但他卻依然因眼前的景物而感到訝異。

一間間房間裡，裝的全部都是箱子。

有一些是木箱，有一些是鐵箱。有一些是灰色的，有一些則被漆成了橄欖綠或者是各種不同的綠色或褐色。每一只箱子上都有寫字。有些字是白色的，有些字是黃色的，寫的都是數量、重量跟尺寸。而使用的文字有時是俄文，有時是英文，也有看到阿拉伯文跟日文。

槍械。彈藥。手榴彈。還有什麼？這裡存放了各式的武器。當然其實也沒什麼好訝異的。畢竟，這可是一個國際規模的組織。是設置來保護世界的。

但沒有人知道他們是要對抗怎麼樣的敵人。

一定有好幾千種情境，好幾千種假想敵吧。他們曾對宇宙大喊，而倘若有外星人收到了那個訊息並來到了地球，他們當然要預先做好防守的準備。而且武器若不存放在軍事基地的話，是要放到哪裡去呢？軍事基地，指揮中心，研究站。這裡是三者的總合。而且非常龐大。

龐大卻荒涼。

他們沒有辦法忽略掉眼前的景象所述說的一切：過往的那些人如何染上了病毒，又如何步上死路。他們可以預料到人類的世界接下來會發生什麼事。

而每次只要一想到病毒，威廉就會做一件事：

他會把T恤拉緊一點。

不是他身上穿的那件，而是他用來當作包包，並將手臂穿過去，使衣物變得像個帆布背包的那件。裡面裝滿了一疊疊的紙和檔案，全部緊緊地擠在一起。每次只要他跑步，這些文件就會在他的背後發出砰砰的聲音。

那些研究素材。那些密碼跟數字。

原本掛在他牆上的所有東西，如今都被他給背在背上，而他希望會有其他人能看得懂這些資料。

這就是他們的計畫。他們要逃出這裡，回到外面的世界，並將這些文件交到正確的人手上，盼望能夠集眾人之智找出更好的解答，而非只仰賴他自己、海蓮娜．沃金斯、珍妮，及那些曾嘗試過的眾多前人。也希望透過外面的某個人，或是透過許多人合力，在希望還沒完全消失之前，找出一切的解答。

趕在那些紫色的點化為現實之前。

他們在城堡裡面不停地向前跑，偶爾的停步，只為了用手中的卡片解鎖一扇又一扇的門。跑啊跑，不知道自己要跑向何方，但心裡仍存有希望。

希望他們是往正確的方向跑去。

離自己的辦公室只剩最後幾步路，伊芙琳．基斯利用了這些時間來思考下一步。

她不再覺得疲累，她把等著自己去操作的那些儀器、指令都在自己腦中快速地想了一遍。就位後，她會先打開哪個螢幕，哪個選單，下達哪些指令。

首先，她會先找出指派給弗朗坎的門禁卡的那一串特殊數字。那個數字又長又複雜，但當時系統就是這麼設計的。她會找出那串數字，然後把數字鍵入系統裡。一旦鍵入後，她就有辦法鎖住他的卡片。

下一步，她會檢查看看那張卡片最後是在哪裡使用的。這樣她就會知道他們人現在在哪裡，接著就是派遣保安小組去處理。然後她的工作就完成了。

她最早是這麼想的。接著她又有了另外一個想法。而隨著那想法逐漸成形，她就開始沒有辦法阻止自己不去那麼想。

如果她其實不應該那麼做呢？

很明顯地，她應該要讓弗朗坎的卡片失效。

但說不定這就是他們想要的，他們想要讓她立刻注意到這件事。

因爲還有另外一種可能。

其實也有可能，她心想，他們正在使用的不是弗朗坎的卡片。

如果他們有辦法跟別人換卡，他們也很有可能可以再換一次。而當然，這麼做意味著要承擔額外的風險。但若這麼做，假設他們被發現了的話，他們會有兩個很明顯的戰略上的優勢。

首先會是弗朗坎意識到手上的卡不是自己的，而是威廉的。

倘若基斯的反應一如他們的預期，假如她立刻就使弗朗坎的卡片失效，那麼所有人都會覺得安心又放心，覺得逃亡者再也通不過任何一扇門了。這是他們會擁有的第一項優勢。

而待在現場的人將不會是那些逃亡者。

如果弗朗坎的卡片又被換了出去，換給了第三個人，那麼就會有人因爲卡片被鎖而只能留在原地，等著持槍的警衛朝他的方向跑過去。

與此同時，黑茵茲跟薩柏格卻仍能繼續開門。並且早在大家意識到他們其實追錯了人之前，兩人就已經逃到了更遠的地方，而且，最慘的情況下，說不定都已經離開了城堡。

機率不大，她心想。

但有可能。

這招既狡猾又高明，而這不就是組織一開始選擇他們的原因嗎，就因爲他們很聰明。

她現在唯一該做的只有一件事，在知道誰在什麼地方、拿著誰的卡片之前，她只有一件事要做，那就是把所有的門跟所有的卡都先一舉封鎖。

這是最理想的對策。這比一一輸入每張卡片的序號去追查要來得快多了。而且最重要的是，不管黑茵茲跟薩柏格使用的是誰的卡片，這招都可以順利防堵他們。

在轉彎進入自己的辦公室以前，她想了這些事情。

她一點也不覺得疲累了。

她看到了眼前的那扇門，同時也清楚地知道自己該照什麼樣的順序，做些什麼樣的事。

是氣味讓他們知道自己沒有走錯方向。而在他們意識到這件事以後，便又加快了腳步。他們已經離出口這麼近，應該不會失敗了吧；若逃脫失敗，他們不但會無法原諒自己，更會引發嚴重的後果，因此絕對不能發生。

是新鮮空氣的味道。

泥土散發出的陳腐氣味以及死水的味道開始跟草香與新鮮的空氣交錯混合。有股柔柔的氣流從某處飄來，這只代表了一件事：出口就在不遠處。

他們加緊腳步，走下斜斜的坡道，感覺到氣溫開始降低。心中充滿希望的同時，他們也感受到了焦慮。

他們差點就錯過了。

錯過其中一面牆上那條小小的穿廊。

那座穿廊又暗又普通，看起來就像另一條死路，而且腳下的路很平穩地往下前進，他們沒事爲什麼要轉彎走進去呢？但幾步路之後，剛剛那種寒涼的感覺不見了，他們這才意識到這是什麼意思。

他們往回走。

在牆上摸索著電燈開關。

那條通道又直又長又冷，非常冷。閃了幾閃後，天花板上的那一排日光燈管都亮了起來；地板有磨損的痕跡，黑色的磨痕一路拖著到了遠方。

橡膠輪胎。手推車。

珍妮跟威廉交換了眼色；其中一人說「是送貨的路！」另一個人則點頭同意。補給品就是從這裡進來城堡的，電腦、食物、郵件跟黃色的信封都是。他們走的路是對的。如果東西是從這裡送進來的，那麼他們也可以沿著這裡找到出路。

穿廊的盡頭處有一扇鐵門。

LED指示燈轉綠，門往一旁打開，冷冷的空氣迎面而來，如同有誰打開了一扇窗。

遠處有一座山洞，可能是天然形成的，也可能是人爲炸開的，很難看出它確切的成因，但此處的空間形成了一個巨大的飛機庫，而門的前方就是一個卸貨用的平台。

空氣中聞得到石油、橡膠跟廢棄的味道。

現場沒有看到任何車輛或飛機，但從味道來判斷，之前裡面一定有。說不定只是剛好現在沒有而已。或者，更有可能的情況是，依據珍妮看到的那一箱箱貨物來判斷，他們正在從城堡撤離，而那些汽車或卡車已經在前往某處的路上。

不管原因是什麼，他們現在離自由只差了一門之遙。

平台底下，地面鋪滿了柏油。地上畫的線標記出各種裝貨、卸貨、停車的區塊，箭頭則代表了前進、停止，以及禮讓其他車輛。飛機庫遠方的盡頭處，在巨大的斜頂道路的尾端，有一扇高大、生鏽的電動閘門。

通往自由的閘門。

一層又一層摺疊的金屬片，一條巨大的鏈子把這些金屬片串在一起，生鏽的軌道往上連接到天花板，然後往門的一個地方彎曲。就是從那裡，門應該會發出嘎吱嘎吱的聲音往上開，然後他們就可以出去了。

於是珍妮跑過卸貨平台，跑下鐵製階梯，在柏油地面上急奔。

然後她最後一次將門禁卡從口袋裡拿出來。

弗朗坎意識到自己已經有好幾分鐘沒有呼吸了。

他站在基斯背後，看著她的手在綠灰色的塑膠鍵盤上飛舞，在各個畫面跟螢幕之間不停切換，相當有條不紊地在忙著自己的事，忙到一個字也沒說。

機器需要花點時間。每個看起來很簡單的操作都需要好幾個步驟，也要依照正確的順序按下好幾個按鈕。但他們誰也沒說話，兩人也都沒抱怨設備的不健全、使用上的不方便跟太過老舊。他們對這一切都很清楚。而現在情況緊急，再浪費時間去吵那些沒有任何意義。

情況果真十分緊急。

複合建築區各處都零散地安裝了一些監視攝影機，這些監視攝影機將影像傳送到他們上方一個個斜斜的螢幕內。但到處都沒有看到薩柏格，到處都沒有看到黑茵茲。而當螢幕在不同的攝影機之間切換時，弗朗坎不停不停地對自己叨唸一樣的定心咒。

他們一定還在附近。

他們一定是在兩台攝影機之間剛好拍不到的地方。

一定是這樣。但他又忍不住擔心事情是否並非如自己所想。

終於，基斯往控制台上的麥克風傾了身：

「我是基斯，」她宣布。「你們的門禁卡將從這一刻開始失效……」

她什麼也沒做。

那就表示她早已經做了。

所有的門禁卡都被封鎖了，所有人都打不開任何一扇門，除非她先將那些門禁卡解鎖。

「所有人回報我最靠近你的那扇門，」她說。「然後我就會一一啓用你們的門禁卡。報告完畢，結束通話。」

她靠回椅子上。沒有再打字，只保持沉默，陪伴她的還有螢幕上那些空無一物的畫面。

兩人都沒講話。他們都專心地看著螢幕上不停切換的畫面。

那些穿廊。那些會議室。那些辦公室。

運送通道。卸貨區。飛機庫。

以及那因夜黑而幾乎看不見的外面。

滾動閘門。迴轉區。陡峭的山壁。

每一個影像都閃爍著亮藍色的光，解析度都很差。

全部都是空的。沒有任何生命的跡象，沒有任何動靜。

他們的目光仍留在螢幕上，等待。然後基斯忽然朝他轉身。

「有兩種可能，」她說。「要不他們就是在這個複合建築區內的某個區塊，而那裡剛好沒有攝影機。如果是這樣的話，我們早晚會逮到他們。」

他沒有回答。顯然是另一種可能。麻煩就麻煩在那個或者。

「或者，」她說。「他們已經逃出去了。而如果眞的是這樣的話，我們的時間就不多了。」

弗朗坎已經做好了決定。「我們有多少人力可以動用？」

「六個人。加上羅德里格斯。」

「很好，」弗朗坎說。「要他們立刻回報。」

她用無線電轉達了這個命令。

他們聽到警衛一一回報了自己的所在位置，然後他們一一地把自己的卡舉到了門邊。一旦他們的動作化爲一條條新的紅線出現在她的畫面上，基斯就立刻能斷定誰是誰。

她一一爲他們的門禁卡解鎖，那些警衛一區接一區地往前跑，然後走下卸貨大廳以及唯一的出口。整個過程中，弗朗坎動也不動地站著，眼睛盯著那些螢幕不放。

時不時會有一名警衛經過某台攝影機的前方，依照命令繼續往下層奔去。

但仍然找不到薩柏格。仍然找不到黑茵茲。

而幾星期前才剛經歷過考斯的脫逃事件。

絕對不能再發生。絕對不能讓他們離開。

絕對不能有其他的結果。

45

雖然赤腳跑在凍寒的柏油路面上，威廉仍止不住笑意。

他自由了。

他們自由了。

沿著路旁的標線前進，珍妮穩穩地跑在前頭。她的步伐很大，那直挺而均勻的體態宛如一名中長跑者。而縱使兩人剛剛才一路相伴逃出了那結構複雜的複合建築區，她卻絲毫不顯疲態。

但倒也不是說他看起來就很疲累。他落後她不過二、三十公尺，雖然他一路全速衝刺，沿途還得跟疼痛與壓力抗戰，還得把那些負面想法跟對自我、對未來的質疑統統推到一旁，但如今那一切也都散去了。她的速度很快，而自己居然能夠不停地跟在後面跑了好幾個小時，他對自己的表現很滿意。他可以就這樣跑一輩子，他們逃出來了，他們自由了，所有的一切都棒極了，他陶醉在此刻。

他們辦到了。

珍妮的計畫奏效。兩度交換門禁卡，又拿走了那些文件——這計畫聽來很瘋狂，感覺成功機率不高。但這就是人生：你永遠不知道下一刻事情會起怎麼樣的變化。

穿廊的亮光所帶來的夜盲逐漸消退了。天寒地凍中，周遭的景致清晰可見。他們跑在一條小路上，路牌漆著短短的標線，頭上沒有街燈。一層如薄紗般的霜霧在星空下閃耀。背後群山的坡度逐漸往下傾斜，腳下的道路也是，這條路把他們帶往低處的平原去，那裡就是城堡之外的世界。

還有自由。

他們看見了遠方的燈光，那裡一定就是大路。

他們將會在那裡找到其他人。他們將在那裡找到汽車。

而早晚會有人願意借給他們一輛車或載他們一程，接著他們就可以離開這裡了。

然後他們就要去拯救世界。

他們會先去到一座城市，把那些密碼跟詩文都公諸於世。複印後將那些文件寄往世界各地的大學、醫院、政府跟公司，寄給任何可能幫得上忙的人。如此一來，他們應該就能夠成功了。

某個地方的某人將找到金鑰，接著全球各地的實驗室就會製造出有效的病毒，因爲只要人類有機會能拯救自己，這些事都一定會發生。

除此之外的情況都教人不敢去想。

而珍妮跟威廉會讓這一切都發生。

陡峭的峰巒開始在背後消退。他們離開了可能會被人撞見的道路，直接抄捷徑走高處的草原，崎嶇不平的寒冷地面讓他們的腳底不停發疼。

很快就會有人注意到他們不見了，而這些人將會去警告其他人。

但到了那個時候，他們就已經離這裡很遠很遠了。

接下來的進展將會如此，因爲必須如此才行。

跑了十五分鐘後，珍妮注意到夜空底下出現了灌木林的輪廓。

他們依然赤足，不敢休息，不敢穿鞋，不是因爲他們認爲後有追兵，而是他們想要確保不會有人追著他們的腳步而來。

希望他們只是白操心。

希望沒有人發現到他們已經不見了。希望等到明天早餐送達，卻發現怎麼也找不到兩人的情況下，才會有人留意到這件事。一開始，他們一定會先去檢查他們的床鋪、浴室，然後是辦公室。在那之後，警衛才會發出警報。但屆時他們早已消失了好些時間。如果運氣夠好的話，將不會有人能夠找得到他們。

然而問題不是明天早上，而是現在。

如今，他們正在跑過一片又一片的草原。兩名成年人就在這片平坦、開闊的地上跑步，即便身旁一團漆黑，要看見他們卻並不困難。

珍妮望向那些灌木叢，腦中尋思樹叢是否夠茂密，能夠遮住他們的身影。有沒有辦法可以藏身在那些枝葉之間。如果忽然冒出追兵的話，說不定他們可以躲在那裡面，但前提是對方也得沒跑進樹叢裡來找人才行。

她聽見威廉仍在自己的背後，仍緊緊跟著她的腳步，問題是他的體力還能撐多久。

她得要立刻決定。若躲進樹叢，他們赤裸的腳踝可能會被那些樹枝及根莖劃開不少傷口。但若繼續留在這個空曠的平野，他們很可能會被追兵發現行蹤。

她慢下腳步。打算要叫他，問問他的想法。

然後她就聽見了。

腳步聲。來自好幾個方向。

跟在她後面的不單只有威廉。

她屏住氣息，儘可能安靜地轉過身。景物一片昏暗，她四下察看，想瞧出些端倪。

這麼做的同時，她便注意到了威廉．薩柏格的臉。

黑色的夜空下，他的臉上卻亮著白色的光。

這可不是什麼好事。

手電筒的燈光一照進自己的眼睛，威廉就意識到發生了什麼事。

想都沒想，他立刻行動：他往側邊跳了很大的一步，差點就要跌倒了，但他穩住了身子，用更快的速度往前跑，同時不停左右躍動，避免自己又被那光線給照到。

被發現了。

出現愈來愈多的手電筒的燈光。燈光逐一亮起。此刻，他有四道光線要躲，不，五道了。這些光線在黑夜中左右探照，彷彿那些離開了大陸，在漆黑的大海上獨自照射出光芒的一座座燈塔。他想到了這樣的景象，但顯然這對現況一點幫助也沒有。

光線直直射入他的眼睛。先前好不容易消失的夜盲再次全力襲來。

於是他跑，盡全力跑，赤足踏在凍寒的土壤上。地面崎嶇，疼痛陣陣，那些出其不意的小洞或裂縫讓他心頭一驚。而每當他的腳一次又一次在沒有預期的狀況下落地，那沉重的一擊又一擊便痛如刀刺，流竄全身。而他滿腦子想的只有珍妮。

他盡力睜眼去看。

前方某處有一排灌木叢。

距離這裡不遠；早在手電筒的燈光出現以前他就有注意到那樹叢的輪廓。珍妮領著他們往那裡前進，八成是因為她的想法跟他一樣。只要再添點好運，他們就可以融入樹叢之間躲起來。而就算到了現在，那些灌木叢說不定依然是他們逃脫的唯一辦法。

眼角餘光處，光線依然動個不停，左右探照著地景。他看見樹叢離自己愈來愈近，再幾公尺就到了，這是他唯一的機會。他使盡全力最後一衝，不是死就是活，此時卻忽然聽見聲音在背後響起。

「在那裡！」

他花了一下子才弄清楚那句話的含意。

珍妮。

有光線照到她了。

她人已經有一半沒入了樹叢中，但那些枝葉年歲大了，變得很稀疏，躲裡頭跟沒躲實在沒兩樣。光線全部照到了她的身上，照著她的一舉一動。

最後，她意識到一切都完了。於是停了下來。

等待。

身處黑暗中的威廉看著事情在眼前發生。

看著警衛朝著她的方向衝刺。二，三，有四個人，把她推倒在地，嘴裡用法文大吼了一些話。他雖然聽不懂，但他知道他們想表達出什麼意思。

他站在那兒，上氣不接下氣，看著眼前那應該要救他們一命，但卻什麼忙也幫不上的樹叢。那些手電筒的光遲早也會找到他，屆時一切就結束了。

他看到的第一樣東西是自己的吐息。

黑夜中，吐息忽然變得清晰可見，在他的眼前顯現出自身的樣貌，那是一朵漆黑天空下的灰色雲朵，顏色如海豹。

前一秒他弄不懂爲什麼，彷彿眼睛先看到了，卻忘了問大腦那是個什麼。下一秒他終於弄懂了，但也太遲了。

有人把光線照到了他的吐息上。

自己的肺背叛了他。

他在曠野中站著，動也沒動，全身上下都被照亮了。所有人都看得見他，下一瞬間，他整個人被壓到了地上，有人用膝蓋頂著他的背，他聽見有人在說法文。

威廉·薩柏格失敗了。

本來一切就靠他了，如今一切都結束了。

針筒注射進了脖子，奪走了他的知覺。此刻，他幾乎恨透了自己，因爲他竟然覺得，自己總算可以休息了。

46

如同規章上所寫，他們在拂曉時碰面。

這應該要讓他們激動。應該要帶給他們希望。

然而他們並沒有感受到這些情緒。

辦完夜晚的差事後，那些車子全都回來了，它們在大門外的回轉區等待，箱子都已裝載上卡車、搬進了倉儲空間，眾人爬進他們被指定的座位，準備要出發。

每個人都有各自的指示，每個人都確認過自己該做些什麼，他們不冒一絲風險。巨大的滾動式鐵門在他們背後關上，基斯確定城堡確已封鎖。

他們要往下一個章節前進了。

他們的心中只感受到恐懼。

城堡深處的機房中，站立著的康納斯聽著風扇、聽著電腦的聲音，並感覺城堡因空曠而嘆息。

他是唯一留下來的人。

他們全部都照著規章做事，他們已經跑了四趟，要準備迎接其他人的來臨，如今只剩下一件事要做，而做這事的責任落到了他的頭上。電腦在他身旁嗡嗡作響，那嗡鳴聲彷彿在說一切都沒有變。然而這些電腦並不知道，不管它們現在在做的事情是什麼，這都是最後一次做了。

只要再把最後的資料刪除掉就好了。一切都會被儲存在可移動的裝置裡，然後他會把這些裝置帶在身上：那些密碼，要閱讀密碼需要的金鑰，以及潛藏在密碼後頭的楔形字符。

那些詩文。那些預言。他們會把這些東西保存起來，留給後代子孫。他們會努力保管這一切，直到災厄都結束為止。如果他們順利存活下來，如果他們能活到下一個時代，那麼這些知識將會傳承給接下來的世代。

絕對不能搞丟。他當時就是這麼規畫這些情境的。確保一切都安全無虞，那就是他的工作。

還有一件事。

他多希望自己可以不用去做，但該做的事就是得做。

大家都高估了擁有責任感的好處。

守候在直升機停機坪上的駕駛已經做好離開的準備。

但在直升機將他們載往最後的目的地之前，他們還得先去廢棄的軍用靶場一趟，他們得在那裡跟人碰面。

黑色的車隊抵達機場時天已全亮。組織旗下的私人噴射機停在停機坪上，車隊往外開上瀝青路面，停在噴射機旁。

羅德里格斯仍坐在副駕駛的位子上，看著他那些同袍踩著搖晃的金屬階梯爬上飛機。他在指間轉動著自己那張藍色的門禁卡，一張他再也用不上的卡，但他還是把卡當作紀念品帶走了。

假定他們還有未來。假定他們還有機會記得這段過去。

「對了……」

說話的人就在身旁。是基斯。她回車上拿東西，如今人從門的地方探進來，眼睛嚴肅地看著他。

「……你知道那張門禁卡其實不是你的嗎？」

羅德里格斯回望著她。

「那張卡是弗朗坎的。他們逃出城堡用的是你的卡。就這樣，你自己去想想看事情是怎麼發生的吧。」

她的微笑如同在皮膚上摩擦的砂紙。那笑帶有諷刺的意味，將他的不適看作自己的佳釀。然後她轉過身，往噴射機的方向走。

羅德里格斯仍坐在椅上。

她擺了他一道，魅惑他一如自己當年魅惑她的行徑。而他竟還說自己比她聰明，他說這話的時候，她心底一定笑個不停。他看得見她的笑容，而自己也因爲這樣的想法而忍不住笑了出來。

黑茵茲。珍妮·卡蘿塔·黑茵茲。

眞是一個可敬的對手。

但想到她將要面臨的處境，他卻沒有因此而更開心。

47

那間位在鄉間小路旁的破舊旅館沒什麼特色，但裡頭看起來有人，而且一切看起來都有在正常運作，這就夠了。

他們已經累到了一個不可思議的地步。

里歐開車開了整晚，還親眼迎接了黎明的到來。他們經過的路標上寫著萊比錫、庫姆巴赫跟紐倫堡。他們沒吃也沒睡，但人遲早都得吃睡的。

即便在這樣的情況下，他們仍錯過了旅館豎立的旗杆及霓虹店招，也錯過了住房價的告示。阿爾伯特甚至把油門踩得更大力，繼續往前，繼續往南，又路過了好幾條岔路後，他們終於開上了一條小路，那條小路將他們帶到了一座冷清的小鎮。

他們只能這麼做。

縱使他們很想直接把車停在旅館的前面，登記後就逕往床上那麼一倒，但他們知道自己絕不能冒險留下這輛車。

他們能夠逃了這麼遠還沒被人發現已是萬幸。他們得在運氣用完以前行動。

他們把車停在一家超市的外邊。從機器買了張停車票後，他們就把票塞進了儀表板，放眼望去都是在等著主人回來的車，如今又添了一輛。但他們沒有進超市，反而回頭往北邊走回他們剛剛才開過的路。開車不過十分鐘的路程，走路卻耗了他們一小時。

他們租了一間在一樓的房間。房間附近的景致有被劃成了一坨正在融化的雪，以及冷藏櫃明明空空如也卻堅持不打烊的小酒吧。房裡的雙人床上鋪了床罩，床罩上的花紋頗令人費解。阿爾伯特跟里歐只希望那花紋是刻意染上的，而不是多年來的匆匆過客合力造就的最終成果。

他們兩腳交叉，躺在床上，盯著眼前的電視，累到沒辦法說話，累到沒有食欲，累到沒有任何感覺。想都不用想，他們一定被通緝了。追捕他們的也許是警方，也許是其他人，他們不知道。

他們只需要休息。

睡醒後，他們會立刻用里歐的信用卡去租另外一輛車。

然後他們會繼續往南開。如果運氣夠好的話，他們會找到威廉跟珍妮，而如果運氣再好一些的話，那兩人就可以幫上他們的忙，阻止這場即將發生卻沒人知曉的大災難的發生。

里歐才剛想完，阿爾伯特就坐直了身。他往上伸出手，掌心朝外。

噓，那掌心說。彷彿里歐有說過些什麼。

他看著阿爾伯特，望向他的臉，然後再隨著他的視線望向電視。里歐這才意識到阿爾伯特不是在要他安靜。

等等。這才是他的手要說的話。別動。

這句話不是對里歐說的，而是對全世界說的，對時間，對現實，還有對其他所有的東西說的：等等，怎麼可能會發生這種事呢，這是假的吧。

但世界並沒有因此駐足。

那些事情都在上演。

里歐也在床上坐起了身，眼睛盯著電視的螢幕，看著眼前播放的新聞。

大家就是在害怕這件事情成眞。

這就是所謂的災難。

而如今，他們意識到災難已經開始發生了。

48

康納斯那份地圖上每一個紫色的點，都象徵著一個人。

一個坐在桌前的人。

一個在當地的市場裡買菜的人，一個在哄寶寶穿上嬰兒服的人，一個正在喝一杯裡頭加了牛奶跟兩顆糖的咖啡的人。一個正在忙著開會、或正在旅館裡做愛，或在機場裡多喝了一杯紅酒以克服飛行恐懼症的人。

這些人都在經歷他們平凡的日常生活，直到那陣奇癢找上門來。

這些人分散在全球各地，有些人剛結束旅行，準備要回家；其他人則帶著剛整理好的旅行袋準備遠行，但那癢卻逐漸加劇，教人難以忍受。而癢就這麼跟著越過了國境。於是那成爲紫色點的人便出現在一個又一個的國家裡面。

執政當局看見了事態在發生。

而不管在哪裡，他們所下達的命令都很明確。

就是應該要這麼做。

而除了造成混亂之外，還能怎麼樣呢。

不單只是某幾個特定的地方，而是全世界。

眾人的腳步走過鐵路月台，許多旅行箱被主人拖著走過了出境大廳。驚恐的人們在手中揮舞著票券，要求知道現在究竟發生了什麼情況。無論何處，空氣中都塞了滿滿的問題。一群群的人擠在門衛、鐵路售票員、警察跟士兵的旁邊，所有人都想知道答案，但沒有人有答案。

在機場、火車站、巴士總站跟碼頭的螢幕上列有目的地、城市與乘車處。但每一個螢幕上的每一條出發時間都被四個字給取代了：班次取消。

每個人都有親友在遠處等他。每個人都很趕，趕著要搭上交通工具。沒有人打算妥協放棄。

新聞開始散播後，恐慌也隨之而來。

世界上出現了一種前所未見的駭人疾病，而疑似感染的新案例，也接二連三地在不同的國家出現。隨著報導的次數愈來愈頻繁，絕望與恐懼的情況也逐漸加劇，沒有人想留在原地等死，不管這個原地是在何處。

人們開始逃亡，沒有人知道自己應該逃往哪裡，只知道自己是爲了什麼而逃。

高速公路上的車子擠得水洩不通，人們拚死拚活想逃離，卻只發現幾千個他們壓根兒不想靠近的人。每一件事情都是別人的錯，以及「你沒看到我有帶小孩嗎」，跟「媽的讓我過去啦」。

爭吵不斷。直升機從大塞車的現場上空飛過。城市裡滿是迴盪在空氣中的警笛聲。醫院提早讓病人出院，以準備應付接下來將面臨的風暴。

一切都在瞬間發生。疫情在世界各地爆發，如野火般迅速而不留情面，一舉就燒遍了全球。隨著確定罹病的案例不停出現，愈來愈多的人陷入恐慌，他們的行爲也變得愈來愈不理性。

謠言傳播的速度快過病毒。

人們燒毀了鄰居的房子，理由是如果他們有病怎麼辦。

四處都有商店被劫掠，理由是如果食物吃光了怎麼辦。

新聞主播呼籲民眾冷靜；同一批男女曾經大聲疾呼現況有多慘烈，如今卻換上了清醒的語調，懇求大眾保持冷靜，留在家裡。而當然，已經太遲了。

老早就已經太遲了。

原本看著螢幕的弗朗坎別過頭去。

他再也不想看到任何報導了。

他知道這一切不過只是開始。情況將會變得更嚴重，幾天，幾星期，幾個月過後，會出現更多一樣的情況，但會變得更惡化，更令人絕望、哀傷。

他緊緊地閉上雙眼。

其他人很快就要到了。

還有很多事情得做。

他打開那扇沉重的鐵門後走了進去，跨過那高高的門檻，踏上金屬地板時，他的腳發出了鏘啷的一聲。

引擎那低沉、反覆的響聲，汽油跟金屬的氣味。

他非常討厭船。

不，從技術層面來說，這不是船，是艦。喔不，這裡太大了，大到你沒辦法暈船。喔閉嘴，他心想，他很清楚自己的感受，他非常討厭船，也討厭船對他的復仇。這樣的諷刺結果讓他更為沮喪，畢竟，他還得靠這艘船才能保住自己的性命。

他拿出了手機，同時快步沿著狹窄的灰色金屬通道往前走。經過兩邊那一扇扇圓形的艙門，然後爬上金屬階梯，來到了上層的甲板。

康納斯的號碼在撥號紀錄的最上方。
往下看，他的號碼不停出現在這列清單上。
弗朗坎一撥再撥，康納斯卻都沒接電話，事情不大對勁。
到這時間，他早該處理完手邊的事情了。
他早該搭上船了。
弗朗坎按了按鈕，再撥一次。
他感覺到自己愈來愈焦慮了。

49

威廉．薩柏格意識到那是直升機的引擎聲。
他只聽得出聲音很近，但卻被蓋住了。比人在外面聽時小聲，但比人在厚牆裡面聽時大聲。他的第一個反應就是坐起身，但卻沒有辦法。
裡面很暗。一片漆黑，伸手不見五指。
離他頭部幾公分高的地方有個頂部。因他剛剛努力想坐起來，導致撞到了自己的頭。很痛，但沒有他後來往下跌回去時，撞到了身子底下的底板那麼痛。
他的雙手被綁在背後。由於綁得離他的身體很近，所以很不舒服。而不管綁在他手上的究竟是什麼東西，那東西又細又硬，讓他覺得很痛。
「威廉？」是珍妮。
而且她在很近的地方。
「威廉，你怎麼了？」

他聽見她的呼吸聲。那呼吸聲短促又不規律，感覺像她在哭或是覺得痛，或者是兩者皆有。當她呼吸時，他感覺到她的身體跟自己的身體靠在一起，他意識到兩人躺在一起，且被困在一個狹窄的地方。她的腳在自己的腳前面彎曲著，她的背部頂住他的胸膛。每當他們的身體碰觸，他就會感覺到她在顫抖。

那不是痛。是壓抑住的恐慌。

「我沒有辦法動，」她說。「我沒有辦法呼吸了。」

雖然聲音很沉著，但她話說得很快，一字一句都散發出恐懼。

「妳一直都有在呼吸啊，」他說。冷靜而沉穩。「妳有看到什麼嗎？」

她沒有回答。她不知道。她不想知道。

「珍妮？珍妮，妳的手放在哪裡？妳有感覺到身邊有什麼東西嗎？」

她聽著他說話，雖然想要冷靜下來，但同時又甩不開自己的恐慌，彷彿恐慌是她的好朋友，能夠幫助她逃離這裡，一旦放恐慌走，她就會永遠被困在這裡。

她可以承受很多事情。她不怕高，她可以忍受肉體上的疼痛，但這種……窄小的地方，雖然她有在呼吸，但卻感覺自己快要窒息，彷彿誰拿了個枕頭悶住她的嘴巴，然後不停、不停使力，因此能在事情還沒有發生以前，就讓她因即將襲來的缺氧而心生恐慌。

「我的手被綁在背後，」她說。「我覺得自己在流血。」

「好，別擔心，」他告訴她。「我們一定有辦法解決的。」

「怎麼解決？」她說。聲音一樣恐慌。

他沒有回答。

她也沒有再說話。

他的頭撞到了金屬的頂板。裡面聞起來有汽油跟人造地毯的味道。不難知道他們現在人在哪裡。

而一架直升機在他們的頭頂盤旋不去。

珍妮又說話了。

「爲什麼要把我們關在這裡啊，威廉？他們想要對我們做什麼？」

威廉沒有回答。

不回答，是因爲他怕自己知道答案。

那名平頭的駕駛員咬緊牙關，藉此維持思緒的清晰。他又駕著直升機繞了一個大圈，底下的場景一團混亂。地面上到處都是金屬的骨架。枯萎的樹叢跟泛黃的雜草企圖掩蓋所有的坑洞跟過往的車行軌跡，卻是無望。

沒有一件事情是對的。一件都沒有。

他從起床的那一刻就預料到了。今天會是很糟糕的一天。這種感覺形塑了他所有的感知。那種氛圍很奇怪，總覺得少了點什麼，而且這種氛圍還籠罩了周遭的一切，像穿不透的一層什麼東西。如今，他人在這裡，那種不舒服的感覺有增無減，不管再怎麼努力，他就是甩不掉那種感覺。

就在那裡。就在他的正下方。

那台黑色奧迪是他們自己的。

只要碰一下扳機，輕輕一下就好，那輛車就會身陷一片火海之中。他知道自己不該去在意，因爲屆時他將只會是地平線上的一個小點，在他還沒看清楚燒剩下的是些什麼東西之前，他就已經飛到很遠很遠的地方去了。

不。不是東西。是他們。

就算他看不到，他還是知道。

所以有看到沒看到，這對他來說又有什麼差別呢？

她，跟他們一起相處了好幾個月，年紀不會比他大太多，雖然他一直想跟她攀談，卻總是找不到機會。而他，年紀比較大，是幾天前出現的，後來事實證明他老到他們管不動。

他們就在那裡。雖然他看不見，但他們還是在那裡。關在後車廂裡，綁住了，不可能逃得出來。這讓他覺得很不安，不單是心理層面，更像身體上的。那種焦慮感強到讓他在椅子上不停蠕動著身軀。他得下決定去做，但其實他也不過是聽從上級的命令。他感覺自己在冒汗，但他又能怎麼辦呢？

那些命令講得清清楚楚。

而如今他只有一個人，自己要去面對那些命令，這事也不對。康納斯應該要坐在旁邊才對，但偏偏康納斯又沒現身，最後是弗朗坎用無線電命他起飛，總之就是去把這他媽的任務完成就對了。當然其實康納斯在不在也沒什麼差別，康納斯也不過就是點個頭，按鈕一樣他去按，跟他現在正準備要做的事情一模一樣，但至少他不用孤單一人去面對這些。

他們人就在車子裡。

逃脫無望。

如今他坐在這兒，大拇指在扳機上方來來回回，心底因極度的苦惱而覺得痛苦。

他唯一想做的就是離開這裡。

他持續在奧迪的上空繞圈，知道自己該做什麼，但卻怎麼也下不了手。

通訊中心位在往上好幾個甲板的地方，而伊芙琳．基斯人正坐在一大堆螢幕的前方。弗朗坎進門時，她只瞄了一眼。

「那直升機要回來了沒？」他問。

基斯把頭轉向房內深處的年輕人。年輕人身上穿著一件弗朗坎沒看過的制服，可能是希臘軍或義大利軍，弗朗坎不知道他們是從哪兒徵用到這艘船的，不過這其實根本也不重要。

他只看到那個男的搖了搖頭。而基斯也重複了同樣的動作，彷彿弗朗坎剛剛沒看到一樣。

「用無線電去聯絡那個駕駛，」他說。「我要站在哪裡？」

基斯指了指旁邊，那裡有個耳機，懸掛在燈號、按鈕，跟那無所不在的灰色金屬之間。弗朗坎把那有軟墊的耳機罩在耳朵上，然後聽見外界如今成了一片寂靜。

只聽得見無線電內的沙沙噪聲，以及應該要有但卻沒出現的回應。

他再次聯繫。然後，只聽到更多的沙沙聲。

「最後一次跟他通話是什麼時候？」弗朗坎問。穿著不明制服的男人從房間的盡頭處回答，但那答覆卻以刺耳尖銳的方式直衝進他的腦袋。他花了一點時間才想起他們依然在透過耳機說話。

「在你對他下令以後就沒辦法聯繫到了。」那個聲音說。

弗朗坎閉上雙眼。情況不妙。他不應該要耗這麼久才對。

「再聯絡一次。」他說。

他聽著那沙沙聲，依然沒有回覆。

千萬別再來一次啊，他心想。阿姆斯特丹那次也差點發生一樣的情況，戰鬥機駕駛忽然退縮，導致摧毀醫院的任務差點以失敗告終。而如今，沒想到他自己旗下的飛行員也在靶場，在那炸掉了載著施戴方・考斯的救護車的靶場上空盤旋，猶豫不決。該不會是因為這個直升機駕駛也開始心生懊悔之意了吧？

還有康納斯那邊的問題。他人應該也要在同一架直升機上。他人應該在現場監督，卻沒有現身。

所有的事情都耗費太多時間了。

這任務一定得完成，而且一定得在眼下立刻完成。

不是因爲他跟他們有什麼私人恩怨，單單只是因爲末日的警鐘已滴答滴答響，現階段的他們承擔不起任何私人情緒介入其中。他們很理性地做了一系列的決策，這些決策一定得照著辦，而這不過是其中之一罷了。威廉．薩柏格跟珍妮．卡蘿塔．黑茵茲破壞了整個任務。他們如今已失去利用價值。他們成了壓艙用的廢物。

而雖然他對船的相關知識不甚了了，但他知道，當情況需要時，壓艙物會是第一個被扔下船的東西。

他命令那個操作無線電的無名男子也開啓他的麥克風。接著，弗朗坎開始說話。

珍妮的呼吸中滿是恐懼，因此遠在威廉還不確定自己該怎麼做以前，他就已經下定決心要做點什麼。他的首要之務是讓她分心，讓她不要緊抓著恐懼不放。其次就是逃生，前提是如果有辦法的話。

「試看看能不能翻身，」他說。「背部朝上。」

說很容易，做是另外一回事。但他們互相撐住對方的身軀，最後她確定自己已經躺成了他期望的姿勢，並透過自己咬緊的牙關來告訴他，這麼做並沒有讓她比較不害怕，因此不管他計畫做些什麼，快動手。

「妳有辦法碰到上面嗎？」他問。

「你是在開玩笑嗎？」

「試看看。試看看能不能碰到頂部，用手去摸，看能不能摸到邊緣的地方。」

她照做了。

她伸長了手臂，束帶咬進皮膚，痛苦在手腕處炸裂。肩膀怎麼也沒辦法更彎了，但她依然把那些痛苦都先推到一旁。她感到體內的恐慌感被痛苦蓋過。老實說，她覺得這樣好多了。

她的手指碰到了頂部。金屬，邊緣銳利，身體的上方就像有細細的梁柱彼此交錯。她幾乎沒有辦法用自己的指甲去搔刮，但這已經足夠證實她的推測。

「我們在車子的後車廂裡。」她說。

「我知道，」威廉回答。「試看看能不能摸到邊緣。」

她知道他的意圖。他要她去碰到車廂的鎖。然後下一步就是默禱她有辦法從內部解鎖。雖然這八成會讓人痛得要老命，但她絕不會輕言放棄。

她任手指在後車廂蓋上摸索，她的手臂的彎曲角度愈來愈不自然，這動作把她壓得緊趴在地板上，剛好跟威廉處在對角的位置。她體內的每一條韌帶都在喊痛，但她置之不理。

她終於找到了鎖。

沒錯，就是它。

兩片塑膠中間的一條細長縫隙，她可以感覺到裡面有金屬，說不定是用螺栓或扣鉤鎖緊的，或也有可能只是她腦海裡的想像，因爲她的大腦不停試著憶起後車廂裡的鎖長什麼樣，然後將那影像與她手指所感受到的東西重疊。

不管眞相如何，對現況都沒有任何幫助。

她只能勉強用指尖碰到那個縫隙。開口實在太小了。

「我打不開啊！」她說。

「再試看看！」他又說了一次。

她搖了搖頭，她的痛苦跟恐慌被力量與腎上腺素取而代之。她朝他吼了回去，沒有生氣，因爲爭辯並沒有任何意義。

「那個縫隙很小。我手指伸不進去。我們需要B計畫。」

他沒有說話。沒有所謂的B計畫。

「我可不會什麼他媽的軟骨功！」她大吼。

雖然看不到她，但他完全懂她的意思。

當她往後扳時，他有聽見她因痛苦而發出的呻吟聲，而他只能在心中想像那劇烈的苦楚。

「好吧，」他說。「妳可以放鬆了。」

「那再來呢？」

她仍舊維持那不自然的姿勢。她不想輕言放鬆，因爲知道一旦放鬆，她的身體就沒辦法再次承受那過程帶來的痛苦。除非確定他不會要她再做一次同樣的動作，否則她不會放鬆。

「我也不知道。」威廉說。

沉默。

只聽見直升機在上空盤旋的聲音。

他在等什麼？怎麼不乾脆完成自己的任務，賞他們一個痛快，爲什麼要留他們兩個關在這個根本也逃不出去的地方？

他這麼想。但沒有說出口。

卻又講了一樣的說詞：「我也不知道，珍妮。」

最後，她終於讓自己的手從後車廂蓋上落下。

少了手部的支撐，她的身體便倒在地墊上，兩隻手臂仍在背後。她試著要讓雙臂往外伸展到正常的位置，卻因此而痛得大叫出聲。

一定還有其他的辦法。

她讓思緒飄過曾見過的每一個汽車後車廂，試圖要憶起內部那些細節，那些構造跟各種內部的角度，但不管再怎麼努力去試，她就是想不到任何逃生的辦法。

直到她意識到，原來他們不應該把力氣耗費在想立刻往外逃出去。

弗朗坎不知道直升機的駕駛是否聽得到他將要說的話。

但他覺得對方聽得到。同時，他說服自己接下來他要說的話將會讓情況改觀。他望向外面的海水，耳機夾在耳朵上，麥克風成了他視線邊緣處的一道黑影。他開始說話。

不需要太言過其實。他要誠實。也不要講到什麼責任感、忠誠心，或是拯救世界的話。

他的話語中帶著理解之意。

他對這名年輕駕駛員的心情的理解。

弗朗坎理解他的恐懼、他的不情願，以及無論如何都無法明白那難解之事的心情。

他就站在那兒，對著虛空說話，說出他們全部人的感受。

沒有人想得到情況會變得這麼嚴重。

他知道夜不成眠的感受。他知道縱使不讓大眾知道，但情況依然貨眞價實地存在，實實在在地發生。

他說，早在三十年前，他就知道事情會演變到這樣的地步。然而，縱使已經提前三十年就預知了現況，當事情眞的發生時，他也一樣猶豫不決。

他提到他們只能孤軍奮戰，沒有其他人能幫得上忙。

心中有疑慮時，他沒有人可以傾訴，因爲他負責大喊、站穩、發號施令，絕不能因爲情況愈來愈艱難，就萌生退縮之意。

無數個夜晚，他都無法入睡。

爲了製造出病毒，他殺死了許許多多的人。這些無辜受害的人都是白老鼠，而他親眼看著他們死去。這些畫面都殘留在他的腦海之中，不管多麼努力合上雙眼，他們的死狀仍都拒絕消散。

他殺死了老百姓。摧毀那棟位在阿姆斯特丹的醫院的攻擊行動是由他授權去做的。即便這個攻擊行動早已列在他們的計畫之中，即便已經存放在檔案與文件夾之中有三十年之久，這仍不會讓下達這個命令所產生的壓力因而減輕分毫。

而現在。現在，原野上有輛奧迪，弗朗坎知道自己在要求他去做什麼，也知道這個事情對他來說有多麼困難。

但他還是開口了。

不，不是要求，而是懇求。

弗朗坎懇求那個直升機駕駛，他也許聽到了自己剛剛所說的話，也許沒有聽到，但他懇求對方去做他必須要做的事，不是因爲這件事在公理上站得住腳——因爲誰知道什麼是對，什麼又是錯呢——而是因爲這是他們手邊最好的計畫。因此縱使最簡單的做法就是直接飛離現場，畢竟唯有他放他們一馬，那兩人才有辦法活下來。但就算如此，弗朗坎還是懇求駕駛員下手，完成自己的任務。

他說了這些話。過程中，他一直凝望著海平線。

他感受到同袍從背後看他的眼神，但卻沒有轉身。他剛剛展現出了最深層的自我。但他們不會知道他是眞的那麼做了，抑或那不過只是一場想說服駕駛聽令行事的演說。而他並不打算告訴他們眞相。

在拿下耳機後，他只希望自己所說的話能打動那名駕駛，一如打動房間內的所有人。

珍妮的個頭比他小。更小，更瘦，更軟。意味著這個任務得落到她的頭上。雖然這麼做很可能會讓她痛不欲生，但她也沒有太多選擇。

這次換珍妮發號施令。她命令威廉儘可能地平躺在地板上，然後她把自己壓在威廉的身上，告訴他他們兩人必須互換位置，而他得幫她。

他不確定她想做什麼，但他仍笨拙地轉往另一個肩膀的方向。珍妮的重量壓在他的身上，讓他難以呼吸。而由於他們的身體跟周遭的鋼鐵與螺栓等不停地摩擦，因此身體隨著分秒過去變得愈來愈疼。但因爲他們的手被綁著，因此他們得找到東西來支撐自己，如此才有辦法獲得他們需要的氣力。

最後，她終於滑落在他的另一邊。

他聽見她在四處蠕動，感覺到她在他的頭旁邊呼吸，因爲她讓自己的背對準了車身。

「妳想做什麼？」他說。

「汽車後座。」

他立刻就懂了。

他們永遠也打不開後車廂。但若運氣夠好的話，說不定他們可以從另外一個方向下手。說不定在後車廂跟後座之間會有空隙，跟前方車身之間的空隙。而雖然要做到這件事難如登天，但他們也沒有其他的辦法可以試了。

她第二次用自己被綁在後面的手臂去推。強迫手臂往椅背上爬。她讓手指在椅背的表面探索，同時盡力將痛苦拋在腦後。手指繼續往上爬，要爬往希望是設置在椅座上緣的把手。就是那種能讓椅背解鎖後往前彎倒的把手。那種她說不定，說不定可以搆得到的把手，只要座椅上頭有個縫能讓她將手穿過去的話，她就有機會辦到。

她先用眼睛去找，但沒看到。她左看右看，彷彿這樣就能讓手看得見前面的景象。她試圖在腦海裡揣想出自己所看過的每一輛車，好讓她的手指知道該往哪裡去。

就在那裡。座椅跟底盤連接的地方有個小洞。她推啊，扭啊，強迫自己的手往裡面探，她用指甲往車內的裝飾材料上抓，好讓她的手指能往前進。一吋一吋，慢慢往她預期把手會在的地方靠近。

然後她大叫。

耗盡了肺部所有的氧氣，她爲了痛苦而叫，爲了增加腎上腺素的流動而叫，爲了讓自己的身體能更彎一些些而叫，然後她爲了喜悅而叫：「找到了！」她大叫。她的指尖感受到了堅硬的塑膠物體。她找到了。

一個小小的把手。

「有辦法移動它嗎？」威廉問。

她沒有回答。

她讓自己振作起來，然後閉上雙眼，讓她的手指繼續搜尋。沒錯，一定就是它，在一個缺口裡面，彎彎的，表面摸起來是塑膠的，這就是她要拉動的把手。然而，她又意識到這是不可能的，她全身上下已經扭曲成了如此不自然的角度，這種情況下，她要怎麼把力氣往手的地方送呢？但這是他們唯一的機會，因此她掙扎著往把手的周圍探。掙扎，因爲她必須掙扎。

就差一點點。就差一點點。再一公分。

要說是握，其實只有一點點的皮膚摩擦到那個塑膠體。不單虛弱無力，更是不牢靠。然後她試著去拉，說不定那把手移動了一些些，但說不定一切只是她的希望，並未成眞。而下一刻，她的手指從那表面滑掉了，把手已不在她的掌心之中。

沒有用。她的手臂灼熱發疼。她再撐也撐不久了。她的大腦被各種絕望的想法所淹沒。

她想到了阿爾伯特，想到了外面的世界，想到了那些將要死去的人。以及如果他們眞的有辦法阻止這一切發生的話。如果他們仍然有機會去拯救世界呢？

「推我！」她大叫。

他躊躇不前。

「把我往座椅的方向推，盡全力推！」

他知道她想做什麼，也知道那會給她帶來多少痛苦，但她很顯然早有覺悟。因此他也沒多說些什麼，就直接照著她說的話去做。

他用後車廂的另一端當作支撐點。珍妮憋住氣，盡量把自己撐大，繃緊身上的每一條肌肉。此時，威廉使盡全力用腳往車子的底盤推，讓她的身子愈來愈擠向椅背。椅子仍不肯屈服。她沒辦法呼吸，身體痛得無法忍受。即便如此，她仍朝他大叫，要他繼續推。

威廉便推。愈來愈大力，愈來愈大力，愈來愈大力。她綁在背後的手愈來愈扭曲。她試著不去想究竟哪邊會先折斷，會是椅子還是她的骨頭。她把精神全放在想辦法讓把手動。她不停掙扎，盡力要讓自己的皮膚接觸到那塑膠把手，希望輕微的觸碰能讓把手移動。說不定威廉這樣壓會有幫助，說不定這麼做會讓扣鉤往上滑開，也說不定座椅會撐不住這個力道而往前彎。有可能，只是有可能，他們到最後說不定真的能辦到。

「拜託！」她大叫。

他推得愈大力，她就叫得愈大聲。她要他繼續推，因爲她感覺到座椅在這樣的推擠下逐漸彎曲，說不定……

說不定這個方法會奏效。

然後，事情眞的發生了。

扣鉤從鉤子的地方滑開。

椅背往前摺到了椅墊上。他們都猛力呼吸，彷彿他們潛水潛了很久，過程非常驚險，而他們總算浮出水面。然後就在下一個瞬間——

車身在兩人面前開展的瞬間。

陽光倒進他們大張的雙眼的瞬間。

在那瞬間，他們從窗玻璃看到了那架直升機。炫目陽光中的一襲黑影。這樣就夠了。

在那瞬間，他們就知道了。

下一個瞬間，爆炸。

是燃料讓事情發生得如此迅速。

是燃料讓火焰在短短的時間內迅速擴散。瞬間的高溫跟空氣中的氧融合，使得燃料不停蒸發，引發了一場紅、黃、黑三色均出的爆炸，並燃起了一陣看似永遠燒不盡的、躍動的火焰漩渦。

高溫把金屬燒得都變了形。玻璃碎成粉末，燒熔成柔軟的一坨坨後掉落地面。這一坨坨東西將永遠留在這裡的地上。每當陽光照射，它們就會隨之閃閃發亮，但卻不會被任何人看見。

而那些曾經存在的生命瞬間消逝，永不再回。

草地上炸開了一個新的坑洞。坑洞內熱燙的紅光四射，坑洞上覆蓋了一層熊熊焰火，一具新的鋼鐵骨架加入了原野的收藏之中。原野上還有些什麼呢？有破敗的坦克。這些坦克曾是射擊練習的標靶，但如今只不過是些被人遺忘的殘骸罷了；有穿甲彈跟手榴彈留下的碎片；還有一輛不是救護車的救護車。爲了阻止不幸的未來降臨，這輛車因而被炸成了碎片，但不幸的未來卻依然降臨了。

隨著時間過去，這個坑洞將慢慢冷卻。新的植物將在這裡扎根，覆蓋這塊土地。生命生生不息，生死不斷循環，如同一支不停回到原點的舞蹈。萬事萬物都將再次復甦，生命就是如此。

這裡是阿爾卑斯山山腳下的廢棄靶場。對生活在這裡的植物來說，這個新出現的火坑沒帶來任何的變化。

但對威廉·薩柏格跟珍妮·卡蘿塔·黑茵茲來說，這一切卻攸關了他們的生死。

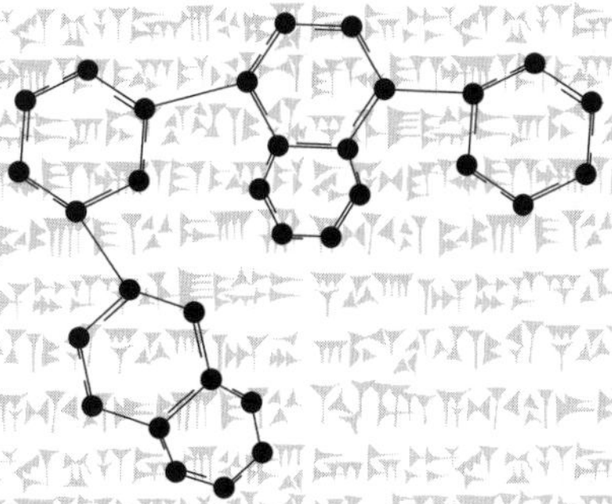

第四部

大火

我不知道祢是誰。

事實上，我連祢是否存在都不確定。

我只知道，我希望祢存在。這是讓我繼續走下去的動力。

也許這就是我書寫的理由。

因為只要有人大叫，一定就會有人聽見。因為也許祢能像艘船，藉由停泊，或者是拋下錨後留在該處，鄰近祢身旁的未來就會實現。或者也許祢能在山上插下一面旗，然後說，這是我的領地，這個地方存在，沒有人能夠把它搶走。

就像在日曆上預先寫下一個事件，確保那天一定會到來。如果是這樣的話，那麼即使世界將要滅亡，那麼至少在預定的那一天到來之前，滅亡就不會發生。

十一月二十七號星期四。午夜。

今晚，我們將要逃離這裡。

這是我們最後一次試著去阻止正在發生的事情。

不論祢是誰，我想要相信祢存在。

我想要相信祢正在讀這些文字。

我想要相信這表示一切都會迎向美好的結局。

50

他們帶著空虛感甦醒。

他們的思緒在轉了一圈後又回到原點。

一開始是感覺到似乎有事發生了的焦慮。然後意識到不是，只是夢境殘留未消失罷了，因爲一定是這樣，因爲都是這樣的。然後就是努力想憶起那是一場怎麼樣的夢境，發生在什麼地方，裡面出現的有誰，以及爲什麼同樣的感覺還在，且遲遲不肯消失。

但他們根本沒有作夢。

搜尋行動也繞了一圈，又回到了原點。

行將入眠之際，他們看著那些混亂跟暴動的畫面，聽各派理論，聽專家說法，以及該怎麼樣才能保護你自己。地圖上顯示出病毒的魔掌已經伸到了什麼地方，以及病毒是如何擴散到那裡去的。最後他們睡著了。

而同樣的畫面反覆不停地出現在他們的電視上，那些畫面就跟他們睡前看到的一樣，只是情況變得更加絕望，更加令人害怕，民眾也愈來愈恐慌。

阿爾伯特跟里歐一言不發，沒有打開聲音，就這樣坐在床上看著那一幕幕的畫面。

空虛感消失了。

取而代之的感受是，一切都要走向滅亡了。

整個世界都停擺了。

學校、圖書館跟超市都在上鎖後用木板堵住了出入口，一如火車站、機場，以及每個人們可能會相遇、在同一個地方呼吸，致使病毒散布的地方。

裝甲車命令市民待在家裡。醫院只接納感染到病毒的人。身穿沙沙作響的防護衣的男男女女走來走去，他們不顧一切想醫好這些病人，卻不知該從何下手。這種疫病的惡化速度快到嚇人，全球各地的研究所裡的研究員與專家不停在一台台機器間跑來跑去、做各種測試，但沒有任何人知道出現在他們眼前的這種病毒到底是什麼東西。

一座又一座城市的市政當局徵用了溜冰場。不過一天以前，這些溜冰場裡還擠滿了或是追逐冰球，或是練習冰上旋轉的十歲孩童。這些孩子的父母在場外看著，等著要載自己的孩子回家，同時也不忘幫孩子們加油打氣。溜冰場裡氣溫很低，父母們都凍壞了，只好喝熱巧克力來取暖。如今，這些溜冰場被當成了冷藏設施，冰上蓋滿了一排排的黑色塑膠袋，袋裡都是屍體。而在這些屍體當中，有一部分正是幾天前曾在這裡練習冰上旋轉，以及喝著熱巧克力的人。

而在冰庫不夠的地方，大火便燃起。

一具具屍體丟進火焰中，藉焚化的方式消滅病毒。濃濃黑煙升上天際的同時，代表其中一個感染源已清除完畢。然而同時，全球各地卻又不停出現新的感染病例。

一切都指向滅亡。

而人們唯一能做的，就是想辦法將之延緩。

並期望若能拖得夠久，說不定有人會找到解藥。

問題是這些人需要更多的研發時間。

沒有理由認定警方已經掌握了里歐的身分，遑論鎖住他的信用卡。即便如此，當他要退房時，他的雙手仍因壓力而不停做出各種小動作。

他們棄置的那輛車是用克莉絲汀娜的名義去租的。就算眞的有人在找那輛車，那些人也不會有辦法藉此追蹤到他這邊來。當然，這些人正在追捕阿爾伯特，但他們已經謹慎地將所有會暴露出里歐身分的東西都丟光了。

里歐只不過是一個要退房的年輕人而已。一個非常緊張的年輕人，他們會這麼說。但容易緊張又不犯法，對吧？

「在跑路啊？」櫃檯的男人問他。

里歐抬眼望去，眼神很是驚慌。

他怎麼會知道？該不會是過卡的時候驚動到了什麼單位吧？

「我們一直都有在討論這個問題，」那男人繼續說。「我跟我太太。但是要逃到什麼地方才算得上安全呢？」

原來是形容方式的問題。里歐懂了。每個人的腦海裡都只想著一件事：疫病。

很顯然他們更應該把心緒放在擔心致命病毒會帶來的危險，而用不著那麼擔心在柏林闖紅燈會被警察給通緝。縱使如此，里歐仍然因放鬆而嘆了一口氣。幸好，幸好這個男人只不過是在講疫病而已。只不過。

於是他對著櫃檯人員笑，喃喃講了些連他自己都聽不懂的話。而那男人很有禮貌，沒要他再講一次。道別時，他們彼此心裡都抱持著一份同情之意。

那份同情之意很眞摯，只有當大難臨頭時，人們心裡才會有著這樣的同情。

世界各地的首長與機要祕書接起手機，收到的都是一樣的訊息。

最終情境已開始運行。

無論何處，此訊息都立刻再往外並往上層通報，一路通報到最高執政單位。車輛都已備妥，許多家庭都被喚醒。車子一路開到那些廢棄的都市，待命的飛機皆已準備好隨時可以起飛。

時間不多了。

第一封信送出至今還不到四十八小時。信裡有一行短短的密碼，收信人可以再用那行密碼去接收到命令，而那些命令早已塵封數十年之久。在那之後，逃生之輪業已開始轉動。

該命令允許各國總統及首相組成一個包含家庭成員與幕僚的團體。被選上的人成了勝利組，沒被選上的人成了失敗組。但失敗組的人永遠也不會知道曾有過這件事。所有人都默默地匯集整理出重要文件，讓他們得以就算身在遠方也能繼續執政。而所有這些文件，連同玩具、家族照片以及其他看似必要的東西全部都打包好，放進卡車與貨艙中。車輛隨即高速駛出，過程中所有人都一語不發。

地平線上，一團團火焰燒出了一條條黑煙。

世界各地的領袖拋棄家園，拋下朋友，拋下子民，只爲遠離那拒絕消逝的疫病。

逃往一段住在海上的未來。

孤獨一船，與世隔絕。

每一個人都很驚慌失措、滿腹哀傷。

爲了要在世界末日之後存活下來，這個代價不算太高。

當里歐從報社那邊接到電話時，阿爾伯特人已經在外頭的車上等了。

從他醒來後，便一直試著要跟他們取得聯繫，但卻總是沒人接聽電話。他有留言，但就是沒人回電。

而在那之後至少已經兩個小時了。但不能怪他們。

他可以想見編輯部內的畫面。全部的人都忙得團團轉，電話講不停，臨時會開不停，大量的新聞摘要不停出現，新的訊息川流不息而來。上述這些東西還都得在想辦法消化後，轉變成網路上的頭條，而且還得趕在對手發表以前早他們一步。他們在做的是世界上最重要的工作，至少他們心裡是這麼想的，而這樣的想法讓他們不懂得恐懼爲何物，讓他們變得刀槍不入，彷彿他們並不置身在這個世界之中，他們是一群站在邊線之外負責報導場內狀況的人，因此他們不會被判出局，不會死——之前克莉絲汀娜也是這麼相信的，直到死前都這麼相信。

他知道回電給自己不會是他們的第一要務。一個處在困境，被些小事搞得臉色蒼白的實習生，怎麼去跟「全球疫病大流行」和「文明世界的崩壞」相比呢？

因此當他們總算回電時，他說話簡單扼要。

他把手機夾在耳朵跟肩膀之間，一手要刷卡付新車的錢，另一手則拎了袋早餐，但袋裡的東西很可能只會讓他們因爲糖分攝取太高而過於興奮。但人生嘛，總會有沒得選擇的時候。

電話那頭的編輯一報上自己的大名，他就趕快開口說話。

「那台自動郵務機，」他問。「你們有追查到什麼線索嗎？」

他聽見對方說沒有。

後面還有更多話，但里歐聽都沒聽就打了岔：現在可沒時間找那些藉口啊或解釋什麼的，正在說話的那個人一定能諒解他這麼做。

「我有發送一張照片過去，」他說。「一定在誰那邊，問看看克莉絲汀娜那邊的人有沒有，我們找到一個信封，另一個，唉算了那不重要。但我想現在在發生的這些事情應該跟威廉有關。有人在追捕我們。而我認爲那是——因爲那封信的關係，有人追在我們的後頭——」

電話那頭的聲音不高興了，打斷了他的話。

「里歐？拜託一下好不好啊？」

他不說話了。然後又重複講了跟剛才一樣的話，這才意識到自己只是在碎唸些前後接不起來的句子而已。身爲記者，這可不是什麼優點。

「讓我說完。」那個聲音說。

「對不起，我——請說。」

電話另一頭的聲音就開始說了。

從那一刻起，里歐失去了所有對那台自動郵務機的興趣。

幾秒鐘以後，里歐猛地拉開了副駕駛座的門，跳坐到了阿爾伯特旁邊。他把紙袋往後座一扔，隨即順手把安全帶給扣上，動作一氣呵成。

「開車。」他說。

坐在方向盤後面的阿爾伯特立刻反應。

只補了區區幾個小時的眠，他其實累壞了。本來想說要休息一下，這才意識到自己眞是個傻瓜，哪有可能這麼優閒。一定是有人要來追捕他們了，或是里歐的信用卡不知驚動了哪個單位——管他原因是什麼，他可不打算繼續待在這一帶。他發動引擎，往後倒車，車輪嘎嘎作響。他提振精神，準備聽里歐說出壞消息。

「怎麼了？」

「沒事，」里歐說。「或者應該說，有事。我們得往南走。」

阿爾伯特看著他。現在是什麼情況？

不知哪兒冒出來的旺盛精力忽然在里歐的體內流竄，他不知道該怎麼說明，便試著在腦中先整理思緒。他先將思緒轉換成合乎邏輯的話，然後才從嘴裡說出來。

「那通來電，」他說。「威廉打過來的那通。就克莉絲汀娜跟我在屋頂的時候，他有打電話過來，結果網路的連線還因爲這樣被干擾。」

「對，然後呢？」阿爾伯特說。

「他們追蹤了那個號碼，」里歐上氣不接下氣地宣布。「我知道要去哪裡找他們了。」

那個年輕的平頭駕駛員坐在直升機上，底下是那台黑色的奧迪。他在奧迪的上空繞圈圈，一次又一次飛過它。他心底正在天人交戰，一邊是他的責任，他應該要遵守命令，做好自己的工作；另一邊則是無窮無盡的痛苦在他體內顫動，打死不停歇，彷彿試著在提醒他什麼是對，什麼是錯。

他想起阿姆斯特丹的那名駕駛。

那名違背了命令、跟目標錯身而過的駕駛，但他考慮再三後仍然回去完成了自己的工作。

然後他聽見弗朗坎的聲音從耳機裡面傳出來。

就好像那個人有辦法讀他的心一樣，好似弗朗坎完全知道他心裡在想些什麼。這就像阿姆斯特丹那次，他心想，雖然規模沒那麼大，但情況一模一樣，而倘若一名戰鬥機的駕駛都可以摸著良心做事，他不也應該要那麼做嗎？

弗朗坎仍在他的耳邊說話。

說做這些事對他們全部的人來說有多困難。

那名駕駛猶豫了，他想提出反對的意見，並告訴弗朗坎一定還有更好的辦法，但他知道自己永遠做不到，知道當他允許自己跟弗朗坎對話的那一刻起，他就輸了。弗朗坎告訴他現在要抽身已經太晚了。弗朗坎提醒駕駛，他曾經按下扳機開火過，如今再做一次也是他的責任。

而他知道這是句謊言。

朝救護車開火跟這件事截然不同，救護車上的男人本來就已經死了，但在奧迪裡的可是兩個活生生的人，而且他們也沒有被病毒感染，純粹只是因爲擋了組織的路而已。這樣的想法在他的體內撕扯，而且是眞的從骨髓開始一路往外撕扯。過往他從來沒有過這樣的感受，因此這種痛苦的來源顯而易見，而他怎能不聽從自己體內這麼劇烈的聲音呢？

他盡力不讓弗朗坎的話進入自己的心坎，他在奧迪上空繞了最後一圈，然後便選定一個方向直飛而去，駛離了靶場，駛離了那座河谷、群山及城堡。他不知道自己將飛往何處，但他選擇離開。

在飛離目標不知多少英里遠以後，弗朗坎終於在最後一刻突破了他的心防。

這個命令也許可議，但他的行爲卻更糟。他從無線電內聽見弗朗坎的聲音，他依然沒有答話，但心底深處，他知道了。

他沒有第二選擇。

他不能打退堂鼓。

他把直升機掉了頭。

最後，他做了一件自己必須做的事。

靶場又一次出現在他的眼前，那輛黑色奧迪也是，他捏捏自己的皮膚，想藉此遮蓋掉那痛苦的感受。一陣大汗濕透了他那件襯衫的背部，焦慮如蜂螯般不肯消退，卻愈來愈強。爲了試著去思考，他磨蹭著自己的額頭，背部也在椅子上磨蹭。磨蹭著自己的皮膚，磨蹭著襯衫的內部，磨蹭了全身，眞的是全身。他坐立難安，坐立難安到發疼，好刺，不對，好癢，癢個不停，逼得他都要發瘋了——

直到鮮血濕透了制服，他才知道。

那讓他整個早上都不得安寧的感覺。

他原本以爲是焦慮。

但不是。

而一旦開始抓，他就停不下來了。身體彷彿在尖叫，在燃燒，在分崩離析。他需要雙手並用才能阻止這不可能的癢。窗外，風聲在機身旁狂吼，世界快速旋轉，像在跳一支圓舞曲一樣轉個不停。縷縷煙霧掠過窗前，到最後，已經沒有什麼能做的了。

早在直升機撞擊地面、燃料起火、玻璃熔解、機體炸成一顆火球以前，他就已經放開了扳機。幾百公尺外的地面上是那輛黑色的奧迪。

那輛奧迪正在等待那無可逃避的命運，但那命運卻沒有降臨。對威廉跟珍妮來說，這一切卻攸關了他們的生死。

51

威廉跟珍妮千辛萬苦地爬出了那台黑色奧迪，並隨之將它拋在腦後，留它跟一旁那架失事的直升機待在一塊兒。那直升機的內部仍爆炸不斷，濃濃黑煙不停從中竄出。

他們幫彼此割斷了那條綁在手腕上的束帶。離開那裡時，他們一個字都沒有說。他們需要食物。食物，溫暖，睡眠。

他們花了一小時才抵達一座村莊。這村莊看起來就像會出現在旅遊手冊上的那種，但前提是要有人製作這種「空無一人之村」的旅遊手冊才行。

就像世界上所有其他地方的人所做的一樣，這裡的人也都逃走了。整理好了行囊後，他們就爬進自己的車，心想留在這裡不安全，就這裡不安全，但外頭一定有個什麼地方很安全。

這村莊的名字是用德文寫的，意思是山丘，而這也的確就像這村莊的長相。幾棟外層木板飽經風霜的房子零散地坐落在狹窄的街道兩側。柏油路因一年一度的融雪而滿是裂痕、坑坑洞洞。與氣候搏鬥的這一役道路戰敗，並失去了它的性命。

村莊背後，藍天之下那光禿禿的阿爾卑斯山令人心安。

而在其中一個遙遠的山脊的後頭，在所有那些山脈裂口與溪谷背面的某處，就在那裡有一座城堡、一座湖泊跟許多東西。他們曾經備嘗艱辛地想從那裡逃出。

視線所及沒有一輛車。所有的柵門跟大門都是關著的。窗戶都用木板封了起來。眼前只剩下一個充滿回憶卻無人居住的空蕩村莊。

他們在房屋與房屋的中間走過，飽經風霜的招牌讓他們知道這屋裡原先做的是什麼生意。他們經過了便利商店、理髮院，以及服飾、鞋類，及戶外用品的專賣店。他們敲了門、按了鈴，但這些房屋卻都大門深鎖，無人回應。

天色開始變暗了。

天空很乾淨，天氣很乾冷。原本滿是融雪的路面開始變硬結冰。每當他們赤足踏過，腳下都會傳來脆裂的聲響。

氣溫在往下降。他們需要找地方來度過這一夜。

最後他們選定了一棟房子，那房子的大門既老朽又不牢靠，讓他們得以在不造成太多破壞的情況下進門。

他們在別人的浴室裡洗澡。他們找到了一些毛巾，那些毛巾聞起來有別人的洗潔劑的味道，他們就用那毛巾刷掉傷口上的碎石子。這些摺過的毛巾整齊地疊在櫥櫃裡，當然，毛巾等的人其實不是他們。但是它們在等的那些人，也許永遠都不會再回來了。

他們在廚房裡找到咖啡跟罐頭食品。他們靜靜地吃。威廉坐在客廳的沙發上，珍妮坐在他隔壁的扶手椅上。他們的餐盤猶如一層防護罩，擋住任何可能落下的食物渣滓。彷彿他們是小心地不留下任何污漬的有禮賓客，彷彿他們想要能夠直視這家的主人，親口爲自己在未經同意的情況下就闖了進來而致歉，並保證自己會儘可能地不留下一團髒亂。

這些食物該是有味道的，但兩人卻什麼味道也嚐不出來。

眼前架上有台電視機，電視裡反覆播放著相同的畫面。

城市。小鎭。鄉間。

穿著防護衣的人，屍體被扔進曠野後堆起柴火焚燒，不顧一切想阻止疫病的橫行。

「大火。」她說。

而他什麼也沒有說。

「火焰會結束一切。」

最後那句話他沒聽見，她的聲音太細，比呼吸聲大不了多少。

但他其實也不需要聽見。他早已知道她的意思。

這就是那句。

一場巨大而猛烈的火焰。

這就是最後一句詩文。

第一架直升機在同天晚上的稍晚時分抵達，那夜將會有更多直升機來到這裡。弗朗坎會跟這些總統、首相、他們的伴侶，以及他們的家人握手致意。而縱使他心裡時不時地會產生疑惑，但他知道自己絕對不會開口去問。

他絕對不會去問，獲救的爲什麼會是這些人。

因爲事情就是這麼決定的。妄想拯救所有人的性命是不可能的。總得要有人決定誰可以活下來，而他很寬慰下決定的人不是自己。

去吵這事到底是對是錯沒有任何意義。沒有人活該面對所發生的一切，沒有人有資格決定誰該活誰不該活。爲了拯救整個族群，他們才會出此下策。群體的利益遠大於個人。

這艘巨大的航空母艦要在海上停留多久都沒問題。這場疫病遲早會平息。屆時，也只有到那個時候，這艘船才會回到陸地。

說不定他們戰勝了疫病。這麼做的勝算很高。說不定。

但總得要做點什麼吧，而這就是他們想出來的計畫。弗朗坎已經耳聞成員稱這艘船爲方舟。另外，他也知道他們私底下都叫他諾亞，但他不喜歡這個稱呼。

並非是因爲這麼說沒有根據。

而是因爲事實眞的就是如此。

時間仍不停流逝。船上的人心情都很沉重。那些不停抵達的新面孔都因哭泣而漲紅了臉，而且身體僵硬，心裡懼怕。沒有人提出任何質疑，但也沒有人心存感激。

夜幕落下，第一個二十四小時過去了，一切都按照計畫在走。

只有兩個例外。

他們麾下的直升機從雷達上消失了。

而康納斯至今仍不接電話。

地球上的每個地方都有專屬於它自己的沉默。

夜幕落下，新聞變得教人無法忍受，一種新的靜默取代了舊的。

威廉在壁爐裡燃起了火，不是因爲他覺得冷，而是他需要聽見火焰燃燒的劈啪聲。能看到有些事物仍能一如以往地運作，這對他來說是一種安慰。就算其他事物都毀滅了，至少火焰、空氣跟地心引力仍會照常運作。就算人類從這顆星球上消失了，仍然會有其他事物留下。

他們就這麼坐著。聽著火焰的聲音。

生命即將邁入終點。而他們唯一能做的就是等待。

「我們當時正打算慶祝一週年。」她說，這話來得沒頭沒尾。

她不是打算要聊天，而是她的思慮剛好就停在那裡。她仍靜靜地望著火光，心裡期望能夠藉由分享心事，來讓寂寞變得比較不那麼難熬。

威廉沒有回答。

她跟他說了那一切，關於阿爾伯特，關於他們曾共度的生活，關於餐廳那夜，因爲他遲到而使得她勃然大怒，而那些怒氣如今回想起來變得多沒有意義。關於他們未來的計畫。他們打算住在什麼地方，他們打算做什麼樣的工作，他們打算如何度過假期。

未來。他們過去都在聊這個。他們心中是多麼地確定自己將會有一段未來的人生。

「然後我們會爲人父母。」

她的口氣平淡，沒有任何情緒的起伏。毫不自憐。幾千件事情裡頭，這又是一件她必須宣洩而出的事，彷彿把這些事情大聲說出來，就會讓這些事情有機會存活下去，比安靜地埋藏在她心中的深處死去好多了。

身旁是一張上了蠟的木桌，威廉看著木桌對面的她。這張桌上鋪了一塊布，是怎麼讓這些芥末褐色的絲線連在一起的呢，是用織的、絞的，還是什麼方式呢。這個物品對某個人來說曾經有其重要性，但在現實分崩離析後，它就失去了自身的意義，被人遺棄舊居中。

「我們會用那些偉大科學家的名字來幫他命名，」她說。「每當我們聊到孩子，我們想到的永遠都是個男孩。」

她道歉似的聳了聳肩，彷彿歉意是必要的。

「亞歷山大，這個名字是爲了紀念貝爾。或艾薩克，就像牛頓那樣。克里斯多福，這是要紀念哥倫布。你知道的，就那類的名字。我們想要用那些曾經改變過世界的偉人的姓名來爲他命名。」

威廉沒說話，只是坐著。空氣中飄滿了他應該要說的話語。

那些話語就是爲了這樣的時刻而被創造出來的。說不定會有人覺得那些話語太老套。但那又怎麼樣，這些話語不都很盡責嗎？這些話語會讓人覺得老掉牙，不就是因爲它們能給人心帶來撫慰嗎？畢竟當只有恐懼、不確定，跟混亂圍繞身旁時，誰不想聽些安慰人的話呢？

但他沒有說出口。

若妳真心期望，那麼夢想一定會實現。

他應該要這麼說。

妳還有很多機會去實現自己的夢想。

但他知道這不過是句謊言。

而他很確定她不想聽到這些謊話。

因此，他依然凝望著火焰，那凝望無止無盡，宛如永恆。持續凝望，直到眼前的一切成了統合一致的各種色彩，那些沒有輪廓的事物飄浮、交錯，並於最後在火光中閃爍。

「他們打算怎麼修改？」他最後終於說了。

她看著他，一臉茫然。「誰？」

「組織。關於未來。那些妳翻譯成蘇美文的新預言，上面是怎麼寫的？」

她稍微想了一下。

「你覺得呢？五穀豐收。發現石油。」她哀傷地對著威廉笑了笑。「說眞的，誰在乎。那不會是我們的未來，永遠都不會是。」

他點點頭。兩人繼續那樣坐著。

如同火焰，沉默給他們帶來了同等的溫暖。沉默包圍了他們，爲整個房間帶來一股靜謐與平和。沉默充滿了他的體內。

而他意識到，那晚，他也經歷了同樣的感覺：平和，靜謐，和緩。只不過他當時還不知道自身的感受。

那晚，這些感覺伴隨著暖暖的水而來。他身旁的水慢慢地塡滿了浴缸，最後流了出去，讓他在自己的浴室裡感受到輕飄飄的無重力感。那些溫水將他從那些紛紛擾擾、不肯安靜的思緒中解放了出來。

這一次的媒介不是水。是房間裡的溫暖。而且這次，他不會失去性命。

但話說回來，也許他還是會。

但他卻不能選擇要或不要。

他安靜地坐著。

同時心裡覺得，如果說世界上有最適合開口的時機的話，那就是此刻了。

「我們領養了她。」他開始說。

他們已經隔了太久沒有說話，使得他的聲音聽起來幾乎像一記震波，縱使那音量其實比耳語沒大多少。珍妮看著他。看著他臉部的輪廓。黑暗中，火光打在他的臉上，使得他面部的輪廓有一層淺淺的光。

她立刻就知道他指的是什麼。是他不想提及的那段哀傷過往。關於那件事，大家都告訴他這不是他的錯。關於那件事，他什麼忙也幫不上，不該自責。關於那件事，他痛恨周遭的每一個人都要發表意見。關於那件事，他曾拒絕讓她知道。

但現在他開口了。

聲音很低，速度很慢，他的雙眼凝望遠方。

「對我們來說，她永遠都會是我們的女兒，」他說。「但對她來說……」

他停了一會兒，後來那一會兒變成好幾十秒，那沉默不知持續了究竟有多久，但珍妮耐心等待。

「她覺得我們讓她失望了，」一段時間後他說。「彷彿前一天我們還是她的父母，隔天我們忽然就決定要跟她斷絕親子關係。而我們沒有辦法理解她的想法。對我們來說，什麼事情都沒有變。對我們來說，她永遠都是我們的一部分，沒有分過去跟以後。但對她來說……」

他稍稍地聳了肩。

「我想那就是結束的開始。」

珍妮什麼也沒有說。

「後來她就死了。」

就這樣。話說完了。

火焰仍在劈啪響。沉默，在經過聲音短暫的陪襯後，會讓人覺得更加地沉默。

「怎麼死的呢？」她說。

「我沒有看到那些徵兆。」他說。

這些事情他過去從來沒有跟別人說過，因爲要面對這一切對他來說太痛苦。這些故事都在等。等著，僅一個吐息的距離。

而他憋住了氣息。直到最後，他將那口氣，將那個故事呼了出來。

「她開始不跟我們講話。她搬了出去，她那時才剛滿十六歲不久，但她把房間的東西都搬走，同時告訴我們她不會再回來了。在那之後，她就不再跟我們見面了。不只是我們，慢慢地她連自己的朋友都不見了。她那些朋友有打電話來，很擔心，但我又能說什麼呢？當然我們也很擔心。但我們眞的夠關心她嗎？

「我們告訴自己，這件事情對她來說是必要的。她在學著長大成人。尋找自我，創造自己的未來。我們都有權利去做這件事，不是嗎？」

他稍事停頓。

「一切的徵兆都在那裡。而我們卻沒有看見。」

「關於什麼的徵兆？」

「關於接下來要發生的事。」

他用簡短的句子說給她聽，一個字一個字地講，彷彿他要發一封電報，而每個不必要的字都會讓他多花錢。

偷竊。家裡的東西不見了：錢，一些紀念品。一開始是比較小件的，後來不見的東西體積愈來愈大，價格也愈來愈昂貴。因爲這樣，他們就沒有辦法說服自己那些東西不過是掉了。他們知道她曾經回來過，但他們怎麼可能阻止她回來呢？畢竟他們引頸企盼的就是她能夠回家。

她會趁他們出門的時候回來。她會睡在客房，或睡在自己的舊床。她會在他們家的餐桌上吃飯，而這一次次回家的舉動都讓他們感覺到了一絲希望，彷彿心靈深處她還是想留在那裡，跟他們在一起。而所發生的其他事情不過都是她在面對的過程，這個階段遲早都會結束。

但卻沒有結束。

不見的東西愈來愈大，愈來愈大，他們再也不能裝作若無其事。

然後有一天，她遺留下了一樣東西。

那些器具。

他們選擇在週末出國，而她回到了他們的公寓。一如他們的期望。她睡在自己那張舊床上，吃那些夾了餡料的三明治。那是他們特別要買給她吃的。即便他們回家以後她已經離開了，他們仍覺得下一次，說不定下一次她會爲了食物而選擇留下。這是他們心中從不變的期望。

然後他們就發現那個東西了。

那東西很乾淨，內容物排列得很整齊，她就放在床邊。一個小盒子；一個可以充當錢包或是盥洗包的小盒子，但裡面放的卻是針頭跟注射器。在理解到眼前的是什麼東西後，他們呆呆地站著，完全不知道該怎麼辦。

他們的女兒。

爲什麼？

那些對他來說最重要的細節，對珍妮來說反而是最次要的。因此他跳過了他們是如何在黑暗中等待她。等待她回家，把兩道門鎖都鎖上，把燈關掉，把車開到別的地方，讓她相信他們人不在家。

而就像當她發現他們坐在那裡時，她的眼睛中所流露出來的神情。那眼神中包含了鄙視、哀傷，以及希望被原諒的渴望。就像她爲了威脅他們所說的那些話，他對她說的那些話，那些被甩上的門，以及他沒有意識到，那夜，當她衝下樓梯時，當她的腳步在樓下消逝而去時，當大門在她背後闔上時，他當時並沒有意識到就是那一刻，一切的一切面臨了最後一次的改變，而且注定將永遠也不會再回到那業已過去的曾經。

他們在自己的公寓裝了防盜門。一扇爲了防止自己的女兒入侵的防盜門。做這件事的感覺很糟，而且痛徹心腑，然而，他們仍相信這麼做是對的。

但他們根本不需要那扇門。

她再也沒有回家了。

他們是在一輛火車的廁所裡發現她的。門上了鎖，他的女兒人就在廁所的地板上，而那裡當然是頭等車廂，她把意思表達得清清楚楚。潛藏在表面底下的謊言，她說，穿越了時間、空間跟生命，這就是這些謊言的模樣。又醜又黑又寂寞，就夾雜在這些漂亮的牆板還有免費的咖啡跟報紙之中。這就是她告訴他的話，只不過不是用嘴巴去說。我的生命現在就是成了這個模樣。

她用胎兒的姿勢躺在地板上。雙手放在頭底下，頭髮披散在雙肩上，雙膝緊緊併攏，靠在胃部，一如她習慣的睡姿。在他的夢境中，她所做的也就只有這些，她躺在那個夾雜了腳印跟水氣的骯髒地板上。她在休息，她在等待，等他來把她叫醒，等他來抱她，抱得又緊又久，不肯放開。一如他早年準備要出門去工作時，他會叫醒她，而他們就會用這樣的方式彼此擁抱。那當下的她穿著花朵圖案的睡衣，躺著，大夢初醒，在床單下看著他，滿臉都是笑意。

但在現實情況中，她卻不是睡著了。她叫不醒了，也救不活了。她用胎兒的姿勢躺著，是因爲她就是如此結束自己的性命。藥物在血液中流竄，身體放棄抵抗。但這都阻止不了他去擁抱她，奮不顧身而緊緊、緊緊地抱。如今不願放手的人變成了他，警察站在他的背後看著此情此景，而她卻沒有回應威廉的擁抱。就在當下，就在那一分、那一秒，他的生命也畫下了句點。

他沒有把所有的事情都跟她說，只說了一小部分。但他把上面那些話都說給了她聽，口氣很客觀、就事論事，彷彿他想要跟這件事保持距離。話說完了，接下來的幾分鐘之內他什麼也沒有再說。

「我沒有看到那些徵兆。」一段時間後，他重複了這句話。

「而你認爲自己應該看到嗎？」

他聳肩。

「因爲工作的關係？」

「不。因爲她是我女兒。」

就這麼簡單。

「但我卻沒有看到，沒有讀出她的心緒。我沒有看到那些徵兆，而那是我的職責。因爲如果連我都看不出來，那還有誰能看得出來呢？如果未來就攤開來擺在那裡，一切就擺在我眼前，一切都告訴我要去阻止這個未來的發生，而我卻沒有看到，那還有誰能夠去阻止呢？」

珍妮定定地看著他。知道他指的是哪件事，但同時間也不知道他指的到底是哪件事。

聽起來，彷彿是他將兩件任務結合在一起。彷彿他因爲莎拉還有密碼的事同時譴責自己，彷彿其中一件事能阻止另一件事的發生。彷彿只要他能找到加密金鑰，找出這個過去五十年來都沒有人發現的加密金鑰，那麼莎拉跟克莉絲汀娜就不會死去。而針對目前發生的所有事情，他唯一能做的就只有這個。

她把這些話跟他說，而他沒有回答。

「她不是一個你有辦法去解決的事件。你千萬不能夠這樣想。」

聳肩的動作極其細微。

「你不會知道未來要發生什麼事。以後不會知道。現在也不會知道。事情是一件連著一件，所有的事情都環環相扣。任何事情的開始跟結束都不是憑你一個人的力量可以去干預的。」

也許是這樣吧。但威廉沒有回答。他已經把想說的話都說完了，視線也回到了火焰上。

沉默又回來了，彌漫在空氣之中，不散。

「那你的規畫是什麼？」她問他。

他轉過頭看她。

「如果你現在人不是在這裡的話呢？如果病毒沒有流竄出去的話呢？你會怎麼去面對自己的人生？」

他等待著。咀嚼著嘴唇的內側，彷彿嘴裡滿是字句，而他想要先嚐嚐這些字句的味道。

「我從沒想過未來兩字會跟自己有關。」

他閉上雙眼。壓低聲音。

「我現在可以後悔了。」

52

接下來的好幾個小時他們都沒有說話。珍妮留在自己的座位上，看著威廉的目光仍盯著火焰，而火焰已燒剩餘燼。他盯著，呼吸著，撫摸著那本黑色本子的皮革卻不自知。

那本黑色本子對他來說意義重大。他們人從奧迪車上出來時，那本本子就在他的口袋。警衛把他們的門禁卡跟那一頁頁的密碼還有符號收走時，他們只把這本本子留給了他。她看著他坐在那兒抱著那本本子，就像父母抱著自己的小孩。而在她再也看不下去之後，她便起身，改坐到了沙發上。

她依偎在他的身上，威廉從後面抱著她，而她把雙手放在他的膝上。

他們就這麼坐著睡著了。在這間聞起來像別人的家的地方彼此擁抱著，在沙發上睡著了。在沒有其他選擇的狀況下，這種互相撫慰的方式，是他們最好的選擇。

他們注意到了引擎的聲音。

他們才剛剛適應了這裡的寧靜，適應了微風的輕拂，適應了偶聞的鳥語吱喳。此刻在找東西吃的他們，已經將圍繞在身旁的恐怖全都拋諸腦後。

然後，在一片靜謐之中，忽然出現了細微的嗡嗡聲。那嗡嗡聲是被悶著的，是引擎在換檔的聲音。為了爬上斜坡，引擎正賣力運轉。兩人同時從美好的寧靜中甦醒。他們坐著，動也不動，就像他們睡覺時那樣靠得很近，四目交接，耳聞聲音愈來愈大聲。

有人在靠近這裡。這個村莊到前一天爲止仍然空無一人，全村的居民疏散逃離、遺棄了此地。而現在卻忽然有人靠近，而且說不定對方是要來尋找他們的。

他們沒有槍。

沒有任何可以自衛的東西。

他們靜靜地移動，在窗邊找掩護，已經做好最壞的打算。

需要查看的房子沒幾間。壁爐中的餘燼仍散發出溫暖；若從外面看，說不定現在還看得到那些煙。

他們多次死裡逃生，次數多到連他們自己都不敢置信。但這次他們逃不掉了。

他們看見了車頭燈，看見它們愈來愈靠近，沿著村中小路射來的光線愈來愈亮。

是珍妮先看到的。

她尖叫出聲，而那尖叫聲就連她自己都被嚇了一跳。

他們有大方向，但沒有明確目標。

他們原先的想法是，只要我們先到那裡，只要我們這麼做，我們就會知道該去哪裡找，但他們從未眞的到過那裡。他們已經盡力往遠方開去，但若你不知道「那裡」是哪裡，那不管你怎麼開，你就是到不了目的地。

列支敦斯登。

他們就只知道這麼多。

如今他們人已經到這裡了，再來呢？

威廉·薩柏格曾兩度試著用自己的手機打給克莉絲汀娜，第一次她拒接，第二次他在語音信箱留言。在那之後，他的手機至少維持了一小時的開機狀態，然後就有人將手機關機，而在那之後就維持著同樣的狀態。

在那一小時之間，有三座基地台處理過他的手機的通訊。

三個基地台都位在列支敦斯登。

彼此之間相隔數英里之遠。

如今，他們人已經到了這裡，阿爾伯特跟里歐意識到這的確算是一個區域，但卻沒辦法去搜查。他們在一個到處看得到乾草堆的地方要找人，無異於大海撈針。兩人都沒說出口，但他們都已經不敢再抱任何希望。

里歐就是在這個時候看到了那個路標。

雖然成功機率應該不高，但至少是個方向。

他們沒有更好的選擇了。

既然名字一樣，就不妨試試吧。

他們在黎明乍現之際離開了主要幹道，沿著蜿蜒曲折的山路不停往上開，這些路都因多年來的氣候侵蝕而變得坑坑疤疤，路的盡頭是一簇斜頂的木造房屋。

那名稱就在告示牌上。

威廉的手機訊號連線到了三個基地台，而其中一個基地台的名稱裡面就有這個字。

那是一個德文字詞，指的是山丘。

他們先是聽到了尖叫。

他們被那尖叫聲嚇到了，但筆直地朝著他們的車燈跑過來、且瘋狂地高舉雙手揮舞的女人更恐怖。

他們當下的第一個想法是：她要來求援。她一定是感染到了病毒，希望他們能救她。阿爾伯特腳踩著煞車，邊四下張望邊把車倒退。如果她已經染病，他們根本也幫不上忙，他們只能避免跟她接觸，因此他想找個空地把車掉頭，同時也不停看周圍是否還有其他人，心裡很擔心會不會車頭還沒掉、人還沒跑，他們就已被村民給團團包圍。

然後他就看到了。

於是他轉過頭來直望對方。

就在這個時候，他聽見她叫出了他的名字。

阿爾伯特．凡．戴克連車子都沒熄火。

他打開車門。

走出去。

雖然看似不可能的任務，但最後，他們終於找到了「那裡」。

53

只有兩件事情該做，而他們還沒決定應該先做哪一件。

得把那封信交給他們。

還有已失落了七個月的愛情得彌補。

珍妮與阿爾伯特，他們彼此相擁。她還活著，而他找到了她，她的信寄到了他的手上，而他看懂了——他們現在滿腦子只想著這些事，但旁人都能理解。

他們站在車前，站在晨光之中。

除了他們幾個以外，街道空無一人。忽然落下眼淚時，連他們自己都不知道爲什麼。也許是爲了過往而哭吧，爲了焦慮及失落而哭，畢竟他們可是足足被拆散了超過六個月啊。

他們因放心而哭，也因快樂而哭。那淚水很美、很眞，需要一些時間落下。

而那畫面讓人不忍去看。

就是那麼哀傷，讓人心痛。

心痛，是因爲自己沒有辦法融入那個情境。

心痛，是因爲車裡本來還要再多一個人的，應該要再多一個人的，但如今卻少了她，因此讓人心痛。

而這也讓里歐覺得心痛。他看著站在前廊上的那個男人，跟幾天前出現在他眼前的電話裡的男人是同一個，但比照片裡的人老，更滄桑，更疲憊，更哀傷。看著他站在那裡，望著眼前那應該是要屬於他的團圓。

而里歐知道自己必須承擔起打斷這場團圓的責任。

「阿爾伯特？」他說。

阿爾伯特把珍妮抱得更緊了。嗅聞著她的氣息，彷彿這會賦予他力量，讓他能夠去講別的事情。他慢慢地讓她離開自己的懷抱，然後把眼睛望向她背後的里歐，讓里歐知道自己了解他的意思。

「抱歉。」里歐說。

但其實沒有什麼好道歉的。

阿爾伯特清了清喉嚨。

「我們拿到了一封信。」

他語調輕柔，就像在跟懷中的女人示愛，但他其實是同時對著威廉還有她說話。她聽見了，但卻聽不懂。

「你們拿到了什麼？」她問。

「我們不知道這是什麼，」阿爾伯特說。「但他們可是不惜殺了我們都要把這封信給搶到手。」

這句話說出口以後，原先靜謐的氛圍都消失了。

咒語被破除了。眞愛必須稍等，有其他的事情得先說。威廉走下木階，走到站在街上的愛侶身旁，所有該說的話、該解釋的過程，都如流水般從眾人的口中同時說出。

里歐是怎麼跟著克莉絲汀娜來到阿姆斯特丹的。當她消失時，他又在做些什麼。珍妮跟威廉也看到了這一切，只不過卻是透過城堡裡的螢幕牆。而兩人也說明自己是怎麼被組織帶到城堡裡去的。他們原本應該要解讀出文本的內容，阻止疫病的發生，但如今一切都已經太遲了。

阿爾伯特跟里歐同時開口。

「說不定還有希望。」

阿爾伯特接著繼續說。他提到了那個住在柏林的心碎男子，也提到了那些盯梢的人。那些人都在避免讓男子拿到最後的研究成果，也就是答案。這個字讓眾人的脈搏飛快。威廉打斷了他們，問了些他們本來就打算要回答的問題，只不過威廉現在就想立刻知道：

什麼答案？爲什麼他們相信那就是答案？爲什麼有人會相信答案就在柏林？

里歐的答案說明了一切。

「我們只知道寄件人的姓名叫做海蓮娜．沃金斯。」

威廉的心臟狂跳，速度快到他以爲會在打開那封信之前就死於心臟病發。

他衝進那間無窗的客廳，把餐桌上的蠟燭、布料，跟其他飾品都先清到一旁，然後把黃色的信封放在眼前。

珍妮在他的旁邊，里歐跟阿爾伯特則站在他的後面約一步的地方。

答案。這只有一個可能。

這表示海蓮娜·沃金斯完成了威廉做不到的事情。而且出於某種因素，她選擇把最後的結果都送至外界，也許是因爲不相信組織吧。

她把答案寄了出去，以便讓外界的人得以知道。

但她的信差死了，她的丈夫又太害怕。如今，這些資料繞了一圈後來到威廉的雙手中。威廉雙手顫抖著打開了信件的封口，當然把這些研究結果送交給媒體，甚或放上網路也許是更適切的做法，但至少這份資料目前是在他們的手中，也算是不幸中的大幸了。

他把那些紙張一一分開，攤在桌上。

桌面有很多歲月的痕跡，顯示主人曾在這裡吃過無數次的晚餐，喝過無數次的酒。如今這張大餐桌臨時成了大辦公桌。紙張攤滿了桌面，威廉彎身，一一檢視，眼神在頁與頁之間飛舞躍動。

這就是解答了。

他快速翻閱，感覺胸口有股興奮不停攀升，幾乎已到了痛的地步。他急於想找出自己究竟漏了些什麼。他再次急翻、速看、胸痛。

一頁接著一頁的密碼。

這是屬於他們的密碼。他曾苦心鑽研的密碼。

詩文，珍妮的詩文，內容都一樣。

一頁頁的算式、結構、變量。猶如一名參加障礙賽的滑雪選手，他的雙眼從左看到右，又從右看到左，不斷來回閱過每一個數字、每一個數學符號，以及那所有的一切，直到他終於翻到了最後一頁。

無法呼吸。

他覺得自己似乎漏看了什麼。

他覺得自己應該要看見什麼才對，某種藏在這一頁頁的符號之間的訊息，也許是他太興奮才沒有留意到吧。因此他又翻了一遍，企圖尋找他初看時遺漏掉了的關鍵訊息。

再一次。

然後又一次，爲了要百分之百的確認。

接著再一次，又一次，一頁讀過一頁，他絕望、焦慮地把那些紙張的位置移來移去，一份翻過一份，也把資料拿起近看。他呼吸紊亂地研究那些資料，檢查那些數字，試圖想找出一個值，或許是單一個數字，一些寫在邊緣的、他沒注意到的潦草字跡，或是反過來看，說不定是個應該出現但卻沒有出現的細節。

讀了一遍一遍又一遍。

幹。

再讀一遍。

然後他慢慢地懂了。

「你在找什麼啊？」是珍妮的聲音。

「找某個東西。」他說。他的心情很沮喪，他的口吻只說明了一件事。

他持續找了又找，但不管多努力去看，他就是找不到。

他轉過頭來看著珍妮。

直到這個時候，她才看到了他的臉。

不過幾分鐘前，他的雙眼中才滿含精力跟專注，當時的他幾乎等不及想趕快打開信封、研究裡面的資料。

如今，那雙眼卻空洞無神，隱含絕望。所有的期望、動力、渴望、火花都消失了。而其他人也都看著他，看著他嘆氣，看著他的雙手往兩邊一垂。與此同時，一些紙張跌落了地，但他根本不在乎。

他搖了搖頭。

「根本就一模一樣。」

面前仍是那些散亂的紙張，威廉依然站著。希望盡失的他徒留一具沉默的空殼站在那兒，想辦法要找出適當的字句來解釋自己剛剛的發現。

是同一份資料。

信封內的文件跟掛在他堡內辦公室牆上的一模一樣。所有的數值，哪怕是單一個數字都一樣。他曾經日復一日、東奔西跑、來來回回看著這些數字。他曾鑽研、覓蹤、意圖理解，但仍失敗收場。打開她留在堡內的文件夾時，他看到的算式就跟他現在看到的一樣。相同的箭號，相同的假設，相同的推論，這些他都看過了。而他已經知道所有的這一切都是錯的。

沒有，沒有什麼新發現。阿爾伯特跟里歐以爲自己帶在身邊的是解答。以爲他們找到的是答案。但不過是一份問題的副本罷了。

就只是這樣。

「爲什麼？」她問。

「她沒事爲什麼要把這種東西寄出去？」

威廉聳聳肩。他怎麼可能會知道呢？

說不定她以爲自己的計算是對的，說不定她認爲這就是正確答案，而只要將這些資料公諸於世，她寫下的算式就能解決所有的問題。說不定就是這樣，說不定，這不過是導致她最終死亡的另一個黑暗、弔詭之處，畢竟她死於自己幫忙研發的病毒之手，而她曾相信這病毒終能拯救全人類。

或者也有可能她做了跟他們一樣的抉擇。有可能她看見滅亡之日愈來愈近，因此覺得自己該付諸行動。有可能她意識到單靠一己之力不夠，因此決心把這個祕密散播出去，讓外界的人也能夠知道，她認爲這是要成功找到答案的唯一辦法。

就跟他們現在要做的事情一模一樣。

因此，誰說她不可能也抱持著相同的想法呢？

她所寄出的所有資料繞了一大圈。信件從城堡寄到柏林，在阿爾伯特跟里歐拿到手後倒過來送回列支敦斯登，如今又回到了這裡。一路上有許多人付出性命作爲代價，他們拚死拚活只希望能將這個祕密交到其他人手中。而與此同時，組織方則動用了自己的所有能力，想阻止這件事的發生。如今這封信又回來了，回到了它的起點，回到了同一座山脈的山腳之下。

可怕的諷刺事件接二連三出現。

彷彿生命決定最後一次對著威廉·薩柏格的臉大聲嘲笑。彷彿生命在說：除非一切都告終，否則我不會停止對你的訕笑。

諷刺，是因爲解答不是解答。

諷刺，是因爲心急如焚的海蓮娜·沃金斯送出信差是爲了想阻止疫病的發生，卻沒料到那同一個信差卻將疫病帶出了城堡，感染給了外界的人。

諷刺，是因爲所發生的一切都早有預言，而且是寫在每一個人的DNA裡。

諷刺，是因爲歸根究柢來看，若不是組織的人做了這許多的決定，事情根本不會走到這一步。而他們的所作所爲，卻是源於爲了阻止預言成眞。

很長的一段時間沒有任何人說話。

但話說回來，威廉也把該說的話都說了。

他們的腦袋裡都在想著一樣的東西。他們都眼睜睜地看著最後的希望在眼前消逝，彷彿它從不曾存在，彷彿一切只是他們個人的期望，才會讓這原本就不存在的希望看來似乎存在。

所有的希望都落了空。

沒有人這麼說，但大家都心知肚明。

就這樣，威廉轉身離開。

海蓮娜．沃金斯知道自己很快就要死了。

躺在玻璃棺木中的她，感覺到自己的生命即將走到盡頭，但是以一種她心存感激的方式。

他們提供給她個人的空間，遠離那些讓人心酸的一排排病床，遠離那些躺在床上慢慢流血致死的男男女女。

他們提供給她最好的醫療，不像其他的人，她的痛苦大幅減少，也儘可能地延緩症狀的惡化。但她知道結局不會改變。知道他們所做的一切只是在拖延，最終的死亡仍無可避免。

而她知道這是自己的錯。

她以爲他很健康。他沒有顯現出任何病徵。而如果他沒事，那就能證明到頭來她終於成功了。

然而，他們卻希望再觀望一陣子。但海蓮娜等不下去了：她已經找到了解答，這個解答需要立刻送到外界，送交到分子生物學家以及世界各地的研究員跟研究機構的手上。送交到任何看得懂的人的手上，如此一來，他們就可以趕在預言成眞以前，先行著手製造有效的病毒。

外頭有個世界等著她去拯救。

外頭還有個男子以爲自己失去了未婚妻。

海蓮娜．沃金斯決定一肩扛起這個重擔，一次把所有的事情都妥善地處理好，她心裡是這麼想的。那個遊民帶著基因裡的配方、信封，以及一則簡短的口信走了。那口信是要用來安撫一名教授的，她不認識對方，但她認定對方的名字叫做阿爾伯特。口信僅寥寥幾個字，要告訴他他的女友一切安好，希望能讓他安心。知道遊民已經順利離開後，她總算安心了，並覺得所有的事情都會在最後有個順利的結局。

然而，這卻是預言開始成眞的片刻。

而她則是始作俑者。

海蓮娜聽見有人走進自己的房間而醒來。對海蓮娜來說，壓克力玻璃就是宇宙的盡頭，而在玻璃的另一側，海蓮娜看見了那個被他們綁來的女人。那個女人是被帶來翻譯楔形字符的，她有個男友，而他們早該預料到她會因爲被囚禁起來而變得抑鬱消沉。

珍妮。不過幾公分之遙，但海蓮娜卻一樣碰不到。珍妮的旁邊站了一名奇怪的男子，一定是被找來承接自己的工作的，沒有其他可能了。

她有數不清的話要說，但卻缺乏開口的體力。

她已經試過一次，但卻不知道自己該說些什麼。她當然很害怕，如今那害怕更形加劇，現在她一心只想警告他們。

關於那個病毒，關於那些密碼，關於所有人類都命在旦夕。

關於那個沒有人稱之爲諾亞方舟的計畫即將啓動。

關於沒有人認爲能夠阻止疫病，關於他們已經放棄了拯救世界的嘗試，且已開始遴選新世界的創造者。

她想把這一切都跟他們說。

但她的嘴卻已棄守。她的舌頭腫脹，且嚐得到血味。因此雖然很想說，但她卻做不到。

她只無聲地說了快跑。

珍妮背後的門板被撞得變了形，從門框上脫落。身穿防護衣的警衛拿槍對著他們，或許他們本來是想逃走，但她只目睹了他們的失敗。

而海蓮娜．沃金斯知道那是什麼意思。

那表示所有的希望都消失了。

這個想法誕生之後，她立刻就停止了呼吸。

54

在康納斯失聯超過十二小時以後，弗朗坎第一次叫來羅德里格斯。他把情況告訴羅德里格斯，因爲規章上載明這是他該做的事，而他也沒有不服從的理由。

在過了二十四小時後，他們第二次碰面。因此，當弗朗坎聽到又有人來敲他艙房的門時，他知道那意味著什麼意思。

「三十六小時了，」羅德里格斯說。「我該動手了嗎？」

這問題只換來對方的搖頭。這是弗朗坎的責任。

他對自己沒有徹底掌控全局一事頗爲擔憂。康納斯看來沒有搭上那架直升機。而直升機駕駛員拒絕服從他的命令——若不是這樣，就是直升機上的通訊系統有狀況，但弗朗坎不可能知道眞實的情況究竟是如何——然後他們就跟那名駕駛失去了所有的聯繫。照情況看來一定是發生了什麼意外，但眞相如何誰也說不準。

如果康納斯也上了船，那就會有兩種可能。

其一，他們會共同面對這一切。或者，他們兩人也許會決定離開組織，改飛到其他的什麼地方去。但事實卻不是如此。康納斯人沒有出現在直升機的停機坪。因此，不管那名駕駛是死於事故，或選擇逃走，最後死於疫病。康納斯的去向依舊成謎。

而康納斯的職責就是要確保電子資料有送達，並存放在安全的地方。

而倘若他失敗了，也有相關的辦法負責規範後續的處理方式。

「幫我找三個人，」弗朗坎說。「只要準備好，我們立刻動身。」

羅德里格斯轉身，留弗朗坎獨自一人站在艙房中的鐵桌旁。

他原以為自己再也不會見到那座城堡。

如今他卻得再過去一趟，而他才離開還不到兩天。

威廉站在村莊的街尾。

他往山坡底下望去，視線穿過霜凍的草丘，直往下方的山谷，望著他跟珍妮前一天才爬過的那些山丘。

里歐從遠方就看到了他。他跟著威廉走到外面，覺得自己得要盯著威廉。不，倒不是他覺得自己有責任，而是他想這麼做。他想看看威廉的心情是不是還好，他想看看自己是不是能夠說點什麼或做點什麼，因爲他想幫忙。

畢竟威廉是他此刻人會站在這裡的一切原因。克莉絲汀娜一心一意就是想找到這名男子。而如今他人卻站在街上，雙肩無力地垂落兩旁，心中對未來已不抱任何希望。

里歐朝他走去，在霜凍的土地上緩步前進。腳步停了，兩人並肩但卻沒有站在一起，里歐站在路的邊緣，兩人之間隔著半條街的距離，里歐想藉此表示自己並不打算入侵他的私人領域。

「我知道自己跟你不熟。」他總算開口。

威廉抬眼望向他。眼神銳利，意圖打斷任何接下來他想要說的話。

「我不知道你打算跟我說什麼，」他說。「但不要講。」

威廉只說了這麼多。那些話語乃發自他肺部的深處，穿過緊咬的牙根而出，彷彿威廉其實想把里歐抓起來然後幹出些蠢事，而全身上下只有下顎的肌肉阻止他這麼做。

「我只是想說——」里歐開始講。然後他忽然不知道該怎麼接下去，於是就停了下來，這才意識到自己不知道該從何講起。

稍事停頓後，他重新開始。

「我知道自己沒有經歷過你經歷過的那些事情。我知道自己不能，怎麼說呢？想像。你們兩個曾經一起經歷過些什麼，這樣。」

他對著威廉的側面說話。心中希望威廉有在聽。

「而當然，我沒有資格去告訴你說你是怎麼樣的人。但如果要我說的話，該說是一樣嗎？」停頓。然後他說了：「你不是那種會輕言放棄的人。」

這句話吸引了威廉的注意。不管你怎麼想像，從他鼻孔裡冒出的那股氣絕對不只有呼吸那麼簡單。威廉用鼻子朝里歐哼了聲，他絲毫沒打算要隱藏自己的輕蔑之意。

「你又怎麼知道了？」

「我得到的消息是這樣。」

什麼？

喔。威廉花了一秒鐘的時間才懂他的意思，而在懂的瞬間，那感覺如針刺般襲來，不但出乎威廉的意料，更是又猛又凶殘，他沒想到自己的心會這麼痛。克莉絲汀娜跟里歐聊過他的事情，一定有。如今這站在對街的小兔崽子以爲自己摸透了威廉的底細。

「如果眞像你那麼說的話，那我認爲你得再確認一下自己是從哪裡聽來的，」威廉說。他雙唇緊閉，不露牙齒，藉此隱藏自己的情緒。「我可是放棄的高手。」

停了一下子後，他才做了總結。

「而如果她當時不是這樣跟你說的，那是因爲她口中的我不是眞正的我，而是她想要我成爲的那個人。」

他再次轉過身去望著遠方的山谷。

他在心裡咒罵自己，他會站在這裡不是那孩子的錯。那男孩子心地很善良，他只是想要跟自己交流，而威廉走不出那負面情緒當然不是他的錯，因爲是威廉自身的情緒意圖再次將他拖回到心中的無底深淵。他允許自己心中抱持希望。這是他犯下的大錯。

「我們已經走到了路的盡頭，」他說。「沒辦法再往前走了。就算你們拿著一大堆沒有任何意義的筆記跑過來，事情也不會有任何的變化。」

他嘆了口氣。這是事實。他又回到起點了。

不，是起點來找他的，起點藏在那只黃色的信封裡，它從這裡出發，去到柏林，然後又一路回到了它的出發點。

「不要再試了，里歐。都結束了。根本沒有意義。」

沉默了片刻。

「我不這麼認爲。」里歐說。

威廉從遠處斜眼望向他，他看到了一個小伙子，跟許許多多的輕蔑之情。

「你不認爲怎麼樣？」

「這件事情沒有意義。」

威廉沒有回話。

「我認爲正好相反。我認爲這件事情本身就是它的意義。我認爲我們注定要把那封信拿給你。我認爲這一切都是老天注定好的，這樣你就不會放棄，這樣你就可以再試一次。不是生命要來諷刺你，威廉，是相反的情況。這是一個機會。生命給了你機會，因爲你注定要得到這個機會。」

一樣的斜眼。

等量的輕蔑。

「注定？」

「沒錯。」

「沒有事情是注定好的，里歐。」

他把這些話吐了出來。彷彿注定是個粗鄙的辭彙，彷彿只要聽到這詞他就想甩里歐巴掌，彷彿那是個羞辱別人的詞，不應當再說出口。

「我的太太死了，你親眼看著事情發生的。那是注定的嗎？我當時人在半個大陸之外，我是在大螢幕上看到的。注定，是吧？世界上有很多人快死了，沒有人知道要怎麼做才能阻止這一切，你是要跟我說這些事情也都是注定好的嗎？注定？」

如今他說話是用吼的。

這很不公平，所有的事情都不是里歐的錯，但威廉已經跨過了公平的門檻。他再也沒有辦法接受更多好心想表達支持的空虛字句，他沒有辦法再忍受那些想要安慰他的人，以及那些認爲所有事情都會好轉的人。爲什麼事情會好轉呢？很簡單，因爲事情也許，可能，大概，具有更高一層的含意存在。

人生苦短，他可不想聽這些狗屁。

人的生命太短，因此我們沒資格斷言一切的事情都已早有注定，並由某個知之甚詳的人在前方掌舵。所以，當你覺得人生遭逢苦難，其實是因爲你不知道眼前的這些困難事實上將給你帶來寶貴的教訓。

你沒有辦法改變命運。事情發生就是發生了。如果有件事情已注定會發生，那它就是會發生，你做再多也沒有辦法去改變什麼。

狗屁，都是狗屁。他把這些想法都說給里歐聽。

「是你自己的選擇去決定你會遇到什麼樣的事情，」他說。「而我遇到的事則跟我的選擇有關。如果我們碰巧運氣好，那也許就會遇到好的結果，如果我們運氣不好，那所有的一切就會變成一坨屎。但如果你跑來找我，說你不用對自己的未來負責，因爲一切都早已注定……不對，如果你是想要叫我不用對自己的人生負責的話……」

話停住了，他任這個句子在沉默中逐漸消散。重來。心情比較平靜了。

「克莉絲汀娜不是因爲注定才死的。她會死，是因爲一大堆人做了一大堆抉擇導致今天的結果。」

停頓片刻。

「而你們會帶著那封信出現，不是因爲人或物有自己的宿命。沒有注定這回事。倘若你想要相信未來都已是注定，隨你便。但事實不是這樣。未來是你親手打造出來的。」

沉默了很久。里歐專心地看著他。

他在心中揀選字詞，一個一個挑，然後再把這些字組成句子。他希望這些字按照正確的順序去排列，不要結結巴巴，不要猶豫不決或從頭再來過。他要說出口的每個字都是自己眞正想說的，他更要讓這些字帶有力量。

「如果是這樣的話，」他說。刻意停頓製造效果。而且時間的長短都在他的計算之中。他看著威廉，眼神眞摯而沉著。「如果是這樣的話，我不懂你爲什麼人還站在這裡。」

威廉看著他。

里歐沒有動。

然後剩下的話也都說出來了。清楚。平靜。

「因爲如果命運是我們自己打造的，那我認爲你應該回去把那些密碼撿起來，然後去做點什麼。」

55

威廉旋風般地衝回那間房屋，心裡一半氣得冒火，另一半卻充滿敬佩。若要激發一個人的動力，這不啻是最佳的組合之一。

他愛死了邏輯。就這麼簡單。

沒有比一個建構得很嚴謹的論點更能打動他的了，而那個頭戴蠢棒球帽的兔崽子居然利用威廉自己的論點打了他一巴掌。以子之矛，攻子之盾。

他不相信命運。沒有什麼事情是注定的。

因此，預言不可能沒有辦法破解。因此，如今形塑未來的人，就是這個不願意去嘗試的他。

以上，他媽的證明完畢。

威廉要珍妮跟著他進去飯廳，兩人合力把現場布置得跟在城堡裡的辦公室一樣。只不過這次他們要從頭開始，用正確的方法去做，用他自己的方法去做。

不用電腦。不用軟體。這就是他想要的。

他們在其中一間臥室裡找到一張桌子，在那桌子的抽屜裡面找到了不同大小的原子筆、尺跟計算機，以及一疊還沒有拆封的、外面用塑膠膜封起來的筆記本。

這個工程會非常浩大。他們的面前放著數不清的數字，而他們的時間又極爲有限，但他們唯一能做的就是從頭再來過。

威廉瀏覽著眼前的筆，直到找到一枝重量足、造型佳、筆尖滑順的原子筆。接著他從塑膠膜裡抽出兩本記事本，並把記事本放在一旁的桌上。然後他請珍妮從頭開始唸。

珍妮照做了。

一個數字接著一個數字，她唸出了紙張的第一頁：一，三，零，二，三。明明是一列列看起來沒有任何意義的數字，沒想到卻藏著那些用蘇美字符所寫成的詩文。她看到威廉把那些數字寫在第一本記事本上，一個數字接一個數字照著寫，直到第一頁寫滿了，他就把紙張從記事本上撕下，然後釘在牆上。

下一頁。

接著就是反覆操作。而隨著筆下每一行新的序列、隨著釘在牆上的每一張新的頁面，他眼前的素材便愈來愈多，而他也愈來愈成爲這些密碼的一部分。沿著牆面來來回回地走，他能夠找到自己的方向，看到素材與素材之間的關聯，感受到數字中的脈動。

他打從開始就應該這麼做才對。

他應該回到一切的源頭，他應該要把石牆上的紙張全部都撕下來，從零開始。他跟珍妮現在在做的事情，早在當時他就應該也逼自己這麼做才對。

其實他當時也知道。但他就是沒有時間。但事實上，顚倒過來說也對，當時的他把時間都浪費在不這麼做，他只是站在那些列印出來的紙張前面，然後告訴自己結論還是會相同。但在心底，他知道並非如此。

他的筆在一頁頁之間舞動。每當他感覺到有類似或重複的序列，他就會先停下，回到早先的頁面，然後多加比對、檢查，再於自己的腦中運用直覺去計算。但雖說是計算，其實不然，更像會在腦海中出現各種圖像。

珍妮站在他的背後。

聆聽，閱讀，等待威廉四處走。有時是繞著房間，有時則是在自己的心中漫遊，等待他做那不管是什麼事，直到他要她再接著唸下一個序列。

里歐跟阿爾伯特從客廳看著兩人。

他們一語不發地坐在扶手椅上。雖然眼神專注地看著所有的過程，但卻看不懂他在做什麼，也看不懂他貌似有留意到的模式。而他怎麼可能會有辦法把這些東西全塞進自己的腦中呢？

記事本被撕下了一頁又一頁，上面寫滿了一列列新的數字。他把那些紙張一一釘到牆上，然後珍妮繼續讀，他也開始寫下一頁。

記事本變得愈來愈薄了。

紙張用完以後，他伸手去拿桌上的第二本記事本，這個流程便繼續開始，數字被讀出來，威廉寫下、畫線，在飯廳裡漫步。

然後又到了要換記事本的時間。

他的手在桌上胡亂摸索了一陣。

什麼東西都沒有。

「本子。」他說。不是要求，不覺壓力，只不過急於繼續作業，腦中存了千百個思緒，他不想因一時的中斷而弄丟這些想法。

珍妮轉頭看了看。一本也沒看到。

「本子，」他又說了一次。「拜託。請再給我一本。」

他的手指敲擊著眼前的空氣，彷彿這麼做就能平空變出一本新的記事本。他不想冒險把視線從牆上移開。

答案就藏在上面的某一處，他知道就是這樣。就藏在那對他來說毫無意義的一行行數字序列中。但這種無意義只是暫時的，這些數字很有可能會在眼前迅速地轉換成其他模樣，忽然從一團混亂中浮現出來，讓答案變得清清楚楚。以前也發生過類似的情況。而他希望這種事情能夠再次發生。

弄丟這股思緒之流的結果他承擔不起。他遲疑著，但也只遲疑了一秒；口袋裡還放著那本黑色本子，莎拉的黑色本子。

他把黑色本子拿出來。把那幾頁日記翻到前面去。然後要珍妮從剛剛斷掉的地方繼續接下去唸，繼續這個作業。

珍妮便再次唸出了數字。一頁頁的紙張被撕下，釘在牆上。在那本乾乾癟癟的皮革筆記本上寫了好幾頁以後，他忽然意識到所有的一切都步上了正軌。

他人就在這兒，在忙著工作。縱使他相當忙碌，他的女兒仍是他生命中的一部分。一切都如她的希望，只可惜晚了太多太多年。

而他正處於自己鍾愛的狀況當中。一團他沒辦法理解的混亂包圍了他，但他知道如何進攻。知道可以在何處善用自己的邏輯，激勵自己拋下任何先入爲主的成見，強迫自己去尋找某個他不知道明確長相的東西，並相信自己只要一看到那個東西，就會知道沒錯，是它。

一個小小的細節就能帶來一切的改變。

這個細節就藏在那裡，藏在數字之海的深處。他雖然遺漏了這個細節，但他還是不能去找，因爲它藏在全貌之中；他應該要去找的是全貌。他強迫自己往後退一步，從一段距離之外觀看眼前的一切——

然後，他忽然動也不動。

細節。藏在全貌之中。

你只忙著處理那些大的段落，卻忽略了這個小小的，無足輕重的細節。

老天啊。

那不過是一個念頭，一個模糊、抽象的念頭，而他搖了搖頭。不，怎麼可能。

可能嗎？

他站了一會兒。然後往後退了一步。

從一段距離之外看著整面牆。

看著手中的本子，莎拉鍾愛的黑色本子，上頭還有很多空白的頁面。就是這樣，沒錯，就是這樣，從一開始就是這樣。要去看上下文。關於全貌這個字詞，他跟自己說過幾次呢？或是在腦中聽過幾次呢？

再次望向她時，他發現再也止不住自己的笑意。他縱聲大笑、狂笑，他已經記不起自己有多久沒這麼笑了。

這就好像他花了好幾個星期一直想打開一個罐子，此刻他忽然把罐子轉過來，從另一個角度去看這罐子，然後看到有個標籤上頭寫著「從此處開啓」。現在他看到了，多麼明顯，當然啦，本來就應該要從這邊打開才對。

他就是在追尋這種感覺。人在城堡裡，面對自己的那堵牆，他也是想找到這種感覺。如今這種感覺來了，並讓他體內充斥著各種他幾乎已忘卻的情緒。放心。興奮。媽啊，甚至連快樂都在體內滿溢。轟的一聲，這一切全都來了。

珍妮凝望著他。

「怎麼了？」她說。

他仍然面對著那堵牆，但雙眼是閉上的。他深深地吸了幾口長長的氣，彷彿他忽然進入了更深的感知狀態中，彷彿他忽然找到了內在的平靜。

她從沒看過他如此表現。她很害怕。

他看起來就像忽然理解了一切事件的始末。彷彿他接受這一切，彷彿戰爭已經結束，因爲他已經從中看出了邏輯，並意識到這場災變本身仍須遵循眞理之道，不會偏離。

彷彿他已經準備好了。

不，彷彿他樂在其中。

「威廉？」她問。她的語氣中藏著恐懼，但她儘可能將那恐懼隱藏起來。並試著讓自己心平氣和。再一次：「威廉？」

他轉身面對她。打開雙眼。

「是完蛋了嗎？」她說。「是不是這樣？」

她感覺自己已經知道了答案，但她終歸還是問了，抱持著多一秒的希望，希望他會回答不是。

他看著她。想要解釋，但不知從何說起。

他反而聽見自己這麼說：

「要說我是徒勞無功也沒關係。但如果妳不把他取名叫做威廉，我眞的會很失望。」

在威廉人離開房間以後，珍妮才意識到他指的是什麼。

56

珍妮在大街上趕上他。

天氣凍寒，雪花開始從天而降，細微的白色雪花無聲地在無風的午後天空飄飛，如同糖粉一般墜落大地，使得村莊彷彿成了結婚蛋糕似的，而他倆則是站在屋與屋之間的小小結婚人偶。

威廉手上依然拿著記事本。他從那間滿是紙張跟數字的飯廳直接走出，身上只穿著襯衫跟毛衣，但腦中思緒卻多得讓他感受不到寒意。

他的氣息在眼前嬉鬧著。迴旋的雲朵停滯空中片刻，隨即散開、消逝。前一秒他人還站在那裡，動也沒動，眼睛凝望著屋舍後方的山脈。下一秒他已沿著村莊的街道急奔而去，彷彿想要看得更清楚，想要從不同的角度去看；彷彿他在尋找什麼東西。

「妳覺得應該在哪裡？」他說。

他再次不吭聲。在看。繼續沿著街道走，雙眼定定地看著遠方的山頂。

珍妮走在他的背後，腳步很大，試著要跟上威廉。

「城堡嗎？」她問。「我不知道。但那跟我們有什麼關係？」

她想把這個跟現況無關的問題揮開，回到正題，聊聊他到底發現了什麼。

「那條路應該在那裡。對吧？」

他指著山谷，越過那些屋舍，越過那些斜坡。而珍妮點了點頭，沒錯，就在那裡的某處。那條鋪了瀝青的小路，那條曾領著他們離開城堡內的大門的小路，那條他們在黑夜中沿著跑的小路。當時，他們仍認爲自己的逃脫計畫進展順利。

「你在想什麼？」她問。

「我們得想辦法進去。」

「這麼說，你知道該怎麼阻止疫病了嗎？」

現在的她幾乎與他並肩。她的腳步很快，眼睛分分秒秒都盯著他的側面，不肯望向他處。

等著他點頭回覆。

等著他結束她的恐懼，等著他解釋他們漏看了什麼。不管他發現的究竟是什麼，金鑰也好，他們漏看了的細節也罷，她要他告訴自己。

但他只搖了搖頭。

「不是，」他說。「已經發生的事，覆水難收。我們什麼忙也幫不上。」

失望的心情吸走了她體內的能量，她的速度慢了下來，只看著他走在自己的前頭。

威廉留意到了，因此也放慢速度，並轉過身來。

但腳步沒停，改成倒著繼續沿街走，離她愈來愈遠。

眼睛也仍不停望向那些高山。

兩人間的距離愈來愈遠，愈來愈遠，直到他只能大喊：

「我們有其他的事情要做。」

然後他停了下來，並且大叫：

「我認爲這些事情最後會顯得比阻止疫病還重要。」

回到了他們暫住的家，眾人圍坐在廚房裡的大木桌旁。

晚餐包含了曬乾的食品跟罐頭食物。壁爐裡燃著火。這是日常生活中的一小段切片，縱使身旁的一切紛亂不堪、古怪異常，但畢竟這也不是第一天了。

奇怪的靜默包圍了他們。

阿爾伯特跟里歐面對面坐著。兩人都沒說話，就像兩名觀眾，聆聽著雖然很想弄懂但卻怎麼也聽不懂的對話。聆聽著珍妮說話，也聆聽著威廉說話。聆聽著那些發問與回答。聆聽著恐懼，也聆聽著自信，散發出這種情緒的兩人就坐在他們的對面。

她不懂。不理解他的平靜，他的驕傲，他的歡愉。

他就坐在那裡，再次告訴她自己沒有找到金鑰。不只這樣，還說金鑰不是重點，他們一直以來要找的東西都是不對的。他們盯著細節，卻忽略了文字的脈絡。

「那我們要怎麼做才能活下來？」她問。「如果我們沒有金鑰，如果我們沒有辦法改變未來，那我們要怎麼阻止疫病的蔓延？」

「我們不需要去阻止這場疫病。」他告訴她。他的語調很沉穩，毫不顯示出任何擔心。

珍妮開始抗議。但在她什麼話都還沒有出口之前，他就打斷了她：

「黑死病。」

這句話讓她漠然地看他。她聳了聳肩，催他繼續說下去。

「妳拿給我看的預言。出現在十四世紀的時候。妳拿那則預言來跟現在發生的事情做比較。」

不需要他提醒，她清楚知道自己說過什麼話。

「妳拿那句詩文去跟最後的詩文做比較，兩則的文字都相同，而這些字眼也曾用來形容黑死病。」

「對啊，然後呢？」她說。愈來愈不耐煩。黑死病，就是那個字沒錯，所以呢？

威廉傾身靠向她。

「我們沒有死啊，不是嗎？」他微微地對她笑了笑。「很多人因爲這樣而死了，」他說。「但人類這個種族沒有死，我們沒有滅亡。」

她正準備回嘴，但思緒卻趕了上來。忽然間她也懂了。

這個思緒竟明顯得教人訝異。

她從來沒有這樣想過。

「我們曾經在疫病大流行的情況下存活下來，」他繼續說。「再發生一次我們也辦得到。很多人會失去性命，但不會是所有的人。到最後病毒會變弱，有足夠的人類會發展出抗體，或也許有人會發明出疫苗。而在這些東西出現以前，情況會很慘烈，很哀傷，很可怕。但這依然不會是人類的終點，不會是世界末日。」

她回望著他。視線停留了很久，很久。

心裡期盼他說的是對的，但不確定。要是他不過是說些她想要聽的話——不，是他們全部都想聽的話怎麼辦？說不定他只不過是碰巧把死馬當成了活馬，並且讓這些話聽起來很眞實，讓她的心裡能有一絲慰藉。

「怎麼可能？」她問他。「怎麼可能還會有其他的延續？如果人類都已經沒有未來了，那怎麼可能還會存在後續呢？」

「我認爲有。」他說。

「那些密碼！」她說。「那些詩文！我們都親眼看過啊。」

「實際上，我們到底看到了什麼？」

「我們看到了詩文的結尾。」

「不對。」他說。

此刻的他正在挑選正確的字詞要去解釋。腦中的思緒讓他心生平靜，覺得有股慰藉心靈的暖意。這種暖意只代表了一件事，那就是他知道自己所言不虛。

「我們做過了很多很多事情，」隔了一段時間後他說。「但我們並沒有看到。」

57

弗朗坎仍聞得到大西洋的味道。此刻，他正在爬上金屬階梯，經過嗚嗚作響的噴射機引擎，沿著兩旁有亮棕色皮革扶手椅的走道往前走，然後在其中一張坐下。

這樣的做法很不理想。他現在做的事情可能會危害到整個計畫。艦上的其中一架直升機把他們載離了航母，飛往位在葡萄牙的北約基地，因爲他們的噴射機暫時在該處停靠。隨著他們每一趟的旅程，隨著他們每一次的落地，隨著他們每一次跟人碰面並自我介紹，他們都要承擔感染疫病的風險。

但只要能夠遠離那艘船幾個小時，這一切的風險幾乎都算得上值得。飛機在跑道上滑行。他閉上雙眼，試著去揣想自己最後會發現到什麼。除非他知道康納斯人在哪裡，否則他的心頭無法平靜。

還有那架直升機。

以及直升機的駕駛是否服從了他的命令。

他往後把身體靠在椅子上，腦袋裡仍在尋思。

幾個小時以後他們就會回到城堡了。

到時候他就應該知道了。

58

「文章的脈絡。」威廉說。

這句話是威廉的答案。問題仍懸在半空中，仍懸在他們所有人的心上。方才珍妮大聲地提問，但似乎至今仍還沒出現合理的答案。

如果一切的事物都將走向終點，人類怎麼可能還會有未來可言呢？

這就是那個小問題。

「全貌，」他又說了一次。「我們一直都知道我們需要的是詩文的全貌。」

他們仍然坐在廚房的桌子旁。他轉過頭來對珍妮說：

「妳之前不停地跟他們說我們需要上下文，然後我也說過一樣的話。然而到頭來，答案其實一直都在我們的心底。詩文的全貌就在眼前，只是我們沒有看到而已。因爲我們忙著把注意力放在自己的身上。」

她的耐性已到了發怒的邊緣。

「什麼全貌啊？」她說。

然後他就說了。

他是人待在客廳的時候想通了所有的答案。當時，珍妮正在讀沃金斯留下來的資料，嘴裡唸誦著那些數字跟密碼，而他則把這些資料寫下來後釘在牆上，然後去思考，企圖從中找出規律。他認爲自己就是應該要這麼做才對。

而在第二本記事本的紙用光了的同時，他忽然有了體悟。

當時他不停地把紙張釘在牆上，當時他手邊沒有東西可以寫，當時他拿出莎拉的筆記本後繼續工作。威廉這麼跟她說。兩人的眼前有空盤跟裝了義大利麵的平底鍋。里歐跟阿爾伯特則從側邊觀察他的一舉一動。

「我需要另一本本子。」他說。

珍妮回眼盯著他看。所以呢？

「上一頁接著下一頁。妳唸出數字，我把那些數字寫下來。然後我忽然沒有地方可以寫了——這種情況下你該怎麼做？」他回答了自己的問題。「你會幫自己找來另外一本本子。你會離開現場，去找其他那夠讓你寫字的東西，然後就在那上頭繼續寫。」

她遲疑了。

他看到了她的反應。便點頭表示鼓勵，驅使她繼續思考剛剛想到的思緒。而在她往窗外望去的同時，他知道她懂了。

那裡。外面。

「你不會是認真的吧。」她說。

威廉點點頭。他是認真的。

坐在一旁的阿爾伯特跟里歐什麼也沒聽懂。

威廉道歉似的對他們笑了笑，並轉過身來面對他們，希望自己能夠說出一個合理的解釋，一個聽起來不要太老套又太幼稚的解釋。這個在過去五十年之間讓專家學者都想破了頭的問題，今天好不容易才找到了解答，他希望自己的言論能夠清晰有力。

但真相就是那麼簡單。

因此他就照實說了。

人類是一本本子。

我們身旁的萬物則是其他本子，數不清的物種有用之不盡的DNA，一兆又一兆看來無用的垃圾DNA事實上卻不是垃圾，而且是一個物種接著一個物種，使得我們自己的基因不過是一本永恆之書上的其中一個章節罷了。

文字的脈絡。

答案就這麼簡單。

寫在人類DNA裡的歷史不單只屬於人類。從來都不是這樣。這些歷史屬於世界。單單人類自己無法構成全貌：她不過是一個部分。她的DNA裡記載了這個萬物共享的永恆故事中的一小段，而故事的起源寫在人類的DNA之前，故事的結果寫在人類的DNA之後。而就算世界的未來眞的早有注定，那仍不會因爲其中一本筆記本的紙用完了而在這邊畫下句點。

而這就是我們的功用。

「書架上的一本筆記本，」他說。「甚或是本子中的一頁。世界之大，我們只不過是整體中的一粒細沙，但我們卻忘了這個事實。弗朗坎跟康納斯也忘了，整個組織包含前人也都忘了，一切只因爲我們把心力都忙在看著自己的倒影。我們的目光短淺得嚇人，使我們忘記任何事物的開始跟結束都跟人類的存亡無關。我們微不足道。」

他們全部都看著他。

聽懂了他的意思，但需要花些時間消化掉這些訊息。

「不是沒有接續的未來，」珍妮說。「而是紙用完了。」

她笑著將這句話說出口，聽起來很傻，但卻很有道理。

威廉也看著她。他也笑了。

他們在桌旁又坐了一會兒，所有人都沒說話，而沒有人想打破當下的沉默。每個人都忙著想吸收這一切。

時間流逝，但注意時間再也不是他們的責任。他們沒有能力去改變所有事物的進程。這讓他們安心許多。

先開口的人是珍妮。

「如果是這樣的話，那是不是就表示，我們現在看到的這一切……所有正在發生的事情，外頭那個沒有人有辦法阻止的疫病，是因爲他們讀到了這件事情的預言，才會導致這件事情發生嗎？」

他沒有回答。雖然仍望著她的雙眼，但卻一聲沒吭，且非常平靜。

「所以，如果最早沒有任何人發現那些預言的話，」她說。「這些事情就全部都不會發生了嗎？」

眾人陷入了另一場沉默之中。而威廉點了點頭。

這就是爲什麼他要衝出大街。這就是爲什麼他要望向那些高山。

「我們有辦法回到城堡裡面嗎？」他問。

「爲什麼？」珍妮說。

「因爲我認爲，我們應該要做的事情，就是確保之後不會再有任何人犯下相同的錯誤。」

第一次的衝擊讓窗戶裂成了一面巨大的白色蜘蛛網。

那蜘蛛網就掛在他們的眼前，好幾百萬個細小的碎片黏在一起，上頭的裂痕多到那窗戶看起來就像一份城市的地圖。地圖上的每一條路都通往市中心，而那中心點正是鏟子擊中玻璃的地方。

鏟子還在威廉的手上。

他舉起鏟子，二度揮擊。

他們都不想動用暴力入侵，沒有人想要破壞其他人的物產，但實在是沒有更好的辦法了，而且除此之外，如果他們成功了，那一切不就值得了嗎？

那面玻璃上黏了一層安全防護膜，需要一擊接著一擊才有辦法攻破。到了最後，他們總算在玻璃上敲開了一個洞，並在隨後將之劈開成一個足以進入的大小。

店內有滑雪用具跟慢跑鞋。即便這是一個小村莊，運動用品店販售的器材有限，珍妮仍然清楚知道他們需要些什麼器具。

他們把器具都打包上了阿爾伯特跟里歐開過來的租賃車上。

接著他們只需要等天色變暗就行了。

威廉坐在屋旁的門廊上，雙腳沿著階梯垂到了地面。等待行動的前夕，他用這種愉悅的方式表現出自己的坐立不安。

眼前的村景沿著山坡而下，如同電影裡的角色準備要離開的場景。街道在屋宅之間緩緩消失。新雪初落，雪上尚無足跡或車痕。

門一進去就是大廳，阿爾伯特跟珍妮在該處的沙發上睡著了。他們緊緊地躺在一起。阿爾伯特躺在後面，雙手摟著她。而躺在前面的珍妮則把自己的手疊在阿爾伯特的手上。彷彿兩人希望能夠確定再也不會失去彼此，不管接下來會發生什麼事，他們都能夠永遠相守在一起。

慢慢地，慢慢地，陽光變成了藍色。

白日成爲了午後。

鄰近的窗內都無燈火亮起，沒有人回家準備晚餐。黑夜降臨，溫度下降，但什麼事也沒發生，只有威廉把他從店裡拿到的厚夾克拉得更緊而已。

黃昏已近，里歐走出門，在威廉的旁邊坐下。天氣變得非常冷，又冷又靜，耳邊唯一能聽得到的，就只有乘著風的冰晶在空中滑翔，以及每當他們之中有人移動時，那羽絨外套所發出的沙沙響聲。

一大群鳥從房屋上方的天空飛過。遙遠的振翅之聲迴盪在冬日的暮色之中。里歐的視線跟著鳥群移動，看著牠們從屋頂的上方消失，往下飛入山谷之中。

一旦那個想法被說出了口，就再也無法迴避它的存在。

鳥群。其他的一切。其他的生物，他們周遭的一切。

每一個物種的身上都有一個章節。

歷史的一個章節，不是人類的，不是牠們自身的，而是所有人的，都寫在一起。世界的歷史。

就像威廉所說，不管你怎麼說明，這套話聽起來都像老生常談。即便如此，它還是事實。而里歐也能感受得到。

「就是因爲有這種事情的存在，才會有人選擇吃素。」他說。

威廉給了他好大的一個笑容。

「你知道，植物的體內也是有DNA的。」

傻蛋，他加了這句。但只在腦海裡說，而且是帶著慈愛。

里歐聳了聳肩。「那我猜明天早上大概不用吃早餐了。」

再次陷入沉默。他們看著夕陽西沉，看著太陽消失，看著太陽帶走了最後的陽光。

「誰？」隔了一段時間後里歐問。

就一個字，但這對威廉來說已經足夠。一開始聽到這件事情時，他也問過自己這個問題，康納斯、珍妮，以及其他知情的人都或遲或早問過這個問題。不管你多想逃避，這個問題總是不停出現。

是誰把密碼寫在那裡的呢？

「這眞的重要嗎？」威廉說。「是誰，是什麼，或誰也不是，或只是巧合。不管理由是什麼，事情就是擺明了存在那裡。」

他感覺到發自深處的平靜。他不知道是誰。也不知道原因。他什麼也不知道，但他也不需要知道。

他們不是知道得太少。他們是知道得太多。

他把自己的意思都表達了出來，然後又開始回去聆聽那寂靜。

他抬頭看見里歐在笑。「我還是認爲這是注定。」他說。

威廉用困惑的眼神望著他。什麼東西？

「我們帶著沃金斯的筆記來到這裡。我認爲這是注定要發生的。」

「你知道嗎？」威廉說。「我才不在乎你相信什麼咧。」

然後他靠過去用手摟住了那個年輕人的肩膀。

他們坐了一會兒，倒不至於像父子間的親情，但彼此之間已儘可能的親密，而里歐這才意識到這就是他。這就是克莉絲汀娜在尋找的男人，這就是以前的威廉，這就是讓她突發奇想，在大半夜打電話給里歐，並遠赴阿姆斯特丹去追尋其下落的威廉。如今他看到了這樣的威廉，於是他懂了。

在寒風之中，兩人就坐在那裡，坐在彼此的身旁。

一個想法出現在里歐的腦海裡。該說還是不說呢？

雖然佳人已逝，但也許這仍是一樁好事，不過他也有可能管了不該管的閒事，並進而毀掉了這個美好的時刻。但同時，他覺得自己應該要說。就算不是爲了誰，至少也是爲了她。

最後，他終於下了決定。

「當時的她戴著戒指。」他說。

威廉看著他。不太清楚他在說什麼。

「我們去找你的時候。她把戒指戴上了。」

喔。

威廉把臉別開。什麼也沒說。

「我想要讓你知道有這件事。」

依然沒有回覆。

沉默拒絕離開，那沉默既堅實又無法穿透，這讓里歐覺得自己搞砸了，他實在不該多嘴。他應該什麼都別講，但他卻在一個自己不該碰觸的傷口上撒鹽。如今，他坐在夜晚的黑暗之中，有個陌生人的手臂環住了他的肩膀，他完全不知道接下來會發生什麼事。

他感覺威廉的手從他的身上滑落。

聽見他起身。

並走開。

不。他的腳步停了。

「謝謝你。」他說。

就只有這樣。「謝謝你。」

然後他轉身走回屋內。

他的聲音既低沉又厚重。里歐仍坐在門廊上。他不自覺地笑了起來，很開心自己選擇讓威廉知道這件事。

開了比預期的時間還久的車，他們才找到了那條小路。

從村莊往前開了好幾英里後，他們轉入了另外一條路，而那條小路則是這條路的岔道。沒有柵欄或大門阻擋，但看起來就像條無足輕重的砂石小道，彷彿是條臨時道路或通往私人的土地，而且這條小路從大路岔開的方式非常謹慎。

直到開往外面看不到的深處，那些柏油路跟道路的標線才回到他們的眼前。而再往前開了半小時以後，他們才隱隱約約地看到了城堡底部那座大門的模糊輪廓。

進度很慢。他們直到天黑才離開村莊，開車時不忘維持降低引擎的聲音，也沒打開車頭燈。他們只能仰賴躲在薄薄雲層後方的月光幫著照路，並依靠望著那覆蓋了一層霜雪的山腰的白色外緣前進。他們在凍人的汽車內傾身向前，並張大了眼往外看。去看下一個彎道後路將轉往何方，黑暗中是否有東西、有人在動。

但看來沒有人注意到他們的來訪。最後，在離山頂基地還有好一段距離的地方，他們決定停車。珍妮跟威廉下了車，走往後車廂，拿出了珍妮從小店裡借來的配備。

繩索。鉤爪。手套。

威廉拿了自己的那份配備。他把所有的東西都依照珍妮的指示放好。他拒絕承認自己的不安。他並不喜歡等一下要做的事，但他知道自己非做不可。事實上，提議的人就是他自己。如果他真的怕高，那就怕吧。這是他必須付出的代價。

在里歐跟阿爾伯特掉頭把車開回村莊的同時，珍妮跟威廉步行出發。

走在路旁，踩過草地。

他們兩天前的晚上才跑過同樣的一片草地。

但這次，他們不是要逃離城堡。

這一次，他們是要闖進去。

59

如同季節的更迭，風景在不知不覺間轉變成了高山。他們發現自己不是在步行，而是在攀爬，兩種截然不同的前進方式不停地接替。

沿著山壁往上爬，他們看見了好幾十公尺下方的大門，那扇他們曾逃經過的大門。威廉強迫自己別去想失足了怎麼辦，他強迫自己把注意力放在眼前的景物，但別去思考太多，別去想自己目前人在哪裡。

門邊的回轉區內空蕩蕩。

沒有車輛，沒有動靜，什麼都沒有。

淺雪中也無任何車痕。

也許這表示所有的人都已離開城堡，但也或許只意味著這裡的車輛出入向來就不頻繁，眼前的狀況不過是常態。

在上方的珍妮揮了揮手，要他跟上。依據珍妮的指導，他先觀察她的動作後，再試圖仿效，把雙手雙腳放在她剛剛碰過踩過的地方。慢慢地，慢慢地往上移動。

珍妮移動著鉤爪跟鉤環，於適當之處將其扣緊。

嘗試不同的路徑後繼續往上爬。

停下來等威廉。

一直都在他們腳下的深淵變得愈來愈深。威廉持續攀爬，腦海裡想了很多，但絕不去想自己若掉下去會有什麼下場。

在威廉跟珍妮總算繞過山脊後，兩人第一次親眼見到城堡究竟有多龐大。

這棟壯觀的建物從高山處往外拓展出去，就像樹幹上的蘑菇一般。城堡的外牆看似被人用力嵌進峭壁中，從低處謹慎地擴展開來，然後順著岩石往上攀升，接著轉了個彎，忽然向外延伸，構築出了塔樓、高塔、露台跟扶手。這些依傍著山的建築結構從各個角度持續開展，不停拓展出新的區塊。城堡順著同樣的態勢繼續往上攀升，眼前是一排又一排的窗戶、凹室、岩脊、牆壁，往上看則又是更多同樣的景物，彷彿是一整座有階梯、亭閣、大門、高塔的城市，最頂端則是許多小小的屋頂。

如果給予無限量的樂高積木，一個孩子也能搭起造型相同的城堡。但這座城堡卻是貨眞價實的存在。

想到竟有人曾決定要興建這座城堡，不免讓人覺得荒謬；而同樣荒謬的，是這城堡如今竟成了一個軍隊組織的基地。此外，城堡的底下竟然還存在一個更為龐大的複合建築，就藏在岩石內部的現代化區域中。

珍妮凝望著一片黑暗，幾乎看不清眼前的景象。她試著盤算要怎麼樣才能去到他們的目的地。

那面碩大的彩繪玻璃窗。禮拜堂就在那面窗的下方。

從那裡，他們就能夠去到樓梯井。

然後就可以去到有那些金屬門的地方，而那裡就是新建區塊的起始處。

這就是他們全部的計畫。

在那之後，他們就得仰賴許許多多的運氣了。

弗朗坎看見他們從小路上慢慢靠近，沒有開車頭燈，而且問題是他們本來就不應該出現在那個地方。

他只看得到兩名男子坐在前座，其中一人年紀很輕，另一人的年紀則長些。在弗朗坎的印象中，自己之前沒看過這兩個人，也不知道他們兩個來這裡做什麼。

也許不過只是嚇壞了的民眾吧，意圖逃離疫病的魔掌，想找個地方休息……

但直覺告訴他事情沒那麼簡單。他下令車上的其他人張大眼睛，注意眼前的一舉一動，隨時留意道路或草皮上的動靜。

山腳處的大門仍位在遠處肉眼看不清的地方。此時，駕駛朝著眼前的柏油路面點了點頭。

「就在那裡，」他說。「他們就是在那裡掉頭的。」

一點沒錯。雪地裡留下了痕跡，胎痕顯示該輛車本想直接回轉，但因道路窄小，被迫只好先停下、倒車，然後才找了處比較空曠的地方轉彎，接著才駛離。

然而在胎痕的一旁還留下了其他的痕跡。

「引擎出問題嗎？」有人問。

沒人回答。但大家都看到了。道路一旁有腳印，腳印一路去到了山溝處，顯示有人下了車，而且還在附近走動。

可能也沒什麼好擔心的，不過是證明他們的車遇到了些狀況，駕駛跟他的友人則是想修好這個問題。也許這就是爲什麼車頭燈沒亮的原因，因此可能是電池、發電機或其他一般常見的車輛故障。

沒有人說話，但他們都知道還有其他的可能性存在。如果不想被大門裡的人注意到的話，這裡的確是下車的最佳場所，接著只要徒步前進就好。

弗朗坎要駕駛也關掉他們的車頭燈。

外頭一片漆黑，眼前是抵達城堡的最後一段路，他們就這麼潛藏在黑暗之中。

聽不到隻字片語，他們的雙眼四處探查著草原上的動靜。

60

威廉曾答應自己絕對不會再這麼做。

他當時祈禱的態度既虔誠又認眞，宣誓自己只要能夠從上一次的冒險中存活下來，他絕對、再也不會賭上自己的性命。然而他卻回來了。不管他相不相信宿命，終究他已打破了自己的誓言，因此威廉不免好奇命運這次還願不願意助他一臂之力。

縱身往外一躍時，他心裡頭就在想著這些事。

隨之而來的墜落感如同胃部遭人打了一拳。

全身上下的每個細胞都因恐慌而尖叫不已。他的視界變得恍惚，凍人的寒風從身旁颷過，身體彷彿失重又失控，他望向深處的地面朝自己快速襲來。

此時，繩索猛地拉住了他。身體不再下墜，反而左搖右晃如鐘擺。往前晃蕩時，他知道自己的性命就繫在頭頂某處一個裂縫裡的一根岩釘上，知道若裂縫撐不住了，他跟岩釘、繩子就會一起直線落下，撞上覆蓋著一層冰霜的岩石，瞬間一命嗚呼。

他以百萬分之一秒的頻率在計數。身處於半空之中，他真覺得時間是以微秒的速度在流逝，每秒鐘裡的每一瞬間都漫長如永恆，事實上隨時都可能會出錯。他拒絕觀看，雖然張大了眼想看清她的手在哪裡，但大腦卻決定在這一切結束之前，他什麼也不要看。

珍妮朝他伸出了手。

她站在曾經的窗台處。曾經，這裡矗立著一扇數百年前拼組而成的巨大拱形彩繪玻璃窗，多種色彩細膩地組合，描繪出一幅幾名男子頭頂有著光環、臉上有著鬍鬚、身旁有著壁爐的景象，但如今這一切都消失了。她敲擊了玻璃窗的底部，敲碎了一整扇色彩豐富的馬賽克鑲嵌玻璃窗，使得七彩的玻璃碎裂成一陣銳利的玻璃雨。阻隔沒了，禮拜堂清晰可見，就等著他們探入。

不過幾天前，她跟威廉才在同一個禮拜堂內坐著說話。當時，他們一心只想著要逃出去。

終於，威廉的雙腿落在她的身旁。他緊抓住她的手，因害怕及腎上腺素而顫抖不已。他的雙眼對她說：我們以後再也不要這麼做了。

威廉跟珍妮從螢幕上走過，他們的身影成了暗藍色，背景則是一片嘈雜。他們背後那扇被毀了的窗戶彷彿成了個虛空的黑洞。以前，螢幕的畫面上總是會出現顏色看起來差不多的彩繪玻璃窗。而依據每天不同的時間及窗外太陽所在的位置，玻璃窗所照射出的顏色就會有著極其細微的變化。從千百種單色調的光影，到一片閃閃發光的明亮白色，千變萬化。

如今，那扇玻璃窗已消失，而走過一排排座椅的兩個身軀已被黑暗所吞噬，跟攝影機畫面上的粒子融爲了一體。而在兩人的輪廓從螢幕上消失以後，他們接下來到底會出現在什麼地方，那就完全沒有辦法預料了。

這裡的攝影機太少，彼此之間的距離又太遠。

以前就沒有人去解決這件事，以後也不會有人去做。

而此刻，這帶來了一個問題。

不單只影響他，也會影響到他們。

他們沉默而快速地前進，果斷地大跨步往前走，心裡早已知道這些路會把自己帶往什麼地方。珍妮的心底知道他們正在往哪裡走，她早已深深背下這些路線，就像腦子裡有了張地圖一樣，而他們希望腳底下的路會直直地將兩人帶往他們必須造訪的地方。

繩索跟鉤爪就掛在他們的背上，安全吊帶隨著他們的腳步叮噹作響。威廉強迫自己別去看那些器具，別去想那些器具所代表的含意：他們得藉由這些器具才有辦法在樓層與樓層之間來回移動。他們身上沒有門禁卡，因此往下層前進的唯一辦法就是透過城堡的外牆。

這件事情讓他害怕，但他現在沒有時間去怕。

他堅定往前，緊咬牙根，兩眼保持警戒，就跟在他前面的珍妮一樣。

時間是夜晚，堡內很昏暗，他們不知道裡面目前還有多少人留守。

而他們不大在意自己會忽然間就知道答案。

由於威廉跟珍妮沒有再次出現在螢幕上，因此要推測他們目前的所在位置變得容易許多。

他們沒有門禁卡。那些卡片，連同那些密碼、資料跟他們身上所攜帶的所有東西都已經從兩人的手中拿了過來，並鎖在這個複合建築區內的保險箱之中。

這表示他們能夠選擇的路徑有限。

他站在那兒，眼睛看著螢幕。

不管他們計畫想做些什麼，他都得想辦法去應對。

珍妮領路，他緊跟在後。他跟著她走過許多的階梯跟通道。這些路她以前都走過，因此清楚知道他們應該要走多遠、哪裡會出現下一道擋路門，以及在沒有門禁卡的情況下，他們可以走多遠。

他們不停朝下層前進，因爲他們的目的地就在下方。往下以後，他們會先找到可以出去的窗戶，然後再從那裡繼續往下，直到他們抵達機房。接著，他們就可以確保再也不會有人讀到相關的資料。

他們剛剛來到一個樓梯平台。那是一條巨大、開闊的走道，走道連接著他們剛剛走下來的樓梯，往下則又有另一段階梯。往一個方向望去是一條長長的穿廊，往另一個方向望去則能看見夜空，冷冽的藍光在天空閃閃發亮。

一扇窗。

珍妮對威廉做了手勢，指示他們就是要往窗外去。他人就站在背後，準備好要前進。而正當要採取下一步的時候，他們看到了那個輪廓。

一開始，他們不確定來者是誰。他們只看得見有個男人的黑色輪廓現身在通道的深處。因爲距離窗戶太遠，他們看不清他那藏身黑暗中的五官。

他的雙腳站得很開，但那姿勢不像警衛。他的腳步不穩，彷彿岔開雙腳是爲了讓自己能夠站穩。從這姿勢看起來，他似乎是費了相當的勁，才能在站直身子的同時，又把手往前伸。

筆直地瞄準他們，隨時準備開火。

「康納斯？」

是珍妮的聲音。半是疑問，半是訝異。

來人是康納斯，但他變了：身體不停出汗，費力地看著他們，彷彿痛苦從他身體的每個部位擴散開來。

「不要動。」他說。

威廉抬起雙手。掌心向前，表示：等等，我有話想跟你說。別緊張。

他往前走了一步，就只那麼一步，但卻足以教康納斯往後退了一步。他的雙手使勁，右手的食指壓緊扳機，緊到可以感受到彈簧的阻力。

「不要過來。聽我說。」

「你先聽我說，」威廉說。「我們會沒事的。如果你相信我的話，康納斯，我們會度過這場災難。」

康納斯搖了搖頭。

「我不會。」

他要說的就只有這些。

「你被感染了。」威廉說。

「別再靠近了。」康納斯說。

他藉著這句話承認。

威廉大可以問他怎麼感染的、何時感染的，跟爲什麼會感染到。而康納斯也大可以告訴他們。倒不是說眞的很確定，但他可以猜想得到。八成是他們在準備撤離時遇到的某人——說不定是因爲他在跟誰握手的時候，或也可能是那個駕駛先被感染，然後他們再交叉感染。事情已經發生。他只能怪罪自己。這些規章是他訂的，而他也因此判了自己死刑。

「你們不應該回來的。」他說。

「我們本來也不打算回來。可是我們沒有選擇的餘地。」

又換珍妮說話。康納斯直直地盯著她看，並用視線祈求她的原諒。他知道過去幾個月她經歷多少事情、多少痛苦，但到頭來一切卻換來一場空。

「我們沒有救了。」康納斯說。

「我們認爲有。」

「沒有人有辦法阻止這場疫病。」

「我們知道。」

再次陷入沉默。最後威廉開口了。他的聲音很平穩，穿廊裡的氛圍很寧靜，原先緊繃的氣氛逐漸轉變成了一場對話。

「我們不是回來阻止病毒的。」

康納斯的眼神很困惑。

「那爲什麼要回來呢？」

「我們是回來阻止自己的。」

冷冷的月光在柏油路上蔓延。一開始，月光如蛇般在地上滑動，接著慢慢擴張成一大片的黑青色，蓋過了地上的標線、箭號，一路往上延伸到了空間內遠處的卸貨平台。而捲動的大門也在這之後喀啷一聲回歸到了天花板的所在位置。

門外站著弗朗坎。還有他的三名手下。手電筒的光線在飛機庫裡四處晃動。探尋著絲毫的動靜，探尋著不應出現在此地的人影，探尋著任何可能帶來威脅的事物。但裡面空無一人。弗朗坎留下兩個人監看入口處，然後便再次把門關上，並指示第三名警衛跟著他走。

他把門禁卡放在內側門的讀卡機上，然後順著那條地上有輪胎磨痕、頭上有霓虹燈管照路的長走道繼續往前走，並走進靜候於另一側的鋼鐵穿廊中。

康納斯的視線筆直地望過穿廊。他的心中仍抱持著懷疑，五官則因皺眉而顯得扭曲。薩柏格剛剛所說的話簡單得教人訝異。

然而他卻不敢置信。

他已經在這裡工作三十年了。而早在三十年之前，就有數以百計的男男女女曾想要找出答案。他們持續破解密碼、不停計算，試圖要阻止人類步上滅亡之路，但卻沒有一個人想到威廉現在說出的想法，而這讓他無法接受。

從來沒有一個人想到要抬起頭，往後退一步，拓展自己的視野。

這樣的想法讓他心生折磨，但他什麼也沒有說，只是站在那兒。時間在靜默中緩緩流逝，而他的眼神中仍燒灼著抗拒的火焰。

威廉覺得他們的角色對調了。他忽然成爲了那個爲康納斯開啓一扇內在之門的人，而康納斯從未意識到這扇門的存在。如今，康納斯成了那個跨出門檻後便發現自己在往下不停墜落的人，就跟威廉之前的感覺一模一樣。

書裡面的一頁。架上的一本書。

而威廉緩慢又謹慎地說明，並不忘維持較低的音量。

他直接採用之前珍妮在餐桌旁曾說過的字句。

「如果我們從來都沒有發現過藏在自己體內的訊息，」他開始說。「如果我們從來都沒有因爲發現自己的DNA裡藏著序列而變得焦慮，如果我們沒有去解讀出那些訊息，並讀到了人類的滅亡。那麼，我們還會製造出這種病毒嗎？」

他的聲音輕柔，直指關鍵，彷彿他已經有了答案，但希望康納斯能夠自己得出結論。

「我一直都在問自己同樣的問題，」康納斯說。「次數多到你沒有辦法想像。」

「那你的結論是什麼？」

康納斯眉毛下的眼睛藏著怒火，彷彿威廉在諷刺他，彷彿這所有的對話都是在輕視他，而他不想回答。

但事實上，他從來沒有過任何結論。每想到一個新的答案，就會有問題又自那答案中衍生出來，因此他很久以前就不再自問了。一旦病毒成爲了現實以後，他們就失去了其他的選擇，只專注在解決手邊的問題，並將所有的資源都運用在找出解答，而這就是他們至今爲止的所作所爲。

「當我要求要看你手邊所有的資料的時候，」威廉說。「還記得你怎麼跟我說的嗎？你說愈少人知道愈好。你說有些知識是我們不應該去擁有的。」

他用強調的語氣說出這句話，因此康納斯知道他要把話題導向哪個地方。隨著那句話的回聲逐漸消逝，穿廊便覆蓋上了一層沉默。

「你的意思是說，我的立論比我自己知道的還要正確。」康納斯最後總算開口。

「比我們中的任何一個人都還要正確。」威廉補充說。

場面再次安靜了下來。慢慢地，康納斯放下了武器。

他看著威廉的眼睛，然後再看向珍妮。他的眼神如今變得很清澈。他知道他們想要表達什麼，他知道什麼事情該做，即便那麼做對他來說相當痛苦。
「你們打算要銷毀所有的資料，對吧？」
「過去已經發生的事，覆水難收。」威廉說。間接回答了康納斯：對。
「而我們能夠做的，就是確保這種事未來不會再發生。」康納斯說。他懂了。他可以選擇相信威廉，或可以選擇堅持他的規章，他自己寫下的規章，而他曾宣稱那是唯一的解決之道。若他選擇了威廉的道路，那就表示他過去三十年來所做的一切，包含他所有的想法、計畫跟結論，所有的那一切都是錯的，且毫無意義、一文不值。當一種奇癢散布到全身之際，預言他的死之將近時，還要集中精神去想那種事情可是相當不容易。
他搖了搖頭，彷彿要藉此回答一個他沒有說出口的問題。
一切都是他的計畫。在沒有人有辦法的情況下，他草擬了他們的生存守則，規畫該怎麼找到安全的避難場所，如何騙過死神。而那計畫如今又成了個什麼樣？
然後忽然出現了另一個人，這人有一套截然不同的計畫。
也許是時候讓別人掌舵了吧。也許……
最後，他做了決定。
「我有辦法進入保全中心。我會幫你們把複合建築區內的鎖全部都打開。」
當複合建築區內的每一個鎖都由紅轉綠時，弗朗坎的注意力正放在其他的地方。
他還在想之前的事情。道路上留下的痕跡仍令他擔憂，但沒有任何證據指出曾有人意圖破壞飛機庫的大門，而這座大門又是城堡的唯一入口。當然，除非對方從空中入侵。
他已經在那條寒冷的長穿廊走了很長一段路。就是那條往下傾斜、可以感覺到外界氣流的那條穿廊。

而他還沒決定自己是該獨自一人往前走，還是應該把警衛帶在身旁。

門鎖轉綠的瞬間，他的視線正看著剛剛才走過的通道。他將最後一名警衛留在那裡看守飛機庫，一如規章中的指示。但他現在正在盤算是不是應該先把往常的做法放在一邊，讓兩個人守在入口的外面，然後將第三個人帶在身邊保護自己。

但他手邊的器具很足夠，要使用電腦、登入系統、取出所有的序列跟密碼都沒問題。這事他自己一個人就可以做得到，要完成更不需要花到一分鐘的時間。而規則裡面則明確要求守衛就應該要守在飛機庫。

他告訴自己規章存在的目的就是要讓人去遵守。將新鮮的空氣拋在腦後，他沿著穿廊快速地前進。手裡拿著門禁卡。絲毫沒想過眼前的門鎖說不定本來就是打開的。

康納斯所提供的策略遠比他們所想的要來得更好，而且能夠遏止後續會衍生的一切風險，讓任何人都再也沒有辦法讀到那些密碼。

珍妮跟威廉跑過一座又一座的穿廊，穿過一扇扇亮著綠燈的、已經解鎖的門，在混凝土跟金屬構築起的通道網絡之間不停移動。而且他們仍留在同一層樓。

最後，他們站在那間兩夜前曾路過的房間的前方。

所有的東西都比他們預期得還要重。但現場的手推車就是爲了運輸這些東西的目的而存在的。他們把這些東西扛起，費勁地搬動，然後一一放到推車上。他們盡量維持自己的效率，動作也儘可能地快，因爲心知時間分秒在流逝。

康納斯的時間不多了。

而爲了要完成他們即將要做的事，他們需要康納斯活著。

距離縮得愈來愈短，但在他們之中沒有任何人發現。

默默做事的珍妮沒發現。她正在把一箱箱的物品拖過地板，然後整齊地疊在威廉面前。

把箱子交錯著往上疊的威廉沒發現。他同時默禱這台細瘦的手推車能撐得住。

急忙奔過複合建築區的弗朗坎沒發現。他跑過一座又一座的樓梯，那踩在堅硬地板上的腳跟喀噠喀噠，如同槍聲。

而康納斯也沒發現。他站在一堆螢幕的前方。他只看到他們往一個方向走去，那表示他們一定還忙著在倉儲區裡幹活。

他閉上雙眼，試圖能夠藉此不要再去想體內的癢，不要再去想身體的狀況，以及最重要的，他試圖不要再去想這就是他們曾經歷過的苦痛。所有那些他不認識的男女，那些他刻意不去知道的姓名，那些躺在玻璃後面的床上，感覺到自己的身體正在腐壞，但卻絲毫不知道原因的人。害他們必須經歷這極大痛苦的人是他。是他還有其他人一同犯下的錯，但到頭來這樣的實驗卻毫無任何意義。他就是想要不再去感受這一切，現在的他無力再去承受這些思緒。

他的皮膚在癢，他的背部在癢，他的雙手也在癢，他愈想就愈癢。而他知道，就算自己不去抓，他的皮膚也會在短時間之內開始分崩離析。

他站在那兒，看著那些螢幕。

他想看著珍妮跟威廉回來，想要允許自己放棄抵抗，想要迎向結局，獲得解脫。

控制門鎖的電腦就在他的身旁。這台電腦監控了所有的門，並顯示出哪一張卡在什麼地方被人使用。

而他連看都不看一眼，因爲——有必要嗎？

所有的門都是開的，而威廉跟珍妮直接跑穿過了那些門。他知道他們人在哪個房間，因此他沒有任何的理由去監看那個螢幕。

但如果……如果他真的有去看的話。

那麼，他就會看到弗朗坎的門禁卡被使用在一個又一個的門鎖上。他會看到每次只要弗朗坎經過一扇門，螢幕上就會跳出一行資料。從那個有橡膠輪胎胎痕的穿廊起始，經過那些廢棄的通道，然後離開那個嗅得到新鮮空氣的樓層，接著繼續往前、往上走。積習難改，明明沿路遇到的門鎖都已亮著綠燈，但心急的弗朗坎仍隨時備好門禁卡，快步走過一扇又一扇的門，卻不知道將門鎖打開的人其實並非自己。

而倘若康納斯有注意螢幕的話，他就會看見。

而倘若他看見了，他就會採取行動。

但他沒有看見。

而弗朗坎也繼續前進。

他們只能裝滿兩車，但這也是他們能夠推得動的最大限度。手推車都已滿載，威廉推了一台，珍妮推了另外一台，他們把車往外推，推入穿廊內。手推車重到推不太動，但他們沒得抱怨。慢慢地，他們開始沿著康納斯提過的路線前行。

車上載的東西的破壞力綽綽有餘。

而一旦這流程步入軌道，就再也沒有任何東西阻止得了了。

最後，康納斯等待已久的時刻終於來臨。威廉跟珍妮開始從鏡頭的前面往回走。他等這一刻等了好久好久，彷彿已經等了一輩子，但事實上可能不到十五分鐘。他鬆了一口氣，轉身面對保全中心的出口。

他的視線就是在這個時候才落到了那個螢幕上。

那些都是弗朗坎的門禁卡的使用訊息，那些訊息不停往畫面的上方移動，因爲他使用了一次，一次，又一次。

康納斯猶豫了整整兩秒。

時間寶貴，他能浪費的只有這兩秒。兩秒後，他做了一件自己唯一能夠做的事。

時機正好，諷刺味十足，然而一切卻非蓄意。

弗朗坎才剛走到另一扇門邊。他把門禁卡放在讀卡機上，此時才意會到所有的事情其實都不對勁。他會意會到，是因爲讀卡機上的燈號由綠轉紅。

那表示這事不單只是門禁卡出狀況那麼單純。這扇門之前一直都是開的，直到他把門禁卡靠過去的那瞬間才上了鎖，怎麼會是這樣呢？除了門鎖異常的可能性以外，唯一的解釋就是之前有人從保全中心將門解鎖——但若實情眞是如此，爲什麼會有這種事發生呢？

他再次舉起自己的卡片，試了一次又一次，但那門鎖只是嗡嗡出聲，指示燈仍維持紅色，門鎖拒絕解鎖。

他感覺自己的胃部深處泛起一股深深的焦慮。他轉身，沿著走道往回跑，來到他先前才穿越過的門旁。但一樣，門鎖拒絕解鎖。他把卡片靠在讀卡機上，卻只換得了紅燈跟嗡嗡的響聲。

他人被困在城堡地下的一條通道內，無法離開。

康納斯從走道的深處呼喚他們。他要他們停在原處。

「弗朗坎，」他大喊。「弗朗坎回來了。」

六個簡單的字。說出口的語調說明了一切。

「他人在哪裡？」

「現在，」康納斯說。「他被困在兩扇門之間。下面的那層樓。他哪裡也去不了。問題是，你們也一樣。」

他其實可以解釋得更清楚。但他的體力正在慢慢消失。他不停出汗，筋疲力竭。隨著時間一分分過去，他的情況也隨之變得愈來愈嚴重。而弗朗坎就在他們腳底下的某個地方。弗朗坎手上有張門禁卡，而他並不知道那張卡的卡號。他終究不是基斯。而倘若他知道怎麼鎖卡，就鎖這麼一張卡就好，那麼珍妮跟威廉就得以逃跑，而弗朗坎將繼續困在原地，那麼就不會有任何問題了。當然，他那癢個不停的背跟刺痛不已的眼睛除外。不過這問題沒人解決得了，就算基斯在也一樣。

他稍稍合了一下眼。恍恍惚惚，他聽見了威廉的聲音從遠處傳來，那聲音問他接下來該怎麼辦，而他不確定自己到底是一秒前還是十秒前聽到了那句話。

他打起精神，強迫自己回神。看著身在走道前方的他們。

「有一個辦法，」他說。「如果要把箱子從手推車上面搬下來，你們估計大概要花多少時間？」

威廉望向他身旁的那個房間。他們花了十五分鐘去裝載這些箱子；卸貨應該不需要到五分鐘吧。

「我沒有其他的選擇了，」康納斯說。「爲了要讓你們有辦法逃出這裡，這些門一定都得開鎖才行。而在我幫你們開門的同時……」

剩下的話不言自明。

如果弗朗坎追上了他們，他可不會像康納斯這麼仁慈。

「你們有整整五分鐘的時間。在那之後，所有的門都會打開。門打開的同時，你們要回到上方的城堡處，然後想辦法離開這裡。」

威廉點了點頭，但沒有一個人移動。

「那你呢？」珍妮問。

她擔憂地問。那擔憂很眞心、很誠摯，使得那問題很眞，不是隨口說說。霎時間康納斯看起來彷彿愣住了，幾乎就像他第一次允許自己去考慮到這件事情一樣。

「我想，我們都知道我會有什麼下場。」他只說了這麼多。

說這話時他是笑的，但那笑容中卻不帶任何喜悅。

隔著一段距離，他們看著站在走道裡的康納斯。他雖然還活著，但卻已被判了死刑。他們看著他，卻不知道自己該說些什麼。康納斯不是壞人。他是一個好人，只是被困在這個奇怪的地方，而他的所作所爲都是發自善心。

他應該要有更好的命運。他應該要跟著他們走，離開這個地方，看著世界從災難中復原。然後在未來的某天，他會坐在一間酒吧裡頭喝啤酒，並知道人類並沒有滅亡，生命依然會繼續往前而去。

「覺得身體的狀況怎麼樣？」一片靜默中，威廉開口問。

「我們有些藥劑，」康納斯回答。他儘可能讓自己的口氣聽起來很平穩。「我會沒事的。」

沒有人說話。但從眼神來看，他們並不相信他所說的話。

「是眞的，」他說。「我覺得還不錯，我們能夠減輕症狀，讓人可以承受得了。眞的，我保證沒騙你們。」

承受。光這個詞就讓他們心痛。

「我今天早上才吃了半盒，現在幾乎不會癢。你們不覺得這是個好兆頭嗎？」康納斯試著要微笑。

威廉停了一秒。兩秒。然後說：

「是個非常好的兆頭。」

康納斯為此綻開又一個微笑。謝謝你，那微笑是這麼說的。

他看了看珍妮，看了看威廉。他們各據穿廊的一端，道別但不握手，因為只能如此。

在這沉默的道別之後，他們又盡量多待了些時間。心裡知道這將是彼此相見的最後一面……

就在弗朗坎把自己的頭抵在牆上時，LED指示燈忽然沒來由地轉為綠色。

剛好是五分鐘的時間過去了。他先是從生氣變為恐慌，然後又提振起精神，試著想出解決的辦法。但他失敗了，因此陷入聽天由命的情緒之中。然後他就聽見了。背後的門鎖忽然發出了喀噠聲。

一開始，他只能用不可置信的目光看著那個綠燈，彷彿自己被那燈給玩弄了。接著他舉起自己的槍，並用左手扶住右手，隨時準備迎接接下來的任何事情。

理論上來說，一切說不定只是單純的機器失常，不涉及什麼特定的陰謀。但他不喜歡這個理論。這裡頭不應該還有其他人才對，一點都不應該，但康納斯人一定就在某個地方。而不管這些門鎖到底出了些什麼問題，都一定跟康納斯有關。

他用肩膀推開門。

沒有人。只有金屬跟混凝土。而眼前穿廊的盡頭處有另一道門，在那道門的後面則是通往其他樓層的階梯。他側身跑過那條走道。背抵著牆，雙手拿著武器，隨時備戰。

下一道門。

已經是綠燈。

毫無疑問。有人在那裡。

他再次用肩膀推開門，腳步雖快但卻安靜地爬上階梯，然後走進上方的通道。

一片沉默。景色索然無味。但往前走時他仍握著槍，準備好要面對任何的危險。

門全部都沒有上鎖，但跑步需要時間。

珍妮跟威廉快步穿越城堡。跑啊跑，腳步不停，也不回頭看。他們的腳重重地踩在平滑的地面石板上，心知自己是爲了活命而跑。

他們穿過了一座座的樓梯井、穿廊。穿過了珍妮曾將威廉藏起的那個地方，穿過了許多的拱廊與通道，穿過了那個裡面有吊燈跟投影機的巨大房間——他們將再也看不到這些地方。

沿途中每一扇厚重的安全門都沒有上鎖。他們全速打開這些門，上氣不接下氣，心中雖害怕但卻充滿希望。口中有鮮血的味道，肺部因用力而疼痛，但他們持續往前奔跑，因爲這是他們唯一能做的事情。

他們跑著，呼吸著，期望著，跑著。

時間追在他們的腳後。

來勢洶洶。

弗朗坎警覺到有動靜的時候已經太遲了。

他先是注意到了光，明明滅滅的光，卻沒注意到光後面的影子。接著忽然間，一個人影從黑暗中走出。他就在那裡，站在走道的中央，槍口對著弗朗坎，就像他幾分鐘前對著威廉跟珍妮的方式一樣。

但這次，他的站姿中卻流露出自信。他仍在發抖，但卻是因爲高燒，而非緊張。他知道自己在做對的事情。而他的身體若要癢，就讓它去癢吧，因爲不管怎麼樣，這癢很快就要結束了。

「如果是我的話，我會站在原地不動。」康納斯說。

光線在他的側邊舞動，他那站在黑暗穿廊中的輪廓因而染上了一層白色的光芒，簡直就像他是獨立存在的個體，不受限於外在的城堡，而且飄浮在半空之中。但雖說是飄浮，他的雙腳卻張得很開站在地板上，身前還有一把槍。

弗朗坎舉起了自己的武器，他的右手緊緊地握住握把，測量目標的距離，瞄準。

當然他料想過會是如此，但他依然相當失望。

「你爲什麼要這麼做？」他問。

爲什麼要阻止我，他的意思是這樣。爲什麼要阻止我，而且還違反了規章，選擇了留在城堡而不是搭上船——而那架直升機又他媽的到底怎麼了？

他正準備要問，但卻阻止了自己。

他不需要問。他從康納斯的眼神中就看得出來。不對，不單只是他的眼神，而是他整張的臉。他的皮膚因爲汗水而有了光澤，他的表情中則滿是壓力與痛苦。弗朗坎曾在其他人身上看到過同樣的景象。

「你生病了。」

雖然這麼說，但他並沒有因此放下自己的槍。

彼此之間隔著一段距離，他們凝望著對方。

「規畫出了這麼多的情境，」康納斯說。「然而我卻沒有預料到這個。」

他歪了一下頭，藉此表達自己的意思。這個。此刻，這座城堡，你我。一切將在此時此地收尾，我們怎麼有辦法提前預料。

「你知道我爲什麼要過來這裡。」弗朗坎說。

康納斯搖了搖頭。不是因爲他不知道，他當然知道，而是因爲他不能讓這件事情發生。

「你還記得嗎？我們以前常說，寧可要救一部分的人，也不要讓所有的人一同淪陷。」

弗朗坎沒有回答。不管康納斯接下來要說些什麼，他想自己大概不會喜歡對方的說法。

「我們說得沒錯，」康納斯說。「但我倆不會出現在倖存名單之中。」

他們依然沒有動靜，彼此用槍指著對方，兩人都知道自己陷入了不存在於規章之中的狀況。沒有任何規則能夠處理這個情況，這是一盤無解的棋局：對弗朗坎來說，縱使自己拿著槍，康納斯所帶來的威脅卻更大。不管弗朗坎的武器再強大，也不會有康納斯已感染的疾病那麼致命。

「讓我過去，」弗朗坎說。「我有工作要做。」

康納斯無聲地搖了搖頭。

「我不想對你開槍。」

「你不會的。」康納斯回答。

他的聲音中藏了些什麼。那東西讓弗朗坎注意到康納斯身旁不停閃爍的光芒。

直到那一刻，他才意識到他們正站在火葬室的外面。而他這才了解到那不停閃爍的光芒意義重大。去你媽的康納斯，他心想，去你媽的一切，然後他跑向門口，從門口往火葬室裡望。

康納斯讓他通過。他退向一旁，但仍沒有放下槍。他讓弗朗坎的腳步停在門口，用眼睛看著那一切。

「你沒資格這麼做！」

弗朗坎轉過頭來面對康納斯，他的聲音中透出極大的痛苦。他仍舉著自己的槍，但這早已成了一場僵局，舉槍與否其實並不會改變什麼。對他們兩人來說，一切很快就要結束了。任何人或任何事都沒有辦法阻止此事的發生。

火葬室的火焰在牆上的開口內怒吼著，烈焰的光穿透了厚厚的安全玻璃。

而在稍微傾斜的輸送帶上擺了一個箱子。

飢渴的火焰在開口的內部起伏翻騰，海蓮娜．沃金斯也是被同樣的火焰給吞噬。如今，這些火焰將吞噬掉那個橄欖綠色的箱子。而在那之後，一切就結束了。

更多同樣的箱子就擺在輸送帶的旁邊。這些箱子都是用手推車送過來的。此刻，它們仍被疊在手推車上。它們在等待著。

灰色，綠色，各種褐色。標籤有白有黃，上頭寫著英文、俄文，以及其他語言。

「這個，」康納斯說。「這就是接下來會發生的事。」

他們才剛走到那扇位於低矮的狹長走道內的木門處，這扇門將把他們帶往那蜿蜒曲折的階梯，而那階梯最後會將他們帶往露台，他們將從露台的邊緣處往外縱身一跳逃離此地。

往上走了十多步後，她發現只聽見自己踩在階梯上的腳步聲，這才意識到背後應該還要有一陣腳步聲才對。

她轉過身。

彎下腰，想看清楚底下的門。

「我做不到。」威廉在她的背後說。

他站在階梯的底部，不肯移動，連一步都還沒往上爬。她往下走，朝他的方向走去，一步，又一步，心知他們時間所剩不多，絕對不能耗在這種事情上。

「你在幹麼啊？」她說。表情中混合了困惑、沮喪跟恐懼，看起來可能很像在生氣。

「給我五分鐘的時間，」他說。「如果我到那個時候還沒有回來的話，妳就走吧，不要等我。」

她吼叫以爲回覆，但他的人已不見蹤影，他的腳步聲迴盪在石地板上。

一部分的她已經準備好要把他留在這裡。畢竟若那愚蠢的老混蛋這麼想找死，那就隨他去好了。

但她知道自己辦不到。

先把槍放下的人是弗朗坎。

康納斯也跟著放了。

他們就這麼站著。

康納斯笑了。

他雙眼滿是淚水地笑了。不是因爲哀傷，而是因爲他們終於來到了終點。他的笑容溫暖又有自信，使得弗朗坎因而嚇了一跳。不，這笑容讓他覺得難過，難過而且不舒服，心裡深知一切眞的要結束了。

康納斯告訴了他。

告訴他威廉說過的那些話，告訴他他們所有的理論都是錯的。許多人會因而死去，但不會是全部的人類。說這話時他不停流淚，連笑容中都帶著淚水：紫色的實心圓會不停地擴張再擴張，但之後會開始縮小，而並非所有的人都會逝去。

他告訴弗朗坎他們從來也沒有想到過的那件事。

密碼不是在他們原先認爲的地方收尾。密碼不斷不斷不斷地往外擴張。誰知道呢，說不定人類會遭遇到更多的災難，或也許是達到更多的成就，或更有可能就像以前一樣兩個方面都有，而相關的未來就記載在某處。即便目前爲止仍還沒有任何人讀到相關的記述。

他們窮盡一生都在尋找答案。

然而卻連問題都沒弄清楚。

康納斯把這些都說出了口，而這一切也正是弗朗坎想要知道的。

「你曾說，最慘的狀況就是讓他們發現到這些眞相，」康納斯說。「看來你說錯了。」

但他是用朋友的身分說出了這句話，說的時候臉上還帶著笑容。

那笑容中帶著謝意。謝謝你陪我度過的這些時間。謝謝你曾帶給我的一切。

「我想，我們兩個都說錯了吧。」弗朗坎說。

他們就站在那裡，互相看著彼此。兩個身穿制服的男子。他們就只剩下這些了：驕傲、態度。並認知到自己耗費了一輩子，其實也就是想做點好事。

「我可以接受這種說法。」康納斯說。

珍妮跟著威廉的腳步來到了他的辦公室。那間牆上曾經掛滿許多紙張的辦公室，如今他其他的東西都還留在辦公桌上：所有的藏書，所有的電腦，所有的一切。

她的腳步停在門口，沒有說話。

雖然不知道，但又能理解。

她只看得到他的背部，但她不用看臉就能知道。

他咬著自己的唇。沒有哭，只是咬著自己的唇。他的兩眼空洞，他的舌頭緊緊地抵住牙齒，藉以壓抑自己的情緒。

最後，他在辦公桌旁蹲了下去。

他的臉部跟電腦齊高。

那台他命名爲莎拉的沉重綠色機器就放在右後方。他把手放在機器上，動作輕柔而謹慎。他沒有移動那台機器，口中也什麼都沒有說，然而卻讓人感覺他似乎在說話。

一秒過去了，兩秒過去了，然後他再次起身。

他沒有聽見她在背後。

他看見她站在門邊，他們四目交接，他看見她心有疑惑，但沒有說出口。

他聳了聳肩。笑容中沒有笑意。

對她點頭，暗示他們該走了。

然後回答了那個她沒有說出口的問題。

「這一次，我想好好地說再見。」

61

這件事早晚都要發生的，就在這當下，它發生了。

綠色的箱子是木頭製的，而它承受不住牆上那口洞裡的高溫。

雖然距離火焰還有一公尺，但箱子的側邊已經開始轉黑，而那閃著紅光的高溫也開始在它那木頭的纖維上擴散開。在那之後，僅需數秒的時間，火焰就燒到了內部的大口徑武器的彈藥。

沒有任何方法阻止得了了。

一旁擺滿了堆疊在一起的其他箱子。洶湧的火浪淹沒了一切。顫動的火焰如連鎖反應般不停擴大、爆發，炸穿了那堅不可摧的安全玻璃，然後繼續往外擴散。

對那站在外面穿廊的兩名男子而言，一切事物就在一陣強猛的氣流中消逝殆盡。

62

他們拚了命地跑。

他們離開了威廉的房間，接著出現在露台上。一旦人到了那裡以後，珍妮便不再給他任何遲疑的時間。她往底部的黑暗處降下，他緊跟在後。就像之前一樣，這種行爲極端的危險，彷彿已將生死置之度外，但留在城堡裡可不是什麼好選擇。其實他們根本沒得選：留下來得死，摔下去也得死。而他唯一能做的，就是希望那些繩索能夠撐住，以及自己能夠成功地模仿她的動作。如果這兩個條件都沒出差錯的話，說不定他們就眞的能夠活下來。

他們緩慢地持續往下降，雙腿邊彈邊踢著垂直的山壁，直到他們終於抵達地面。威廉渾身汗濕。當時是晚上，溫度是零下，他冷得要死，但他的恐懼從毛孔中滲出。此刻他唯一想做的就是躺下來，但他們沒有那種閒暇的時間。

他們不停往下跑。把城堡拋在腦後，露台遠在天邊。他們不停往斜坡的下方跑，朝著下方的湖跑去。接著他們沿著湖邊跑，想在事情發生以前跑得愈遠愈好。

剩下的時間肯定不多了。

他們跑上了另一側的山丘。跑到一半時，時間到了。

是威廉先感受到的。

那股震動使得他們跌倒在地。眼前是尖聳的岩石，他們試著穩住，但卻怎麼也站不穩。一旁的珍妮趴在地上，手緊緊地抓住岩石的表面，心裡很慌張，抓得跟他一樣牢，但卻無濟於事。大小石頭不停地從他們身旁滾落斜坡。兩人都閉上了雙眼，並把頭埋在胸口，以保護自己的臉部不被碎石砸傷。

地表一旦開始晃動以後，就會讓人覺得這震動似乎永遠不會停歇。身處斜坡，腳下的地面搖晃不已，使得他們根本就抓不牢。他們開始往下滑，不停滾過砂礫跟碎石。他們試著無視身上的刺痛，地面摩擦著兩人的皮膚。他們的手胡亂抓著，想抓住什麼東西來讓自己停下來，但卻怎麼也煞不住。底下就是那些他們剛剛爬上來時避開的險坡，而兩人最不希望遭遇的情況，就是再次往下滑時滾落山崖。

後來，珍妮不知怎的抓到了東西。她感到自己滑過一塊平坦的石頭，而她的兩手都已經準備好了。她用攀岩時使用的抓岩技巧緊緊握住了石頭的邊緣，因而得以停了下來。接著她把手伸向威廉，兩人的手便同時緊握在一起。震動仍在持續，兩人互相扶持，抓緊岩石不放。大地不停搖晃、狂吼。兩人繼續往下爬，石頭從他們的身旁滾落。

那震動是發源自地底下的某處。沒有人知道還會搖多久。

威廉緩慢而小心地張開雙眼。他的頭很靠近地面，也沒忘記護住自己的臉部。手臂在上，他讓自己的視線穿過底下的阿爾卑斯山湖泊，穿過那被震動的地面激起的漣漪，然後望向另一側的城堡。

城堡仍舊矗立原處。

數百年來它都矗立在那裡。

他們已經盡了力，再沒什麼能做的了。如今，他們只能穩住，等待震動停止，以及等待那從地底傳來的、愈來愈大聲的地吼停歇。顯然崩塌的流程已悄然開始。

再沒有人能阻止得了了。

那些炸藥盡了自己應盡的職責。

如同海蓮娜．沃金斯，炸藥沿著傳輸帶往前滾，滾進同一座燃著烈焰的火爐，跟她的身軀一樣著了火。

其後果所導致的衝擊波在錯綜複雜的坑道中橫衝直撞，像一輛由高溫、火焰跟煙雲組合而成的高速地鐵列車。這輛車在穿廊裡的濃濃煙雲中穿梭而過，在通道的分岔處兵分數路，然後在交會的樓梯與廊道處再次集結。

如同水管管線中的液體，洶湧的火焰橫掃了地底的網絡。火勢愈來愈大、愈來愈凶猛，溫度也愈來愈高，沿途的所有東西都被這場大火燒得土崩瓦解、不成模樣。

那間會議廳裡一排排細扁螢幕前方的僵硬藍色座椅。沒有人在現場親眼看見那輛火焰列車衝過，沒有人看見那所有的物品都被烈火點燃，沒有人看見那些物品被這場火風燒得焦黑如炭，但那都是當下發生的眞實情況。那輛列車不停向前衝去，彷彿無窮無盡。所有的房間內都逐一地充斥著紅與黃的火雲，事事物物都熔解蒸發。火焰列車不停站，持續向前疾馳。

內有一具具屍體的治療室。

由鋼鐵、混凝土跟鋁組構而成的一座座穿廊。

擺放了其他箱子的許多儲物間。火焰列車一過，彷彿補充了能量，形體跟規模都變得更大、更壯、更燙。

而電腦中心裡原先是擺著一排排在旋轉的資料儲存帶、上面有許多按鈕的操作控制台、電燈，以及以同樣的方式閃爍了五十年的控制面板。所有的一切都被火焰所吞噬，再沒有人有辦法知道裡面所記載的所有祕密。

穿廊盡頭處的厚重安全門也毫無招架之力。門板絲毫未顯抵抗便在氣壓的來襲下彎折，讓火焰及高溫得以川流而過，洶洶地繼續燒進更多的通道中，並徹底地燒毀了牆壁，就連本來爲了防止建築塌陷而設置的沉重梁木都慘遭祝融。

而在那上面就是高山。

更往上，則是那由石頭建起的城堡。

到最後，這裡的梁柱再也承受不住上方的重量。

從外面來看，先是從很細微的跡象開始的。

一些細瑣的地方開始脫落，外牆開始崩塌。最初落下的東西如同粉末，太小又太細，肉眼幾乎看不見；然後愈來愈大的碎片開始掉下，裂縫變得更大，墜下的磚石大小也隨之增加。

一旦第一塊巨石脫落後，就有如防洪的水門已然開啓。缺口一個接著一個出現，原本壓在鄰居身上的石頭忽然無處可靠。隨著一聲巨吼，所有的東西開始崩落，一整面牆都在搖搖晃晃，變形後便逐一墜下，新的缺口隨之出現，直到整個建築開始分崩離析。建物仍在晃動，彷彿它努力想維持自身的完整，但卻終究敵不過發自內部的隆隆巨響。

不消幾分鐘的時間，這棟建於中古世紀的城堡；這棟長在高山上，幾乎可說是一座城市的石造建築；這棟身影映照在湖水上的美麗之城；這棟罕有人知的祕密之城已經成了一層厚厚的塵簾土幕，盤旋於一個燃著熊熊火焰與激盪著高溫的坑洞之上，彷彿這座山脈開啓了一扇通往地心的浩浩大門。

這個過程所需要的時間超出威廉與珍妮的預期。

一顆顆石頭之間彼此撞擊，從而牽動了更多的石頭，使得群山處迴盪著轟隆雷響、喧天狂吼以及喀啦巨鳴。一點一點地，城堡看似自發解體。一個又一個區塊往下墜落，墜進塵土之雲中，就此消失。

整個過程中，他們就趴在那裡，護住自己的臉，免得被砂石擊中。持續觀察，但實際卻沒有眞的看見，只在心裡暗忖：這一切到底什麼時候才會結束。

後來，一切總算結束了。

再也沒有厚牆能夠瓦解，再也沒有高塔能夠崩塌。而那龐大的煙塵雲也緩緩地落回了地面，如同一塊厚實而透明的舒芙蕾，下頭的容器則以群山代替。

寧靜降臨。

地底的隆隆聲停了，轉化成了不會有人注意到的細微聲響。

隆隆聲消退成了劈劈啪啪的斷斷聲，但那聲音仍迴盪在湖面，如同暴風雨過後海面上所留下的陣陣波浪。一片靜默中，高山彷彿嘆了氣。那最後的一口氣充滿了痛苦，萬物爲之吞噬。而在城堡消失後，火焰竄出了表面。

火焰在天空底下舞動，宛如慶賀自己的勝利。

一切的事變應結束於大火之中。

預言是這麼寫的。

一場巨大而猛烈的火焰將結束一切。

也許出現在眼前的正是這場大火。

但也許是另一場大火，發生在他處。

不管眼前的大火是不是預言中的那場，這事也不重要了。不管預言中的大火指的是哪一場，那都不會是人類歷史上的最後一個事件。

63

彷彿季節持續在觀望，要等聽到了好消息才肯更迭。新的季節降臨。彷彿積雪直到此刻才敢消融；彷彿大地直到此刻才敢回暖，散發出春天的氣息；彷彿原本黏著在地上的草木直到此刻才敢緩緩起身，就像剛剛結束一場戰鬥；彷彿被風吹得直不起身的稻草直到此刻才敢換上溫暖的色調。

危機解除了。

在執政單位觀望的期間內，再也無人回報新的感染案例。世界各地的衛生組織也小心翼翼地取消了原先的限制。摩肩擦踵的溜冰場內不再躺著成排的屍體，再也沒有住宅因疑慮而遭封鎖，人們得以自由自在不受限地在外頭隨意走動了。

這是一場沒有贏家的戰爭。城市裡沒有祝賀的遊行車隊，也沒有撒滿天空的七色彩紙。在這場戰役中，所有的人都面臨敗北。剩下唯一該做的，就是一點一滴地把世界拼湊回原貌。
最重要的是，危機已經解除了。
時間已經過去了四個月，而危機終於解除了。
在現實的人生中，大家還是喜歡一切照舊，少點驚心動魄。
嶄新的季節爲世界注入一股不可思議的活力，蓬鬆的雲朵一層疊著一層，高高地掛在遠方的阿爾卑斯群山之上。天空湛藍，愈遠愈豔。
春天到了。
就如同往常的每一年，春天總會帶來奇蹟，生命得以再度欣欣向榮。
她在山腰處找到他。
威廉坐著，凝望著眼前的景致，凝望著那些原野與草地，也凝望著那座雖然看不見，但就在前方某處的靶場。那靶場就在丘陵的後方，就在那些曲折的道路後方。而那道路如同綁在柔軟包裹上的緞帶，一路蜿蜒進入山谷，最後消逝在迷濛的陽光之中。
珍妮在他的身旁坐下。
然後躺了下去，背部躺在涼爽的青草上。
他們都躺了下來，肩並著肩。他們是永恆之書其中一頁的兩份副本。他們被地上與空中的其他書頁所環繞。兩人就這麼躺在遠方的山崖上，看著永恆之書的一頁頁在眼前開展。
他們繼續躺在那兒，直到太陽移了身，落到了群山之後。
直到遠方開始出現了汽車的嗡嗡聲。
兩人都沒有開口。
但他們知道。如同遷徙的候鳥一般，他們知道。

是時候該離開了。

回到阿爾卑斯山村的人數量不多，但沒有人知道是否還會有更多的人回來，抑或這些人就已是全部。久別重逢教人心喜，卻也難掩哀傷。街道上到處停著打開了後車廂的汽車，大包小包的袋子成排放在融雪的細流之間。不分性別、年齡，大家彼此相擁、打開家家戶戶的門、拆下釘在窗戶上防止他人入侵的木板。

他們從自己的車上看到這一切。

他們看見村民從他們的車窗旁走過。這些村民曾在非自願的情形下款待過他們，這些村民曾逃離了村莊，但如今又回來了。車輪嘎啦嘎啦地壓著碎石，里歐將他們載出了村莊。如同一部在提洛爾邦[18]所拍攝的電影，場景在車後變得愈來愈小，愈來愈小。

他們已經開了好幾小時的車，彼此之間換班駕車、輪流歇息。車子行進間，珍妮忽然把頭靠往前座。

威廉坐在副駕駛座，他看著馬路上的標線不停從車底下消失，腦袋裡什麼也沒想。

他感覺到珍妮的頭就在自己的旁邊。

他什麼也沒說，她也是。也許是因爲她沒什麼要說的，也許是因爲他們之間再沒什麼能聊的話題，但坐在車內的他們卻將頭靠得很近。一英里路復一英里路，這行爲對他們來說再正常不過。

「如果他們沒有發現那些文本的話。」她最後總算說了。

她的聲音很和緩，而且又平靜又細微，彷彿用這樣的方式開始一段對話再自然不過。

18 為構成奧地利共和國的邦國之一，首都為因斯布魯克。

他點了點頭，眼睛依然看著那些標線。

他早已知道她接下來會說些什麼，又是同樣的問題，只不過她打算換個角度，把這個問題反過來問。

而他會知道，是因爲他也問過自己同樣的問題。問了一次又一次。

「如果他們沒有讀到那些文本，」她繼續說下去。「也沒有發明出那種病毒，也從未引發這一系列的事件。那麼預言裡還是會寫著同樣的事情嗎？」

威廉抬起頭，看著眼前的景色逼近後又往後消逝，感覺到自己的思緒繞著這個問題轉。這一切還是會發生嗎，因爲事情早已注定？抑或預言上的文字將會有所不同，因爲疫病將再也不會發生？

如果有一棵樹在森林裡面倒下，他心想，誰會他媽的在乎啊！

但他沒有說出來。

「不管我們拿那問題問自己多少次，」他說。「我們永遠也不會知道答案。」

她點點頭。

然後他在自己的座位上轉身，並看著她。

「而我認爲這樣比較好。」

接下來的數小時之間，再沒有人說話。

那陣沉默既溫暖又祥和，無須言語塡補。

他們往北開上無人的高速公路，經過一個又一個的城鎭。有的城鎭空無一人，未來也將會是如此；有的城鎭則因返鄉的人潮而重現生機。而這些小心翼翼的城鎭居民正在試著重新開始。

未來已經展開。

沒有人知道會發生些什麼事。

畢竟，無法預知的未來才是最好。

他們在阿姆斯特丹拆夥。

沒有任何儀式，只是靜靜地點頭道別。

他們有更巨大的哀傷得要面對。他們是倖存者，因此沒必要把悲傷浪費在以後還能夠見得到面的人身上。也許永遠不會再見，但想要的話絕對辦得到。如果他們想要的話，他們知道怎麼聯絡上對方，但沒有人知道自己是否應該那麼做。他們一起活了下來。也許這就夠了吧。一旦回到了日常生活中，在一切都回歸常態之後，誰還知道他們彼此之間是否有任何的共通點呢？

威廉也站著，走出車外跟他們無聲地道別。此刻，他人站在車子的後方，看著珍妮跟她的未婚夫消失在街道的彼端。

經過阿爾伯特看見了雷森的手下的那個十字路口。

沿著那輛藍色的Golf休旅車輾過其中一名黑衣人的街道往前走。

許多回憶流經阿爾伯特的腦海，但這一切對威廉來說卻無法想像。他只看到了一條無人但已開始展現生機的街道。街道在等，等那些還活著的人們慢慢回到他們自己的住家。

直到他們進門以後，威廉才走回車上。

里歐坐在駕駛座上。看著威廉，什麼也沒說。

他們的車停在路邊，威廉那側的車底下有一個排水孔蓋，蓋子有一半被車子遮住了。有那麼一段時間，威廉讓門開著，就坐在位子上盯著柏油路面看。

他坐回座位上，把手伸進夾克的內袋。找到了。

黑色的筆記本。

在關上車門以前，他把身體側出車子，感覺到本子往地面落，直到本子的書背落進排水孔蓋的鐵條之間。放手，任它落入黑暗之中。

畢竟這年頭誰還他媽的讀日記啊。

一旦你辭世之後，誰還會想知道你在三月的某個星期一做了些什麼事？

里歐仍然沒說話。

威廉則望向前方。

「介意我小睡一下嗎？」他說。

里歐點了點頭。

發動引擎。

如果一路都不停的話，他們在日出之時應該就能抵達斯德哥爾摩。

64

威廉站在統帥街的公寓門口，原本那玻璃被打破的地方如今釘上了一片三合板。他的腳步停在樓梯上，手裡還拿著鑰匙，直到最後一刻才鼓起勇氣開門。

裡面的安全門仍是敞開的。不僅沒上鎖，還被鋸開成了好幾片，根本闔不上。而門後的味道就像那些久未住人的公寓一樣。那是現實的味道，只要沒人在裡頭製造錯覺，塑造出另一個不僅整齊、乾淨，而且還聞得到自然的檸檬香氣的虛幻世界，事實就會變得如此。這一點也不奇怪，縱使一團混亂、充滿痛苦，但這就是人生。

報紙在腳踏墊上疊成一堆。隨著事態演變，報紙上的標題也愈來愈大，照片也變得更爲陰暗，更爲哀傷。

最後一份的日期是在一月。

接著就沒有再來了。

這些放在地板上的報紙，就像上個月所發生的一系列事件所留下的紀錄。如同一份時間表，只不過用的不再是密碼，而是白紙黑字。這些報導都是在事故發生後才寫下，而非顛倒過來。

事件才剛結束。

然而卻看似這般遙遠。

什麼事也沒有發生。

一切卻都變了。

他在自家門內站了一段時間。

沒有呼吸。不知道該做些什麼。

望進他的公寓。望進他的家。他的人生。

最後，他脫掉外套，掛在門旁的一把椅子上。

在走廊上繼續往前走。

他回到家了。

威廉・薩柏格走進浴室，轉開了水龍頭。

反轉四進制
Slutet På Kedjan

作者　費德瑞．烏勒森 Fredrik T. Olsson
譯者　朱浩一

出版者　愛米粒出版有限公司
地址　台北市10445中山北路二段26巷2號2樓
編輯部專線　(02) 25622159
傳真　(02) 25818761
【如果您對本書或本出版公司有任何意見，歡迎來電】

總編輯　莊靜君
主編　林淑卿
特約編輯　金文蕙
校對　黃薇霓．陳佩伶
內文排版　黃寶慧
印刷　上好印刷股份有限公司
電話　(04) 23150280
初版　二〇一五年（民104）六月一日
定價　500元
總經銷　知己圖書股份有限公司　郵政劃撥：15060393
(台北公司) 台北市106辛亥路一段30號9樓
電話：(02) 23672044／23672047　傳真：(02) 23635741
(台中公司) 台中市407工業30路1號
電話：(04) 23595819　傳真：(04) 23595493
法律顧問　陳思成
國際書碼　978-986-91558-7-8　CIP：881.357 / 104006569

愛米粒出版有限公司
Emily Publishing Company, Ltd.

因為閱讀，我們放膽作夢，恣意飛翔—
成立於2012年8月15日。不設限地引進世界各國的作品，分為「虛構」、「非虛構」、「輕虛構」和「小米粒」系列。在看書成了非必要奢侈品，文學小說式微的年代，愛米粒堅持出版好看的故事，讓世界多一點想像力，多一點希望。來自美國、英國、加拿大、澳洲、法國、義大利、墨西哥和日本等國家虛構與非虛構故事，陸續登場。